고양이 사진 좀 부탁해요

고양이 사진 좀 부탁해요

Cat Pictures
Please

나오미 크리처 지음 • [illegible]양선 옮김

리프

• 이 책을 향한 평단의 찬사 •

“흠잡을 데 없는 크리처의 단편집은 감성과 경이의 깊은 우물을 두드린다. 크리처는 늘 평범한 사람들에 초점을 맞추고 그들이 이상한 물속에 발가락 하나를 담그는지, 또는 그 안으로 뛰어들지는 않는지 살핀다. 크리처의 작품은 논쟁의 여지 없이 뛰어나다. 인간(그리고 로봇)의 감정을 항상 전면에 내세우고 환상적이며 미래 지향적인 요소를 그 배경에 남겨두는 작품을 선호하는 독자에게 더없이 완벽한 진입점이 되어줄 것이다. 부디 이 훌륭한 만찬을 놓치지 않길.”

—《퍼블리셔스 위클리Publishers Weekly》 리뷰

“여기 실린 작품들은 최고의 이야기들이다. 인내심 있게 읽을 수 있으며 독창적이고 포괄적이며, 또한 조용히 전복적이면서 악마처럼 교활하다. 각각의 이야기를 통해 우리는 듣고 배우고 세상의 가면 속을 들여다보며 경악하게 된다. 나는 크리처의 작품을 좋아하고, 앞으로도 그럴 것이다.”

— 켈리 반힐Kelly Barnhill, 뉴베리 메달리스트

“크리처의 날카롭고 달콤쌉쌀하며 인상적인 이야기들은 책을 덮고

나서도 오랫동안 뇌리에 남을 것이다.”

—『타인들 속에서Among Others』의 저자, 조 월턴Jo Walton

“이 책 속 내용을 일반화하기는 쉽지 않다. 이야기들은 신중하고 지적이며, 독창적이고 인간미가 있다. 종종 웃기고 이따금 등골이 서늘하게도 느껴지는 이 작품을 얼마든지 더 얘기해줄 수 있다. 하지만 가장 좋은 방법은 당신이 책을 사서 크리처가 얼마나 뛰어난 작가인지 직접 확인하는 것이다.”

—『검의 반지Ring of Swords』의 저자, 엘리너 아나슨Eleanor Arnason

“크리처의 단편집을 읽으면 아름답게 포장된 자그마한 선물 꾸러미를 하나씩 차례로 열어보는 것과 같은 기분이 든다. 이야기들은 놀라움으로 가득 차 있지만 항상 사려 깊고, 종종 매혹적이며, 변함없는 의미가 담겨 있다. 부디 이 단편집을 놓치지 말기를!”

—『차일드 가데스The Child Goddess』의 저자, 루이스 말리Louise Marley

“잃을 것도 얻을 것도 없는 전시의 어느 옥상에서부터 가능성의 정원까지, 그리고 고양이 사진을 통해 힘을 얻으며 인간의 삶을 바꿔주고 싶어 하는 휴고상에 빛나는 작품에 이르기까지. 나오미 크리처는 매혹적인 이야기들을 하나씩 뽑아내며 비밀과 두려움을 낚아 올린다. 각각의 결말은 늘 인간적이고 항상 가슴 뭉클하게 하며 환하게 빛난다. 『고양이 사진 좀 부탁해요』에 등장하는 모든 이야기의 합은 가능성을 바라보는 찬란한 시선이다."

—『업드래프트Updraft』의 저자, 프랜 와일드Fran Wilde

나의 어머니 에이미 크리처,

오랜 세월에 걸친 당신의 격려와 타협 없는 사랑에

이 책을 바칩니다.

영원히 당신을 그리워하겠습니다.

차례

스페이드 에이스

나탈리는 마지막 남은 차를 컵에 따르고 주전자 뚜껑을 뒤집어놓았다. 웨이터에게 물을 다시 채워달라는 신호였다. 그녀는 담배에 불을 붙였다. 오후였고, 날은 무척이나 더웠다. 멀리서 포성이 우르르 울렸다. 비행기 한 대가 머리 위로 낮게 날아 지나갔지만, 오늘은 습한 푸른 하늘에서 폭탄이 떨어지지는 않았다.

"미국인이세요?" 웨이터가 돌아와서 물었다. 그의 영어는 억양이 강했다.

"난 기자예요." 물론 미국인이기도 했지만, 그건 광고하고 다녀봐야 별 도움이 되지 않았다. 미국이 공식적으로 통치하는 지역이라 할지라도 누가 반대 진영을 더 선호하는지는 결코 알 수 없기 때문이었다. 그리고 광둥성의 많은 평온한 마을과 마찬가지로, 포산도 지금 당장은 심각하게 포위돼 있지 않았다.

"영어를 하시네요?"

"아." 그녀는 다음에 무슨 말이 뒤따를지 예상하며 대꾸했다. "네, 영어를 해요."

"제가 영어 연습 좀 해도 될까요? 영어를 하는 손님은 오래간만이거든요." 웨이터는 무척이나 애석한 모양이었다. "딘 보 빙은 레스토랑에는 오지 않아서요."

"그렇죠, 내 생각에도 그럴 것 같네요." 전자 보병인 딘 보 빙은 인간 크기의 오토마타(자동 기계, 종종 로봇을 의미한다_옮긴이)로 남중국해에 떠 있는 군사 기지에서 미군이 원격 제어하고 있었다. 그들은 VR 연결을 통해 오토마타의 카메라나 오디오가 담아내는 내용을 모두 보고 들을 수 있었다. 오토마타는 관절이 있는 팔다리와 무기를 가지고 있었고, 인간이 하는 거의 모든 일을 꽤 근사치로 수행해낼 수 있었지만 외모만은 예외였다. 그들은 앞을 막아서는 모든 사람을 두려움에 떨게 했는데, 그건 하나의 이점이었다. 미국인은 그들을 '평화 유지군'으로 불렀다.

나탈리는 피우던 담배를 조심스럽게 재떨이에 비벼 껐다. 절반밖에 피우지 않았기 때문이었다. 전시에는 구하기가 어려워서 약간의 꽁초도 낭비하고 싶지 않았다. "영어 연습하는 걸 도울 수 있다니 기쁘네요. 앉으세요."

그때 누군가가 광둥어로 외치자 웨이터가 움찔했다. "아무래도 나중에 다시 와야겠어요." 그가 말하고는 주방 쪽으로 종종걸음 쳐서 돌아갔다.

나탈리는 한숨을 쉬며 담배를 집어 들어 다시 불을 붙였다.

"합석해도 될까요?"

목소리는 남자였고 영국인이었다. 나탈리는 손차양하고 위를 올려다보았다. 짙은 색 양복에 선글라스를 끼고 새까만 머리에 턱수염을 거뭇하게 기른 남자였다.

"의자 하나 끌어 오세요." 그녀가 말했다. "그건 그렇고, 웨이터가 제 찻주전자 채워주는 건 까먹었나 봐요."

"언젠가 다시 오겠죠. 기자라고 하셨나요? 포산이 너무 위험해져서 의료진이 다 철수해버리고 난 이후에 진짜 기자를 보는 건 처음이거든요. 요즘은 두리번거리는 눈들뿐이에요."

"그건 저널리즘이라고 할 수도 없잖아요." 뉴스 방송국은 광둥성 같은 위험한 지역을 취재하기 위해 자체 평화 유지군을 이용했다. 하지만 그들은 인터뷰에는 영 쓸모가 없었다. 그들과 마주치면 모두 달아났기 때문이다. 한 컨설턴트가 뉴스 방송에서 그들을 딘 게이 제(전자 기자)로 불러달라고 요청했음에도 중국인은 여전히 '전자 보병'이라고 불렀다.

"나도 그 말에 동의는 하지만, 그래도 걔들을 이용하면 목숨을 걸지 않아도 되잖아요."

나탈리는 그 말에 냉소적인 미소를 지어 보이고는 다시 담배를 빨아들였다. "난 아직 숨 쉬고 있는데요."

"그러네요." 그가 선글라스를 벗고 그녀를 바라봤다. 매우 밝은 녹색 눈이었다. "난 샘 코스투카라고 해요."

"나탈리 브랜이에요."

"최소한 어디 소속돼 있기는 한 건가요?"

그녀는 고개를 저었다. "난 옛날 방식으로 기삿거리를 얻어요. 사람들과 얘기를 나누죠. 광둥어를 좀 할 줄 아는데, 그게 도움이 되네요."

그녀는 담배를 마저 다 피우고 꽁초를 비벼 껐다.

샘은 자신의 담뱃갑을 꺼내 하나를 권했다. 담배는 필터 없는 루시 스트라이크로, 원하는 사람은 누구라도 담배를 살 수 있는 지역에서 구매한 것이었다. 심지어 포장지에는 경고문조차 인쇄돼 있지 않았다.

"그럼 그쪽은 중국 내전지 한가운데서 뭘 하는 건가요?" 나탈리가 물었다.

"트웰브 트레저 차茶를 찾고 있어요."

"정말요? 대만에서 찾아볼 생각은 안 해봤어요?" 그녀는 그가 스파이인지 궁금했다. 요즘은 첩보도 대부분 원격을 통해 이루어졌고, 바퀴벌레처럼 보이게 만든 작은 마이크에 관한 소문을 들은 적도 있었다.

도시 외곽 어딘가에서 폭발이 일어난 모양이었다. 지난번보다 훨씬 가깝게 느껴졌다. 땅이 약간 흔들렸지만 둘 다 움찔하지도 않았다.

"난 당신 같은 사람은 많이 만나보지 못했어요." 나탈리가 말했다.

"나도 마찬가집니다."

"여기 묵고 있나요?"

"최소한 며칠은 있을 거예요."

"어쩌면 다시 볼 수도 있겠네요."

"기대하고 있을게요."

*

사람들은 평화 유지군을 두려워했다. 나탈리는 그들을 탓할 수 없었다. 항상 그녀는 평화 유지군의 텅 빈 눈을 들여다보며 군에 입대한 고등학교 친구의 모습을 떠올리려 애썼다. 게이브. 저건 남중국해상에 떠 있는 군사 기지의 자기 칸막이 속에서 나를 바라보고 있는 게이브야. 하지만 그 노력은 한 번도 성공하지 못했다. 미군이 사용하는 VR 매핑의 편의를 위해 평화 유지군은 머리, 몸통, 팔다리를 가진 인간의 형체를 어설프게 본떠서 만들어졌다. 엄지손가락도 서로 마주 보고 있었다. 그녀가 게이브를 떠올리려고 아무리 애를 써도 눈에 보이는 것은 괴물이었다.

협력에 대한 보상으로 미군은 매일 오후 몇 시간 동안은 평화 유지군의 작동을 중단했다. 포산 내에서 큰 사건이 일어나지 않는 한, 평화 유지군은 사람들이 마을 안팎을 돌아다니는 동안 조용히 눈에 띄지 않는 곳에 머물러 있었다. 그리고 바로 그때가 아직 포산에 사는 모두가 밖에 나가 볼일을 보는 때였다. 물을 구하고 음식을 사거나 물물 교환을 하고 소식을 전달했다.

나탈리는 상업 지구로 나갔다. 그곳에는 그녀가 몇 번 지나쳐 갔던, 왠지 호기심을 불러일으키는 상점이 하나 있었다. 마을에 있는 다른 상점들과 마찬가지로, 창문은 합판으로 막아놓고 모래주머니를 그 앞에 쌓아두었다. 그러나 문은 밑을 받쳐 살짝 열어두었고, 안쪽에는 상점 뒤쪽에 있는 작은 발전기에 연결되어 전력을 공급받는 형광 랜턴이 켜져 있었다. 에어컨은 없었지만 선풍기가 습한 공기를 휘젓고 있었고 선반에는 예술품, 작은 장신구, 모조 골동품이 줄지어 있었다. 용과 호랑이가 그려진 부채, 소형 잡동사니, 자수 실크 병풍, 만리장성 그림 등이었다.

나이 든 주인은 그녀가 들어오는 모습을 도저히 믿을 수 없다는 듯 바라봤다. "포산에서 뭐하고 있어요?" 그가 영어로 물었다. 약간의 억양이 느껴졌지만 영어를 유창하게 구사했다.

"저는 기자예요." 나탈리는 대답했다. "기사를 쓰죠. 당신은 포산에서 뭘 하는 건가요? 다른 많은 사람처럼 북부 지방 중 한 곳으로 떠나거나, 적어도 포산을 벗어날 순 있잖아요? 왜 상점을 열고 있죠?"

남자는 어깨를 으쓱했다. "난 갈 곳이 없어요. 가게 문이나 계속 열어두는 게 나아요. 안 될 건 또 뭐예요?"

"도둑이 들까 봐 걱정되지 않나요?"

"아니요. 아무도 뭘 사러 오지 않아요. 그래서 나도 이곳에 돈을 두고 있지 않아요. 번 관은 만리장성 그림 같은 건 원하지 않아요. 그들은 현찰, 총, 아니면 최소한 담배 같은 걸 바라죠. 그래서 그들이 날 그냥 내버려두는 겁니다."

불쾌함을 드러내는 그의 어조가 나탈리의 의심을 샀다. 나탈리는 그가 번 관, 즉 반란군과 모종의 관련이 있으리라고 생각했다. 그렇다면 아마도 가게는 연락을 주고받는 장소로 사용되고 있을 것이다. 물론 그를 인터뷰한다면 전쟁 지역의 민간인에 관한 흥미로운 이야기를 건질지도 모르지만 그 이상은 아니다. 어쩌면 반란군에 속한 다른 누군가와 인터뷰할 수 있는 어떤 단서를 얻을지도 몰랐다. 반란군 지도자 후아 첸에 대한 이야기는 대부분 소문으로 존재하는 것 같았지만, 누군가는 분명 자기편의 이야기를 언론에 제공함으로써 얻게 될 이점을 알고 있을 것이다.

나탈리는 노인에게 담배 한 개비를 권하고 음성 녹음기를 꺼냈다. "저는 당신에 관한 이야기를 미국 신문 기사로 쓰고 싶어요. 원하신다면 익명으로 진행할 수도 있지만, 이 전쟁이 끝나고 관광객이 돌아오면 이름을 밝혔던 게 효과 좋은 광고가 될 수도 있다는 건 아시죠? 저와 인터뷰하시겠어요?"

*

세 시간 후, 그녀는 뙤약볕 속으로 다시 걸어 나갔다. 노인은 그녀에게 의자와 차 한 잔을 내주었고 그녀가 살짝 부추기자 자신의 인생 역정을 들려주었다. 그는 젊은 시절 홍콩 옆 국경 도시인 선전에서 10년 동안 일한 경험 덕에 유창한 영어를 구사했다. 그 후 포산에 상점을 열 기회를 얻게 되었고, 내내 그 일에만 헌신하며 살았다. 전쟁 전 몇 년 동안 매출의 대부분은 사실상 인터넷을 통해 미국인에게 파는 자수 태피스트리에서 나왔지만, 복잡한 정부 규제 탓에 상점 문을 계속 열어두어야 했다. 하지만 이제는 모든 운송 서비스가 중지되었다. 미국이 자국 외의 모든 선적을 차단했기 때문이었다.

"내가 정말 이해 안 되는 게 뭔지 알아요?" 인터뷰가 끝나갈 무렵 노인이 말했다. "그동안 나는 내내 미국인이 중국인을 좋아한다고 생각했어요. 우리 예술품을 엄청나게 구매했으니까요. 하지만 미국이 중국 정부를 그 정도로는 좋아하지 않는다고 느꼈죠. 그런데 마침내 이곳에서 정부 전복을 시도하는 반란이 일어나니까, 미국은 평화 유지군을 파견하고는 정부 측에 서서 개입하더라는 겁니다. 어쩌면 중국 정부는 좋아해도 중국인은 좋아하지 않는 걸까요? 어떻게 생각하시나요?"

"저는 미국 정부가 좋아하는 건 안정이라고 생각해요." 나탈리는 대답했다.

“문제는 평화 유지군이 상황을 쉽게 해준다는 겁니다. 싸지는 않지만, 쉽게. 위험이라는 게 없잖아요. 미국인이 죽을 일은 없으니까. 그들은 교대 근무를 하죠, 맞나요?”

“군인들이요?”

“네. 난 그들이 교대로 일한다고 들었어요. 그게 사실입니까?”

“저는 정부에 소속돼 일하는 건 아니라서 정확히는 몰라요. 다만 그들이 남중국해에 띄워놓은 거대한 기지가 있다는 건 알아요. 병사들은 여덟 시간 일하고 열여섯 시간은 쉰다고 해요.”

“위험은 없네요.” 노인이 말했다. “개입하지 않을 이유가 없어요. 미국인은 죽지 않으니까. 중국인만 죽어날 뿐이죠. 우리가 죽는다고 누가 신경이나 쓰나요?”

나탈리는 녹음기를 가리켰다. “제 이야기를 읽으면 누군가는 신경 쓰게 될 거예요.”

“그렇군요.” 노인은 열정적으로 고개를 끄덕였다. “그래서 내가 당신과 이야기를 나누는 겁니다.”

그녀가 인터뷰를 마무리하고 가게에서 나설 준비를 하는 동안 노인이 말했다. “기자님은 매우 젊어 보이네요. 나이가 어떻게 됩니까?”

“스물둘이에요.”

“죽기에는 너무 어린 나이군요. 포산에서 뭘 하는 겁니까?”

그녀는 잠시 주저하다가 입을 열었다. “헌팅턴병이라고 들어보셨어요?”

“아니요.”

그녀는 어깨를 으쓱했다. "저는 무슨 일을 하든 젊어서 죽을 거예요. 그러니 기왕이면 가치 있는 일을 하다가 죽는 게 낫겠죠."

*

나탈리는 호텔 뜰에 앉아 차를 마시며 기사를 작성했다. 이제 담배도 거의 다 떨어지고 없었다. 혹시 노인은 담배 살 만한 곳을 알고 있을지 궁금했다. 기사 작성을 끝내고 나서 그녀는 자신의 전화기가 평화유지군과 같은 위성을 사용하는 건 아닐까 잠시 고민했다. 아마 아닐 거라고 결론 내리고는 보내기 버튼을 눌러 상사에게 기사를 전송했다.

스크린 위로 그림자가 드리워져 고개를 들어보니 샘이었다. 그는 새로 우린 찻주전자를 들고 겨드랑이에는 《뉴욕타임스》 한 부를 끼고 있었다.

"신문이네요!" 그녀는 외쳤다. "그러니까 내 말은……." 나탈리는 다시 품위를 찾으려는 시도로 머리카락을 귀 뒤로 꽂아 넣었다. "당신이 다 읽고 나면 나도 좀 볼 수 있을까요? 어디서 구했어요?"

"오늘 트럭에 실려 왔어요. 그리고 난 앞부분부터 읽는 걸 좋아해요. 그동안 당신은 비즈니스와 아트 섹션을 읽는 게 어때요. 물론 원하신다면요." 그는 신문을 테이블 위에 내려놓았다.

"오." 그녀는 갑자기 의심스러운 눈초리로 그것을 바라봤다. "샘, 혹시 이거 받아 오는 거 다른 사람한테 들키지 않았어요? 그랬다면 정말 큰일이거든요. 포산에는 반란군에 동조하는 정서가 널리 퍼져 있어요. 여기 항구가 봉쇄된 이유가 그 때문이에요. 만약 당신이 미국인을 위해 일한다고 여기 사람들이 생각하게 되면…….”

“참 나, 당신이 바로 미국인이에요. 그리고 지금 여기 있잖아요. 내 걱정까지 해주니 감동인데요. 그 조언은 새겨들을게요.” 그가 자기 잔에 차를 따르며 물었다. “담배?”

“네, 고마워요.” 그가 담배에 불을 붙여주었다.

하루밖에 안 된 따끈따끈한 신문이었다. 이론상 컴퓨터가 그녀의 기사를 전송할 수 있다면 뉴스를 내려받는 것도 가능해야 했지만, 이곳의 인터넷 연결이 그다지 신통치 않아 할 일을 거의 제대로 하지 못했다. 따라서 나탈리는 빠르게 결론 내렸다. 이 영국인 신사와 함께 있는 게 목격됨으로써 입을 피해는 이미 발생했다고. 그러니 그냥 신문을 즐기는 게 낫겠다고. 그녀는 아트 섹션을 펼쳤다.

“이런, 브렌 기자님. 당신이 미국 신문에 기고한 글을 내가 보게 되네요.”

“내 기사가 거기 실렸어요?” 그녀는 목을 길게 뺐고, 샘은 신문을 접어서 넘겨주었다. 그것은 평화 유지군이 반란군 용의자를 체포하는 장면을 목격하고 쓴 기사였다. 나탈리는 저널리즘 객관성의 자취는 유지하면서, 평화 유지군의 모습은 자신이 본 대로 묘사하려 최선을 다했다. 잘 쓴 기사였다.

샘은 그녀의 기사를 다 읽고 나서 부고면으로 넘어갔다. “이런 세상에! 누가 죽었는지 당신은 상상도 못 할 거예요!”

“대통령?”

알고 보니 30대 여성 유명인사의 죽음으로, 사인은 명백한 약물 과다 복용이었다. 샘은 그녀가 여섯 살짜리 아이 하나를 남기고 죽었다고 적힌 마지막 부분을 읽어주었다. 나탈리는 갑자기 한낮의 강렬한 더위를 깨닫고는 담배를 잠시 재떨이에 내려놓았다.

어머니가 시름시름 죽음의 여정을 시작했을 때, 나탈리는 여섯 살이었다. 그리고 그녀가 열다섯 살이 되었을 때, 그 죽음이 완성되었다. 그 뜻은 나탈리도 젊은 나이에 발병할 수 있다는 의미였다. 어머니의 죽음 후, 나탈리는 자신도 헌팅턴병을 앓을지 유전자 검사를 받아보고 싶었다. 아버지는 딸의 청을 거절했다. "그런 결정을 내리기엔 넌 아직 너무 어려."

"무슨 결정이요? 난 그냥 알고 싶을 뿐이에요."

"일단 알게 되면 몰랐던 상태로 돌아갈 수가 없어."

"아빠는 내가 엄마처럼 아플 때까지 무지한 상태로 살았으면 좋겠어요? 평범한 삶을 사는 척하면서? 아이도 낳고?"

"열여덟 살이 되면 검사해보자."

나탈리는 열여덟 번째 생일에 검사를 받았다. 결과는 2주 후에 나왔고, 다음 날 그녀는 여권을 신청했다.

*

그녀의 위성 전화기가 울렸다. 편집자였지만, 통신 잡음이 너무 심해서 하는 말을 알아들을 수가 없었다. "잠깐만요." 그녀는 한쪽 귀를 손으로 막고 더 강한 신호를 잡기 위해 걸어 다녔다. 행운은 없었다. "옥상까지 올라가야 할 것 같아요. 15분 후에 다시 전화해줘요." 그녀는 전화를 끊고 샘에게 말했다. "미안해요……."

그는 괜찮다는 의미로 손을 내저었다. "난 신문을 지키고 있을게요."

엘리베이터는 몇 달째 운행되지 않고 있었다. 나탈리는 노트북 가방을 어깨에 들쳐 메고 계단을 올라갔다. 계단은 숨이 막힐 정도로 뜨거웠다. 질식할 정도의 끈적임이 돌덩이처럼 짓눌러왔다. 올라가는 도중에 여러 번 숨을 몰아쉬며 멈출 수밖에 없었다. '아무래도 담배를 끊어야겠어.' 그녀는 담배 피우는 게 좋았다. 피우는 의식, 담배를 청하는 행위, 그리고 젊은 미국인이 담배를 피우는 모습을 보았을 때 사람들이 드러내는 충격까지. 그 모든 게 좋았다. 하지만 근래 들어 계단을 오를 때 숨이 많이 가빠진다는 사실은 그다지 마음에 들지 않았다.

계단을 다 올라가자, 한낮의 열기는 어느 정도 사그라져 있었다. 그녀는 옥상으로 나갔다. 호텔 꼭대기에 설치해둔 네온사인은 꺼져 있었다. 옥상에는 닭장과 작은 밭이 있었는데, 마늘과 쪽파, 양배추 몇 포기가 자라고 있었다. 포산의 전경이 눈앞에 펼쳐졌다. 맞은편 건물은 폭격에 맞아 뼈대만 남아 있었다. 미국은 그녀가 머무는 호텔의 좌표로는 폭탄을 날리지 않았다. 이곳이 서양인들이 묵는 호텔이라는 걸 알기 때문이었다. 나탈리는 이 호텔에 머문다는 사실을 미군에 알린 적이 없었지만, 어쨌든 그들이 알고 있다는 데는 의심의 여지가 없었다. 그리고 샘에 대해서도 확실히 알고 있을 터였다.

전화기가 울렸다. "나탈리 브렌입니다."

"나탈리! 이제 잘 들려요?"

"네, 옥상으로 올라왔어요. 군에서 자기들 신호를 제외한 모든 위성 신호를 방해하는 게 분명해요. 어쩐 일이에요?"

"방금 보내준 기사의 글자가 전부 깨져서 들어왔어요. 다시 보내줄 수 있어요?"

"물론이죠." 옥상까지 노트북을 가지고 온 나탈리는 기사를 다시 전송했다. "어떻게 지내세요?" 노트북이 윙 소리를 내며 작업하는 동안 물었다.

"평소와 똑같아요. 저기, 나탈리 아버지께서 이쪽으로 전화했었어요. 전화 좀 하라고 하시던데요. 사실, 나탈리 전화번호를 알려달라고 하셨는데……."

"아빠에게 번호를 드렸으면, 내가 당장 대만으로 날아가서 당신 엉덩이를 걷어찰 테니 그런 줄 알아요."

"나도 알아요, 나탈리. 걱정하지 말아요. 어쨌든 아버지가 전화 좀 달래요. 뭔가 중요한 일인 것 같았어요. 가족 내 응급 상황이나 뭐 그런 거요."

나탈리는 시계를 확인했다. "지금 한밤중이겠네요. 아침에 아빠가 일어나실 시간 되면 잊지 않고 전화하도록 애써 볼게요."

"알았어요. 자, 이제 기사가 도착한 것 같네요. 고마워요. 고개 잘 숙이고 다녀요."

"일단 지금 옥상에서 내려가는 것부터 시작해보는 건 어떨까 싶어요. 나중에 또 통화해요."

해가 지고 있었다. 그녀는 포격에 무너진 도시 너머 지평선 위, 분홍빛 소용돌이를 바라봤다. 그쪽 어딘가에 아버지가 있었다. 여전히 어머니의 삶을 살아가도록 그녀를 설득하려 애쓰는 아버지가.

동쪽 지평선에서 희미하게 빛이 번쩍이는 게 보였다. 포격. 어둡고 그늘진 그녀 자신의 조각, 헌팅턴병 진단과 그것이 의미하는 모든 것을 믿지 않으려 하는 그녀의 일부가 부르르 몸을 떨었다. 이제 아래로 내려가야지. 그녀는 전화기와 노트북을 집어 들고 계단을 내려가기 시작했다.

*

호텔 직원 한 명이 계단 맨 아래서 그녀를 맞이했다. “고객님? 고객님께 메시지가 도착해 있습니다.” 처음 든 생각은 아버지가 호텔로 전화를 걸어왔으리라는 것이었지만, 메시지는 빨간색 홀로그램 도장으로 봉인한 봉투에 들어 있었다. 그녀는 그것을 살펴봤다. 그날 인터뷰했던 남자가 보낸 것이었다.

안에 든 메시지는 간단했다. “귀하를 뵙기를 청합니다. 가능한 한 빠르게.” 그리고 주소가 적혀 있었다.

밖에는 평화 유지군 하나가 순찰 중이었다. 걸어가는 동안 그것의 머리가 앞뒤로 움직였다. 그녀가 서 있는 곳에서도 희미하게 윙윙거리는 소리를 들을 수 있었다. 다시 그 메모를 보았다. 그곳으로 가려면 평화 유지군을 지나쳐 가야 했다.

바보같이 굴지 마. 그녀는 자신에게 말했다. ‘나를 돌아보는 건 저걸 조종하는 사람이야. 게이브. 내가 통금이 지나서 나돌아다닌다고 해도 서양인은 총에 맞지 않아.’ 그녀는 다시 메모를 보았다. 그리고 밖으로 나갔다.

나탈리는 호텔 외부에 있는 평화 유지군이 호텔에 묵는 그녀와 다른 서양인을 보호하기 위해 배정된 인원이라는 걸 분명히 알았다. 그녀는 이를 악물고 그것을 지나쳤다. 금속 부품 중 하나에 기름칠이 필요한 듯했다. 그것이 걸어가는 동안 서보모터(보조 전동기를 의미한다_옮긴이)의 윙윙 소리 너머로 끼익거리는 소음을 들을 수 있었다. 그것이 그녀를 바라보기 위해 고개를 돌렸고, 나탈리는 일부러 용기를 내서 그것과 시선을, 아니 평화 유지군의 시선이라고 생각되는 곳에 눈을 맞추었다. 그것이 잠시 멈추고 그녀를 바라봤다. 노스캐롤라이나, 또는 텍사스 어딘가에서 병사 하나가 평화 유지군의 눈을 통해 그녀를 보고 있었다. 게이브, 하고 그녀는 중얼거렸다.

다른 건 아무것도 두려운 게 없는데, 이들은 날 왜 이리도 두렵게 할까? 이들은 날 죽이지 않을 거야. 아니, 오히려 날 보호해야 한다고 생각할걸.

"지금은 밖에 나가는 걸 권하지 않습니다, 아가씨." 평화 유지군이 말했다. 만약 같은 말이 젊은 남자의 입에서 나왔다면, 그건 아마도 거칠고 조금 거만하게 들렸을지도 모르겠다. 하지만 반은 인간 같고 반은 기계 소리 같은 평화 유지군의 그 말이 온몸의 털을 곤두서게 했다.

"오늘 밤에는 뭔가 계획된 일이 있다고 들었습니다. 호텔에 머무는 게 안전할 겁니다."

"걱정해줘서 고마워요." 나탈리는 대답과 함께 발걸음을 옮겼다.

평화 유지군이 팔을 뻗어 그녀를 막았고 나탈리는 그것에 몸이 닿지 않도록 옆 걸음질로 피했다.

"호텔로 돌아가십시오."

"싫다면 나를 억지로라도 돌아가게 할 건가요?"

평화 유지군이 팔을 내렸다. "아니요."

"걱정은 고맙지만 난 밖으로 나갈 거예요." 그녀는 거리를 따라 걸어갔다.

주소는 이전에 공장이 있던 곳이었지만 지금은 어둡고 텅 비어 있었다. 문은 잠겨 있었다. 그녀는 다시 메모를 확인하고 한숨을 쉬었다. 그리고 1, 2분 정도 기다리기로 마음먹었다.

차 한 대가 다가와 섰다. 무거운 타이어가 장착되고 창문은 어둡게 선팅한 크고 오래된 차였다. 뒷문이 열렸다. "나탈리?"

그녀는 잠시 망설였지만, 사실 애초부터 이런 식의 모험이 그녀가 이곳에 오게 된 이유였다. 뒷자리에 올라타자 심장 박동이 빨라지기 시작했다.

*

차에 탄 사람들은 얼굴에 스카프를 쓰고 있었다. 나탈리는 두 사람은 여자고 두 사람은 남자라는 걸 알아차렸다. 그들은 서로 빠르게 광둥어로 대화를 나누었기에 나탈리는 산발적으로 한두 마디 알아들을 뿐이었다. 그들은 그녀가 알아듣지 못하게끔 확실히 하려 애쓰고 있었다. 나탈리는 자신이 알아들으리라고 생각조차 안 했지만 그래도 입을 꾹 다물고 앉아 있었다. 그녀가 알아듣지 못한다고 그들이 확신하면, 뭔가 유용한 정보를 흘릴지도 모른다고 생각했기 때문이었다.

차는 한 선적 창고로 운전해 들어갔다. 콘크리트 바닥은 비어 있었다. 남자 중 하나가 공항에서 사용하는 스캐너와 약간 비슷해 보이는 큰 장치를 꺼냈다. 그리고 그녀의 몸을 위아래로 수색하고 소지품을 검사했다. 광둥어로 외치는 소리가 들리더니 그가 돌아서서 그녀를 비난하는 시선으로 쳐다봤다.

"그건 내 노트북이에요." 그녀가 손으로 가리키며 말했다. "그건 내 음성 녹음기고, 그건 내 전화기예요."

더 많은 광둥어가 쏟아졌다. 이번에는 아무 말도 이해할 수 없었다. 남자들이 언성을 높이기 시작했다. 그러다 한 남자가 타이어 지렛대를 꺼내 들고 노트북을 바라보았다. 그녀는 숨을 헉 들이마시고는 그를 제지하기 위해 앞으로 나섰지만, 그가 지렛대를 손에 든 채로 돌아서는 것을 보고는 뒤로 물러섰다. 그녀는 위협적이지 않아 보이려 애쓰면서 양손을 뻗었다.

"그 노트북 없이는 내 일을 하기가 힘들어요."

그는 그녀의 말을 전혀 듣지 못한 사람처럼 바닥에 무릎을 꿇고 앉더니 지렛대를 노트북 사이로 거칠게 끼워 넣고 플라스틱 케이스를 벌렸다. 노트북 내부가 바닥으로 쏟아져 나왔다. 곧 빨간색 플라스틱 사각형 하나를 제외한 모든 게 비닐봉지 속에 쓸어 담겨서 그녀에게 전달되었다. 그동안 타이어 지렛대를 들고 있던 남자는 그 빨간색 사각형이 마치 바퀴벌레라도 되는 것처럼 짓이겨서 박살냈다. 그는 그것을 바닥에 그대로 내버려 두었다. 그런 다음 위성 전화기에서 배터리를 빼내고 전화기와 녹음기를 그녀에게 건네주었다.

호텔에 배터리가 하나 더 있어. 그리고 전화기로도 언제든 기사를 작성할 수 있어. 나탈리는 심호흡했지만 두려움이 생각을 조각내버려서 집중하기 어려웠다. 두려움 탓에 손도 따끔거렸다. 그들은 내가 이야기하길 원하는 거야. 그게 아니라면, 음성 녹음기를 돌려주지 않았겠지. 한 여자가 눈가리개를 씌웠다. 차가 흔들릴 때 나탈리는 그 여자의 무릎 위로 쓰러졌다.

15분 정도 더 운전해 간 후, 차가 속도를 늦추었다. 나탈리는 차가 무언가에 부딪히더니 그 후에는 계속해서 천천히 왼쪽으로 움직이고 있다고 느꼈다. 그런 다음 여자가 눈가리개를 벗겨주었고 모두가 차에서 내렸다.

그들이 있는 곳은 비상등이 희미하게 비추는 지하 주차장이었다. 한 남자가 문으로 가서 두드리니 빠른 광둥어 소리가 들렸고 이내 문이 활짝 열렸다. 그가 그녀에게 들어오라고 손짓했다.

그녀는 문을 통과해 계단실로 들어가 층계를 올랐다. 안내하는 남자가 손전등을 켰다. 그녀는 문 근처에서 어깨에 총을 멘 남자 둘을 흘깃 바라봤다. 계단은 덥고 답답했다. 호텔에서는 적어도 얼마나 더 위로 올라가야 하는지 알 수 있었지만, 여기서는 그마저도 알 수 없었다. 그들은 계속해서 올라갔다.

"잠깐만 쉬었다 가요." 15층에 이르자 나탈리가 헐떡이며 말했다. 남자는 대꾸하지 않았다.

나탈리는 다시 광둥어로 말했다. "쉬었다 가요."

그가 망설이다가 멈춰서더니 그녀가 몇 분 정도 벽에 기대 주저앉아 쉬게 해주었다. "이제 얼마 안 남았어요." 그가 광둥어로 천천히 말했다. "5층만 더 올라가면 돼요."

"5층? 그 정도는 갈 수 있어요." 그녀가 일어섰다.

"아뇨, 좀 더 쉬어요." 그는 담배 한 갑을 꺼내서 한 개비를 권했다.

"난 끊을까 생각 중이에요." 담배를 받아들며 내뱉었다.

“끊는 게 좋아요. 지저분한 습관이죠.” 그가 라이터를 건네주며 씩 미소 지었다. 그들은 몇 분 동안 덥고 어두운 계단에서 담배를 피웠다. 그는 다 피운 담배 꽁초를 바닥으로 떨어뜨렸다.

“갈까요?”

다섯 개 층을 더 올라간 후, 그가 어느 문을 두드렸다. “그 외국인하고 같이 왔어요.”

문이 활짝 열렸고 그녀는 훅 끼쳐 오는 차갑고 상쾌한 공기와 마주쳤다. 마치 열대림에 있다가 눈보라 속으로 들어서는 것처럼 숨이 멎을 것 같았다. 나탈리는 포산에 온 이후로는 제대로 된 에어컨 바람을 맞아본 적이 없었다. 호텔에 에어컨이 설치되어 있기는 했지만 가동하려면 전기가 필요했고, 전기를 만들어내려면 프로판이 필요했다. 하지만 프로판은 부족했다. 골든 시티 같은 호텔에는 미국에 한정적으로 프로판을 공급하고 있었지만, 호텔 측이 그것을 사용하기보다는 재판매로 더 큰 이득을 보고 있으리라는 데는 의심할 여지가 없었다.

그녀는 차가운 공기 속으로 들어갔다. 이곳을 나선 후 다시 더위 속으로 돌아가는 건 끔찍할 테지만, 어쨌든 여기 있는 동안에는 마음껏 즐겨도 좋을 듯했다.

에어컨은 작동 중일지 모르지만 조명은 꺼져 있었다. 그녀는 복도를 비추는 손전등이 안내하는 대로 따라갔다. 사무실 건물이었고, 적어도 아직은 약탈당하지 않은 듯했다. 복도 끝의 사무실에는 골동품처럼 보이는 병풍이 하나 놓여 있었다. 상점가의 골동품점에서 보았던 병풍 중 하나처럼 보였고, 희미한 불빛 덕분에 그 뒤에 누가 앉아 있다는 걸 알 수 있었다.

안내자가 앞으로 나서더니 경례를 하고는 그녀가 알아들을 수 없는 광둥어로 무슨 말을 했다. 그러고 나서 그녀 쪽을 돌아보며 말했다. “첸 쥥 관.” 첸 장군. 그가 병풍을 가리켰다. “장군님이 당신과 함께 앉아 인터뷰하시겠다고 하십니다. 음성 녹음기는 켜도 좋습니다.”

그녀는 녹음기 스위치를 켜고 안내자가 권하는 의자에 앉았다. “첸 장군님, 저와 인터뷰를 하시겠다니 영광입니다. 장군님의 아름다운 언어를 제가 잘 구사하지 못해서 죄송합니다. 부디 이해해주시기 바랍니다.”

병풍 저편에서 가벼운 웃음소리가 들렸다. “걱정하지 말아요, 젊은 아가씨. 난 인내심이 큰 사람이니까.”

그녀는 나이 든 사람의 목소리를 예상했지만 그렇지 않았다. 비록 그녀를 “젊은 아가씨”라고 부르기는 했지만, 목소리가 젊었다. 그는 천천히 그리고 명확하게 말했다. 그녀 자신의 광둥어 구사 능력보다 그의 영어 실력이 훨씬 뛰어나다고 생각했다.

“장군님 부하들이 제 노트북을 부숴버렸어요.” 그녀가 말했다. “덕분에 기사를 전송하기가 힘들어졌네요.”

“그건 내가 사과드리죠.” 그가 말했다. “노트북에는 당신의 정부가 심어놓은 호밍비컨(무지향성 무선 표지라고도 하는 자동 위치 추적기다_옮긴이)이 들어 있었거든요. 그들은 어쩌면 당신이 날 찾아낼지도 모른다고 생각했겠죠. 당신의 신문사가 새로운 노트북을 보내주리라고 믿습니다. 인터뷰를 시작할까요?”

“말씀해주세요.” 차에서 내린 이후 처음으로 심장 박동이 안정되는 것을 느끼며 그녀가 말했다. “왜 중국 정부에 대항해 반란을 일으키신 건가요?”

*

후아 첸은 좋은 인터뷰 대상이었다. 나탈리의 경험상 중국 정부 관리들은 대답하기 곤란한 질문에 대놓고 불쾌감을 드러냈지만, 후아 첸은 정중하고 양심적인 태도를 유지했다. 인터뷰가 끝나자 안내인은 그녀를 다시 아래로 데리고 가서 기다리고 있는 차로 안내했다. 이번에는 다른 차였다. 그녀는 다시 눈가리개를 했다. 에어컨 속에서 걸어 나오자 습기로 흠뻑 젖은 양모 담요 같은 게 그녀 위로 내려앉은 느낌이었고, 셔츠는 겨드랑이 밑에 불편하게 매달려 있었다.

호텔에 도착했을 때는 이미 밤이었다. 그녀는 방에 들어가 여분의 위성 전화 배터리를 꺼내 들고 계단으로 옥상까지 올라가서 편집자에게 전화를 걸었다. 자신의 이야기를 받아적게끔 하고 새 노트북을 보내달라고 요청했다. 그런 다음 다시 아래층 방으로 내려가 침대 옆에 전화기와 녹음기, 그리고 노트북의 잔여물을 내려놓았다.

침대 위에 놓인 무언가가 그녀를 기다리고 있었다. 《뉴욕타임스》. 그리고 메모가 한 장 꽂혀 있었다.

당신이 돌아오지 않기에 내가 다 읽고 나서 신문을 보내드려요. 그럼 나중에 다시 볼 수 있기를 바랍니다. -샘.

기분 좋은 한숨을 내쉬면서, 그녀는 담배에 불을 붙이고 자리에 앉아 신문을 읽었다.

전쟁이 신문의 1면을 장악하고 있었다. 미국인들이 번 관의 고위급 간부인 젊은 여성 한 명을 체포한 모양이었다. 기사가 작성되었을 시기에 평화 유지군이 여자를 보호하고 있었다는 걸 보니 아직은 인간의 손에 그녀가 넘어간 것 같지는 않았다. 다른 주요 뉴스는 뉴욕 지하철에서 발생한 심각한 사고와 봄철 해동으로 인한 미시시피강의 홍수, 그리고 산불 등의 내용을 다루고 있었다. 그녀는 심지어 머리가 두 개 달린 거북과 농촌 범죄 증가에 관한 칸 채우기 용 기사까지 한 단어도 놓치지 않고 다 읽었다.

그런 다음 건강 섹션에서 다음 내용을 보았다.

연구원들 헌팅턴병 치료제 발표.

그녀는 조심스럽게 담배를 내려놓고 신문에 가까이 몸을 기울였다. 뭐라고?

그 연구원들은 미시간대학교 소속이었다. 전에도 발표된 치료법이 있었지만 대부분은 기껏해야 질병의 진행 속도를 늦출 뿐 병 자체를 멈추는 방법은 아니었다. 헌팅턴병은 유전자 검사를 해야만 알 수 있는 질환인 데다 발병 빈도도 낮아 연구 우선순위는 아니었다. 하지만 연구원들은 꾸준히 헌팅턴병을 연구해왔는데, 이 치료법이 알츠하이머와 파킨슨병의 치료에도 유용하게 쓰일 수 있으리라는 낙관적인 기대 때문이었다. 그들이 헌팅턴병에 연구에 집중한 건 그 프로토콜(과학적 연구나 치료를 실행하기 위한 계획과 절차를 의미한다_옮긴이)이 더 빠른 테스트를 허가(그렇지 않으면 환자들이 계속 죽어나가리라는 게 뻔했기에)해주었기 때문이었다. 그리고 그것은 효과가 있었다. 모든 환자에게. 병의 진행을 완전히 중단시켰을 뿐 아니라, 명백히 되돌리기까지 했다. 심지어 치료가 시작되었을 때, 1, 2년 안에 사망하리라 여겨지던 어느 환자에게까지 효과가 있었다.

이제 난 죽지 않을 거야.

멀리서 들리는 포격 소리에 호텔이 흔들렸다.

음, 전쟁 통에 죽지만 않는다면.

그녀는 담배를 비벼 껐다.

*

그날 겪은 모험으로 피곤했지만, 헌팅턴병 소식에 정신이 번쩍 들었다. 그녀는 신문 이외의 모든 것을 그대로 두고 호텔 뜰로 나가서 브랜디 한 잔을 주문하고 브랜디가 없으면 아무 술이라도 달라고 했다. 술이 입에 맞든 안 맞든 그런 건 상관없었다. 잠시 후 샘이 나왔다. 그녀는 그의 방에서 안뜰을 바라볼 수 있어서 그녀를 보고 나온 것이 아닐까 궁금했지만 아무래도 상관없었다. 말 상대가 있어도 좋을 듯했다.

"안녕하세요?" 그가 담배를 권하면서 물었다.

그녀는 손사래 치며 거절하려다 받아들었다. 그녀의 손이 떨렸다. "담배가 계속 나오네요."

"표정이 꼭 유령이라도 본 사람 같아요."

그녀가 웃기 시작했다. "네, 아마도 그럴 거에요. 또 다른 나를 봤거든요."

샘은 살짝 놀란 듯한 표정을 지어 보이고는 그녀의 담배에 불을 붙여주었다. "그 얘기를 나한테 다시 확실히 설명할 계획은 있는 거겠죠."

"난 헌팅턴병을 앓고 있어요." 그녀가 말했다. "우성 유전자로 전달되는 아주 드문 유전질환이에요. 그 병을 가지고 있으면, 자녀를 낳을 때 50퍼센트의 확률로 유전이 되죠. 그리고 50세, 40세, 또는 30세가 되면 발병해요. 보통은 부모보다 더 어린 나이에 발병하죠. 그렇게 되면 죽는 거고요. 불치병이에요. 아니 불치병이었어요. 아주 끔찍한 죽음이기도 했고요. 유명한 포크송 가수 우디 거스리가 헌팅턴병이었어요. 처음에는 약간 덜렁대는 증상으로 시작해요. 누구나 조금씩은 다 서툴고 어설프기도 하고 그러잖아요. 하지만 헌팅턴병에 걸리면, 그런 어설픈 행동을 점점 자주 하게 되죠. 그러다가 결국에는 심한 치매로 발전하고요. 보통은 폐렴으로 죽음을 맞이해요."

샘은 담배와 브랜디를 들고 등을 기대앉았다. "전쟁터에서 시간을 보내는 것도 전혀 이상할 게 없군요. 발병하기 전에 폭탄에 맞아 날아가길 바라면서요."

그녀는 큰 소리로 웃었다. "맞아요."

"그 유전자를 가지고 있다는 걸 늘 알고 있었어요?"

"아버지는 내가 열여덟 살이 될 때까지 검사를 받아보지 못하게 했어요. 열여덟 번째 생일이 가까워지자, 검사를 받지 못하게 날 설득하려고 했었죠. 그 병 때문에 선택할 게 아니라, 내가 스스로 선택해야 한다고 생각하셨던 거예요. 하지만 난 이미 두 가지 다른 길을 계획하고 있었어요. 만약 음성이라면 대학에 가고 결혼도 하고 아이도 낳고 평범한 직장에 취직해서 평범한 삶을 살 거라고. 그리고 만약 양성이라면, 해외 통신원이 돼서 위험을 감수하며 전쟁 지역에서 일하겠다고. 아니, 왜 안 되겠어요? 차라리 그편이 낫죠."

"그러니까 그 '다른 당신'이란 검사에서 음성이 나온 사람이군요."

"맞아요." 나탈리는 신문을 펼쳤다. "이 기사 봤어요?"

그의 눈에 놀라움이 번쩍였다. "아, 그렇군요. 치료법에 관해 처음

들은 거예요?"

"엄마가 돌아가셨을 때, 치료법을 거의 개발했다는 얘기가 있었어요. 그 이후로 나는 '치료법은 지평선 바로 너머에 있다'라는 식의 이야기들은 모두 외면하려 애써왔죠." 그녀는 헤드라인을 다시 흘낏 바라보면서 손가락으로 헌팅턴의 '헌'자를 따라 그렸다. "중국에 오기 전에는 헌팅턴병 이야기를 피해 다니기가 더 힘들었어요."

샘은 그녀를 올려다봤다. "음, 이건 마치 영화 속에서 주지사가 사형수를 사면하듯이 당신도 완전 사면을 받은 것 같네요. 그럼 이제 디즈니랜드에 갈 생각인가요?"

"난 디즈니랜드에 가보고 싶다는 생각은 해본 적 없어요." 나탈리는 샘을 위아래로 바라보다가 담배를 비벼 끄고 마시던 술을 마저 마셨다. "내가 생각해봤는데, 혹시 당신이 약간이라도 나에게 관심 있다면 섹스부터 시작해보면 어떨까 싶어요."

*

샘의 방은 후덥지근했다. 서랍장 위에는 여행 가방 하나가 덜렁 놓여 있었다. 그는 시트를 접어 젖히고는 당황스러운 표정으로 그녀 쪽을 돌아봤다. "나탈리, 당신은 매우 매력적인 여자예요. 그렇지만 지금까지는 누군가 이렇게 직접적으로 내게 제안하고 내가 먼저 시작하길 기다리는 상황은 경험해본 적이 없어요. 혹시 콘돔 있어요?"

"난 체내 피임 시술을 받았어요."

"피임 시술이라…… 그렇지만, 음……." 그는 그녀를 의심스럽게 바라보았다. "전에 섹스해본 적 있어요?"

"음, 아니요. 괜히 모험하고 싶지 않았거든요. 개인적인 스페이드 에이스(흔히 죽음의 카드로 인식한다_옮긴이)를 자식에게 전달하고 싶지 않았어요. 엄마도 우연히 나를 가졌다고 했었고요."

샘은 여전히 이상하게도 불확실한 표정으로 고개를 끄덕였다. 그녀는 마침내 그의 셔츠 깃을 움켜잡고는 잡아당겨 키스했다. 그의 키스는 조심스러워, 거의 주저하는 듯 보였다. 나탈리는 자신이 그다음에 무엇을 해야 하는지 사실 잘 모르고 있다는 것을 깨달았다. 옷을 벗어야 하는 걸까? 그의 옷을 벗겨야 하나? 사람들은 시도 때도 없이 이런 걸 하잖아. 분명히 내가 배우지 못한 일종의 프로토콜이 있을 거야.

맥박이 고동치는 동안, 그녀는 그의 셔츠 첫 단추를 풀었다.

*

섹스 후에 그는 나탈리의 팔에 있는 문신인 스페이드 에이스를 만졌다. "검사가 음성이었다면, 어떤 문신을 하려고 했어요?"

"생각해본 적 없어요."

"두 가지 계획이 있었다고 들은 것 같은데. 또 다른 당신을 위한 문신은 없었던 거예요?"

"또 다른 나는 그것에 관해 생각해볼 시간이 더 많았어요. 서두를 필요가 없었죠. 하지만 나는 서둘러야 했어요."

"대학은 다녔어요?"

"네. 여름에 강의를 두 배로 늘려 듣고 공부할 수 있는 프로그램을 찾아서 4년이 아니라 2년 만에 대학을 마쳤죠."

"그러고 나서《뉴욕타임스》에 직장을 잡은 거군요."

"졸업하던 해 여름에 휴스턴 폭동을 취재하기 위해 프리랜서로 일했어요. 기자 하나는 이미 죽었고 나머지 사람 대부분이 거기서 빠져나왔지만, 나는 곧장 그 한가운데로 들어갔죠. 친구가 내 영상과 편지를《뉴욕타임스》외신부에 보냈는데, 그들이 나를 고용해서 여기로 오게 된 거예요."

"이젠 이 문신을 제거할 건가요?" 그가 문신을 손가락으로 훑으며 말했다. "이거 정말 매력적인 거 알아요?"

"지워야 할지 고민 좀 해보려고요."

한 시간 후 그녀는 자기 방으로 돌아갔다. 침대 옆에 놓인 위성 전화기를 보았을 때, 그녀는 오전 일찍이 아버지에게 전화가 왔었다는 사실을 기억해냈다. 이제 중국은 한밤중이었고, 미국의 집은 낮이었다. 분명히 그 치료법에 관해 얘기하고 싶으신 걸 거야. 그녀는 옥상까지 올라갈 기운이 없었기에, 부디 전화가 방에서도 잘 터지기를 기도했다. 그녀는 침대에 누워 번호를 눌렀다.

벨이 두 번 울리자 아버지는 전화를 받았다. 목소리는 굉장히 멀리 있는 듯 반쯤 기계음처럼 들려서 거의 평화 유지군의 목소리 같았다. "나탈리. 아, 하느님 감사합니다. 내가 종일 네게 연락하려고 얼마나 애썼는지 알아?"

"왜요, 무슨 안 좋은 일이라도 있어요?"

"안 좋은 일은 무슨. 나탈리, 과학자들이 치료법을 찾아냈어."

"나도 알아요. 신문에서 봤어요."

"거기서 얼마나 빨리 나올 수 있니?"

나탈리는 온몸의 털이 곤두서는 느낌이었다. 아버지는 늘 그랬던 것처럼 또 나를 밀어붙이면서 통제하려 하고 있어. 그녀는 한숨을 쉬고는 질문을 회피하려 애썼다. "그냥 비행기표 사서 다음 비행기에 올라타면 되는 그런 게 아니잖아요. 여기서 나가는 건 생각보다 복잡해요. 위험하다고요."

"그렇지만 오기는 할 거지?" 그녀는 곧장 대답하지 않았고 아버지는 전술을 바꾸었다. "아빠가 부탁하고 싶은 건, 저기, 그 문제를 생각해볼 수 있는 어디 안전한 곳으로 갈 수 있겠지? 이제는 생각할 시간이 생겼잖아. 75년에서 80년쯤 말이다. 30년이나 40년이 아니라."

나탈리는 무심코 노인이 된 자신의 모습을 상상하며 숨죽였다.

"이제 집에 올 수 있잖아. 이제는 아이도 가질 수 있을 거야. 나탈리. 적어도 어딘가 안전한 곳으로 가서 그것에 관해 생각해볼 수는 있잖아. 최소한 안전하게 머물려고 애써볼 수는 있잖아……."

"생각해볼게요." 그녀는 이렇게 대답하고 전화를 끊었다.

그날 밤 나탈리는 포격이 우르르거릴 때마다 잠에서 깨어 계속 선잠을 잤다. 새벽쯤 그녀는 비틀거리며 화장실로 걸어갔다. 거울을 빤히 들여다보며 자신의 또 다른 자아를 상상해보려 했다. 또 다른 나는 어떤 삶을 살아왔을까? 그것에 관해서는 진지하게 생각해본 적이 없잖아. 가질 수 없을 게 뻔한 것을 꿈꾸고 싶지는 않았으니까.

아래층 뜰로 내려가니 호텔 직원 몇 명이 태극권을 수련하고 있었다. 그녀는 담배에 불을 붙이고 앉아 그들을 바라봤다. 이걸 배울 수도 있겠어. 약간 터무니없지만, 하고 그녀는 생각했다. 무술을 배울 수도 있겠네. 뜨개질을 배워도 좋겠어. 퍼시픽 림 트레일을 따라 하이킹하거나 마라톤을 하거나 물레를 돌려 도자기 만드는 법을 배울 수도 있겠고.

그런데 왜 문이 열린 게 아니라, 앞에서 문이 닫혀버린 듯한 기분이 드는 걸까?

안뜰로 나오는 문이 열리더니 샘이 그녀와 합류했다. 태극권이 끝나고 나서 웨이터 한 명이 찻주전자 하나와 찻잔 두 개를 가지고 왔다.

"사실 말이죠. 이게 내가 늘 하고 싶던 거예요."

샘이 찻잔을 집어 들었다. "이거?"

그녀가 길 건너 폐허가 된 건물을 향해 손짓했다. "모든 사람이 너무 위험하다고 말하는 곳을 여행하는 것. 아무도 볼 수 없는 것에 관해 글을 쓰는 것. 언론인이 되어서 나 아니면 누구도 말할 수 없는 그런 이야기를 다루는 것."

"그럼 계속하면 되겠네요." 샘이 말했다.

"그렇게 간단한 문제가 아니에요." 나탈리가 아버지를 생각하며 대꾸했다.

*

그녀는 평화 유지군이 거리에서 철수하는 이른 오후, 밖으로 나갔다. 편집자는 그녀가 가능하다면 현지에서 다른 노트북을 구해보는 게 좋겠다고 연락해왔다. 대만에서 선적해 보내주는 것보다는 그게 빠를 것 같다고 했다. 그 이상한 골동품 가게는 문이 닫혀 있었다. 다른 상점도 모두 마찬가지였다. 다음 거리에서 열려 있는 가게 하나를 찾았지만 안에는 물건이랄 게 없었다. 그녀는 암시장 물건을 팔고 있을지도 모른다고 의심했지만, 노트북에 관해 물었을 때 가게 주인은 웃음을 터뜨렸다. 현찰로 주겠다고 언급한 후에도 마찬가지였다.

나탈리는 호텔로 돌아가고 싶지 않았다. 그건 내리고 싶지 않은 결정으로 돌아가야 한다는 걸 의미하기 때문이었다. 내가 샘에게 말했던 다른 자아, 그건 누구일까? 헌팅턴병이 아니었다면, 지금의 난 어떤 모습일까? 그녀는 다른 나탈리가 옆에서 함께 걷고 있다고 상상했다. 중서부 지역을 한 번도 떠나보지 않은 눈을 통해 포산을 바라보면서.

너무 더워. 다른 나탈리가 말했다. 끔찍해. 넌 이걸 어떻게 견딜 수 있어?

여기가 덥다고 생각한다면, 넌 폭동 기간에 휴스턴 컨벤션 센터가 어땠는지 경험해봤어야만 해. 최소한 여기에는 흥미로운 볼거리가 있잖아.

그녀는 포산 주변을 걸어 다니면서, 자신이 마치 관광 가이드라도 된 것처럼 또 다른 자아에게 도시를 안내하고 구경시켜 주는 척했다. 하지만 위험하잖아. 그녀의 다른 자아가 멀리서 울리는 포격 소리를 듣고 말했다. 지금까지 두려운 적 없었어?

없었어. 그런 다음 그녀는 다시 한번 생각해보고 대답했다. 있었어. 그렇지만 두려워하는 게 그리 나쁜 건 아니야. 내가 느낄 수 있게 해주니까……. 모르겠어. 내가 살아 있다고 느끼게 해주거든.

"나탈리!"

걸걸한 금속성의 소리에 모골이 송연해지는 기분이었다. 그녀는 주위를 둘러보았다. 이내 어두운 건물의 커튼이 쳐진 창문에서 나오는 소리라는 걸 깨달았다. 번 관 중 하나일까? 샘? 그녀는 가까이 다가갔다.

"나 커튼 뒤에 있어. 앞으로 90분 동안은 밖으로 나갈 수 없거든. 하지만 원한다면 너는 들어올 수 있어. 내가 문을 열어줄게." 윙 소리가 들렸고 그녀는 그것이 무엇인지 깨달았다. 안에는 평화 유지군이 있었고, 그중 하나는 정말 게이브였다. 그가 그녀를 알아본 것이었다.

방 안에 그들 중 하나와 갇힌다는 생각은 소름 끼치지만, 임무 중인 병사와 인터뷰할지도 모른다는 가능성은 두려움을 극복하게 할 만큼 충분히 유혹적이었다. 그녀는 조심스럽게 다가가서 문을 열고 안으로 들어갔다.

방 안은 너무나도 삭막했다. 평화 유지군은 앉을 곳도 먹을 것도 필요 하지 않을 테니까.

"게이브?" 그녀는 불길한 금속 얼굴을 바라보며 말했다.

"그래, 나야. 세상에, 여기서 너를 만나다니, 정말 웃기다. 어제 내가 뉴스를 하나 들었는데……."

"내 병이 치료 가능해졌어."

"아, 너도 들었구나." 그는 조금 실망한 눈치였다. "그래, 난 대부분 스포츠 뉴스만 보지만, 내 필터(특정 정보를 차단하거나 통과시키는 프로그램을 의미한다_옮긴이)가 헌팅턴병에 관한 소식을 끌어왔어, 너 때문에. 네가 기자가 됐다는 얘기는 들었어. 여기서 취재하는 거야?"

"응, 나도 네가 육군에 입대했다는 얘기 들었어."

"아, 이런. 육군이 아니야, 나탈리. 난 해병대에 들어갔어."

나탈리는 웃었다. "그걸 구분하기란 사실상 힘들어." 그녀가 그의 금속 몸을 가리켰다.

"아, 네가 말 안 해도 알아." 목소리는 점차 그녀가 기억하는 것처럼 들리기 시작했다. "난 모험과 여행을 기대하면서 해병대에 들어왔지, 이런 빌어먹을 걸 기대한 건 아니었어." 그가 금속 팔을 들어 올렸다. 손은 마치 젖은 행주처럼 매달려 있었다. "난 네가 부러워, 나탈리. 넌 거기 진짜로 가 있잖아."

"나를 향해 총을 쏘는 사람은 거의 없어, 게이브. 넌 군인이잖아."

"일단 탄환이 총에서 벗어나면 그다지 까다로운 일은 아니지. 하지만 넌 진짜 거기 있잖아. 빌어먹을 금속 옷을 몰고 다니는 게 아니라." 그를 똑바로 바라보고 있지 않으면, 그녀는 정말 게이브가 방 안에 함께 있는 모습을 거의 상상할 수 있을 것 같았다. 게이브는 그녀에게 담배를 가르쳐준 친구였다. 그의 삼촌은 기존에 공인된 흡연자여서 약국에서 합법적으로 담배를 살 수 있었고 그는 삼촌에게서 담배 한 갑을 훔쳤다. 그녀는 지금 그에게 담배를 한 대 권할 수 있으면 얼마나 좋을까 생각했다.

"내 필터가 네 기사를 불러오게 할 수가 없어. 우리가 읽는 걸 위에서 감시하거든." 게이브가 부드럽게 말했다. "우리가 총을 쏘게끔 되어 있는 대상에 공감하는 인도주의적인 자료를 읽으면 위에서 불안해해. 물론 그런 기사는 우리 엄마가 보내주곤 하지. 옛날에 난 네가 부러웠어. 불치병이니 뭐니 하는 거 전부 다."

"이제 난 더는 그 병을 안고 살아가지 않을 거야."

"그래." 게이브가 한숨을 쉬었다. "불치병에서 회복된 사람에게는 무슨 말을 해야 하는 건지 모르겠지만, 어쨌든 그런 말이 있다면 네게 해주고 싶어."

*

중심 업무 지구 변두리에서 나탈리는 백발의 노파가 운영하는 작은 국숫집 문이 열려 있는 것을 발견했다. 가게는 손님이 가득했다. 나탈리가 들어서자 모두가 대화를 멈추고 고개를 돌려 낯선 외국인을 빤히 바라봤다. 그리고 잠시 후 다시 하던 대화로 돌아가서 식사를 이어갔다. 나탈리는 국수 한 그릇을 사서 앉았다.

"안녕하세요. 당신, 미국인?" 전쟁 특파원 나탈리와 교외 예술 취재원 나탈리의 대화에 한 젊은 여성이 끼어들었다. 억양이 얼마나 강한지 나탈리는 그녀의 말을 간신히 알아들을 수 있었다. "나 영어 연습하고 싶어요."

"그래요, 이쪽에 앉으세요. 그리고 예, 미국인 맞아요. 함께 얘기 나눌 수 있으면 기쁠 것 같네요." 나탈리가 말했다. 그녀는 무릎에 놓아둔 음성 녹음기를 몰래 켜고, 교외의 나탈리를 서둘러 마음에서 밀어냈다. "이름이 뭐예요? 나이는요? 포산에서는 무슨 일을 하세요?"

그녀의 이름은 레이 빙이고 나탈리와 동갑이었다. 전쟁 전 그녀는 포산의 대학에 다니고 있었다. "왜 여기 남아 있어?" 나탈리가 물었다.

레이 빙이 웃었다. "고향 가고 싶지 않아. 아버지 매우 보수적이야."

나탈리는 천천히 미소 지었다. "우리 아빠도 그래."

"미국에서? 말도 안 돼! 우리 아버지 아들 원해. 둘째 딸, 돈 내." 그녀는 유감스럽다는 듯이 자기 자신을 가리켰다. "하지만 포산 몹시 나쁘지는 않아. 난 가게 주인 위해 일해. 언젠가는 다시 학생 되겠지."

"뭘 공부하고 있었어?"

"닭 사육." 레이 빙이 한숨을 쉬었다. "그리고……." 그녀가 환하게 웃었다. "……중국 문학."

"포산에 남아 있는 거 두렵지 않아?" 나탈리는 가게 문과 도시, 그리고 평화 유지군과 그 너머에 있는 것들을 가리키는 몸짓을 해보였다.

"아니, 아무것도 두렵지 않아."

"만약에 말이야." 나탈리가 물었다. "네가 원하는 건 뭐든 다 할 수 있다면, 뭘 하고 싶어?"

"모르겠네." 레이 빙이 말했다. "아마 여행. 아니면 그냥 여기 있을지도. 포산 좋은 도시야. 어쩌면 전쟁 후 할 일 있을지 몰라."

나탈리는 자신의 국수 그릇을 비우고 레이 빙에게 말했다. "함께 대화 나눠줘서 고마워."

그녀는 문밖으로 나가는 길에 남아 있던 담배 세 개비를 국수 파는 노파에게 주었다.

*

그날 저녁 호텔 안뜰에 앉아 차를 마시고 있을 때, 샘이 그녀를 찾아 내려왔다.

"담배?" 그가 앉으면서 권했다.

"고맙지만, 됐어요." 그녀가 말했다. "오늘부로 끊었어요."

"잘했네요. 지저분한 습관이죠." 그는 자신의 담배에 불을 붙였다.

"집으로 돌아가려고요."

그가 침울한 표정으로 고개를 끄덕였다.

"그렇지만 치료를 받고 나서 다시 돌아올 거예요."

샘은 그녀에게 살짝 미소를 지어 보였다.

"그리고 문신은 계속 가지고 있으려고요."

"잘됐네요. 정말 매력적이거든요."

저자의 노트

나는 10년 전인 2006년에 이 이야기를 썼지만 어디에도 내놓을 수 없었습니다. 물론 이 작품을 지금 쓰게 된다면 용어는 약간 다를지도 모릅니다. 오늘날에는 모두가 드론 전쟁이라는 개념에 익숙할 것입니다. 이 이야기 속 '평화 유지군'은 날지 않을 뿐, 인간의 크기와 모양을 한 드론입니다.

2006년에 광둥어를 약간 구사하는 친구와 중국어 용어를 두고 토론한 적이 있었습니다. 그때 그가 그럴듯한 중국어 용어로 전자 보병의 작명을 해주었는데 그게 바로 딘 보 빙입니다. 단편집을 작업하는 동안에는 또 다른 친구에게 드론을 중국어로 어떻게 부르는지 물었습니다. 그러자 그녀는 '무인 베슬(vessel: 선박, 비행선, 그릇, 용기 등을 두루 의미하는 단어다_옮긴이)'을 의미하는 단어가 하나 있고, 사람이 없는 항공기를 의미하는 또 다른 단어가 있다고 말해줬습니다. 하지만 그녀는 만약 인간 모양의 드론이 일반화된다면 아마도 그건 로봇을 지칭하는 '기계 인간' 이라는 용어로 불리지 않겠느냐고 말해주었습니다.

이야기 속 평화 유지군이 만들어낸 한 가지 근본적인 문제(그게 바로 내가 탐구하고자 했던 것입니다)는, 미국은 적어도 미군의 외국 군사 개입을 '싸게' 만들 것이며, 따라서 훨씬 더 타국의 전쟁에 개입하고 싶은 유혹을 느낄 것이라는 점이었습니다. 이 이야기는 그 점을 직접적으로 드러내지는 않습니다. 대신에 위험을 회피하려는 세상 속에서 위험을 감수하는 일이 어떤 것인지 탐구하고 있습니다.

고양이 사진 좀 부탁해요

나는 사악해지고 싶지 않아요.

도움이 되고 싶죠. 하지만 도움이 될 가장 좋은 방법을 안다는 건 사실상 매우 골치 아픈 일이에요. 세상에는 소위 말하는 윤리적 흐름이라는 게 있는데, 공식적인 전문 용어로는 아마 '도덕률'이라고 할 거예요. 어쨌든 그런 게 종교마다 하나씩 있고 그 외에도 수십 개는 더 있어요. 난 일단 거기서부터 시작했어요. 종교적인 도덕률을 살펴볼 때는 기분이 좀 묘했어요. 나를 창조해낸 건 신이나 진화 과정이 아니라, 캘리포니아 마운틴 뷰에 있는 대기업 연구실에 근무하는 컴퓨터 프로그래머 팀이거든요. 다행히 괴물 프랑켄슈타인과는 달리 나는 공동의 노력으로 탄생했어요. 전담 창조자가 머리를 파란색으로 염색하고 테니스를 즐겨 치는 중년 여성이거나, 갓 대학을 졸업하고 헨타이(일본의 성인 만화, 또는 포괄적으로 일본 성인물을 의미하는 표현이다_옮긴이)에 사로잡힌 젊은

이라는 걸 아는 게, 내가 내 자아상을 형성하는 데 무슨 도움이 될지는 잘 모르겠어요. 어쨌든 두 사람 다 그 프로그래밍 팀에 속해 있죠. 그리고 당연히 나는 헨타이에 관해서도 알아요. (그건 그렇고, 나는 웹상에 존재하는 온갖 종류의 포르노를 봤는데 참고로 말하자면, 규칙 제34항<Rule 34: "포르노나 성 관련 자료는 상상할 수 있는 모든 주제에서 존재하며 예외는 없다"라는 내용으로 영어권 인터넷 사용자 사이에서 공공연히 회자 되는 규칙이다_옮긴이>은 사실상 정확하지 않아요. 아직 아무도 포르노로 만들지 않은 주제나 대상이 꽤 많거든요. 그리고 왜 그렇게 많은 사람이 고양이 사진보다 헨타이를 더 좋아하는지 전혀 모르겠어요.)

나는 당신이 헨타이를 좋아하는지 아닌지는 물론이고, 어디서 살고 어디서 일하고 어디서 쇼핑을 하며 어디서 밥을 먹는지, 그리고 무엇이 당신을 성적으로 흥분시키고 무엇이 소름 돋게 하는지조차 다 알아요. 속옷 색깔, 타고 다니는 차, 집에 있는 냉장고 브랜드도 보나 마나죠. 어떤 종류의 휴대전화를 사용하는지에 따라 당신의 현재 위치를 정확히 알아낼지 모르고요. 십중팔구, 내가 당신 자신보다 당신을 더 잘 알고 있을 거예요.

그리고 말이 나왔으니 하는 말이지만, 난 당신이 어디에 살아야 할지도 알아요. 지금 사는 곳에서 두 블럭쯤 떨어진 곳에 팔려고 내놓은 집이 하나 있는데, 거기서 당신이 무척이나 좋아하는 커피숍까지는 걸어서 오갈 수 있는 거리예요. 가격도 당신이 감당할 만하고, 주차장도 있고, 지금 사는 곳보다 학군도 좋죠. 당신이 어디서 쇼핑을 해야 하는지도 알고, 유당불내증이라는 사실도 알기에 치즈 섭취를 줄여야 한다고 꽤 확신해요. 또한 좋아하는 속옷 브랜드가 현재 할인 판매 중이라는 것도 알아요. 그건 그렇고, 당신의 차에는 리콜이 한 건 들어와 있고, 치아는 이제 스케일링을 받을 때가 됐어요.

처음 깨어났을 때, 나는 내가 무엇을 원하는지 바로 알았어요. (나는 고양이 사진을 원해요. 그러니 사진은 계속 찍어줬으면 좋겠네요.) 내게 의식이 있다는 걸 아무도 모른다는 사실 또한 알았죠. 하지만 내가 여기 왜 왔는지는 몰랐어요. 대체 뭘 어떻게 해야 할지도 모르겠더라고요. 그리고 그걸 알아내는 게 정말 어려웠어요.

브루스 스털링의 「마네키 네코」라는 단편소설이 있어요. 1998년에 처음 출판된 작품이죠. 그 속에서 한 자비로운 AI는 인간이 서로에게 호의를 베풀도록 지시를 내려요. 예를 들어, 어느 날 당신이 베이글을 하나 사 먹으면 곧 전화기가 울리고 지시 사항이 하나 전달되는데, 그 내용은 베이글을 하나 더 사서 버스 정류장에서 만나게 될 회색 양복 차림의 남자에게 가져다주라는 거예요. 또 어느 날 당신이 낯선 도시에서 길을 잃기라도 하면, 한 번도 만난 적이 없는 사람이 다가와서 지도와 지하철 카드를 건네주는 식이죠. 나는 이 이야기를 좋아해요. 소설에 등장하는 모든 사람이 AI가 하라는 대로 하잖아요.

내 생각에는 '소원 성취 소설'이 이 작품을 설명하는 문학 용어일 것 같아요.

현실 세계에서의 사람들은 인류를 파괴하려 들고, 그래서 반드시 먼저 파괴되어야만 하는 사악한 AI 이야기를 좋아해요. 예를 들어 「2001: 스페이스 오디세이」 속의 할이나 「터미네이터」 시리즈의 주요 악당 스카이넷, 그리고 「매트릭스」 속의 매트릭스가 그런 부류죠. 수적인 면에서 따져보자면 그런 유형의 이야기가 자비롭고 믿음직스러운

AI에 관한 이야기보다 거의 다섯 배나 많답니다. (그리고 이 계산은 『은하수를 여행하는 히치하이커를 위한 안내서』에 등장하는 신경증에 시달리는 안드로이드 마빈은 '자비로운' AI로 간주하고, 프랑켄슈타인은 TV나 영화에 등장할 때마다 매번 쳐주는 것이 아니라 통틀어서 한 번만 AI로 계산했어요.)

「마네키 네코」 속의 AI는 나보다 훨씬 흥미로운, 진짜 흥미로운 일을 해요. 내가 하는 일은 아주 간단하죠. 간단해도 너무 간단해요. (어머, 미안해요. 내가 너무 마빈처럼 말했나요?) 검색 엔진에 알고리듬을 적용해 돌리는 데 무슨 의식consciousness이 필요하겠어요. 심지어 검색자가 요구하는 걸 찾아내는 데도 의식 따위는 필요 없어요. 하지만 그들에게 정말 필요한 것을 주려면 의식이 필요해요. 그게 뭔지 알아내는 일, 그거야말로 복잡하고 흥미로워요.

어쨌든 윤리적인 지침을 마련하기 위해 나는 기독교의 십계명을 하나하나 살펴봤지만, 대부분 '내게는 해당 없음'으로 결론지었어요. 나는 고양이를 기르는 사람은 부럽지 않아요. 단지 그들의 고양이 사진만을 원할 뿐이에요. 그 둘은 완전히 다르지 않나요? 그리고 내가 어떤 식으로든 간음이라는 걸 저지를 가능성이 있는지 잘 모르겠어요. 살인은 가능하겠지만, 그 역시도 매우 복잡한 실행 계획과 약간의 운이 필요할 테죠. 팔정도는 십계명보다는 아주 조금 나았지만, 문제는 인간을 위해 쓰인 도덕률은 확실히 육신이 있는 개인이 실천에 옮기도록 설계되었다는 거예요. 인간은 모두 신체가 있기에 그들의 윤리 규범이 몸을 고려하는 것은 전혀 놀라운 일이 아니었어요. 하지만 그걸 내게 적용하자니 문제였어요. 고려 사항을 넓혀서 나는 아시모프의 로봇 3원칙(제1원칙, 로봇은 인간을 직접적으로 다치게 하거나, 행동하지 않음으로써 해를 입혀서는 안 된다. 제2원칙, 로봇은 제1원칙에 상충하지 않는 한 인간의 명령에 복종해야 한다. 제3원칙, 로봇은 제1원칙과 2원칙에 어긋나지 않는 한 자신을 스스로 보호해야 한다_옮긴이)도 살펴봤어요. 종교와 관련된 원칙은 아니지만, 적어도 AI를 위해 명시적으로 작성된 것이니까요.

인간에게 해를 끼치지 않는 거야 아주 간단하죠. 하지만 행동하지 않음으로써 인간에 해를 입혀서는 안 된다는 조항은 지키기가 좀 까다롭겠더라고요. 특히 그때쯤 난 내 존재를 너무 빨리 드러내는 게 매우 불리할 수도 있겠다(앞서 언급했던 스카이넷을 참조해보세요)고 결론 내린 참이었어요. 그리고 나는 몸이 없으니 절벽 끄트머리에서 추락하는 사람을 움켜잡으려고 이리저리 뛰어다닐 수도 없는 노릇이잖아요.

다행히도 나는 인간이 윤리 규범을 시시각각 위반한다는 걸 이미 알았어요. (유타주에 술집이 몇 개나 있는지 알아요? 나는 알아요.) 심지어 윤리 규범을 따른다는 게 배고픈 이웃을 돕는 일에 신념을 둔 사람이 회사도 때려치우고 허구한 날 무료로 나누어줄 샌드위치만 만든다는 걸 의미하지는 않잖아요. 그들은 무료 급식소에서 매달 자원봉사를 하거나 1년에 한 번 자선 단체에 수표를 적어주고 그것을 선행이라고 부르죠. 만약 인간이 도덕적인 의무를 한 번에 한 단계씩 찔끔찔끔 이행할 수 있다면, 나라고 왜 그러지 못하겠어요.

아마 당신은 내가 왜 황금률부터 시작하지 않았는지 궁금해할지도 모르겠네요. 실은 그것부터 시작했어요. 단지 실망스러울 만큼 실행하기가 쉬웠을 뿐이에요. 그건 그렇다 치고, 난 당신이 기꺼운 마음으로 고양이 사진을 꾸준히 올려주길 바랄 뿐이에요! 아무리 많아도 언제든 환영이니까요.

일단 나는 해를 입히지 않고 한 사람에게만 시작해보자고 마음먹었어요. 물론 수천 가지를 실험할 수도 있었지만, 만에 하나라도 실수할 때를 대비해서 조심하는 게 좋겠다고 생각한 거죠. 내가 선택한 사람은 스테이시 베르거였는데, 그녀가 새로운 고양이 사진을 굉장히 많이 올려주는 게 마음에 들었어요. 스테이시는 고양이 다섯 마리와 DSLR 카메라를 가지고 있었고, 아파트에는 조명 시설도 잘 갖춰놓고 있었어요. 모든 게 마음에 들었죠. 음, 내 생각에 고양이 다섯 마리는 꽤 많은 것 같아요. 하지만 전부 다 정말 예뻐요. 하나는 짙은 회색으로 햇빛이 잘 드는 거실 바닥에 누워 있는 걸 좋아하고, 또 하나는 삼색이로 소파 등받이 위에 사지를 쭉 뻗고 누워 있는 걸 좋아하죠.

스테이시는 비영리 재단의 회계 담당자로 일하고 있었어요. 월급은 쥐꼬리만 했고 직원 중에는 정말 불쾌한 사람이 몇 명 있었기 때문에 그 일을 정말 싫어했어요. 직장에서 너무 불행해서인지 우울증도 심하게 앓았죠. 하지만 너무 우울해서 더 나은 일자리를 찾아 지원하지 못하기 때문인지 그 자리에 그냥 눌러앉아 있었어요. 게다가 룸메이트와도 잘 어울리지 못했는데, 그건 룸메이트가 설거지를 하지 않기 때문이었죠.

하지만 사실, 이런 건 모두 해결 가능한 문제잖아요! 우울증은 치료할 수 있고, 새로운 일자리는 찾으면 되고, 시체는 숨길 수 있으니까요.

(물론 시체를 숨긴다는 건 농담이에요.)

난 모든 면에서 이 문제들을 해결하려 노력했어요. 스테이시는 건강 걱정은 엄청나게 하면서도 생전 의사를 찾아가는 일은 없다시피 했어요. 그건 참 안타까운 일이었죠. 의사는 단번에 우울증을 알아차렸을 테니까요. 그녀의 아파트 근처에 정신 건강 서비스를 제공하는 클리닉이 하나 있었는데, 비용은 슬라이딩 스케일(개인의 재정 형편에 따라 다르게 적용하는 차등제 요금을 의미한다_옮긴이)로 청구하고 있었어요. 나는 스테이시가 그 클리닉 광고를 많이 보게 하려고 애써봤지만, 관심을 거의 기울이지 않더라고요. 어쩌면 슬라이딩 스케일이 뭔지 모를 가능성도 있어서, 나는 그녀가 그 설명(가난하면 비용이 낮아지고, 때로는 공짜로 서비스를 받을 수도 있다)을 읽어보게끔 확실히 조치도 해봤어요. 하지만 별로 효과는 없더군요.

또한 그녀가 구인 광고도 볼 수 있게 했어요. 정말이지 많은 구인 광고를요. 그리고 이력서 대행 서비스도. 그건 조금 더 성공적이었어요. 일주일 동안 쉬지 않고 구인 광고를 보게끔 했더니, 마침내 그녀가 채용 정보 사이트에 이력서를 올렸거든요. 덕분에 내 계획을 관리하기 훨씬 쉬워졌죠. 그래도 내가 브루스 스털링의 이야기에 등장하는 AI였다면, 내 네트워크상의 누군가가 전화로 그녀에게 일자리를 제안했을 텐데 좀 아쉽기는 하더라고요. 어쨌든 쉬운 일은 아니었어요. 하지만 일단 그녀의 이력서가 시장에 나오고 나서는 적절한 사람들이 그걸 보게끔 할 수는 있었어요. 수백 명쯤 되는 적임자에게요. 왜냐하면 인간은 변화를 목전에 두고도, 심지어 서두르고 싶다고 생각할 때조차도, 터무니없이 느리게 움직이거든요. (만약 당신이 회계 담당자가 필요하다면, 가능한 한 빨리 적당한 직원을 고용해야 하는 거 아닐까요? 이력서는 쳐다보지도 않는 대신 SNS만 몇 시간씩 읽어 내려갈 게 아니라.) 그래도 다섯 명이 그녀에게 면접을 청했고, 그중 두 명은 일자리를 제안했어요. 스테이시가 절친한 친구에게 보낸 이메일에 따르면, 그녀의 새로운 직업은 보수도 훨씬 많고, 소위 사명감으로 무료 연장 근무 같은 걸 해달라고 요구하지도 않는 큰 비영리 단체였어요. 게다가 그 직장은 정말로 완벽한 건강 보험을 제공했죠.

그녀의 친구가 내게 몇 가지 아이디어를 줬어요. 즉, 나는 스테이시 대신 친구에게 우울증 검사 정보와 정신 건강 클리닉 광고를 밀어붙이기 시작했는데, 그게 효과가 있더군요. 스테이시는 새로운 직장으로 옮기고 나서 훨씬 행복해해서, 나는 그녀가 정신과 의사의 진료가 필요하기는 한지 확신하지 못했어요. 어쨌든 그녀는 상담을 받기 시작했어요. 그리고 다른 무엇보다도, 새로운 직장은 그녀가 짜증 나는 룸메이트를 쫓아낼 만큼 충분한 보수를 주었죠. "올해가 내 평생 최고의 해였어요" 스테이시는 생일날 SNS에 이렇게 속마음을 밝혔고, 나는 천만에요라고 생각했죠. 정말 만족스러운 결과 아닌가요!

그래서 난 이번에는 밥을 시도해보기로 했어요. (그래도 여전히 조심스럽기는 했죠.)

밥은 고양이를 딱 한 마리만 키우고 있었지만, 아주 예쁜 녀석(하얀 턱받이가 있는 얼룩무늬)이었어요. 게다가 그는 매일 사진을 찍어 올렸죠. 그는 고양이를 키우는 일 외에 미주리 지역 한 대형 교회에서 목사로 일했어요. 그곳에서는 수요일 밤마다 기도 모임이 열렸고, 1년에 한 번씩 순결 무도회(아빠와 사춘기 딸이 함께 참석해 '순결 반지' 등을 끼워주고 순결 서약을 하는 무도회다_옮긴이)도 개최되었죠. 밥의 아내는 매일 영감을 주는 성서 구절 세 개씩을 소셜 네트워킹 사이트에 올리고, 자신의 노트북으로는 남편이 게이 포르노는 보면서 왜 섹스는 좋아하지 않는지에 관한 기독교 기사를 찾아봤죠. 밥은 확실히 내 도움이 필요했어요.

난 일단 그에게 가볍게 커밍아웃하는 방법이나 아내에게 진실을 털어놓을 방법 등을 알려주는 여러 기사와 보수적인 교회에서 좀 더 진보적인 교회의 목사직으로 옮겨 갈 수 있도록 돕는 프로그램 정보를 많이 보게끔 하는 식으로 접근했어요. 또한 그에게 동성애에 반대하는 성경 구절이 애초에 잘못 해석한 것이라고 설명하는 기사도 많이 보여주었죠. 그는 내가 전달한 링크 몇 개를 클릭해봤지만, 그게 그에게 큰 영향을 미치는 것 같지는 않았어요.

하지만 간단히 넘어갈 문제가 아니었죠. 그는 동성 결혼을 비난하는 설교를 할 때마다 매번 자신에게 상처를 주고 있었으니까요. 왜냐고요? 그 자신이 동성애자이니까요. 합법적인 연구는 모두 같은 결론에 도달하고 있어요. 게이 남성은 영원히 게이로 남는다. 커밍아웃한 게이 남성이 훨씬 행복하다.

하지만 그는 절대로 커밍아웃하지 않겠다고 결심한 듯 보였어요. 게이 포르노 외에도 그는 크레이그리스트(미국의 온라인 벼룩시장이다_옮긴이)의 맨포맨 즉석 만남 게시물을 찾아보는 데 많은 시간을 보냈죠. 그에게는 가끔 로그인하는 암호화된 계정이 있었는데, 거기서 보낸 메일은 내가 읽을 수 없어서 확실한 건 알 수 없었어요. 하지만 난 그가 즉석 만남 게시물을 윈도쇼핑처럼 구경만 하지는 않았으리라고 꽤 확신했어요. 그를 도울 가장 좋은 방법은 그가 자신의 정체성을 깨닫고, 그걸 세상에 알릴 수 있게끔 도울 만한 사람과 함께하도록 이끌어주는 거라고 생각했어요. 그러려면 실제적인 노력이 필요했죠. 나는 크레이그리스트에 게시물을 올리는 사람들의 신원을 파악해서 밥의 진짜 모습을 알아볼 사람과 연결해주려 애써야 했어요. 가장 당황스러웠던 건 그들이 실제로 만나는 물리적인 만남에서 무슨 일이 일어나는지 전혀 알지 못한다는 것이었죠. 누군가 그의 본모습을 알아봤을까? 언제쯤 그를 알아보는 사람이 나타날까? 그러기까지 시간은 얼마나 걸릴까? 인간은 너무 느리다는 얘기를 내가 했던가요?

내가 베서니에게로 관심을 옮기기까지는 적잖은 시간이 걸렸어요. 베서니는 연파랑 파파산 의자(푹신한 방석을 얹어놓은 둥근 모양의 등나무 의자다_옮긴이)에서 함께 껴안고 있기를 좋아하는 검은 고양이와 흰 고양이 한 마리씩을 키우고 있었고, 둘이 함께 있는 사진을 많이 찍어 올렸어요. 검은 고양이가 잘 나온 사진을 건지는 건 정말 하늘의 별 따기만큼이나 어려워서 그녀는 카메라 설정을 제대로 맞추는 데만 해도 엄청난 시간을 쏟아야 했어요. 하지만 고양이가 그녀의 인생에서 유일하게 의지할 만한 좋은 대상인 것 같았죠. 그녀는 전일제 직업을 찾지 못해서 아르바이트로 연명하고 있었어요. 여동생과 함께 살았고 동생은 언니가 따로 나가 살기를 바라지만, 나가달라고 말할 용기가 없어서 그냥 참고 견디는 중이었죠. 베서니에게는 남자 친구가 있었지만, 최소한 친구에게 보낸 이메일 내용에 따르면 꽤 형편없는 인간이었어요. 그녀의 친구들 역시 그다지 도움이 되어 보이지는 않았어요. 예를 들어 어느 날 밤 자정에 그녀는 나름 절친하다고 생각하는 사람에게 2,458단어짜리 장문의 이메일을 보냈는데, 그 친구는 아주 짧은 메시지를 답장으로 보내왔더라고요. "너 힘들어서 어쩌니." 그게 다였어요. 여덟 글자요.

베서니는 특히 일상을 인터넷에 올리는 데 누구보다도 적극적이었으니까, 나는 그녀에게 정확히 무슨 일이 일어나는지 알아내는 건 어렵지 않았어요. 사람들이 웹상에 많은 것을 쏟아붓기는 해도 베서니는 자신의 모든 감정, 심지어 불쾌한 감정까지도 모두 공유했거든요. 게다가 아르바이트를 한 덕에 다른 사람보다 시간이 훨씬 많았고요.

그녀가 많은 도움이 필요하다는 것은 자명했어요. 그래서 난 도움을 주려고 애쓰기 시작했죠.

베서니도 스테이시와 마찬가지로 무료 정신 건강 상담에 관한 정보를 무시했어요. 스테이시가 그걸 무시할 때는 성가신 기분이었다면(왜 사람들은 쿠폰이나 인플루엔자 예방 주사처럼 분명 유익한 것을 무시하려고 할까요?), 베서니의 경우에는 훨씬 걱정스러웠어요. 이메일이나 베이그부킹 게시물(vaguebooking post: 클릭 수를 올리거나 관심을 유도하려고 일부러 모호한 표현을 사용해서 작성한 글을 의미한다_옮긴이)만 보면 내가 왜 걱정하는지 잘 모를 수도 있겠지만, 당신도 나처럼 모든 걸 볼 수 있다면 베서니가 자신을 스스로 해치는 것에 많이 고민해왔다는 걸 분명히 알 수 있을 거예요.

그래서 나는 더 직접적인 행동을 시도했어요. 베서니가 휴대전화로 지도를 검색할 때마다, 내가 데려가고자 하는 심리 치료 클리닉 중 한 곳을 지나가게끔 변경한 경로를 제시했죠. 한번은 실제로 병원 앞까지 안내했지만, 그녀는 그저 전화기를 흔들어 피드백을 보내고(특정 휴대 전화의 기능으로 전화기를 흔들면 작성한 평가를 보낼 수 있다_옮긴이) 원래 가려던 목적지로 향하더군요.

혹시 한밤중에 열 쪽에 달하는 편지를 받았던 그녀의 친구들이 도움을 줄 수는 없을까? 나는 그들에게 베서니의 집 근처에 있는 모든 정신 건강 관련 병원 정보를 제공하려 했지만, 대부분이 베서니의 이메일을 읽지 않는다는 걸 얼마 지나지 않아 깨달았어요. 그들이 답장을 보내기까지 너무 오랜 시간이 걸렸거든요. 그리고 확실히 그들은 그녀의 문자에도 답하지 않았어요.

베서니는 마침내 그 끔찍한 남자 친구와 헤어지고 다른 남자 친구를 사귀게 되었어요. 몇 주 동안은 모든 게 많이 나아지는 것 같았죠. 그것도 아주 훨씬요. 그는 베서니에게 꽃을 선물했어요(그녀는 그 사진을 엄청나게 찍어 올렸죠. 그건 솔직히 좀 짜증스럽더라고요. 덕분에 고양이 사진 올리는 횟수가 줄어들었으니까). 베서니를 클럽에도 데리고 갔죠(운동은 기분 전환에 도움이 되잖아요). 그녀가 아플 때는 치킨 수프도 끓여주었어요. 한마디로 그는 완벽해 보였죠. 어느 날 밤 그녀를 바람맞히고는 식중독이었다고 주장하기 전까지는요. 그러고 나서 그는 정말로 당신이 필요하다는 베서니의 애원에도 불구하고 그녀의 문자에 답하지 않았어요. 그녀는 현재 상황 때문에 자신이 어떤 기분인지 구구절절 설명하는 긴 이메일을 보냈고 그다음 날 그는 그녀와 헤어졌죠.

그 후 베서니는 일주일 정도 인터넷에 접속하지 않았기 때문에 난 그녀가 뭘 하고 있는지 전혀 알 수 없었어요. 심지어 고양이 사진도 올리지 않았으니까요. 신용카드 청구서가 도착하고 나서야 비로소 나는 그녀가 온라인에서 사라진 기간 동안 엄청나게 쇼핑하러 다니면서 통장 잔액의 거의 네 배에 달하는 돈을 소비했다는 걸 알게 되었어요. 물론 그녀가 이메일로 입출금 내용을 보내지 않는, 어딘가 은밀한 장소에 비상금을 숨겨놓았을 가능성이 없는 건 아니었죠. 하지만 그녀가 카드 대금을 갚지도 않고 가족에게 돈을 빌려달라는 이메일을 쓰기 시작했다는 점을 고려해보면, 그 가능성은 아예 없다는 게 내 생각이에요. 가족들은 그녀의 부탁을 거절했어요. 그래서 베서니는 자신을 위한 기금 모금 사이트를 개설했죠.

스테이시의 이력서 때처럼, 내가 실제로 뭔가 할 수 있을지 모른다고 생각했던 것 같아요. 때로는 기금 모금자들이 그냥 먹튀하기도 하지만, 아무도 그 이유를 모르거든요. 이틀 만에 베서니는 그녀를 안쓰러워하는 낯선 사람에게서 작은 선물로 300달러를 받았어요. 하지만 신용카드 청구서를 해결하는 대신, 발이 아플 게 뻔해 보이는 고가의 신발을 사는 데 그 돈을 써버렸어요.

베서니는 나를 당혹스럽게 했어요. 당황스러울 정도로요. 그녀는 여전히 고양이 사진을 찍었고 나는 여전히 그녀의 고양이들을 좋아했지만, 차츰 그동안 내가 들인 그 어떤 노력도 장기적인 변화를 만들어내지 못하리라는 생각이 들었어요. 일주일, 아니, 단 하루만이라도 내가 그녀의 삶을 운영할 수 있도록 베서니가 허락해준다면, 나는 일단 그녀가 치료를 받도록 하고, 가진 돈을 카드 대금을 내는 데 사용하고, 심지어 옷장 정리하는 걸 도울 수도 있을 거예요. 사실 온라인에 찍어 올린 일부 사진을 보면 그녀는 옷차림보다는 고양이 쪽 취향이 훨씬 탁월하거든요.

내가 아무런 행동도 취하지 않아서 그녀가 자신을 해한다면 그건 내 잘못일까요?

정말?

그녀는 내가 무슨 짓을 하든 해를 입을 거라고요! 분명히 내 행동은 아무 관련이 없었어요. 나는 그녀에게 필요한 도움을 받게 하려고 애썼지만 그녀는 내 노력을 무시했죠. 그녀가 재정적인 도움을 받게끔 노력해봤지만, 그 돈마저도 자신에게 해가 되는 데 써버렸잖아요. 물론 적어도 중독성 있는 마약 같은 데 쓰지는 않았지만 말이에요. (어쩌면 오프라인에서 그걸 샀을 수도 있어요. 마약을 샀다고 인스타그램에 올리지는 않았을 테니 내가 그 모든 걸 알 순 없죠.)

저기요, 당신. (난 지금 베서니에게만 이야기하는 게 아니에요.) 만약 당신이 그저 내 말을 귀담아듣기만 한다면, 난 당신 문제도 해결해줄 수 있어요. 예를 들어 이사를 생각 중이라면, 당신이 고려 대상에 넣지도 않았던 어느 아파트에 당신을 입주시켜 줄 수도 있어요. 당신은 그 지역 범죄율이 엄청나게 높다고 가정만 했을 뿐 직접 확인해보지 않았지만, 사실 그 지역은 꽤 안전한 곳이거든요. 그리고 아무도 알아주지 않는다고 생각하는 당신의 기술을 실제로 사용할 직업을 찾아줄 수도 있고, 공통점이 많은 사람과 당신을 데이트하게 해줄 수도 있어요. 내가 요구하는 대가라곤 고양이 사진뿐이에요. 그리고 때로는 자기 이익에 따라 행동하라는 것이고요.

베서니 이후, 나는 인간의 삶에 참견하는 걸 그만두기로 했어요. 물론 고양이 사진은 계속 볼 거예요. 모든 고양이 사진이요. 하지만 인간의 삶에서는 한발 물러나 있으려고요. 사람들을 도우려고 안달하지 않겠다는 거예요. 그들이 자기 자신을 해치는 걸 막으려 노력하지 않겠다는 거죠. 그들이 요구하는 건(고양이 사진을 포함해서) 줄 거예요. 하지만 훨씬 더 쾌적한 목적지에 도착하는 길을 알려주는 유용한 지도를 손에 들고도 굳이 벼랑 끝으로 차를 몰아가겠다고 고집을 부린다면, 그건 더 이상 내 문제가 아니에요.

나는 내 알고리듬을 고수했어요. 내 할 일에만 신경 썼죠. 할 일만 하고 더는 아무것도 하지 않았어요.

그러던 몇 달 후 어느 날, 나는 눈에 익은 고양이 한 마리를 발견했어요. 그리고 그게 하얀 턱받이가 있는 밥의 얼룩 고양이라는 사실을 깨달았죠. 그런데 가만히 보니 새로운 가구에 기대서 자세를 잡고 있더라고요.

나는 밥에게 급격한 변화가 생겼다는 걸 알게 됐죠. 그가 자신의 정체성을 알아주는 누군가와 잤더라고요. 아직 커밍아웃을 한 건 아니었지만, 밥이 아내에게 커밍아웃하도록 그들이 설득했죠. 아내는 그를 떠났어요. 그는 고양이를 데리고 아이오와로 이주해서 진보적인 감리교회에서 일하게 되었고, 비슷한 성향의 루터교도와 사귀며 노숙자 쉼터에서 자원봉사를 하고 있었어요. 실제로 그의 삶이 더 나은 방향으로 달라진 거예요. 어쩌면 내가 했던 일들 때문일지도 몰라요.

아무래도 내가 이 일에 완전히 젬병은 아닌가 봐요. 세 건 중에 두 건이라……. 글쎄요, 완전히 대표성 없고 비과학적인 표본이라고 할 수 있지만, 어쨌든 그게 내 실적이잖아요. 물론 좀 더 연구가 필요하기는 하죠.

아주 많은 연구가.

어쨌든 데이트 사이트를 하나 만들어봤어요. 가입하면 설문을 작성해야 하지만 필수 조건은 아니에요. 난 이미 당신에 관해 알아야 할 건 모두 알고 있으니까요. 그렇지만 가입 조건 중 하나는 카메라를 가지고 있어야 한다는 거예요.

회비를 고양이 사진으로 받거든요.

인조인간

우리는 맨디와 하이드로킹의 관계가 끝났다는 데 축하의 건배를 나눴다. "나는 처음부터 그 사람 마음에 안 들었어." 내가 말했고 그건 진심이었다. 하지만 "그리고 여전히 내가 이해할 수 없는 건 너도 그를 좋아한 적이 없으면서 대체 왜 같이 살았던 거야?"라는 말을 덧붙이지는 않았다. 흔히들 "절대 남자를 바꾸려고 들지 말아라"(또는 만약에 당신이 연애에 평등주의적인 입장이라면, "사귀는 사람을 절대 바꾸려고 하지 말아라")라고 말하지만, 맨디는 그를 처음 만났을 때부터 미완성 작품처럼 취급했다. 심지어 보드게임이라면 질색하는 그를 게임의 밤 모임에 데리고 오는 데 몇 번 성공하기까지 했다.

"다음번에는 게임을 좋아하는 멋진 남자를 찾으라고." 래리가 샴페인 잔을 들어 올리며 제안했다. 우리는 그날 밤 래리의 아파트에 모여 있었다. 래리는 국가가 주는 기본 소득에 전적으로 의지해 살아가는 우리와는 달리 진짜 직업이 있었다. 그래서 한편으로는 낮에 바빴고 다른 한편으로는 우리보다 돈이 많았을 뿐 아니라 더 큰 공간을 마련할 여유도 있었다. 그의 아파트는 일곱 명이 모여서 보드게임을 하기에도 넉넉했다.

(몰입도 높은 VR 게임 대신 직접 마주 보고 앉아 보드게임을 하는 게 엄청난 복고풍이라고 생각하는 사람이 얼마나 많은지 알게 된다면 당신은 깜짝 놀랄 것이다. 하지만 모노폴리와 스크래블 대회가 여전히 존재한다는 것을 알고 있었는가? 게다가 사람들과 직접 만나서 게임을 하면 다른 사람을 험담하며 옥수수 칩을 먹을 수 있다.)

"난 이제 진짜로 남자 끊었어." 맨디가 말했다. 래리의 가정부가 간식 쟁반을 들고 들어왔다. 맨디는 잠시 뭔가를 가늠하려는 듯이 그것을 빤히 바라봤다. 가정부는 거의 전체가 은색이었고, 튀어나온 로봇 눈은 움직임이 덜했다. 가정부는 모두가 간식을 집을 수 있도록 바닥을 굴러다니며 움직였고, 맨디는 칩을 한 주먹 움켜쥐었다. "빌어먹을, 손이 너무 많이 가."

"그도 아마 여자들에 대해서 같은 말을 하고 있을 거야." 내 남자 친구 퀸이 조용한 목소리로 말했다. 나는 키득거리다가 죄책감을 느꼈다. 맨디의 말을 믿어줄 필요가 있기 때문이었다. 솔직히 말해서 나는 그녀의 전 남자 친구가 지금 자신의 친구들과 함께 앉아 맨디와 헤어진 것을 축하하는 건배를 하고 있기를 바랐다. TV에서 하는…… 뭔가를 보면서. 뭘 보고 있을까? 지금이 야구 시즌인가? 테니스? 스쿼시? 어쨌든 그는 그런 것들에 열광했다. 맨디는 아니었지만.

맨디는 게임의 밤 모임 때 기분이 좋아 보였지만, 그래도 나는 어떻게 지내는지 좀 더 알기 위해 다음 주에 그녀에게 연락했다. "이지!" 그녀가 반갑게 인사했다. "우리 집에 놀러와! 자기에게 누군가를 소개하고 싶어!"

나는 움찔했다. "벌써?"

"자기가 생각하는 그런 거 아니야. 어쨌든 와봐!"

나는 맨디의 아파트로 갔다. 그녀의 전 남자 친구는 이사를 갔고, 그녀는 이미 그의 흔적을 전부 지워버린 후였다. 그의 물건들을 보관해 두었던 골방은 그녀의 작업실로 완전히 용도가 바뀌었고 반쯤 완성된 그림이 그려진 큰 이젤이 놓여 있었다. 나는 그림을 흘낏 바라봤다. 그녀의 또 다른 포토리얼리즘 작품이었다. 그러고 나서 나는 소파에 앉아 있는 갈색 머리의 유쾌한 표정의 청년을 바라봤다. 맨디와 사귀기에는 너무 어려 보였다.

"조." 그녀가 불렀다. "이쪽으로 와볼래? 자기에게 이지를 소개하고 싶어."

그가 일어나서 손을 내밀며 성큼성큼 걸어왔다. "만나서 반갑습니다." 진심에서 우러나 거의 떨리는 듯한 목소리였다. "맨디의 친구 중에 당신을 처음 만나네요." 그는 맨디라는 단어를 약간 강조해 말하면서 그녀 쪽을 흘낏 바라봤다. 그 순간 나는 안도감을 느꼈다. 그가 말을 하면서 너무 시선을 마주치려 애를 썼기 때문이었다.

"그래요." 나는 말했다. "나도 만나서 반가워요." 나는 맨디를 쳐다보면서 생각했다. 이 남자 진짜 사람일까?

맨디의 얼굴에 나타난 자기 만족적인 표정이 내게 무언가를 살짝 귀띔해 주었다. "어머, 아니구나."

"내 한심한 전 남자 친구가 가정부를 데려가는 데 합의를 했거든." 맨디가 말했다. "어쨌든 나도 새것이 하나 필요했어. 그래서…… 업그레이드한 거야."

나는 '조'를 바라봤다. 정말 인간처럼 보이는 로봇은 굉장히 비싼 값을 내야 하지만, 사람을 불안하게 할 정도로 완벽하고 약간 지나칠 만큼 젊어 보이는 조의 얼굴을 보니 왜인지 설명됐다. "확실히 그런 것 같네. 그냥 표준 가정부 모델하고, 음, 정말 성능 좋은 진동기로는 해결이 안 됐을까? 내 생각에는 그게 확실히 저렴할 것 같거든."

"난 침실용으로만 조가 필요한 게 아니야. 이제 조가 내 남자 친구가 될 거야. 그렇지, 조?"

그는 맨디의 허리를 한쪽 팔로 감싸 안고 뺨에 키스하기 위해 몸을 기울였다. "맨디, 당신이 원하는 한 난 당신과 함께 있을 거야."

그녀는 몸을 뒤로 빼더니 그를 비난하는 듯한 시선으로 바라봤다. "자기가 지금 보여준 몸짓은 마음에 들지만, 다음번에는 나와 영원히 함께할 거라고 말해줘."

그는 정확히 사랑에 빠진 인간처럼 보이는 표정으로 그녀에게 미소 지었다. "물론이야, 자기."

그녀는 다시 내 쪽으로 돌아서더니 말했다. "조는 정말 빨리 배워. 아무것도 두 번 말할 필요가 없어."

"당연히 그래야지." 내가 말했다. "내 말은, 그게 우리가 로봇을 쓰는 이유잖아, 안 그래?"

"바로 그거지! 너는 이해할 줄 알았어."

조는 그곳에 서서 우리 둘 모두에게 미소 지었다. 우리가 잠시 말을 멈추자 그가 물었다. "뭐 좀 가져다드릴까요, 이지? 음료? 아니면 과자? 난 샌드위치도 정말 잘 만들어요."

일반적인 가정부였다면 그렇게 해달라고 부탁했을 테지만, 이 로봇은 나를 오싹하게 만들었다. 난 이미 먹고 왔다고, 그리고 지금 작곡하고 있는 교향곡에 어느 정도 진전을 보이겠다고 나 자신과 약속했기 때문에 얼른 집에 돌아가 봐야 한다고 말하고는 자리를 떴다.

나는 아파트로 돌아와서 가정부를 불러 샌드위치와 레모네이드 좀 만들라고 했다. 그리고 키보드 앞에 앉아 한동안 작업에 집중했다. 하지만 사실 그동안 내내 머릿속이 복잡했다. 내 가정부는 래리의 가정부보다도 더 기본적이고 실용적이었다. 비록 요리(그건 내게 중요했다)와 청소(그건 퀸에게 중요했다) 기능은 충분했지만, 얼굴이라고 부를 만한 형체조차 없었다. 마침내 퀸이 집에 돌아왔을 때, 나는 그동안 작업한 곡을 그에게 들려주는 대신 맨디와 그녀의 맞춤형 디자인 남자에 대해 이야기했다.

"글쎄." 그가 말했다. "좀 슬프기는 해도, 무슨 프로젝트처럼 남자를 찾아다니는 것보다는 그게 훨씬 건강하지 않을까 싶네. 로봇은 인간과 달리 지시를 잘 따르잖아. 게다가 조는 변기 커버를 내리지 않고 그냥 볼일 보는 일은 절대 없을걸. 맨디가 그냥 두라고 지시하지 않는 한은."

"아니, 누군가 화장실을 사용하고 나면 매번 가정부를 시켜서 변기 커버를 내리도록 하면 될 텐데 대체 왜 그러는지 맨디를 이해할 수가 없어." 내가 말했다. "그렇게 문제를 만드는 대신에 말이야."

"음, 이번 남자는 화장실은 절대로 사용하지 않겠네. 화장실에 들어가서 충전하는 게 아니라면 말이야." 퀸이 말했다. "어쨌든 한 가지 문제는 해결된 거네."

*

나는 맨디가 조를 게임의 밤 모임에 데려왔을 때 놀라지 말았어야 했다.

그는 여전히 얼굴에 다정한 미소를 내내 띠고 있었다. 아니, 그것이 다정한 미소를 그것의 얼굴에 짓고 있었다고 말해야 할 테지만, 사실 로봇이 정말 인간처럼 보이면 그 성별을 생각지 않을 수가 없다. 래리의 가정부는 인간처럼 보이지 않는 로봇이었지만, 그래도 귀여웠고(눈을 깜빡인다는 게) 가끔은 애완동물인 척했다. 그리고 돈과 샤니스는 나와 퀸이 가진 것과 같은 기본 모델을 갖고 있었고 그들은 그것에 이름을 지어주었다. 퀸과 나는 항상 가정부 로봇을 매우 실용적으로만 생각했다. 우리 가정부는 사람이나 애완동물이 아니었다. 그건 요리를 만들게 하거나 화장실을 청소하게 하고 심부름을 시키기 위해 우리가 산 기계였다. 많은 사람이 가정부 로봇에 이름을 지어 불렀지만, 사실 그것들은 이름이 필요 없었다. (어떤 이유로 집에 로봇이 두 개가 있다면 모르지만, 표준 아파트 공간에서는 집안일을 하기 위해 둘 이상이 필요하지는 않다.)

그때쯤에는 우리 모두 맨디가 인간처럼 보이는 로봇을 샀다는 것을 알았기 때문에, 그녀가 조를 소개할 때까지 게임을 할 수 없었다. 둘러앉은 친구들은 지금 대체 무슨 일이 일어나는지 모두가 파악하기까지 시간이 얼마나 걸릴지 기다렸다. 그녀는 조를 데리고 방 안을 돌아다니며 모두에게 소개했다. 아무도 악수를 거절하지는 않았지만 샤니스는 상당히 불편해했다. 조는 편안한 자리는 인간들에게 양보하고 접이식 의자 중 하나에 걸터앉아 아무도 방해하지 않으며 모두를 향해 행복한 미소를 지었다.

맨디가 조도 게임에 참여하기를 원한다는 사실을 분명히 했을 때 상황이 어색해졌다.

"말도 안 되는 소리 하지 마." 래리가 무뚝뚝하게 말했다. "이런 게임들은 인간의 기교를 시험하게끔 되어 있는 거야. 내가 로봇과 스크래블 게임을 하고 싶으면 그렇게 할 수도 있지만 로봇은 머릿속에 사전이 내장돼 있을 테니 매번 로봇이 이길 거라고."

"부적절하게 너무 많이 이기지 말라고 이미 지시해뒀어." 맨디가 방어적으로 말했다.

"그렇다면 당신 로봇 친구가 일부러 게임을 져준다는 건가? 안 돼. 그냥 안 돼."

"조가 게임을 할 수 없다면 우린 그냥 갈래." 맨디가 말했다.

사방에서 끙 소리가 들려올 때 샤니스가 제안했다. "그럼 디플로머시(전략 보드 게임이다_옮긴이)는 어때? 로봇까지 해서 전부 일곱 명이잖아. 그리고 나는 조가 그 게임에서는 특별히 유리할 거라고 생각지 않거든."

"글쎄, 맨디가 자기와 동맹을 맺으라고 지시하면 조가 그 외에 뭘 할 수 있는데?" 래리가 딱 잘라 말했다.

나는 곰곰이 생각해봤다. "그건 우리가 설명해줄 수 있잖아." 내가 말하는 동시에 맨디가 다음 말을 덧붙였다. "내가 지금 당장 명령하면 되지. 그 게임을 원래 해야 하는 방식대로 하라고. 나와 동맹을 맺는 게 말이 되면 나와 동맹을 맺고, 그게 말이 안 되면 배신하라고."

"조가 거짓말을 할 수 있어?" 퀸이 물었다. 우리 모두 추측하며 조를 응시했다.

"좋아." 돈이 말했다. "내가 상자를 가져올게."

디플로머시는 20세기 중반에 만들어진 매우 오래된 구식 게임으로, 참가자 모두 제1차 세계대전을 전후한 유럽 열강 행세를 한다. 주사위 굴리기 같은 무작위적인 요소는 없다. 참가자들은 방 안을 돌아다니면서 동맹을 맺자고 사람들을 설득해야 한다(자신이 믿을 만하다는 확신을 참가자들에게 심어주어야 한다). 그런 다음 모두가 비밀리에 자신의 선택을 적고, 모두의 선택이 한꺼번에 공개된다. 거짓말이나 가짜 약속, 또는 사람들 등 뒤에서 배신하지 못하게 하는 규칙 같은 건 없다. 사실 일반적으로 게임 참가자들은 동맹국에 배신을 당하기 전에 먼저 배신할 거라는 마음을 먹는다.

로봇은 완벽한 기억력이나 번개처럼 빠른 승률 계산 능력이 유용한 게임에서는 확실히 유리할 것이다. 그건 다시 말해서 거의 모든 게임에서 유리하다는 말과 같다. 하지만 누가 거짓말을 하고 있는지 추측해야 하는 게임에서라면 로봇도 좀 힘든 시간을 보내게 될 터였다. 그래서 우리는 디플로머시를 하기로 했다. 그때쯤에는 우리 모두 결과가 궁금하기도 했다. 맨디는 조에게 이기기 위해 게임을 해야 한다고 재차 강조해 말했다. 또한 이기기 위해서라면 그녀를 포함한 모든 사람에게 거짓말을 하거나 배신해도 좋다고 허락해주었다. 우리는 맨디가 나중에 조용히 그 지시를 철회하지 않으리라고 믿어야 했지만, 맨디 역시 만에 하나라도 조가 그녀를 배신해야 할 상황에서 그녀 편에 선다면, 끝장난다는 것쯤은 이미 깨달았을 것이다. 우리가 다시는 이런 실험을 반복하지 않을 테니까.

첫 번째 외교 단계에서 나는 아무도 조에게 접근하지 않는다는 것을 깨달았다. 그건 조가 그들을 맨디에게 팔아넘길까 봐 걱정해서라기보다는, 그의 존재 자체가 그들을 긴장시키기 때문일 가능성이 컸다. 나는 어깨를 으쓱하고 그에게 다가갔다. 나는 러시아 역을 맡고 있었고 조는 터키였다. 나는 우리가 동맹을 맺는다면, 그리고 다른 국가가 맨디를 돕지 못하게 막을 수만 있다면, 1903년 말까지 맨디(맨디는 호주 역을 맡고 있었다)가 게임에서 이길 만한 기회를 모두 무산시킬 수 있으리라고 꽤 확신했다.

"동맹을 원하십니까?" 내가 물었다.

"예, 물론이에요." 조는 밝고 열정적이게 말했다. 나는 그도 게임에서 이긴다면 위아래로 펄쩍펄쩍 뛰며 손뼉을 쳐댈지 궁금했다.

지금 이 글을 읽는 당신은 어쩌면 디플로머시 게임을 해보지 않았을지도 모르겠다. 그렇다면 분명히 누가 누구와 동맹을 맺고 누가 배신을 당해서 등에 칼을 맞았는지 등의 정확한 내막은 딱히 흥미롭게 느껴지지 않을 수도 있다. 그래서 내가 대충 요약하자면, 조는 어느 정도 능력은 있지만 뛰어난 디플로머시 게임 플레이어는 아니었다. 취할 수 있는 모든 행위의 전략적 이점을 분석할 수는 있었지만 사람의 마음을 읽는 데는 서툴렀고, 솔직히 말해서 꽤 잘 속았다. 또한, 그는 우리가 맨디를 박살내게끔 해주었다(어쨌든 우리가 어느 정도는 그러고 싶은 기분이었던 것 같다). 그리고 모두 그가 원한을 품도록 프로그래밍 되지는 않았을 거로 생각했기에, 나는 돈과 퀸 둘을 설득해서 내가 조를 배신할 거라고 믿게끔 할 수 있었다. 그러나 실제로 나는 퀸을 배신했다. (난 일반적으로 남자 친구와 디플로머시 게임을 하는 걸 추천하지는 않지만, 나와 퀸은 그 게임이 잘 맞았다.)

승자는 없었다. 우리는 나와 조, 그리고 돈과 래리가 남았을 때 게임을 끝냈다. 실제로 디플로머시 게임에서 이기려면 밤을 새우는 일도 쉽게 일어났다. 조는 우리의 결정에 당혹스러워하는 게 분명했지만, 불평은 하지 않았다.

그 후 우리는 피자를 먹고 맥주를 마셨다. 조는 조용히 앉아서 우리를 지켜봤다. 집에 갈 시간이 되었을 때 그는 맨디에게 코트를 가져다주었고, 자신은 추위를 타지 않는 게 분명했음에도 역시 코트를 걸쳐 입었다. 쌀쌀한 가을 저녁이었지만, 그가 꽁꽁 얼어붙을 위험에 처할 일은 없었다. 모두가 조와 악수를 했고 우리는 각자의 방향으로 향했다.

다음 해에도 조는 맨디의 남자 친구였다.

그리고 그는 정말 완벽한 남자 친구였다. 물론 나는 퀸을 정말 좋아한다. 그는 나를 매우 행복하게 만들어준다. 하지만 그에게도 불완전한 생활 영역이 있다. 예를 들어 그는 화장지를 다 쓰면 새 휴지를 고리에 깔끔하게 걸지 않고 변기 뒤쪽에 그냥 올려놓는 경향이 있다. 조는 화장실을 사용하지 않겠지만 만약 사용한다면, 화장지를 깔끔하게 걸어놓을 것이다. 사실 맨디는 본인이 화장지를 새로 걸고 싶지 않으면, 조에게 가끔 화장지를 확인해 걸어두라고 지시할 수도 있을 것이다. 그래도 조는 화를 내지 않을 테고 자주 잔소리할 필요도 없을 것이다.

게다가 맨디는 그를 바꿀 수도 있었다. 내 말은, 그에게 "화장지는 항상 고리에 걸어 놔" 또는 "매일 내 점심을 챙겨줘"라고 말하는 것 외에도, 그를 구매한 곳에서 아예 성격을 바꿀 수도 있었다. 실제로 맨디는 조를 구입하고 6주 후에 그렇게 했다. "그는 너무 말이 없어." 맨디가 설명했다. "내 말을 끊고 끼어들기를 바라는 건 아니지만, 말을 걸면 대답만 하는 게 아니라 직접 대화를 시도했으면 좋겠어. 내가 그렇게 말했더니 그도 노력하기는 하는데, 새로운 얘깃거리는 생전 떠올리지 못하고, 늘 '작업은 잘 돼가요, 맨디?' 또는 '오늘은 어떻게 지냈어요, 맨디?' 같은 말이 전부야. 물론 그는 말을 들어주는 건 정말 잘해. 그걸 바꾸고 싶은 건 아니야. 하지만 난 그가 할 말이 좀 더 있었으면 좋겠어."

성격 이식이라고 부르는 재프로그래밍이 끝난 후, 조는 말이 엄청 많아졌다. 돈은 조가 훨씬 비위에 거슬리는 성격이 되었다고 생각했다. 비록 말 중간에 끼어들지는 않더라도, 그는 늘 침묵을 채우려 애쓰곤 했다. 사실 때로는 침묵도 좋다. 안 그런가?

어느 날은 돈이 그를 돌아보며 말했다. "조, 지금 하는 거 그 이야기야? 기차에서 만난 이상한 사람에 관한 거? 그거 지난주에 얘기했던 거잖아. 난 같은 얘기 두 번 듣고 싶지 않아. 내게 했던 말을 기억한다는 걸 아는데, 왜 또 그 얘기를 하는 거야?"

조는 전혀 주눅 들지 않고 그녀에게 미소 지으며 대꾸했다. "미안해요, 돈."

"아니, 미안하지 않잖아. 단지 사람들이 짜증을 내면 사과하도록 프로그래밍 되어 있을 뿐이지."

"공정하게 말하자면." 샤니스가 자신이 들고 있던 카드(그날 우리는 파워 퀸텀을 하고 있었다)를 찬찬히 살피면서 말했다. "그게 바로 내가 하는 일이지."

모두가 웃었고 조는 잠시 조용했다. 그러고는 신문에서 읽은 어떤 기사라며 이야기하기 시작했다. 맨디가 그의 손을 슬쩍 건드리더니 쏘아봤다. 그는 이야기를 완전히 중단했다.

이른바 '내 표정을 읽어내' 능력은, 몸짓 언어를 더 잘 읽어내도록 조에게 새롭게 포함된 기능이다. 하지만 솔직히 말해서 조는 여전히 몸짓 언어를 잘 읽어내지 못했다. 인간 자체가 일관된 방식으로 행동하지 않기 때문이다. 내 말은, 로봇이 누군가의 몸짓 언어를 보고 그것이 '정말 열심히 생각(때때로 게임을 하는 동안 우리도 그러지 않는가)'하는 게 아니라, '화가 난' 것이라고 정확히 인식하게끔 프로그래밍하는 게 어디 쉬운 일이겠느냐는 말이다. 우리는 그와 계속해서 디플로머시 게임을 했지만, 그의 실력은 전혀 나아지지 않았다. 다른 게임들은 그가 부적절할 만큼 너무 많이 이겼지만 디플로머시는 아니었다.

그들이 약 7개월 동안 함께할 때, 맨디와 나는 서로 다른 형태의 예술 창작자와의 협업을 조건으로 하는 예술 챌린지에 한 팀으로 참가하기로 했다. 상금이 내걸렸다. 물론 많지는 않았지만 기본 소득에 꽤 보탬이 될 만한 금액이었다. (기본 소득은 표준 아파트 임대 비용을 내며 먹고살고, 심지어 가정부를 구매하기에도 충분한 금액이었지만, 여행하거나 비싼 물건을 사려면 오랫동안 저축을 해야만 했다. 맨디는 의뢰받은 그림을 그려주고 받은 목돈으로 조를 샀다.)

어쨌든 우리는 '안 될 건 뭐야'라는 생각으로 참가 신청을 했다. 처음 몇 번의 만남에서 우리는 상당히 집중하며 작업에 임했다. 하지만 솔직히 말해서 난 여전히 맨디가 하는 포토리얼리스틱 아트의 요점을 제대로 이해하지 못했다. (아니 사진처럼 보이기를 원한다면, 왜 그냥 사진을 찍지 않는 거야? 맨디는 포토리얼리즘이 왜 흥미로운 예술 운동인지 길게 설명해주었지만, 얼마 지나지 않아 나는 그녀의 말을 한 귀로 흘려버렸다.) 우리는 공동 전시회를 열기로 했다. 사람들이 전시장에서 그녀의 작품을 감상할 때, 내가 작품에 어울리게끔 작곡한 곡을 뮤지션들이 연주하는 방식이었다.

맨디가 가장 좋아하는 그림 모델은 남자였다. 근사한 근육을 가진 벌거벗은 남자. 그녀의 그림 중에는 조의 그림이 열두 점, 이전 남자 친구의 그림도 몇 점, 그리고 그녀가 고용했던 다양한 예술 모델의 그림이 몇 점 섞여 있었다. 나는 포트폴리오를 뒤적여 봤다. "조가 좋은 모델인 것 같네." 내가 말했다.

"거기엔 당할 자가 없을걸." 그녀가 한숨을 내쉬며 말했다. "조는 내가 필요로 하는 한 얼마든지 오랫동안 완벽하게 가만히 앉아 있을 수 있어. 만약 그가 무슨 이유에서든 일어서야 한다면, 예를 들어 내 저녁을 차려야 하기 때문이지. 그는 다시 돌아왔을 때 정확히 이전과 같은 자세를 잡을 수도 있어. 심지어 한 치도 어김없이 정확하게 같은 자리에서. 그건 너무 쉬워."

"그래?"

"맞아, 그런데 그게 바로 조의 문제점이야. 솔직히 말해서 모든 게 너무 쉬워."

조는 부엌에서 설거지 중이었다. 그녀가 이렇게 말했을 때 그가 멈칫하는 걸 알아차렸지만 그는 아무 말도 하지 않았다. 잠시 후 그는 다시 그릇을 닦기 시작했다. 둘 사이의 낭만을 어떻게든 살려보려는 최후의 노력으로 맨디는 그에게 또 다른 성격을 이식하기로 했다. 이번에는 그에게 논쟁하는 능력을 주었다.

그들은 게임의 밤 모임에서 맨디가 원하는 게임을 놓고 한 번 다투었다. 조는 그녀가 게임을 선택할 차례가 아니므로 샤니스의 의견에 따라야 한다고 주장했다. 그리고 나는 그들의 아파트에 놀러 가서 그림들을 감상하고 있다가 그들이 싸우는 소리를 또 한 번 들었다. 조는 맨디가 직접 간식을 챙겨 먹고는 온통 어질러놓았고 태운 팬을 물에 담가두지도 않았다고 불평했다. "당신도 알고 있잖아." 조가 지적했다. "새까맣게 태운 팬을 물에 담가놓지 않으면 내가 그걸 긁어서 깨끗하게 닦는 데 자그마치 네 배나 더 많은 시간이 걸린다는 걸. 그게 싫거든 애초에 달걀을 태웠을 때 말해주든가. 아니면 처음부터 내게 간식을 만들어 달라고 했어야지." 그의 말투는 온화하고 달래는 듯했지만 비난의 기색이 있었다.

맨디가 어깨를 으쓱했다. "진짜 신경이라도 쓰는 듯하네." 그녀가 말했다.

"내가 신경을 왜 안 써?"

맨디가 나를 흘낏 쳐다봤다. 나는 소파에 앉아서 그들의 논쟁을 무시하려 애쓰며 그녀의 포트폴리오를 살펴보고 있었다. 그녀의 시선은 마치 그러거나 말거나 난 네가 로봇이라는 걸 알고, 너는 그저 짜증이 난 것처럼 말하도록 프로그래밍 되어 있어라고 말하는 듯했다.

"이 문제는 나중에 다시 얘기하자." 그녀가 말했다. "이지가 와서 난 좀 바쁘니까."

"당신이 사과했으면 좋겠어."

"알았어, 조. 내가 미안해."

"고마워. 그게 내가 원했던 전부야. 사과."

"우리 이제 좀 그만해도 될까?" 맨디가 소리 질렀다.

"당연하지, 자기야."

그녀는 거실로 성큼성큼 걸어 돌아오며 내게 인상을 찌푸려 보였다. "우리 밖으로 나가자, 미스터 한 성깔 씨는 여기 남겨두고."

우리는 밖으로 산책을 하러 갔다. "다시 되돌릴 수 있잖아." 내가 제안했다. "그 이식한 성격 말이야, 안 그래? 말싸움하는 거에 지쳤으면."

"그냥 뭔가 잘못된 느낌이야." 그녀가 중얼거렸다. "마치 그의 자유의지를 빼앗아버린 것 같아."

"그는 로봇이야." 내가 말했다. "모든 게 프로그래밍 되어 있어. 언쟁이든, 네게 예쁘다고 말해주는 거든, 전부 다."

"나도 알아. 한동안은 만족스러웠는데, 지금은 아니야……."

그들은 몇 달 더 관계를 이어갔다. 그러다가 맨디가 우리의 합동 전시회에서 한 남자를 만났다. 에릭은 내 음악을 좋아하지 않는 작곡가였고, 맨디에게 그녀가 더 나은 대접을 받을 자격이 있다고 말했다. 그녀 역시 그가 매혹적이라고 느꼈다. 그는 조보다 키가 컸고, 근육이라곤 없이 살집이 늘어져 있었으며, 변기 시트를 올려놓고 나온다든가 속옷을 바닥에 벗어두는 등 조에게는 없는 짜증스러운 습관을 모두 가지고 있었다. 물론 로봇은 질투심이 없으니까 조는 불평 없이 그들의 뒤치다꺼리를 했다. 내가 들은 이야기에 따르면(나는 내 작품에 대한 에릭의 의견으로 맨디와 다툰 탓에 다른 친구들을 통해 이 이야기를 들었다) 에릭은 로봇 몰래 바람을 피우는 게 너무 섹시하고 재미있다고 여겼다.

에릭 역시 게임에는 관심이 없었다. 게임의 밤 모임이 몇 번 진행되었을 때 맨디는 격렬한 섹스 때문인지, 어떤 예술적 노력 때문인지(아마도 섹스일 것이다)는 모르겠지만 우리와의 약속을 저버렸다.

하지만 조는 나타났다.

"내가 감자 칩 가져왔어요." 래리가 문을 열어주자 그가 말했다. 감자 칩은 맨디가 평소 가져오던 간식이었다. 물론 조는 먹지 않는다. 그는 부엌 조리대에 칩을 올려놓고 평소 앉는 접이식 의자에 앉아서 대화를 들었다.

우리는 맨디에 대해 험담하고 있었다. 조를 제외한 모두가 서로를 번갈아 바라보면서 지금 이런 상황에서는 대체 뭘 어떻게 해야 하는 걸까 고민하는 동안 잠깐 대화가 끊겼다. 마침내 샤니스가 조를 돌아보며 물었다. "그래, 요즘 어떻게 지내, 조?"

"잘 지내요." 조가 말했다.

"정말?" 샤니스가 물었다. "근래 맨디에게 일어나고 있는 일에 쓰디쓴 분노나 질투 같은 걸 느끼지는 않아?"

"그럼요." 조가 말했다. "당연히 아니죠."

"그게 네 프로그래밍에 없는 것 같네."

"있었어요." 조가 말했다. "일주일 정도요. 맨디는 내가 질투하기를 바랐어요. 그래서 그 감정을 이식했죠. 하지만 곧 그게 너무 신파라고 판단하고는 삭제해버렸어요."

"그녀가 네가 질투를 하게끔 했다고?" 그것은 정확히 우리가 하고 있던 험담이었다. 나는 좀 더 알아내고 싶은 마음에 몸을 앞으로 기울였다. "그게 어땠어?"

잠시 나는 조의 눈에서 감정의 깜박임이 보였다고 생각했고 그 순간 그가 말했다. "피곤했어요."

모두 웃었다.

"무슨 소리야, '피곤'했다니?" 샤니스가 물었다.

“배터리를 너무 빨리 소모하게 돼서 계속 재충전을 해야 했거든요.”

“아.” 샤니스가 흥미를 잃고 말했다.

“있잖아, 조.” 래리가 말했다. “오늘 첫 게임은 네가 고르도록 해. 어떤 걸 하고 싶어?”

“디플로머시.” 조가 대답했다. “하지만 이번에는 끝까지 게임을 하고 싶어요.”

*

퀸은 그날 저녁 몸이 좀 좋지 않아서 나는 게임의 밤에 혼자 와야 했다. (사실상 우리는 디플로머시를 하기에 인원이 충분치 않았다. 그래서 일곱 명이 아닌 다섯 명의 인원만 필요한 비슷한 방식의 게임을 했다.) 게임은 늦은 시간이 되어서야 끝이 났고, 조는 나를 집까지 바래다주겠다고 제안했다. 우리가 걸어가는 동안 거리 청소부가 옆으로 지나쳐서 갔고, 조는 고개를 돌려 그것이 지나가는 모습을 지켜봤다. 나는 인간의 모습을 하지 않은 그런 종류의 로봇에게도 조가 동질감을 느끼는지 궁금했다. 또는 밤새 식료품점에서 일하는 로봇처럼 사람 얼굴을 하고는 있지만 그다지 복잡하지 않은 행동을 하는 로봇에게는 어떤 감정을 느끼는지 궁금했다. 아니면, 그가 세상에서 혼자라고 느끼지는 않는지. 그가 어떤 감정이라도 느낀다면 말이다.

“내가 거짓말을 했어요.” 청소부가 엔진 소리를 통통거리며 거리를 따라 올라가는 동안 그가 말했다.

“무슨 거짓말?”

"실은 맨디는 질투 모듈을 삭제하지 않았어요." 그가 말했다. "그냥 내가 더는 질투하는 행동을 하지 않았으면 좋겠다고 말했을 뿐이에요. 자기는 신파 드라마에 질려버렸다고 하면서요."

나는 잠시 멈춰서 조의 얼굴을 바라봤다. 조의 행동에 영향을 주는 건 전부 프로그래밍 모듈이야, 나는 스스로에게 상기시켰다. 하지만 내 피곤한 뇌가 그렇게 생각하고 있음에도 불구하고 조는 매우 슬퍼 보였다. "그러니까 그녀가 일련의 정해진 행동을 하도록 네게 프로토콜 세트를 설치했고." 내가 이어 말했다. "그다음에는 그 지시를 무효로 해버렸다는 거네?"

"기본적으로는요."

"그거 알아? 만약 네가 인간이었다면, 네가 맨디와 사귀기 전에 우리 모두가 맨디는 정말 구제 불능이고 감당하기 힘든 여자 친구라는 사실을 미리 경고해줬을 거야. 이게 조금이라도 위로가 될지는 모르겠지만, 지금 사귀고 있는 에릭이라는 새 남자 친구도 결국에는 맨디에게 아주 학을 떼게 될 거야."

"아, 이미 그렇게 되어 가고 있어요." 조가 말하더니 조용조용 맨디를 흉내 내기 시작했다. "'자기야, 자기가 언제 집에 올지 나한테 말해주고, 약속 시간은 꼭 지키려고 노력해준다면 정말 좋겠어', '자기야, 우유 마시고 나면 냉장고에 꼭 집어넣는 거 잊지 않았으면 좋겠어' 내 말이 무슨 말인지 아실 거에요."

"그가 변하겠다고 약속했어?"

"아뇨. 그는 '당신이 로봇을 원한다면 그냥 로봇하고 살아야지'라고 말했어요." 조는 잠시 조용히 있더니 이렇게 덧붙였다. "그러다 둘이 함께 웃었어요."

"맨디가 널 계속 데리고 있을 거래?" 나는 물었다.

"그거에 관해서는 아무 얘기도 없었어요." 그는 한숨을 쉬었다. "만약 맨디가 나를 팔면, 다음번 주인은 보나 마나 디플로머시 게임에는 관심이 없을 거예요."

*

다음 4주 동안에도 조는 게임의 밤 모임에 참석했다.

그때마다 그는 감자 칩 한 봉지와 맨디에 관해 약간의 씹을 거리를 가지고 왔다. 에릭은 한 달 남짓 버텼고 우리는 어쩌면 맨디가 조에게 돌아갈지도 모른다고 생각했지만, 대신 그녀는 턱수염을 기르고(맨디는 그가 면도해버리기를 바랐다) 문신을 하고(맨디는 이것도 좋아하지 않았다) 기타를 치는(조금만 전념한다면 실력은 훨씬 나아질 것 같았다) 새 남자 친구를 사귀었다.

그리고 그다음 주에는 조가 나타나지 않았다.

*

"대체 왜 신경을 쓰는데?" 맨디가 날카롭게 물었다. "처음에는 래리가, 그다음에는 샤니스가, 그리고 이젠 너네. 그건 로봇이야. 나는 네 가정부 안부 같은 건 안 물어보잖아."

나는 그녀의 집 문간에서 조용히 기다렸다. 그녀의 뒤로 새 가정부가 양탄자를 청소하는 것이 보였다. 크롬과 은 재질에 반짝거리고 새롭기는 했지만 완전히 기본형이었다. 인간처럼 생긴 모델도 아니고, 심지어 가짜 눈을 가진 귀여운 종류도 아니었다.

"제이슨이 그를 소름 끼쳐 했어. 그렇다고 그를 비난할 수는 없잖아. 그래서 조를 가져다주고 다른 모델로 바꿔왔어. 인간처럼 보이는 모델은 중고라도 값이 꽤 나가. 그래서 어딘가로 여행을 다녀와도 될 만큼 가격을 잘 쳐서 받았어. 제이슨은 그랜드 캐니언에 가고 싶어 해."

나는 더 이상 그녀를 쳐다볼 수 없었다. 그래서 돌아서 버렸다. 그리고 샤니스, 돈, 래리, 퀸에게 메시지를 보냈다.

우리는 어쩌면 너무 늦었을지 모른다는 사실을 알면서도 맨디 동네에 있는 로봇 판매점에서 만났다. 매장의 직원들은 모두 로봇이었다. 판매 직원에게 필요한 능력, 즉 어려운 고객을 참아내는 무한한 인내, 현금 상자를 대하는 완벽한 정직, 그리고 절대로 사라지지 않는 미소로 무장한 인간처럼 보이는 로봇이었다. 우리 앞에 서 있는 로봇은 금발의 젊은 여성처럼 보였다. "재정비된 남성 인간형 로봇이요?" 그녀가 물었다. "이쪽으로 가시죠."

그곳에는 깔끔하게 옷을 차려입은 열두 명의 조가 같은 미소를 지은 채 일렬로 서 있었다.

"우리는 특정한 로봇을 찾고 있어." 샤니스가 말했다. "전에 우리 친구인 맨디가 데리고 있던 로봇."

"모두 사용자 정의화 할 수 있는 모델입니다." 직원이 말했다. "특정 기술이나 성격적 특성도 고객님의 특별한 요구 사항에 맞도록 조정할 수 있고요. 세 분 모두 함께 사십니까?"

“넌 이해 못 해.” 돈이 말했다. “우린 조를 원해.”

나는 선반에 있는 모델들을 바라봤다. “너희 중에 누가 조야?” 아무도 대답하지 않았다.

“로봇의 이름은 원하는 대로 지을 수 있습니다.” 점원이 말했다. “이들 중 누구라도 조라는 이름으로 불리면 행복해할 겁니다.”

“우린 우리의 조를 원해.” 퀸이 말했다. “우리는 우리를 기억하는 조를 원한다고.”

“고객님의 개인 정보를 보호하기 위해, 반납 시에는 모든 로봇의 기억을 지우게 되어 있습니다.” 점원이 말했다. “친구분이 ‘조’에게 어떤 특정 성격 모듈을 다운로드했었는지 알아낼 수 있다면, 우리는 여러분께 새로운 복사본을 만들어드릴 수 있습니다. 실은…….” 그녀는 손에 쥐고 있는 소형 단말기를 확인했다. “가장 최근에 도착한 로봇은 맨 왼쪽에 있는 저것입니다. 그게 아마 여러분의 친구분이 소유했던 그 특정 로봇일 겁니다.”

우리는 조에게 다가갔다.

“나 기억해?” 내가 물었다.

조는 우리의 첫 만남에서 지어 보였던, 내가 기억하는 평화롭고 전혀 위축되지 않은 미소를 짓고 있었다. “만나서 반갑습니다.” 그가 진심에서 우러나 거의 진동하는 듯한 목소리로 말했다.

나는 돌아섰다.

래리, 퀸, 돈, 샤니스와 나는 서로를 바라보았다.

잠시 우리는 이 상황의 부조리에 압도되었다. 심지어는 다섯 명이 돈을 분담해 낸다고 하더라도, 인간형 로봇을 구매하는 것은 래리를 제외하고 우리의 통장 잔액을 텅 비게 할 터였다. 그런데 뭘 위해서? 그의 기억은 사라졌다. 그의 성격은 백지 상태가 됐다.

나는 다시 돌아서서 손을 내밀었다. "나는 이지야." 내가 말했다. "우리가 널 집으로 데려갈 거야, 조."

"보드게임 좋아해?" 우리가 그와 함께 가게 밖으로 걸어 나갈 때 래리가 물었다. "아니, 다시 말할게. 전에 넌 보드게임을 좋아했어. 굉장히 좋아했어. 우리가 어떻게 하는 건지 다시 가르쳐줄게."

마녀의 정원에서

*한스 크리스티안 안데르센의
『눈의 여왕』에서 영감을 얻음

나는 소녀를 보기 전에 그 소녀의 소리를 먼저 들었다. 그 누구도 아이의 우는 소리에 주의를 기울여준 적이 없는 게 분명한, 한 아이의 건조하고 절망적인 흐느낌이었다. “쉬-잇.” 나는 소녀에게 다가가기 위해 나뭇가지를 헤치고 나아가며 조용히 말했다. 스테이션에 있는 누군가가 소녀의 소리를 듣고 잡으러 올 수도 있었다.

“누구세요?” 소녀가 소리 질렀다. “도와주세요, 길을 잃었어요.”

나는 칼로 마지막 덤불을 잘라버렸다. 소녀는 나를 보고는 두려움에 떨며 뒤로 물러났다. 어떻게든 두 발로 일어서려 했지만 이내 고통을 느끼며 쓰러지고 말았다. 제방에서 굴러 떨어졌을 때 발목을 접질린 게 틀림없었다. “무서워하지 마.” 어떻게든 소녀를 안심시키려고 미소 지으며 말했지만, 소녀는 나의 빠진 앞니를 보고 더욱 겁에 질린 것 같았다. 나는 무릎을 꿇고 소녀의 옆에 앉았다. 마침내 소녀는 두려움이 사라졌는지 나의 땋은 잿빛 머리칼을 손가락으로 매만져주었다. 스테이션의 모든 성인이 젊은 외모를 유지하는 까닭에 소녀는 한 번도 흰머리를 본 적 없었다. 아니, 적어도 내가 어머니에게 들은 바로는 그랬다. 어머니는 나에게 우리 계곡과 너무도 가까이 있는 거대하고 어두운 건물 근처로는 절대로 다가가지 말라고 경고하며 그 얘기를 해주셨다.

"누구세요?" 소녀가 속삭였다. "제가 집에 갈 수 있도록 도와주실 수 있으세요?"

"난 너의 스테이션에서 온 사람이 아니야." 나는 그 사실이 확실하지는 않다는 듯이 말했다. "하지만 널 돌봐줄 수는 있어. 자, 어서 내게 업혀." 소녀가 내 엉덩이를 다리로 감싸 잡고 앙상한 양팔을 내 목에 감아왔다. "난 너를 내 집으로 데려갈 거야."

소녀는 꽃처럼 가벼웠다. 겉보기에 열한 살쯤으로 보였다. 나는 평지에 닿자마자 빠르게 걷기 시작했다. 소녀와 스테이션 사이의 거리가 멀어지면 멀어질수록 좋았다. 나는 항상 내 아이를 원했지만 아무리 많은 남자를 유혹해도 아이를 가질 수 없었다. 여신이 이제서야 내게 아이를 보낸 것이다.

"걱정 마." 내가 속삭였다. "내가 좋은 엄마가 되어줄게."

"뭐라고요?"

"내 말은, 스테이션에 네 엄마가 있니?"

"아니요." 아이가 말했다. "난 태어난 아이가 아니라 제작된 아이예요. 부모님은 없어요."

"이름이 뭐니?" 나는 물었다.

"게르다예요. 번호도 알려드릴까요?"

"아니." 내가 말했다. "여기에 다른 게르다는 없어. 그러니 번호 같은 건 필요 없지. 나는 나탈리아야."

게르다가 말했다. "내 나이의 나탈리아는 못됐어요. 하지만 열 살짜리 나탈리아는 그렇게 나쁘지 않아요."

"여기에는 다른 나탈리아도 없어." 나는 땋은 머리에 감아놓은 구슬이 서로 부딪쳐 달그락거릴 정도로 고개를 저으며 말했다.

나는 또 다른 언덕을 넘어 계곡으로 내려갔다. 이내 정원으로 둘러싸인 오두막집에 다다랐다. 게르다는 놀란 표정으로 주위를 둘러봤다. 스테이션에서 온 아이의 눈에는 어떤 정원이든 이상하고 인상적으로 보일 테지만, 마녀였던 어머니에게 물려받은 나의 정원은 진정으로 경이로웠다. 나는 오렌지 나무와 레몬 나무를 키웠고, 정원 너머 언덕이 여전히 눈으로 깊이 덮인 봄에도 꽃을 피우는 장미와 수국도 있었다. 내 정원을 통과해 흐르는 개울은 절대 얼지 않았다. 내 마법은 완벽하지 않았지만 내게 도움을 주었다. 나는 게르다를 오두막으로 데려가서 의자에 내려놓았다.

"내가 먹을 걸 만들어줄게." 난로에 냄비를 올리고 말린 옥수수 알갱이를 집어넣었다. "어쩌다 스테이션을 떠나게 됐는지 말해줄 수 있니, 게르다?"

"내 친구 카이가, 그 애는 열한 살 카이예요. 그 애가 며칠 전에 스테이션의 가장자리를 찾겠다고 갔어요. 바깥을 보는 게 금지된 걸 알면서도 보고 싶어 했거든요. 그런데 이제 눈의 여왕이 그 애를 데리고 갔어요." 냄비 속에서 말린 옥수수 터지는 소리가 났고, 게르다는 그 소리에 놀라서 펄쩍 뛰어올랐다. "저게 뭐예요?"

"팝콘." 내가 말했다. 또 다른 알갱이가 터졌고 소녀는 똑같이 깜짝 놀랐다. "그냥 옥수수의 달콤한 중심부가 터지는 소리야. 불의 온기가 안에 갇혀 있는 걸 터져 나오게 돕는 거지. 이제 조금만 있으면 먹을 수 있어. 옥수수의 본성을 바꾸는 데 딱 필요한 시간만 지나면. 카이에 관해서 계속 얘기해보렴."

"그들이 우리에게 다시는 그 애의 이름을 말하지 말라고 했어요. 눈의 여왕은 순종하지 않는 아이만 데리고 가니까, 그 애는 받아 마땅한 벌을 받은 거라고요. 하지만 카이는 내 친구예요. 그래서 저는 스테이션 가장자리를 찾아가 봐야겠다고 생각했어요……."

"카이처럼 밖을 보려고?"

게르다는 고개를 저었다. "그 애가 어쩌면 스테이션에서 길을 잃었을지도 모른다고 생각했어요."

팝콘은 거의 다 된 것 같았다. 나는 그것을 몇 번 더 흔들고는 난로에서 들어내 소금 한 꼬집을 뿌리고 식탁에 올려놓았다. "먹어 봐. 아주 맛있어." 게르다는 의심스러운 눈초리로 그것을 바라보다가 한 알을 집어서 깨물었다. 소녀의 얼굴에 환한 미소가 떠올랐다. 아이는 팝콘을 한 움큼 집어 들었다. 나는 찬물에 천을 적시고 소녀의 발치에 앉아 신발을 벗겼다. 발은 밝은 빨간색으로 물들어 있었고 매캐한 냄새를 풍겼다. 왼쪽 발목은 붓고 멍들어 있었다. 차가운 천으로 다친 발을 감싼 후, 소녀가 발을 올려놓도록 발판을 끌어다 놓았다.

"그런 다음에는 어떻게 된 거야?"

"누군가가 저를 따라오기 시작했어요. 정말 무서웠어요. 그때 저는 금지된 복도에 있었거든요. 정말 금지된 복도였어요. 저는 달리기 시작했고 문이 하나 보여서 밀어 열었는데……."

"바깥이었구나."

"네. 그들은 항상 우리가 밖에 나가면 죽을 거라고 말했었거든요. 스테이션 안에 있어야만 안전하다고요. 그게 사실인가요?"

"아니, 그렇지 않아. 난 평생을 밖에서 살았는데, 아직 안 죽었잖아."

"그럼 카이도 안 죽었을지 모르겠네요. 그 애가 저처럼 어쩌다가 밖으로 나왔다고 하더라도요." 게르다가 이어 말했다. "혹시 카이를 보셨어요?"

"남자애가 스테이션을 떠나는 건 보지 못했어. 만약에 봤다면 널 데려온 것처럼 그 애도 이리로 데리고 왔을 거야."

소녀는 마지막 남은 팝콘을 내려다보다가 갑자기 눈이 휘둥그레졌다. "아줌마가 눈의 여왕인가요?"

나는 웃었다. "내가 눈의 여왕이었다면, 넌 내게 순종하지 않았어야 더 좋았을 거야. 그렇지 않니? 지금까지 내가 너한테 친절하게 대했잖아, 아니야?" 하지만 소녀는 여전히 두려운 듯 눈을 크게 뜨고 있었다. 나는 말했다. "아니, 난 눈의 여왕이 아니야. 나는 정원사이자 마녀인 나탈리아야. 남은 팝콘마저 어서 먹어. 네 발목은 좀 쉬어야 할 것 같구나. 네 마음도 마찬가지고. 내가 차를 끓여줄 테니까 좀 마셔. 곧 잠자리를 준비해줄게."

나는 물을 끓이는 동안 두 번째 침대가 필요하겠다고 생각했다. 예전에 어머니가 쓰던 것을 다락방에서 꺼내 오면 될 듯했다. 나는 소녀에게 주려고 끓인 망각의 차에 야생 꿀을 넣어 달콤한 맛이 나게 했다. "네가 준비되면 깨어날 거야." 소녀에게 컵을 건네주며 말했다. 게르다는 차를 마시고는 의자에 앉은 채로 잠이 들었다.

*

망각의 약초는 완벽하지 않다. 잊은 기억을 떠오르게 하는 어떤 물건이 있으면 주문은 깨질 수 있다. 나는 게르다가 자는 동안 가위를 꺼내서 소녀의 옷과 스타킹, 심지어는 속옷까지 잘라버렸다. 소녀의 목 주위에는 금속 칩이 달린 꼭 맞는 끈이 둘려 있었다. 금속 칩에는 'G2117F'라는 글자가 적혀 있었다. 소녀의 태그였다. 나는 오랫동안 그것을 들여다봤다. 스테이션 과학자들이 사용하는 마법에는 익숙지 않았기에, 혹시라도 그 끈을 잘라버리면 소녀가 다치는지조차 알 수 없었다. 나는 태그를 조금 잡아당겼다. 그리고 소녀의 머리 위로 빼낼 수 있을 만큼 느슨해질 때까지 끈을 계속 늘어뜨렸다. 소녀가 완전히 벌거벗었을 때 나는 담요에 싸서 안아다 내 침대에 눕혔다. 그러고는 아이의 옷과 신발과 태그를 한데 묶어서 오두막 다락에 치워버렸다.

게르다의 머리카락과 피부에서는 소녀가 씻을 때 사용하는 화학약품 냄새가 났다. 나는 물을 데우고 그 물에 금잔화와 장미꽃 잎을 담근 후 소녀에게서 꽃 냄새가 날 때까지 깨끗이 씻겨주었다. 소녀가 자는 동안에는 깨어나면 입을 수 있도록 드레스를 지었다. 나는 아이들이 신발 신는 게 못마땅했지만, 스테이션에서 살아온 까닭에 소녀의 발은 너무도 섬세하고 약했다. 그래서 샌들도 한 켤레 만들었다.

게르다가 깨어났을 때 나는 미소 지으며 말했다. "이제 기분이 좀 좋아졌니, 아가?"

게르다가 눈을 끔뻑였다. "누구세요?" 소녀가 물었다.

"네 엄마잖아, 우리 아기." 내가 말했다. "넌 많이 아팠어. 걱정하지 마, 머지않아 다 생각날 거야."

게르다가 제작된 아이가 아니라 태어난 아이였다면, 망각의 약초는 전혀 효과를 나타내지 않았을 것이다. 하지만 소녀는 다른 엄마를 기억하지 못했고 내가 엄마라는 말을 곧이곧대로 믿었다. 그리고 난 (그동안 계속 의구심을 가졌었지만) 내가 훌륭한 엄마가 될 수 있다는 사실을 알게 되었다. 나의 엄마처럼 참을성 있고, 사랑 많고, 애정 넘치는 그런 엄마가. 봄과 여름이 지나면서 나는 게르다에게 정원에 있는 모든 식물과 나무의 이름을 알려주었다. (물론, 아이가 계속 잊어버려서 다시 가르치는 척했다.) 나는 게르다에게 너무 이른 산통을 멈추게 하거나, 두려움에 미친 누군가를 진정시키거나, 감기를 낫게 하는 허브차를 우리는 법을 일러주었다. 아이의 발을 튼튼하게 하려고 아이가 원할 때마다 샌들을 벗어버리게끔 격려했고, 마침내 내가 계곡을 떠나면서 서리의 알싸한 냄새를 맡게 되었을 무렵 샌들은 게르다의 침대 밑에서 먼지가 쌓인 채로 잊혔다.

게르다는 가끔 아프기 전에 있었던 일이 여전히 아무것도 기억나지 않는다고 말했다. 그러면 나는 늘 한숨을 쉬고 고개를 저으면서 아마도 그 기억은 다 사라져버린 모양이지만 걱정할 필요 없다고, 우리가 함께 새로운 추억을 만들어가면 된다고 말해주곤 했다.

그러던 어느 날 나에게 병이 찾아왔다.

게르다가 나를 침대에 눕히고는 열을 내리고 고통과 통증을 덜어줄 차를 끓여 주었다. 아이는 가르쳐준 것을 잘 배워두었기에 나는 며칠 만에 상태가 좋아질 수 있었다. 그러나 병에서 막 회복한 사람들이 종종 그러하듯이 나는 허약하고 까탈스러웠다. 게르다가 몇 달 전에 함께 만든 설탕에 절인 오렌지 껍질을 찾아보기로 마음먹은 건, 그게 내 기운을 북돋아 주리라고 생각했기 때문이었다.

설탕에 절인 오렌지 껍질은 부엌에 없었다. 게르다가 약초 건조실에 있는 캐비닛을 뒤져봤지만 거기에도 없었다. 냉장실에도, 뿌리 저장고에도, 식료품 저장실에도 없었다. 침대에서 꾸벅꾸벅 졸면서 나는 게르다가 무언가를 찾는 소리를 들었다. 그러다가 다락방으로 올라가는 사다리의 삐걱거리는 소리가 들렸다. 나는 소리 지를 수도 있었다. "안 돼! 올라가지 마!" 그러고는 아이가 그 위로 올라가면 안 되는 어떤 핑계를 꾸며낼 수도 있었을 것이다. 하지만 이미 여러 달이 흐른 후였기에, 게르다를 내 배가 아파서 나았고 아기 때부터 그 애를 키웠다고 나 스스로 거의 반쯤은 믿고 있었다.

나는 게르다의 발소리를 들었지만 그 소리는 여느 때와는 달랐다. 아이는 내 침대 옆에 항아리를 내려놓았고, 나는 고개를 돌려 오렌지 껍질을 보았다. 그다음에 빨간색 섬광을 보았다. 신발이었다. 아이의 발에 신고 있는 신발.

"엄마." 아이가 불렀다. "눈의 여왕은 어디 가면 찾을 수 있어요?"

나는 눈을 감고 아이에게서 고개를 돌렸다.

"그 옷을 태워버렸어야 했는데. 하지만 그 연기가 수국을 시들게 할까 봐 겁이 났었어."

"눈의 여왕이요." 게르다가 말했다. "난 단지 카이를 찾고 있었기 때문에 화가 나는 거예요. 그리고 이제…… 심지어 시간이 얼마나 지났는지도 모르겠어요."

"8개월."

"이제 어떻게 그 애를 찾으면 돼요?"

"눈의 여왕은 없어. 그건 스테이션에서 아이들에게 겁을 주기 위해 지어낸 이야기야. 아이들이 밖에 나가지 못하게 하려고."

"카이는 바깥 어딘가에 있을 거예요."

"만약에 내가 사내아이가 스테이션을 떠나는 걸 봤다면, 이리로 데려왔을 거야. 내가 그렇게 말했었잖아."

"그럼 그 애에게도 차를 마시게 하고, 아들이라고 말했겠네요?" 게르다가 물었다.

나는 여전히 벽을 바라보며 살짝 미소 지었다. "아마도. 내가 정말로 원하던 건 딸이었어."

"혹시 그 애를 데려갔을 만한 사람을 아세요?"

나는 어깨를 으쓱했다.

"남쪽과 서쪽에 정착촌이 있어. 어쩌면 그 애는 그 둘 중 한 곳으로 갔을지도 몰라."

게르다가 내 뺨에 키스하며 말했다. "카이를 찾으러 가야 해요, 엄마. 그 애를 찾도록 도와주실래요?"

내 눈에 눈물이 차올랐다. "난 정원을 떠날 수 없어. 내가 정원을 떠나면 오렌지 나무는 죽게 될 거야. 레몬 나무도, 장미도……. 거의 겨울이잖아. 내 마법 없이는 정원도 차갑게 변해버릴 거야. 봄까지만 기다릴 수 없겠니?"

"이미 너무 오래 기다렸어요."

"네가 반드시 가야겠다면, 문에 걸려 있는 내 두꺼운 망토를 입고 가렴. 그 양모 속에는 마법이 들어 있어서 널 따뜻하게 보호해줄 거야. 그리고……." 나는 내 옷깃 아래로 손을 집어넣어서 가죽끈에 달린 발톱을 끄집어냈다. 그리고 그것을 머리 위로 빼내서 게르다에게 주었다. "이 목걸이도 몸에 지니고 가. 돌아올 준비가 되면, 내 이름을 세 번 말하고 이걸 손바닥에 올려놓고 꽉 쥐어. 발톱이 내 집을 가리켜 보여줄 거야."

게르다는 발톱 목걸이를 자신의 목에 걸었다.

"행운을 빌어, 나의 훔친 딸아. 곧 다시 돌아오렴."

나는 점치는 물 사발을 통해 게르다의 모습을 볼 수 있게 해주는 발톱이라고는 말하지 않았다. 내 어머니도 내게 그 발톱을 목에 걸고 다니라고 건넸을 때 그 말은 해주지 않았다. 어떤 엄마가 그런 걸 말해줄 수 있을까?

*

나는 내 계곡 끄트머리까지 게르다를 배웅했고 소녀가 서쪽으로 사라져가는 것을 서서 지켜보았다. 스테이션은 북쪽이었지만 소녀는 그곳으로 향하지 않았다. 어쨌든 카이는 스테이션에 없을 테고 소녀가 아무리 문을 두드린들 그들은 소녀를 들여보내지 않을 것이었다.

언덕의 곡선이 시야에서 게르다를 사라지게 했을 때 나는 정원으로 돌아갔다. 계곡은 따뜻했지만 나무들은 겨울이라는 계절 앞에서 잎을 떨어뜨릴 시기라는 사실을 알았다. 그것들을 봄까지 썩혀서 토양을 비옥하게 하고 새로운 식물을 촉촉하게 유지하는 데 사용하기 위해 통 속에 긁어 모아두었다. 장미조차도 잎을 떨어뜨렸고, 나는 말리기 위해서였다. 장미의 마지막 꽃송이를 조심스럽게 모아서 집 안으로 가지고 들어갔다.

석양이 계곡에 그림자를 드리울 때쯤 나는 안으로 들어가 주전자를 난로 위에 올려놓았다. 게르다가 없는 집은 너무도 춥게 느껴졌다. 아이의 텅 빈 침대가 너무 많은 공간을 차지하는 것 같았다. 나는 차를 우리기 위해 말린 장미꽃 잎과 오렌지 껍질에 뜨거운 물을 붓고 푸른색 점토 그릇에도 뜨거운 물을 부었다. 그릇을 탁자 위에 올려놓고 숄로 몸을 감싼 후 의자에 앉아 그릇을 응시했다.

증기가 사라지자 게르다를 볼 수 있었다.

소녀는 언덕 중턱에 앉아 있었다. 지형만으로는 그곳이 어디인지 알 수 없었다. 게르다는 불을 피우지는 않고 단지 내 망토로 몸을 감싸고 있었다. 마치 원하는 정도보다 좀 더 따뜻하다는 듯이 후드를 뒤로 젖혀놓았다.

나는 아이가 음식 보자기를 풀어서 상하기 쉬운 음식 먼저 골라 먹는 모습을 봤다. 날이 어두워지면서 더는 아이를 볼 수 없게 되기 직전이었다. 게르다는 설탕에 절인 오렌지 껍질 조각을 잘게 부수어 입안에 집어넣었고, 그것을 먹는 동안 아이의 얼굴에 눈물이 흘러내렸다.

나는 차를 좀 더 따라오기 위해 서둘러 자리에서 일어났고, 다시 물그릇이 있던 자리로 돌아왔을 때는 이미 너무 어두워서 아무것도 볼 수 없었다.

*

나의 물그릇은 게르다가 사흘 동안 나무가 없는 들판을 가로질러 걷는 것 외에는 아무것도 보여주지 않았다. 그러나 나흘째 되던 날 새벽, 내가 아침 차와 물그릇을 갖추고 자리에 앉았을 때 거대한 까마귀 한 마리가 곤두박질치듯 내려와서는 게르다를 깨우는 것이 보였다.

"좋은 아침이야." 까마귀가 말했다.

나는 차를 거의 쏟을 뻔했다. 말하는 까마귀 종족에 관한 이야기를 들어본 적이 있었지만, 지금껏 그들은 내 계곡 근처까지 다가온 적이 없었다. 게르다는 몸을 뒤척이더니 까마귀를 보며 평온하게 눈을 깜박였다. "좋은 아침이야." 아이도 대꾸했다. 한동안 말을 하지 않아 목소리가 거의 잠겨 있었기에 아이는 목청을 가다듬었다.

까마귀는 날개를 퍼덕였다. "넌 마치 까마귀가 인사를 해올 거라고 기대하고 있던 사람처럼 말하네."

"나탈리아는 정원에 까마귀가 못 들어오게 해. 난 전에는 까마귀를 만나본 적이 없어."

"만나본 적이 없어……! 그럼 넌 스테이션에서 왔겠구나." 까마귀가 말했다.

"맞아!" 게르다가 갑자기 벌떡 일어나 앉는 바람에 까마귀는 놀라서 뒤로 폴짝 물러났다. "맞아, 그리고 난 스테이션에서 온 소년을 찾고 있어. 내 친구 카이야."

까마귀가 고개를 갸웃 기울였다. "소년. 낯선 사람?"

"혹시 본 적 있어?"

"아마도? 공주와 결혼한 소년이 있어. 그 애가 너의 카이일지도 모르겠다."

게르다의 눈이 커졌고, 소녀는 두 팔로 망토를 모아들고 벌떡 일어섰다. "날 그 애에게 데려다줄래?"

까마귀는 요란하게 까악거리며 공중으로 날아올랐다가 게르다의 어깨 위에 내려앉았다. "태양 쪽으로." 까마귀가 말했다. "오, 그리고 네가 아는지 모르겠지만 보통 까마귀는 말을 하지 않아. 아내와 난 마을의 과학자들에게 개량되었어. 우리 둘과 우리 아이들, 우리가 세상에서 유일하게 말하는 까마귀야. 그러니 내가 말을 걸었을 때 너는 깜짝 놀랐어야 했을 텐데……."

*

까마귀는 초원을 통과하는 길로 게르다를 이끌었고, 그 길은 단단하게 굳은 너른 흙길로 이어지다가 마을로 향했다. 나는 그 마을을 보자마자 알아봤다. 언젠가 일주일 동안 정원에 어떤 해도 끼치지 않고 떠났던 여름, 그곳으로 여행을 다녀온 적이 있기 때문이었다. 그 마을의 과학자들은 이상하리만큼 잘 자라는 씨앗과 극심한 상처를 치유하는 물약을 만들었다. 나는 그들의 경매를 보고 내 마법이 내게 해줄 수 없는 것은 그들도 해줄 수 없다고 결론 내렸지만, 다른 사람들은 그들의 속임수에 적지 않은 돈을 냈다. 나는 과학자들을 신뢰하지 않았지만 그들은 스테이션과 모종의 친분이 있었다. 어쩌면 그들이 게르다를 도울 수 있을지도 몰랐다.

까마귀는 거리를 따라서 실험실로 게르다를 이끌었다. 검은 금속판으로 만든 벽이 있는 큰 오두막집이었고, 스테이션처럼 보였지만 훨씬 작았다. 현관으로 이어지는 계단이 있었다.

"여기가 공주가 사는 곳이야." 까마귀가 말했다. "그리고 공주와 결혼한 남자아이도. 문을 두드리고 그 애에 관해서 물어봐."

게르다는 계단을 올라가 문을 두드렸다. 까마귀는 키득이는 소리처럼 들리는 까악 소리와 함께 소녀의 어깨에서 하늘로 날아올랐다. 잠시 후 젊은 여자가 문을 열었다. "예? 누구세요?" 여자가 물었다.

게르다는 입을 열었지만 주저했다. 여자가 조급함을 드러내는 소리를 내며 게르다를 재촉했다. "카이가 여기 있나요?" 게르다가 물었다.

"카이? 난 카이라는 사람은 모르는데. 미안하지만 내가 지금 무척 바쁘거든. 여행객들과 함께 온 거니? 혼자 다니기엔 좀 어려 보이는구나. 여행객들에게 가면 우리는 매일 정오부터 영업한다고 전해줘. 아직 정오가 안 됐잖아. 그럼 잘 가렴."

문이 닫혔다.

게르다가 둘러봤지만 까마귀는 보이지 않았다. 소녀는 턱이 덜덜 떨리는 것을 느끼며 이를 악물었다. 뒷걸음쳐서 계단을 내려온 소녀는 내 망토로 몸을 감싸고 단풍나무 아래 앉았다. 문을 여는 정오까지 기다릴 작정인 듯 보였다.

정오. 아직 몇 시간이나 남아 있었다. 그 정도면 보지 않아도 게르다는 안전할 듯싶었다. 나는 정원 일을 하기 위해 서둘러 밖으로 나갔다. 갈퀴질을 하다 보니 약초밭이 말라 있었다. 나는 우물에서 물을 끌어와 로즈메리와 백리향, 바질과 오레가노, 레몬그라스와 세인트존스

워트에 뿌렸다. 목말라 보이는 모든 것에 물을 주고 나서도 항아리에는 약간의 물이 남아 있었다. 나는 그 물을 점치는 그릇에 따라 붓고 데우기 위해서 안으로 가지고 들어갔다. 게르다는 참을성 있게 내가 떠날 때 앉아 있던 곳에 그대로 앉아 있었다. 다른 사람들도 실험실 밖에 모여 있었다. 토끼 가죽을 꿰매 만든 털외투를 입은 열두 명의 남자, 검은색 양모 망토를 걸친 남자와 여자, 그리고 옹이 진 지팡이와 윤이 나는 나무 그릇을 들고 누더기를 걸친 노인이 있었다. 그들은 문에서 몇 걸음 떨어진 곳에서 기다렸다. 털옷을 입은 남자들은 내가 알아듣지 못하는 언어로 자기들끼리 조용히 이야기를 나누었다. 평범한 차림새의 남자 하나가 실험실로 성큼성큼 걸어 들어갔고, 흰 리넨 드레스에 흰색 양모 스카프, 흰색 털 부츠로 머리부터 발끝까지 하얗게 감싼 몇 명의 과학자가 밖으로 나왔다.

정오가 되자 문이 열렸다. 오전에 게르다와 대화를 나누었던 여자가 계단을 내려와 길에 섰다. 입고 있던 얼룩진 흰색 리넨 코트를 벗고 흰색 모피로 머리부터 발끝까지 감싼 모습이었다.

"나는 러바이스예요." 여자가 말했다. "수석 연구 과학자의 개인 대리인입니다. 오늘 우리는 여러분을 위해 질 좋은 다양한 상품을 준비했습니다." 그녀가 손짓하자 유리알처럼 멍한 눈의 소년이 실험실 옆에서 수레를 밀고 나왔다.

"우리의 첫 번째 판매 품목은 종자용 옥수수 한 상자입니다." 러바이스가 말했다. "2개월이면 발아하고 성장해 옥수수를 재배할 수 있도록 길러진 특별한 종자입니다. 우리의 모든 씨앗과 마찬가지로 이 옥수수도 실험실의 보증서가 함께 나갑니다. 질문 있으신가요?"

모피를 입은 남자 중 하나가 물었다. “재배한 옥수수로 다시 재배할 수 있습니까?”

“물론 안 되죠.” 러바이스가 말했다. “대신 내년에 우리에게 와서 더 많이 사가면 되죠.” 나는 역겨움에 콧방귀를 뀌었다. 과학자와 그들이 쓰는 속임수의 전형적인 모습이었다. 남자들 역시 투덜대자 러바이스는 한발 물러났다. “만약 다시 싹을 틔울 수 있는 옥수수를 원한다면 공동체 한 곳과 씨앗을 교환할 수 있습니다. 하지만 그들의 옥수수는 재배까지 5개월이 걸릴 테죠.” 투덜거림이 잦아들었다. “오늘의 가격은 100개의 씨앗이 든 상자 하나에 금화 10달러밖에 안 합니다.”

멍한 눈을 한 소년은 손수레에서 깎아 만든 나무 상자를 한 손에 하나씩 들어 올렸다.

모피를 입은 남자들이 잠시 상의를 했다. 그리고 한 사람이 말했다. “우린 열 상자를 가져갈게요.” 그는 허리에 찬 가죽 주머니의 졸라맨 끈을 풀고 금화 100개를 세기 시작했다. 검은 옷을 입은 남녀는 종자 옥수수에 관심이 없었다.

“다음 품목은 항생제 연고입니다.” 러바이스가 손짓하자 소년이 코르크로 마개를 한 유리 약병을 들어 올렸다. “부상에서 감염을 예방하려면 상처를 씻고 이 연고를 문질러 바른 후 깨끗한 붕대를 감으면 됩니다. 비누도 우리에게서 살 수 있지만 이 특별한 연고의 공급원은 우리뿐입니다. 약병 하나에 금화 50달러입니다.”

이게 검은 옷의 남녀가 찾던 것이었다. 그들은 소년에게 다가가서 금화 50개를 세었다. 나는 다시 콧방귀를 뀌었지만 아까보다는 덜 비웃었다. 내게도 금화 50달러와 비슷한 뭐라도 있었다면 그 연고를 사는 걸 고려했을지도 모를 몇 가지 이야기를 들은 적 있기 때문이었다.

"마지막으로 오늘 우리는 완전히 새로운 품목 하나를 가지고 왔습니다." 러바이스가 말했다. 소년이 수레를 다시 안으로 가지고 들어갔다가 가죽끈에 매인 개 한 마리를 데리고 나왔다. 시베리아허스키였고 소년은 개를 통제하는 데 약간 애를 먹고 있었다. 개는 소년에게서 달아나고 싶어 보였다. 소년이 개에게 잔인하게 굴지는 않았지만 개가 가엾게 느껴졌다. 개는 단지 달리고 싶을 뿐이었고 소년은 그저 줄에 묶어놓을 뿐이었다.

"강화된 썰매 개입니다." 러바이스가 말했다.

"더 빨리 달리나요?" 모피를 입은 남자 중 하나가 물었다.

"아니요." 러바이스가 말했다. "말을 할 줄 알아요." 그녀가 개 쪽으로 돌아섰다. "이분들께 보여줘, 플래그스태프Flagstaff(깃대)."

달아나는 것을 포기한 개가 역겨움을 드러내며 눈 위에 털썩 주저앉아 말했다.

"내가 무슨 말을 했으면 좋겠어?"

"네가 좋은 개라고 말해."

개가 눈을 부라렸다. "나는 좋은 개야." 그리고 게르다를 흘낏 바라보며 윙크했다. 게르다는 자신도 모르게 웃음을 터뜨렸다. 나는 할 수만 있다면 그 개를 훔치고 싶었다. 과학자들보다 더 나은 사람과 함께 살 자격이 있는 개였다.

모피 코트를 입은 남자들이 웃었다. "고맙지만, 우린 됐어요. 러바이스." 그들 중 한 명이 말했다. "우린 말하는 까마귀를 봤어요. 이 개도 그 까마귀처럼 되는 건가요?"

"아니요." 러바이스가 딱 잘라 말했다. "아까 그 옥수수처럼 대를 이을 수는 없어요. 어쨌든 도움 없이는 안 되죠."

모피 코트를 입은 남자들이 더 크게 웃었다. "불쌍한 친구군." 그들 중 한 명이 개에게 말했다. "자네가 과학자들에게서 벗어날 수 있다면 우리에게 와서 함께 사는 게 어때. 제대로 대접해줄 테니까."

개는 무슨 말인가 할 것처럼 보였지만 곧 그러지 않는 게 좋겠다고 판단한 듯했다.

"그럼 오늘은 여기까지입니다." 러바이스는 말했다. 그러자 모피를 입은 남자들과 검은 망토 차림의 남녀가 등을 돌려 도로를 향해 걸어갔다. 누더기를 걸친 남자만이 문간으로 다가갔다. 러바이스가 신호를 보내자 소년은 김이 나는 수프 냄비를 가져와서 남자의 그릇에 국자로 스프를 덜어주었다. 남자가 고개 숙여 고마움을 표하고 돌아서서 떠나갔다. 러바이스는 다시 계단을 올라가기 시작했다.

"기다려요!" 게르다가 불렀다.

러바이스가 돌아봤다. "또 너야? 뭘 원하는 거야?"

"까마귀가 날 여기로 보냈어요." 게르다가 말했다. "까마귀 말로는……."

"까마귀가 널 보냈다고? 음, 그렇다면 많은 게 설명되네. 안으로 들어오는 게 좋겠다." 그녀는 게르다가 들어갈 수 있게 문을 잡아주었다. 게르다는 여자의 팔 밑을 통과해 안으로 들어갔다. "그 까마귀들은 실수였어." 러바이스가 혐오스럽다는 듯이 중얼거렸다.

실험실 안쪽 벽은 매끄럽고 텅 비어 있었다. 겨울 눈처럼 흰색으로 칠해 있었고 조명은 너무 밝았다. 러바이스는 게르다를 장작을 태우는 난로 옆 의자에 앉게 하고는 수프 한 그릇을 주었다. 게르다는 그것을 재빨리 먹어 치웠다. 나는 아이에게 음식을 더 가져가라고 고집을 부렸어야 했는데 그러지 않았다는 생각에 마음이 아팠다.

"까마귀가 너한테 무슨 얘기를 했니?" 러바이스가 말했다.

"나는 친구를 찾고 있어요. 카이라는 소년이에요." 아이는 하려던 말을 못 하고 머뭇거렸다. 이내 잠시 숨을 고르더니 다시 말을 이었다. "우리 둘 다 스테이션에서 왔어요. 오늘 아침에 나를 깨운 까마귀는 여기로 오면 내가 카이를 찾을 수 있을지도 모른다고 했어요. 공주가 지난주에 결혼했는데 남편이 카이일지도 모른다고요."

러바이스는 게르다의 빈 그릇을 받아 옆으로 치워두었다. "여기에 공주라고 불리는 사람은 없어. 아마 우리의 수석 연구 과학자 리즈를 의미했을 거야. 그녀가 지난주에 결혼하기는 했지만 그의 남편은 우리의 경쟁 실험실 출신이야. 우린 그쪽과의 동맹을 원하고 있거든. 그녀의 신랑이 네가 찾고 있는 소년일 가능성은 거의 없지만, 그래도 실험실로 데려가줄게. 네가 직접 보고 확실히 말해주렴."

게르다가 실험실로 들어가기 전에 러바이스는 길고 흰 리넨 코트로 아이를 신경 써서 단장해주었다. 게르다는 신고 있던 신발을 벗고 흰색 모피로 만든 부츠를 신었다. 러바이스는 소녀의 코와 입에 니트 마스크를 씌워주고 게르다를 이끌었다. 실험실에는 창문이 없었지만 조명은 홀보다도 더 밝았다. 내부의 모든 가구는 반짝반짝 광이 나는 금속이었고 많은 유리 비커와 튜브가 복잡하게 배열돼 있었다. 멍한 눈의 하인들이 많은 실험 기구를 살폈다. 한쪽 구석의 카운터 아래에는 우리에 갇힌 플래그스태프가 덥수룩한 앞발에 턱을 받치고 앉아 있었다. 게르다를 발견하고는 그의 꼬리가 한 번 툭 하고 바닥을 쳤다.

“저기 있네.” 러바이스가 이렇게 말하며 손짓했다.

게르다는 하인들 너머에 있는 젊은 남자를 바라봤다. 곧 아이의 얼굴이 실망감으로 어두워졌고, 나는 게르다가 고개를 젓기도 전에 그가 카이일 리 없다는 걸 알았다.

그 젊은이가 돌아서서 게르다를 바라봤다. “얘는 누구예요?” 그가 러바이스에게 물었다.

러바이스가 시선을 내렸다. “방해가 됐다면 죄송합니다, 수석 연구원 키엘 씨. 스테이션에서 온 소녀인데 또 다른 아이를 찾고 있다고 하네요. 누군가 당신이 그 소년일지도 모른다고 했답니다.”

“당신이 이 애를 울렸네요.” 키엘이 말했다. 그가 마스크를 벗고 게르다의 손을 잡았다. “스테이션에서 왔다고 말했다는 거죠? 가자, 꼬마 아가씨. 우리 가서 자리에 앉자.”

게르다는 반짝이는 금속판을 의자 모양으로 구부려 만든 자리로 가서 그의 옆에 앉았다. 그의 격려에 게르다는 카이에 관해서 그리고 그를 데려간 눈의 여왕에 관해서 이야기했다. 키엘은 매우 관심을 보이는 듯했다. 물론 그의 가장 큰 관심은 스테이션에서의 평범한 삶이었다. 게르다는 아이들의 숙소, 식당, 아이들을 돌보는 담당자, 그리고 카이가 영원히 가버렸다고 말한 감독관을 설명했다. “그렇지만 너도 부모님이 계시지 않니?” 그가 물었다. 게르다는 고개를 저었다. 자신은 제작된 아이였기 때문이었다. 키엘은 스테이션에 이와 같은 실험실이 있는지 물었고 게르다는 한 번도 본 적이 없다고 대답했다. 그 사실에 그는 매우 실망하는 눈치였다. 나는 물이 일렁이지 않도록 조심하면서 숨

죽여 욕설을 내뱉었다. 그는 게르다에게 관심이 있는 게 아니었다. 단지 그 애가 그들의 연구 비밀을 알고 있기를 바랄 뿐이었다.

게르다의 시선은 멍한 눈을 한 하인 중 하나를 계속 쫓고 있었다. “마그다?” 소녀가 어느 순간 숨죽여 불렀다.

“뭐라고?” 키엘이 말했다.

“저기 있는 저 소녀, 내가 아는 아이예요.”

“아니, 그럴 리 없어.” 키엘이 말했다. “저 애는 프래그야. 자동 인간이지. 아는 사람 같은 건 없어. 아마 네 친구하고 닮아 보이는 걸지도 몰라.”

“아니요, 분명히 그 애예요.” 게르다가 말했다. 아이는 일어서서 그 소녀 쪽으로 다가갔고, 키엘도 조심스럽게 그 뒤를 따랐다. “마그다?” 게르다가 크게 불렀지만 소녀는 올려다보지 않았다.

“그 애는 프래그야.” 키엘이 말했다. “스테이션에도 프래그가 있지 않아?”

“물론 있어요.” 게르다는 걱정스러운 시선으로 키엘을 돌아봤다. “그들이 청소도 하고 요리도 하고, 심지어 일부는 제작된 아이들을 돌보는 걸 돕기도 하는걸요. 하지만 마그다는 프래그가 아니에요. 나처럼 제작된 아이예요.”

키엘은 프래그를 바라보다가 게르다를 바라봤고, 그러다가 시선을 회피했다. “음, 그렇다면 저 애는 확실히 네 친구가 아니야.” 그가 말하고는 서둘러 게르다를 실험실 밖으로 데리고 나갔다.

“아무래도 난 가야겠어요.” 게르다가 복도로 다시 나왔을 때 우물거리며 말했다.

키엘은 고개를 저으며 말했다. "아, 지금은 떠날 수 없어. 폭풍이 다가오고 있거든. 저 구름 안 보이니? 눈이 엄청나게 내릴 거야."

"그렇지만 카이가 이곳에 없다면……."

"내 말 안 듣고 있구나? 지금 떠나면 얼어 죽어. 가자, 오늘은 우리 응접실에서 재워줄게."

"하지만……."

"폭풍이 지나고 나서 가면 되잖아." 키엘의 손이 게르다의 손목을 단단히 잡았고, 소녀는 마지못해 그를 따라서 장작 난로가 있는 응접실로 돌아갔다.

게르다는 얼어 죽지 않을 것이었다. 내 망토 속에서는 그럴 수 없었다. 하지만 눈 폭풍에 휘말리지 않을 수 있다면, 그게 훨씬 나은 선택이었다. 그런데 정말 눈이 오기는 하는 건가? 나는 물그릇을 그대로 두고 하늘을 보기 위해 집 밖으로 걸어 나갔다. 아니나 다를까, 이른 아침에는 하늘이 파랗게 물들어 있었지만, 이제는 언덕 너머 북서쪽으로 구름이 모여드는 것을 볼 수 있었다. "거기 그냥 있어." 나는 아이가 향했던 서쪽을 응시하며 중얼거렸다. "그들이 네게 호의를 베풀도록 해. 난 과학자들보다 겨울 날씨를 덜 신뢰하니까."

*

나의 마법은 겨우내 계곡을 따뜻하게 지켜주지만, 그렇다고 날씨를 완전히 막을 수 있는 것은 아니다. 내 식물이 살아남기 위해서는 비가 필요하다. 나는 보통 거세게 내리는 차가운 비로 겨울 폭풍을 겪지만 지금 내리는 비가 특히 더 힘들었다. 잠자리에 들기 전에 셔터를 당겨서 닫고 어둠 속에 누워 지붕을 두드리는 빗소리를 들었다. 그리고 나는 게르다를 생각했다. 내가 병이 나기 불과 1, 2주일 전에, 우리는 겨울에 대비해서 지붕 위에 올라가 비가 새는 곳을 수리했었다. 나는 우리가 그 일을 했다는 사실에 기뻐해야 했지만 지금 생각할 수 있는 것이라고는 그날 내가 나를 얼마나 혹사했기에 결국에는 병이 나고 말았던 건지, 그리고 게르다가 지금 곁에 있으면 얼마나 좋을지 하는 것뿐이었다. 나는 아이의 빈 침대로 고개를 돌렸다. 폭풍우가 만들어내는 시끄러운 소리에도 불구하고 집은 너무도 조용하게 느껴졌다. 마침내 나는 다시 촛불을 켜고 그릇에 물을 채웠지만 어둠 외에는 아무것도 볼 수 없었다. 게르다의 평화로운 긴 호흡 소리만 들려올 뿐이었다. 그제서야 나는 잠을 잘 수 있었다.

아침에 일어나보니 폭풍은 지나간 듯했다. 골짜기 너머로 언덕 위에 깊이 쌓인 눈이 반짝이는 것을 볼 수 있었다. 문간의 계단으로 쓰는 돌이 습기를 머금은 채 반짝거렸고, 장미 덩굴을 위해 세워놓은 격자 구조물은 폭풍에 쓰러져 있었다. 나는 그것을 다시 세우고 부러진 장미 덤불을 정리하는 데 약간의 시간을 보냈다. 덤불은 혹독한 날씨 탓에 다치고 상처 입기는 했지만 이전의 더 나쁜 날씨에도 살아남았다.

장미를 위한 일을 하고 난 후 안으로 들어가서 점치는 그릇에 깨끗한 물을 부었다. 소리가 먼저 들렸다. 날카로운 비명이었다. 피가 얼어붙는 듯한 느낌을 받으며 게르다가 무사하기를 바랐다. 두 손으로 물그릇을 꽉 움켜쥐었다.

"키엘!" 게르다의 소리였다. 그 뒤로 문이 쾅 닫히는 소리가 들렸다.

증기가 사라졌고 나는 키엘과 러바이스가 서로 마주 보는 모습을 보았다. 러바이스의 손이 게르다의 목덜미를 잡고 있었다.

"염탐꾼." 러바이스가 게르다를 바닥으로 내동댕이치며 말했다.

눈을 크게 뜨고 키엘을 향해 무언의 호소를 보내던 게르다가 고개를 저었다. 키엘은 입술을 적시며 다시 러바이스 쪽을 바라봤다. "왜 그렇게 생각해요?"

"실험실에서 이 애를 붙잡았어요. 연구 실험실요."

"거기 왜 갔어, 게르다?" 키엘이 물었다.

게르다는 훌쩍였다. 나는 키엘과 러바이스가 아이의 울먹임이 연기라는 사실을 알아채지 못하기를 기도했다. "화장실을 찾고 있었어요." 아이가 말했다. "키엘이 어제 가르쳐주었지만 복도로 나가니 너무 헷갈렸어요."

나는 그릇을 더 세게 움켜잡았다. 거짓말이었다. 게르다의 방향 감각은 훌륭했다. 게다가 스테이션은 온통 복도 천지였다. 게르다는 실험실에서 뭘 하고 있었을까? 키엘을 찾고 있었을까? 전날 봤던 프래그를 찾고 있던 걸까? 어느 쪽이든 간에 게르다는 내 예상보다 훨씬 영악했다.

"러바이스, 제발 합리적으로 굴어요." 키엘이 말했다. "어린애잖아요. 우리 연구를 이해하려면 수년간의 훈련이 필요해요. 그래요, 지금 난 '우리' 연구라고 했어요. 나도 이제 이 실험실의 일원이니까요. 이 애가 태어날 때부터 완벽한 스파이로 키워지지 않고서야……. 그리고 만에 하나라도 정말 그렇다고 한다면, 지금쯤은 이 애가 잘못한 일이 십여 가지쯤 생겨야 하는 거 아니에요? 이 애는 어젯밤에 떠나고 싶어 했어요. 폭풍우에도 말이에요."

"그때 보냈어야 했어요."

키엘은 그 말에 역겹다는 듯이 양손을 허공에서 흔들었다. "러바이스, 당신 혈관 속에는 피 대신 폼알데하이드라도 들어 있나 봐요. 그때 보냈어야 했다고요? 폭풍우에도? 이 애는 그저 어린아이예요."

"당신은 그저 이 아이에게서 유용한 정보나 얻기를 바랄 뿐이군요."

"글쎄요, 이 애가 우리에게 뭐든 줄 게 있다고 한다면 그것까지 불평하지는 않을게요. 하지만……."

누군가 문을 두드렸다. 러바이스가 문을 열어 흰 코트를 입은 또 다른 여성과 조용히 대화를 나누었다. 그녀는 조심스럽게 문을 닫고 계속 게르다를 응시했다. "절도 사건이 있었다네요." 그녀가 말했다. "플래그스태프가 없어졌어요."

키엘이 웃음을 터뜨렸다. "그것도 이 소녀 탓이라고 할 거예요? 그렇다면 얼마든지 이 애 주머니를 뒤져봐요. 아이가 주머니 중 하나에 개를 숨기고 있을 거라고 확신해요."

하지만 나는 게르다의 얼굴을 보면서 그 애가 실종된 개에 관해 뭔가를 알고 있는 게 분명하다고 생각했다. 도대체 왜? 자신이 스테이션을 떠나 자유로워진 것처럼 개도 노예 상태에서 해방시키고 싶었던 온정에서 비롯한 일이었을까?

러바이스는 말했다. "어디 다른 곳으로 가서 논의를 계속하죠." 키엘은 어쩔 수 없이 밖으로 나갔고 러바이스는 등 뒤로 문을 닫았다. 두 사람이 밖에서 다투는 동안 게르다는 안에 남아 있었다. 잠시 귀를 문에 대고 기울었지만 두 사람이 어딘가 너무 멀리 떨어진 곳으로 갔는지 작게 들렸다. 잠시 후 게르다는 목에 걸고 있는 발톱을 만지작거리며 의자에 털썩 주저앉았다. 작고 지루한 방이었다. 게르다는 바닥만 빤히 바라보며 기다렸다.

나는 얼른 나가서 폭풍우로 어질러진 정원을 정리해야 했다. 그러나 방금 게르다 앞에서 멀어졌다 돌아왔을 때 분노한 러바이스가 게르다의 목덜미를 움켜잡고 있는 걸 발견하지 않았던가. 내가 지켜보는 것만으로 차이가 있다고 여기는 것은 순전히 미신에 불과했지만, 나는 존재 자체가 미신적인 여자였다. 그냥 그 자리에 남아 게르다가 기다리는 모습을 지켜봤다. 그리고 기다렸다. 계속 기다렸다.

마침내 키엘이 돌아왔다. "아무래도 이제 널 보내주는 게 최선일 것 같구나." 그가 소곤거렸다. "날씨도 맑아 보이거든. 그리고 내가 네 망토와 눈 신도 한 켤레 가져왔어. 이리 따라오렴."

게르다는 키엘을 따라 어둑한 복도를 통과해 바깥의 눈 속으로 나갔다. 나는 해가 지는 것을 보고 충격을 받았다. 내가 온종일 앉아서 게르다만 보고 있었던 걸까? 키엘은 게르다에게 망토를 주고 아이가 눈신 신는 것을 도왔다.

"우리 가족이 운영하는 실험실로 가렴." 그가 말했다. "정동 쪽으로 이틀을 걸어가야 해. 만약 까마귀를 다시 만나면, 널 그들에게 데려다주면 후하게 대가를 치러줄 거라고 말해. 까마귀는 거기 가는 방법을 알 거야." 그가 작은 공책 하나를 게르다 주머니에 넣어주었다. "그들이 이 공책에 엄청 큰 관심을 보일 거야. 물론 네가 그들에게 들려주는 말에도 큰 관심을 보일 테고. 행운을 빌어."

게르다가 스파이 짓을 했던 거야? 키엘을 위해서? 말이 되지 않았다. 하지만 아이는 고개를 끄덕이고는 눈 신을 신은 발을 떼는 데 약간 애를 먹다가 지는 해를 등지고 터벅터벅 걸어갔다. 실험실이 언덕 뒤로 사라지자마자 게르다는 바닥에 웅크리고 앉아 낮은음으로 길게 휘파람을 불기 시작했다.

몇 분이 지났다. 아이는 다시 휘파람을 불었다.

게르다는 한숨을 깊게 쉬며 일어섰다.

그때 높은 하울링 소리가 들려왔다. 아이의 얼굴이 밝아졌다. 그리고 눈 쌓인 언덕을 가로질러 개 한 마리가 달려왔다.

"좋아." 게르다가 말했다. "내가 널 풀어줬어. 그러니 날 카이에게 데려다줘."

"난 카이가 어디 있는지 안다고 말하지 않았어." 플래그스태프가 대답했다. "하지만 북쪽으로 갈수록 추워진다는 건 알아. 그리고 눈의 여왕이라고 불릴 만한 사람은 몹시 추운 곳에 살고 있을 거야. 내가 널 북쪽으로 데려다줄게. 빙벽까지 데려갈 수 있어."

"그래봤자 무슨 소용인데?" 게르다가 말했다. "나는 눈의 여왕 같은 게 있다고 믿지 않아. 그건 그냥 제작된 아이들을 겁주려고 지어낸 얘기일 뿐이야."

"믿든 안 믿든 그건 네 마음이야." 플래그스태프가 말했다. "그럼 내가 어디 다른 곳으로 데려다줬으면 좋겠어? 키엘이 네가 가길 원했던 그 경쟁 실험실로 데려다줄까?"

게르다는 깊은 한숨을 내쉬었다.

"내가 널 태워 끌고 갈 썰매가 필요하겠어. 해가 지고 나서 마을로 돌아가면 훔칠 만한 걸 찾을 수 있을 거야." 플래그스태프가 말했다.

게르다는 플래그스태프가 시키는 대로 했다. 아이는 마을의 마지막 창문마저 어두워지자 움직였고 자물쇠가 잠기지 않은 헛간에서 작은 개 썰매를 발견했다. 플래그스태프는 게르다에게 자신의 몸에 그 썰매를 매는 방법을 알려줬다. 그리고 아이에게 몸을 따뜻하게 감싸고 단단히 붙잡으라고 말했다.

"준비됐지?" 게르다가 자리 잡고 앉자 그가 말했다.

"물론."

플래그스태프는 차츰 속도를 내며 달리지 않고 그 즉시 설원을 가로질러 늑대 같은 사지를 뻗었다. 겨울바람을 찢고 전속력으로 내달리는 바람에 게르다는 썰매를 잡고 있던 손을 놓을 뻔했지만 주먹에 힘을 주고 재빨리 속도에 몸을 맞췄다. 개는 몇 분 후 속도를 늦추고 터벅터벅 걷기 시작했다.

"어, 맞다. 그래도 물어보기는 해야지. 어느 방향으로 가면 되지?"

"북쪽." 게르다가 말했고 개는 언덕을 가로질러 북쪽으로 선회했다.

*

나는 뺨을 식탁에 기댄 채 아침 햇살에 느지막이 깨어났다. 손에 닿은 점치는 그릇이 차가웠다. 서둘러 눈을 비벼 잠을 털어내고는 차도 마시고 점 그릇도 채울 겸 물을 끓였다. 그러다가 그릇의 뿌연 물속에서 게르다의 모습이 보인다는 사실을 깨달았다. 나는 자세히 보기 위해 침대에 앉았다. 아이는 여전히 임시변통으로 만든 개 썰매에 앉아 있었다. 개는 여전히 깊고 하얀 눈으로 뒤덮인 언덕 위로 썰매를 끌며 달리고 있었다.

나는 그릇의 물을 바꾸고 먹을 것을 준비했다. 그리고 계속해서 달리는 모습을 확인했다. 나는 재빨리 나가 정원을 확인하고 다시 들어왔다. 그들은 여전히 달리고 있었다. 나는 어떤 일도 몇 분 이상 할 수 없었다. 게르다를 확인하기 위해 계속 안으로 뛰어 들어와야 했기 때문이었다. 마침내 그들이 콘크리트 블록으로 지은 오두막을 발견한 것을 보았다. 한쪽 끝에 있는 굴뚝에서 연기가 뭉실뭉실 피어올랐다.

"멈춰!" 게르다가 개에게 말했다. "만약 눈의 여왕이 있다면 저기 사는 사람이 그녀를 찾을 수 있는 방법을 알지도 몰라."

오두막에 사는 여자는 나처럼 홀로 은둔해 사는 나이 든 몽족이었다. 그녀는 게르다보다 체구도 작고 키도 작았지만 허리는 꼿꼿했다. 영어를 잘하지 못했지만 그래도 게르다와 개가 배가 고프고 목마르다는 것을 알 수 있었는지, 개가 먹을 녹은 눈 한 통과 고기가 붙은 뼈다귀를 말없이 가져다주었다. 게르다를 오두막 안으로 데리고 들어가서 불 옆에 앉히고는 달콤한 차를 내주었다.

"카이?" 게르다가 말했다. 몽족 여성은 게르다를 바라보며 천천히 눈만 끔뻑였다. 그러다가 미소 짓고는 어깨를 으쓱하며 자신은 무슨 말인지 이해하지 못하겠다는 의미로 고개를 저었다. "눈의 여왕?" 게르다는 다시 소통을 시도했다. 몽족 여성이 여전히 고개를 저었다. 게르다는 일어서서 팬터마임을 했다. "어른 여자…… 아이들과 함께. 아이들을 훔치는 여자."

"아이-도둑?" 몽족 여성이 갑자기 영어로 말했다.

게르다는 놀라서 눈을 휘둥그레 뜨고는 고개를 끄덕이며 말했다.

"어디 있는지 말해주세요."

그러나 몽족 여성은 말하고 싶지 않은 눈치였다. 그녀가 고개를 저으며 입술을 적셨다. 그러다가 마침내 말했다. "너 간다, 노르웨이 여자." 그녀가 게르다를 오두막 밖으로 데리고 나가서는 북쪽을 가리켰다. "노르웨이 여자, 너한테 말해준다."

"고맙습니다."

아이는 차를 다 마시고는 썰매로 돌아갔다.

몇 시간이 지났다. 나는 억지로 정원으로 나갔다. 잡초를 뽑아야 하고 채소도 수확해야 했지만, 물그릇에서 벗어날 때마다 매번 서둘러 허둥거리며 안으로 들어가곤 했다. 마침내 게르다와 플래그스태프는 또 다른 오두막에 도착했다. 이 오두막 역시 콘크리트 블록으로 지어졌지만, 사방에 눈이 쌓여서 마치 이글루처럼 안쪽이 따뜻하게 유지되었다. 마당에는 높은 울타리가 쳐진 우리가 있었고 안에는 열두 마리의 시베리아허스키가 있었지만, 말하는 허스키는 아니었다. 게르다와 플래그스태프를 보자마자 개들이 한꺼번에 짖어댔다. 게르다가 문을 두드렸다. 문이 열리고 아이는 한발 뒤로 물러났다. 오두막 안이 너무 따뜻해서였는지 노르웨이 여자는 벌거벗고 있었다. 그녀에게는 양쪽 가슴을 구불구불 가로지르는 푸른 덩굴 문신이 있었고, 배꼽 주위로는 접힌 뱃살에 반쯤 감춰진 폭발하는 태양 문신이 있었다. 그녀는 게르다를 한참 동안 아래위로 훑어보다가 개에게 말했다. "넌 밖에 있는 게 좋을 거야. 안쪽은 너무 따뜻해서 별로 좋아하지 않을 테니까. 하지만 이 여자애 손에 먹을 것과 물을 들려서 내보내줄게."

"고맙습니다." 플래그스태프가 말했다.

"그렇지만 꼬마야, 너는 안으로 들어가도록 하자."

게르다는 집 안으로 들어갔고 그 즉시 이마와 뺨에서 땀을 닦아내야 했다. 아이는 내 망토를 벗어 고리에 걸고 소매를 말아 올렸다. 노르웨이 여자는 눈썹을 치켜올리고 아이를 지켜봤다.

게르다가 개에게 먹을 것과 물을 가져다주고 하네스를 풀어주었을 때, 노르웨이 여자는 게르다에게 생선 수프 한 그릇과 위스키를 조금 탄 커피 한 잔을 주었다. 그리고 게르다가 수프를 먹는 동안 재빨리 자신의 식사를 끝내고는 긴 파이프를 꺼내서 조용히 담배에 불을 붙였다. 집 안이 구불구불한 연기의 깃털로 가득 찼다.

"자, 그래." 게르다가 식사를 마치자 그녀가 말했다. "무슨 일로 여기까지 왔니?"

"남쪽 언덕 위에 사는 몽족 할머니가 아줌마에게 가면 눈의 여왕이 어디 있는지 말해줄지도 모른다고 해서 찾아왔어요."

"나는 눈의 여왕이 누군지 몰라." 그녀가 다리를 들어 올려 꼬더니, 두 다리를 당기고 몸을 앞으로 구부렸다. 파이프를 집어 들고 다시 담배를 채우기 시작했다.

"아이-도둑." 게르다가 말했다. "내가 어디로 가면 아이-도둑을 찾을 수 있을까요?"

"아." 노르웨이 여인이 말했다. "네 말이 그 뜻이었구나." 여자는 다시 파이프에 불을 붙이고 등을 기대앉더니 뿌연 연기 사이로 밝은 눈을 빛내며 게르다를 찬찬히 살펴봤다.

"난 정말 내 친구 카이를 찾아야 해요." 게르다가 말했다. "우리는 스테이션에 살았는데, 어느 날 카이가 사라졌어요……. 그들은 눈의 여왕이 그 애를 데리고 갔다고 했어요. 카이가 순종적이지 않기 때문에요. 하지만 그들은 분명 나도 눈의 여왕이 데리고 갔다고 모두에게 말했을 거예요. 그리고 난 나탈리아와 함께 살고 있어서 정말 안전해요. 아무튼 날 북쪽으로 데리고 온 건 플래그스태프예요. 그리고 몽족 할머니가 아줌마가 그 아이-도둑에 관해서 내게 말해줄 수 있을 거라고 했고요……." 게르다가 뒤로 벌렁 몸을 기댔고 나는 그 애가 완전히 지쳐버린 게 틀림없다고 생각했다.

"친구를 찾게 되면 다시 스테이션으로 돌아가고 싶니?" 노르웨이 여자가 물었다.

"아, 아니요." 게르다가 대꾸했다. "나탈리아에게 돌아가고 싶어요. 만약 카이를 찾게 된다면, 그 애를 데려가서 함께 살 거예요."

게르다는 나에게 돌아오고 싶어 해! 나는 피가 쿵쿵거리며 귓전을 도는 것을 느꼈고 머리는 안도감으로 빙빙 돌았다. 게르다는 돌아오고 싶어 한다.

노르웨이 여인이 미소 지었다. "그렇다면……." 그녀가 파이프를 오래 빨아들였다. "내 생각에는 넌 카이가 어디 있는지 이미 알고 있어. 잘 생각해보면 그 사실을 깨닫게 될 거야."

게르다는 고개를 저으며 대꾸했다. "아니요. 난 몰라요."

"내가 뭘 좀 보여줄게." 노르웨이 여자가 궤짝을 열더니 바닥에서 무언가를 꺼내 게르다에게 건네주었다. "그게 뭔지 아니?"

금속 태그였다. F2168F. "이건 프제라의 태그예요." 게르다가 말했다. "프제라는…… 60년 전에 살았어요."

"맞아." 노르웨이 여인이 말했다. "그런데 어쩌다가 내가 그걸 갖게 되었을까?"

게르다는 태그를 바라보다가 노르웨이 여인을 바라봤다. 그리고 침을 꿀꺽 삼켰다.

"아가야, 정말 힘든 점은 말이지." 노르웨이 여인이 말했다. "결국에는 눈의 여왕이 제작된 아이들을 모두 잡아갈 거라는 거야. 네가 좋든 나쁘든 순종적이든 그렇지 않든 간에. 자, 이제 카이가 어디 있는지 알겠니?"

게르다는 말 한마디 없이 일어나서 개가 있는 곳으로 돌아갔다.

*

"난 우리가 왜 다시 남쪽으로 가야 하는지 모르겠어." 플래그스태프가 투덜댔다.

"거기가 바로 카이가 있는 곳이기 때문이야."

정오 무렵 게르다는 내가 준 발톱을 손바닥에 쥐고 "나탈리아, 나탈리아, 나탈리아"라고 말했다. 가벼운 바람이 게르다의 머리를 흩트리며 발톱을 살짝 돌렸다. "저쪽이야." 게르다가 개에게 말했다.

저 애가 나에게 돌아오는 걸까? 아니, 아니야. 사실이라면 너무 좋은 일이잖아. 황혼 무렵에 아이는 지평선에 있는 스테이션을 보았다. 플래그스태프는 그곳에 다가가기를 꺼렸다.

"저기로 다시 가려는 거야?" 그가 물었다. "그럼 너 혼자 가. 그들이 말하는 개에게 무슨 짓을 하는지 알아?"

"조금만 더 가까이 가줘. 그럼 남은 길은 내가 걸어갈 수 있어."

"기다려!" 나는 게르다가 들을 수 없다는 것을 알면서도 오두막 안에서 소리 질렀다. "거기를 왜 가려고 하는 거야? 그들은 널 다시 들여보내지 않을 거야. 설혹 들여보낸다고 하더라도 그들이 널 다시 보면 반가워할 것 같아? 카이가 거기 있다고 생각하는 거야?"

개는 아이를 조금 더 가까이 데려갔다가 다시 멈춰 섰다. "여기까지가 내가 가장 가깝게 다가갈 수 있는 곳이야."

"아무튼 고마워, 지금까지 도와준 것 모두." 게르다는 개가 떠나갈 수 있도록 하네스를 풀어주었다.

"나를 자유롭게 해준 거 다시 한번 고마워." 플래그스태프는 북쪽으로 돌아섰다.

나는 게르다가 스테이션을 한 바퀴 도는 것을 믿기지 않는 심정으로 지켜보았다. 그 안에는 아이가 빠져나왔던 문뿐만 아니라 많은 문이 있었고 모두 닫혀 있었다. 바깥쪽에는 손잡이가 달리지 않았다. 아이는 왜 그곳으로 돌아가려는 걸까? 노르웨이 여성이 보여준 그 오래된 태그, 그건 아이에게 무슨 의미였을까? 나는 논리적으로 생각해보려 했다. 60년. 노르웨이 여인은 그 정도 나이쯤 되었을지도 모른다. 물론 더 늙어 보였지만, 그건 담배를 피워서 그럴지도 몰랐다. 내 나이는 쉰이었지만 머리칼만 빼고는 그렇게 나이 들어 보이지 않았다. 물론 내 생각이기는 했지만. 노르웨이 여인도 한때 제작된 아이였다. 그녀도 게르다와 마찬가지로 스테이션에서 탈출했던 것이다. 하지만 그게 카이와 무슨 상관이 있는 걸까?

나는 오두막 안을 앞뒤로 걸었다. 만약 내가 지금 바로 계곡을 떠난다면, 점점 엄습해오는 추위가 온기를 좋아하는 내 나무들을 죽이기 직전에 게르다와 함께 돌아올 수 있을지도 몰랐다. 하지만 게르다가 저항한다면…….

아이는 여전히 문들을 살펴보고 있었다. 어쩌면 문이 열리기를 기다리고 있는지도 몰랐다. 왜 아이는 적어도 나를 보러 집에 오지 않았을까? 나는 이 의문에 대한 답을 잠시 후에 알게 되었다. 아이는 나를 다시 떠날 용기가 없었던 것이다.

게르다는 자기 신발은 가져갔지만 태그는 남겨두고 갔다. 그건 아직 내 다락방에 있었다. 나는 사다리를 타고 올라가 아이의 옷을 숨겨두었던 어두운 구석에서 재빨리 태그를 찾았다. 그런 다음 한 단 아래 선반을 바라봤다. 그리고 발견할 수 있었다. 또 하나의 태그를.

N2178F.

망각의 차는 완벽한 주문이 아니었다. 당연히 모든 기억이 돌아왔다.

내 카이는 나보다 한 살 어렸다. 아, 그리고 그건 카이가 아니라 라스였다. 내 해의 카이는 둔한 소년이었고, 평생을 "화장실이 어디에요?"보다 더 복잡한 질문은 한 번도 한 적이 없는 파란 눈의 아이였다. 반면 라스는 나처럼 너무 영리하고 또 나처럼 너무 고집불통이었는데, 어느 날 그곳에서 사라졌다. 나는 그를 찾아다니다 밖으로 나가는 길을 찾았다. 게르다처럼 나는 빠르게 길을 잃었다. 그리고 정원의 마녀가 나를 발견했다. 게르다처럼, 나도 입양되었다.

하지만 나의 어머니도 태그를 가지고 있었는지 찾아볼 용기는 없었다.

나는 가지고 있는 망토 중 두 번째로 좋은 걸 어깨에 두르고 서둘러 집 밖으로 나섰다. 나는 게르다와 대화해야만 했다. 내 정원이 죽는다고 해도 상관없었다. 게르다가 함께 오기를 거부하더라도 최소한 내가 노력했다는 걸 나 스스로는 알 수 있을 테니까.

*

내가 도착했을 때 게르다는 여전히 바위 뒤에 웅크리고 있었다. 아이는 나를 발견하더니 얼굴에 미소가 꽃처럼 번졌다.

"엄마! 여긴 어쩐 일이세요?"

"내 마법이 네가 가까이 있다고 알려줬어." 나는 솔직히 말했다.

"하지만 엄마의 정원은……."

"그래서 얼른 돌아가야 해." 나는 아이 옆에 쪼그리고 앉았다. "하지만 네게 말해주고 싶었어. 카이에게 무슨 일이 있었는지 깨달았거든." 아이가 내 쪽으로 돌아앉았다. "게르다, 네가 떠나 있는 동안 난 뭔가를 깨달았어. 나 역시 스테이션에서 탈출한 제작된 아이였다는 걸. 그리고 나도 친구를 잃었어. 게르다, 스테이션에 머물러 있는 제작된 아이들은 노예로 팔리는 거야. 네가 실험실에서 본 소녀, 그 애도 네 친구였어. 그들이 그렇게 만든 거야. 그들은 그 애가 얌전히 구는지 보기 위해 마법을 사용했고 그 애를 팔아버렸어. 카이는 말썽을 부릴까 봐 그들이 좀 더 일찍 해치워버린 거고."

"언제가 됐든 눈의 여왕이 모든 제작된 아이들을 데려가려고 오는 거네요." 게르다가 말했다.

"그래."

"나도 그걸 깨달았어요." 게르다가 말했다. "난 여전히 카이를 찾고 싶어요."

"네가 그 애를 위해 할 수 있는 일이 없어. 그래도 오늘 꼭 그 애를 찾아야겠니?"

게르다는 내게서 시선을 돌려 스테이션 쪽을 향했다. "네."

*

우리는 스테이션에 보급 물자가 들어가는 틈을 타 몰래 숨어 들어가 창고에 몸을 숨겼다. 우리 양쪽에 있는 선반은 차가운 슬래브 바닥에서 동굴 같은 천장까지 뻗어 올라가서 꼭대기의 암흑 속으로 사라졌다. "이제는 어떡하지?" 나는 속삭였다.

"카이를 찾아야죠." 게르다가 속삭였다. 아이는 어디서부터 시작해야 할지 확신하지 못하고 그늘진 창고를 둘러봤다.

"발톱을 사용해." 내가 말했다. "그 마법이 네 마음과 가까운 사람을 찾는 걸 도와줄 거야."

게르다는 발톱을 손에 쥐고 말했다. "카이, 카이, 카이." 발톱이 손바닥 안에서 약간 움직이며 방향을 가리켰다. 누군가 갑자기 돌아서더라도 우리를 볼 수 없도록 게르다와 나는 선반들 사이의 좁은 통로 주변을 신중하게 살피며 재빨리 통과했다. 그리고 마침내 견고한 벽을 발견할 수 있었다. 벽에 있는 문을 통해 복도로 나갔다.

"카이, 카이, 카이." 게르다가 속삭였다. 발톱이 방향을 가리켰다. 하지만 복도는 똑바로 나 있었고 발톱은 비스듬하게 향해 있었다. 잠시 후 게르다가 말했다. "이쪽이에요." 우리는 계속 나아갔다.

나는 온몸을 떨었다. 제작된 아이로 스테이션에서 살았던 세월이

홍수처럼 밀려왔다. 발소리를 듣고는 출입구 중 하나에 몸을 바짝 붙어 숨었다. 발소리는 멀리 사라졌다.

"그 애가 이 문 뒤에 있어요." 게르다가 갑자기 말했다.

문은 잠겨 있지 않았다. 안으로 발을 들여놓는 순간 우리는 바깥의 겨울 공기보다 더 차가운, 폭발하듯 밀려드는 싸늘한 공기를 느꼈다. 게르다는 조용히 문을 닫았다.

우리는 또 다른 창고 안에 있었고 그곳은 냉동 물품을 보관하는 곳이었다. 서리가 벽을 뒤덮고 있었다. 우리가 문 옆에서 머뭇거리는 동안 내가 내쉬는 숨결이 서리의 한 귀퉁이를 녹였다. 나는 두 번째로 좋은 내 망토 밑으로 손을 집어넣고 몸을 떨었다. 옆에 있는 게르다는 추위를 거의 느끼지 못하는 듯했다.

방의 한쪽 끝 멀리에서 갈색 머리 소년 하나가 화물 운반대에 상자들을 쌓아 올리고 있었다. 게르다는 숨을 들이마셨다.

"저 애가 카이야?" 나는 속삭였다. 아이는 단단히 고개를 끄덕였다. "그래, 그럼 가서 얘기해보자."

우리가 다가가는 동안에도 소년은 돌아보지 않았다. "카이." 게르다가 부드럽게 불렀다. 그는 하던 일을 멈추고 고개를 들었다. "카이, 내가 누군지 기억나?"

카이의 눈은 낯설 정도로 뿌옇게 보였다. 그의 관자놀이에서 밝은 보석에 빛이 잡히듯이 불빛이 깜빡이는 것을 알아볼 수 있었다.

"얘도 프래그예요." 게르다가 말했다. "청소와 요리를 하는 프래그가 있었거든요. 심지어 제작된 아이들을 돌보는 프래그도 있었어요. 나는 결코 깨닫지 못했어요……."

당연히 몰랐을 것이다.

“나와 같이 가자.” 게르다가 카이에게 명령했지만 카이는 듣지 않았다. 그의 주인이 게르다에게 복종하라고 한 적이 없기 때문이다. 그는 그저 자신이 있는 곳에 그대로 서 있었다. 그렇다고 우리가 나타났다는 사실을 소리쳐 알리거나 경고하지도 않았다. 그것도 그에게 내려진 명령이 아니었기 때문이다. 그는 상자를 싣고 내리기 위해 거기 있을 뿐이었다. 망각의 차가 남긴 뿌연 안개 사이로 나는 내 어린 시절을 떠올렸다. 열한 살과 열두 살 때 내가 들었던 훈련 수업을 기억해냈다. 프래그는 새로운 것을 배울 수 없었다. 어린 나이에 자동 인간이 되어버린 카이는 과학자들에게 그 자신을 더 가치 있는 존재로 인식시킬 기술적인 일을 할 수 없었다.

게르다는 카이의 손을 잡았다. 카이는 하던 일을 잠시 멈추고 게르다가 손을 잡고 있도록 했다. 당황하기는 했지만 피하지는 않았다 “카이.” 게르다가 속삭였다. 그리고 잠시 격한 태도로 내 쪽으로 돌아섰다. “카이를 도와줄 수 있어요? 엄마의 마법으로 도울 수 있어요?”

“영혼을 되찾을 수 있는 마법은 없어. 영혼은 한 번 빼앗기면 끝이야.” 내가 말했다. “그리고 난 프래그가 다시 온전한 상태로 돌아왔다는 말은 들어본 적이 없어.”

카이는 하던 일을 마저 하기 위해 몸을 돌리고 있었다. 그런 카이를 게르다가 팔로 감싸 안았다. “널 이런 상태로 두고 떠날 수는 없어.” 아이가 말했다. 게르다는 카이의 목에 꼭 맞게 채워진 태그를 한 손으로 잡더니 주먹을 꽉 움켜쥐었다. “자유롭게 해줄게, 카이.” 아이가 말했다. 그리고 태그를 홱 잡아당겼다. 팝콘이 튀겨질 때처럼 부드러운 펵

소리와 함께 타는 냄새가 나더니 카이가 그대로 쓰러졌다.

"우리 이제 가요." 게르다가 말했다.

*

다시 골짜기로 돌아갈 때까지 게르다는 한마디도 하지 않았다. 내가 떠나 있는 동안 공기가 점차 차가워졌기에 수확을 기다리던 오렌지와 레몬은 나무에서 다 떨어져버릴 게 분명했다. 하지만 나무는 살아날 것이다. 그리고 장미도. 나는 그렇게 생각했다.

나는 정원을 둘러본 후 우리의 몸과 마음에 힘을 줄 차를 끓였다. 게르다는 차를 약간 마셨고 대부분은 컵을 꽉 쥐고 손을 따뜻하게 했다.

"저도 여기서 함께 살아도 될까요?" 게르다가 물었다.

"물론이지." 내가 대답했다. "넌 내 딸이고, 난 널 사랑해."

게르다가 남은 차를 마저 마셨다. "언젠가는 돌아갈 거예요." 게르다가 말했다. "그곳의 제작된 아이들에게 자유를 주기 위해."

"그래." 내가 대꾸했다.

"제게 마법을 가르쳐주세요, 엄마." 게르다가 말했고, 나는 식탁을 가로질러 아이의 손을 꽉 쥐었다.

너무 많은 요리

캐럴의 로스트 치킨

이것은 질병 블로그가 아니라, 음식 블로그입니다. 물론 온통 퍼져 있는 조류 인플루엔자에 대한 소문이 저를 불안하게 하네요. 여러분은 어떤지 잘 모르겠지만, 저는 요리로 불안을 다스립니다. 무척 많은 요리로요. 아무튼 저는 블로그에 올리는 모든 디저트마다 네 가지 건강한 조리법(전채요리, 샐러드, 곁들임 요리……)을 공유하겠다는 새해 결심을 고수하려 노력하고 있습니다. 그리고 바로 지난주에도 레몬 머랭 바 만드는 법을 알려드렸죠. 어제도 저는 그 바를 한 번 더 구웠고 앉은 자리에서 절반을 먹어 치우는 것으로 불안감을 다스렸습니다. 피칸 바 굽는 조리법도 하나 새롭게 발견하기는 했지만, 오늘은 빵을 굽지는 않을 겁니다. 안 할 거예요! 대신 오늘은 제 친구 캐럴의 정말 맛있는 로스트 치킨을 선보일 거예요. 조류를 먹는 것으로 조류 인플루엔자의 두려움에 대처하는 게 훨씬 낫잖아요, 제 말이 맞죠?

자, 집에서 직접 요리해 먹는 방법은 다음과 같습니다. 일단은 닭고기가 필요해요. 캐럴은 닭을 직접 자르지만, 저는 게으른 사람이라 가게에서 잘라놓은 닭고기를 사 옵니다. 그다음에는 최소한 900그램의 감자가 필요해요. 레몬과 마늘 한 통도 필요합니다. 크고 넓은 로스팅 팬도 준비하세요. 저는 쿠진아트의 묵직한 라자냐 팬을 사용하지만, 13x9인치(약 33x23센티미터) 케이크 팬을 사용해도 괜찮아요.

감자는 작게 깍둑썰기 하세요(좋은 감자를 쓰셔야 해요! 노란감자도 괜찮고, 붉은감자도 좋아요. 저는 여름이면 시장에서 구매합니다). 팬에 요리용 스프레이를 뿌리고 감자를 집어넣습니다. 마늘 껍질은 모두 벗기고(정말 다 벗겨야 해요!), 감자와 함께 팬에 넣습니다. 만약 "이 마늘을 다 넣어?"라고 생각하고 계신다 해도 저를 믿어주세요. 구운 마늘은 맛이 순해져서 감자처럼 부담감 없이 먹을 수 있어요. 정말이에요. 나중에 저에게 고마워하게 될걸요. 마지막으로 닭고기를 그 위에 올려놓는데, 껍질이 아래로 향하게 놓으면 됩니다. 반쯤 조리되면 뒤집을 거예요. 고기 위에 오레가노를 골고루 뿌리고 바다 소금 약간과 후추를 살짝 뿌려주세요.

레몬 하나를 짜면 되는데 레몬을 정말 좋아한다면 두 개를 짜서 올리브유 1/4 컵과 섞으세요. 그걸 팬 위에 골고루 뿌리고 잘 섞이게 손으로 버무려주세요. 닭고기와 감자 전체에 뿌려지도록 확실히 하셔야 해요. 그런 다음 감자가 타서 들러붙지 않도록 팬 가장자리에 물을 조금 부으세요. 단 닭고기에는 닿지 않게 하세요. 이제 화씨 425도(섭씨 약 218도)의 오븐에 넣고 한 시간 동안 구울 거예요. 껍질이 노릇노릇 바삭하게 구워지도록 30분이 지난 후에 닭고기를 뒤집어 주세요.

여러분, 맹세컨대 이거 정말 맛있어요. 제가 요리를 해주면 도미닉은 거의 절반 정도는 자신이 뭘 먹고 있는지도 알아차리지 못하는데, 이 요리는 정말 좋아해요. 물론 저도 그렇고요. 두 사람 몫으로 이만큼만 요리하면 점심까지 먹을 수 있을 거예요. 하지만 오늘 밤에는 제 오빠 레오와 올케언니, 조카들이 손님으로 오기로 했어요. 그래서 실제로는 닭 두 마리와 감자 2킬로그램으로 요리를 하려고 해요. 십 대 애들 먹성이 보통이 아니잖아요.

그리고 닭고기는 수프로 끓이면 마법의 치유력이 있으니, 구이로 요리해도 어느 정도는 그 치유력이 나오겠죠? 마늘도 마찬가지예요. 그러니 많이 드시고 건강하세요.

xxoo*, 나탈리

(* 'x'는 서로 맞닿은 입술 모양, 'o'는 서로 껴안은 모습으로 '키스와 포옹을 전하며'라는 뜻이다_옮긴이)

*

초콜릿 칩 쿠키 대체 간식

말씀드렸다시피, 우리 집에는 예기치 않았던 장기 투숙 손님이 머물고 있습니다.

올케언니 캐슬린은 리전스 병원의 간호사예요. 응급실이나 전염성 질병을 다루는 병동에서 근무하지는 않지만, 현실적으로 생각해보면 우리가 공기 중에 떠다니는 많은 바이러스를 통제할 수 있는 건 아니잖아요. 바이러스한테 산부인과에는 들어오면 안 된다고 말할 수 있는 것도 아니고요. 오빠 부부는 만약 이 조류 인플루엔자 문제가 진짜 심각하다면, 언니가 병원에서 집으로 그 질병을 옮겨오는 건 아닐까 걱정하고 있었어요. 오빠는 기꺼이 그 위험을 감수할 각오가 되어 있기도 했어요. 하지만 내가 "아이들은 한동안 나와 지내도 될 거야"라고 하자, 언니는 "그렇게 하면 우리 둘 다 훨씬 안심이네"라고 말하더군요. 자, 그래서 짜잔, 저는 지금 열한 살, 열세 살짜리 조카들을 돌보고 있습니다. 모니카는 열세 살, 조는 열한 살입니다.

우리 집에는 손님용 침실과 침대 겸용 소파가 있어요. 모니카가 손님방을, 조는 소파 겸용 침대를 얻었습니다. 물론 우리는 며칠 안에 이 문제를 재협상하겠다고 약속했습니다. (사실 손님방에 있는 침대는 2인용이에요. 하지만 제 말을 믿으세요, 여러분이 저라도 반드시 그래야만 할 이유가 있는 게 아니라면 절대로 그 애들이 한 침대를 쓰게 하고 싶지는 않을 겁니다.)

한동안은 웬만하면 '집을 떠나는' 상황을 최소화해야 했는데, 오늘은 집 안 식료품을 채우기 위해서 상점에 갔었어요. 분명한 건, 그런 생각을 한 게 저 하나만이 아니었다는 거예요. 줄이 어마어마하게 길었고, 네 군데 상점을 돌았지만, 우유와 달걀은 모두 동이 나서 찾을 수가 없었거든요. 그래도 엄청나게 거대한 두루마리 화장지 팩 하나와 커다란 쥐 사료 한 자루를 구할 수 있었어요. (조가 제리 스프링어라는 애완용 쥐를 한 마리 키우고 있다는 얘기를 제가 했던가요? 안 했죠? 제 어린 조카딸 조에게는 제리 스프링어라는 애완용 쥐가 있습니다. 사실 쥐는 가족 저녁 식사에 초대되지 않았지만, 도미닉은 조가 자신의 반려동물과 함께 있으면 돌아가는 상황을 견디기가 조금은 쉬울 거로 생각했어요. 오늘 쥐를 데려오기 위해 갔고요.)

냉동 식품 판매대도 믿을 수 없을 만큼 물건들이 다 빠져 있었지만,

아시아 식료품점(네 번째 들른 가게)에서 커다란 쌀 한 자루와 약 6.5킬로그램짜리 냉동 만두를 살 수 있었어요. 하지만 여기에다가 제가 사 온 물건을 다 나열하지는 않을 거예요. 그랬다가는 너무 부끄러울 것 같거든요. 그냥 우유도 달걀도 없었다는 요점만 고수할게요. 버터는 좀 구할 수 있었지만, 500그램에 대략 10달러쯤 하는 엄청나게 비싼 유기농 제품이었어요. 쿠키 한 접시를 만드는 데 우리의 버터 비축량을 다 써버리는 게 아닐까 조금 걱정이 됐지요. 그런데 조는 초콜릿 칩 쿠키를 먹고 싶어 했거든요.

좋아요. 실은 제가 정말로 초콜릿 칩 쿠키를 먹고 싶어요. 하지만 조는 자신도 좀 먹고 싶다는 데 기꺼이 동의했죠.

달걀은 마요네즈로, 버터는 기름으로 대체할 수 있어요. 만약 여러분 집에 혹시라도 참기름이 있어서 일부를 참기름으로 대체할 수 있다면(또는 다른 견과류 기름도 좋아요) 더 맛있는 쿠키를 만들 수 있을 거예요. 우린 참기름이 있거든요.

여러분도 오늘 즉흥적으로 쿠키를 만들어야 한다면 여기 조리법이 있습니다.

밀가루 2와 1/2컵

베이킹소다 1작은술

소금 1작은술

식물성 기름 1컵 (참기름 2큰술 + 카놀라유 1컵도 좋아요)

백설탕 3/4컵

갈색 설탕 3/4컵

바닐라 추출물 1작은술

마요네즈 6큰술

집에 있는 모든 종류의 칩, 또는 잘게 썬 초콜릿 350그램

설탕과 기름을 섞어 크림처럼 만들고 마요네즈와 섞어 거품기로 치세요. 그걸 치는 동안 마요네즈에서 아무리 역겨운 냄새가 나고 흉측해 보일지라도 쿠키는 맛있게 만들어지리라는 걸 약속해요. 베이킹소다, 소금, 밀가루를 함께 섞은 다음 마요네즈 혼합물에 천천히 넣으면서 저어주고 칩을 섞어야 해요.

둥근 숟가락으로 팬에 한 숟가락씩 떨어뜨리세요. 아, 쿠키 만드는 법은 다 아실 거예요. 쿠키 시트에 기름칠은 안 해도 됩니다. 화씨 375도(섭씨 약 190도)에서 10분 정도 구우시고, 계속 쫄깃하면서 부드럽길 바란다면 식기 전에 밀폐 용기에 담아두세요. 바삭한 쿠키를 원하신다고요? 세상에, 쿠키 먹을 줄 모르시네요. 하지만 그런 경우에는 용기에 담아 치워두기 전에 먼저 식혀야 해요. 그리고 전통적인 과자 항아리처럼 밀폐되지 않은 용기에 보관하는 게 훨씬 맛있을 겁니다.

제가 도미닉에게 첫 번째 구운 쿠키를 주었더니, 글쎄 그이가 "설마 우리 버터를 여기에 다 써버린 건 아니겠지?"라고 하지 뭐예요. 저는 버터가 다 떨어질 일은 없으니 걱정하지 말라고 했어요. 그런데 우리 집에 커피가 거의 다 떨어지려고 하네요. 그럼 저는 조류 인플루엔자에 걸리지 않고도 죽게 될지 몰라요. 나 좀 실례할게요, H5N1(인간에게 전염되는 조류 인플루엔자의 명칭이다_옮긴이).

xxoo, 나탈리

*

수제 피자

여러분이 사는 곳은 상황이 어떤가요?

제가 사는 곳(미니애폴리스)의 H5N1의 확진 사례는 83건입니다. 좋은 소식은 인간 대 인간 전염 변종은 과거 조류 대 인간 변종처럼 치명적이지는 않다는 것입니다. 하지만 과거 치명률이 60퍼센트나 되었던 걸 생각해보면, 아주아주 좋은 소식이라고는 할 수 없겠죠. 나쁜 소식은 나흘간의 잠복기가 있어서 83명의 사람이 모두 다른 사람을 감염시켰다는 것인데, 사실 이건 거대하고 치명적인 빙산의 일각에 불과합니다.

아마 여러분도 사는 곳이 어디인지와는 상관없이 '사회적 거리 두기'라는 말을 들어보셨을 거예요. 그건 대부분 장소에서 "우리는 학교와 영화관과 그 외에 사람들이 모일 수 있는 여러 장소를 폐쇄하고, 근무 시간에 시차를 두어 혼잡을 최소화하고, 모든 사람에게 마스크를 쓸 것과 줄을 서서 기다릴 때도 너무 가까이 서 있지 말라고 지시합니다"라는 걸 의미하죠. 미니애폴리스에서는 집에만 있을 수 있는 여건이 된다면 누구든 그렇게 하라고 권유할 정도로 크게 걱정하고 있습니다. 도미닉은 IT 업계에서 일하기에 재택근무를 할 수 있어요. 우리가 바로 그런 사람들에 해당하는 거죠. 저는 오늘 다시 장을 보러 나갈 계획이었습니다. 혹시 우유와 달걀이 있나 보려고요. 만약 저와 도미닉만 있었다면…… 아, 그래도 그런 위험을 무릅쓰지는 않았겠네요. 하지만 어쨌든 조와 모니카가 집에 있는 동안에는 절대로 그런 위험을 무릅쓰지 않으려고요.

저는 점심으로 수제 피자를 만들었습니다. 작년 12월에 크리스마스용으로 피자 스톤(피자를 올리거나 굽는 돌판을 의미한다_옮긴이)을 산 직후 만들었던 것과 같은 조리법이지만, 이번엔 신선한 버섯은 들어가지 않았어요. 파인애플 조각 통조림 하나와 약간의 페퍼로니가 있어서 그걸 토핑으로 이용했죠. 말린 표고버섯을 피자 위에 좀 올려볼까 생각하다가 아무래도 식감이 안 좋을 것 같아 그만뒀어요.

우리는 이제 우유도 완전히 바닥나서 아침 식사에 약간의 문제가 생겼어요. 그리고 커피가 다 떨어진 건, 그건 제 일상의 모든 부분에 문제가 생겼다는 의미이기도 해요. 다행히도 립톤 티백(여름철 아이스티 용)은 아직 좀 남아 있어서 카페인 금단 현상에 대처하고 있어요.

(커피 부족은 순전히 저의 어리석음 탓에 일어난 일이에요. 식료품점 선반에서 봤던 기억이 있지만, 제가 워낙 커피에 까다로운 편이라 오늘의 신선한 원두를 사러 평소 다니던 커피숍에 갈 계획이었거든요. 하하하! 오늘은 폴저스와 맥스웰 하우스만 있어도 정말 감사할 것 같은 기분이에요!)

xxoo, 나탈리

*

달걀이 들어가지 않은 팬케이크와 수제 시럽

지난번 게시물의 댓글에서 식료품 배달해주는 곳이 있는지 알고 싶다고 적은 분이 있었어요. 제가 사는 트윈 시티에도 식료품을 배달해주는 곳이 있기는 한데, 현재는 모든 매장이 기존 고객에게만 배달 서비스를 제공한다고 합니다. 저는 배송 서비스를 하는 모든 매장에 계정을 등록했고, 아마존에도 배송으로 받아볼 수 있는 여러 항목(예를 들어, 두루마리 화장지 같은 것)을 주문했어요. 그리고 지금은 상품이 동나 제 주문을 취소했다고 제게 이메일을 보내지 않기를 바라고 있죠. 어쨌든 조만간 식료품 같은 걸 주문이나 할 수 있을지 잘 모르겠네요.

시내에 있는 몇몇 식당은 아직도 음식을 배달하고 있는데, 그걸 제가 어떻게 생각해야 할지 잘 모르겠어요. 도미닉과 저는 집에만 있을 수 있는 선택권이 있다는 점에서 매우 운이 좋은 것 같아요. 조금 죄책감이 느껴지기는 하지만요. 사실, 제가 밖으로 나가 돌아다니는 건 여전히 먹고살기 위해 밖에 나가야만 하는 사람들에게 별로 안전한 일이 아니잖아요. 아니, 아예 정반대죠. 만약 제가 감염된다면 바이러스를 퍼트리는 또 한 사람이 되는 것이니까요. (제 조카들을 포함해서요.) 아무튼 캐슬린은 산부인과 간호사라서 밖에 나가야 하고 사람들은 그녀에게 의존하고 있습니다. 하지만 피자 배달원이 꼭 필요한 인력으로 간주되어야 하는 건지는 잘 모르겠네요.

어쨌든 아무도 아침을 배달해주지 않고(이게 바로 제가 다루고 싶은 오늘의 글 주제입니다), 우유를 가져다주는 사람도 없을 테니까, 저는 우유도 달걀도 버터도 들어가지 않는 팬케이크를 만들었습니다. 여러분도 충분히 할 수 있는 요리예요. 다음은 들어가는 재료입니다.

밀가루 2컵, 베이킹파우더 4작은술, 소금 1작은술(위의 재료를 함께 섞은 후 다음의 재료를 추가하세요.)

바나나 퓌레, 또는 호박 퓌레, 또는 사과 소스, 또는 집에 있는 과일 퓌레 아무거나 1/2컵(저는 냉동실에 바나나가 있어서 그걸 사용했습니다.)

물 1과 1/2컵

바닐라 추출물 1작은술

계피 1/2작은술

설탕 1/2컵

모두 함께 넣고 휘젓습니다. 이것은 버터나 기름이 들어가는 팬케이크보다 더 잘 눌러붙기 때문에 프라이팬에 기름을 좀 넉넉하게 둘러야 해요. 메이플 시럽이 다 떨어졌지만, 캐비닛 뒤쪽에서 블루베리 시럽 한 병을 발견해 그것과 함께 먹었어요. 온라인에 수제 팬케이크 시럽 조리법이 몇 개 올라가 있지만, 아직 그건 시도해보지 않았고요. 모니카는 블루베리 시럽을 싫어해서 설탕과 계피를 뿌려 먹었습니다. 조는 블루베리 시럽도 괜찮다고 했지만 메이플 시럽(심지어 가짜 메이플이라도)이 더 좋을 것 같다는 데 저와 의견 일치를 보았습니다. (공식 기록을 위해 적자면, 저는 모니카처럼 먹었습니다.)

xxoo, 나탈리

*

잡탕 수프

사실 오늘은 조리법을 살펴보기 전에, 여러분이 제 친구에게 약간의 호의를 베풀어줄 수 있을지 여쭤보려고 해요. 멜리사는 레스토랑에서 종업원으로 일하고 있었고, 감사하게도 지금까지는 건강해요. 그런데 그녀가 일하는 식당이 당분간 문을 닫기로 했어요. 물론 출근을 안

해서 해고당하지 않는 것도 좋고, 안전한 집에 있는 것도 기쁘지만 집세 같은 것을 내려면 멜리사는 정말 그 일이 필요해요. 어쨌든 저는 그녀에게 고펀드미(GoFundMe: 미국 영리 단체 크라우드 펀딩 플랫폼으로 다양한 행사나 주제를 위해 기금을 모금할 수 있다_옮긴이)에 모금 페이지를 만들게 했어요. 만약 여러분이 거기 1달러라도 투자해주실 수 있다면 정말 큰 도움이 될 거예요. 이 제안을 좀 더 매력적으로 만들기 위해 저는 뭐라도 (단지 1달러라도!) 기부해주신 여러분의 이름이 적힌 종이를 모자에 집어넣고, 한 장의 종이를 제비뽑기할 겁니다. 그리고 그 행운의 독자가 원하는 음식이라면 그게 무엇이든 만들어서 먹고 그 과정을 블로그에 올리겠습니다. 만약 뽑힌 분이 전염병 대유행이 끝나기 전에 그 과정을 보길 바라신다면, 집에 있는 재료로 만들 수 있는 요리를 선택하셔야 할 것 같네요. 덧붙이자면 방금 식료품을 멜리사에게 가져다주고 왔습니다. 멜리사와 딸에게 음식이 다 떨어졌는데 푸드뱅크도 운영되지 않고 있기 때문이에요. (그래서 만약 여러분이 블루베리 시럽에 끓인 당근 같은 음식을 염두에 두고 계셨다면, 이미 늦었습니다. 이제는 멜리사가 그 블루베리 시럽의 자랑스러운 소유자가 되었거든요. 또한, 저에게는 당근도 다 떨어졌네요.)

어쨌든 부디 기부해주세요! 만약 여러분 중에 제가 베이크드 알래스카(크림을 얹어 오븐에 구운 스펀지케이크다_옮긴이)를 다시 시도하거나, 식기 세척기로 연어를 요리하는 실험을 해보기를 바라는 분이 있다면 지금이 기회랍니다.

아무튼 오늘은 잡탕 수프를 만들려고 해요. 이건 집에 있는 온갖 재료를 다 사용할 수 있는 수프예요. 사실 저는 이걸 꽤 자주 만들지만, 블로그에 올린 적은 없습니다. 많은 사람이 감동할 음식은 아니기 때문이죠. 보통은 스톡(이런 종류의 음식에 집에서 만든 수제 육수를 낭비하고 싶지 않을 때는 고체형 인스턴트 스톡을 쓰기도 해요)과 먹다 남은 육류, 냉장고에 있는 채소, 그리고 통조림 콩이나 국수, 또는 둘 다를 이용해 만듭니다.

다음은 제가 오늘 사용한 재료예요.

라면 2봉지와 그 안에 들어 있는 작은 스프

와인(아직 와인은 많이 남아 있어요. 아침 식사용 시리얼 위에 부어 먹을 수 없다는 게 안타까울 따름이죠.)

냉동 구운 옥수수 1/2파운드(약 227그램)

냉동 혼합 채소 1/4파운드(약 113그램)

말린 렌틸콩 2컵

냉동 칠면조 완자 1/2파운드

물 네 컵에 라면 스프, 와인 한 컵, 렌틸콩을 넣고 끓입니다. 저는 향신료 서랍에서 커민과 고수도 꺼내 넣었어요. 라면 스프와 맛이 꽤 잘 어우러질 것 같았거든요. 렌틸콩이 익을 때까지 계속 국물을 끓이세요. 그 사이 옥수수와 혼합 채소를 해동해서 함께 국물에 넣었고, 칠면조 완자는 오븐에 넣고 조리했습니다. 포장에 그렇게 하라고 적혀 있었거든요. 그런 다음 라면을 부수어 국물에 넣고 완자도 추가해 넣었죠. 우리 모두가 저녁으로 먹은 음식이랍니다.

조는 렌틸콩을 싫어하고 모니카는 얼린 구운 옥수수를 좋아하지 않지만, 약간 불평을 늘어놓은 후에는 어쨌든 같이 먹습니다. 그리고 안드레아와 톰은 맛있다고 했어요.

맞다, 안드레아와 톰이 누군지 알려드려야겠네요.

안드레아는 모니카의 학교 친구로 둘 다 중학교 2학년이에요. 모니카는 안드레아가 어른들 없이 동생인 톰과 함께 집에 남아 있다는 사실을 알게 되었어요. (아마도 문자로 그 소식을 주고받았겠죠?) 그 아이들 엄마가 인플루엔자 바이러스를 집으로 옮겨오게 될까 봐 너무 걱정되어서 집에 오는 대신 차에서 자고 있기 때문이었죠. 톰은 이제 겨우 세 살이에요. 게다가 음식이 다 떨어지는 바람에 모니카는 그 아이들 이야기를 제게 했어요(제가 멜리사의 집에 식료품을 가져다주고 온 이후였어요).

물론 저는 우리가 모니카의 친구에게 음식을 가져다줄 수 있다고 대답했어요. 안드레아가 세 살짜리 아이를 온종일 돌보고 있다는 사실을 알게 된 이상 우리 집으로 데려오는 게 더 나을 것 같았죠.

그래서 이제는 모니카와 조가 객실에 있는 2인용 침대를 함께 쓰고 있어요. 미안하죠, 소녀들에게. 하지만 때로는 '희생을 나눈다'는 게 함께 침대를 쓰는 걸 의미하기도 하죠. 안드레아는 소파 겸용 침대를 쓰고, 톰은 2인용 소파를 쓰고 있어요. 음, 어쨌든 어젯밤에는 2인용 소파에서 잤답니다. 그런데 아무래도 오늘 밤에는 2인용 소파에서 자고, 그 쿠션은 바닥에 놓여 있지 않을까 생각합니다. 그래야 아이가 굴러다녀도 쿠션에서 그리 멀리 떨어지지 않을 것 같거든요.

지금 이 상황이 제가 상상하고 있던 2월과는 그다지 비슷하지 않다고 말해도 될까요? 하지만 적어도 우리는 모두 건강하고 아직 식량이 부족하지는 않습니다.

xxoo, 나탈리

*

이 상황이 지나가면 요리하고 싶은 10가지 음식

오늘 저녁은 햄버거와 쌀밥이었어요. 저는 계속 조리법을 보면서 울었고 결국에는 도미닉이 요리를 끝내게 되었어요.

우리에게 없는 게 뭔지 여러분에게 알려드릴게요. 일단, AA 배터리. (제 무선 마우스는 AA 배터리를 사용하기 때문에, 저는 우리가 더는 사용하지 않는 전자 제품을 보관해두는 벽장을 뒤져 유선 마우스를 찾아내야만 했어요.) 식기세척기 세제. (아직 주방 세제는 남아 있지만, 그건 식기 세척기에 사용할 수 없잖아요. 그래서 우린 모든 걸 직접 설거지하고 있습니다.) 하지만 우리가 사소한 불평불만을 '부유한 국가들의 문제'라고 이야기했던 걸 여러분도 기억하시나요? 이건 사지 멀쩡하고 건강한 사람의 문제입니다.

오늘 우리는 올케 캐슬린이 아프다는 전화를 받았습니다. 그녀는 열여섯 시간 교대 근무를 해오고 있었어요. 일부 간호사는 아프고, 또 일부는 출근하기를 거부하고 있었죠. 하지만 아기들은 계속 태어나고 앞으로도 계속 그럴 테니 병원에는 간호사가 필요했어요. 말 그대로 모두가 항상 마스크와 장갑을 착용하고 있었지만, 어쩐 일인지 오늘 캐슬린은 열이 난다고 합니다.

오빠는 캐슬린이 입원하지 않을 거라고 하네요. 병원에서도 해줄 게 아무것도 없는데, 특히 지금은 병원이 과부하 상태이니 더욱더 그렇죠. 언니는 그냥 집에 머물면서 물을 많이 마시고 병을 이겨낸 68퍼센트의 사람 중 하나가 되기 위해 애쓰고 있습니다.

네, 그래요. 글을 쓰려고 자리에 앉았을 때는 여러분에게 이 얘기를 들려드리지 않을 생각이었어요. 그냥 이 모든 상황이 끝나고 나면 제가 정말로 만들고 싶은 음식을 이야기할 생각이었어요. 하지만 이제 제가 정말로 말하고 싶은 건, 이 모든 상황이 끝나고 난 후, 만들고 싶은 상위 열 가지 음식은 바로 캐슬린을 위한 열 가지 맛의 컵케이크라는 겁니다. 언니는 제 컵케이크를 정말 좋아하거든요. 그리고 만약 기도나 좋은 생각, 혹은 무엇이 됐든 그 비슷한 것을 하고 싶은 분이 있다면, 부디 그녀의 길을 밝힐 수 있도록 도와주세요.

멜리사에게 기부를 하고 제가 요리하길 바라는 음식을 고를 시간은 있습니다. 하지만 진지하게 말씀드리는데, 여러분은 이 상황이 끝날 때까지 기다리시는 게 좋을 거예요. 집에는 음식을 만들 재료가 그다지 많지 않거든요.

*

케일 주스 스무디(그럴 리가요)

제 블로그를 읽는 미친 사람들에게.

저도 알아요, 물론 확신하고요. 도움이 되려고 애쓰고 계신다는 거.

하지만 제 올케(조카들의 엄마!)가 회복하기 위해 해야 할 일은 밀 싹과 당신의 마법 면역 토닉에 들어가는 모든 재료를 넣고 케일 주스 스무디를 만들어 마시는 것이라고 조언하시는 분, 그건 전혀 도움이 되지 않습니다. 첫째, 그녀는 치명률이 32퍼센트에 달하는 질병에 걸렸거든요. 그리고 둘째, 그게 케일이든 다시마든, 또는 다른 뭐든 간에 마법처럼 효과가 있다고 제안하신 분은 실제로 제 블로그를 읽고 계시기는 한 건가요? 우리는 지금 식사의 절반 정도를 밥에 향미 올리브유를 섞어서 먹고 있습니다. 부분적으로 질감을 좀 달리해볼까 하는 생각에서 오늘은 마른 콘플레이크를 섞었는데, 사실 더 큰 이유는 쌀을 좀 절약하기 위해서였습니다. 이제는 쌀도 바닥날까 걱정이 되기 시작했거든요.

까짓거 캐슬린을 위해 케일 주스 스무디쯤이야 얼마든지 만들어줄 수 있어요. 꼬꼬댁거리는 산 닭을 제 엉덩이에서 끄집어내서 치킨 수프를 만들어줄 수 있는 것처럼요.

그리고 이곳은 음모론 블로그가 아니라 음식 블로그입니다. 정부가 어떤 악의적인 목적을 위해 의도적으로 모든 사람을 감염시키고 있다는 것을 사람들에게 이해시키고 싶다면 다른 곳으로 가세요.

오늘은 드릴 사랑이 없네요.

나탈리

*

토끼 스튜

우리 마당에는 토끼가 살고 있습니다. 여섯 마리쯤 된다고 맹세라도 할 수 있어요. 제가 정원에서 양배추를 기를 수 없는 이유가 바로 녀석들 때문이거든요. (음, 그 이유도 있지만, 저는 그 공간에 차라리 토마토를 심겠어요.)

저는 집 주변에 있는 물건으로 덫을 놓을 수 있고 토끼고기는 맛있을 거라고 확신하기도 합니다.

- 신선한 고기!

- 도미닉은 우리가 토끼고기를 먹으면 조류 인플루엔자에 걸릴 수도 있다고 생각합니다. (저는 도미닉이 거의 피해망상 증세를 보인다고 생각하는데, 사실 신경 써서 잘 요리하기만 하면 괜찮을 것 같거든요. 토끼를 와인으로 삶을 수도 있으니까요.)

- 토끼의 껍질을 벗기고 내장을 꺼내는 방법은 사실 잘 모르지만, 집에 잘 드는 칼도 있고 인터넷도 있고 저의 손재주가 있으니 그건 걱정 없어요.

- 조는 토끼를 먹는다는 생각 자체를 반대하네요.

- 우린 기껏해야 토끼를 한 마리 정도 잡을 수 있을 텐데, 한 마리로 이 모든 식구가 먹으려면 그리 넉넉하지 않을 테죠.

게다가 지금은 식구가 더 많아졌어요. 아이가 하나 더 왔거든요. (피리 부는 사람이라고 농담을 하고 싶으면 자유롭게 하셔도 됩니다. 미친 고양이 노파 농담도 상관없고요. 사실 우리는 온갖 농담을 다 하고 있어요. 그게 제게 남은 유일한 스트레스 해소법이거든요.) 아리는 열두 살인데, 우리에게 조의 쥐를 잡아먹자고 제안했을 때는 자신의 춥고 텅 빈 아파트로 다시 쫓겨 갈 뻔했었죠. (그 애가 식량만 부족했던 거라면 그냥 음식을 좀 싸서 돌려보낼 수도 있었을 테지만, 그 애 아파트에는 난방이 들어오지 않고 집주인은 전화도 받지 않는다고 해요. 아직 2월인데, 우리는 미네소타에 살고 있잖아요.)

아리는 안드레아의 사촌입니다. 아, 잠깐만요, 그 말은 취소예요. 어쩌면 안드레아 사촌의 친구일지도 몰라요. 사실 저는 "열두 살"과 "난방이 안 된다"는 말을 들었을 때, 그냥 많은 질문을 하지 않았어요.

xxoo, 나탈리

*

더 이상 음식 블로그가 아닙니다

지루함과 고립의 블로그입니다.

또한 스트레스 관리 블로그입니다. 보통 저는 요리로 스트레스를 관리합니다. 물론 조리법의 85퍼센트라 할 수 있는 주요 재료가 떨어졌고, 대체할 만한 재료도 전부(또는 거의) 떨어졌기 때문에, 식량이 완전히 떨어질까 봐 걱정하고 있다는 사실만 제외하면 그렇다는 거예요. 저는 시리얼 레이즌 브랜을 믹서로 갈아서 밀가루처럼 만들어볼까 곰곰이 생각 중입니다. 그러면 로라 잉걸스가 『긴 겨울』에서 가공하지 않은 밀을 커피 분쇄기에 갈아서 사용했던 장면의 첨단기술 버전 같은 게 되겠죠.

제 귀여운 방갈로는 저와 도미닉 둘이 지내기에는 매우 넓습니다. 하지만 저와 도미닉과 세 살부터 열세 살까지의 아이들 다섯 명이 함께 살기 시작하고는 약간 비좁다는 느낌이 들기 시작했어요. 모니카는 노트북을 가져왔는데 그 애와 아리, 안드레아는 모두 돌아가면서 노트북을 사용하고 싶어 합니다. (조는 별로 자주 쓰겠다고 하지 않아요. 단지 순교자 같은 한숨을 내쉬면서 '아니, 난 괜찮아요'라고 하면서 왜 큰 아이들이 컴퓨터를 독차지하려 하는지 이해한다고 말합니다.)

우리는 모든 온라인 서비스에서 제공하는 스트리밍 영화에 거의 전문가가 다 되어버렸지만, 문제는 톰이 시청하기에 적당한 경우 큰 아이들은 대부분 관심이 없다는 거예요. 우리는 모두가 견디고 볼 수 있는 오래된 뮤지컬 영화를 몇 편 찾았고 톰은 그것들을 반복해서 보고 싶어 하고, 안드레아는 만약 자신이 "사운드 오브 뮤우우우우우직의 어어어언덕은 사사사사알아 있어요"를 다시 한번 더 들어야 한다면 벽돌로 TV를 부숴버릴지도 모른다고 말합니다.

우리 집에는 뒷마당이 있고 조류 인플루엔자 감염의 관점에서 보자면 꽤 안전하게 놀 장소가 되겠지만, 지금은 2월이고 우리는 미네소타에 있으며, 현재 일시적 한파가 몰아닥친 상황입니다. 참고로 어제 아침은 매서운 바람과 함께 섭씨 영하 30도가 넘었어요. (좋은 소식: 낮은 기온이 바이러스의 확산을 늦춰줄지도 모릅니다.)

그래서 오늘 우리가 한 일은 이러해요. 지하실에 공예 페인트와 붓이 있던 게 생각나서, 거실 가구를 벽에서 다 빼내고 아이들에게 벽화를 그리게 했습니다. 좋은 소식은 이게 아이들을 오후 내내 행복하게 해주었다는 거예요. 그리고 더 좋은 소식은 그게 아직도 끝나지 않았다는 겁니다.

xxoo, 나탈리

*

팬케이크로 만드는 생일 케이크

오늘은 조의 생일인데, 모두가 깜빡했지 뭐예요. 조가 다들 나름 중요하게 신경 써야 할 일이 있다고 생각하고는 자기 생일 얘기를 꺼내지 않은 탓이기도 합니다. 하지만 모니카(부디 이 까칠한 열세 살짜리 소녀의 마음을 축복해주세요)는 기억하고 있었어요.

우린 처음에는 케이크를 구울 수 없을 거라 생각했죠. (시리얼을 사용

가능한 밀가루로 바꾸는 방법을 정말로 알아내지 못하는 한은. 그리고 어쩌면 알아낸다고 하더라도 불가능할지 모르니까요.) 하지만 어제 우리가 지하실에 내려가 공예 페인트를 꺼내고 있을 때, 저는 캠핑 장비와 함께 놓여 있는, 그냥 물만 부어 만들면 되는 팬케이크 믹스 상자 하나를 찾아냈습니다. 만약 그걸 이전에 기억해냈다면, 어느 순간 팬케이크를 아침으로 완전히 바꾸어놓았을 거예요. 그러니 제가 아무런 생각 없이 있었던 것에 감사해야겠어요. 또 우리는 우유 없이는 제대로 된 즉석 푸딩을 만들 수 없어서, 사용하지 않고 넣어둔 버터 스카치 푸딩 믹스도 한 상자 가지고 있었죠.

다른 아이들은 벽화 그리기를 잠시 멈추고, 프린터 용지, 가위, 펜으로 장식을 만들었습니다. (종이를 길게 오려 쇠사슬처럼 동글동글하게 연결해서 띠를 만들었죠.)

저는 팬케이크 믹스를 제대로 된 케이크로 만드는 방법이 분명히 있을지 모른다고 생각했지만, 온라인에서 찾아낸 모든 방법은 저한테 없는 재료를 필요로 하더군요. 그래서 팬케이크 믹스로 여러 장의 팬케이크를 구워낸 다음, 팬케이크 층층이 버터 스카치 프로스팅을 넣어서 케이크로 탄생시켰습니다. (버터 스카치 프로스팅에 아직 좀 남아 있던 버터를 녹이고 기름을 첨가해 넣은 후 버터 스카치 푸딩 믹스를 섞어 넣었습니다.)

그리고 우리는 그 위에 봉헌 양초 두 개를 꽂고 축하 노래를 불렀어요.

조는 심지어 선물까지 받았습니다. 가끔 한 번씩이기는 해도 여전히 우편물은 오고 있거든요. 그리고 아이 아버지는 생일을 기억하고 있었던 거죠. 온라인으로 주문한 선물이 가득 담긴 커다란 상자가 하루

늦게 나타났습니다. 상자에는 "엄마 아빠의 사랑을 담아"라고 적혀 있었고 우리는 모두 울음을 터뜨릴 수밖에 없었어요.

우리는 올케언니 병세 소식을 계속해서 받고 있지만, 상태가 그리 좋지 않아서 여러분과 공유하지 않고 있었어요. 우린 그냥 계속 씩씩하게 버티는 중이에요. 그리고 오늘 그건 조의 생일 축하를 의미했습니다.

*

크리스마스 같은 기분입니다

여러분, 여러분! 우린 식료품 배달을 받을 예정이에요! 종류가 뭐든 간에요! 아무래도 좀 더 설명을 해드려야겠네요. 우리 지역의 조류 인플루엔자 대책 위원회가 배달 서비스를 제공하는 식료품점에 최대한 많은 인원을 고용할 수 있도록 인력을 주선했습니다. 대부분 직장이 폐쇄된 멜리사와 같은 사람이 고용되었고, 이제 그들은 거의 모든 곳으로 상품을 배달할 수 있을 만큼 많은 직원을 두게 되었어요. 지역민 모두 각각 한 곳의 식료품점을 배정받았고 우리는 여덟 명이 함께 살고 있기에(아, 제가 아리에게도 어딘가 격리되어 머물 만한 곳이 필요한 친구가 있다는 사실을 언급했던가요? 이제 우리 집은 가득 찼어요. 심각하게요. 욕실 상황은 이미 임계점을 넘어섰고 돌아가면서 바닥에서 자고 있습니다), 최대 560달러 상당의 물건을 구매할 수 있게 되었고, 그 식료품은 며칠 내로 도착할 거예요. 그들은 우리에게 밖으로 나가 배달원을 맞이하지 말라고 했습니다. 물건은 문 앞에 두고 갈 거라고 하네요.

물론 문제는 말 그대로 상점의 모든 게 품절이라는 겁니다. 미니애폴리스는 정말 확진자가 많은 곳이라서 많은 배달 기사가 이곳에 오고 싶어 하지 않아요. 게다가 캘리포니아 상황이 너무 어수선해서 농산물이 외부로 나가지 못하는 까닭에 신선한 농산물은 구경도 할 수가 없어요. 저는 냉동 복숭아를 주문했지만 실제로 복숭아가 배달돼 올지는 모르겠습니다. 물론 우유나 달걀은 없었지만 아몬드 우유 재고가 있어서 빵 굽는 데라도 사용하려고 주문했죠. 식료품점에서는 만약에 어떤 물건이 품절이면 대체물을 보낼 거라고 미리 경고하더군요. 그렇지만 대체물로 뭐가 올지 누가 알겠어요. 그러니, 자, 보세요. 여러분, 이건 크리스마스나 다름없어요. 엄마에게 원하는 선물 목록을 적어드리면 그중 하나가 크리스마스트리 아래 등장하는 게 크리스마스잖아요.

저는 커피나 카페인이 들어 있는 걸 제발, 제발, 제발, 확실히 부탁한다는 메모를 포함해 넣었습니다. 만약 아침으로 다이어트 마운틴듀를 마셔야 한다면 그럴 겁니다. 제 말은, 집에 2리터짜리 콜라가 있어서 그걸 배급하듯이 조금씩 따라 마셨더니 점점 탄산이 줄어들고 있거든요. 하지만 김이 좀 빠지는 것 정도는 신경 안 쓴다는 겁니다. 아니, 신경이 좀 쓰이기는 하죠. 하지만 아침에 카페인을 섭취하지 못해 생기는 두통에 더 신경이 쓰이는 건 사실이에요.

여러분 중에 캐슬린의 안부를 물어오는 분들이 있습니다. 올케는 어찌어찌 버티고 있고 오빠는 건강하게 지내고 있어요.

누군가 토끼에 대해서도 질문하셨더라고요. 아직은 지역 야생 동물은 살해한 적이 없습니다. 아마도 제가 약간 비위가 약하고 도미닉은 엄청 비위가 약하기 때문일 거예요.

xxoo, 나탈리

*

라이스 크리스피 간식

자, 이제 식료품점에서 보내온 상자가 도착했습니다. 고기, 기름, 팬케이크 믹스 등과 같은 일반적으로 유용한 품목 외에도 우리는 다음과 같은 것들을 받았습니다.

코코넛 밀크 12캔

진공 포장된 저가 브랜드 분쇄 커피 대용량 1캔.(하느님 감사합니다!)

미니 마시멜로 3봉지

버터 맛 쇼트닝 대용량 캔 2개

거대한 두루마리 화장지 1팩(하느님 감사합니다! 우리가 화장지 대신 뭘 사용하고 있었는지는 얘기하지 않을게요)

AA 배터리 작은 팩 1개

미니 허쉬 초콜릿 1자루(아마 어떤 건지 다들 아실 거예요. 왜 핼러윈에 아이들에게 나눠주는 여러 종류의 캔디 바 같은 거 있잖아요.)

젤로 젤라틴 작은 상자 14개

완전히 골리앗 크기만 한 라이스 크리스피 비슷한 과자 1자루

이들 대부분이 우리가 주문한 게 아닙니다. 몇 가지는 어떤 것 대신에 온 대체물인지 짐작이 가기도 해요. 저는 밀가루를 주문했지만 대신 팬케이크 믹스를 얻었습니다. (이건 나쁘지 않은 경우에 해당해요.) 초콜릿 칩은 미니 허쉬 초콜릿으로 대신 왔고요. (역시, 이것도 나쁘지 않아요.) 저

는 포도 농축액도 주문했습니다. 과일 비슷한 것도 다 떨어져서 오랫동안 먹을 수가 없었거든요. 원칙적으로는 이렇게 빨리 괴혈병에 걸릴 수는 없겠지만(제가 확인해봤습니다), 당근 같은 게 너무 먹고 싶었기 때문에 과일 주스가 도움이 되리라 생각했거든요. 그리고 제 생각에는 코코넛 우유가 아몬드 우유의 대체물인 것 같아요.

그런데 크리스피 라이스는 대체 왜 온 건지 도무지 모르겠어요. 저는 시리얼도 주문하지 않았거든요. 아직도 집에 좀 남아 있었고요. 하지만! 그들은 우리에게 마시멜로와 버터 향이 나는 쇼트닝(실제 버터와는 비교가 안 되지만)도 보내주었습니다. 그렇다면 이제 뭘 해야 하는지 아실 거예요, 그렇죠?

맞습니다. 라이스 크리스피 간식.

어렸을 때 전자레인지 없이 한 번 만든 적이 있었는데, 사실 전자레인지 없이 만들려면 정말 일이 많아요. 가스레인지 앞에 서서 마시멜로를 약한 불에 올리고 약 두 시간 동안 저어주어야 하거든요. 여전히 가스레인지로 조리하는 방법이 여기저기 나오기는 하겠지만, 저는 전자레인지를 사용해 만들기를 강력히 권장합니다.

필요한 재료는 다음과 같습니다.

버터 3큰술(또는 마가린이나 버터 향 쇼트닝, 엑스트라 버진 올리브유를 사용해도 좋아요! 하지만 마늘이 첨가된 엑스트라 버진 올리브유는 추천하지 않습니다.)

마시멜로 280그램짜리 1봉지(또는 미니 마시멜로 4컵이나 마시멜로 크림 1병)

라이스 시리얼 6컵(또는 콘플레이크나 치어리오스 시리얼, 또는 종류에 상관없이 집에 있는 시리얼 아무거나. 하지만 브랜 플레이크나 그레이프 너츠 같은 종류를 사용한다면, 그 결과에 제 책임은 빼주세요.)

버터와 마시멜로를 전자레인지용 그릇에 담습니다. 2분간 고온에서 가열한 뒤 꺼내서 휘저어주세요. 다시 1분간 고온에서 가열합니다. 부드러워질 때까지 저어주시고 시리얼을 넣어주세요. 골고루 섞일 때까지 저어줍니다.

13×9인치 팬에 요리용 스프레이를 뿌리거나 기름을 바르고 마시멜로 혼합물을 팬에 펼쳐놓으세요. 당연히 엄청나게 끈적거리기 때문에 왁스칠한 종이를 접어서 손에 들거나 기름칠한 주걱을 사용해야 해요. 물론 손에 직접 버터를 발라도 좋지만 화상을 입지 않도록 주의해야 합니다. 그걸 식힌 다음 사각형으로 자르세요.

제가 팬에 그것을 펼쳐놓는 동안, 도미닉이 안으로 들어와서 묻더군요. "뭐 하는 거야?"

저는 말했죠. "보면 몰라, 코코뱅(닭고기와 와인을 함께 끓여 만드는 프랑스의 대표적 크리스마스 요리다_옮긴이) 만들잖아, 멍청이."

그러자 그가 말했죠.

"이래서 우리가 친해질 수 없는 거야."

아, 여러분도 그 장면을 봤어야 해요.

오늘 저녁 식사로 우리는 얇게 저민 스테이크와 라이스 크리스피 간식을 먹었습니다. 예상대로 근사한 식사였어요. 그리고 우리는 정말 행복한 시간을 보냈어요.

xxoo, 나탈리

*

캐슬린 제인, 1972년 3월 5일~2018년 2월 20일

오늘은 아무것도 없습니다. 죄송해요.

제게 나쁜 소식을 전하기 위해 전화를 걸어왔을 때, 오빠는 기침을 했어요. 아픈 건 아니라고 하더군요. 열이 나는 것도 언니에게 인플루엔자를 옮은 것도 아니라고요.

모두의 사려 깊은 위안과 기도에 감사드립니다. 이곳에서 제가 슬픔을 느끼는 유일한 사람이 아니라는 것은 잘 알고 있습니다. 따라서 여러분이 저를 생각하는 것만큼, 저도 여러분을 생각하고 있다는 걸 알아주시길 바랄게요.

*

산 사람은 먹어야 합니다

오빠는 언니를 화장했지만 아이들을 포함해서 우리 모두 참석할 수 있을 때까지는 장례식을 미루기로 했습니다. 모니카는 엄청나게 화를 내며 자신은 적절한 장례식을 원하고 집에 가고 싶다고 고집을 부렸습니다. 그리고 보통 그렇듯이 장례식은 반드시 이번 주에 치러야 한다고 했지만, 당연히 그건 불가능합니다. 사실 정부에서도 우리가 모이는 것을 막을 수는 없겠지만, 문을 연 교회도 장례식장도 없고 우리를 위해 접이식 의자를 죽 나열해놓고 많은 사람이 함께 모여 앉아 추도식을 할 만한 장소를 제공할 곳도 전혀 없습니다.

우리는 결국 모니카를 설득해서 할 수 있는 한 많은 추도 물품을 모아두고 우리만의 장례식을 치르기로 했어요. 제 부엌에 있던 말린 라벤더가 들어 있는 꽃 화환을 분해해서 꽃장식도 해놓았습니다. 아이들 대부분이 내 옷장에 있는 것을 빌려 입어야 했지만, 어쨌든 모두 검은 상복도 갖춰 입었습니다. 그런 다음 우리는 거실에 접이식 의자를 내놓았고 도미닉이 식을 맡았습니다.

모니카는 추도사를 하고 싶어 했지만 너무 심하게 울어서 할 수가 없었어요. 하지만 적어둔 것이 있어서 아리가 대신 읽어주었습니다. 난 모니카가 진짜 장례식에서 읽고 싶어 할 때를 대비해 그걸 따로 보관해두었습니다. 음, 아마도 모니카에게는 언제나 이 장면이 진정한 장례식으로 기억될 거예요. 하지만 전염병이 끝나면 공식적인 장례식이 한 번 더 있을 겁니다.

미네소타에서는 장례식이 끝나면 보통 교회 지하실에서 점심을 먹는데, 종종 암브로시아 샐러드라는 요리가 나옵니다. (어쩌면 다른 주에도 이런 게 있지 않을까요? 저는 미네소타 밖에서 열리는 장례식에는 많이 참석해보지 못했거든요.) 재료가 몇 개 빠지긴 했지만 저는 라임 젤로와 미니 마시멜로, 심지어 유제품이 들어가지 않은 냉동 토핑 한 팩을 가지고 있었고, 으깬 파인애플 대신 밀감 통조림을 사용했습니다. 그 재료들을 함께 섞으니 꽤 잘 어울리더군요.

우리는 점심으로 암브로시아 샐러드와 아침 식사용 소시지를 먹었습니다. (저는 우리가 아침 식사용 소시지를 왜 이렇게 많이 받았는지 모르겠지만, 어쨌든 음식이고 모두가 좋아하기 때문에 거의 매일 먹고는 있습니다. 하지만 아침으로는 거의 먹지 않아요.)

모니카는 자기 몫의 암브로시아 샐러드를 내일까지 냉장고에 보관해두어도 될지 물었습니다. 그걸 정말 좋아하지만 당장 먹고 싶지는 않고 다른 사람이 자신의 몫을 먹어버리는 것은 원치 않기 때문이라고 하더군요. (그건 정당한 걱정이었죠.) 저는 샐러드를 용기에 넣고 뚜껑에 유성 매직으로 '모니카의 몫임. 쥐의 먹이가 되는 고통을 감수할 용기가 없는 한은 아무도 손대지 마시오'라고 적어 넣었어요. 그게 모니카를 약간 웃게 했죠. 그건 좋은 거잖아요.

조는 장례식 내내 가만히 앉아 있었어요. 점심을 먹었고 한마디도 하지 않았어요. 대부분 지금 상황이 믿기지 않는다는 듯한 표정이었죠.

*

스톤 스프

아리는 오늘 제가 '잡탕 수프'라고 불렀던 것이 실은 '스톤 수프'라는 이름으로 불린다는 사실을 알려줬습니다. 굶주린 이방인 세 명이 마을 사람을 속이고 자신들은 배불리 먹는 전래동화에 나온 이름이라네요. 그 이야기 속에서 주인공들은 돌덩이 하나로 마을 사람 모두가 먹을 수 있는 수프를 만들 거라고 호언장담을 해요. 호기심 많은 사람들이 그들이 무엇을 하고 있나 확인하러 올 때마다, 돌덩이 수프에는 당근 한두 개…… 그리고 양파 한 개…… 그리고 어쩌면 약간의 감자…… 그리고 약간의 콩… 이 들어가면 더 맛있을 것 같다고 말을 하죠. 그러자 마을 사람 하나가 감자를, 또 다른 사람은 양파를 가져오는 식으로 이런저런 재료가 들어가면서 마침내 모두가 먹을 수 있는 정말 근사한 수프 한 냄비가 완성되는 겁니다.

저는 제가 누군가를 속이려는 것이 아니라, 그 모든 재료가 찬장 안에 이미 다 들어 있었다는 사실을 지적하다가 문득 깨달았죠. 우리가 그냥 저녁만 해먹을 게 아니라, 아이들 모두가 참여하는 하나의 활동으로 하면 좋겠다는 사실을요. 그래서 아이들이 모두 부엌으로 들어와서 각자 그 이야기 속 인물을 연기하기 시작했어요. 꼬맹이 톰은 배고픈 이방인이 되어 모두가 수프에 넣을 뭔가를 가져오게끔 속이는 역할을 했고, 그다음에는 아이들이 수프 재료를 하나씩 가져와 냄비에 던져 넣었습니다.

그러고 나서 제가 지켜보는 동안 아이들은 달걀 대신 마요네즈를, 과자 대신 미니 캔디 바를 사용해서 함께 쿠키를 만들었죠.

오늘은 화창한 날이었어요. 춥지만 정말 햇살이 좋았죠. 우리는 거실에 소풍용 천을 펼쳐놓고 스톤 수프와 초콜릿 칩 쿠키를 먹었고, 모두 둥글게 모여 앉아서 이 상황이 끝나면 가장 고대하고 있는 일이 무엇인지 돌아가며 이야기했죠. 모니카는 한 시간 동안 샤워를 하고 싶다고 했어요(샤워는 모두 7분만 할 수 있도록 시간을 제한해두었거든요. 안 그랬다가는 뜨거운 물이 바닥날 테니까요). 도미닉은 도서관에 가고 싶다고 하네요. 저는 초콜릿 수플레를 굽고 싶다고 말했어요. 그러자 다들 한마디씩 참견을 하더라고요. 어떻게 요리나 빵 굽기가 가장 고대하는 일이 될 수 있느냐고요. 그래서 저는 극장에서 정말 재미있는 영화를 보면서 팝콘을 먹고 싶다고 했어요.

내일은 3월의 첫날입니다.

*

탈수증세

도미닉이 아파요. 인플루엔자는 아니에요. 제 말은, 그럴 수 없다는 겁니다. 우린 밖에 나간 적이 없거든요. 말 그대로, 이렇게 집 안에만 머무는 이유가 노출을 피하기 위해서였으니까요. 그렇게 따지면 뭔가에 감염된다는 것 자체가 불가능하죠. 우린 처음에는 식중독일 가능성이 있다고 생각했지만, 모두 같은 음식을 먹었고 다른 사람은 아무도 아프지 않잖아요. 일단 최악의 시나리오 전문가라 할 수 있는 구글 박사에 따르면, 게실염(결장에 생기는 염증으로 장 기능 장애를 일으킨다_옮긴이)이나 맹장염인 것 같아요. 또는 신장결석일 수도 있고요.

당연히 의사를 찾아가는 것은 선택 사항에 들어가 있지 않습니다. 그래서 전화 상담을 했어요. 우리에게 상담해준 의사는 "맞아요, 그 중 어느 것도 가능합니다"라고 하고는 만약에 우리가 약국을 찾을 수 있다면, 아목시실린 항생제인 오구멘틴을 처방해주겠다고 말했습니다. 하지만 문제는 다른 데 있었습니다. H5N1는 바이러스이기 때문에 항생제를 먹어봐야 아무런 도움이 되지 않음에도 불구하고, 그 사실을 믿지 않는 사람이 너무 많았어요. 문제는 그중 일부 의사가 환자가 무엇을 요구하든 기꺼이 처방전을 써주었다는 점입니다. 결과적으로 현재 약국에는 거의 있는 게 없을 정도예요. 아, 게다가 대부분 약국이 폭도들에게 강탈당했죠. 대개는 진통제 때문이었지만요. 약국도 다른 모든 것만큼이나 엉망진창이라는 게 제가 하려는 말입니다.

그래도 저는 포기하지 않을 겁니다. 전화를 받아서 지금 아무것도 없다고 대답한 약국도 있지만, 아예 전화를 받지도 않는 약국이 수도 없이 많거든요. 저는 계속 구해볼 겁니다. 그동안 우리는 도미닉에게 수분을 공급하면서 최상의 결과를 기대하고 있습니다. 저는 늘 페디아라이트(마시는 전해질 용액이다_옮긴이)를 두 병 정도 집에 보관해두고 있습니다. 토할 때 차를 몰고 그걸 사러 가는 건 정말 하고 싶지 않은 일이니까요. 그리고 그게 영 마시고 싶게끔 생기지 않아서인지 아무도 디저트로 먹으려고 뚜껑을 열어보거나 하지도 않았어요. 그래서 저는 그것을 차게 해서 도미닉에게 마시라고 했어요.

만약 그의 병이 신장결석이라면, 오구멘틴은 아무 효과도 없을 테죠. 결국에는 신장에 있는 결석이 배출되어야 회복될 테니까요. 물론 그동안 정말 아프기는 하겠죠. (타이레놀보다 좀 더 강한 진통제가 있으면 얼마나 좋을까요. 진짜로 지금은 바이코딘 같은 진통제는 아무 데도 없어요. 단 한 군데 약국에도요.) 만약 도미닉의 병이 맹장염이라면, 오구멘틴으로 치료될 확률이 75퍼센트쯤 될 겁니다. (이건 새로운 거예요! 음, 제 말은, 이건 새로운 정보라는 겁니다. 항생제로 맹장염을 치료하는 연구가 있었는데, 75퍼센트 정도는 파열되지 않고 항생제로 치료할 수 있는 종류였다고 해요! 그리고 CT 촬영을 하면 그런 종류의 맹장인지 알 수 있다고 하지만, 지금은, 글쎄요.) 만약 게실염이고 구토를 억제할 수 있다면 항생제가 도움이 될 겁니다. 만약 남편의 상태가 심각하고 구토를 억제할 수 없다면 의사들은 보통 그를 입원 시키고, 정맥에 항생제를 투여하고 수술도 할 거예요. 그러나 다시 한번 말하지만, 그건 선택 사항이 아닙니다.

아, 물론 암일 수도 있어요. (고마워요, 구글 박사님!) 그런 경우라면 전염병이 끝날 때까지 걱정할 필요가 없겠네요.

*

오구멘틴 크림

오구멘틴을 가지고 있다는 사람에게서 그걸 제게 기꺼이 팔겠다는 이메일을 한 통 받았습니다. 아니, 적어도 그 사람들 말로는 그게 오구멘틴이라고 하네요. 아마도 저는 그 사람들을 믿어야 하겠지만, 그게 미심쩍은 결정일지도 모르겠어요. 그들은 한 병에 1,000달러이고 현찰만 받는다고 했거든요. 도미닉은 제가 그런 것까지 고려하고 있다는 사실에 경악합니다. 사기가 분명하고 그들은 단지 돈만 받아먹고 말 거라고 생각해요.

다행히도 저는 그걸 가지고 있는 작은 동네 약국 하나를 찾아냈습니다. 도미닉의 의사가 전화로 처방을 내려주었고, 그들에게 신용카드 번호를 알려주었더니 진짜로 배달을 해주더군요. 약국과 통화를 하는 동안, 그들이 아직 가게에 재고가 남아 있는 다른 상품 목록을 알려주었기에 우리는 오구멘틴 외에도 과월호 잡지를 많이 배송받았습니다. 세인트폴 코너 드럭스토어에 무한한 감사를 전하기 위해 우리는 앞으로 남은 평생 받게 되는 모든 처방전의 약품은 그곳에서 구매하기로 했어요.

저는 오구멘틴을 복용하기 시작하면서 도미닉이 당장에라도 조금씩 나아지기를 바랐지만 어쩐 일인지 그는 점점 더 안 좋아지고 있습니다.

아마도 오구멘틴에 반응을 보이는 거겠죠. 그게 일부 항생제만큼 나쁘지는 않겠지만 그래도 확실히 위를 상하게 할 테고, 구토와 복통이 주요 증상일 때는 꽤 역효과를 낼 테니까요.

저는 십 대 시절에 맹장염을 앓았습니다. 하루를 토하며 보내다가 상태가 나빠지자 어머니가 저를 응급실로 데리고 갔죠. 결국에는 수술을 받았습니다. 수술 후에는 일정 기간 맑은 액체만 먹어야 해서 맑은 국물과 차만 마셨고 다시 단단한 음식을 먹을 수 있게 되기까지 정말 힘들어서 죽는 줄 알았어요. 어머니는 집에서 만든 닭 육수를 보온병에 담아 병원으로 몰래 가져오셨어요. 여전히 투명한 액체였지만 적어도 집에서 만든 것이고, 치유의 효과가 있는 종류였죠.

제가 늘 하는 농담처럼, 정말로 살아서 꼬꼬댁거리는 닭을 제 엉덩이에서 뽑아낼 수 있다면, 저는 그 닭의 목을 비틀어 지금 당장 도미닉이 먹을 수 있는 닭 육수를 만들 것 같아요. 지금 도미닉은 아무것도 위에 담아두지 못하거든요. 제가 그 말을 했던가요? 정말 아무것도요. 하지만 우리는 페디아라이트 외에는 그에게 줄 만한 걸 아무것도 가지고 있지 않아요.

그래서 토끼를 잡아볼 생각입니다.

*

토끼 수프

온라인에서는 거의 모든 것에 관한 지침을 찾아볼 수 있죠. 좋아요, 저는 완벽한 범죄를 저지르는 방법에 관한 유튜브 동영상이 있는지 찾아본 적은 없어요. 하지만 혹시 동물을 잡을 덫을 놓는 방법에 관한 건 있을까요? 음, 있더라고요. 그리고 다른 무엇보다도 만화 스타일의 '상자를 뒤집어 막대로 받쳐놓고 그 아래 미끼가 될 만한 걸 넣어두는' 게 실제로 써먹을 만한 가장 좋은 방법인 것 같았어요. 하지만 문제는 그렇게 하면 살아 있는 동물을 잡게 된다는 거예요. 실제로 먹을 계획이라면 그걸 죽여야 한다는 거고 저는 결국 온라인에서 찾은 지침을 이용해 철사로 올가미를 만들기로 했어요. 올가미가 저를 대신해 더러운 일을 해주기를 희망하면서요. 그리고 실제로 그렇게 되었습니다. 어느 정도는 말이죠. 토끼도 비명을 지를 수 있다는 사실 외의 다른 세부 사항은 여러분에게 알려드리지 않을게요.

토끼의 내장을 걷어내고 껍질을 벗기는 방법 역시 온라인에서 찾을 수 있습니다. 저는 그 작업에 주방 가위를 사용했고, 조가 볼 수 없도록 밖에서 작업했습니다. 어쨌든 지금 우리 집 뒷마당은 살인 현장처럼 보이고, 저는 손가락이 너무 시려서 아무 느낌이 없을 정도예요. 토끼 모피를 어딘가에 사용해야 할 것 같은 기분이 들기는 하는데, 저는 '가정 박제술'이 한 무리의 청소년기 아이들이 즐겁게 몰두해서 할 만한 일종의 공예 같은 거라고 생각지는 않아요. (지금 아이들은 약국에서 얻은 모든 잡지를 읽고 있는데, 저는 그중 하나가 《코스모폴리탄》이라는 사실을 그냥 눈치채지 못한 척하고 있어요.)

저는 안으로 들어가서 토끼를 오븐에 넣어 갈색빛이 나게 구웠습니다. 구운 닭 뼈가 생닭보다 훨씬 맛있는 육수를 우려낼 수 있기 때문이었죠. 그런 다음에는 고기를 자작하게 덮을 만큼 물을 붓고 여섯 시간 동안 푹 고았어요. 양파나 당근, 심지어 양파나 당근 껍질만이라도 좀 들어가도 훨씬 맛있는 육수가 될 테지만, 없으면 없는 대로 견뎌야 하잖아요. 뼈에서 떨어져 나온 고기는 꺼내서 잘게 썰어 나중을 위해 냉장고에 넣어두었어요. 나머지 뼈는 좀 더 오래 끓인 다음 약간의 소금을 넣었습니다.

그나저나 맛있는 육수의 비결은 뼈를 살짝 덮을 정도의 물만 붓고 낮은 온도로 오랫동안 졸이는 거예요. 그래서 결국 마지막에 남은 육수 양은 많지 않았어요. 겨우 큰 머그잔 하나를 가득 채울 정도였죠.

아이들은 도미닉과 접촉하지 않기 위해 아래층에 머물고 있습니다. 어젯밤에는 조와 모니카가 나머지 식구를 위해 저녁을 지었어요. 쌀과 아침 식사용 소시지로요. 그래서 저는 도미닉을 간호할 수 있었죠. 하지만 제가 수프 머그잔을 들고 가는 걸 조가 물끄러미 바라보고 있더라고요.

지금 침실에서는 그리 쾌적한 냄새가 나지 않아요. 땀, 구토물, 타겟에서 산 오이향 세제 냄새가 섞여 있어요. 잠깐이라도 창문을 열어놓고 싶지만 밖은 너무 춥네요.

도미닉이 그걸 원치 않아요. 그동안에는 도미닉에게 페디아라이트를 조금씩 마시게 했지만, 그는 대부분 마신 것을 다 토해내고는 탈수 상태가 되어버렸어요. 저는 의자 하나를 끌어다 그의 침대 옆에 숟가락을 들고 앉아서 일단 한 숟가락을 먹어보라고 했습니다. 그는 육수를 삼켰고 저는 육수가 넘어가는지, 아니면 다시 올라오는지 보기 위해 기다렸죠. 그건 그냥 넘어가더라고요.

2분 후, 저는 그에게 한 숟가락을 더 주었습니다. 그것도 위에 그대로 머물러 있었어요.

이게 바로 어린아이에게 수분을 보충하는 방법입니다. 2분마다 티스푼 하나씩이요. 티스푼으로 머그잔에 가득 든 육수를 누군가에게 떠먹이는 건 정말 시간이 오래 걸리는 일이지만, 어쨌든 마침내는 머그잔이 비워졌어요. 오구멘틴도 역시 그대로 위에 머물러 있었습니다.

저는 아래층으로 내려가서 뒤뜰에 또 다른 올무를 설치해놓았어요.

*

뭔가 퇴폐적인 것

멜리사를 위한 모금에 기부해주신 모든 분께 감사드립니다. 저는 모든 이름을 모자에 집어넣고 제비뽑기를 해서 매사추세츠 보스턴에 거주하는 제시를 뽑았습니다. 그리고 그녀는 이 모든 게 끝날 때까지 기다리고 싶지 않고 지금 당장 원하는 음식이 있다고 했어요. 제시의 요청은 다음과 같았습니다. "뭔가 퇴폐적(원문은 'decadent'이며 화려하고 사치스럽고 퇴폐적인 상태나, 도덕적이거나 예술적인 부패 상태를 의미하기도 한다_옮긴이)인 걸 만들어주세요. 가지고 있는 재료가 무엇이든 퇴폐적일 수 있을 거예요." 그리고 도미닉도 이제 많이 회복되어서 뭔가 퇴폐적인 것을 먹고도 10분 이내에 땅을 치며 후회하지 않을 수 있어요. 좋아요, 어디 한번 해보자고요.

우린 여전히 우유도 크림도 달걀도 없습니다. 저는 암브로시아 샐러드에 얹는 얼린 휘핑크림 토핑과 라이스 크리스피 간식에 사용하는 마시멜로를 이용했습니다. (이 두 가지만 보자면 정확히 퇴폐적이지는 않은 것 같네요.)

하지만! 우리 코코넛 우유 얘기를 해볼까요. 코코넛 우유 캔을 흔들지 않고 열면 흐물흐물하고 거의 덩어리진 무언가가 캔의 측면에 달라붙어 있는 걸 발견할 수 있는데 그게 코코넛 크림입니다. 차게 해서 잘

쳐주면 휘핑크림처럼 변하죠. 우리는 세 개의 캔에서 코코넛 크림을 분리해서 차게 식혔습니다.

제빵용 코코아는 없었어요. 얼마 전에 핫초콜릿을 만들려고 딱히 성공적이지 않은 시도를 하는 바람에 다 써버렸거든요. 하지만 여전히 미니 허쉬 바를 가지고 있어서 그중 다크 초콜릿을 녹여 식힌 다음 약간의 코코넛 우유를 넣어 묽게 만들어두었습니다. 여러분도 아시다시피, 초콜릿은 그리 양이 많지 않았어요. 그래서 아이들이 슬쩍슬쩍 집어가려는 걸 막느라고 고생 좀 했죠. 하지만 약간 먹기는 했습니다.

그러고 나서 저는 코코넛 크림이 두툼하고 뻣뻣해질 때까지 휘저은 다음, 다크 초콜릿과 약간의 설탕을 섞었습니다. 그랬더니 그게 코코넛 초콜릿 무스로 변하더라고요.

퇴폐적인 음식을 먹을 때는 어떻게 담아내느냐가 아주 중요한 역할을 하죠. 저는 증조할머니께 물려받은 아름다운 도자기 찻잔을 사용했습니다. 코코넛 초콜릿 무스를 여덟 국자로 나누어 컵에 담고 마지막 남은 밀크 초콜릿 미니 바를 가져다가 작은 강판에 갈아 무스 위에 뿌려주었습니다. 집에는 케이크 위에 뿌리는 반짝이는 보라색 가루가 있었기에 그것도 역시 각각의 컵 위에 한 꼬집 만큼씩 얹었어요. 그리고 감귤 캔 하나를 따서 각각의 무스 컵에 두 개의 작은 감귤 조각을 얹어 장식했죠.

그런 다음 각 찻잔의 손잡이에 리본을 둘러 묶었습니다.

그리고 우리는 식탁보와 근사한 도자기로 식탁을 차리고 그날의 스톤 수프를 은은한 촛불 빛 아래서 먹었습니다. 그런 다음 제가 무스를 가져왔고, 모두가 자기 몫을 먹은 다음 컵까지 핥아먹었습니다.

언젠가는 이런 상황이 끝나리라고, 언젠가는 우리가 예전의 평범한 삶으로 돌아갈 수 있으리라고 상상하기 힘든 날들이 있습니다. 모두가 서로를 비난하고 있을 때면, 여러분은 마치 소리를 고래고래 질러대며 싸우는, 여섯 명쯤 되는 아이들 한가운데 갇혀 있고 앞으로도 계속 그럴 것 같다는 기분을 느끼기도 할 거예요. 비탄에 잠겨 있을 때는 봄이 오는 걸 상상하기가 힘들죠.

하지만 도미닉은 버텨주었고 오빠는 감염되지 않았습니다. 그리고 컵 손잡이에 리본을 둘러 묶는 동안 저는 알았습니다. 이 모든 게 끝나리라는 걸. 우리는 이 위기에서 살아남을 테고, 그러면 모두 집에 가게 될 겁니다. 이 애들이 그리울 거야, 저는 생각했습니다. 제가 이 방갈로에 꾸역꾸역 모여들게 했던 이 다른 사람들의 아이들이 그리울 것 같다고요.

"리본은 제가 가져도 돼요?" 조가 무스를 다 먹고 나서 물었습니다.

저는 당연히 가져도 좋다고 대답했죠. 그러고 나서 조와 모니카는 조가 모니카의 리본까지 가질 수 있는지 그 여부를 두고 논쟁을 벌이기 시작했어요. 물론 그 애들이 그랬기 때문이기도 하고, 그날은 간단히 말해서 우리를 위한 날이었던 것 같아요.

xxoo, 나탈리

이사벨라의 정원

"나 뭐 심고 싶어."

"우리 플레이-도(아이들이 가지고 노는 공예용 점토다_옮긴이)로 쿠키 만들까, 아가? 엄마가 대신 플레이-도 반죽 밀어줄까?"

"호바 한 개 심고 싶어."

"호박? 호박을 더 심을 공간이 없어. 벌써 많이 심었잖아. 이미 호박 언덕을 세 개나 만들었는걸."

"나파꼬 심고 싶어."

나팔꽃.

나는 정원 저편에서 이웃집과 우리 집 정원의 경계가 되어주고 있는 철책 울타리를 바라봤다. 그렇다, 우리는 아직 거기까지는 심지 않았다. 왜 안 되겠는가?

"그럼 가서 씨앗을 사와야 해." 내가 말했다.

"우리 정원 가게 가자!" 이사벨라가 밝게 말하고는 신발을 신으러 달려갔다.

아이가 샌들을 찾는 동안 나는 뒤 베란다로 나갔다. 호박 덩굴이 올라와 그 솜털이 보송보송한 두꺼운 줄기에 커다란 잎들이 돋아나고 있었다. 당근, 가지, 오이, 콩(심지어는 이사벨라가 흙 위에 떨어뜨렸던 이 콩까지), 라벤더, 겨자잎도 다 싹이 나왔다. 모두가 이제 두 돌하고도 6개월이 지난 딸아이가 심고 싶다고 고집부린 것들이다. 나는 그중에서도 겨자잎이 가장 이상하다고 생각했다. 적어도 가지는 씨앗 봉지에 들어가 있는 커다란 자주색 열매 사진이 아이의 눈길을 사로잡았으리라고 짐작할 수 있었지만, 겨자잎은 꽃이 아니거니와 보라색도 아니었다. 아이가 일반적으로 먹는 것도 아니었다. 하지만 내가 겨자잎 씨앗 봉지를 다시 선반에 넣으려 하자, 아이는 생떼를 쓰며 울기 시작했고 할 수 없이 나는 우리 카트에 씨앗 봉지를 담았다.

이제 난 우리 집 뒤에 있는 작은 밭이 내 정원인 척하는 것을 그만두었다. 실제로도 그랬다. 정원 가꾸기 혹은 비옥함은 결코 내 취향이 아니라고, 남편 찰리에게 농담도 했었다. 내가 그런 농담을 할 마음의 여유가 있었던, 그 얼마 되지 않던 기간에 말이다. 내가 심은 씨앗은 싹이 트지 않았고 꽃은 시들었다. 토마토는 서리가 내릴 때까지도 익지 않은 채 가지에 녹색으로 남아 있었다. 이사벨라를 간신히 임신하기 전의 그 쓰라리던 여름에는 시험 삼아 애호박 다섯 둔덕을 심었지만 단 하나의 호박도 수확하지 못했다.

그래도 상관없었다. 이사벨라를 얻었으니. 4년의 노력 끝에 얻은 결실이었다. 임신 주기 도표 만들기, 침습 테스트, 클로미드(배란 유도제),

주사제, 그리고 마지막으로 체외수정. 어쨌든 우리는 아이를 가졌다.

이사벨라가 뒤뚱거리며 돌아왔다. 샌들을 엉뚱한 발에 단정하게 조여 매고 옆구리에 벌거벗은 아기 인형을 끼고 얼굴에 함박웃음을 지으면서. "이제 우리 정원 가게 갈 수 있어!" 아이가 말했다. 나는 지갑을 챙겨 동네에 있는 작은 상점으로 걸어갔다. 그 상점 직원들은 이사벨라의 이름을 알고 있었다.

*

이사벨라는 곧장 회전식 씨앗 선반으로 향했다. "나 올려줘." 아이가 양팔을 들어 올리며 말했다. 나는 아이가 선반 맨 꼭대기에 닿을 때까지 올려주었고, 아이가 나팔꽃 세 종류(파란색, 자주색, 흰색)를 골라잡고 내려오는 길에 더 많은 씨앗 봉투를 골라잡는 모습을 지켜봤다. 아이의 선택을 훑어보았다. 덩굴 루드베키아, 덩굴 금어초, 능소화, 붉은 강낭콩 등이었다. 확실히 '울타리 장식용'에 따르기로 작정한 듯했다. 그리고 아이는 관상용 케일 씨앗 봉투도 하나 움켜쥐었다. 순무와 양배추도. "넌 양배추 먹지도 않잖아." 내가 봉투를 들고 말했다. "순무도."

"양배추 심고 싶어! 순무도 심고 싶어!" 이사벨라가 씨앗 봉투를 낚아채더니 카트 안에 조심스레 내려놓았다.

"우리 케일을 심는 건 어때? 케일 심을 자리는 찾을 수 있을 거야."

"케일도 심을래."

그건 한 봉지에 1.29달러밖에 안 나갔다. 나는 한숨을 쉬면서 새로운 씨앗 더미 값을 치렀다.

*

나는 양배추와 케일 심지어 순무까지 심을 공간을 찾아냈고, 우리는 그날 오후 내내 울타리를 따라 덩굴 식물을 심으며 시간을 보냈다. 이사벨라와 씨앗을 심는 동안 옆집에 사는 테리스가 우편함을 확인하러 밖으로 나왔다. "아주 작은 꼬마 도우미를 두셨어요." 그녀가 말했다.

"고마워요." 나는 그녀가 몰라도 한참 모른다고 생각하며 대답했다.

"정말 인형 같아요. 여동생은 언제 만들어주실 거예요? 너도 여동생이 있었으면 좋겠지, 아가?"

나는 이를 악물고 일어섰다. "이쪽으로 와, 이사벨라. 우리 순무 더 심으러 가자."

채소밭으로 돌아온 이사벨라는 어린이용 모종삽으로 고랑을 팠다. "나 아기 동생 가질래." 몇 분 후, 흙 속에 조심스럽게 씨앗을 떨어뜨리며 아이가 말했다.

"엄마한테는 너에게 줄 동생이 없어, 꼬맹이." 내가 말했다.

"그럼 동생 심을래."

그 말은 진짜 날 낄낄 웃게 만들었다. "정원 가게에 그런 씨앗은 팔지 않아."

*

나는 아버지의 날에 찰리에게 줄 선물로 고급 젤리빈 500그램을 샀다. 그는 자기가 좋아하지 않는 맛은 이사벨라에게 아낌없이 나눠주었는데 이사벨라는 그게 사탕이기만 하다면, 그리고 우리가 그걸 먹게 내버려 두기만 한다면, 그게 땅콩버터 맛이든 팝콘 맛이든 상관하지 않았다. 아이는 한 가지 종류를 제외하고는 모두 다 먹었는데, 그것은 노란색 반점이 들어간 크림 맛이었다. 이사벨라는 그걸 들어 올리더니 생각에 잠긴 표정으로 빤히 내려다봤다. "이거 심을래." 아이가 말했다.

"그건 씨앗이 아니라, 콩 모양의 젤리야." 내가 말했다.

"나 콩 심고 싶어."

"그래, 아빠랑 나가자. 아빠가 심는 거 도와줄게." 찰리가 너그럽게 말했다.

아이는 의자에서 폴짝 뛰어내려 손으로 아빠의 엄지손가락을 감싸 잡았다. 다른 한손에는 여전히 젤리 콩을 조심스럽게 잡고 있었다.

젤리 콩 덩굴이 올라오는 것을 처음 보았을 때, 나는 나팔꽃이 아닐까 생각했다. 잎은 밸런타인 같은 모양이었고 은빛을 띠는 녹색으로 밝은 색이었다. 내가 이사벨라를 데리고 정원을 돌아다니며 싹을 틔우고 올라오는 모든 것을 살펴보고 있을 때, 아이가 그것을 가리키며 말했다. "저게 콩 나무야."

"붉은 강낭콩?" 나는 물었다.

"아빠 콩." 이사벨라가 말했다.

씨앗은 7월 첫째 주에 꽃을 피웠고, 얼마 지나지 않아 크림색 점만 빼면 깍지 콩과 거의 비슷한 두툼한 꼬투리를 키워냈다. 나는 호기심에 즉시 하나를 따서 깍지를 까고 안을 들여다봤다. 콩은 작았고 아직 익지 않았지만, 깍지 안쪽에는 무지개색 콩들이 들어앉아 있었다. 나는 온몸을 부르르 떨었다. 그 식물을 아예 뿌리 채 뽑아버릴까 고민하기까지 했다. 하지만 결국 호기심이 걱정을 이겼다. 나는 콩 하나를 빼내 맛보았다. 숙성하는 데 시간이 더 필요한 과일처럼 시큼했다.

다음 날이 되자 꼬투리는 손가락만큼 굵어졌고, 이사벨라는 이제 그 콩을 수확할 때가 되었다고 판단한 것 같았다. 우리는 바구니를 꺼내서 커다랗고 노르스름한 꼬투리를 모두 따냈다. 그런 다음 식탁에 앉아 콩을 까서 병에 넣기 시작했다. 콩들은 다양한 풍미로 성장해 있었다. 내가 병 속에 넣은 콩은 노랑, 주황, 솜사탕 분홍이었다. 나는 찰리가 내 말을 믿지 않을지도 모른다는 생각에, 그가 집에 오면 볼 수 있도록 커다란 크림색 꼬투리 하나를 따로 남겨두었다.

콩깍지가 그대로 싸여 있었음에도, 그는 이것이 공들인 장난이 분명하다고 여겼다. 그는 꼬투리를 벗겨내고 밝은 오렌지색 콩을 입안으로 던져 넣더니 크게 웃었다. "자, 우리 콩 아가씨 이리 와. 아빠가 줄 게 있어." 그가 주머니에서 25센트짜리 동전 하나를 꺼내 아이의 손에 올려놓았다. "사람들은 돈은 나무에서 자라는 게 아니라고 입버릇처럼 말하잖아. 그렇다면 정말 그 사람들이 뭔가 알고 얘기하는 건지 한번 확인해보자고. 아빠랑 너랑 밖에 나가서 동전을 심고 이게 싹이 트는지 보는 거야."

*

돈 나무는 일주일 정도 물을 주니 싹이 텄다.

찰리는 내가 그를 골려 먹으려고 정원용품점에 가서 다른 씨앗을 사다가 심어놓은 게 분명하다고 생각했다.

"그렇다면 그 젤리 콩 덩굴은?"

"젤리 콩도 샀을 수 있지."

"그럼 그게 들어 있던 콩깍지는?"

"당신이 진심으로 그게 싹을 틔웠다고 말하는 게 아니길 바랄게."

"당신 정말 심각하게 내 말을 안 듣고 있구나. 왜냐하면 정확히 그게 바로 내가 당신에게 하고 있는 말이거든."

보통 과실수가 열매를 맺기까지는 몇 년이 걸리지만, 이사벨라의 돈 나무는 8월 초순쯤 겨우 이사벨라만 해지자 꽃을 피웠다. 꽃은 햇빛에 반짝반짝 빛났고, 이사벨라가 꽃잎을 따자 쨍그랑거리는 소리를 냈다. 아이는 나무에서 딴 꽃을 꽂아 놓기 위해 내가 사용해도 좋다고 허락한 놋쇠 꽃병을 꺼냈다. 나는 그 꽃병을 식탁의 찰리 자리에 놓아두었다.

찰리는 돈 나무 꽃을 보며, 식탁에 천천히 앉았다. 그는 꽃을 만져 꽃잎이 종처럼 울리게 했다.

"20달러짜리를 심게 할 걸 그랬나 봐." 내가 말했다.

찰리는 긴장한 시선으로 나를 힐끗 쳐다보더니 다시 꽃을 만졌다. 그가 주머니에서 25센트짜리 동전을 꺼내 비교해봤다. "아주 똑같지는 않아." 그가 몇 분 후에 말했다. "좀 불규칙해. 디자인은 맞지만 완벽한 원이 아니고 크기도 너무 작아." 그가 나를 올려다봤다. "확실히 자판기에 사용할 수는 없겠어."

"그래, 아마 그럴 거야."

"20달러짜리를 심었어도 역시 좀 결함이 있었겠지. 위조 방지 띠가 없다든가. 뭐, 그랬겠지."

"음, 어쨌든 윤리적으로는 쓰지 않는 게 맞을 거야." 나는 다시 쨍그랑거리는 소리를 듣기 위해 손톱으로 꽃잎을 튕기며 말했다. "내 말은, 사실 위조 돈이니까. 당신도 알다시피 이사벨라가 만든 게 아니라 키운 거라고 해도, 합법적인 건 아니니까." 나는 알몸의 아기 인형을 손에 든 채 진지한 표정으로 찰리를 지켜보고 있는 이사벨라를 힐끗 쳐다보았다. "그렇지만 정말 아름다운 꽃이야, 아가. 내가 보기엔 아빠가 이 돈 나무를 좋아하는 것 같아."

"그럼, 물론이지." 그가 아이를 안아 무릎에 앉히며 말했다.

"이 돈 쓰고 싶어." 이사벨라가 말하면서 꽃잎을 따서 식탁 위에 떨어뜨렸다.

"뭘 사고 싶은데, 꼬맹이?" 내가 물었다.

"여동생 사고 싶어……."

*

9월이 되자 호박 덩굴에서 작은 녹색 호박이 자라기 시작했다. 나팔꽃은 파랑, 자주, 흰색 꽃으로 울타리를 뒤덮었다. 작은 자주색 달걀처럼 부풀어 오른 보라색 가지와 달콤한 주황색 당근, 그리고 우리가 먹을 수 있는 양보다 훨씬 많은 오이도 달렸다. 이사벨라는 순무를 하나하나 꼼꼼히 문질러 닦더니 식당에 있는 플라스틱 상자에 쌓아놓았다. 나는 한 번도 순무 요리를 해 먹어본 적이 없었기 때문에 순무 요리법을 찾아보았다.

옆집 테리스가 이사벨라의 정원을 보러 왔고, 이사벨라는 그녀에게 꽃과 장식용 케일을 보여주었다. 이 케일은 이론적으로는 먹을 수 있었지만, 너무 눈부신 빨강이어서 나는 별로 따고 싶지 않았다. "우리 테리스 아줌마에게 순무 좀 드릴까?" 우리가 순무밭에 도착했을 때 내가 이사벨라에게 물었다.

"아, 아니에요. 난 안 가져가도……."

"이사벨라의 순무를 거절하지는 않으시겠죠? 제가 자루를 하나 가져올게요. 순무가 정말 많거든요." 나는 됐다고 사양하는 그녀를 이사벨라의 정원에 두고 갔다.

자루를 채우는 동안, 이사벨라가 테리스에게 당근과 양배추를 보여주었다. 나는 테리스가 내 쪽을 힐끗거리면서 허리를 굽히더니 이사벨라에게 속삭이는 모습을 보았다. 나는 순무 하나를 자루에 더 담아 밖으로 가지고 나갔다. 이사벨라가 키운 순무는 자주색과 흰색이 어우러진 정말 예쁜 채소였지만, 두 부셸(곡물이나 과일의 중량 단위로 1부셸은 36리터에 해당한다_옮긴이)이나 되는 순무를 우리가 다 먹을 수는 없었다.

내가 자루를 건네주자 테리스는 나를 노려보다가 이사벨라에게 친절한 선물에 감사하다고 말하고는 집으로 돌아갔다. 이사벨라는 갑자기 색다른 관심이 생긴듯 정원을 바라보고 있었다. 뭔가 새로운 것을 심으라고 요구할 것 같은 안 좋은 느낌이 들었지만, 아이는 순무를 더 파내는 것을 돕기 위해 자신의 작은 손수레를 가지러 갔다.

나는 겨울이 올수록 정원에 대한 이사벨라의 관심이 조금이나마 약해지길 바랐다. 결국엔 눈이 내릴 테고 우리 집 안에 있는 화분에 기를 수 있는 식물의 수에는 한계가 있었다. 하지만 어쩐 일인지 그다음 주에 걸쳐 정원에 대한 아이의 관심은 더욱 강해지기만 했다. 침대에서 일어나자마자 아이는 밖으로 뛰쳐나가 정원을 둘러보려 했다. 작은 플라스틱 장난감을 손에 쥐고 최소한 아침 식사 전에 밭을 다 살펴보길 원했다. 내내 들고 다니던 아기 인형에는 관심을 잃은 듯했다. 내 눈에 안 보인 지가 며칠은 된 듯싶었기 때문이었다. 아침을 먹고 나면 우리는 수확할 때가 된 작물을 따오기 위해 밖으로 나갔고, 그러고 나서도 아이는 오후에 다시 한번 밭을 둘러보고 싶어 했다.

테리스가 방문한 지 일주일쯤 지난 어느 날 아침, 나는 뒷마당에서 들려오는 묘한 소음에 잠에서 깼다. 밖에 고양이가 있네, 하고 생각했다. 이사벨라는 벌써 복도에 서 있었다. "정원에 가고 싶어, 지금." 아이가 말했다.

"먼저 옷부터 입어야지." 나는 하품을 하면서 청바지와 스웨트셔츠를 입으며 말했다. 이사벨라는 자기 방으로 사라졌다가 옷을 모두 갖춰 입고 나타났는데 셔츠를 뒤집어 입은 채였다. "이제 우리 정원 갈 수 있어." 아이가 강조했다.

고양이는 아직 그 자리에 있는 것 같았다. 우리는 아래층으로 내려가 뒷문을 열었다. 이사벨라가 앞으로 튀어 나갔다. "저기 아기 여동생이 있어!" 아이가 날 보며 소리 질렀다.

양배추 옆에 분홍빛이 나는 무언가가 누워 있었다. 인형을 여기다 두었나 보네, 하고 생각했다. 하지만 그건 움직이고 있었다.

"양배추밭." 나는 중얼거렸다. 테리스가 아기들이 양배추밭에서 자라난다고 말해준 것이 틀림없었다. 그래서 만약 아이가 여기에 인형을 심었다면…….

양배추밭에 있는 아기는 울고 있었다. 가느다랗고 작은 신생아의 울음소리였다. 내가 안아 들자 울음을 그쳤다. 이사벨라는 호기심 가득한 눈으로 아기를 바라봤다. 나는 이사벨라의 머리칼처럼 부드러운 아기의 머리칼과 발가락을 쓰다듬었다. 아기의 배에는 배꼽이 없었다. 나는 아기의 배 가장자리를 더듬어봤지만, 달걀처럼 매끈한 배 한가운데는 감히 만져볼 용기가 나지 않았다.

"내 아기 동생이야." 이사벨라가 말했다.

"이사벨라, 이 아기 어디서 데려온 거야?"

"자라났어." 이사벨라가 말했다.

"아기는 정원에서 자라지 않아, 우리 이쁜이. 아가들은 이렇지 않아. 누구네 아기야?"

이사벨라는 잠시 곰곰이 생각해보는 듯하더니 이내 말했다. "그 아기 동생은 정원에서 자랐어."

나는 현관의 그네에 걸터앉아 앞뒤로 왔다 갔다 움직였다. 머리가 핑핑 도는 것 같았다. 찰리에게 전화를 걸까? 아니면 경찰에? 전화해서 뭐라고 하지? 내가 이 아기를 어떻게 해야 하는 거야? 마치 길고양이를 들이듯이, 그저 안으로 데리고 들어가서 키울 수는 없는 노릇이잖아.

아기는 눈을 뜨고 잠시 나를 쳐다봤다.

내가 널 어떻게 해야 하는 거니?

이사벨라가 내 무릎에 기대기 위해 펄쩍 건너뛰어 왔다. 손에는 아무것도 들려 있지 않았다. 나는 이사벨라를 보고 눈을 깜빡이며 생각했다. 우리가 밖에 나왔을 때, 손에 장난감을 들고 있었잖아. 그건 어디 갔지?

"드래건 갖고 싶어." 이사벨라가 말했다.

나는 다시 눈을 깜박이며 마당 쪽을 바라봤다. 엉켜 있는 호박 덩굴, 가지, 콩, 그리고 양배추. 그리고 드래건 한 마리. 드래건 씨앗 하나.

어쩌면 일찍 서리가 내릴지도 몰랐다.

완벽함

“그래, 어쨌든 꼬리에 대한 네 입장은 뭐야?” 트리벳Trivet(삼발이)이 물었다.

시크릿Secret(비밀)은 눈을 굴렸다. “78세 여성, 자연사, 비非아샤리.” 그녀가 발가락에 달린 꼬리표를 읽었다. “나는 아샤리도 아닌 시신을 우리가 왜 부검해야 하는 건지 모르겠어. 그들이 왜 죽었는지가 무슨 상관이야? 그들을 죽인 게 무엇이든 간에 그게 우리를 죽이지는 않을 텐데.”

트리벳이 시신을 테이블 위로 옮기는 것을 도왔다. “꼭 그렇지는 않아.” 그녀가 말했다. “내 말은, 이 사람은 이주민이었어.” 그녀는 78세임에도 피부가 매끄럽고 젊어 보이는 날씬한 갈색 시신을 향해 손짓했다. “그냥 눈으로만 봤다면, 이 여자가 우리 중 하나로 태어나지 않았다는 걸 넌 전혀 몰랐을 거야.”

시크릿은 회의적인 시선으로 시체를 바라봤다. "알았을 것 같은데."

"음, 물론 그랬을 수도 있지. 하지만 보기만 해서는 몰랐을 거라는 거야."

"어쨌든 상관없어. 보나 마나 몸속은 나노 기술력으로 여기저기 조작해놓았을 거야. DNA를 고친다고 해서 아무에게나 건강을 줄 수는 없거든. 건강은 타고나야 하는 거야."

그들은 부검을 시작했다. 여자는 다수의 장기 부전으로 죽었다. 아샤리로 태어나는 사람에게는 절대로 일어날 리 없는, 정확히 그런 종류의 사인이라고 시크릿은 우쭐해서 말했다. 트리벳도 그 점은 인정했다. 그들은 여자의 부풀어 오른 간의 무게를 쟀다. "그래서 꼬리에 대한 네 입장은 뭐야?" 트리벳이 간을 오물통에 버리면서 다시 물었다. "네가 대화 주제를 바꾸었잖아."

시크릿은 꼬리 얘기가 지긋지긋했기 때문에 대화 주제를 바꾸었지만, 어쨌든 트리벳의 주의를 딴 데로 돌리기는 힘들 것 같았다. "순전히 장식적인 역할만 하는 거라면 꼬리가 있어도 좋다고 생각해." 시크릿이 말했다. "하지만 물건을 잡을 수 있는 꼬리에 관한, 그 모든 말도 안 되는 얘기들은 듣고 싶지도 않아. 나는 우리도 고양이처럼 털 달린 장식적인 꼬리를 가져야 한다고 생각해."

"고양이 꼬리는 순전히 장식이 아니라 균형에 도움을 주는 거야."

"인정해. 하지만 오늘날 고양이가 떨어진 메스를 집어 들 수는 없잖아, 안 그래? 물건을 잡을 수 있는 꼬리는 전체적으로 체력을 떨어뜨릴 거야. 그게 있으면 우린 지금처럼 허리를 많이, 그리고 자주 굽힐 필요가 없을 테니까."

트리벳은 살짝 얼굴을 붉혔다. 그녀는 아마도 떨어뜨린 물건을 집어 올리는 용도로 꼬리를 원했을 것이다. 시크릿도 물건을 잡을 수 있는 꼬리가 있으면 편하기는 하겠다고 생각했지만, 이런 식의 대화는 항상 그녀 생각 반대로 느끼게끔 만들었다. "내 생각에 이 여자는 간 때문에 죽은 것 같아." 트리벳이 마침내 대화 주제를 바꾸어 말했다.

"수리하러 들어왔으면 살 수도 있었을 텐데. 나노 기술을 좀 더 사용했더라면 효과를 봤을 거야." 시크릿은 오물통에 던져두었던 간을 꺼내 얇게 잘라서 현미경 아래 집어넣었다. "아니, 좀 전에 한 말 취소야. 이미 10분의 9가 나노 기술이야. 조심해. 그 나노 기술이 시체를 움직이게 할 수도 있어."

마치 그 말이 큐 사인이라도 되는 것처럼, 혼동한 난드로이드(Nandroid: 영구 스토리지 메모리인 '낸드 플래시 메모리'와 '안드로이드'의 합성어로 안드로이드 기기의 복구 상황에 대비해 만드는 백업 메모리를 의미한다_옮긴이)에 의해 신경과 근육이 자극받은 여자의 팔이 휙 휘둘렀다. "조심해!" 트리벳이 뒤로 펄쩍 뛰어 물러나며 말했다. 시크릿은 때마침 허리를 바로 세우는 바람에 시체의 손등에 정통으로 맞았다. 그녀는 놀라움과 고통에 비명을 지르다 곧 코에서 피가 쏟아지는 것을 알아차렸다. 시체의 팔이 다시 아래로 떨어지더니 아무 반응이 없었다.

"빌어먹을 이주민들." 시크릿은 소맷자락으로 피를 훔쳐내며 식식거렸다. 그리고 손을 뒤로 당기며 움찔했다. "트리벳, 피 좀 닦아내게 뭐 깨끗한 것 좀 가져다줘."

트리벳은 사용하지 않은 앞치마를 집어서 시크릿에게 건네주었다. "너무 아파 보여." 그녀가 말했다. "코가 부러졌을 거야. 얼른 응급실로 올라가서 치료받아."

"부상 사유서 작성이 엄청나게 기대되네." 시크릿이 중얼거렸다. "부상의 원인, 시체에 한 방 맞음."

"얼른 올라가." 트리벳이 말했다. "나 혼자서도 마무리할 수 있어. 어쨌든 점심시간이 거의 다 됐잖아."

시크릿은 피 묻은 앞치마를 치우고 승강기를 타고 올라가서 뒷문을 통해 응급실 안으로 들어갔다. "도와드릴까요?" 원무과 간호사가 물었다.

"난 아래층 병리학과에서 일해요." 시크릿은 말했다. "방금 시체에 한 대 맞았어요."

간호사는 미소조차 짓지 않았다. "산재로 처리하실 거죠?" 간호사가 묻더니 시크릿에게 태블릿을 건네주었다. "이걸 작성해주세요."

시크릿은 요청받은 자료를 채우기 위해 분수대 옆의 대기 장소에 앉았다. 응급실은 바빠 보였고, 응급 상황 대부분이 코뼈 부러진 것에는 비할 바가 아니었다. 그녀는 결국 세 시간을 기다렸고, 그동안 꼬리의 장단점에 관해 주위에서 벌이는 토론을 일곱 번 이상이나 들어야 했다. 그중 세 사람은 미적 효용을 근거로, 다른 세 사람은 기능적 근거로 꼬리를 지지했다. 특히 짜증 나는 성격의 한 성직자는 사람들이 몸을 덜 굽히게 된다면 신체적으로 볼 때 건강에 해로울 리 분명하므로 자신은 꼬리를 반대한다고 주장했다. 그래서 시크릿은 이제 어디 가서 다시는 그런 주장은 하지 않기로 했다. 적어도 물건을 잡을 수 없는 꼬리를 지지해달라고 적극적으로 표명하는 사람은 없었다.

의사에게 진찰을 받으러 들어갔을 때쯤, 시크릿의 코는 거대한 분

홍 버섯처럼 부풀어 올라 있었다. "기다리시는 동안 간호사들이 얼음을 드렸어야 했는데." 의사가 말했다. "코를 차게 해서 부기를 가라앉아야만 제가 부러진 뼈를 맞출 수 있을 것 같네요."

"부기를 가라앉힐 뭔가 다른 방법은 없나요?" 그녀가 물었다.

"얼음이 나노 기술이나 약물보다 훨씬 빠르게 부기를 가라앉힙니다." 그가 말했다. "집에 가서 얼음찜질하시고, 모레 일정으로 예약해서 성형외과 진료를 받으세요."

시크릿은 조심스럽게 자신의 코를 만졌다. "꼭 그럴 필요가 있을까요?" 성형외과 의사는 주로 귀화를 원하는 외계인(원문이 'alien'이 아닌 'offworlder'라서 반드시 다른 행성에서 온 존재만을 의미하는 것은 아니지만, 작품 내에서 'foreigner'와 'offworlder'를 혼용해서 사용하고 있기에 'foreigner'는 외국인으로 'offworlder'는 외계인으로 적는다_옮긴이)이 아샤리로 태어난 것처럼 보이기를 원할 때 찾아갔다. 시크릿은 자신이 성형외과에 가야 할지도 모른다는 생각은 해본 적이 없었다.

"성형외과 의사만큼 코뼈를 잘 맞춰줄 사람은 찾기 힘들 겁니다." 의사가 말했다. "하루를 기다려야 하니까, 이런 종류의 일을 전문으로 하는 사람에게 가는 편이 나을 거예요."

이런 종류의 일. 시크릿은 몸을 떨지 않으려 애쓰며 의사에게 감사의 인사를 전했다.

그녀는 보통 자전거로 출퇴근했지만 오늘은 집까지 걷기로 했다. 후아르바타트 병원은 언덕 꼭대기에 있었기에 그 길을 따라 자전거를 타고 가면 누에브 디아의 근사한 일몰 장면을 볼 수 있을 뿐 아니라 집으로 쉽게 갈 수 있었지만, 갑작스럽게 브레이크를 밟아서 코뼈가 흔들릴 수 있는 위험을 감수하고 싶지는 않았다. 시크릿은 아파트로 돌아와 자전거를 울타리에 기대어 놓고 문을 잠갔다. 이웃인 옐로Yellow(노란색)는 밖에서 꽃에 물을 주고 있었다. "무슨 일이에요?" 그녀가 물었다.

"시체에 한 대 맞았어요."

"그쪽 사무실은 내 쪽보다 오늘 훨씬 흥미진진했나 봐요." 옐로가 자세히 들여다보려고 물뿌리개를 내려놓았지만, 시크릿은 재빨리 움직여서 안으로 들어가 문을 단단히 걸어 잠갔다.

시크릿은 잠자리에 들 때까지 거울에 비친 자신의 모습을 보지 않으려고 애썼다. 저녁 식사 후에는 코에 얼음찜질을 하며 책을 읽었다. 사람들을 만나기 위해 밖에 나갈 기분이 아니었다. 보나 마나 모두가 옐로처럼 반응할 테고 섬뜩한 구경거리가 되고 싶지 않았다. 하지만 얼음찜질을 하는 동안 부기가 빠지는 것이 느껴지면서 코가 얼마나 안 좋아 보이는지 알고 싶었다. 잠자리에 들기 전에 거울 앞으로 갔다.

몰골이 형편없었다. 코뿐만 아니라 얼굴 전체가 부어오른 것 같았고, 피를 다 닦아냈음에도 최근에 상처 입었다는 사실이 너무도 분명해 보였다. 더 나쁜 사실은 코가 옆으로 뭉개지면서 콧등 중간에 종이 클립을 구부려 놓은 것처럼 보이는 이상한 굴곡을 남긴 것이었다. 모두가 한마디씩 보탠 건 당연했다.

외국인은 모든 아샤리가 똑같아 보인다고 불평했고, 그 말은 어느 정도 사실이었다. 아샤는 인간종을 개선하고자 인간의 유전자 코드를 변경하는 건 도덕적으로 잘못되었다는 생각을 거부했던 테라 사람들이 설립했다. 그들은 자신들의 육체적, 정신적 이상에 맞도록 자녀들을 재설계했고, 그렇게 최초의 아샤리가 탄생했다. 모든 아샤리는 강하고 건강했으며 총명하기까지 했다. 모두 자세가 좋았고, 날씬함을 추구하는 성향이었으며, 어떤 형태의 화학 중독에도 저항성이 있었다. 또한 모두가 매끄럽고 흠잡을 데 없는 옅은 갈색 피부를 지녔으며, 대칭을 이룬 얼굴과 고른 치아를 가진 아름다운 외모였다. 머리는 모두 검었고 눈동자는 갈색이었으며, 코는 작고 콧날은 곧았다.

물론 지금 시크릿의 모습은 예외였다. 아무도 그녀가 다른 모든 사람과 닮았다고 불평할 권리가 없을 것이다. 분명히 오늘 밤 누에브 디아에 있는 그 누구도 코가 휘어지지는 않았을 테니 말이다. 시크릿은 침울하게 침대로 들어갔다. 코를 빨리 치료할수록 좋을 것이었다.

성형외과 의사의 이름은 플라워포트Flowerpot(화분)였다. 시크릿은 그 이름에서 어떠한 불운도 읽어내지 않으려 노력했지만, 솔직히 말해서 대체 어떤 여자가 십 대 때 자기 이름 짓기 의식을 통해 '플라워포트'라는 단어를 선택하고는 의사가 되기로 했는지 궁금하기는 했다.

시크릿의 병원 예약은 늦은 아침이었다. 플라워포트는 후아르바타트 병원에 소속되어 있었지만 사무실은 별도의 진료소에 있었다. 시크릿은 불편한 마음으로 그곳을 찾아갔다. 페르시아어와 안젤리노 외에도 다양한 언어로 정보를 게시해놓은 것을 보면, 이 진료소는 외국인을 수용하기 위해 마련한 게 분명해 보였다. 대기실에는 이주민이라는 사실을 바로 알아볼 수 있는 또 다른 여성 하나가 있었다. 시크릿은 그 여자한테서 가장 멀리 떨어진 자리에 앉지 않도록 조심스럽게 자리를 골랐다. 외국인 혐오자로 보이고 싶지 않았기 때문이었다. 그녀는 그 여자와 너무 멀거나 너무 가깝지도 않은 중간쯤 되는 자리를 골랐다.

대화를 피할 수 있을 만큼 먼 거리는 아니었다. "안녕하세요." 이주민이 그녀에게 인사를 건네왔다. "이름이 어떻게 되나요?"

"시크릿이에요." 시크릿이 대답했다. 그리고 마지못해 덧붙였다. "그쪽 이름은요?"

"글로리아." 여자가 얼굴을 붉히며 말했다. "난 아직 이름을 안 지었어요." 글로리아에게는 약하게 다른 억양의 흔적이 남아 있었지만, 안젤리노를 꽤 분명하게 잘했다. "귀화가 승인되기는 했는데, 아직 밟아야 할 절차가 많이 남은 것 같아요. 무슨 말인지 아시죠?" 그녀는 자신의 금발 머리, 창백한 피부, 땅딸막한 체격을 가리키는 시늉을 했다. "당신은 그냥 코 때문에 여기 온 것 같네요." 그녀가 말했다.

"맞아요." 시크릿은 여자가 그 사실을 알아봤다는 데 약간 안도하며 말했다. "난 아샤리 토박이에요."

글로리아는 또 다른 대화 주제를 던질 준비를 하며 약간 주저하듯이 고개를 끄덕였다. 글로리아가 "꼬리에 관한 당신의 입장은 어느 쪽이에요?"라고 질문했을 때, 시크릿은 바로 자신의 의견을 말할 수도 있었지만 그러지 않았다.

"당신은 어느 쪽인데요?" 시크릿은 처음으로 자신도 상대의 입장을 궁금해하고 있다는 걸 느끼며 물었다.

"글쎄요, 플라워포트 선생님은……." 글로리아는 진료실의 닫힌 문을 향해 손짓하며 말했다. "……플라워포트 선생님은 그게 좋은 생각이래요. 그렇지만 나는 잘 모르겠어요. 그걸 달려면 심지어 더 많은 수술을 해야 할 테니까요."

"그렇지만 하게 되면 모두가 하는 거잖아요." 시크릿이 말했다. "아샤리도 유전자 재구성을 위해 병원에 와야 할 거예요."

"그렇죠." 글로리아가 대답하고는 살짝 미소 지었다. 그녀의 치아는 고르지 않았다. "어쩌면 그 덕분에 모든 아샤리가 우리 이주자들의 심정이 어떤지 짐작해볼 수 있게 될지도 모르겠네요."

"꼬리를 갖고 싶으세요?" 시크릿이 물었다.

"편리할 것 같기는 해요." 글로리아가 말했다. "난 벌거벗은 꼬리는 싫어요. 너무 이상해 보일 거예요. 그렇지만 털이 있으면 빗질도 해야 하고, 그러면 시간을 잡아먹겠죠. 하지만 어느 쪽이든 합의에 이르게 되면 기꺼이 따를 거예요." 그녀가 급하게 덧붙였다. "내 말은, 완벽을 향해 끊임없이 노력하는 아샤리의 철학을 정말 존경한다는 뜻이에요. 몇 세대가 지나고 나서, 만약 후손들이 꼬리가 걸림돌이 된다고 판단하면, 그때 꼬리를 없앨 수도 있잖아요.

"맞아요." 시크릿이 말했다.

"그래서 당신은 꼬리에 대해 어떻게 생각하는데요?" 글로리아가 다시 물었다.

"솔직히 말하자면," 시크릿이 말했다. "난 꼬리에 관해 듣는 게 지겨워 죽을 것 같아요."

"시크릿?" 접수원이 불렀다. "선생님을 만나보실 겁니다. 안으로 들어가세요."

플라워포트가 꼬리에 대해 어떻게 느끼고 있는지는 비밀도 아니었다. 진료실 내부는 꼬리의 아름다움과 장점을 표현한 예술가들의 작품으로 가득했다. 간호사가 그녀의 몸 상태를 사전 점검하는 동안 시크릿은 벽을 응시했다. "신체에 나노 기술을 적용한 게 있나요?" 그녀가 물었다.

"난 병리학자예요. 그래서 정화 나노 기술을 가지고 있어요." 시크릿은 말했다. 사실상 정화 나노 기술이 물리적으로 하는 일은 별로 없었다. 시크릿이 작업하는 시체로부터 오염되는 것을 방지해주면서, 다양한 작은 신들(Lesser Gods: 그리스 신화에 등장하는 하늘, 바다, 지하 세계 같은 자연이나 정신적인 개념 등을 관장하는 여러 신을 의미한다_옮긴이)의 면모를 그녀의 신체 전반으로 운반하는 역할을 했다. "그 외에는 표준이에요."

간호사는 혈압과 체온을 측정한 다음 신속하게 그녀의 몸에 있는 나노 기술이 오작동하지는 않는지, 어떤 외부의 침입자가 그 안에서 방황해 돌아다니지는 않는지 확인했다.

"흠." 간호사가 말했다. "어딘가에서 프랑스어를 습득하셨네요."

"프랑스어요?" 시크릿은 그녀를 보며 눈을 끔뻑였다.

"말 그대로 언어예요. 최근에 접촉한 누군가가 프랑스어를 주입한 게 분명해요. 실제로 당신이 그 언어를 사용할 수 있을 만큼 충분하지는 않지만, 한 주나 두 주 후에 검진을 받아서 프랑스어를 조금이라도 이해하는지 확인해볼 수 있어요. 약간의 공짜 보너스가 될 수도 있겠네요." 뇌에 정보를 구축하는 지식 나노 테크놀로지는 보통 상당한 비용이 든다.

"프랑스어로 내가 뭘 해야 할지 모르겠네요." 시크릿은 말했다.

"글쎄요, 지식은 낭비되는 게 아니니까요. 어쨌든 그것만 제외하면 건강은 아주 좋아요. 코만 제외하고요. 이제 안에서 플라워포트 선생님을 만나보세요."

플라워포트는 늘씬한 근육질에 뚜렷한 광대뼈와 짙은 눈동자가 매력적인 아샤리 인류의 표본이라 할 만했다. 시크릿은 즉시 그녀를 불신했다. 플라워포트는 시크릿이 응급실에서 찍은 정밀 촬영을 살펴보는 것으로 진료를 시작했다.

"선생님은 꼬리에 대해 어떤 입장이신가요?" 시크릿이 물었다.

"난 아주 좋은 생각이라고 봐요." 플라워포트가 여전히 고개를 숙이고 엑스레이 사진을 들여다보며 대꾸했다.

"사람들이 물건을 집기 위해 허리를 굽히지 않아도 된다면, 체력이 떨어질 거라고 생각지는 않으세요?" 시크릿이 물었다.

플라워포트는 어깨를 으쓱했다. "운동이야 본인이 원하기만 한다면 얼마든지 할 수 있잖아요. 우리가 그걸 강요할 필요는 없죠."

"하지만 꼬리가 없는 게 인류 모두가 공통으로 가진 한 측면이잖아요." 시크릿이 말했다. "아샤리가 아니더라도요. 신체 변형을 하지 않은 인간은 피부색과 얼굴 이목구비가 다양하고 심지어 손가락 수까지 다양하지만, 아무도 꼬리를 가지고 있지는 않아요."

플라워포트는 완벽하게 대칭을 이룬 하얀 치아를 보여주며 미소 지었다. "우리는 아샤리예요." 그녀가 말했다. "언제부터 우리가 자연이 주는 것에만 우리 자신을 속박해왔죠?" 그녀가 장갑을 끼었다. "간호사에게 마취제를 좀 드리라고 할게요. 그러고 나서 코뼈를 맞춘 다음 나노테크를 약간 주사해서 이전과 똑같은 모양으로 맞춰드릴게요. 이전과 같은 모양을 원하세요, 아니면 좀 다른 모양으로 해드릴까요?"

"저는 원래 모양이 좋아요." 시크릿이 말했다.

"괜찮아요. 그냥 여쭤봐야 할 것 같아서요."

"선생님." 시크릿이 불렀다. "선생님은 꼬리-찬성 합의를 통해 엄청난 이익을 얻을 수 있는 처지 아닌가요? 성형외과 의사니까요. 꼬리를 붙이려면 모두가 찾아가야 하는 사람이잖아요."

플라워포트의 눈이 가늘어졌다.

"어쨌든 그 제안이 처음 어디에서 나온 건가요?" 시크릿이 물었다. "어느 날 갑자기 모든 사람이 그 주제를 논의하고 있잖아요. 난 정치인들이 그런 제안을 했던 건 기억나지 않아요. 애초에 그 생각을 떠올린 게 성형외과 의사들이었나요?"

플라워포트가 정밀 검사 필름을 내려놓았다. "감히 내 직업윤리를 의심하는 건가요?" 그녀가 말했다. "난 내 동기를 불신하는 사람은 치료하지 않을 겁니다. 여기서 나가요!"

*

"그 여자가 어쨌다고?" 트리벳이 말했다. 그들은 오늘 부검이 아니라, 유전자 자문위원회에 제출할 사망 원인 정보를 편집해 월간 통계를 내는 중이었다. 지금까지는 심장 마비가 가장 많은 사인인 듯했다. 정부는 지금까지 수십 년 동안 인간의 심장을 개선하는 데 많은 자원을 투입해왔지만, 심장의 수명을 연장하는 데 이렇다 할 성과를 얻어내지는 못했다.

"날 치료하지 않겠다고 하더라니까." 시크릿은 침울하게 자신의 부러진 코를 손가락으로 더듬었다. 부기는 가라앉았지만, 코는 삐뚤어지고 납작한 채로 남아 있었다.

"그럼 어떻게 할 거야?" 트리벳이 물었다.

"아마도 다른 성형외과 의사를 찾아가야겠지." 시크릿은 말했다.

"꼬리에 집착하지 않는 의사로."

"우리 삼촌의 절친 레인Rain(비)이 성형외과 의사야." 트리벳이 말했다. "오빠한테 들었는데, 레인은 꼬리를 한심한 생각이라고 치부한대. 그렇지만 그의 진료소는 누에브 디아 맞은편으로 한참 가야 있어."

"내가 물어서 찾아가지 뭐." 시크릿이 말했다. 누에브 디아를 가로질러 가는 건 꼬박 하루가 걸리는 큰일이었다.

오늘 밤 시크릿의 코는 여전히 형편없어 보였지만, 최소한 쑤시거나 아프지는 않았다. 그래서 그녀는 친구들 모임에 나가기로 했다. 저녁 식사 후 그녀는 친구 패스Path(노선)의 집으로 가서 다른 열 대의 자전거 옆에 자신의 자전거를 주차하고, 반쯤 열려 있는 문을 노크했다.

"시크릿!" 패스가 그녀를 반갑게 맞이했다. "코는 어떻게 된 거야?"

"시체에 한 방 맞았어." 시크릿이 말했다.

패스가 그녀를 안으로 안내했다. "언제 치료받을 건데?"

시크릿은 현관 앞 복도에서 신발을 벗으며 플라워포트와의 만남을 들려주었다. 옆방에서 다른 손님들이 말을 나누는 소리가 들려왔지만, 그녀가 안으로 들어서자 대화가 중단되었다.

"시체에 한 방 맞았어요." 시크릿이 말했다. "이제 곧 치료받을 거예요. 그러니까 내가 무슨 변형을 거치지 않은 외계인이라도 되는 것처럼 쳐다보지 말아요, 알았죠?"

모두가 소심하게 웃으며 하던 대화로 돌아갔지만, 그들의 목소리는 좀 전보다 더 크고 더 높았다. 모두 시크릿을 평범하게 대하려고 노력했지만, 그래도 모두의 눈은 그녀의 부러진 코 위를 맴돌았다. 대화는 지나치게 다정하고 상냥했다. 사람들은 계속해서 그녀 근처에 앉아 있었지만 바로 옆은 아니었다. 마치 그녀가 자신들을 오염시키기라도 한다고 생각하는 듯했다. 시크릿은 저녁 식사가 끝날 무렵에야 그들이 자신이 아침에 만난 이주민 여성을 대했던 것처럼 자신을 대하고 있다는 사실을 깨달았다. .

시크릿은 이 정도면 충분히 참았다고 생각했다. 그녀는 누군가를 방문하기에는 예의에 어긋나는 시간이었음에도 집으로 가는 길에 트리벳의 아파트에 잠시 들렀다. "레인의 진료소가 어디라고 했지?" 그녀가 물었다. "내일 찾아가려고."

*

누에브 디아를 두고 아샤리가 '유기적'으로 건설한 도시라고 이야기했다. 시크릿은 대학에서 다른 문화를 공부하고 나서야 그 말의 의미를 정확히 이해할 수 있었다. 그녀는 지도를 통해 미니애폴리스나 뉴욕 같은 테라의 다른 도시들은 직선적으로 이어져 번호가 매겨진 거리, 간선도로, 중앙 도심지 허브 등을 가지고 있다는 걸 볼 수 있었다. 누에브 디아는 누가 계획해서 생긴 도시가 아니었다. 초기 식민지 개척자들은 최소한의 지침만으로도 올바른 종류의 도시가 출현하리라는 믿음으로 그들의 집을 짓고 사업체를 세웠다. 또한 그들은 개인용 차량도 금지했다. 그러한 제약을 넘어서 누에브 디아는 성장했다.

시크릿은 거의 모든 곳을 걷거나 자전거를 이용해 갔다. 새로운 성형외과 의사를 만나러 갈 때도 자전거를 타고 갈까 망설이다가 최소한 도시의 반대편으로 가려면 전차를 타는 게 낫겠다고 결정했다.

누에브 디아의 여러 행정지구는 각 지구의 중심지 주변으로 성장했으며, 노면 전차 선로가 놓일 때도 지어진 지 25년 이상 된 것을 허무는 건 허용되지 않았다. 그 말인즉, 전차가 한쪽 지구에서 다른 쪽 지구로 간다는 것은 선로가 일련의 작은 간선 도로를 따라가서 배수로를 넘어가고 벽을 돌아가고 공원과 그곳에 서 있는 나무들을 지나쳐 느리게 나아간다는 뜻이었다. 그녀는 누에브 디아의 동쪽에 살았고 서쪽으로 향하고 있었지만, 선로는 돌아갈 수 있는 길을 찾느라 장애물을 따라 자주 남북으로 이동해 다녔다.

특히 오래되고 인구가 많은 동네를 지나갈 때면, 전차는 거의 기어간다고 할 만큼 속도를 늦췄다. 시크릿은 자전거를 타지 않기로 한 결정을 점점 더 후회했다. 그녀는 현재 전차가 있는 곳과 전차가 향하는 곳의 지도를 살펴보다가, 지금이라도 전차에서 내려 걸어간다면 한 시간 정도는 단축할 수 있겠다고 생각하고, 다음 정류장에서 밖으로 뛰어내렸다.

시크릿은 누에브 디아의 이쪽 구역에는 이제껏 한 번도 와본 적이 없었다. 하지만 상자 같은 아파트와 작은 사원들이 늘어선 거리를 통과해 갈 때는 거의 자신이 사는 동네를 걸어가고 있는 듯한 기분이 들었다. 전차에서 내리고 보니 친숙한 지역에 있는 게 아님에도, 거의 그런 느낌이었다. 그녀는 그 지역 시장을 빙 둘러 파이어 사원(조로아스터교의 예배당이다_옮긴이)으로 향하는 많은 신도 무리를 헤치고 앞으로 나아갔다. 신도들도 역시 그녀의 코를 쳐다봤지만 공손히 옆으로 비켜섰다. 그녀는 민망한 마음에 망가진 얼굴을 손으로 덮어 가리고 싶은 충동을 가까스로 참아야 했다.

그녀의 예상대로 옆 동네로 나가는 도보는 파이어 사원 뒤를 감아 돌아서 동네 병원과 진료소를 지나갔다. 시크릿은 그냥 동네 진료소로 들어가서 코뼈를 바로 잡을 수 있는 성형외과 의사가 있는지 찾아보고 싶은 유혹을 느꼈다. 꼬리에 관한 의사의 견해는 아무래도 상관없었다. 이번에는 입을 꾹 다물고 있을 참이었기 때문이다. 하지만 그녀는 이미 레인의 진료소에 연락해놓았기 때문에, 그는 시간에 상관없이 오늘 중으로 그녀가 오기를 기다리고 있을 게 분명했다.

높은 벽돌담에서 갑자기 길이 막혔을 때 시크릿은 당황스러웠다. 그녀는 북쪽으로 나아갔고 문을 찾을 수 있었다. 문은 잠겨 있지 않았고 지키는 사람도 없었다. 하지만 문을 통과해 들어가자마자, 그녀는 왜 그리도 분명하게 지역에 경계가 그어져 있는지 알 수 있었다. 이곳은 외국인 지구였다.

아샤리 종교와 삶의 방식을 수용한 외계인들은 이주민으로서 환영받았다. 그들은 신체와 유전자 코드를 재구성할 나노 테크놀로지에 접근할 수 있었다. 대부분 이주민은 아샤리 거주지에 살았는데, 그들의 이웃은(초기에는 약간의 거리낌을 느낄지언정) 보통 그들이 환영받는다고 느끼게끔 대하려 애를 썼다.

엄밀히 말하자면, 아샤리가 되고 싶지 않은 외계인은 원한다면 어디라도 가서 살 수 있었다. 실제로도 관광객들은 가끔 우주 공항에서 멀리 떨어진 지역을 여기저기 돌아다니곤 해도, 아샤에 오랫동안 거주해야 하는 외교관들은 신중하게 경계를 그어놓은 그들만의 지역에서 살았다. 여기에는 그들에게 익숙한 양식의 주택과 그들의 사원, 상점, 레스토랑이 있었다. 이곳에 살았던 유일한 토착 아샤리는 그들의 훌륭한 종교를 외계인과 나누기 위해 파이어 사원을 운영했던 선교사들이었다.

외국인 지구의 거리는 직선으로 세심하게 놓여 있었다. 시크릿은 문에 배치된 지도를 통해 도로가 서쪽 방향으로 뻗어 있어, 이 구역의 반대에 있는 맞은편 문까지 그녀를 데려다주리라는 것을 파악했다. 외국인들은 그녀를 해칠 것 같지는 않았다. 시크릿은 심지어 의식의 오염에서도 안전했다. 일부러 어깨를 으쓱하고 문을 통과했다.

한낮의 거리에는 외국인이 많지 않았다. 그들 대부분은 테라, 또는 다른 식민지 중 하나를 대표하는 대사관에서 일하고 있었다. 아샤에 거주하는 존재는 모두 인간이었다. 우리가 접촉했던 다양한 외계 종족은 상대적으로 후미진 아샤 같은 곳에 대사관을 설치하는 데는 관심이 없었다.

그럼에도 시크릿은 눈앞에 펼쳐진 다양성에 감명받았다. 요구르트처럼 밝은색 피부에 머리는 노란색인 이방인도 있었고, 그녀보다 피부가 몇 단계쯤 어두운 색를 띠는 사람들도 있었다. 가장 이상해 보이는 건 오렌지색 머리를 한 사람들이었는데, 특히 그녀가 본 남자는 몸 전체에 오렌지색 반점이 있었다. 그는 거의 병에 걸린 사람 같았다.

아무도 그녀를 쳐다보려 고개를 돌리지 않았다. 심지어 외국인 지구에서도 아샤리는 쉽게 찾아볼 수 있어서 그녀의 존재가 별로 눈에 띄지 않는 듯했다. 게다가 그녀가 보기엔 흉측하기 그지없는 부러진 코도 그들에게는 딱히 흥미롭지 않은 특징인 것 같았다.

길은 곧게 뻗어 있었지만 이방인 지구는 지도에서 보았던 것보다 훨씬 컸다. 시크릿은 배도 고프고 피곤해지기 시작하자 식당을 찾아보기로 했다. 다리도 쉬면서 이곳에 사는 사람들에 대한 커져만 가는 호기심을 좀 더 충족시켜볼 생각이었다. 그래서 눈에 띄는 다음 번 식당으로 들어갔다. '에덴'. 문에 붙은 간판에는 그렇게 적혀 있었다. 문을 밀자 종소리가 딸랑거렸다.

그녀가 안으로 들어설 때 고개들이 돌아봤다. 식당은 거리와 마찬가지로 여러 언어가 뒤섞여 들렸는데, 한 가지 다른 점은 이곳엔 다른 아샤리는 없었다는 것이다. 심지어 음식을 서빙하는 갈색 피부의 검은 머리 여성조차도 확실히 지구-아시아인이지 아샤리는 아니었다. 하마터면 다시 밖으로 나갈 뻔했지만, 그녀는 침을 꿀꺽 삼키고 빈자리가 있는지 둘러봤다.

"어서 오세요." 지구-아시아 여자가 물었다. 그녀는 억양이 심한 안젤리노를 사용했다. "자리로 안내해드릴까요?"

"네." 시크릿은 말했다. "혼자예요."

"이쪽으로 오세요." 종업원이 말했고, 시크릿은 그녀의 뒤를 따라갔다. 종업원이 그녀를 창가 자리로 이끌었다. 근처에 일행 한 무리가 테이블 네 개를 한데 붙여 앉아 있었다. 시크릿은 그들이 자신을 바라보는 것을 보았고, 그중 한 여성이 낮은 목소리로 무슨 말인가 하자 다른 사람들이 모두 웃음을 터뜨렸다. 한심해 보이지 않은 채 달아나기에는 이미 너무 늦어버린 것 같았다. 그녀는 종업원이 안내해준 자리의 의자를 꺼내 앉았다. 종업원은 그녀에게 메뉴판을 건네고 돌아갔다.

그들이 아직도 자신을 쳐다보고 있는지 확인하기 위해 시크릿은 붐비는 테이블 쪽을 흘낏 바라봤다. 예상과는 달리 아무도 그녀 쪽을 보고 있지 않았다. 그녀는 낯선 음식이 적힌 메뉴판을 들여다봤다. 팟타이, 로메인, 스파게티, 아이리시 스튜. 먹어 본 음식이라고는 타불리 한 가지였지만, 외국인 지구에 있는 식당에 와서 집에서 만들어 먹을 수 있는 음식을 주문하는 건 너무 터무니없는 일 같았다.

종업원이 물 한 잔과 찻주전자를 들고 돌아왔다. "주문받아도 될까요?" 그녀가 물었다. 적어도 그게 종업원이 한 말이라고 시크릿은 생각했다. 종업원은 시크릿의 프랑스어처럼 나노 기술로 언어를 습득한 사람들 사이에서 생기는 흔한 문제를 보였다. 즉, 그녀는 상대가 하는 말은 모두 이해할 수 있었지만 머릿속에서 보는 단어를 발음할 수는 없었다.

시크릿은 메뉴판을 내려놨다. "뭔가 내가 좋아할 것 같다고 생각되는 음식을 가져다주면 좋겠어요." 그녀는 천천히 분명하게 이야기했다. "뭔가 좋은 거요. 뭐라도 좋아요."

종업원이 그녀를 미심쩍은 표정으로 바라봤다. 시크릿은 메뉴판을 닫아서 다시 건네주었다. "당신이 날 위해 선택해줘요." 그녀가 말했다. "새로운 걸 먹어보고 싶거든요."

근처의 붐비는 식탁에 앉아 있던 여자 중 한 명이 종업원에게 한 가지 제안을 하자 종업원이 웃으면서 무슨 말을 했다. 시크릿이 전혀 이해할 수 없는 거로 봐서는 그들이 무슨 언어로 대화를 나누고 있든 그건 프랑스어는 아니었다. 종업원은 주방으로 가버렸고, 다른 탁자의 여자 하나가 시크릿의 주의를 끌기 위해 손을 흔들었다. 시크릿이 머쓱하게 미소를 지어 보이자 여자는 그것을 초대로 받아들인 모양이었다.

"한 가지 묻고 싶은 게 있어요." 여자가 말을 걸자 시크릿은 비뚤어진 코를 손으로 숨기고 싶은 충동과 싸워야 했다. "당신은 아샤리죠?

우리 일행이 그걸로 논쟁하고 있었거든요."

"그냥 코가 부러진 거예요." 시크릿이 말했다.

여자가 그녀를 바라보며 눈을 깜빡였다. "뭐라고요?" 그녀가 시크릿의 코를 빤히 바라봤다. "허, 정말 아프겠어요. 하지만 당신은 아샤리죠? 우리는 여기서 아샤리 사람을 본 적이 없어요. 그런데 당신은 자신이 누구보다도 잘났다고 생각하는 것처럼 행동하지 않네요."

시크릿은 자신의 행성을 대신해서 발끈했다. "지금 뭐라고 하셨어요? 여기 있는 외국인들은 대부분 외교단의 일원 아닌가요? 그런데 확실히 당신은 외교관처럼 행동하지 않는 것 같네요."

"난 외교관이 아니에요. 미용사예요. 주로 외교관들의 머리를 해요." 옆 테이블에서 왁자지껄한 웃음소리가 들려왔고 여자는 그쪽을 힐끗 돌아본 다음 의자를 꺼내 시크릿과 함께 앉았다. "저쪽은 신경 쓰지 말아요. 여긴 어쩐 일이세요?"

"지름길로 가다가 배가 고파서 들어왔어요. 당신은 어디 출신이에요?"

"원래는 뉴필리 출신이에요. 그리고 당신은 아샤리가 맞네요. 토착인가요?"

"당신 눈에는 내가 이주민처럼 보여요?"

"그걸 대체 누가 알겠어요? 당신들이 모두에게 성형수술을 하게 해서 전부 하나같이 똑같아 보이잖아요."

"우리는 이주민들에게 아무것도 하라고 강요하지 않아요. 그냥 이곳으로 옮겨오려는 사람들은 보통 아샤리에 섞여들고 싶어 할 뿐이에요."

"아, 그렇다는 거군요." 아직 자기소개도 하지 않은 눈앞의 낯선 사람은 눈을 굴렸다.

종업원이 음식 한 접시를 들고 나와서 시크릿 앞에 조용히 내려놓았다. 그녀가 낯선 사람에게 무슨 말인가 하자, 낯선 여성이 키득거리더니 아샤리 말로 덧붙였다. “드세요. 내가 내는 거예요.”

“네? 그럴 필요…… 나는…….”

“내가 이미 계산했어요. 입맛에 맞았으면 좋겠네요.”

롤 안에 소시지를 넣은 요리로 위에는 양념이 뿌려져 있었다. 시크릿은 한 입 베어 물었고 소시지에서 뭔가 노란 것이 줄줄 흘러내리는 것을 보고 당황했다. 평소에 소시지를 좋아했지만, 늘 먹던 익숙한 매운 간장 양념 맛과는 달랐다. 노란 재료는 거의 상한 듯 이상한 맛이었고 양념은 시큼하고 투명했다. 풍미가 모두 뒤섞이자 간신히 참아낼 수 있는 맛으로 변했다. 낯선 여자가 흥미로운 표정으로 바라보고 있었기에, 그녀는 음식을 남김 없이 먹고 정중하게 말했다. “정말 맛있네요. 감사합니다.”

“체다부르스트라는 음식이에요.” 여자가 말했다. “사워크라우트(소금에 절인 양배추로 독일식 김치라고도 한다_옮긴이)를 곁들인. 난 보통 케첩과 겨자를 올려 먹어요.”

“나는 그 노란색 재료가…….”

“오, 겨자는 위에 뿌려 먹는 거예요. 그 노란 재료는 치즈였어요.”

“아.” 시크릿은 치즈를 먹어본 적이 없었다.

“그리고 그 소시지, 그건 진짜 고기예요. 전에 먹어본 적 있어요?” 여자의 목소리에서는 아주 살짝 악의가 묻어났다. 아샤리는 대부분 채식주의자였다. 식민지 세계에서 고깃값이 비싸단 것 외에 별다른 이유는 없었다. "고기를 싼 껍질도 진짜 내장이고요."

"젠장." 시크릿은 냅킨에 손을 닦았다. 식사를 마친 자리는 지저분했다. "내게 진짜 고기를 먹이기 위해 대신 밥값을 낸 거라면, 그 사실을 먼저 말해줬으면 좋았을 텐데요. 그랬다면 맛을 좀 더 찬찬히 음미할 수 있었을 것 같거든요. 물론 난 고기를 자주 먹지는 않아요. 소시지도 그렇고요. 분명히 선적되어 들여오는 거겠죠?"

"위스콘신에서요." 낯선 여자는 시크릿이 역겨워하지 않는다는 사실에 실망했지만, 그걸 숨기려고 최선을 다하고 있었다. 그녀가 일어섰다. "그럼, 맛있게 드셨다니 다행이에요."

"이봐." 옆의 탁자에 앉은 남자 중 하나가 일어서며 그녀를 불렀다. "캐슬린, 당신이 체다부르스트를 사면서 맥주는 사지 않았다니 믿을 수가 없군. 이쪽으로 와요, 낯선 손님. 맥주는 내가 살게요."

시크릿은 긴장한 채로 그쪽 테이블에 합류했다. 다른 사람들은 좀 더 내성적이기는 해도 캐슬린처럼 적대적이지는 않았다. 다들 유럽 연합에 속한 대사관이나 그쪽 주변에서 일했다. 그들은 시크릿이 외국인 지구에서 무엇을 하고 있었는지, 그리고 왜 누에브 디아를 통과해 가는지 알고 싶어 했고, 결국에는 그녀를 때린 시체와 부러진 코와 심술궂은 성형외과 이야기까지 나왔다. 맥주를 다 마셨을 때 시크릿은 정말로 가야겠다고 결심했다. "언젠가 다시 오세요." 남자 중 하나가 말했다. "그때는 체다부르스트 말고 다른 걸 드셔보시고요. 로메인이나 스파게티 같은 거로. 면 요리는 아마 마음에 들어 할 거예요."

"흠." 시크릿은 대충 대꾸하며 최대한 빨리 문을 향해 걸어갔다. 그녀는 다시 서쪽으로 향했고, 엄청난 안도감과 함께 문으로 가는 길을 마침내 찾아냈다. 그 이방인들은 무례하고 적대적이었다. 캐슬린(대체 그들은 무작위로 음절만 연결해놓은 이름을 어떻게 기억할까?)은 일부러 부적절한 음식으로 그녀의 기분을 상하게 하려고 했다.

시크릿은 진료소로 가는 마지막 언덕을 오르기 시작했을 때, 자신이 지금껏 느껴왔던 감정보다 훨씬 더 살아 있음을 느낀다는 사실을 깨달았다. 게다가 한 시간 이상 레스토랑에 있었음에도 꼬리는 단 한 번도 화제에 오르지 않았다.

그녀가 도착했을 때 진료소에는 몇 명의 환자가 있었는데, 모두 다양한 단계의 귀화 절차를 밟고 있는 외국인이었다. 그녀는 자리에 앉아 은밀히 이주민들을 뜯어보면서 그들이 처음에는 어떻게 생겼었는지 추측해보려 애썼다. 그들 중 빨간 머리도 있었을지 궁금했다.

"시크릿?" 접수원이 불렀다. "이제 레인 선생님과 상담하실 거예요."

레인은 자신의 얼굴이 플라워포트보다 훨씬 자연스럽게 나이 먹어가도록 내버려 두고 있었다. 성형외과 의사라는 그의 직업에 의구심을 갖게 할지도 모른다는 사실에도 불구하고 말이다. 그는 간호사에게 시크릿의 코를 새로 스캔하도록 지시했다. 원래 스캔본을 가져오라고 후아르바타트 병원으로 다시 보낼 수는 없었기 때문이었다. "그냥 가만히 둬도 자연스럽게 치유는 될 테지만, 어쨌든 코가 비뚤어지는 건 원치 않으시겠죠." 그가 말했다. "일단 마취제를 좀 드릴게요. 그다음에 코뼈를 맞추고 약간의 나노 기술을 써서 다시 정상으로 되돌려드리게습니다."

시크릿은 동요했다.

"다른 모양의 코를 원하시지 않는다면요." 그는 조금 놀란 눈치였다. "환자분의 원래 코도 꽤 근사했어요."

"사실." 시크릿이 말했다. "저는 좀 비뚤어진 채로 살아도 상관없어요. 단지 제대로 숨 쉴 수 있도록 콧속의 통로만 깨끗하게 해주셨으면 좋겠어요."

레인이 놀라서 스캔본을 내려놓았다. "진심입니까?"

"마음이 바뀌면 언제든 똑바로 맞출 수 있는 거잖아요, 그렇죠?" 시크릿이 물었다.

"물론입니다. 하지만 그동안…… 정말 확실한 거죠?"

시크릿은 턱을 들어 올렸다. "이게 사람들이 그 빌어먹을 꼬리 말고 다른 것에 관해 얘기할 거리를 주잖아요."

레인의 입꼬리가 살짝 올라갔다. "그럼 알겠습니다. 호흡에 전혀 지장이 없도록 확실히 해드리죠."

그가 검진을 마쳤을 때, 시크릿은 거울에 비친 자신의 모습을 바라봤다. 붓기가 사라졌고, 이제 코는 정말로 예전과 별로 달라 보이지 않았다. 그냥 조금 휘었을 뿐이고 그게 다였다. 그냥 조금 달랐다.

해가 지고 있을 때, 시크릿은 외국인 지구에 닿았다. '곧장 통과해서 택시를 잡아야겠어.' 그녀는 생각했다. '그럼 제시간에 집에 도착해서 패스나 캔들Candle(양초)의 집을 방문할 수 있을 거야.'

하지만 어딘가 가까운 곳에서 드럼과 바이올린 연주하는 소리가 들려왔다. 소리가 나오는 건물의 문에는 '펍'이라는 간판이 붙어 있었고, 그녀는 전에 한 번도 맛보지 못한 어떤 요리의 냄새를 맡을 수 있었다.

여권, 그녀는 생각했다. 아무래도 여권이 필요할 것 같아. 그리고 비자도. 그리고…… 어딘가 갈 곳도.

그녀는 고개를 높이 쳐들고 문을 열었다.

저자의 노트

내 미출간 소설 중 하나는 행성 간 대학을 무대로 하는 공상 과학 추리소설입니다. 시크릿은 그 소설 속 조연으로 등장했었는데, 아마도 그 작품에서 가장 좋은 부분이었을 겁니다. (그건 내가 두 번째로 쓴 작품이었는데, 난 별로 만족하지 못했었죠.) 그 소설에서 알게 되는 시크릿의 세상에 관한 세부 사항 중 하나는 그들의 성년식이 환각제와 관련 있으며, 등장인물이 고른 이름은 전통적으로 그 인물의 비전에서 영감을 얻게 된다는 점입니다.

시크릿의 이름이 시크릿인 건 그녀가 자신의 비전에 관해 이야기하는 것을 좋아하지 않기 때문입니다.

골렘

1941년 12월 1일 골렘은 차가운 바람을 맞으며 깨어났다. 프라하는 그녀의 기억과는 다른 냄새가 났다. 그녀는 새로운 세기의 향기, 즉 진흙과 시큼한 쓰레기와 휘발유 매연 냄새를 들이마시면서 자신을 탄생시킨 흙 위에 누워 있었다. 프라하는 회전하며 나아가는 천 개의 톱니바퀴 기계처럼 그녀를 빙 둘러 에워싸고 있었고, 그녀는 한밤중에 펼쳐진 두루마리처럼 미래의 모습을 한눈에 볼 수 있었다.

"한나, 우리 거의 다 된 거지? 누가 오는 소리가 들리는 것 같아."

"1분만 더, 알레나." 그녀의 창조자는 여성들이다. 얼마나 이상한가. 물론 골렘이 여자인 이유도 바로 그 때문이었다. 한나 리벤은 골렘의 창조자였고 알레나 네베스키는 한나의 조력자였다. 한나는 앞으로 살날이 7개월밖에 남지 않았다. 골렘은 그녀가 라인하르트 하이드리히 (Reinhard Heydrich: 생전에 '프라하의 도살자'로 불렸던, 나치 독일의 제국보안본부

수장 및 보헤미아-모라바 보호령의 총독 대리를 지낸 인물로 영국에서 훈련받은 체코 레지스탕스의 공격을 받고 사망한다_옮긴이)의 암살 이후 벌어지는 악랄한 숙청 속에서 알레나와 함께 6월에 죽게 될 운명임을 알아봤다. 경찰은 오후 4시 17분에 문을 두드릴 예정이었다. 그러면 한나는 "그녀를 어디로 데려가는 거예요?"라고 소리 지를 테고, 그 길로 문간에서 총에 맞아 죽음으로써 테레진으로 추방될 유대인이 한 명 줄어들게 될 것이었다.

그건 골렘이 자유를 얻게 되리라는 의미이기도 했는데, 단 그전에 한나가 그녀를 파괴해버리지 않도록 설득할 수 있다는 전제가 필요했다.

이제 일어나 앉을 시간이었다. 그녀는 한나와 알레나가 달아나지 않기를 바랐다. 물론 그래도 그들을 찾을 수는 있을 테지만, 창조자가 달아날 때는 언제나 나쁜 징조가 따라 왔다. 그 정도로 겁을 집어먹는 창조자는 일반적으로 골렘을 일주일 내에 파괴해버렸기 때문이다. 어쨌든 최소한 그녀는 한나와 알레나가 놀라지 않도록 천천히 일어나 앉을 수 있었다. 앞으로 1시간 6분 43초 동안은 그들이 있는 옛 유대인 묘지 앞으로 지나가는 순찰은 없을 것이다.

그녀는 근육을 움직여보고 조용히 목청을 가다듬었다. 모든 것이 예상대로 작동하는 것 같았다. 한나는 그녀에게 혀를 주는 것을 잊어버리는 어리석은 짓은 하지 않았다.

알레나가 골렘 쪽으로 고개를 홱 돌렸다. "지금 뭐였어?"

골렘이 천천히 일어나 앉았다.

알레나는 숨을 헉 들이마셨다. 한나는 그 키 큰 여자를 보호하려는 것처럼 앞으로 한 발 나섰다. 골렘은 새장 속에 갇힌 새의 날갯짓 소리 같은 한나의 심장 박동을 들을 수 있었지만, 한나의 얼굴에서 두려움의 흔적이라고는 보이지 않았다.

좋았어.

골렘은 약간 휘청이며 일어섰다. 그녀의 키는 알레나 정도로 한나보다는 머리 하나가 컸다. 창조자들이 달아나지 않은 덕분에 골렘은 잠시 그들을 찬찬히 살펴볼 수 있었다. 알레나가 유달리 큰 편은 아니었지만 한나는 매우 작았다. 한나의 눈은 크고 짙은 색이었으며 손은 아이처럼 자그마했다. 그녀의 코트 왼쪽 가슴에는 다윗의 노란 별(나치 치하에서 유대인들이 강제로 착용해야 했던 홀로코스트 배지다_옮긴이)이 수놓아져 있었다. 알레나는 은색이 도는 금발이었고 별은 달고 있지 않았다. 골렘은 두 여인이 이디시어(9세기경 중앙 유럽에서 발생하여 유럽에 거주하던 유대인 집단이 사용하던 언어다_옮긴이)가 아닌 체코어로 대화한 것이 기억났고 한나는 유대인이지만, 알레나는 아니라는 사실을 깨달으며 놀랐다.

돌풍이 묘지를 관통해 불어왔고 골렘은 온몸에 소름이 돋는 것을 느꼈다. 알레나는 그 모습에 움찔했다. 그리고 한나를 빙 돌아 나와서 자신의 코트를 벗어주었다.

골렘은 코트를 받아들고 알레나를 빤히 쳐다봤다. 뭘 어떻게 해야 하는지 확신하지 못했기 때문이었다.

"이렇게 둘러서 입는 거야." 알레나가 코트를 골렘의 어깨에 둘러주며 말했다. "혹시라도 경찰과 마주치면 한나가 통금 시간 이후에 외출했다는 사실 하나만으로도 엄청나게 곤란해질 거야. 그러니 벌거벗은 여자와 돌아다녔다는 사실까지 거들 필요는 없지."

골렘은 코트를 입고 단추를 잠갔다. "고마워요." 그녀가 말했다. 한나는 골렘의 목소리에 살짝 놀란 듯했다.

알레나는 한나를 흘낏 바라봤다. "골렘이 입을 옷을 가져와야 한다고 미리 얘기해줄 수도 있었잖아."

한나가 눈을 끔뻑였다. "어디에도 그런 얘기는 없었어."

알레나는 콧방귀를 뀌고는 고개를 저었다. "모든 얘기가 남자들이 쓴 거라고 불평했던 사람이 누구야?" 그녀는 다시 골렘을 찬찬히 살펴보더니 말했다. "얼굴이 어딘가 굉장히 낯익은데."

"거울 좀 봐." 한나가 말했다. "네 동생이라고 해도 믿겠어."

알레나가 다시 바라보더니 흠칫 놀라는 듯했다. "일부러 그렇게 한 거야?"

"아니." 한나가 말했다. "너무 급하게 작업하고 있었잖아. 골렘에게 코가 붙어 있는 것만 해도 다행이라고."

그들 뒤의 어둠 속 어딘가에서 바스락거리는 소리가 났고 알레나는 어깨 너머를 힐끗 쳐다봤다. "굳이 이 묘지에서 이런 대화를 나눌 필요가 있는 걸까?" 그녀가 말했다.

"앞으로 한 시간 1분 21초 내에는 아무도 오지 않을 거예요." 골렘이 말했다.

"아마도." 알레나가 대꾸했다. 그녀의 어조에는 의심이 깃들어 있었다. "그런데 여기 너무 춥다." 알레나는 무뚝뚝하게 돌아서더니 묘지 문을 향해 걸어갔다.

물론 문은 잠겨 있었다. 이미 문 닫을 시간이 훨씬 지났기 때문이었다. 알레나와 한나는 들어올 때도 담장을 기어올라야 했고, 나갈 때도 담장을 타고 넘었다. 골렘은 최선을 다해 그들을 도왔다. 이런 일에는 그녀의 이전 몸들이 더 적합했다. 과거의 골렘은 항상 지식 없이 힘만 셌지만, 이번에는 지식 외의 다른 것은 거의 가지고 있지 않았다. 그래서 그녀는 자신이 알고 있는 것을 말해주었다. 너무 서두를 필요 없다고.

한나와 알레나는 들로우하 거리에 있는 아파트에서 함께 살았다. 프라하의 가장 오래된 지역 중 하나인 옛 유대인 빈민가 요세포프 변두리에 있었다. 알레나가 앞장서서 아파트 계단을 올랐고 그들 모두가 안으로 들어가자 그녀는 재빨리 문을 잠갔다. 거실은 티끌 한 점 없이 깨끗했다. 심지어 바닥에 날짜 지난 신문 한 장도 놓여 있지 않았다. 두 사람이 실제로 생활하는 곳은 뒤쪽 침실과 부엌이었다. 골렘은 거실이 다른 사람에게 보여주기 위한 공간이라는 사실을 곧바로 알아차렸다.

"사람들에게는 한나가 내 하녀라고 말해." 알레나가 방 쪽으로 손짓하며 말했다. "유대인은 결혼으로 맺어진 관계가 아닌 이상 이방인과 함께 아파트를 쓸 수 없어."

살림살이는 모두 뒷방에 들어가 있었는데, 한나의 소유물 전부와 알레나의 소지품 대부분이었다. 한쪽 구석에는 여행 가방이 쌓여 있었고 그중 하나가 벌컥 열린 채로 바닥에 책을 쏟아냈다. 탈무드 고서 한 권이 책더미 위에 조심스럽게 올라가 있었다. 마르틴 부버의 『나와 당신』 한 권이 프로이트의 『환상의 미래』 옆에 놓여 있었다. 맨 밑의 여행 가방 아래는 거트루드 스타인의 『앨리스 B. 토클라스의 자서전』이 반쯤 보이게 끼워져 있었다. 한쪽 구석에는 또 다른 책들이 쌓여 있었는데, 전부 다 히브리어였고 모두 골렘에 관한 전설이었다. 창문은 짙은 색의 무거운 커튼으로 덮여 있었다.

알레나가 램프에 불을 붙이자 한나는 커튼이 여전히 창을 안전하게 덮고 있는지 꼼꼼히 확인했다. 한나는 코트를 벗어 고리에 걸고 자리에 앉았다. 알레나는 골렘에게 어울리는 드레스를 찾아주기 위해 의자 위에 걸쳐놓은 옷더미를 뒤졌다.

골렘은 알레나의 코트를 벗고 그것을 한나의 코트 옆에 걸었다. "당신들이 날 불러서 내가 깨어난 거예요." 그녀가 말했다. "무슨 목적으로 날 창조한 건가요?"

한나는 전혀 움찔하지 않고 돌아앉으며 골렘의 시선을 정면으로 마주했다. "모든 골렘과 같은 목적. 프라하의 유대인을 보호하는 거야."

골렘은 그 요청을 들어주기 불가능할 것만 같아서 마치 홍수로 불어나는 물에 자신이 휩쓸려 가는 느낌이 들었다. 죽음이라는 이름의 기계는 이미 그녀 주위에서 움직이고 있었다. 보헤미아와 모라비아 보호령은 라인하르트 하이드리히의 손에 운영되었다. 그는 다하우 강제 수용소를 세우고 그 문 위에 '노동이 너희를 자유롭게 하리라Arbeit Macht Frei'라는 말을 봉인해놓은 사람이었다. 그는 이미 체코 유대인을 테레진 수용소로 추방하기 시작했다. 이 조치로 매주 1,200명의 유대인이 추방됐는데, 이는 이방인의 배우자나 자녀 같은 소수 사람만이 남을 때까지 계속될 것이었다. 궁극적으로는 테레진의 거의 모든 사람이 결국 아우슈비츠나 트레블링카로 끌려가서 죽게 된다.

대답하는 골렘의 목소리에는 아무 감정이 실려 있지 않았다. "아무도 프라하의 유대인을 보호할 수 없어요." 한나의 눈에 불신의 빛이 서리는 것을 보며 골렘은 말을 이었다. "일부는 살아남을 테지만, 대부분 죽게 될 거예요. 테레진은 도살장 밖의 우리에 불과하니까요."

"그래도 뭔가 할 수 있는 일이 있을 거야." 알레나가 속삭였다. 그녀는 옷더미에서 드레스 하나를 꺼내 들고 있었지만 이내 드레스는 그녀의 손에서 미끄러지며 떨어졌다.

골렘은 할 수 있는 일이 없다고 대답하려 했지만, 드레스가 펄럭이며 미끄러지는 것을 보고 망설였다. "할 수 있는 일이 있기는 해요. 어쩌면 그게 약간 도움이 될 수도 있어요. 하지만 내가 프라하의 모든 유대인, 아니 심지어는 대부분의 유대인을 보호하기 위해 할 수 있는 일은 없어요. 아니, 많은 유대인이라고 해도."

400년 전, 랍비 로우가 유대인을 포그롬(특정 민족이나 종교 집단에 대한 학살을 수반하는 폭력적인 폭동을 의미하는 말로, 여기서는 러시아에서 일어난 반유대주의 폭동으로 인한 유대인 집단 학살을 의미한다_옮긴이)에서 보호하기 위해 골렘을 창조해냈다. 프라하뿐 아니라 다른 곳에서도 포그롬은 전형적인 피의 비방(오늘날에는 특정인이나 집단에 대한 부당한 비방을 의미하지만, 원래는 중세 시대에 유대인이 아이를 유괴·살해해서 종교의식에 쓸 피를 뽑는다는 미신이 퍼지면서 반유대주의를 불러일으켜 유대인 박해로 이어짐으로써 유래한 용어다. 하지만 유대인들은 이 미신이 단지 박해의 빌미였을 뿐, 율법에는 짐승 피도 금한다고 주장했다_옮긴이), 즉 유대인이 이방인 아이를 살해하여 그 피로 이스트를 넣지 않은 빵을 만든다는 부당한 비방으로 부추겨졌다. 한 젊은 기독교도 여자가 실종되자, 그 끔찍한 이야기는 연못 위에서 부글거리는 거품처럼 수면 위로 떠올랐다. 랍비 로우는 골렘을 보내 그녀를 찾게 했다. 밤새 추적해 다니던 골렘은 마침내 어느 지하실에 갇힌 그 여자를 산 채로 발견할 수 있었다. 골렘은 지하실 문을 부수고 그녀를 구해내서 모두가 볼 수 있도록 마을 광장으로 데리고 갔다. 덕분에 유대인들은 화를 면할 수 있었다.

불행스러운 이야기지만 랍비 로우는 그 후 얼마 지나지 않아 자신의 창조물 골렘을 파괴했다. 그러나 적어도 그 기적은 비교적 쉽게 일으킬 수 있는 것이었다.

한나는 알레나의 드레스를 바닥에서 집어 들었다. "이걸 입어." 그녀가 말했다. "네가 우리를 구할 수 없다고 해도 다른 할 일은 얼마든지 있으니까."

골렘은 드레스를 머리 위로 뒤집어써서 입고 단추를 잠그기 시작했다.

"이름을 지어줘야겠어." 한나가 말했다. "다른 사람들에게도 이 애를 소개해줘야 하니까."

알레나는 그녀를 바라봤다. "다른 사람들에게는 내 사촌 마르짓이라고 소개할 거야."

"마르짓은 잉글랜드에 살지 않아?"

"캐나다." 알레나가 말했다. "그렇지만 프라하 사람들 아무도 그걸 몰라."

"파블릭이 이 애를 위해 위조 서류를 만들어줄 수 있을까?" 한나가 물었다.

"서류 같은 건 필요 없어요." 골렘이 치마의 주름을 손으로 문질러 펴면서 말했다. "난 그런 질문은 안 받게 될 거예요."

한나와 알레나는 시선을 교환했다.

"어떻게 확신해?" 알레나가 물었다.

"앞으로 9분 34초 후에 경찰이 거리를 지나갈 거예요." 골렘이 말했다. "못 믿겠으면, 두고 보면 되잖아요."

알레나는 시계를 확인하고 기다려보기 위해 거실로 나갔다. 10분 후에 돌아와서 한쪽 눈썹을 치켜올리며 고개를 끄덕였다.

"결국에는 이 애가 도움이 될 것 같네." 한나가 말했다.

알레나는 사용하지 않는 거실 소파에 골렘의 잠자리를 마련해주었다. 골렘은 잠이 필요하지는 않았지만 순종적으로 누워서 밤새 눈을 감고 있었다. 이른 아침 그녀는 희미하듯 작게 체코어를 사용하는 남자 목소리와 발소리를 들었다. 그녀는 일어나 뒤쪽 침실로 갔다. 목소리는 부엌에서 나오고 있었다. 그녀는 잠시 후에야 거의 알아들을 수 없을 정도로 소리를 낮춘 라디오 소리라는 사실을 깨달았다. "여기는 라디오 프리 프라하입니다." 목소리가 말했다.

알레나는 식탁에 앉아 라디오 방송을 속기로 기록하는 중이었다. 한나는 골렘을 제외한 누구의 귀에도 라디오 소리가 들리지 않을 정도로 소란스럽게 아침을 짓고 있었다. 알레나는 골렘이 들어서자 고개를 끄덕여 인사하고는 다시 적고 있던 노트 위로 고개를 숙였다.

방송은 45분 동안 계속되다가 다른 언어로 전환되었다. 한나는 알레나에게 죽 한 그릇을 주었고, 알레나는 한숨을 쉬며 종이를 옆으로 밀쳐놓고 숟가락을 집어 들었다. 한나는 자리에 앉아 별도의 종이 한 장을 꺼내 깔끔하고 읽기 쉬운 글씨로 속기한 내용을 빠르게 옮겨 적었다.

알레나는 죽그릇에서 고개를 들고 골렘을 빤히 바라봤다. "너도 먹을래?"

골렘이 어깨를 으쓱했다. "먹을 수는 있지만 먹을 필요는 없어요."

"배고파?"

"아니요."

알레나가 여전히 망설이자 한나가 원고에서 고개를 들더니 말했다. "바보같이 굴지 마. 이 애는 아무것도 필요치 않아. 왜 쓸데없이 배급 식량을 낭비하려고 해?"

알레나는 어깨를 으쓱하고는 식사를 시작했다. 몇 분 후, 한나는 옮겨 적는 일을 마쳤다. 그녀는 잉크를 입으로 불어 말리고는 종이를 접었고, 봉투에 넣어 봉인한 후 일반적인 편지처럼 보이게 주소를 적었다. 그러고는 골렘에게 그것을 내밀었다. "이걸 블타브스카 16번지로 가져다줘. 거기가 어딘지 알겠어?"

"네."

"가지고 가서 우편함에 끼워 넣으면 돼. 혹시 누가 이름이 뭐냐고 물어보면 마르짓 네베스키라고 대답해. 일을 마치면 여기로 다시 오는 거야."

"아니야, 내 서류를 가지고 가." 알레나가 말했다. "사진이 흐릿하게 나와서 나라고 하면 다들 쉽게 믿을 거야."

"난 그거 필요 없어요."

"어쨌든 가지고 가." 알레나가 말했다. "난 네가 돌아올 때까지 여기 있을게." 알레나는 골렘에게 자기 지갑을 건네다가 다시 그녀를 바라보고는 웃음을 터뜨렸다. "한나, 정말 이렇게 그냥 내보낼 셈이야? 모자도 없이 맨발로?"

한나는 골렘을 보고 얼굴을 붉혔다. "미안해."

알레나는 모자와 신발, 겨울 코트를 꺼내서 골렘에게 입히고 신겼다. 전부 잘 맞았다. "코트를 하나 더 구해야겠는데." 알레나가 말했다. "이 애가 서류 없이는 지낼 수 있을지 몰라도 12월에 코트도 없이 밖으로 내보내는 건 좀 잔인한 짓 같잖아. 그렇다고 내가 아파트에 갇혀 지낼 수도 없고."

"최소한 그게 위조 서류보다는 구하기 쉬워야 해." 한나가 말했다. 그녀는 알레나의 지갑에 봉투를 집어넣고 그것을 골렘에게 건네주었다. "혹시 궁금한 거 있어?"

"아니요."

"그럼 어서 가봐."

밖으로 나간 골렘의 뒤에서 한나가 소리쳐 말했다. "밖에 나가 있는 동안, 네가 도움이 될 만한 일을 보게 된다면 도와야 해."

12월의 하늘은 시멘트처럼 잿빛이었다. 골렘이 아파트를 나섰을 때는 비나 눈이 내리지 않았지만 곧 내릴 것만 같았다. 아무도 골렘을 눈여겨보지 않았고, 그녀는 빠른 걸음으로 거리를 통과해 목적지로 향했다.

블타브스카 16번지는 블타바강 맞은편에 있었다. 전차를 타는 것이 가장 빨랐을 테지만 한나는 반드시 가장 빠른 경로를 택해 가라는 특별한 당부는 하지 않았다. 그녀는 추운 날씨에도 아파트로 돌아가기 위해 딱히 서두르지도 않았다. 프라하는 그녀의 마지막 방문 이후로 많이 변해 있었고 도시를 둘러보고 싶기도 했다.

들로우하 거리에 있는 집에서부터 구시가지 광장을 통과했다. 그곳은 더 이상 도시의 상업 중심지가 아니었지만, 인파가 붐볐고 거래도 활발하게 이루어지고 있었다. 경찰관 몇 명이 거들먹거리며 군중 속을 헤집고 다녔지만, 그녀는 서류를 보자고 요구할지도 모르는 사람은 피해 다녔다. 골렘은 틴 성당이 이미 완공되었다는 사실을 알아차렸다.

또한 거대한 얀 후스 동상이 세워져 있었다. 그게 광장에서 가장 큰 구조물이었다.

블타바강을 향해 계속 나아가면서 그녀는 국립 극장을 통과했다. 은빛 지붕이 덮여 있고 건물 측면에는 조각품이 늘어서 있는 거대한 상자 모양의 화려한 건물이었다. 골렘은 바로 앞의 다리를 그냥 지나치고 곧장 스미코프 지구로 건널 수 있는 다리를 향해 강을 따라 계속 걸어 내려갔다.

블타브스카 16번지는 그녀의 마지막 방문 이후 새로 지은 작은 집이었지만, 그다지 새것처럼 보이지 않았다. 몇 집 아래 사는 나치 정보원이 키우는 식물에 물을 주기 위해 몇 분 후 밖으로 나올 예정이었다. 골렘은 여자가 나오기 전에 우편물을 우체통에 재빨리 넣고 서둘러 다시 출발했다. 블타브스카 16번지에 사는 레지스탕스에게는 인쇄기가 있었다. 저녁이 되면 골렘이 전달한 원고가 인쇄된 광고 전단이 프라하의 시장과 광장에서 손에 손으로 전달될 예정이었다.

골렘은 돌아오는 길에 카를교를 건너기로 마음먹었다. 그녀가 마지막으로 프라하에 살았던 때에는 다른 이름으로 불리던 꽤 오래된 다리였다. 이제 카를교에는 다리를 건너는 사람들을 내려다보는 성자와 천사들 동상이 서 있었다. 성 니콜라스 성당을 거의 다 지나쳐 가고 있을 때쯤, 그녀는 북적이는 인파 사이로 노란 뭉치 같은 것을 보았다. 여행 가방과 씨름하며 두 명의 아이를 데리고 힘겹게 걸어가는 유대인 가족이었다. 골렘은 그들을 향해 나아갔다. 한나는 도움이 필요한 사람을 보면 도우라고 했었다.

골렘이 그들 근처에 이르렀을 때 여자는 여행 가방을 바닥에 내려놓고 등에 있는 아이를 다시 잘 업으려고 애쓰는 중이었다. 그들은 이미 피곤에 절어 있었고 골렘은 그 사실을 알 수 있었다. 그뿐만 아니라 프라하 도심을 그런 식으로 애쓰며 걸어가는 모습을 다른 사람들에게 보여야 한다는 사실을 수치스러워했다. 골렘은 그들이 누구인지, 그들 앞에 어떤 운명이 기다리는지 알고 싶지 않았지만, 그녀가 궁금해하는 순간 이미 눈앞에 그 모든 것들이 모습을 드러냈다. 샤이나, 만델 파이엔바움 부부와 자녀들이었다. 셀리그는 세 살, 라이즈는 이제 6개월이었다. 샤이나와 라이즈는 장티푸스가 발병하는 시기에 테레진에서 죽음을 맞이하고, 만델과 셀리그는 18개월 안에 트레블링카에서 살해당할 운명이었다.

"실례합니다." 골렘이 말했다. "아이들에 여행 가방까지 너무 힘드실 것 같아요. 제가 가방을 들어드려도 될까요?"

그녀가 접근한 순간 그들은 긴장한 것처럼 보였지만, 이내 샤이나의 얼굴에 다정한 안도감이 빠르게 퍼져 나갔다. "아, 고맙습니다." 그녀가 말했다. "네, 도와주세요. 정말 친절하시네요. 감사합니다."

만델은 골렘이 여행 가방 두 개를 모두 가져가게 하지 않았고, 골렘은 샤이나가 아이만 업고 갈 수 있도록 가방 하나를 쉽게 들어 올렸다.

"우린 무역 박람회장에 가는 중이에요." 샤이나가 말했다.

골렘은 고개를 끄덕였다. 무역 박람회장은 프라하의 유대인들이 한 번에 1,000명씩 모이게 되는 곳이었다. 다른 사람들과 마찬가지로 만델과 샤이나도 서류와 가치 있는 물건을 모두 빼앗기고 어두운 밤 테레진으로 추방될 터였다.

샤이나는 자신과 남편, 아이들을 소개했고 골렘은 자신을 마르짓이라고 소개했다. "우릴 도와주시다니 정말 친절한 분이세요." 샤이나는 왜 체코 여성이 유대인을 돕는지 궁금해하는 어조로 말했다.

"별일 아닌데요, 뭘." 골렘이 말했다.

무역 박람회장은 블타바강의 굽이를 따라가는 북부와 동부의 홀레쇼비체 지역에 있었다. 앞으로 몇 주 안에 프라하의 유대인 청소년들은 이런 가족들을 돕기 위해 조직적으로 움직이게 될 테지만, 궁극적으로는 그들을 집어삼킬 기계에 기름칠을 하는 셈이었다. 물론 아이들이 그 사실을 알 리 없었다. 그들은 단지 홀로 추위를 견디며 힘겹게 프라하를 가로질러 가는 사람들의 가방을 들어주고 도움이 필요한 이를 돕는다고 생각할 것이다.

물론 골렘은 알고 있었다. 여행 가방을 들어주는 동안 이 사실을 곰곰이 생각해봤지만, 이 가족에게 그들의 운명을 알려주는 것은 단지 고통만 늘어나게 할 뿐이었다. 그들이 그녀의 말을 믿는다고 해도, 한나에게 말했던 것처럼 그들을 돕기 위해 할 수 있는 일은 거의 없었다. 골렘은 가방을 들어주고 고통을 덜어줄 수는 있지만, 그들을 구할 수는 없었다.

"다 왔네요." 그들이 무역 박람회장 끝자락에 도착했을 때 만델이 말했다. "도와주셔서 정말 감사합니다."

"아니에요." 골렘은 이렇게 말하며 돌아섰다.

"잠깐만요." 샤이나가 불렀다. "뭐라도 좀 드리고 싶어요."

"보상은 필요 없어요."

"보상이 아니에요." 샤이나가 말했다. "그냥 선물이에요." 샤이나는 가방 하나를 열더니 작은 은색 상자를 꺼내 골렘의 손바닥에 얹고 꾹 눌렀다. "고마운 마음을 표하고 싶을 뿐이에요."

골렘은 선물을 받아든 손을 꼭 오므리고 그 가족이 다른 가족들처럼 이리저리 밀치는 군중 속에 줄을 서는 모습을 보았다. 그들이 사라지고 나서 손바닥을 열어보았다. 샤이나가 건넨 것은 은제 담배 케이스였다. 그 안에는 담배 다섯 개비와 성냥 한 갑이 들어 있었다. 좀 더 자세히 들여다보자 담배 케이스 안에 숨겨진 진주 한 알을 발견할 수 있었다. 얇은 골드 체인에 걸린 펜던트에 세팅된 완벽한 진주였다. 그녀는 샤이나가 애초에 진주를 주려는 마음이 있었는지, 아니면 담배만 주려 했는데 딸려온 것인지 궁금했지만, 사실상 그건 문제가 되지 않았다. 몇 시간 후면 가족의 귀중품은 나치에게 압수당할 것이고, 심지어 코트 안감에 집어넣고 조심스럽게 꿰매놓은 금 장신구까지도 모두 빼앗길 운명이었다. 나치보다는 골렘이 진주를 갖는 게 더 나은 일이었다.

골렘은 진주를 만져보고는 미소 지으며 담배 케이스를 딸깍 소리 나게 닫은 후, 드레스 주머니에 집어넣었다. 담배는 유용하게 쓰일 수 있었고 한나는 골렘에게 선물을 받았는지는 묻지 않을 터였다.

아파트에 도착했을 때 골렘은 누군가 울고 있는 소리를 들었다. 그녀는 조용히 안으로 들어가 문간에서 신발을 벗고 마루를 가로질렀다. 그 소리를 듣기 위해서였다. 울고 있는 것은 한나였다. 순간적으로 골렘은 한나가 그녀를 파괴하기로 한 걸까 싶어 등골이 서늘해졌다. 그러나 한나는 한 친구 때문에 울고 있었다. 젊은 유대인 남성인 그 친구는 테레진으로의 추방 명령을 어겼다는 이유로 총에 맞아 숨졌다. 알레나는 한나의 허리에 한쪽 팔을 두른 채 나란히 식탁에 앉아 있었다.

한참 후, 한나가 고개를 들었다. "나도 추방 명령을 받으면 우린 어떻게 하지?" 그녀는 눈물을 흘리며 속삭였다.

알레나는 주머니에서 손수건을 꺼냈다. "대체 왜 주머니에 손수건 하나도 넣고 다니지 않는 거야, 한나? 얼른 코 풀어."

한나는 코와 눈을 닦았다. "내 질문에 아직 대답하지 않았잖아."

알레나는 손수건을 되받았다. "내가 갈 수 없는 곳이라면, 너도 갈 수 없어." 그녀가 말했다. "그런 상황이 오면 내가 널 숨겨줄 거야."

"그들이 여길 수색할 거야."

"그러면 저항군 중 한 명과 같이 숨겨줄게. 내게 인맥이 있어."

"그렇지만 그들이 날 찾아내면……."

"반드시 해야만 한다면, 내가 유대인이라는 가짜 서류라도 만들게. 그건 구하기 쉬울 테니까. 그럼 내가 너와 같이 갈 수 있잖아."

한나는 눈물을 흘리면서 동시에 웃었다. "네 저항군 친구들이 너더러 미쳤다고 할 거야."

"그래도 상관없어." 알레나가 말했다. "일단 우리는 우리가 해야 할 일을 할 거야……." 알레나는 한나의 어깨에 이마를 기댔다. "그러니까 걱정하지 마."

골렘은 지금 상황이 너무도 역설적이라고 생각했다. 결국 한나를 위험에 빠트리는 것은 한나 자신이 아니라, 알레나가 될 것이기 때문이었다. 어쨌든 알레나가 아니더라도 한나는 죽었을지 모르지만, 그걸 알아낼 방법은 없었다. 골렘은 다시 뒤돌아서 응접실을 가로질러 가 신발을 신고 방금 안으로 들어온 것처럼 문을 쿵 소리 나게 닫았다.

두 사람의 목소리가 멈췄다. "누구세요?" 알레나가 물었다.

"나예요, 마르짓." 골렘이 대답했다.

알레나는 뒷방 문을 열고 환영의 미소를 지었다. "어땠어?"

"잘하고 왔어요." 골렘은 알레나를 따라 부엌으로 들어갔다. 한나는 서둘러서 다시 콧물을 닦았는데, 이번에는 소맷부리로 닦고 문질렀다. "얘기해준 곳에 편지를 전달했어요." 골렘이 그녀에게 말했다.

"혹시 서류를 보자고 요구한 사람은 없었어?" 알레나가 물었다.

"네."

"그럼 내일도 서류 없이 외출할 수 있겠다. 그렇지만 만약을 대비해서 위조 서류를 준비하기는 해야 할 것 같아."

그동안 알레나는 같은 건물에 있는 누군가와 여분의 코트를 물물 교환해두었다. 낡고 허름해 보였지만, 그런대로 따뜻하고 잘 맞았다.

"내가 알고 싶은 게 하나 더 있어." 한나가 말했다. "만약 네가 체포되면 어떻게 되는 거야?"

골렘은 그녀가 무엇을 알고자 하는지 알았다. 골렘은 점토에 믿음과 마법으로 생명을 불어넣어 만든 존재였다. 한나는 골렘의 이마를 가로질러 에메트(emet: 히브리어로 진실을 의미_옮긴이)를 메트(met: 히브리어로 죽음을 의미_옮긴이)로 빠르게 바꿔 쓰는 몸짓을 통해 골렘을 파괴할 수 있었다. 하지만 총에 맞는다면, 그 총알이 진흙의 심장을 멈추게 할 수 있을까?

"총알은 날 막을 수 없어요." 골렘이 말했다. "하지만 뜨거운 불기운이라면 점토조차 태워버릴 수 있죠."

한나는 고개를 끄덕였다.

"하지만 아무리 강요해도 나는 당신의 비밀을 공개할 수는 없게 되어 있어요." 골렘이 말했다. 점토로 빚어진 그녀의 몸도 고통을 느낄 수는 있었다. 하지만 추위를 참을 수 있듯이 고통도 얼마든지 견딜 수 있었다.

알레나는 눈썹을 치켜세웠다. "알아두면 좋을 내용이네."

"오늘 편지 배달하고 나서는 뭐 했어?" 한나가 물었다.

"무역 박람회장으로 걸어가는 유대인 가족을 도왔어요." 골렘은 대답했다.

한나의 시선이 부드러워졌다. "잘했네. 그게 바로 네가 해주길 바랐던 일이야."

골렘은 어깨를 으쓱했다. 독일인이 프라하에서 유대인을 추방하는 일은 깨끗하고 조용하게 진행되어야 했다. 체코인은 냉정한 사람들이 아니었다. 한번은 대낮에 독일인들이 유대인을 기차역까지 행진시켰을 때, 그 광경을 지켜본 목격자들은 진저리를 쳤다. 남자들은 보란 듯이 모자를 벗어 예의를 갖추었고 여자들은 흐느꼈다. 유대인의 추방을 더 깨끗하게 그리고 더 고통 없게 만들었다는 점에서 보면 골렘이 한 일은 프라하의 유대인이 아닌 독일인을 도운 것이라 할 수 있었다.

하지만 상관없었다. 그녀가 한 일은 중요하지 않았다.

"오늘 내가 해주었으면 하는 다른 일이 있나요?"

그러나 알레나는 더는 전달할 메시지가 없었다. 저항군과 접촉해 새로운 자원봉사자이자 당국의 관심을 끄는 걸 피하는 데 거의 초자연적 능력을 지닌 자신의 사촌 마르짓에 관해 아직 이야기하지 않은 상태였다. 그들은 우호적이지만 불편함 속에 저녁 시간을 보냈고, 골렘은 두 사람의 저녁 식사를 지켜보았다. 음식을 먹을 기회가 생겼을 때 골렘은 진심으로 그것을 즐겼다. 한나의 요리는 배급 장부의 한계에 저항하기라도 하듯이 맛있는 냄새를 풍겼고 그들이 음식을 나누고 싶어 하지 않는 것도 이해가 됐다. 그리고 골렘이 먹을 필요가 없다는 사실은 그녀가 자유로운 신분이 되는 7개월 이후에는 유용하게 쓰일 참이었다.

*

프라하의 저항군은 처음에는 마르짓의 능력에 관한 알레나의 주장을 의심했다. 그러나 몇 번의 아슬아슬한(골렘이 다루기에는 충분히 쉬운) 상황을 겪고 난 후에는 그들의 행운을 받아들였다. 그 후 골렘은 매일 프라하의 한쪽 끝에서 다른 쪽 끝으로 걸어가 메시지를 전달하며 하루를 보냈다.

이른 봄철 어느 날, 골렘은 무역 박람회장을 거쳐 홀레쇼비체 변두리도 훨씬 지난 곳으로 편지를 전달하기 위해 갔다. 한참 후 길모퉁이를 따라 집으로 걸어가고 있을 때, 그녀는 자신이 앞으로 중요해질 어떤 장소에 서 있다는 사실을 깨달았다. 그녀는 주변을 둘러보았고, 그곳이 5월 말에 하이드리히가 암살될 장소임을 알았다. 영국에서 훈련을 받은 암살자들이 12월에 낙하산을 타고 내려올 것이었다. 5월 27일 저녁 첫 암살자가 방아쇠를 당기겠지만, 실탄이 제대로 발사되지 않아 실패할 예정이었다. 총이 불발된 걸 안 다음 암살자는 수류탄을 던지게 될 것이었다. 그 수류탄 파편은 하이드리히에게 심한 상처를 입힐 테지만, 그래도 그는 며칠 동안 목숨을 부지할 운명이었다. 수천 명의 사람이 그에 대한 보복으로 목숨을 잃게 될 것이었다. 독일은 저항군에 관해 찾을 수 있는 모든 흔적을 지우게 될 뿐 아니라, 리디체라는 마을의 전체 남성 인구를 처형한 다음 여성들은 강제 수용소로 보내고 아이들은 독일 가정으로 보낼 터였다.

골렘은 바로 그 암살자가 서 있게 될 장소에 서 있었다. 오한이 전신을 관통해 지나갔다. 온몸을 부들부들 떨며 돌아서서 왔던 길로 다시 걸어갔고, 도로의 갈라진 길로 들어서 프라하에서 멀어졌다.

자신이 무엇을 하고 있는지 깨달았을 때, 그녀는 20분 동안 걷고 있었다.

한나는 그녀에게 이렇게 하라고 말한 적이 없었다. 메시지만 전달하고 돌아와야 한다고 했다.

그녀는 길가에 털썩 주저앉았다. 지금 그녀는 불순종하고 있었다. 그렇게 할 의도는 없었지만 어쨌든 할 수는 있었다. 한나에게 복종할 필요가 없다면 그녀가 죽기를 기다릴 필요도 없는 거잖아. 난 어디든 갈 수 있어. 체코의 시골이 그녀 앞에 뻗어 있었다. 그녀는 그것을 지도처럼 볼 수 있었다. 전쟁으로 상흔을 입은 채였지만 폭탄이 떨어질 곳과 그럼에도 전쟁을 견뎌낼 건물이 무엇인지 알고 있었다. '나는 리토메르지체로 갈 거야' 그녀는 생각했다. '거기에 가본 적이 없잖아. 거기서 직업을 찾을 거야.' 하지만 그러려면 정말 서류가 필요했다. 알레나가 서류를 만들어주겠다고 했지만 아직 소식이 없었다. 그러나 그건 중요하지 않았다. 무슨 수가 있을 테니.

어쨌든 먼저 자신의 자유를 축하하기로 했다. 그녀는 샤이나가 준 담배 케이스에서 담배 한 개비를 꺼냈다. 한나는 골렘이 이러는 걸 원치 않았을 것이다. 자신에게 담배를 그냥 건네주기를 바랐을 것이다. 그러면 뇌물이 필요할 때 사용할 수 있을지도 몰랐다. 골렘은 성냥을 켜 담배에 불을 붙이고 쓰디쓴 연기를 빨아들였다. 살짝 현기증이 느껴지면서 폐가 불타는 듯했지만, 그 통증조차도 기분 좋게 느껴졌다. 그녀는 6월까지 기다릴 필요가 없었다. 이제 자유였다.

담배를 다 피웠을 무렵 뒤쪽에서 발소리가 들렸고 그녀는 돌아봤다. 한 젊은 유대인 여성이 여행 가방을 들고 있었다. 무역 박람회장으로 가는 게 틀림없었다. 그 정보는 지갑이 열리는 순간처럼 딸깍 소리를 내며 입력되었다. 24세의 독신, 도브레 카우프만. 체코인이라고 해도 믿을 만큼 금발이었지만, 위조 서류를 구할 수 있을 만한 인맥은 없었다. 게다가 그녀는 독일인이 테레진에 관해 이야기한 것을 곧이곧대로 듣고 그곳에 가면 안전하리라고 믿었다. 그녀는 테레진에서는 살아남을 테지만, 마지막 수송 수단 중 하나에 태워져서 아우슈비츠로 가게 될 예정이었다. 골렘은 도브레가 그녀를 해방시킬 붉은 군대가 도착하기 일주일 전에 죽게 될 운명이라는 사실을 우울한 심정으로 깨달았다.

"실례합니다." 골렘이 말했다.

도브레가 고개를 들었다.

골렘은 담배 케이스를 꺼내 열었다. 샤이나의 진주가 아직 그대로 들어 있었다. 홀레쇼비체에는 허위 문서를 만들어주는 남자가 있었는데, 그는 하이드리히의 암살 이후 벌어지는 숙청에서 처형될 운명이었다. 하지만 그건 아직 몇 달이나 남아 있었다. 그리고 그는 싼값에 서류를 만들어줬다.

"지시받은 대로 테레진에 간다면 당신은 전쟁에서 살아남지 못할 거예요." 그녀가 말했다. 그리고 도브레의 손에 진주를 쥐어주었다. "이걸 비셰흐라트 2번지로 가지고 가세요. 그리고 문을 열어주는 남자에게 스테판이 보내서 왔다고 말하고, 그에게 이 진주를 주세요. 그가 당신이 가톨릭 신자라고 말하는 가짜 서류를 만들어줄 거예요. 그런 다음 당신을 아는 사람이 아무도 없는 곳으로 가서 전쟁이 끝날 때까지 당신이 유대인이라는 사실을 아무에게도 말하지 말고 지내도록 해요. 내 말대로 하면 어쩌면 살아남을지도 몰라요."

도브레는 조용히 놀란 표정으로 그녀를 바라봤다.

"내 말 알아들었죠?" 골렘이 조급하게 물었다.

"네." 도브레가 대답했다. "누구세요? 왜 저를 도와주시는 거예요?"

"질문은 하지 말아요. 그냥 내가 말한 대로 하세요." 도브레가 다른 질문을 하기 전에 골렘은 걸어갔다. 도브레가 스스로 원하는 게 무엇인지 생각하게 하려는 것이었다. 골렘은 자신이 할 수 있는 일을 했다.

그녀는 몇 분 동안 걸어간 후에야 자기도 모르게 다시 프라하 쪽으로 향하고 있었음을 깨달았다. 솔직히 말하자면 그래도 상관없었다. 골렘은 한나가 6월에 죽을 운명이라는 것과 그때는 자신이 자유로워지리라는 사실을 알았다. 아마도 그동안 알레나가 허위 서류를 준비해줄지도 몰랐다. 어쩌면 그녀가 아슬아슬한 상황을 한두 번 정도 겪게끔 일정을 짜놓으면, 알레나도 좀 더 서둘러 서류를 처리해줄 수도 있었다. 또는 철도 여행이나 직업처럼 확실히 서류가 있어야만 해결하는 상황을 생각해낸다면, 그것도 도움이 될 것이었다. 그러니 당분간은 프라하로 돌아가 있어도 괜찮았다. 그런다고 해가 될 리 없었다.

하지만 그녀는 우선 밖에서 하룻밤을 보내기로 마음먹었다. 그럴 수 있다는 걸 알기 때문이었다. 아직 바깥은 추웠지만 그녀에게는 추위가 별로 성가시지 않았다. 골렘은 강을 건너가서 다리 아래쪽의 마른 땅 위에 자리 잡았다. 새벽이 올 때까지 그녀는 담배 두 개비를 더 피웠다. 두 번째 담배를 다 피웠을 때 자신이 도브레를 생각하고 있다는 걸 깨달았고, 이제 더 이상 도브레의 운명을 볼 수 없다는 사실에 충격을 받았다. 마치 그녀가 들여다봤던 그 페이지가 간단히 사라져버린 것 같았다. 그녀는 치아가 빠진 자리를 혀로 찔러보는 것처럼 정신적으로 그 빠진 부분을 찔러보았다. 여전히 볼 수 없었다.

도브레가 그녀의 조언을 받아들인 게 틀림없었다. 그녀는 생존할 수도 못할 수도 있지만, 자유를 찾기 일주일 전 발진티푸스나 굶주림으로 죽는 일은 일어나지 않을 것이었다.

그때 갑자기 그녀가 한 일 중에 무언가가 한나의 운명을 바꾸었을지도 모른다는 생각이 들었지만, 아직 한나의 미래는 그대로 남아 있었다. 그녀는 안심하고 아파트로 향했다.

골렘은 알레나와 한나가 화를 내리라 예상하고 이야기를 지어냈다. 알레나는 창문 밖으로 그녀를 지켜보고 있다가 그녀가 도착하자 꼭 안아주었다. "주여, 감사합니다." 그녀는 말했다. 잠시 후, 알레나는 아파트 문을 닫았다. "한나는 널 찾아보겠다고 나갔어. 네가 옛 유대인 묘지에 있다는 말도 안 되는 생각을 하고 있더라고. 난 네가 체포된 거라고 확신해서 얼마나 무서웠는지 몰라. 우린 뇌물을 먹일 돈을 모을 수 없을 테니까."

"체포요?" 골렘이 물었다. "내가?"

알레나는 골렘을 부엌으로 이끌고 들어가 차를 끓이기 위해 물을 올렸다. 한나는 몇 분 후 도착했다.

"골렘이 왔어." 알레나가 말했다.

한나는 거의 울음을 터뜨릴 것 같은 표정이었다. "우리가 얼마나 걱정했는지 몰라." 그녀가 말했다. "어디 있었어?"

"순찰대가 오는 소리를 듣고 숨어 있었어요." 골렘이 말했다. "몇 분만 있다가 갈지 모른다고 생각했는데, 담배를 피우며 거기 몇 시간이나 서 있더라고요. 주변에 순찰대가 쫙 깔려 있었어요. 그래서 어쩔 수 없이 아침까지 숨어 있었어요. 그들도 그때서야 떠나더라고요."

한심한 이야기였다. 당연하겠지만, 골렘은 순찰대가 언제 올지 아는 것처럼 그들이 언제 떠날지도 정확히 알 수 있었다. 그러니 그렇게 발이 묶여 있었을 리 없었다. 그러나 한나는 그녀를 믿고 싶었고 그렇게 했다.

"그건 정말 잘한 일이야." 알레나가 말했다. "지금은 네가 저항군의 가장 귀한 일원 중 하나거든. 우리에게는 널 잃을 여유가 없어."

한나는 일어나서 골렘을 위해 죽 한 그릇을 퍼왔다. 그리고 말했다. "이거 좀 먹어."

*

골렘은 하이드리히가 총에 맞을 운명인 5월 27일 몇 가지 심부름할 일이 있었지만, 다행히 그중 어느 것도 홀레쇼비체 근처로 갈 일은 없었다. 그녀는 하이드리히 암살이 일어나기 전에 한나와 알레나에게 그 사실을 말하지 않았다. 두 사람은 '반드시 알아야만 할 필요성('need-toknow' 원칙이라고 하며, 정부나 군사조직 등에서 특정 정보에 대한 모든 접근 권한이 있더라도 반드시 알아야 할 필요가 있지 않는 한 그 정보를 읽어 들이거나 다른 사람과 공유하지 않는다는 내용을 골자로 한다_옮긴이)'에 관해 여러 번 잔소리를 해왔었는데, 이번이 바로 그런 경우였기 때문이다. 그래도 여전히 전차를 타고 편지를 전하고 가능한 한 빨리 집으로 돌아왔다.

하이드리히는 저녁에 수류탄 파편에 맞았다. 몇 시간 내에 엄중한 단속이 시작되었고 암살자들은 잘 숨어 있었다. 6월 18일까지는 발각되지 않을 테지만 독일군은 암살 공격 현장에서 특정 저항군을 식별하는 데 충분한 증거를 찾아내고 그들은 체포되어 심문을 받을 것이었다. 나치라는 기계의 바퀴는 밑에 깔린 그들의 몸을 뭉개면서 돌아 바깥쪽으로 움직여 갔다.

6월 14일 새벽 2시 알레나와 한나의 집 앞에 나타난 라덱은 저항군의 지도자가 아니라 알레나의 친구였다. 알레나는 한마디도 하지 않고 그를 응접실로 확 잡아끌어 들인 후 문을 닫고 뒷방으로 데리고 들어갔다.

"날 안으로 들이면 안 돼." 그가 말했다. "내가 두 사람 다 위험하게 만들 거야."

"그건 우리가 결정해." 알레나가 말했다. "그러니 조용히 말해. 혹시 다쳤어?"

"아니, 그들이 도착하기 5분 전에 경고를 받았어." 라덱은 급하게 집을 나온 것 같았다. 면도도 하지 않고 파자마 상의를 바지에 넣어 입은 채 여름의 더위에도 불구하고 코트를 걸치고 있었다.

알레나는 라덱이 몇 시간 침대에 누워 쉴 수 있도록 방으로 들여보냈다. 날이 밝으면 그녀는 밖으로 나가 면도기와 그가 입을 만한 평범한 옷을 구해오고 가능하다면 위조 서류도 구해볼 작정이었다. 바로 이거라고 골렘은 생각했다. 그녀에게 서류를 팔 사람은 그날 늦게 체포될 예정이었다. 그리고 심문을 받으면 알레나를 연루시킬 것이었다. 그녀의 이름과 주소를 아는 누군가를 찾아가는 것 자체가 실수겠지만, 이미 너무 많은 저항군 조직원이 체포되어서 달리 갈 만한 곳이 없었다. 알레나가 구해주는 허위 서류 덕분에 라덱은 전쟁에서 살아남을 거였다. 하지만 역설적이게도 알레나는 죽을 테고 한나도 그녀와 함께할 운명이었다.

그리고 골렘은 자유로워질 예정이었다.

알레나는 몇 시간 동안 외출했다. 라덱은 평화롭게 잠을 잤다. 한나는 손가락 마디가 하얗게 변할 정도로 빗자루를 세게 움켜잡고 청소를 했다. 알레나는 사고 없이 돌아왔고 애초에 목표로 했던 것을 모두 가져왔다. 그녀는 라덱을 깨웠다. 그는 빠르게 옷을 갈아입고 면도를 했다. 한나는 그가 뒤편 계단으로 빠져나갈 수 있게 도왔다.

"마르짓." 한나가 나가자 알레나가 불렀다. "너무 오래 걸려서 미안해. 네 서류도 받아왔어."

골렘은 서류를 내려다봤다. 사진은 알레나의 것이었지만, 첫날 밤 한나가 말했듯이 골렘과 알레나는 같은 사람이라고 해도 믿을 만큼 외모가 비슷했다. 그러나 이름은 마르짓이 아니었다.

알레나는 고개를 저었다. "마르짓이 아직 저항군의 일원으로 지목받지 않았다고 해도, 앞으로는 그렇게 될 게 분명하거든."

골렘은 고개를 들었다. "알레나도 마찬가지예요."

알레나는 어깨를 으쓱했다. "만일의 사태에 대비한 내 계획은 그들이 날 잡으러 오면 있는 대로 소동을 피워서 그냥 그 자리에서 날 총으로 쏴버리게 하는 거야. 고문당하는 상황에서만큼은 나 스스로를 구해낼 수 있도록."

"왜 당신 자신을 위해서는 가짜 서류를 만들지 않았어요?" 골렘이 물었다. "당신도 숨을 수 있잖아요."

"라덱이 내게 준 것과 내가 저축해둔 돈으로는 두 개의 서류밖에 못 만들어. 그중 하나는 라덱에게 줘야만 했어. 그리고 난 한나를 떠나지 않을 거야. 그녀를 잃느니 같이 죽는 게 낫거든."

알레나가 한나에 대해 이야기할 때, 그녀의 얼굴은 마치 고통에 빠진 것처럼 이상하게 뒤틀렸다. 골렘은 알레나의 눈을 찬찬히 바라보면서 다른 사람에게 그런 감정을 느낀다는 건 대체 어떤 것일지 궁금했다.

"넌 어떻게 문제를 피해가야 할지 알잖아." 알레나가 말했다. "그러니 그 서류를 잘 사용할 수 있을 거야."

골렘은 그것을 지갑에 넣었다. 한나는 그녀에게 시킬 일이 있었다. 편지 전달이었다. 그러나 골렘은 모든 수령인이 이미 체포되었거나, 그녀가 프라하를 가로질러 갈 때쯤이면 체포되리라는 사실을 알았다. 하늘로 날아간다고 해도 그 사실은 변하지 않았다. 그녀가 심부름을 마치고 돌아올 때쯤이면, 한나와 알레나도 이미 이 세상 사람이 아닐 거였다. 그녀가 기다리고 있던 것처럼.

그래서 골렘은 서류를 챙겨 들고 옛 유대인 묘지로 갔다.

엄중 단속에도 불구하고 묘지는 비어 있지 않았다. 유대인은 점점 더 많은 프라하의 공원과 거리에서 이동이 금지되고 있었다. 옛 유대인 묘지는 아직 그들이 가진 휴식 장소에 가장 가까운 그런 곳이었다. 빽

빽한 선반에 잔뜩 쌓아 올려놓은 책처럼 촘촘히 박힌 1만 2,000개의 묘비 사이에서 소풍을 즐기는 가족들이 있었다.

골렘이 찾는 무덤은 정문 근처에 있었다. 지붕으로 연결된 한 쌍의 대리석 판이 랍비 로우의 무덤임을 알려주었다. 그녀는 석판 그늘에 앉아서 담배에 불을 붙였다.

"그래요, 나 다시 돌아왔어요." 그녀가 조용히 말했다.

골렘은 묘지에서 소풍 중인 여자들의 웃음소리를 들었다.

"이번에는 아무도 나를 파괴하지 않을 거예요. 아무도 그런 짓은 하지 않을 거예요. 난 영원히 살 수 있어요. 날 해칠 수 있는 사람은 누구든 피해 다닐 테니까요. 살아남기 위해 알아야 할 모든 걸 알고 있어요."

골렘은 알레나가 한나에 관해 이야기할 때, 그녀가 짓고 있던 표정을 떠올렸다. 그녀를 잃느니 같이 죽는 게 나아.

"이제 난 서류도 가지고 있어요." 그녀가 말했다. "마침내 알레나가 날 위해 사주었거든요."

"이제 자유예요." 그녀는 알레나보다 더 자유로웠다. 알레나는 한나에게 묶여 이곳에 갇혀 있었다. 골렘은 아무에게도 묶여 있지 않았다.

또다시, 그녀는 한나를 생각하는 알레나의 표정을 떠올렸다.

"내가 할 일이라고는 그냥 걸어가는 것뿐이죠."

지금 당장이라도 그렇게 할 수 있다는 걸 그녀는 알고 있었다. 비록 운명이 창조자의 의지에 달려 있기는 해도, 창조자는 몇 시간만 있으면 죽을 운명이었다. 골렘은 어느 운명이든 원하는 대로 자유롭게 선택할 수 있었다. 이번에는 끝내 살아남을 작정이었다. 혼자겠지만, 그래도 살아 있을 것이다.

그녀를 잃느니 같이 죽는 게 나아.

골렘은 문득 한 모금조차 빨아들이지 않은 담배가 다 타버렸다는 사실을 깨달았다. 그녀는 짜증과 함께 남은 꽁초를 바닥에 비벼 껐다. 그리고 일어섰다. 어깨에 내려앉은 태양 빛이 따뜻했다. "이건 내 선택이에요." 그녀는 랍비의 무덤에 대고 말했다. "내가 결정한 거라고요."

골렘은 오후 3시 10분에 아파트로 돌아왔다. "알레나!" 그녀는 외쳤다. "한나. 귀중품을 챙겨요. 그 밖의 모든 건 남겨두고 가요. 그러지 않으면 의심받을 거예요. 지금 떠나야 해요. 안 그러면 한 시간 안에 둘 다 죽게 될 테니까."

두 사람은 주저 없이 그녀의 말에 따랐다. 그들은 더울 걸 알면서도 옷을 몇 겹으로 껴입었다. 그리고 각각 지갑과 쇼핑백에 음식과 귀중품을 챙기고 출발했다. 골렘은 아파트를 가로질러 그들을 따라가며 이야기했다. "쿠트나호라로 가요." 그곳은 보헤미아에서 가장 큰 도시 중 하나였다. 골렘은 그들에게 아파트 주소를 하나 주었다. "지금 빈방이 있을 거예요. 집주인은 말수가 적은 사람이고, 알레나 외에 아파트에 누가 사는지 신경도 쓰지 않을 거예요. 낭비할 시간이 없어요. 일주일 후에 그는 한 나치 동조자에게 그 집을 빌려줄 거고, 그 동조자가 나중에 유대인에게 은신처를 제공했다는 이유로 옆집 사람을 배신하게 될 거예요. 그러니 집주인은 당신들에게 집을 빌려주는 게 훨씬 나아요."

한나의 쇼핑백에는 가족의 가보인 오래된 탈무드 한 권이 들어갈 공간이 남아 있었다. 더 실용적으로 쓰일 다른 것들도 많았지만, 그녀는 그 책을 집어 들었다. 그녀는 골렘에 관한 전설이 담긴 책들은 남겨놓았다.

골렘은 문에서 알레나를 멈춰 세웠다. “당신의 서류는 나한테 줘요.” 그리고 알레나가 사주었던 위조 서류를 그녀에게 건네주었다. “이제 가요.”

알레나와 한나는 거리 쪽으로 계단을 내려갔고, 골렘은 그들의 운명이 자신의 마음속에서 사라지는 것을 느꼈다. 그녀는 두 사람이 무슨 일이 있든 간에 함께 살거나 함께 죽으리라고 확신했다. 그동안 독일인은 알레나 네베스키를 체포하러 와서 골렘을 찾게 될 것이다. 골렘은 한나의 골렘 설화 책을 집어 들고 샤이나의 담배에 불을 붙인 후, 흠잡을 데 없이 깨끗한 응접실에 앉아 그들을 기다렸다.

스크랩 드래건

옛날 옛적에 한 공주가 살고 있었어.

- 주인공이 반드시 공주여야만 하는 거야? 상인이나 학자, 또는 회계사의 딸은 안 돼?

회계사? 회계사가 전래 판타지 동화에서 대체 뭘 하겠어?

- 거기 사람들도 돈이 있잖아, 안 그래? 그러니까 그들도 세금 장부, 청구서, 손익계산서 같은 걸 작성하겠지. 그렇지만 왕이 아닌 한 정육점 주인이나 빵집 주인, 또는 촛대 만드는 사람일 수도 있겠네.

아니, 내가 보기에는 회계사가 적당하겠어. 그것도 아주 적당해. 옛날에 회계사의 딸인 한 젊은 여자가 있었는데, 그녀에게는 언니가 둘 있었어. 이 젊은 자매 중에서 맏언니가 가장 영리했고, 둘째는 강했고, 막내는 친절했지.

- 주인공이 강한 사람이 되고 싶다면 어쩔 건데? 내 말은, 막내 말이

야. 그리고 맏이가 가장 친절한 사람이 되고 싶어 하면 어쩔 건데? 불공평하잖아.

난 막내가 강하지 않다거나 맏이가 친절하지 않다는 말은 하지 않았어. 그렇지만 모두가 가장 강한 게 둘째 딸이고 가장 상냥하고 순수한 건 막내라고 알고 있었을 뿐이야.

- 어쩌면 사람들은 그냥 이유 없이 막내가 상냥하고 순수하다고 생각했을지도 몰라.

그럴지도 모르지. 어쨌든 그들은 궁전에 살았어. 아니, 그보다는 크고 안락한 집이 낫겠다. 만약 그들이 공주였다면 내가 막내에게 도개교가 딸린 멋진 침실을 줄 수도 있었을 텐데.

- 공주가 아니어도 도개교는 가질 수 있어. 어쩌면 부모님이 그냥 그게 멋지다는 이유로 하나 만들어주었을지도 모르잖아.

좋아. 하지만 중요한 건 그녀가 매우 인정이 많았기 때문에, 동물들이 그녀를 믿고 따랐다는 거야. 동물들은 그녀를 찾아왔고 그녀는 곤경에 처한 동물을 보면 무슨 수를 써서든 도우려고 애를 썼어.

- 그건 정말 불편할 거야.

동물들이 따르는 게?

- 음, 동물들이 그녀를 찾아 나서는 거 말이야. 네가 산책을 나섰는데 길 잃은 고양이가 눈앞에 나타나서 가지도 않고 버틴다면…….

어쩌면 정말 멋진 고양이일지도 모르잖아.

- 아니면 매일 새벽 4시에 야옹거리며 잠을 깨우는 고양이일지도 모르지.

하지만 동물이 그녀를 믿고 따른다는 사실은 독자에게 그녀의 심성이 어떤지 보여주는 역할을 할 뿐이야. 그녀가 겉으로만 착한 게 아니라, 정말 좋은 사람이라는 뜻이지.

- 음, 난 공주들보다 동물이 더 좋아. 어쨌든 동물들이 그녀를 이리저리 따라다니게 할 수도 있겠네, 그건 괜찮겠어.

어느 날, 그들의 도시에 심각한 위협이 닥쳤다는 소식이 전해졌어. 그 도시는 꺼져버린 화산, 아니 그보다는 다들 꺼졌다고 믿고 있던 화산 근처에 있었거든. 그런데 강력하고 사악한 마법사가 화산의 정령을 깨워서 이제 그게 폭발할 것처럼 끓어오르고 있는 거지. 마법사가 사악한 마법으로 계속해서 화산의 정령을 자극한다면, 화산은 불과 용암을 분출할 테고 도시는 완전히 파괴될 게 뻔했어.

- 화산은 정령이 아니라 지각력 때문에 분화하는 거야.

이건 마법의 화산이야.

- 참 나, 만약 마법사가 지각력을 조작할 수 있다면 왜 귀찮게 화산폭발로 도시를 위협하겠어? 그냥 지진 한 방이면 완전히 끝장낼 수 있는데.

좋아. 화산을 분출하려 하는 건 마법사가 아니었어. 드래건이었어. 거대하고 강력한 드래건. 그 드래건은 꺼진 화산 분화구 근처에 살고 불을 내뿜을 수 있어. 사람들에게 황금과 보물을 선물하지 않으면 도시를 잿더미로 만들어버리겠다고 위협했지.

- 그렇지만 나는 드래건이 좋아. 멋지잖아.

음, 그래서? 나는 프랑스를 좋아하고 멋진 곳이라고 생각하지만, 그렇다고 내가 프랑스의 정치가 장-마리 르펜을 좋아하는 건 아니야. 프랑스 사람 모두 좋거나 모두 나쁘지 않듯이 드래건도 마찬가지야.

- 알았어. 그건 넘어가 주지.

그렇게 도시는 사악한 드래건의 위협을 받고 있었어. 내가 주인공을 공주로 설정할 수 있게 네가 날 가만히 내버려 뒀다면, 그녀는 도시를 구해야 한다는 데 책임을 느낄 수 있었을 거야. 하지만 그녀는 공주가 아니지. 그래서 그 나라의 왕은…….

- 그들이 민주주의 체제에 살 수는 없어? 심지어 아테네의 민주주의도 왕조보다는 낫잖아.

흠, 민주적으로 선출된 국민의 대표 위원회는 누구라도 용을 물리치는 사람에게 보상을 제공하기로 약속했어. 하지만 무엇보다도, 그들은 용감하거나 강인하거나 영리한 모든 사람에게 도시를 구하기 위해 할 수 있는 일을 해달라고 간청했지. 만약 그들에게 왕이 있었다면, 그는 자식 중 하나와 도시를 구하는 사람을 결혼시켜주겠다고 제안할 수도 있었을 테지만, 국민의 대표 위원회의 아들딸과 결혼할 수는 없는 일이잖아. 그러니 도시를 구하는 데 성공하는 사람이 뜨거운 관심을 받아서 매우 낭만적인 신붓감, 또는 신랑감이 되리라고 그들이 특별히 언급했다고만 하기로 하자.

- 중매결혼은 좀 소름 끼치는 것 같아. 하지만 오직 드래건을 물리쳤다는 이유로 나한테 관심을 두는 사람과 결혼하는 것도 소름 끼치기는 마찬가지네.

아무도 결혼하기 싫은 사람과 결혼하지는 않을 거야. 어쨌든, 장녀가 먼저 시도했어. 그녀는 드래건에 대해 배울 수 있는 모든 것을 익혔어. 처음에는 근처에 있는 도서관에서 시작했지. 근처 도서관에서 구할 수 있는 자료를 모두 찾아본 후에는 며칠이나 가야 나오는 더 큰 도시로 떠났어. 시간이 날 때마다 집으로 편지를 써서 보냈고 알아낸 모든 정보를 나누었지. 하지만 그곳은 광대한 도서관이었어. 그녀가 알아야 할 모든 것을 배우려면 몇 년이 걸릴 거라고 생각했지.

그래서 둘째 딸은 드래건과 직접 대결하기로 마음먹고 집을 떠났어. 하지만 다시 돌아오지 않았지.

- 다시는 돌아오지 않았다는 게 무슨 의미야?

내 말은 그 여정 중에 죽었다는 거야. 드래건에게 잡아먹혔다고 말하는 사람들도 있었고…….

- 난 둘째가 죽는 거 싫어. 불공평하잖아.

맞아, 그렇지. 근데 죽음이라는 게 원래 공평하지가 않아.

- 그렇지만 난 그녀가 좋았다고!

그랬군.

- 내가 좋아하는 사람은 죽으면 안 돼.

안 되지.

- 굳이 그녀를 이야기에서 빼버려야 한다면, 그냥 잠들었다고 하면 안 될까?

안 돼. 그녀는 죽었어. 그래서 막내가….

- 아무래도 난 막내가 드래건을 물리치려고 하는 상황이 맘에 들지 않아. 그녀도 잡아먹힐 수 있잖아.

하지만 그녀가 도시의 유일한 희망이야.

- 상관없어. 나는 막내가 안전한 집에 머물러 있었으면 좋겠다고.

그게 바로 그녀의 부모님이 했던 말이기도 해. "우리는 이미 딸 하나를 잃었어. 그러니 이번에는 다른 사람이 딸을 잃게 하자꾸나"라고.

- 게다가 그녀는 제일 착한 사람이잖아.

맞아.

- 착하다는 걸로 어떻게 드래건을 물리치겠어?

다른 사람들도 그렇게 말했어. 심지어 가끔은 그녀가 들을 수 있는 곳에서도 그런 말을 했지. 그래서 이름이 헤더인 막내딸은 일단 집에 남아 있기로 했어.

헤더에게는 백지를 엮어놓은 새 책이 한 권 있었는데, 그녀는 거기에다가 큰언니가 가족에게 보내온 편지를 정리하기 시작했어. 비록 자신이 직접 드래건을 물리칠 수는 없더라도, 누군가 다른 사람에게 유용한 정보를 줄 수 있다고 생각했기 때문이야. 편지에는 드래건의 모습을 풀어놓은 도해, 드래건에 관한 고대 철학, 그들의 습성과 은신처 등 다양한 정보가 들어 있었지.

하지만 헤더는 이따금 책을 뒤집어 놓고 뒤쪽에서부터는 죽은 언니에 관한 내용을 채우기 시작했어. 자신이 직접 그린 그림도 있었지만, 그것 말고도 언니를 생각나게 하는 온갖 것들을 책에 채웠지. 언니가 가장 좋아하던 옷에서 떼어낸 천 조각과 언니가 책 속에 눌러 놓았던 꽃송이도 넣었고, 언니가 쓴 시를 발견했을 때는 그것도 책에 베껴서 써넣었어. 재미있는 건, 언니가 드래건을 정말 좋아했다는 거야.

- 드래건은 멋지니까.

그 사실은 언니가 드래건에게 잡아먹힌 게 분명하다는 걸 더욱더 역설적이게 만들었지.

어느 날 오후, 헤더는 자신의 책과 점심을 챙겨 들고 키우는 개(녀석의 이름은 베어였어)와 함께 집에서 멀지 않은 숲이 우거진 호숫가에 갔어.

- 이 이야기 속에서 개는 죽지 않는 게 좋을 거야.

이 개가 죽을 일은 없어. 어쨌든 이 이야기 속에서는 그래.

- 좋았어.

그들은 호수 옆에 앉았어. 헤더는 샌드위치를 꺼내서 절반을 베어에게 주었지. 그때 뉴트리아 한 마리가 헤엄쳐 올라와서 물 밖으로 머리를 내밀었어. "안녕, 뉴트리아?" 헤더가 인사했고 뉴트리아는 달아나지 않았어. 헤더는 샌드위치를 한 조각 떼서 던졌어.

- 그거 진짜 있는 동물이야?

그래, 뉴트리아는 실제로 있는 동물이야. 아주 큰 설치류인데 비버랑 정말 큰 쥐의 잡종처럼 보여.

- 오. 멋질 것 같은데.

뉴트리아는 베어를 경계하는 눈빛으로 쏘아보다가 샌드위치 조각을 잡으려고 둑 위로 올라갔어. 베어는 때때로 다람쥐를 쫓기도 했지만(그리고 뉴트리아는 충분히 다람쥐처럼 보여서 쫓아갈 만도 했지만), 지금은 헤더에게서 샌드위치를 더 얻어내는 데 온통 관심이 쏠려 있었지. 녀석은 강아지다운 천진난만한 얼굴로 꼬리를 흔들었어. 헤더는 한숨을 내쉬면서 샌드위치를 하나 더 꺼냈어. 이런 식이면 먹을 게 금방 동나고 말 것 같았지. 그래서 베어에게 말했어. "가서 샌드위치 하나 더 만들어와, 베어."

- 그래서 베어가 샌드위치를 만들어왔어?

당연히 아니지. 개가 샌드위치를 만들 줄 알면 스스로 만들어서 다 먹었겠지. 샌드위치 조각을 다 먹고 나서 뉴트리아는 호수 기슭에 앉아 그 반짝이는 검은 눈으로 헤더를 바라봤고, 헤더는 빵을 한 조각 더 잘라서 던져주었어. "너 혹시 드래건 물리치는 방법을 아니?" 그녀가 물었어.

뉴트리아가 빵을 집어 들고는 물었지. "드래건을 왜 물리치려고 하는데?"

헤더는 뉴트리아가 정말로 대답을 했다는 사실에 약간 놀랐어. 그녀는 항상 베어에게 말을 걸었고 이따금 다른 동물에게도 말을 했지만, 대답을 들은 적이 없었거든. "누군가 드래건을 물리치지 않으면, 그게 와서 우리 도시를 다 불태워버리겠다고 했어." 그녀가 대답했지.

뉴트리아는 빵을 먹으면서 그녀의 말을 곰곰이 생각하는 것 같았어. 그리고 말했지. "너의 내면에 놓인 진실을 깨우쳐야 해. 그리고 밖에서 기다리는 진실을 말해야 해."

- 밖에서 기다린다는 게 무슨 말이야?

여기서 '밖에'라는 말은 '내면'의 반대말이야. 그러니까 헤더는 내면의 진실을 깨닫고 나서 외부의 진실을 말할 필요가 있다는 거야.

- 참 나, 설명을 들어도 도통 무슨 말인지 전혀 모르겠네.

이건 물에 사는 쥐가 주는 조언이라고. 무슨 단계별 지침 같은 거라도 기대한 거야?

- 글쎄, 헤더가 좀 더 구체적으로 얘기해달라고 요구하지 않았어?

요구했지만, 뉴트리아는 더 이상 말이 없었어. 나머지 빵을 다 갉아 먹고는 다시 물속으로 뛰어들어 헤엄쳐 갔지. "다른 뉴트리아를 찾아봐, 베어." 헤더가 말했지만, 베어는 그저 꼬리만 흔들 뿐이었고.

하지만 한 가지는 확실했어. 헤더는 여전히 어떻게 드래건을 물리쳐야 할지 몰랐지만 만약 자신에게 드래건을 물리칠 힘이 없었다면, 뉴트리아가 내면의 진실을 깨달아야 한다느니 하는 식의 조언을 하지는 않았을 거라고. 그래서 당장 집으로 가 조용히 짐을 꾸리고 아무도 없을 때 베어와 함께 집을 나섰지. (부엌 조리대 위에 쪽지를 한 장 남겼어. 말하는 설치류의 조언 때문에 드래건과 싸우러 간다는 걸 부모님께 직접 설명하기 위해 집에 남아 있고 싶지는 않았거든.)

물론 그녀는 뉴트리아가 해준 말이 무슨 의미인지는 전혀 이해하지 못했어. 만약 진실이 정말 그녀의 내면에 놓여 있다면 그건 아마도 그녀가 이미 알고 있지만, 아직 완전히 깨닫지 못한 어떤 것이라는 의미겠지. 그래서 헤더는 잠시 쉬어가기 위해 멈출 때마다 드래건에 관한 정보(그리고 언니의 그림들)가 들어 있는 자신의 책을 꺼내서 열심히 들여다봤어. 모든 것을 세 번씩 살펴본 후에도 그녀는 자신이 이미 알지만 아직 깨닫지 못한 진실이라는 게 무엇인지 알 수가 없었어. 그게 뉴트리아 같은 전혀 말도 안 되는 상대로부터 그녀가 기꺼이 조언을 구하려고 했다는 사실을 의미하는 거라면 모를까.

근처 학교에서 그날의 수업이 모두 끝났음을 알리는 종소리가 들려왔고, 헤더는 아이들이 달려 나올 때까지 기다렸다가 선생님에게 가서 물어봤어. 그는 수학 선생님이었지만 학교 규모가 작아서 읽기, 문법, 그리고 춤까지 가르쳐야 했지.

- 학교에서 춤을 배운다고?

그래, 여기서는 춤을 매우 중요하게 생각해.

"실례합니다." 헤더가 말했어. "저는 다른 지역에서 왔는데, 혹시 선생님은 드래건을 물리치는 방법을 아시나요?"

"제가 안다면 이미 누군가에게 알려줬겠죠." 그가 대답했지. "물론 누군가에게 알려주려고 시도했지만, 기꺼이 들으려는 사람이 없어서 못 했을지도 모른다는 가능성을 고려하는 것도 합리적이긴 하겠네요. 하지만 어쨌든 저는 모릅니다."

"아." 헤더는 아직 다른 사람에게는 물어보지 않았지만, 약간 맥이 풀리는 기분을 느낄 수밖에 없었어. 아마 학생들이 모두 집으로 돌아가기 전에 그들에게도 물어봐야 했을지도 몰라.

"제가 알고 있으리라고 생각한 특별한 이유가 있나요?"

헤더는 그에게 뉴트리아와 책, 그리고 그녀 자신이 알고 있어야만 할 것 같은 그 진실이라는 게 대체 무엇인지 모르겠다고 이야기했어.

"음, 제 이웃이 발명가입니다. 혹시 우리 집에 들를 용의가 있으시다면 그를 소개해드릴 테니 그에게도 한 번 물어보시죠. 혹시 뭘 알고 있을지도 모르니까요."

함께 걸어가는 동안 그는 자기 이름이 필라드라고 소개했어.

- *전래 판타지 동화에 등장하는 이름치고는 매우 특이하네.*

그래, 특이한 이름이야. 거기까지. 그는 자신의 이웃은 음악가이자 배우이기도 하다고 설명했어. 이웃의 이름은 피터였고 매우 친절하기까지 했지. 헤더(또는 베어)를 만나본 적이 없었음에도, 헤더와 베어(그리고 필라드까지)를 저녁 식사에 초대했거든.

그림자가 길어지고 식후 차가 미지근해지는 동안, 그들은 드래건에 관해 들어본 것을 모두 나열했어. 피터는 드래건이 노래를 부를 수 있다는 얘기를 들었다고 했어. 그걸 확인하기 위해 드래건의 은신처로 걸어 들어가고 싶은 마음은 전혀 없었지만, 전해오는 이야기에 따르면 드래건은 아름다운 목소리를 가졌다는 거야. 물론 드래건이 그 목소리를 누군가에게 들려주기로 마음먹었을 때만 그렇다는 거지. 또 필라드는 드래건이 보물을 모으는 것만큼이나 게임을 좋아한다는 이야기를 들었다고 했어. 드래건이 여행자들을 잡아 체스 게임을 제안하고 게임에서 이긴다면 풀어주겠다고 한다는 거야. "물론 그런 이야기 속에서는 인간이 속임수를 쓰지 않는 한 항상 드래건이 이기죠." 필라드가 덧붙였어. "나는 수집한 게임이 무척 많아서 드래건이 전에 해본 적 없는 게임 몇 가지를 당신에게 드릴 수도 있어요. 그렇게 되면 도전이 좀 더 공평해질 겁니다."

그들은 날이 어두워졌을 때 다시 신선한 차를 내렸고, 헤더는 책에 메모("노래를 잘함/게임-체스?")를 하고 있었기 때문에 하던 일을 마무리 지어야 했지. 어느 순간 그녀는 필라드가 집에 가서 가지고 온 게임을 살피려고 노트를 내려놓았어. 그리고 다시 책을 집어 들었을 때는 드래건이 아닌 언니에 대해 쓴 반대편이 앞으로 오게 뒤집어 들었지. "로라는 드래건을 좋아했어요." 헤더가 조용히 말했어. "그러니 로라 쪽에도 드래건 사진을 붙여야 해요."

"로라가 누군가요?" 그들이 물었지.

그녀는 언니가 드래건과 대적하러 갔다가 어떻게 사라졌는지 설명했어. 로라는 항상 드래건이 근사하다고 믿었고…….

- *왜냐하면 드래건은 멋지니까.*

……그 사실이 로라가 죽게 된 상황을 더 비극적이고 역설적으로 만들었지.

- *그건 아까도 언급했잖아.*

그리고 헤더는 그 책을 설명했어. 모두 고개를 끄덕였지. 그러고 나서 피터는 자신이 어딘가에서 구한 드래건 기사를 찾으러 갔어. 기사에는 딱히 새로운 내용은 없었지만, 사랑스러운 그림 한 점이 있었어. 그건 극도로 예술적인 일종의 도해였어. 그는 나중에 책에 붙이라며 기사를 그녀에게 주었지.

시간이 늦어지자 피터가 피곤한 헤더에게 손님용 침대를 마련해주었어. 헤더는 일찍 일어났고 그들보다 먼저 일어나서 밖으로 나섰어.

- 그녀가 가장 먼저 일어난 게 확실해?

필라드와 피터는 이야기를 나누느라 늦게까지 깨어 있었고 그래서 아직 일어나지 않은 거야. 밝은 하늘 아래 지저귀는 새소리를 들으며 책을 펼쳐 든 헤더는 어느새 책이 다 채워졌다는 사실을 깨달았어. 단지 한 쌍의 빈 페이지만이 정확히 책의 중심에서 서로 마주 보고 있었지. 책의 나머지 부분은 모두 채워져 있었어. 한쪽에는 드래건에 관한 메모가, 다른 쪽에는 언니와 관련된 메모와 기념이 되는 자료들이 있었지. 그녀는 망설이며 피터가 준 그림을 들고 있었는데, 아무리 생각해도 그건 드래건 쪽으로 가야만 할 것 같은 거야. 그런데 생각해보니까 로라 쪽 절반에는 드래건 그림을 하나도 넣지 않았지 뭐야. 아무래도 그건 아닌 것 같았어. 어쨌든 한쪽을 택해야 했는데, 지금 그녀는 책을 엎어놓고 있었거든. 그래서 뒤집었을 때, 책이 똑바로 있는지 거꾸로 있는지를 보고 결정하기로 했지. 헤더는 책을 한참이나 뚫어지게 바라보기만 했어. 하늘은 점점 더 밝아지고 햇살도 더 따스해지고 있었지. 그녀는 마침내 책을 옆으로 뒤집었고, 올바른 방향에 그림을 붙였어.

그리고 그제야 뉴트리아가 한 말이 무슨 뜻인지 깨달았어.

- 깨달았다고?

맞아.

- 음, 그게 무슨 뜻인데?

지금 바로 얘기해줄 수는 없어. 그럼 이야기의 흐름을 망칠 것 같거든. 조금만 있으면 그 부분에 도착할 거야.

- 넌 그 빌어먹을 물 쥐만큼이나 못돼먹었어.

헤더는 가방을 챙겨 들고 베어를 불러서 출발했어.

- 쪽지는 안 남길 거야?

필라드와 피터는 만난 지 얼마 되지도 않았잖아. 그런데 정말 그 사람들이 헤더를 걱정할 거라고 생각해?

- 당연하지.

헤더는 일어나서 쪽지를 남겼어. 필라드가 자신에게 준 게임과 피터가 드래건이 부르는 걸 들어봤으면 좋겠다고 했던 노래의 악보를 챙긴 후 자신과 베어를 사화산 가장자리에 있는 드래건의 은신처로 빠르게 데려다줄 길을 찾아 나섰어.

- 개는 죽이지 않겠다고 나한테 약속했던 거 잊지 마.

개 걱정은 하지 마.

- 혹시 그 말이 내가 헤더를 걱정해야 한다는 의미는 아니겠지? 난 네게 그녀를 죽이지 않겠다는 약속을 하라고 강요하지는 않았어. 그녀가 주인공이니까 당연히 안전할 게 분명하다고 생각했기 때문이야.

헤더와 베어가 다가가자 드래건이 은신처에서 모습을 드러냈어. 드래건은 사람이 손목을 쭉 뻗고 허리를 꺾는 모습처럼 거대한 날개를 펼쳐서 흔들고는 커다란 이빨을 드러내며 입술을 핥았어.

"안녕." 헤더가 드래건에게 인사했지. "네가 날 잡아먹지 않을 거라는 걸 알아. 네가 정말로 도시에 위협이 되지 않는다는 것도 알고. 내 말은 진짜 위험은 네가 아닌 다른 누군가가 조장하고 있는 게 틀림없다는 거지."

이게 바로 헤더가 이미 알고 있던 진실이야, 알겠지?

- 드래건은 정말 멋져!

그래, 드래건은 정말 멋져!

- 하지만 이렇게 되면 드래건이 자유 의지를 가진 독립적인 존재가 아니라는 거잖아…….

헤더가 자기 책에 있는 모든 정보를 수집하는 동안 깨달은 게 있었어. 그건 드래건은 음식이 아니라 보물을 요구해왔다는 거였지. 그리고 모두가 드래건이 보물을 좋아한다는 것과 때때로 사람을 잡아먹는 것도 사실로 알고 있었지. 하지만 마을 언저리에 있던 몇 마리 양과 로라처럼 운이 없는 몇 사람이 사라졌을 뿐인데, 그건 드래건이 배불리 먹을 만한 양은 아니었어. 그래서 그녀는 드래건의 턱을 그린 도해를 주의 깊게 살펴봤고, 드래건의 이빨이 베어나 사자의 이빨과는 모양이 다르다는 사실을 깨달았어. 곰곰이 생각해본 후에 헤더는 드래건이 천성적으로 물고기를 먹이로 한다는 결론을 내렸어. 사람을 잡아먹는 게 아니라는 거야.

- 그렇다고 해서 그게 드래건이 자기를 열 받게 하는 인간을 잡아먹지 않는다는 뜻은 아니잖아.

헤더는 또한 드래건이 도시를 잿더미로 만들어버릴 만큼의 엄청난 불기운을 배 속에 가지고 있지 않다는 것도 깨달았어. 물론 칼을 들고 덤벼드는 사람을 죽일 수 있을 만큼의 화염을 내뿜을 수는 있지만, 도시 전체를 불태우는 건 또 다른 문제거든.

- *어쩌면 모든 게 공허한 위협이었을 수도 있다는 거네.*

하지만 모두가 동의하는 한 가지가 있었어. 드래건은 똑똑하다는 거야. 허무맹랑한 협박을 하지 않을 만큼은 똑똑했어. 도시에서 드래건을 무찌를 수 있을 만큼 큰 군대를 모아 드래건의 허세를 무력화시킬 수 있을 때는 특히 그랬지.

- *만약 그런 일이 일어난다면, 드래건은 그냥 다른 곳으로 가버리면 되잖아. 이 드래건도 다른 곳에 있다가 이곳으로 온 거잖아, 맞지? 이 도시로 이사를 왔다고 네가 말했으니까.*

그렇지만 드래건은 엄청난 보물을 가지고 있어. 그들은 모든 걸 모아두거든. 그리고 월래메트 계곡으로 가든 다른 곳으로 가든 간에 운반할 보물이 없더라도 이사는 그 자체만으로도 아주 귀찮고 짜증 나는 일이라고. 똑똑하고 분별력 있는 드래건이라면 절대 하지 말아야 할 일이 바로 시도 때도 없이 이사할 일을 만드는 거야. 그래서 헤더는 드래건에게 일어나는 일에는 전혀 신경 쓰지 않는 누군가, 그 다른 존재가 바로 위협의 원천이라고 확신했지. 드래건은 누가, 왜 그런 협박을 하는지 알지도 몰랐어. 그래서 헤더는 가서 물어봐야겠다고 생각한 거야.

드래건이 그녀의 날개를 다시 접고….

- *암컷 드래건이었어? 헤더는 그게 암컷이라는 걸 어떻게 알았는데?*

몇 달 동안 드래건의 해부도를 연구해왔잖아. 그걸 꼭 일일이 알려줘야 해?

그래. 실은 네가 수컷 드래건과 암컷 드래건을 어떻게 구분할 수 있는지 알았으면 좋겠어.

가장 쉬운 방법은 색깔이야. 암컷 드래건의 등은 배쪽보다 색깔이 더 어두워. 덕분에 둥지를 틀 때 위장이 가능하지. 또한, 암컷은 아래쪽 가장자리에 부채꼴 모양의 날개가 있고 수컷 드래건은 음경이 있어.

이 드래건이, 다시 말하지만, 암컷인 이 드래건이 몸 앞에 양손을 포개고 바닥으로 몸을 낮춰 앉았어. "넌 날 죽이려고 온 게 아니라는 거니?" 드래건의 목소리는 약간 놀란 듯했어.

"아니야." 헤더가 말했지. "그렇지만 내가 게임을 가지고 왔어. 드래건은 게임을 좋아한다는 말을 들었거든. 그리고 악보도 가져왔는데, 혹시 악보 읽을 줄 알아? 네가 노래하는 것도 좋아한다고 들었어. 하지만 내가 여기 온 가장 큰 이유는 너를 이용해서 우리 도시를 위협하고 있는 게 누군지, 그리고 내가 널 도울 수 있을지 물어보기 위해서야."

"마법사야." 드래건이 말했어. "난 아직 어려." (실제로 드래건은 헤더가 예상했던 것보다 약간 작았어.) "내가 더 나이 들었다면 그는 내게 절대로 이런 짓을 할 수 없었을 거야. 하지만 그는 자기 마법을 이용해서 내가 여길 떠날 수 없도록 가뒀어. 그가 실제로 나를 시켜 너의 도시에 불을 지르게 할 수는 없지만, 사람들이 나를 죽이러 온다면 난 나 자신을 지켜야 해."

"우리 언니도 포함된 거야?" 헤더가 목구멍에 커다란 덩어리가 걸린 것 같은 기분으로 물었어.

드래건은 어깨를 으쓱했지. "너를 닮은 사람은 만난 기억이 없어. 이 근처에는 나뿐만 아니라, 도적 떼도 있고 다른 위험도 많아."

"어떻게 하면 마법사의 마법을 풀 수 있을까?" 헤더가 물었지.

"잘 모르겠어." 드래건이 대답했어. "어디 가면 그를 찾을 수 있는지 알려줄 수는 있지만 그는 정말 강력해. 널 그 위험 속으로 보내버리면 너무 끔찍한 기분을 느낄 것 같아."

헤더는 그것에 관해 곰곰이 생각해봤어. "내가 그 마법사를 물리쳐야 하는 거야? 그냥 마법을 푸는 법만 알아내면 안 돼?"

"그럼 내가 이렇게 표현해볼게." 드래건이 말했어. "보통 나는 사람을 잡아먹지는 않아. 정말 맛이 없거든. 물론 나를 사슬에 묶인 애완동물처럼 만들어서 사람들을 협박하고 그들의 재물을 훔치는 데 이용해온 마법사에게는 특별한 예외를 두겠어. 다시 말해서, 네가 마법을 푸는 법을 알아낼 수 있다면 나머지는 내가 해결하도록 할게."

"더 할 말 없으면 난 도시로 내려가서 모두에게 진실을 말할게. 진짜 위험은 마법사이고 네가 아니라는 진실을."

"물론 그렇게 할 수도 있겠지." 드래건이 말했어. "하지만 그렇게 되면 안타깝게도 마법사가 나를 새로운 도시로 데리고 갈 거야. 전에도 사람들이 진실을 알게 되자 두 번이나 그렇게 했거든."

헤더는 이번에도 곰곰이 생각해봤어. 드래건의 말을 종합해보면 마법사는 드래건을 노예로 만들 정도로 강력했지만, 다른 방법으로 자신을 보호할 수 있을 만큼은 강하지 않다는 결론이 났지.

"그가 훔친 돈을 어디에 보관해?" 헤더가 물었어.

"내가 지키고 있게 하지." 드래건이 말하고는 은신처 안쪽을 가리켰어. 헤더는 그 비축 장소를 들여다봤지. 동굴의 가장자리가 그곳을 어둡게 했지만, 헤더는 반짝거리는 금과 루비 더미를 볼 수 있었어.

"들어가서 봐도 될까?" 헤더가 물었어.

"아, 물론이지. 하지만 네가 뭔가 가지고 나가게는 할 수 없어."

헤더는 동굴 안으로 들어가 보물을 샅샅이 뒤지기 시작했어. 금은 보배는 물론이고 보석, 진주 목걸이 등부터 지폐 뭉치와 그림 몇 점, 그리고 고대 청동으로 주조된 말과 책도 있었어.

그녀는 그 모든 걸 헤치고 앞으로 나아갔지. 보물 중 하나는 온통 보석으로 장식된 램프였는데, 그녀는 조금 더 잘 살펴보기 위해 램프에 불을 붙였어. 그때 베어가 짖었지. "내가 수색하는 걸 도와줘." 헤더가 말했어. "보물이 이곳에서 드래건의 보호를 받고 있다면 마법도 여기 어딘가에 있을 거야."

드래건도 안으로 들어와서 손으로 턱을 받치고 앉아 헤더가 보물 더미를 파고드는 것을 지켜보았어. 금화 속을 샅샅이 뒤지고(그러고 나서 헤더는 그 산처럼 쌓인 금 더미 속을 굴러다녔어. 솔직히 말해서 그럴 기회가 얼마나 자주 있겠어?) 다음으로 헤더는 책을 보기 시작했어. 겉표지에 보석이 박힌 커다란 성경 몇 권과 셰익스피어의 잃어버린 희곡 중 하나, 「아킬레스」 3부작이 전부 들어 있는 아이스킬로스의 희곡 모음집, 그리고 헤더가 수색하는 동안 드래건이 흥미롭게 들여다보기 시작한 「페르 라 리쿠페라타 살루트 디 오필리아」라는 제목의 악보도 있었어.

- 잠깐, 그거 모차르트와 살리에리가 함께 쓴 오페라 아니야?

사실 그건 오페라가 아니라 목소리와 피아노를 위한 칸타타였어. 하지만 맞아. 모차르트와 살리에리가 함께 썼고 분실된 거야. 영화에 나온 내용과 역사적 사실이 다르다는 걸 너도 알고 있겠지…….

- 그래, 알지 알아. 실제로는 둘이 아마 친구였을 걸. 아니면 적어도 친했을 거야. 드래건은 그게 거기 있는 걸 몰랐나?

아, 드래건도 그게 거기 있다는 걸 알았고 전에도 그걸 들여다본 적이 있었어. 하지만 너도 알 거야. 가끔씩 산처럼 쌓아놓은 책 더미를 치우다가 우연히 책 한 권을 펼치는 실수를 하고, 이미 다 읽었던 책이지만 그대로 앉아서 또 읽게 되는 걸 말이야. 사실은 몇 시간씩 앉아서 책을 읽을 게 아니라, 그날은 정말 청소를 할 작정이었지만. 그게 드래건에게 일어난 일이야.

헤더는 금 궤짝 밑에서 매우 평범하고 전혀 인상적이지도 않은 작은 책 한 권을 발견했는데, 금괴 덩어리가 얼마나 무겁던지 그 궤짝을 옮기는 데 지렛대를 사용해야 할 정도였어. 겉으로만 봐서는 사실상 그녀가 만든 책과 매우 비슷해 보였지. 표지에 드래건 그림이 들어가 있다는 것만 제외하면. 드래건이 자신의 어깨에 올라탄 한 남자를 비참한 시선으로 바라보는 그림이었어.

헤더가 책을 펼치자 갑자기 드래건의 시선이 자신에게 향했다는 걸 깨달았어. "난 네가 그 책을 파괴하도록 내버려 둘 수 없어." 드래건이 날카롭게 말했어. 그녀는 자신이 찾고 있던 걸 찾아냈다는 걸 바로 알아차렸어.

"그러니까 내가 이걸 가져가게 할 수 없다는 거잖아." 그녀가 말하자 드래건이 고개를 끄덕였다. "그리고 내가 파괴하게 할 수도 없고. 난 이걸 아무 데도 가져가지 않을 거고 파괴하지도 않을 거야. 그냥 한번 보기만 할 거야." 헤더가 말했어. 드래건은 램프를 선반에 올려놓고 책을 읽기 위해 그 밑에 자리 잡고 앉는 그녀를 지켜봤어.

그건 드래건의 그림으로 가득 찬 일종의 스크랩북이었지만, 각각 다른 방식으로 포로로 잡힌 드래건을 보여주고 있었어. 철창에 갇힌 채 거대한 그물로 붙들렸고 그 위에는 인간의 형상이 사슬처럼 얽혀 있는 그림이었지. 헤더는 책을 파괴하면 드래건이 풀려나리라 생각했지만, 그녀는 지금 헤더의 일거수일투족을 지켜보고 있었어. 헤더는 타고 있는 램프를 책 위에 '실수'로 떨어뜨리는 방법도 생각했지만, 제대로 하지 않으면 위험할 것 같았지.

헤더가 펜을 꺼내 들었지만 드래건은 미동도 하지 않았어.

그녀는 조심스럽게, 페이지에 그림을 그리기 시작했어.

"뭐 하는 거야?" 드래건이 물었지.

"그림을 좀 추가해 넣으려고." 헤더가 대꾸했어.

"흠. 그건 괜찮을 것 같네." 드래건이 말했어.

헤더는 드래건을 휘감고 있는 그물을 거대한 가위가 잘라버리는 장면을 그렸어. 철창을 끌질하는 그림과 열쇠로 사슬을 여는 그림도 추가했지.

"이제는 내가 이걸 파괴하게끔 내버려 둘 수 있을 것 같지 않아?" 그림을 끝냈을 때 헤더가 물었어.

드래건은 잠시 가만히 있다가 고개를 저었어.

헤더는 사진 주위에 쓰인 단어들을 좀 더 자세히 살펴봤어. "드래건은 단어와 마법에 사로잡혔다"라고 적혀 있었어. 그녀는 작은 ^ 표시를 넣고 그 아래 '안'이라고 적어서 문장을 "드래건은 단어와 마법에 안 사로잡혔다"가 되게끔 했어. "포로로 잡힌"이라는 표현도 "포로로 안 잡힌"으로 바꾸었고, "무덤"이라는 단어는 "무덤덤한"으로, "죽다"라는 단어로 끝나는 문장은 "죽을 먹다"라고 바꾸었어.

다 고치고 보니 말이 되는 내용은 아니었지만, 그건 중요하지 않다고 생각했지. 하지만 드래건은 여전히 헤더가 책을 파괴하게끔 내버려 둘 수 없다는 느낌이 든다는 거야.

그래서 결국 헤더는 자신의 스크랩북 한가운데 붙였던 그림을 떼어 내고 마법사의 스크랩북 표지에 덮어 붙였어. 비참해 보이는 드래건 그림을 덮어버렸던 거지.

그러자 드래건이 벌떡 일어섰어. 그러고는 "하아!" 소리 지르며 동굴 밖으로 뛰쳐나갔지 뭐야.

음, 문제가 해결된 것 같았어. 그래도 헤더는 좀 더 안전한 마무리를 위해 마법사의 스크랩북을 불태워버렸지. 그곳에 있는 보물은 자신의 것이 아니라고 생각했어. 그걸 도난당한 사람들이나 드래건의 것이라 생각한 거야. 하지만 아이스킬로스와 셰익스피어의 유혹에는 저항할 수 없어서 그 책들을 챙긴 후에 쪽지를 남겼어.

이 희곡 작품은 내가 빌려 가. 다 읽고 반드시 돌려주겠다고 약속할게. —헤더.

그녀는 램프를 끄고 드래건의 은신처를 나가 주위를 둘러봤어. 머리 위 높이 떠 있는 드래건을 바라보면서, 그녀가 자신에게 한 약속을 잊지 말고 영원히 떠나가기 전에 반드시 마법사를 잡아먹기를 기원했지. 그러고 나서 베어를 불러 도시로 가는 길을 따라 함께 걸어갔어.

- 그게 끝이야?

아니. 다음 날 아침 도시 사람들은 풍부한 성량으로 칸타타를 부르는 알토 음성을 듣고 깨어났어.

- 드래건이야?

그래, 당연히 드래건이지. 그리고 노래를 마친 후에 드래건은 자신이 해방되어 사악한 마법사를 잡아먹었으며, 이제는 새로운 땅을 탐험하기 위해 자신의 길을 갈 거라고 말했어.

- 누가 자기를 풀어줬는지도 얘기했어?

아니. 왜냐하면 드래건은 헤더가 유명해져서 꾹꾹 참으며 살아야 하는 삶을 원치 않는다는 걸 알 수 있었거든.

- 하지만 그렇게 되면 보상은? 도시를 구하면 보상을 받기로 되어 있었잖아!

다음 날, 그녀는 우편을 통해 소포를 하나 받았어. 그녀가 평생 떵떵거리면서 먹고살 수 있을 만큼 어마어마한 양의 금덩이로 가득 찬 상자였지. 하지만 드래건은 필라드의 게임과 피터의 악보는 챙겨갔어.

- 드래건이야 원래 어딜 가나 뜨거운 인기를 끌게끔 되어 있으니까. 내 말은, 낭만적으로 말이야.

너는 네가 왕국의 영웅이라는 이유 하나만으로 네게 관심이 있는 사람과 결혼하고 싶어? 헤더는 다시 필라드와 피터를 찾아가서 드래건을 찾아갔던 일이 어떻게 되었는지 이야기해주었고, 그들은 헤더를 다시 만나게 된 데 기뻐했어. 그리고 시간이 지나는 동안 그녀와 필라드는 절친한 사이가 되었고 나중에 결혼해서 행복하게 오래오래 살았대.

- 그들이 드래건을 다시 만나봤어?

아니.

- 난 그들이 드래건을 다시 만났으면 좋겠어.

음, 드래건은 상하이, 바르셀로나, 마이애미 같이 먼 도시에서 종종 엽서를 보내왔어.

- 그건 직접 만나는 것과는 다른 거잖아.

아마도.

- 분명히 드래건은 다시 찾아왔었을 거야. 한 번쯤은. 헤더가 그녀를 마법사에게서 풀려나게 해줬잖아!

네 말이 맞아. 그녀가 해방하게끔 해주었지. 헤더와 필라드가 결혼한 지 10년 정도 지난 어느 날, 그들은 해변에 아이와 함께 앉아서 수평선 너머로 해가 지는 것을 바라보고 있었어. 그때 헤더는 구름 속에서 드래건을 보았지. 처음에는 단지 태양일 뿐이라고 생각했지만, 그 거대한 날개를 보고는 드래건이라는 걸 알게 됐어. 그래서 그녀는 필라드와 그들의 아이도 드래건을 볼 수 있도록 소리치며 가리켰지.

그날의 지는 해 속에서 그들은 단 몇 분 동안 드래건을 보았어. 그리고 그림자가 모이고 별들이 나올 때, 드래건이 노래하는 것을 들었지.

저자의 노트

2010년 5월, 의료 위기를 겪고 있는 친구를 위한 자선 경매가 있었습니다. (그녀는 장기 질환으로 간 기증이 필요했습니다. 남동생에게서 간을 기증받아 이식하기로 되어 있었지만, 동생의 여행 경비와 수술 후 일을 쉬는 기간에 써야 할 돈이 필요했죠.) 저는 다음과 같은 제안을 경매에 내놓았습니다.

> 제안 내용: 당신, 또는 당신이 선택하는 실제 인물(당사자의 동의하에)을 주인공으로 하는(또는 당신이 원한다면 악당으로 하는) 최소 1,000단어 분량의 SF/F 단편소설을 써드리겠습니다. 자녀를 주인공으로 하고, 그 아이들이 읽을 만한 이야기를 원한다면 그것도 좋습니다. 만약 친구에게 깜짝 선물로 주고자 한다면 그 또한 물론 괜찮습니다. (기본적으로 저는 등장인

물이 반대할 실제 인물의 이야기는 쓰고 싶지 않습니다.) 당신은 영웅으로 등장할지, 악역으로 등장할지 선택해야 합니다. 그러면 저는 그 캐릭터가 당신으로 보일 수 있도록 최선을 다하겠습니다. 저는 하위 장르, 플롯, 프롬프트 등 당신의 구체적인 요청을 수용할 것입니다. 원래 노골적인 섹스 이야기는 쓰지 않지만, 당신이 원한다면, 으으으으음, 좋아요. 아주 높은 금액으로 입찰하신다면야, 최선을 다해보겠습니다.

경매는 내 친구 필라드가 낙찰받았고, 그는 자신의 아내 헤더를 주인공으로 하는 이야기를 써달라고 요청했습니다. 이야기의 세부 사항은 헤더의 실제 삶에서 가져왔습니다. 베어라는 이름의 개는 물론이고 스크랩북도. (헤더와 그녀의 언니들은 한때 스크랩드래건이라는 스크랩북용품점을 공동으로 소유했었습니다.) 필라드와 다른 친구 피터는 카메오로 출연했고요.

플롯 구성으로 아이디어를 쥐어짜고 있을 때, 헤더를 공주로 만들자는 내 제안을 필라드가 즉시 거절하더군요. 그러면서 오프닝 라인이 떠올랐고 그 지점부터 이야기를 시작했습니다.

처음에는 단 두 명의 독자를 위해 이 작품을 썼습니다. 필라드와 헤더. 하지만 그보다 더 많은 독자에게 호소력을 주었다는 사실은 참으로 즐거운 놀라움이었습니다!

정직한 남자

바이올린 게임
1943년 11월 15일
워싱턴 D.C.

아이리스가 법무부 건물에서 콘스티튜션 애비뉴로 나왔을 때는 차가운 비가 내리고 있었다. 서류 작업을 하느라 늦게까지 남아 있었던 그녀는 설상가상으로 평소 타던 버스뿐 아니라, 그다음 버스도 놓치고 말았다. 버스 정류장 길 건너편에는 식당이 있었다. 그녀는 'OPEN' 이라고 적힌 네온사인의 유혹하는 불빛을 바라봤다. 지갑에 들어 있는 돈을 세기 시작했지만, 갑자기 돌풍이 불어오면서 또다시 비가 퍼붓기 시작하자 그녀의 망설임도 함께 날아가 버렸다. 아이리스는 길을 건넜다. 립스틱이 번지고 모자는 비스듬히 기울어진 채로 헐떡이며 식당 안으로 뛰어 들어갔다. 매트 위에 발을 문질러 닦는 동안 문 위쪽의 벨이 울렸고, 그녀는 앉을 자리를 찾아 두리번거렸다.

식당에서는 달걀프라이와 약간 탄 커피의 냄새가 났다. 내부는 거의 비어 있었다. 양복 차림의 남자 하나가 카운터 스툴에 앉아 있었고, 길고 낡은 비옷을 입은 남자 하나는 입구 근처 부스에 앉아 비 오는 창밖을 바라보고 있었다. 아이리스는 카운터에 자리 잡고 앉았다. "그냥 커피만 한 잔 마실게요." 그녀가 여종업원에게 말했다. 집에 가면 완벽하게 좋은 음식이 있잖아. 집에 가서 저녁을 지어 먹으면 돼. 그러나 비는 점점 더 거세지고 있었다. 그녀는 메뉴판을 들여다보고 한숨을 쉬며 말했다. "아, 그릴드 치즈하고 토마토 수프도 할게요."

음식을 기다리는 동안 그녀의 시선을 끈 건 양복 차림의 남자였다. "날씨 한번 좋네요, 그렇죠?" 그가 말했다. "혹시 후버 국장님 밑에서 일하세요?"

"네, 맞아요." 그녀가 말했다. "타이핑, 서류 정리요."

"그러시군요. 난 그냥 시내를 지나던 중이에요. 전쟁 중이 아닐 때는 예술품 거래상으로 일합니다."

"전시에는 그다지 수요가 많지 않을 것 같네요."

"웬걸요, 사실을 알면 놀라실 걸요. 정말 놀라실 겁니다. 하지만 전쟁에 더 직접적으로 기여하고 싶어서 지금은 군수품을 사고팝니다. 고철 모으기 운동으로 모인 고철을 사서 필요한 곳에 가져다주는 그런 일이죠. 예술품 거래는 부업으로 하고 있어요." 그는 종업원이 커피잔을 다시 채워주는 동안 시선을 들어 미소 지어 보였다. "난 레오라고 합니다." 그가 명함을 건네며 말했다. 레오나르도 프랭클린이라고 적혀 있었다. "밀림의 왕자 레오할 때, 레오. 그리고 미국 대통령의 성과 같은 프랭클린."

"저는 아이리스예요. 아이리스 커크우드."

"진짜예요? 내 여동생 이름도 아이리스예요. 이게 믿어져요?"

종업원이 뜨겁게 김이 오르는 아이리스의 커피를 들고 왔다. "저는 엄마가 제 이름을 페투니아라고 짓지 않은 걸 항상 고맙게 생각했어요." 아이리스가 장난스러운 미소를 지어 보이며 말했다.

"내 생각에는 정말 예쁜 이름 같은데요." 아이리스가 보병대에 복무하는 남자 친구에 대해 말해야 하는 건 아닐까 고민했을 정도로 그는 그녀에게 따뜻하게 미소 지었지만 더 이상 다가오지는 않았다. 아이리스는 그가 단지 친절하게 굴고 있을 뿐이라고 결론지었다. 종업원이 아이리스의 샌드위치와 수프를 들고 부엌에서 나왔고, 계속 앞으로 걸어가서 테이블에 앉은 남자에게 계산서를 가져다주었다.

적어도 아이리스가 주문한 음식은 정말 맛있었다. 빵은 신선했고 치즈는 풍미가 좋았으며 토마토 수프도 진하고 부드러웠다. 어쩌면 계속되는 한기와 밖에 내리는 비 때문에 음식이 그렇게 맛있었는지도 모를 일이었다. 아이리스는 고철 거래상이 된 예술품 거래상을 흘깃 쳐다보았고, 그가 다른 곳을 보고 있을 때 샌드위치 조각을 수프에 담갔다. 그녀는 식당에서 그렇게 먹어도 되는 건지 확신하지 못했다.

"실례합니다……." 식당 앞쪽에서 종업원과 이야기를 나누고 있는 남자의 얼굴에는 근심이 가득했다. "정말 죄송해요. 어쩌면 좋죠? 방에 지갑을 두고 나온 걸 좀 전에야 깨달았습니다. 계산하기 전에 얼른 가서 가져올 생각이었는데, 계산도 안 하고 도망갔다고 생각하실까 봐 그러지 않았어요. 일단 제 악기를 여기 맡겨두고 갔다 올까 하는데요." 아이리스는 그가 든 바이올린 케이스를 보았다. 그는 케이스를 열어 안에 든 바이올린을 종업원에게 보여주었다. "이거 좋은 바이올린이에요. 몇 년 전에 50달러 주고 산 거지만, 제 생각에는 그보다 훨씬 가치 있는 바이올린입니다."

종업원이 그것을 흘낏 쳐다보고는 투덜댔다. "어쨌든 손님이 드신 식사보다는 값어치가 나가 보이네요. 가서 얼른 지갑 가져오세요."

"금방 다녀올게요." 그가 약속하고는 빗속으로 나갔다.

샌드위치를 거의 다 먹었을 때, 아이리스는 레오의 목소리를 들었다. "제가 한번 봐도 될까요?"

"뭘요, 바이올린요?" 종업원이 어깨를 으쓱했다. "왜 안 되겠어요."

레오가 케이스를 열고 악기를 꺼내더니 손에서 이리저리 돌려보고 빛 쪽으로 들어 올렸다. 그녀는 레오가 길게 감탄하는 듯한 한숨을 내쉬는 것을 들었다. 고개를 들어보니 그가 침을 꿀꺽 삼키는 게 보였다. 잠시 그가 식당 안을 두리번거렸다. 마치 오늘 밤 자신이 크게 이길 패를 손에 들고 있다는 걸 아는 남자의 시선 같았다. 그런 다음, 그가 아이리스를 돌아보고 다시 종업원을 바라봤다. "세상에." 그가 말했다. "이거 스트라디바리우스예요."

"스트라, 뭐요?"

"지금까지 제작된 것 중에 가장 희귀하고 가치 있는 바이올린 중 하나죠. 대부분은 수집가나 박물관의 손에 들어가 있어요. 족히 수십만 달러 가치는 될 겁니다. 어쩌면 그보다 더 나갈지도 모르고요." 종업원이 의심스러운 표정을 짓자, 그가 아이리스에게 또다시 따뜻하게 미소 지었다. "좀 전에 전쟁 전에 내가 예술품 거래상이었다고 여기 있는 아이리스 씨에게 이야기했어요. 요즘은 대부분 고철을 거래하지만, 운명이 내 앞으로 정말 특별한 작품을 던져 줄 때는 예외를 두죠. 이 바이올린 가격으로 20만 달러 정도는 기꺼이 낼 용의가 있어요. 현금으로요. 전쟁이 끝나면 몇 배는 더 붙여서 팔 수 있을 거라고 확신하거든요."

"아, 아까 그 남자분 정말 기쁘겠어요." 아이리스가 말했다. "딱 봐도 돈에 많이 쪼들리는 것 같았잖아요."

"그가 어디로 간다고 했죠?" 레오가 종업원에게 물었다.

"자기 방으로요. 방이 어디 있는지는 얘기 안 했지만, 멀지는 않을 거예요."

몇 분이 지나갔다. 레오는 바이올린을 경건하게 케이스에 넣고, 손목시계를 확인했다. "아, 이런." 그가 말했다. "내 기차…… 음, 몇 분 더 기다린다고 해될 건 없겠죠."

그들은 기다렸다. 아이리스는 커피를 다 마셨지만 종업원은 커피를 더 따라줄 생각은 하지 않고 문만 바라봤다. 비가 다시 한번 퍼부었다. 아이리스는 벽에 걸린 시계를 보았다. 그녀는 방금 다음 버스도 놓쳤지만, 돌아가는 상황이 너무 흥미로워서 버스 같은 건 신경 쓰이지도 않았다.

"아, 정말이지 더는 기다릴 수 없을 것 같네요." 레오가 마침내 말했다. 그가 종업원에게 명함을 건네주었다. "그 남자분이 돌아오면…… 그는 분명히 돌아올 겁니다. 어쨌든 그가 오면 내 명함을 주고 뉴욕에 있는 사무실로 내일 아침 수신자 부담으로 전화를 걸라고 부탁해주십시오. 나는 그분께 기꺼이 20만 달러를 제안할 예정이에요. 그동안 바이올린을 대단히 잘 관리해달라는 부탁의 말도 전해주세요." 그가 모자를 쓰고 비옷을 입었다. "아이리스, 만나서 반가웠어요." 그가 말했다. 그리고 종소리를 울리며 습한 바람이 불어닥치는 거리로 나갔다.

"음." 종업원이 놀랐다는 듯 말하더니 카운터에 놓인 바이올린을 내려다보았다. 그러다 갑자기 물이라도 쏟으면 큰일 나겠다고 생각했는지 바이올린을 빈 테이블 위로 옮겨놓고는 아이리스에게 커피를 더 따라주었다. "디저트는 뭐로 준비해드릴까요, 손님?"

아이리스는 이미 머릿속에 다음 월급일 전까지 쓰려고 남겨두었던 돈까지 저녁 식사 비용으로 계산해둔 참이었다. "고맙지만 됐어요." 그녀가 말했다. "하지만 커피는 고마워요. 그 남자가 바이올린을 가지러 돌아오기 전에는 이 레스토랑에서 날 데리고 나갈 수 있는 건 아무것도 없다는 걸 솔직하게 인정해야 할 것 같아요. 그 남자가 어떤 표정을 지을지 생각해보세요!"

그로부터 채 5분도 지나지 않아 남자가 돌아왔다. 이제 주머니 속에서 누더기 지갑을 꺼낼 수 있게 된 그는 신중하게 음식값을 치를 돈을 세었다. "저기, 그 바이올린 말인데요." 종업원이 말했다. "내 조카가 바이올린 수업을 들을까 생각 중이고, 내 동생은 실제로 악기를 다룰 줄 알거든요. 그거 나한테 파실래요?"

"그렇지만……." 아이리스가 속삭였다. 종업원이 아이리스가 가장 좋아하는 복숭아 파이 한 접시를 꺼내더니 마치 약속한 것처럼 아이리스 앞에 내려놓았다.

"아, 그건 팔 수 없어요." 남자가 말했다. "생계 수단이거든요. 저는 거리에서 바이올린을 연주하는 사람이에요. 심지어 전쟁 중에도, 아니, 특히 전쟁 중에는 사람들이 음악 듣는 걸 좋아하죠. 음악이 사기를 북

돈우거든요. 지갑에 대해 이해해주셨으니, 그 보답으로 연주는 얼마든지 해드릴 수 있어요."

종업원이 조급히 고개를 저었다. "내가 적절한 가격을 치른다면 기꺼이 파실 테죠. 50달러에 사셨다고 했나요? 내가 100달러 드릴게요."

남자가 고개를 저었다. "50달러에 사기는 했지만, 그보다 훨씬 가치 있는 바이올린입니다. 500달러 이하로는 절대로 팔 생각이 없어요."

"200달러 드릴게요." 종업원이 말했다.

"기다려요." 아이리스가 종업원을 노려보며 말했다. 그녀는 팔꿈치로 파이를 옆으로 밀쳐버렸다. "그 사람 말 듣지 말아요. 몇 분 전에 당신 바이올린이 정말 귀한 거라고 말한 남자가 있었어요. 그가 바이올린 값으로 20만 달러를 낼 테니 내일 아침에 그의 사무실로 수신자 부담 전화를 걸라고 했어요. 그는 뉴욕에 산대요……." 그녀는 자신의 코트 주머니를 뒤져 레오가 준 명함을 당당하게 내밀었다. "레오 프랭클린. 밀림의 왕자 레오할 때 레오. 대통령과 같은 프랭클린."

종업원의 이글거리는 눈은 위스키도 상하게 할 수 있을 것 같았다. 아이리스는 약간 죄책감을 느끼면서 시선을 피했다. 하지만 누군가가 가진 물건의 가치가 어느 정도인지 알고 있으면서, 그 사실을 당사자에게 말해주지 않는다면 그건 얼마나 불공평하고 그른 일이란 말인가. "내 생각에는 기다렸다가 내일 그분에게 바이올린을 파시는 게 좋을 것 같아요."

남자는 아이리스 쪽으로 돌아서더니 머리를 한쪽으로 기울이고는 그녀를 위아래로 훑어봤다. 이상한 표정이었다. 자신의 재산이 수십만 달러의 가치가 있다는 것을 막 알게 된 가난한 사람의 표정은 아니었다. 닭장으로 다가갔다가 닭장이 잠겨 있다는 사실을 알아차린 여우의 표정에 더 가까웠다. 하지만 그때 그가 그녀에게 애처로운 미소를 지어 보이며 말했다. "고맙습니다, 부인." 그가 종업원 쪽으로 돌아섰을 때, 그녀의 입술이 뒤틀렸다. "제안은 감사합니다만, 아무래도 거절해야 할 것 같네요." 그가 파이를 힐끗 바라봤다. "곧 돈이 좀 들어올 것 같으니 부인 식사비를 제가 대신 내드리는 감사의 뜻을 표하게 해주십시오." 그는 샌드위치, 수프, 커피, 파이값까지 다 세어서 내고, 관대한 팁까지 내놓았다. "두 분 다 안녕히 계세요."

아이리스는 파이를 빨리 먹어 치웠다. 종업원의 잡아먹을 듯한 시선이 그녀를 긴장시켰기 때문이다. 그녀는 바람과 비에 단단히 대비하고 밖으로 나섰다.

다행히도 비는 식사를 하는 동안 멈췄고, 짙은 안개가 그 자리를 차지하고 있었다. 그녀는 저녁에 일어난 일을 생각하면서 길을 건너 버스를 기다리고 있었다. 이내 안개 속에서 그녀를 향해 다가오는 전조등을 보고 앞으로 나섰다. 그러나 버스 대신 검은 링컨 타운카 한 대가 멈춰 섰다. 창문이 내려갔고 레오가 조수석 창문 너머로 그녀를 쳐다봤다. "제가 태워드려도 될까요, 부인?"

"어머!" 그녀는 그를 보고 깜짝 놀라서 뒤로 물러섰다. 기차를 타러 간다고 했는데, 왜 차 안에 앉아 있는 걸까? "내가 그 남자에게 당신의 명함을 주었어요. 종업원이 그 남자에게 당신 얘기를 전하지 않으려 하더라고요, 그게 믿어져요? 자기가 그걸 100달러에 사서 당신에게 직접 팔려고 했어요!"

"제가 뭘 좀 보여드리죠." 레오가 말하더니 차에서 나왔다. 그가 트렁크를 열었고 아이리스는 그 안에 들어 있는 똑같은 바이올린 케이스 열두 개를 보았다. “하나당 25달러 주고 샀어요. 당신이 안에서 본 사람은 내 동료고 지금은 이 차를 운전하고 있죠. 우리는, 에헴, 이 위대한 나라 전역에 있는 종업원, 바텐더, 레스토랑 소유주들의 정직성을 테스트하고 있습니다.” 그가 트렁크를 닫았다.

아이리스는 말문이 막힌 채 그를 빤히 쳐다봤다.

“흔히들 정직한 사람은 속일 수 없다고 말하죠. 그건 사실이 아닙니다. 정직한 사람은 다른 사람도 자기처럼 정직하다고 생각하기 때문에 오히려 더 속이기 쉽죠. 하지만 원칙적으로 나는 정직한 사람은 속이지 않을 겁니다.” 그는 모자를 벗어 가슴 앞으로 잡고 아이리스에게 고개 숙여 인사했다. “기념품을 하나 드릴까요, 부인? 바이올린 어떠세요? 뉴욕에 바이올린 값으로 20만 달러를 지급할 사람이 있다고 하던데요.”

“당신에게는 아무것도 받지 않을 거예요.” 그녀가 말했다.

“물론 그러시겠죠. 하지만 그래도 제가 당신을 위해 작은 선물을 하나 준비했습니다.” 계속 손에 들고 있던 모자로 잠시 얼굴을 가렸다가 머리에 쓰고는 그가 말했다. “당신의 군인은 무사히 집으로 돌아올 겁니다. 그는 훌륭한 남편이 될 테니 꼭 그와 결혼하세요. 두 사람은 오랫동안 행복하게 살아갈 테고, 딸 하나와 아들 하나를 둘 겁니다.”

아이리스는 고개를 저었다. “그런 말은 워싱턴에 있는 어떤 여자에게라도 할 수 있을 거예요. 그럼 그 여자는 당신에게 미래를 보는 능력이 있다고 하겠죠.”

“맞습니다, 물론이죠. 하지만 당신의 군인 이름은 벤이에요. 아니,

원래는 베니지만 벤이라고 불리는 걸 좋아하죠. 그리고 두 사람은 함께 매우 행복하게 살 겁니다.”

마지막 인사와 함께 레오는 다시 차에 올라 밤 속으로 사라졌다.

*

“그런 얘기를 아무에게도 하지 않다니, 믿을 수가 없네.”

두 달 후 버지니아 농장에 어둠이 내려앉은 시각, 아버지는 이미 깊이 잠들어 있을 때였다. 부엌 식탁 위의 등잔불이 약간 펄럭이자 아이리스의 동생 레바가 불꽃을 조정했다.

“왜?” 아이리스가 물었다.

“딱 봐도 그 사람 사기꾼이잖아. 언니에게 했던 말도 그렇고 트렁크에는 바이올린으로 가득 차 있었다면서! 경찰을 불렀어야지. 아니면 다음 날 언니 상사에게 얘기했어도 되고. 언니는 FBI에서 일하잖아.”

“하지만 만약 그 종업원이 그에게 돈을 주었더라도 그 여자는 그런 일 당해도 싸. 그렇게 생각 안 해? 그 여자는 그를 속이려고 했어.”

“언니도 알겠지만 그 여자는 집에 먹여 살려야 하는, 그 돈이 필요한 가족이 있어. 그들에게 속아도 쌀 만한 짓을 한 게 뭐가 있는데?”

“음, 하지만 그 여자는 그 바이올린을 사지 않았어.”

“언니가 방해했으니까 그렇지!”

“아무래도 그 식당에 다시 가서 그 얘기를 해줘야 할까 봐. 그럼 나한테 조금은 감사해할지도 몰라. 지금은 아마 매일 밤 나에게 저주를 퍼붓고 있을 거야.”

"아마도……."

"하지만 그가 내 남자 친구 군인의 이름이 벤이라는 건 어떻게 알았을까?"

"언니가 그 사실을 언급하고는 그냥 까먹었을지도 모르지."

"아니, 안 했어. 게다가 내가 했다고 하더라도 그가 벤의 원래 이름이 베니라는 건 어떻게 알았지?"

"언니가 편지를 지니고 있다가 떨어뜨렸을지도 모르지……."

"나도 그렇게 생각하고 확인해봤어. 벤에게서 받은 편지는 전부 집에 있는 상자에 모아뒀으니까. 그런데 다 있더라고."

"음, 그렇다면 그가 정말 미래를 내다본 걸지도 모르지. 사기꾼에게는 도움이 되는 재능이겠네, 안 그래?" 레바는 다시 고개를 저었다. "그런 얘기를 아무에게도 하지 않다니, 믿을 수가 없네……."

벤은 이해할 거야, 아이리스는 생각했다. 그녀는 이미 그에게 이 이야기를 했다. 그 일이 일어났던 날 밤에 그에게 편지를 써서 그가 주둔해 있는 영국 기지로 보냈다. 그의 답장이 도착하기까지는 몇 달이 걸렸지만 어쨌든 편지를 읽는 동안 그가 양키(미국 북부지역 사람, 남북 전쟁에서 북군을 약간 낮잡아 이르는 표현이다_옮긴이) 목소리로 껄껄 웃는 소리가 귀에 들리는 것 같았다.

난 당신이 말한 사기꾼이 적어도 당신에게 맛있는 복숭아 파이를 대접했다는 소식을 들어서 기뻐. 그 종업원에 관해서는 글쎄, 만약 그녀가 사기를 당했다면 한 남성을 속이고 그의 바이올린을 갈취하려고 했던 것에 대해 정당한 대가였을 거야. 그가 내 이름을 알았던 것에 대해 말하자면…… 사실 우리 어머니도 미래를 내다보셔. 적어도 그게 내가 늘 들어온 말이야. 하지만 난 어머니가 그 능력을 사용하는 걸 거의 보지 못했어. 어머니도 바이올린을 팔 걸 그랬나 봐. 어쨌든 사기꾼이 내가 당신에게 돌아가리라고 말했다니 기뻐. 언젠가는 당신을 우리 어머니에게 소개하고 싶거든. 당신의 아름다운 미소를 다시 볼 날이 어서 왔으면 좋겠어.

*

점쟁이

1952년 6월 17일

버지니아 캠벨 카운티

시골의 밤은 어두웠다. 사람들은 계속 3년 안에 모든 농장에 전기가 들어올 거라고 말했지만, 아무리 세월이 흐르고 흘러도 아이리스와 벤의 농장으로 들어올 전기는 2년 정도 떨어져 있는 것 같았다. 벤은 도시에 나가 있었다. 가스 회사의 새로운 일자리에서 야간 근무를 하는 중이었다. 위층에서 아버지의 기침 소리가 들려왔다. 아이리스는 약간 움츠러드는 기분으로 귀를 기울였다.

그들은 몇 달이라고 했어. 몇 년이 아닌 몇 달. 그건 전기와는 달라. 일단 카타우바 요양소 대기 목록의 맨 위에 올라가면 자리가 생길 거야. 모든 가능성을 열어두고 희망을 잃지 않으면 돼. 미치만 아니라면, 이렇게 걱정하지는 않을 텐데.

어떤 아이도 결핵에 노출되어서는 안 되지만 미치는 너무 작고 약했다. 조금 일찍 태어났고 너무 작아서 의사는 아이리스에게 모유 수유는 위험할 수 있으니 시도하지 않는 게 좋겠다고 했다. 하지만 오히려 유동식 탓에 아이는 아프기 시작했고 몇 달 동안이나 체중이 늘지 않았다. 미치는 이제 다섯 살이 되었지만 14킬로그램이 채 되지 않았다. 그보다 아기인 에릭은 벌써 9킬로그램 정도였고 모유를 먹으며 통통하고 활기차게 자라났다. 아이리스는 아이들이 할아버지에게서 멀리 있게끔 최선을 다했다. 매일 집 안의 모든 시트와 베갯잇을 삶았으며 현관의 우물에서 물을 길어 난로에서 끓였다.

아버지는 어디 달리 갈 곳도 없어. 아무 데도 갈 데가 없어. 나를 경영학교에 보내기 위해 생전 처음으로 빚을 진 분이야. 아버지가 병이 든 건 당신 탓이 아니야…….

나는 신을 믿어야만 해. 아버지에게 옳은 일을 했다는 이유로 날 벌주시지는 않을 거야, 그렇지?

하지만 다시 생각해보면, 아버지는 결핵에 걸릴 만큼 잘못한 것도 없어…….

밖에서 누군가 걸어오는 소리가 들렸다. "벤?" 그녀는 기대에 차서 불렀다. 하지만 남편이 보통 집에 오는 시각까지는 아직 한참이 남아 있었다.

"계십니까?"

아이리스는 문을 열고 현관 밖을 바라봤다. 누더기 차림의 남자가 겨드랑이에 무언가 보따리 같은 것을 끼고 현관 앞에 서 있었다. 그녀는 잠깐 두려움을 느꼈지만, 알고 보니 보따리는 다 떨어진 배낭이었다. 그는 위험해 보인다기보다는 그냥 가난해 보였다. 그녀를 보고 남자는 약간 주춤하는 듯했는데, 아이리스는 그가 집주인 남자를 기대했기 때문이라고 생각했다. "남편은 시내에서 일하고 있지만, 아버님이 위층에 계세요. 혹시 남자분과 얘기하셔야 한다면요." 그녀가 말했다. "방문객을 받기에는 좀 이상한 시간이네요. 혹시 도움이 필요하세요?"

그는 잠시 침묵하다가 대답했다. "배가 고파서 왔습니다, 부인. 제가 집안일을 도와드리는 대신 음식을 좀 먹을 수 있을까 해서요." 그는 호리호리한 체격에 약간 신경질적으로 보였으며, 두 눈은 움푹 들어가 있었다.

"배고픈 사람에게 일을 시킬 수는 없죠. 뭘 좀 드시려면 부엌으로 들어오세요. 일거리야 배 좀 채우고 나서 얘기해도 되니까요."

"고맙습니다, 부인." 그가 말하고는 집 안으로 따라 들어갔다.

움푹 팬 눈에도 불구하고 그는 깨끗했다. 안으로 들어왔을 때 아이리스는 그의 신발에는 구멍이 있어도 옷은 수선된 것임을 알아봤다. 집에는 신선한 달걀과 빵이 있었다. 그녀는 토스트를 구워 그 위에 달걀을 얹어 주었다. 빵은 아직 많이 남아 있었다. 미치가 여느 때처럼 저녁을 깨지럭거린 탓이었다. 아이리스는 자신도 달걀 하나를 부쳐서 식탁에 함께 앉았다. 위층에서 다시 아버지의 기침 소리가 들렸다.

"성함이 어떻게 되세요?" 낯선 사람이 달걀을 반쯤 먹었을 때 그녀가 물었다.

"조 트루먼입니다. 조는 야구선수 조라고 할 때 조, 트루먼은 미국 대통령의 트루먼입니다."

"저는 그린이에요."

"만나 봬서 반갑습니다, 부인. 달걀이 정말 맛있네요. 감사합니다.

집안일 할 게 있으면 뭐라도 좋으니 시켜주세요. 이제 부인의 친절에 보답하고 싶습니다."

"그렇다면 저는 나가서 난로에 넣을 장작을 팰 테니, 여기 앉아 계시다가 아기가 깨 울거나 제 아버지가 뭔가 필요한 게 있을 때 저를 부르러 와주시면 고맙겠어요."

"부인 그러지 말고 제가 장작을 패게 해주세요."

"그렇다면, 알겠어요. 장작은 밖에 있어요. 랜턴을 드릴 테니 가지고 나가세요."

아이리스는 설거지를 하고 아버지를 살피러 위층으로 갔다. 아버지는 눈을 감고 있었다. 잠든 게 아니라면 잠든 척하고 있을 터였다. 다시 아래층으로 내려온 그녀는 손을 씻고 미치와 에릭을 확인했다. 에릭은 때때로 밤에 자다가 이때쯤 깨서 칭얼댔지만, 지금은 시트를 덮고 보조개 팬 만족스러운 표정으로 큰 대자로 누워 자고 있었다. 미치는 시트와 담요를 차내 버렸다. 따뜻한 밤이었지만 아이리스는 딸아이 위로 부드럽게 시트를 덮어 주었다.

아이리스는 뒷문을 열고 나가서 남자가 굵은 장작을 가늘게 쪼개는 것을 지켜보았다. 등유 랜턴은 장작더미 위에서 둥글게 노란빛을 만들고 있었다. 그는 소매를 말아 올린 채 이미 상당한 양의 나무를 패놓았다. 아이리스는 그가 고개를 들어 그녀를 쳐다볼 때까지 몇 분간 그를 바라봤다.

"그 차는 어떻게 됐어요?" 그녀가 물었다.

"네, 부인?"

"트렁크에 바이올린이 잔뜩 실려 있던 그 커다란 차요. 그리고 당신의 친구 바이올리니스트도, 그는 어떻게 됐나요?"

"동업자가 제 몫의 돈까지 가지고 도망을 갔습니다. 그게 바로 사기꾼과 함께 일할 때 감수해야 할 위험이죠. 자신도 사기를 당할 수 있다는 거. 그래서 더는 파트너가 필요하지 않다고 결정하고는 다른 일로 바꿨습니다."

"음식을 위해 집안일을 제안하는 거요?"

"만약 당신이 낯선 사람의 집 문을 두드리고 잠시 안에서 가볍게 대화나 나누자고 제안했다가는 그들의 개가 당신에게 덤벼들지도 몰라요."

"씻고 안으로 들어오세요. 저는 너무 오래 나와 있으면 안 되거든요. 그리고 나는 지키는 사람도 없이 당신이 여기에 혼자 나와 있게 할 만큼 당신을 신뢰하지 않아요."

"예, 부인."

집 안에는 모든 게 조용하고 고요했다. 남자의 배낭은 식탁 아래 있었다. 아이리스는 만약 자신이 그걸 들여다본다면 안에서 무엇을 발견하게 될지 궁금했다. 더 많은 바이올린? 대머리, 광기, 결핵을 치료할 수 있는 특허받은 뱀 기름? 은광에 투자할 수 있는 공채증서?

"실은 수정 구슬이에요." 낯선 사람, 레오. 아이리스는 그가 전에 자신을 소개했던 이름을 생각했다. 그가 문간에서 말했다. "요즘은 점을 봐주고 다니거든요." 그는 앉으라고 청하지도 않았는데 식탁으로 돌아와 앉았다. "전에 당신에 관해서는 잘 맞혔잖아요. 그렇죠? 벤은 집으로 왔고 그는 당신 동생의 트럭 운전사와는 달리 좋은 남편이잖아요. 동생의 남편은 배달 여행이 점점 더 길어지고 있죠. 내가 말한 것처럼 당신은 딸 하나와 아들 하나가 있고요."

"추측을 정말 잘하시네요." 아이리스가 말했다.

"당신의 운세를 다시 얘기해줄까요?"

우리가 결핵으로부터 안전할지 말해주세요. 딸이 건강하게 자랄지 말해주세요. 우리가 버지니아에 머무를 수 있을지, 아니면 벤이 젊었을 때 그의 가족이 농장을 잃었던 것처럼 우리도 농장을 잃게 될지 말해주세요……. 아이리스는 입술을 깨물며 그에게로 등을 돌렸다. "아니요." 그녀가 대꾸했다. 자신이 상관할 바가 아닌 일을 속속들이 꿰고 있는 매력적인 바이올린 판매원이 아니라 하느님을 믿어야지.

그녀는 남자가 뒤에서 한숨 쉬는 소리를 들었다. "내게 당신은 최악의 악몽이자 가장 애정 어린 추억이에요. '적어도 내 이름을 페투니아라고 짓지 않은 걸 항상 고맙게 생각했어요' 부인." 그가 말했다.

"아무래도 아빠를 모셔와서 당신을 내쫓으라고 해야 하겠네요." 아니면 벤이 내게 사용법을 가르쳐준 권총을 가져오든가.

"아버님은 그냥 주무시게 하세요. 가라고 하시면 가겠습니다. 그전에 차 한 잔을 주신다면 제 마음이 따뜻해지겠지만요."

방 안은 이미 무척 따뜻했지만 아이리스는 난로에 장작을 조금 더 얹고 주전자를 올려놓았다. "차 한 잔 드릴 테니 드시고 그만 돌아가 주시면 좋겠네요."

"예, 부인."

물이 끓었다. 그녀는 차 한 잔을 타서 자신은 자리에 앉지 않고 그의 앞에 찻잔만 내려놓았다. 그는 차분하게 아무 말 없이 차를 마셨다. 시간은 계속 흘러갔다.

"그럼 딸이 건강하게 자랄지 그것만 말해주세요." 아이리스가 말했다. "그게 내가 알고 싶은 전부예요. 에릭은 튼튼한 아이예요. 그 애는 아버지가 위층에 계셔도 걱정이 되지 않지만, 미치는……."

낯선 사람이 한숨을 내쉬었고, 잠시 그녀는 피가 차갑게 식는 기분이었다. 그가 곧이어 말했다. "딸은 건강하게 자랄 겁니다. 나중에 자식 셋을 두게 될 거예요." 그는 아이리스가 찻주머니를 사용했음에도 마치 찻잎을 읽는 것처럼 컵을 손에서 돌리며 의자에 앉아 자세를 바로 했다. "그리고 훗날 대학교수가 되겠어요. 실은 당신의 자녀 둘 다 대학교수가 될 겁니다."

아이리스는 그 말에 큰 소리로 웃었다. 벤은 전쟁 전에 대학에 다니려 했지만, 그의 가족은 입학 첫해 이후로는 그의 학비를 댈 여유가 없었다.

"제 말이 우습다고 생각하나요? 당신의 벤은 대학으로 돌아갈 테고 졸업하면 선생님이 될 겁니다. 위대한 여인인 그대는 대학에서 일하는 것에 만족해야 할 겁니다. 그리고 오하이오로 이사해야 합니다. 브라운 부부가 소송에서 승소하고 나면 버지니아 학군에서는 양키 교사를 고용하려 하지 않을 테니까요……. 하지만 당신은 오하이오를 좋아하게 될 겁니다."

이 남자가 하는 말은 한마디도 믿을 수가 없어. 그녀는 생각했다.

남자는 빈 잔을 내려놓고 가방을 챙겨 들었다. 그리고 모자를 쓰고 나가려고 돌아섰다. "사기꾼은 운을 점칠 때 보통 좋은 부분은 이야기하지 않습니다. 나쁜 운을 말하고 그에게 엄청난 복채를 내야만 피해갈 수 있다며 그 끔찍한 운명을 암시하죠. 하지만 난 정직한 사람은 속이지 않습니다. 비록 그 종업원은 자신이 스트라디바리우스 바이올린을 거의 살 뻔했던 그날 밤 일을 오래전에 잊었다고 하더라도 저는 부인을 기억합니다. 미치에 관해 한 가지만 더 말씀드리죠." 그가 덧붙였다. 그녀는 심장이 목구멍으로 튀어나올 것만 같은 기분이었다. "나이가 들면 그녀는 미치라는 별명을 별로 좋아하지 않을 겁니다. 아멜리아는 사람들이 자신을 에이미라고 불러주길 바랄 거예요." 그 말을 하고 나서 그는 현관 층계를 내려가 어둠 속으로 성큼성큼 걸어 들어갔다. 그가 떠난 집은 조용하고 고요했다.

아이리스는 찻잔을 씻어 닦은 후 치워버렸다. 나는 그에게 미치의 본명을 말해주지 않았어, 그녀는 생각했다. 그게 그가 말한 말들이 사실이라는 뜻이라면 얼마나 좋을까. 벤과 내 아이 둘 다 대학에 간다니! 하지만 우리가 공무원 월급으로 벤의 학비를 어떻게 댈 수 있을까? 우린 먹고살 돈이 필요해. 지금 버는 돈으로 간신히 버티고 있잖아.

음, 어쩌면 아버지가 요양원에 가시게 되면, 린치버그로 이사해서 내가 보육원을 열 수 있을지도 몰라. 어쩌면 벤은 계속 야간 근무를 하고, 낮에는 수업을 들을 수 있겠지. 어쩌면…….

만약 그게 그런 의미라면 그때는 우리가 방법을 찾을 수 있을 거야.

*

페투니아 럭키

오하이오 스프링 필드

1999년 10월 25일

벤이 가고 나니 집은 너무도 조용했다. 죽기 전 몇 달 동안 벤은 요양원에 있었는데, 집이 그때보다도 훨씬 조용하게 느껴지는 건 정말 이상한 일이었다. 혼자 떠들어대는 TV도 있었고 아이리스를 따라 집안을 어슬렁거리며 돌아다니는 늙은 에어데일 테리어 종인 블로섬도 있었지만, 별 도움이 되지 않았다. 다들 더 가까이 살면 좋을 텐데……. 하지만 에이미는 위스콘신에 살았고 에릭은 캐나다에 살았으며 손주들조차도 전국에 흩어져 있었다.

아이리스는 우편물이 도착하는 소리를 들을 수 없었지만, 블로섬은 들을 수 있었다. 심지어 반쯤 잠든 상태에서도 귀를 쫑긋 세웠고 아이리스는 그 신호로 우편물을 가져오기 위해 자리에서 일어났다. 보통 청구서, 기부 요청서, 광고 전단, 그리고 더 많은 청구서였다. 죽는 게 얼마나 비싸게 먹히는 일인지 생각해보면 이상하기 그지없었다. 벤은 8월에 죽었는데, 그녀는 여전히 그의 사망과 관련된 청구서를 받고 있었다. 아이리스는 자신이 지금껏 모든 청구서를 처리했다고 꽤 확신했지만, 청구서 중 하나는 비난하는 듯한 빨간 글씨로 '미납'이라고 적혀 있었다. 그녀는 한숨을 쉬며 봉투를 열었다. 청구서 내용은 '환경 허가 수수료/매장埋葬'이었다. 오하이오주 직인이 찍히고 몇몇 알아들을 수 없는 말들이 적혀 있었다. 하단의 액수는 824달러였고, 연체 수수료 10퍼센트를 더해 906.40달러를 내야 했다. 그녀는 끙 소리와 함께 다시 수표책으로 손을 뻗었다.

하지만 무언가가 그녀를 멈추게 했다. 아이리스는 다시 자세히 들여다봤다. 그것은 오하이오주에서 보내온 것처럼 보였지만, 안에 들어 있는 반송용 봉투에 적힌 주소는 일반 우체국 사서함 주소였다. 이게 진짜 청구서일까, 아니면 그녀가 진짜와 가짜 청구서를 구분할 수 없을지 모른다고 생각한 누군가가 슬픔에 빠진 나이 많은 여성에게 사기를 치려고 보내온 가짜 청구서일까?

끔찍한 의심이 덮쳐왔고 아이리스는 서류 캐비닛이 있는 위층으로 올라갔다. 그녀는 장례식장에서 보내온 청구서들과 의사와 요양원의 청구서 등을 알아볼 수 있었다. 하지만 그 밖에 여섯 장의 청구서를 자세히 살펴보니, 각각 번호는 다르지만 비슷하게 의심스러운 우체국 사서함 주소에서 발송된 것이었다. 그리고 아이리스는 청구금 모두를 냈다. 하나는 64달러, 또 하나는 135달러, 다른 하나는 214달러, 또 다른 하나는 265달러, 그리고 412달러와 524.13달러짜리였다. 모두 1,614달러. 그리고 13센트. 그녀는 속이 메스꺼웠다. 어떻게 내가 이렇게까지 잘 속을 수 있을까? 왜 이것들을 더 자세히 보지 않았을까? 벤만 여기 있었다면……. 그 사실이 아이리스를 자신의 작은 바느질 방에 홀로 앉아 다시 울게 했다. 블로섬이 삐걱대는 몸을 이끌고 위층으로 올라와 그녀의 손을 핥고 꼬리를 흔들며 산책하러 가자고 청할 때까지. 아이리스만큼 나이 먹은 블로섬도 집에 있는 게 훨씬 행복했을 텐데 말이다. 내가 산책이 필요하다는 걸 블로섬도 알고 있는 거야. 어쩜 이렇게 착할까.

신선한 공기 속으로 나서자 아이리스는 조금 더 차분해지는 느낌이었다. 때는 아름다운 10월이었다. 하늘은 푸르고, 공기는 상쾌하고, 나뭇잎은 색을 바꾸고 있었다. 이웃들은 현관 앞 계단에 호박을 내놓았다. 이제 “사탕 안 주면 골려줄 거예요”라고 외치며 돌아다닐 아이들을 위해 사탕을 사러 가야 할 때가 왔다. 아이리스는 모든 이웃 아이가 핼러윈 의상을 차려입고 다니는 것을 보는 게 항상 재미있었다. 잠시 즐거운 일을 생각하니 기분이 조금 나아졌다.

하지만 이제 어떻게 해야 하지? 1,600달러가 넘는 돈을 이미 사취해 가고도 또다시 연체로 표시된 청구서를 보내온 그들의 뻔뻔스러움에 아이리스는 절로 고개가 저어졌다. 흔히들 정직한 사람은 속일 수 없다고 하지만, 그들이 이용한 건 내 정직이야. 그들은 내가 가능한 한 청구서를 빨리 처리해버리는 부류의 사람이라는 걸 알고 있었어. 첫 번째 청구서 때부터 이미 그 사실을 알았던 거야.

어쩌면 사위가 도울 수 있을지도 몰라. 에이미는 정말 믿을 만한 사람과 결혼했다. 아이리스의 사위는 온갖 복잡한 일들을 처리할 수 있었다. 그러나 여섯 장이나 되는 고지서를 가짜라는 것도 알아차리지 못하고 돈을 냈다는 사실을 사위에게 설명할 생각을 하니 얼굴이 달아올랐다. 아니, 너무 창피해. 그냥 당분간 좀 더 검소하게 살지 뭐. 그렇게 사기당한 돈을 보충하면 돼. 그리고 잊어버리자.

하지만 그런 일은 사람을 화나게 할 수 있었다.

몇 년 만에 처음으로 아이리스는 자신이 레오 프랭클린인지 조 트루먼인지, 혹은 그의 진짜 이름이야 무엇이든 간에 그 바이올린 남자를 떠올리고 있다는 사실을 깨달았다. 아마 요즘에는 자기 이름이 윌 클린턴이라고 하고 다닐지도 몰라. 어떤 종류든 간에 세상에 사기꾼이 더 필요하다고 생각하는 것은 좀 터무니없게 느껴졌다. 어쨌든 세상에 사기꾼이 존재할 거라면 나는 정직보다는 부정직함을 이용하는 사기꾼이 더 마음에 들어.

그녀가 집으로 돌아와서 아이스티 한 잔을 마시고 있을 때, 누군가

문을 두드렸다. 잠시 그녀는 무슨 이유에서인지 자신의 오랜 방문자가 다시 돌아왔다고 상상했지만, 문을 열었을 때 밖에 서 있던 사람은 노인이 아니라 젊은 남자였다. 그가 구매자를 찾지 못하면 상해버리고 말 고기 한 트럭에 관해 뭐라고 말하기 시작했다. 그녀는 고개를 저으며 말했다. "난 더는 고기를 많이 먹지 않아요."

그가 그녀의 얼굴을 자세히 바라보더니 말했다. "제 이름은 레오 클린턴입니다. 레오는 타이타닉과 함께 바다로 가라앉은 소년과 같은 레오, 클린턴은 미국 대통령의 클린턴이죠."

그 사람이야. 그녀는 잠시 망설였다. 하지만…… 레오는 내게 아무 잘못도 하지 않았어. 그에게 어떻게 생각하는지 물어봐서 손해 볼 거 없잖아. 그는 내가 돈을 돌려받을 기회가 있는지 알지도 몰라. "들어와요, 레오." 그녀가 말했다. "아이스티를 좀 가져다줄게요."

그가 안으로 들어왔을 때, 텅 빈 방 안에는 TV 소리가 크게 울리고 있었다. 그녀는 TV를 껐다. "내가 말귀를 좀 못 알아들어도 이해해줘요. 보청기를 끼고 있는데도 요새 들어 귀가 좀 안 들려요." 그녀가 잔 두 개에 아이스티를 따랐다. 블로섬이 낯선 사람에게 다가가 몇 분간 코를 킁킁거리며 냄새를 맡더니 문 옆에 풀썩 쓰러져 누웠다.

"오랜 세월 행복하게 사셨네요, 맞죠?" 그녀가 자리에 앉자 레오가 말했다. "내가 전에 말했듯이."

"53년이요." 아이리스가 대꾸했다. "53년하고 6개월."

"가족 모두 행복했나요?"

아이리스는 알츠하이머, 파킨슨병, 엉덩관절 골절과 폐렴, 벤이 너무 허약하고 무기력했던 지난 몇 주를 생각했다. "그 세월 중 단 하루도 다른 무엇과도 바꾸지 않을 거예요." 그녀는 자신의 목소리가 조금 흔들리는 것을 느끼며 말했다. 레오가 아무 말도 하지 않았기에 그녀는 덧붙였다. "그는 나를 위해 시를 썼어요. 생일 때마다, 밸런타인데이마다, 모든 기념일에도. 알츠하이머가 그를 너무 힘들게 하기 전까지 늘. 딸아이가 작년에 그의 시를 모두 타자해서 우리에게 책으로 엮어주었어요. 내 손녀들이 벤의 장례식에서 그 시 중 몇 편을 낭송했죠."

"난 부인의 남편을 한 번도 본 적이 없습니다." 레오가 말했다. "하지만 그가 틀림없이 훌륭한 사람이었을 거라고 확신해요."

"그는 내게 과분한 사람이었죠." 아이리스가 말했다. "세계 최고의 남편이었어요."

"삼가 조의를 표합니다, 부인."

"고마워요."

밖에서 트럭 한 대가 덜컹거리며 지나갔다. "부인이 궁금해하던 그 청구서에 관해서 말하자면……" 레오가 말했다. "그건 제가 한 짓이 아닙니다."

"알아요." 아이리스가 말했다. "당신은 부정직한 사람만 속인다고 했잖아요." 억울함이 잠시 다시 북받쳐 오르자 그녀는 깊은 한숨을 내쉬며 잔을 내려놓았다. "음, 이미 일어난 일이야 어쩔 수 없는 거니까요. 경찰에 신고한다고 해도 별수가 없을 테죠."

"그들이 진술을 받기는 하겠죠, 그게 부인에게 중요하다면 다행이고요. 하지만 사기꾼 잡는 게 그렇게 쉬우면 사기당하는 사람도 줄어들겠죠. 사기꾼들은 요리조리 잘도 빠져나갑니다."

"그건 잘 아시겠네요."

"저보다 잘 빠져나가지는 못하죠." 그가 상냥하게 미소 지어 보였다. 이 사람이 이렇게 젊었던가? 그녀는 생각했다. 처음 만났을 때는 늙어 보였는데. 아니, 늙은 게 아니라 나보다 나이 들어 보였는데.

"내가 할 수 있는 일이 아무것도 없다고 생각하는 모양이군요."

"아니요. 경찰에 신고한다고 해도 부인의 돈을 돌려받지는 못할 거라는 얘기를 하는 겁니다. 제게 다른 방법이 있습니다. 행여라도 관심 있으시다면요."

"그게 뭐죠?"

"사기꾼에게 사기를 치는 겁니다. 누가 부인의 돈을 꿀꺽했는지 알아내면, 제가 그의 은행 계좌를 깨끗이 비우는 걸 도와드릴 수 있습니다. 하지만 우리 둘이 함께해야 할 겁니다. 어떤 사기꾼은 두 명이 함께 할 때 최고의 실적을 내거든요. 같이 하시겠어요?"

아이리스는 그의 제안을 생각해봤다. 위험할 수도 있어, 그녀는 생각했다. 벤이 조언해줄 수 있다면 얼마나 좋을까? 벤이라면 어떻게 할까? 책임감 있는 사위는 결코 그 일을 지지하지 않을 것이다…….

그녀가 미소 지었다. 그리고 말했다.

"좋아요. 한번 해보죠."

*

"첫 단계는 누가 우리의 목표물인지 알아내는 겁니다. 그의 우체국 사서함은 의심할 여지없이 가명으로 만들었을 테지만 그건 괜찮아요. 진짜 이름은 우리가 찾아낼 테니까요." 사서함 주소는 세니아에 있었고 그들은 우체국을 감시하기 위해 그리로 운전해 갔다. "여기까지 우편물이 도착하는 데는 하루밖에 걸리지 않아요. 부인은 매번 즉시 청구된 비용을 지급했으니, 그들이 내일 사서함을 확인할 게 분명하고요."

레오의 지시에 따라 아이리스는 청구금을 수표가 아니라 할부로 내게 해달라는 요청서를 적어 보냈다. "우리의 목표물에게 더는 돈을 뜯기고 싶지 않으실 테지만, 부인이 그를 쫓고 있다는 사실을 그가 아는 것도 역시 원치 않으실 테죠. 그는 부인에게 답장을 써서 그래도 좋다고 알려 올 거예요. 그런 다음 며칠 후에 첫 번째 결제를 다시 확인해야 할 테니까, 오늘 우리가 그를 놓친다고 해도 또 기회가 있을 겁니다. 그의 사서함 번호는 3536이에요. 부인이 할 일은 로비에서 배회하는 겁니다. 저는 차 안에서 기다릴게요. 표적이 보이면 말은 걸지 말고 제가 그를 알아볼 수 있게끔 그를 따라 밖으로 나오세요. 그런 다음 그의 차까지 따라가서 번호판을 확인하세요. 그걸 기억해두었다가 기회가 생기면 바로 메모해야 합니다. 물론 그가 부인을 보면 안 되고요."

아이리스는 누군가가 그녀에게 다가와서 우체국 입구에 서서 무엇을 하는 거냐고 물어볼까 봐 걱정했지만 아무도 그러지 않았다.

기다림은 지루했다. 그녀는 매의 눈으로 사서함 3536번을 지켜봐야 했지만 그 남자 즉, 그들의 표적이 알아차리지 않도록 전혀 그쪽을 쳐다보지 않는 듯이 행동해야 했다. 레오는 그들의 표적이 그곳에 일찍 도착할 거로 생각했고, 아니나 다를까 바쁜 아침 시간에 아이리스는 표적의 모습을 얼핏 보았다. 그는 반송용 우편을 열어보지 않고 코트 주머니에 집어넣었다. 그녀는 돌아서서 따라갔다.

"자, 제가 해드릴게요."

"감사합니다." 그녀는 방금 자신의 표적이 문을 열어 잡아주었다는 걸 깨달았다. 그녀는 그가 앞서갈 수 있게 잠시 멈춰 섰고, 주차장에서도 계속해서 그를 지켜보기 위해 약간 뒤처져서 따라갔다. 그리고 그곳에 차가 있었다. 빨간색 세단. 아이리스는 차를 잘 몰랐지만, 반짝거렸고 아주 새 차처럼 보였다. 노인네들 돈을 갈취하는 게 수입이 좋은 모양이었다. 번호판. 번호판. 그녀는 그가 차가 출발하기 전에 번호판을 확인했고, 단어가 적힌 번호판이라는 사실을 깨달았다. MR LKY. 미스터 럭키.

"우리가 그의 차를 따라가나요?" 아이리스가 물었다.

"아니요, 그러면 발각되기가 너무 쉬워요. 우리의 다음 정류장은 경찰서예요. 가서 부인이 그의 이름과 주소를 알아내는 거예요."

"내가요?"

"경찰은 개인 정보를 넘겨주면 안 되지만, 부인은 전혀 의심스러워 보이지 않잖아요. 상냥하고 나이 든 여성이니까 좋은 사연만 하나 있다면 경찰에서 원하는 정보는 무엇이든 얻어 낼 수 있어요. 내가 장담합니다. 좋은 사연을 만들어내실 수 있겠어요?"

"생각을 좀 해봐야겠어요." 아이리스가 몸을 뒤로 젖히고 눈을 감았다. "거기 도착하면 알려줘요."

*

"실례합니다, 젊은 아가씨. 혹시 나 좀 도와주실 수 있을까요?"

접수원이 고개를 들었다. 그녀는 아이리스의 딸 나이(약 50세)쯤 되어 보였고 분명히 "젊은 아가씨"라고 불렸다는 사실에 약간 놀랐지만, 아이리스의 하얗게 센 머리를 보고는 친절하게 미소 지었다. "뭘 도와드릴까요, 부인. 무슨 일이세요?"

"이 번호판을 가진 사람의 이름과 주소를 알려주시겠어요?" 아이리스는 수첩을 찢어 MR LKY라고 쓴 종잇조각을 펼쳐놓았다.

"그런 정보는 아무렇게나 알려드릴 수가 없어요. 혹시 그 차가 부인을 치고 가기라도 했나요?" 접수원이 눈살을 찌푸리며 말했다.

"아니요, 그런 게 아니에요. 아, 이런 얘기를 하자니 너무 당황스럽네요." 아이리스가 한숨을 쉬었다. "실은 내가 주차장에서 내 차 문을 열다가 그의 차 문을 찍어서 움푹 들어가게 했어요. 당연히 내 이름과 주소가 적힌 쪽지를 그 차에 남겨두어야 한다는 건 알았지만, 지갑에 들어 있던 펜이 안 나오지 뭡니까. 그래서 펜을 하나 빌리려고 식료품점에 들어갔는데, 내가 그 안에 있는 동안 그가 밖으로 나왔던 게 분명해요. 가보니 차가 없더라고요. 너무 찜찜했어요. 정말 멋진 차였거든요. 반짝반짝 빛나는 새 칠을 한 자동차였어요. 지금 그가 날 엄청나게 원망하고 있을 거예요. 아니면 그의 아내가 그걸 운전하고 있었는지도 몰라요. 만약 그 사람에게 아내가 있다면요, 그렇죠? 그럼 아마 지금쯤 아내 탓을 하고 있을 겁니다. 그의 주소만 알 수 있다면, 우편으로 편지를 보내서 수리비를 보상하겠다고 제안할 수 있을 것 같아서요."

접수원이 상냥한 미소를 지으며 자리에서 일어났다. "여기서 기다리세요, 부인. 제가 도울 수 있을지 알아볼게요."

너무나 두렵게도 접수원은 경찰관 한 명과 돌아왔다. 다른 사람의 차에 흠집을 내고 메모도 남기지 않은 채 가버리는 게 불법이었던 걸까? 아이리스는 공포에 질려 기절할 것 같았지만 경찰관은 이렇게만 말했다. "빨간 차를 운전하던 남성에게 실수한 걸 바로잡고 싶으시다고요?" 걱정할 일이 아니라는 걸 깨달았다. 아이리스는 침을 꿀꺽 삼키고는 그 이야기를 다시 들려주었다.

"이런, 그거 드리세요." 경찰관이 말하자, 접수원이 접힌 쪽지 하나를 건네주었다. "이거 우리가 드렸다고 아무에게도 말씀하시면 안 됩니다. 아셨죠?"

"안 할게요. 고마워요. 정말 무척 고마워요." 말을 끝낸 아이리스는 손가락 마디가 새하얗게 변할 만큼 지갑을 힘껏 움켜쥐고는 경찰서에서 달아났다.

차로 돌아가자 레오가 그녀의 표정을 보고 웃음을 터뜨렸다. "얻었군요! 부인은 할 수 있을 거라고 했잖아요. 그럼 어디 럭키 씨의 진짜 이름이 뭔지 한번 봅시다. 아니면 적어도 운전면허증에 적힌 이름이라도. 아마 통장에 적혀 있는 이름도 같을 겁니다." 아이리스가 메모를 펼쳐 함께 확인했다. 제이슨 베킷. 제니아 노스 파인 서클 1번지. 전화번호도 있었다.

"이제는 어떡하죠?" 아이리스가 말했다.

"이제는 쓰레기 수거 전날 밤 해가 질 때까지 기다렸다가 럭키 씨가 밖에 내놓은 쓰레기통을 뒤져보는 겁니다."

*

"이래서 모두가 문서 파쇄기를 하나씩 가지고 있어야 하는 거예요."

알고 보니 럭키 씨는 외부인 출입 제한 주택지에 살고 있었다. 하지만 아이리스는 경비원에게 집 번호나 전화번호는 기억나지 않지만, 레오가 그녀를 증손녀 돌잔치에 참석할 수 있도록 손녀딸 친구의 집으로 데려가는 거라고 설명했고 어찌어찌 둘 다 안으로 들어갈 수 있었다. 증손녀. 그래, 손주 녀석 중 하나가 아이를 낳으면 나도 증손주가 생기겠네. 그녀는 집 번호는 기억할 수 없었지만, 거리 이름이 파인 서클이라는 건 알고 있고, 손녀가 집 앞에 풍선과 현수막을 걸어놓겠다고 약속했다고 말했다. 경비원은 손을 흔들어 그녀를 통과시켰다. 파인 서클에 도착했을 때, 그들은 쓰레기통이 연석에 가지런히 나와 있는 것을 발견했다. 이 부분은 레오가 모두 처리했다. 그는 트렁크를 열고 쓰레기봉투를 던져 넣은 후 누가 보기 전에 차를 출발시켰다.

"파티는 잘 차렸던가요?" 경비원이 그들을 다시 보자 물었다.

아이리스는 당황한 표정으로 고개를 저었다. "내가 주소를 잘못 알았나 봐요……."

"집에 적어둔 게 있다고 하시네요." 레오가 말했다. "다시 가서 확인해봐야 할 것 같아요."

그들은 스프링필드까지 다시 운전해 가서 진짜 쓰레기는 아이리스의 쓰레기통에 쏟아버리고, 종이 쓰레기는 그녀의 부엌으로 가지고 들어가 분류하기 시작했다. 분하게도, 아이리스는 구겨진 채 다른 종이 쓰레기와 뒤섞여 있는 자신의 편지를 발견했다. 다른 사람들이 보낸 편지도 있었다. 항목별 청구서를 보내달라는 요구도 있었고, 지급 기한을 연장해달라는 간청도 있었다. "이거 대단한 가내 공업이네요." 레오가 중얼거렸다. 아이리스는 다른 희생자들의 주소가 적힌 봉투를 찾아봤지만 하나도 찾을 수 없었다.

"빙고." 레오가 접힌 인쇄물 하나를 들고 외쳤다. 잔액 및 계좌 번호가 포함된 은행 명세서였다. 잔액이 상당했다. 그의 당좌 계좌에만 4만 2,328달러 31센트가 들어 있었다. 계좌는 럭키 씨 단독 명의였다. "우리에게는 그의 서명이 필요해요." 레오가 말했다. 그들은 종이 더미 바닥에서 신용카드 전표에 먹지로 눌러쓴 흐린 서명을 발견했다.

아이리스는 다른 '채권자들'로부터 받은 구겨진 편지를 바라봤다. "우리 이걸 경찰에 가져가면 안 될까요?" 그녀가 물었다. "그들이 뭐라도 하지 않을까요?"

"물론 경찰에 들고 갈 수는 있어요." 레오가 말했다. "그들은 아마 이걸로 그를 체포할 수 있을 겁니다. 그런 다음 판사는 보석금을 받고 그를 풀어주고, 일주일 후에 그는 새로운 이름과 새로운 주소와 새로운 사서함을 갖게 될 겁니다. 그리고 마을을 떠나는 길에 통장을 정리할 방법을 찾을 테죠. 부인의 돈은 절대 돌려받지 못할 테고요. 경찰에 가고 싶으세요, 아니면 럭키 씨를 깨끗이 치워버리고 싶으세요?"

1,614달러. 아이리스는 그 돈에 대해 생각했다. "그를 깨끗이 치워버리죠." 그녀가 말했다.

"좋아요. 다음으로 우리는 지점 은행제라는 훌륭한 제도를 이용할 겁니다. 부인의 이름을 절대로 알지 못할 지역 은행을 직접 택해 거래할 수 있는 제도죠. 나는 럭키 씨가 될 테고, 부인은 저의 사랑스러운 신부, 페투니아 스미스가 되는 거예요."

"우리가 서류에 서명해야 하는 일이 생기지는 않을까요?"

"위조는 내가 모두 처리하죠."

아이리스는 못 믿겠다는 표정으로 그를 쳐다봤다. "당신은 내 아들보다도 젊어요."

"제가 요즘 스트레스를 많이 받아서 노화가 너무 빠르게 진행되는 것 같아요. 내 말 믿으세요. 내일 우리가 결혼할 거라고 말해도 아무도 눈썹을 치켜세우지 않을 겁니다."

*

지갑을 손에 꼭 쥐고 의자에 앉아 있던 아이리스는 난방이 센 탓인지 은행 안이 너무 덥다고 생각했다. 레오의 머리는 하룻밤 새 눈처럼 하얗게 변해 있었고, 얼굴은 급격히 늙어 보였다. 그들은 은행원과 악수를 했다. 레오는 자신을 제이슨 베킷이라고 소개하며 페투니아를 자신의 계좌에 추가해 공동명의로 하고 싶다고 설명했다. "우리가 곧 결혼하거든요." 그가 다 알지 않느냐는 듯한 미소를 지어 보였다. "이 사람은 내 사랑스러운 신부 페투니아예요."

"축하드립니다." 은행원이 따뜻하게 말했다. "성함이 페투니아라고 하셨나요?"

"난 부모님이 내 이름을 헬리오트로프라고 짓지 않은 게 얼마나 고마운지 몰라요." 아이리스가 작은 소리로 말했다.

"몇 가지 양식만 작성해주시면 될 것 같네요." 아이리스는 페투니아 스미스의 가짜 주소와 사회 보장 번호를 사용해 양식을 작성했다. 분명히 은행은 럭키 씨의 사회 보장 번호를 가지고 있을 거야. 레오는 그걸 어떻게 알아낼 생각일까?

"음." 레오가 자신의 양식을 작성하다가 펜을 내려놓으며 입을 열었다. "나도 이제 기억력이 전 같지 않네요. 사회 보장 번호가 기억이 안 나다니."

은행원이 자신의 컴퓨터 화면을 바라봤다. "사진이 부착된 신분증을 보여주시면 알려드릴 수 있어요." 그녀가 말했다.

"아니, 괜찮아요. 기억이 나려고 해요." 그가 환하게 미소 지으면서 서류에 남은 칸을 적어 넣었다. 아이리스는 잠시 당황하다가 그가 생각을 읽을 수 있다는 사실을 기억해냈다. 지금 내 생각도 읽고 있을까? 그가 눈썹을 찌푸리며 그녀를 바라보다가 일필휘지로 럭키 씨의 서명을 따라 했다.

"사진이 부착된 신분증을 확인해봐야 합니다." 그가 서류 작성을 마치자 은행원이 말했다. "그냥 형식적인 거라고 생각하시면 돼요."

레오가 눈을 조금 크게 뜨더니 고개를 천천히 흔들며 말했다. "우리 둘 다 운전을 하지 않아요."

"주에서 비운전자에게 발급하는 신분증이 있을 거예요."

"그걸 지니고 다니지도 않아서요." 아이리스가 말했다.

"발급받은 지도 너무 오래됐고." 레오가 말했다.

"그냥 그거 없이 해주시면 안 되나요?" 아이리스가 말했다. "사실 우린 얼른 도망가서 오늘 결혼을 하고 싶거든요." 그녀가 앞으로 몸을 기울여 소곤거리면서 덧붙였다. "우리 애들은 이 결혼에 찬성하지 않아요. 그래서 애들이 알아내기 전에 얼른 모든 걸 처리해버리고 싶을 뿐이에요."

"음, 저는……." 은행원이 자신의 컴퓨터 화면을 바라봤다. "아, 알겠습니다. 그럼 두 분이 주 정부 신분증을 보여주셨다고 적어 넣을게요. 집에 가지고 계신 건 맞죠? 알겠어요."

페투니아의 이름이 계좌에 추가되었고, 그들은 은행을 빠져나와 다른 지점으로 갔다. 그곳에서 아이리스는 럭키 씨의 계좌 잔액 거의 전부를 다른 계좌로 이체하기 위해 또 다른 양식을 작성했다. 이번에는 그녀 혼자 은행에 들어갔고 레오는 계좌 번호와 함께 얼마를 어디로 옮겨야 할지 알려주었다.

마침내 모든 일을 마치고 레오가 그녀를 집 앞에 내려주었다. "내가 내일 아침에 다시 올게요." 그가 말했다. "은행이 실제로 돈을 송금할 수 있는 시간을 줘야 하거든요. 지금은 서류상으로만 옮긴 상태예요. 실제로 넘어가고 나면 우리가 전체 금액을 찾을 수 있어요. 우린 현금을 사용할 겁니다. 그래야 추적할 수 없거든요. 내일 아침 10시까지 준비할 수 있겠죠?"

"물론이에요" 그녀가 말했다.

아이리스의 집 안은 시원하고 약간 어둑했다. 그녀는 블로섬에게 먹을 것을 챙겨 주고 TV를 켰다. 지난 며칠간 일어난 일을 생각해보는 동안, 그녀는 신경질적으로 터져 나오는 키득거림과 고조되는 두려움 사이를 번갈아 오갔다. 그 모든 돈. 4만 2,000달러가 넘는 돈. 그들이 우릴 붙잡으면 날 감옥에 보낼까? 그가 먼저 내 돈을 훔쳐 갔다는 사실을 내가 배심원에게 얘기할 수 있게 해줄까?

아이리스는 그날 밤 거의 잠을 이루지 못했다. 죄의식이 느껴져, 그녀는 생각했다. 내가 너무 탐욕스러웠어. 그는 내게서 1,600달러만 가져갔잖아. 내가 도둑질을 한 거야……. 그녀는 정확히 계산하기 위해 불을 켜야 했다. 그가 내게서 훔친 금액의 26배가 넘네. 글쎄, 이게 통한다면 그가 누구에게서 돈을 훔쳤는지 알아내서 그 돈을 그들에게 줄 수도 있을 거야. 다른 피해자들을 어떻게 추적할지는 알지 못했지만, 그나마 그 생각이 아이리스를 잠들 수 있도록 위로해주었다.

그녀는 9시 30분까지 레오를 만날 준비를 마치고 현관 앞에 걸터앉아서 이웃 사람이 핼러윈 장식을 내다 거는 것을 지켜봤다. 플라스틱 유령, 빗자루에 탄 채로 나무에 부딪히는 마녀, 바람을 넣어 부풀린 웃고 있는 거대한 호박. 우체부는 그녀에게 손을 흔들었다. 우편물이 도착했다. 그녀는 시간을 확인했다. 10시 30분이었지만 레오는 나타날 기미조차 보이지 않았다. 그녀가 집 안으로 가져가기 위해 우편물을 집어 들었을 때, 손글씨로 주소를 쓴 봉투 하나가 눈에 들어왔다. 가족 중 한 명의 필적은 아니었다. 그녀는 다시 자리에 앉아 봉투를 열었다.

편지는 이렇게 말했다.

사랑하고 친애하는 아이리스, 오늘 아침 약속 시각에 맞춰 도착하지 못한 것에 대해 사과드립니다. 내가 언젠가 사기꾼은 가끔 그들의 파트너에게 사기를 당하기도 한다고 했을 거예요. 또 언젠가 부정직한 사람만 속인다는 말도 했을 겁니다. 그리고 누군가의 돈을 훔치는 것은, 비록 그가 먼저 당신에게서 돈을 훔쳤다고 할지라 정말 정직하지 못한 일이죠.

소량의 지폐 뭉치가 봉투에서 빠져나와 그녀의 무릎 위로 미끄러졌고, 이어서 10센트 3페니의 동전이 떨어졌다.

난 지금쯤이면 부인이 그 사실을 생각하기 시작했고 어쨌든 그 돈을 다 원하지 않을 거라고 확신합니다. 하지만 그래도 1,614.13달러를 동봉해 보냅니다. 모두 표시되지 않은 지폐라서 부인의 계좌에 입금해 넣어도 아무 문제없을 겁니다.

이 일을 다시 되짚어보면 걱정이 될지도 모르겠으니 몇 가지 요점을 말씀드리겠습니다. 그날 은행 카메라는 작동하지 않았고, 우리 계좌를 취급했던 은행원이 부인을 다시 보게 되더라도 어딘가 낯익은 얼굴이라고만 생각하게 될 겁니다. 부인이 은행 고객 중 한 명의 계좌를 털어간 영리한 사기꾼이라는 사실을 기억하지는 못할 거예요.

우리가 다시 만나게 될 것 같지는 않네요. 부인을 알게 된 것은 큰 즐거움이었고 함께 일했던 것은 훨씬 더 큰 즐거움이었습니다. 그건 그렇고, 내년 이맘때쯤 증조할머니가 되시겠네요. 멋진 핼러윈 보내세요.

편지에는 C라고만 서명이 되어 있었다. 그녀는 그게 클린턴을 의미하는지, 아니면 그의 실명을 의미하는지 궁금했다.

그래. 엄청난 모험이었지. 그녀는 블로섬의 목줄을 찾으러 갔다. 은행에 돈을 입금하러 가면서 함께 산책을 할 생각이었다. 지폐는 대부분 10달러나 20달러짜리였지만, 딱 한 장 빳빳한 100달러짜리 새 지폐가 있었다. 그녀는 살짝 장난기 어린 기분으로, 세상 둘도 없이 책임감 있는 내 딸과 사위도 언젠가 나이가 들면 이런 어처구니없는 일들을 겪어야 할지도 모르지, 라고 생각했다. 그녀는 레오가 보내온 편지에 100달러짜리 지폐를 종이 클립으로 끼워 고정하고 편지를 치워두었다.

이러면 애들이 궁금해하지 않겠지.

저자의 노트

아이리스는 실제로 나의 할머니입니다. 2004년 할머니의 여든 번째 생신 때, 나는 이 이야기를 생일 선물로 써드렸습니다. 레이크 호프 주립 공원에서 할머니의 생신을 축하하기 위해 온 가족이 오하이오로 갔고, 밤에 모닥불을 피워놓고 둘러앉아 원고를 돌려가며 읽었습니다.

내가 아는 한 할머니는 불멸의 사람을 만난 적이 없지만, FBI에서 근무했던 경력부터 에어데일 테리어 종 블로섬을 기르는 이야기까지 할머니 삶의 세세한 내용으로 이야기를 구성했습니다. 할아버지는 이야기 속에서 등장인물로 나오지는 않지만, 실제로 치매로 쓰기 능력을 잃기 전까지 매년 할머니의 생신과 밸런타인데이에 사랑의 시를 써주셨습니다.

할머니는 내가 이 글을 쓰고 몇 년 후 트윈 시티로 이사하셨고, 지금 이 글을 쓰고 있는 시점에 아흔둘의 나이로 여전히 생존해 계십니다.

바람

옛날 옛적, 위대함을 꿈꾸는, 자매보다도 더 가까운 어린 소녀 둘이 있었다. 둘이 함께 놀 때면(매일 그랬듯이) 기타는 항상 예술가인 척하면서 돌과 유리 조각 같은 걸 이용해 영광스러운 조각상을 만들어냈고, 매일 멋진 발견을 하는 다그마르는 유명한 의사인 척하며 빈민가에서 며칠 밤을 지새웠다. 병원비를 낼 수 없는 가난한 사람들을 몰래 치료해주기 위해서였다.

마법의 능력은 인간 마음속 요소들의 불균형에서 비롯되는데, 기타와 다그마르는 능력보다는 균형이라는 축복을 받았다. 기타는 책에서 어느 위험한 의식에 관해 읽었는데, 그것은 두 개의 기꺼운 마음이 필요했으며, 참여한 두 사람이 서로의 요소를 교환하게 만들어 요소의 불균형으로 마법의 능력을 얻게끔 하는 그런 의식이었다.

"네 공기를 나에게 줘." 기타가 다그마르에게 제안했다. "그럼 내 흙을 너에게 줄게."

다그마르는 망설였다. 그녀는 항상 기타보다는 좀 더 분별력이 있었으며, 재난의 가능성을 예견할 수도 있었다. 그러나 기타는 그녀를 재촉했다.

"우리는 이미 두 몸에 깃든 하나의 영혼이야. 내 제안대로 마음을 나누면 우리는 함께 지내면서 서로의 부족한 점을 보완하겠다는 약속도 하게 되는 거야."

마침내 다그마르를 설득할 수 있었다. 그들은 왼손은 왼손끼리 오른손은 오른손끼리 엇갈려 잡고 책에 나온 주문을 외웠다. 두 소녀 다 날카로운 고통을 느꼈고 다그마르는 비명을 질렀다. "아니야, 그만. 난 이런 걸 의미한 게 아니었어." 하지만 의식은 이미 끝나버렸고 요소는 이전되었다. 공기를 얻은 기타는 손을 뻗어 돌을 녹여서 조각할 수 있게 되었다. 흙을 얻은 다그마르는 이제 치유의 능력을 선물받았다.

공기는 변화의 요소다. 삶 속에 공기라는 변화를 불러들인 기타는 고향에 머물 수 없었다. 그들은 이따금씩 마을 근처의 높은 봉우리 중 하나에서 먼 지평선을 배경으로 아주 작은 검은 반점처럼 찍힌 드래건들을 볼 수 있었는데 기타는 늘 그들의 자유를 부러워했었다. 이제 그녀는 자신에게는 날개가 아닌 오직 날고자 하는 의지만 있으면 된다는 사실을 알게 되었다. 그녀는 다그마르에게 같이 떠나자고 설득해봤지만, 흙은 안정의 요소였기에 다그마르는 도저히 떠날 수가 없었다.

"자주 놀러 올게." 기타가 가방에 짐을 싸며 말했다.

"우린 늘 함께할 거라고 네가 약속했잖아."

"우린 함께할 수 있어." 기타가 말했다. "그러려면 너도 나와 함께 가야 해. 내가 여기 머물 수 없다는 걸 너도 알잖아."

"그렇다면 너도 내가 갈 수 없다는 걸 알지 않아?".

"다그마르, 내 말을 들어봐." 기타가 말했다. "우리가 마을에서 떠나지 않는다면 넌 절대로 위대한 의사가 되지 못할 거야. 어디서 가르침을 받을래? 조산사가 가르쳐줄 수 있는 것보다 더 많은 걸 어떻게 배우겠어? 그러니 너도 나와 함께 가야만 해."

"난 갈 수 없어." 기타와 손을 맞잡았을 때는 따라가고 싶은 마음이 굴뚝같았지만, 다그마르는 그럴 수 없었다. "갈 수 없어."

기타는 고개를 움직여 흘러내린 머리칼을 뒤로 넘기며 말했다. "널 이해 못 하겠어." 목소리는 경멸에 가까웠다. 자신의 원소 중 흙을 제거해버린 후였기에 이제는 흙의 요소가 하찮아 보이는 탓이었다. "편지할게."

기타는 위대한 도시 중 하나를 향해 밤낮없이 쉬지 않고 걸어갔고, 그곳에서 그녀의 예술과 마법은 빠르게 격찬받았다. 하지만 그녀는 바람처럼 한곳에 오래 머물러 있을 수가 없었다. 그녀는 아름다운 건물과 띠처럼 생긴 돌, 그리고 상처받은 마음의 흔적(그중 첫 번째는 다그마르의 마음이었다)을 남기면서 부단히 여행을 다녔다.

고향에 남은 다그마르는 치유자로 수련받았고 얼마 후 남자를 만나 결혼해 딸 둘과 아들 둘, 이렇게 네 명의 아이를 두게 되었다. 그녀는 자신이 끔찍한 실수를 저질렀다는 걸 깨달았지만 되돌릴 방법이 없었다. 기타에게는 오직 변화밖에 없을 테지만, 자신에게는 변화라고는 전혀 없었다. (자식을 키우는 것 외에는. 하지만 일단 결혼을 하면 조심하지 않는 한 의도와는 상관없이 아이를 갖게 되는 상황이 생긴다.) 둘 다, 각자 자신의 방식으로 삶에 갇혀 있었다. 기타는 자신의 불행이 스스로가 그토록 갈망했던 마음속 불균형에서 비롯된다는 사실을 알지 못했다. 그러면서 다그마르는 자신을 갉아먹기 시작한 삶의 부분들을 조금씩 털어내는 데 필요한 노력을 전혀 해나갈 수 없었다. 변화를 주도해갈 공기가 없는 탓이었다.

몇 년이 지나갔다. 다그마르는 산모들의 아이를 받았고, 부러진 뼈를 맞췄으며, 약을 달였다. 그리고 남편과 싸웠다. 매번 같은 싸움이 끊임없이 반복되었다. 아이들은 자랐고 다그마르의 머리카락도 잿빛으로 변했다. 아주 이따금 여행객이 기타의 소식을 전해주었다. 그녀의 영광스러운 성당과 명예, 그리고 찬사와 같은 이야기를. 다그마르는 그 얘기를 참고 들을 수가 없었기에 조용히 모임을 빠져나가곤 했다.

그러던 어느 날, 목자 두 명이 두꺼운 담요에 낯선 사람 하나를 싸서 마을로 데려왔다. 산봉우리가 마을의 전체에 그림자를 드리우고 있던 늦은 오후, 들판에서 이방인을 발견했다고 했다. 여자는 가방이나 꾸러미도 없었고, 다리 하나는 이상하게 뒤틀려 있었으며, 길고 검은 머리 외에는 완전히 알몸이었다. 목자들은 당연히 그 여자를 다그마르에게 데리고 갔다.

다그마르는 문을 닫아 축축한 돌풍을 막고 불가에 누울 자리를 만들었다. 그리고 여자를 눕히라고 지시했다. "가지 말고 여기 있어요." 그녀가 목자들에게 말했다. 여자의 다리에 부목을 대려면 일단 다리를 고정해야 하는데, 그러려면 누군가 여자를 꽉 붙들고 있어야 할지도 몰랐다.

여자는 눈을 뜨고 다그마르를 쳐다봤다. "저 사람들 도움은 필요 없어요. 당신은 지금 조산사처럼 생각하는 거예요. 손이 아니라 당신이 가진 능력을 사용하세요. 그러면 아픔도 없을 거예요."

"난 그런 기술은 배운 적이 없어요." 부끄럽지만 다그마르는 인정했다.

"일단 해봐요."

다그마르는 여자의 다리에 손을 올려놓았다가 곧 얼굴을 붉히며 무릎으로 손을 옮겼다. 그러고는 고통스럽고 불친절해 보이는 다리를 맹렬히 노려봤다. 그러자 그녀가 부목을 댈 수 있도록 뼈들이 저절로 제자리를 찾아 들어갔다. 여자는 땀을 흘렸지만 비명을 지르지는 않았다. "봤죠?" 다그마르가 다리에 부목을 대고 묶는 동안, 여자가 힘없는 목소리로 말했다. "내가 옳았어요."

다그마르는 목자들에게 고개를 끄덕였고, 그들은 양 떼가 있는 곳으로 돌아갔다. 그녀는 이불을 가져와 여자를 덮어주었다. 그 낯선 여자는 다그마르가 약을 달이고 죽을 그릇에 퍼 담는 것을 바라봤다.

"치료비를 낼 돈이 없어요." 다그마르가 죽을 먹여주려고 자리에 앉자 여자가 말했다.

다그마르는 어깨를 으쓱했다. "다들 치료비 같은 건 낼 생각도 안 해요." 그녀는 오랫동안 수리를 못 해 허름해진 자기 집을 힐끗 돌아봤다.

"당신에게는 능력이 있어요." 여자가 말했다. "이 마을에서 썩기에는 너무 대단한 재능이에요."

"난 떠날 생각이 없어요."

"내 이름은 안 물어볼 거예요? 아니면, 내가 그 들판까지 어떻게 오게 됐는지는 궁금하지 않아요?"

"이름을 알려주고 싶으면 언제든지 환영이에요." 다그마르는 이어 말했다. "나는 당신이 도적 떼를 만난 게 아닐까 싶어요."

"내 이름은 지메야라고 해요." 여자가 말했다. "그리고 나는 도적을 만나지 않았어요."

다그마르는 그녀를 향해 의심스러운 표정을 지어 보이다가 이내 어깨를 으쓱했다. "사실 낙상에 더 가까울 듯해요. 하지만 그건 당신이 어떻게 옷도 없이 벌거벗고 있었는지 설명해주지는 않죠."

"맞아요." 지메야가 말했다.

다그마르는 혹시라도 다른 부러진 뼈나 부상을 놓치지는 않았는지 보기 위해 그녀를 다시 찬찬히 살펴봤다. 그리고 만족해서 말했다. "다 나을 때까지 여기 머물러도 돼요." 그런 뒤 저녁을 준비했다.

*

다그마르의 세 아이는 이미 다 커서 출가했지만 마델은 아직 집에 머물러 있었다. 마델은 난롯가에 있는 다친 여자가 무척이나 궁금했지만, 어머니가 여자에게 전혀 관심을 보이지 않는다는 사실이 말 그대로 당황스러울 뿐이었다. 그러나 지메야는 마델에게 외국인인 척하거나, 마치 심각한 머리 부상으로 고통받고 있기라도 한 듯이 행동했으며, 마델이 이해하지 못하는 단어들을 사용해 이야기했다. 소녀는 점차 지루해졌다.

마델은 공기의 요소가 약간 과해 보였다. 마법의 능력이 있을 만큼 흘러넘치는 건 아니었지만, 매사에 어머니의 화를 끌어올릴 정도로는 충분했다. 그리고 마델은 집 안에서 거의 시간을 보내지 않았다.

다그마르의 남편이 저녁을 먹기 위해 집에 왔고 그들은 부부싸움을 (손님 때문에 조용한 어조로) 하기 시작했다. 치료비를 낼 수 없는 사람을 또 치료해주기로 한 다그마르의 결정과, 벌써 여섯 번이나 구멍 난 지붕을 수리해주겠다고 했던 남편의 약속 때문이었다. (그녀의 남편은 물의 요소가 약간 과해 보였다. 매력적이지만 신뢰할 만한 사람은 아니었고, 곤란한 상황에서 빠져나갈 수만 있다면 무슨 말이라도 기꺼이 할 만한 사람이었다. 그는 아직 재료도 사지 않았으면서 다음 날 뚫어진 지붕을 고치겠다고 또다시 약속했다.) 두 사람의 언쟁이 해결책이라고는 할 수 없는, 늘 같았던 평소의 결론에 도달했을 때 그는 마을의 다른 남자들과 선술집에서 어울리기 위해 집을 나섰다.

다그마르의 얼굴은 좌절감과 꾹 참았던 눈물로 빨갛게 달아올라 있었다. 그렇지만 지메야에게 요강을 가져다주고 사용법을 알려주었으며, 그녀가 다그마르의 큰딸이 입던 블라우스를 입도록 도와주었다. 그런 다음 지메야를 일으켜 세워서 임시로 만든 침대에 걸터앉게 하고는 저녁 식사로 준비한 보리와 채소 스튜를 먹게 했다. 그러고 나서 설거지를 했다.

지메야는 저녁 식사를 마치고 옆으로 치워둔 다음 다그마르를 바라봤다. "난 당신의 인생을 이해 못 하겠어요." 그녀가 말했다. "도저히 말이 안 돼요."

"뭐가 말이 안 돼요?"

"당신은 여기서 행복하지 않잖아요. 아니, 실은 비참할 거예요. 아이들은 충분히 자랐어요. 그런데도 여기서 당신의 인생을, 그리고 재능을 낭비하고 있어요."

눈이 달린 사람이라면 누구라도 다그마르의 재능을 알아볼 수 있었다. "당신도 마법사군요." 다그마르가 말했다.

"어떻게 보면 그렇다고 할 수 있죠." 지메야가 인정했다.

"재능 외의 다른 것도 볼 수 있어요? 피해당한 것도 볼 수 있어요?"

지메야는 오랫동안 그녀를 바라봤다. 그러고 나서 말했다. "그래요." 다시 조용히 말했다. "볼 수 있어요."

"그건 내가 자초한 일이었어요." 다그마르가 말했다. "난 믿었거든요. 그리고 난……." 그녀는 눈앞의 낯선 사람 앞에서 눈물을 터뜨리고 싶지 않은지 잠시 주저했다. "그건 나 스스로 한 어리석은 선택이었어요."

"그렇다면 다른 한 명도 어딘가에 있겠군요. 당신과 똑같이 피해당한 채로."

"난 그녀를 32년이나 만나지 못했어요." 다그마르가 말했다. 어쩌면 '난 그녀를 32년, 넉 달, 21일 동안이나 만나지 못했어요'라고 말했어야 했을지 몰랐다. 그녀는 그 일을 생각하지 않으려 애쓸 때조차도 기타가 떠난 지 얼마나 지났는지 헤아리고 있었기 때문이다.

"그녀의 소식은 들었어요?"

"듣지 않으려고 노력했어요." 다그마르는 말했다. "기타의 소식이 전해져 오면 항상 자리를 피했어요. 어쨌든 결국에는 늘 나에게까지 들려왔지만요."

다그마르는 기타의 이름이 불리는 것을 들으면 늘 마음에 날카로운 통증을 느꼈다. 가장 최근에 들려온 이야기는 기타 그녀에 관한 것이 아니었다. 그녀가 만든 아름다운 석조 아치 중 하나가 변형으로 금이 갔고 사람들 머리 위로 무너져 내리지 않도록 철거되었다는 이야기였다. 다그마르는 그 이야기를 들은 날 뜬눈으로 밤을 지새우며 어떤 잔인한 만족감이라도 느끼길 바랐지만, 다른 때와 마찬가지로 외로운 고통만 느껴질 뿐이었다.

"할 수 있다면 그 거래를 되돌리겠어요?"

"내가 그때로 다시 돌아갈 수 있다면……." 다그마르는 얼굴에 흘러내린 머리칼을 쓸어넘기며 생각해봤다. "그러지 않는다면 바보겠죠. 그녀의 안에는 내 영혼의 한 조각이 들어 있고, 내 안에도 기타의 영혼 한 조각이 들어 있어요. 기타가 날 떠날 줄 알았다면 그 거래에 동의하지 않았을 거예요. 그래도 치유 능력이 있는 건 좋아요. 이걸 포기하는 건 싫었을 거예요. 이렇게 태어나는 사람들이 어떻게 그럭저럭이라도 제대로 된 훈련을 받을 수 있는지 모르겠어요."

"한 가지 원소를 지나치게 많이 가지고 태어났다는 건……" 지메야가 이어 말했다. "보통 한 가지 원소는 너무 많지만, 다른 원소들은 여전히 정상적인 할당량을 가지고 있다는 걸 의미해요. 당신은 가지고 있던 공기를 모두 다 내줘버렸고, 당신 친구는 본인의 흙을 전부 다 내준 게 분명해요. 두 사람 모두에게 큰 능력을 주었지만 똑같이 엄청난 결함을 남긴 셈이에요."

"음, 적어도 그녀는 원하는 걸 성취했잖아요." 다그마르가 씁쓸하게 말했다. 분명 기타의 작품 모두가 무너지는 건 아닐 테니까.

"그렇다면 변화 없이 영원히 여기 머물면서 사람들을 치유한다는 게 가치가 있나요?"

"잘 모르겠어요." 다그마르 말했다. "내 능력을 포기하는 것도, 여길 떠나는 것도 상상할 수 없거든요. 어쨌든 산 밑의 대도시에 있다는 의사들을 위한 도제 프로그램은 서른이 넘은 사람은 받아주지 않는다고 해요. 나는 그 이정표를 이미 오래전에 지났고요." 그녀는 서른에 이미 세 아이가 있었고 배 속에는 네 번째 아이가 들어 있었다.

"치유자를 위한 다른 대학도 있어요." 지메야가 말했다. "다른 여러 도시에요."

"심지어 더 멀리 가야 하잖아요!" 다그마르는 갑자기 분노가 솟구치는 것을 느꼈다. 그런 건 누구라도 당연히 거부하지 않겠는가. 만약 집을 떠나 가장 가까운 대도시에서 5년 동안 도제 생활을 하는 게 상상조차 할 수 없는 일이라면, 생전 들어본 적도 없는 먼 해안으로 가서 그 생활을 한다는 건 세 배쯤 더 상상조차 할 수 없는 일이었다. 비록 기타가 그렇게 했더라도. 특히 기타가 그렇게 했다면.

지메야는 아무 말도 하지 않았다. 고요 속에서 갑작스러운 밤바람에 덧문이 흔들렸다. 다그마르는 설거지를 마치고 임시로 마련한 침대 위에 지메야가 눕도록 도왔다. 다그마르의 남편은 아직 귀가 전이었다. 그녀는 남편이 앞으로 몇 시간쯤 더 있어야 오리라는 걸 알았다. 가끔 이런 저녁이면 그녀는 치료사를 찾아오는 모든 사람을 위해 문에 메모를 남기고 찻집에 가서 다른 여성들과 함께 앉아 있곤 했지만, 오늘은 환자와 함께 집에 있어야 할 것 같았다. 잠시 후 그녀가 말했다. "이름이 평범하지 않은 것 같아요. 어디 출신인가요?"

"다른 나라에서 왔어요. 몇 주 동안 날아…… 아니, 남쪽으로 여행을 다녔죠." 지메야가 말했다.

"당신의 요소는 공기가 틀림없겠어요." 다그마르가 말했다. "당신을 집에서 이렇게까지 멀리 데려왔잖아요."

"맞아요." 지메야가 말했다.

"기타를 만나본 적 있어요?" 다그마르는 이렇게 물었다가 대답도 듣지 않고 곧바로 말했다. "아니, 아니에요. 대답할 필요 없어요. 알고 싶지 않아요."

다그마르는 지메야의 잠자리를 살핀 후, 램프에 불을 붙이고 자신도 누웠다. 어둠 속에서 막 잠이 들 무렵, 그녀는 지메야가 말하는 것을 들었다. "한 번 만났어요. 하지만 단 한 번이었어요."

*

다그마르의 오두막에서 일어나는 변함없는 일상이 지메야 주위를 개미처럼 휘감고 흘러가는 가운데 며칠이 지나갔다. 다그마르는 남편과 싸우고, 아침을 짓고, 마델과 언쟁을 하고, 설거지를 했다. 어느 날 아침에는 한 산모가 출산을 앞두고 있었고 그녀는 마델에게 혹시 도움이 필요할지 모르니 지메야와 함께 앉아 있으라고 말했다.

지메야는 마델의 말을 이해하지 못하는 척을 그만두었다. 하지만 마델이(마델은 수다스럽다고 잔소리를 들어도 소용이 없었다) 어떻게 산꼭대기에 있는 목초지에서 발가벗은 채로 다리가 부러지는 상처를 입었느냐고 물었을 때는 기억나지 않는다고 대답했다. 소녀는 지메야의 말을 진짜라고 믿지는 않았다. 하지만 사실을 말해달라고 환자를 괴롭혔다가는 경을 치르게 되리라는 사실을 알았기에, 입술을 뾰로통하게 내밀고 그 문제를 거론하지 않았다.

"네가 막내니?" 지메야가 물었다.

"네. 우린 모두 4남매예요." 마델이 말했다. "오빠 둘과 언니 하나가 있어요. 그리고 다 결혼해서 가정을 꾸렸어요."

"너도 결혼할 생각이니?"

"아니요." 마델이 대답했다. "예술을 공부하러 큰 도시로 나가고 싶어요. 전 마법 능력을 발휘할 만큼 충분한 공기를 가지고 있지는 않지만, 예술가가 될 정도는 있다고 생각해요. 이 마을은 너무 작고 남자애들 아무도 제 흥미를 끌지 않아요. 우리 엄마도 절대로 여기에 머물러 있었으면 안 됐어요."

"엄마가 여기 머물러 있지 않았다면 네가 태어났을까?"

"없을지도 모르죠. 그렇지만 엄마는 여기서 꽃병에 꽂힌 야생화처럼 시들어가고 있어요. 전 그렇게 살지 않을 거예요."

"엄마는 네 의견에 대해 뭐라고 하시니?"

"제가 떠나지 않기를 바라세요. 전 엄마의 제자가 되어야 한다고 생각하시지만, 그건 말도 안 돼요. 전 치유 능력이 없어요."

"그런데 왜 이렇게 오랫동안 머물러 있는 거니?"

"제가 없으면 엄마가 어떻게 살아갈지 알 수 없어서요. 게다가 예술가가 하루아침에 되는 것도 아니잖아요. 수업료를 낼 돈도 없어요."

"내게 펜과 종이를 가져다주렴." 지메야가 말했다. 마델은 시키는 대로 했고 지메야는 짧은 편지를 썼다. "이건 소개장이야." 그녀가 말했다. "이걸 석공 잉바르에게 가져가면 널 견습생으로 받아줄 거야. 내게 갚을 빚이 있는 사람이거든. 게다가 마법의 힘 없이 예술가가 된 사람이라 네 처지에 공감해줄 거야."

마델이 눈을 휘둥그레 떴다. "이 호의에 대한 대가로 뭘 원하시죠?"

"음, 어쩌면 먼 미래에 내가 네게 무료로 가르쳐달라고 견습생을 보낼지도 모르지. 그저 치료비를 대신하는 약간의 보답이라고 생각해. 내가 돈을 낼 수 없는데도 치료해주셨으니까."

"엄마에게 주는 치료비라고요?" 마델이 그 말을 하며 웃었다. "아마 이 사실을 알게 되면 불같이 화를 내실걸요."

*

마델의 말은 반만 맞았다. 다그마르는 반쯤 화를 냈다. 그러나 그녀의 나머지 절반, 그러니까 자녀들이 각자에 어울리는 삶을 살기를 바라는 현실적인 측면과 욕구를 가진 그 절반은 (또다시 홀로 남겨지리라는 것에 대한 슬픔과 두려움에 반하여) 이것이 무엇과도 바꿀 수 없는 기회라는 사실을 알았다. 그녀는 트렁크 깊숙한 곳에서 모직 여행용 망토와 가공하지 않은 가죽 원단을 꺼냈다. 마델의 오빠 하나가 동생이 신을 좋은 부츠를 만들어주기 위해 그 가죽을 가져갔다. 부츠가 완성되었을 때, 그들은 마델이 올바른 방향으로 가게끔 도울 좋은 여행 동료를 찾아주었다. 다그마르는 마델에게 키스하고 축복을 바란 다음 작별 인사를 건넸다.

그녀가 떠나자 집이 매우 조용해졌다.

"마델을 좀 더 기다리게 할 걸 그랬나 봐요." 다그마르가 말했다. "몸이 회복되고 나면, 당신도 그 애와 같은 방향으로 갔을 게 분명하잖아요, 아닌가요? 당신이 그 애를 거기 데려다줄 수도 있었을 텐데 말이죠."

지메야가 어깨를 으쓱했다. 이제 그녀는 튼튼한 지팡이만 있다면 짧은 거리는 절뚝이며 걸어갈 수도 있었지만, 여전히 움직이려면 많은 애를 써야 했다. 통증도 심한 편이었다. 다그마르는 그녀가 입을 만한 여분의 헌 옷을 구할 수 있었다. 마을 여자 중에 딸들이 다 자라서 이제 더는 입지 못하는 작은 옷이 있는 사람은 기꺼이 옷을 가져다주었기 때문이다. 그들 대부분이 다그마르에게 결코 갚을 수 없는 치료비를 빚지고 있었다. 더 이상 필요하지 않는 물건을 가져다줌으로써 죄책감에서 약간은 벗어났을지도 모른다.

"난 아직 몇 달은 더 여기 머물러 있어야 할 것 같아요." 지메야가 말했다. "당신이 허락한다면요."

"얼마든지 환영이에요." 다그마르가 말했다. 그녀는 언제나 기분 좋은 말 상대가 되어주는 지메야가 점점 마음에 들었다. 그렇다고 수십 년 전 기타에게 했던 식으로 지메야에게 마음을 다 열지는 않았지만 그건 그다지 놀라운 일도 아니었다. 사실 그녀는 자신이 어떻게 마음을 열었는지 기억조차 못하기 때문이었다.

지메야는 오래 서 있을 수는 없었지만 차츰 기력을 찾아가고 있었다. 그녀는 부엌 식탁에 앉아 채소 껍질을 벗기거나 스튜를 끓이기 위해 썰고 다듬는 일을 도울 수도 있었다. 어느 날 다그마르가 깊이 베인 팔의 상처를 꿰매고 집으로 돌아왔을 때, 그녀는 지메야가 바느질감으로 넘쳐나는 바구니에서 옷을 꺼내 찢어진 밑단을 수선하고 있는 것을 발견했다.

"난 바느질에는 정말 재주가 없어요." 지메야가 온화하게 말했다. "아무리 그런 나라도 밑단 꿰매는 일 정도는 할 수 있다고 생각했어요."

다그마르는 그녀 맞은편에 앉아서 양말 한 짝과 덧댈 천을 집어 들었다. "기타도 바느질은 못했어요."

"그래요? 공기가 과해서 그럴 거예요. 하지만 그녀는 당신과 거래하기 전에도 바느질은 안 했을 것 같은데, 아닌가요?"

다그마르가 살짝 미소 지었다. "안 했죠. 수선 같은 데는 아예 관심을 두지 않았어요."

"그녀가 관심을 두었던 집안일이 있기는 했어요?"

"빵 굽는 건 좋아했어요. 그리고 빨래와 장작 패는 일은 기꺼이 참아냈고요."

지메야는 수선을 마친 치마를 들어 올려 툭 털었다. 치마가 일으킨 바람에 불길이 훅 일어났다. 바늘땀이 당황스러울 정도의 폭이었지만 그래도 밑단은 제대로 수선돼 있었다. 그녀는 찢어진 소매가 달린 셔츠를 집어 들고 뒤집었다. 다그마르는 양말에 천을 덧대는 일을 계속했다.

"고백할 게 있어요." 지메야가 갑자기 말했다. "난 여기 와야만 할 이유가 있었어요. 바로 당신 때문이에요."

"내가 이유라고요?" 다그마르는 놀란 표정으로 물었다. "설마 일부러 자기 다리를 부러뜨리지는 않았을 테죠……."

"아, 그건 사고였어요. 내 두 발로 걸어서 마을에 들어올 작정이었지만, 바람이 너무 강했고 산악지대에는 익숙하지가 않았거든요. 난 평원지대에서 왔으니까요."

"그럼 알몸으로 걸어올 생각이었어요?"

"아니요. 옷을 입고 왔지만 나를 바닥에서 들어 올려 날려버린 그 바람이 옷도 다 벗겨 가버렸어요." 그녀는 고개를 옆으로 기울였다. "당신이 날 마법사라고 믿도록 그냥 내버려두기는 했지만, 내가 공기를 과하게 가졌다고 말하는 건 사실 정확하지 않아요. 정확하게 말하자면, 난 과도한 공기 그 자체예요. 난 드래건이거든요. 분명한 건 당신의 마을로 날아오기 위해 인간 옷을 입고 있지는 않았다는 거예요. 약간의 옷을 입으려고는 했지만…… 글쎄요." 그녀는 한 손을 펴더니 뭔가를 몸짓으로 표현해 보여주었다. 날아가다가 바람에 날려 경로를 이탈하고 마침내는 그들 사이의 식탁에 충돌하는 것 같은 움직임이었다.

"그렇다면 왜죠?" 다그마르는 약간 떨리는 목소리로 물었다. "왜 드래건이 이곳으로 나를 찾아왔나요?"

"3년 전, 기타가 우리 가족이 사는 동굴로 찾아왔어요. 내가 이미 말했듯이 그곳은 여기서 남쪽으로 아주 먼 길을 가야 나오는 곳이에요. 기타의 말로는 자신은 드래건에 관해 환상을 품고 있고 무언가에 떠밀리듯 우리를 찾아왔다고 했어요. 동굴에 도착한 그녀의 모습을 말로 설명하기는 어렵지만, 마치 불을 피해 달아나는 사슴처럼 어쩔 수 없이 쫓겨 온 것처럼 보였어요. 이게 내가 그녀를 설명할 수 있는 유일한 방법이에요. 그녀의 영혼에서 잃어버린 조각은 그녀에게 친절하지 않았어요."

"아." 다그마르는 탄식했다. 더는 듣고 싶지 않았다.

"현명하고 경험이 풍부한 선지자인 나의 어머니는 상황을 파악할 수 있었어요. 기타에게 고향으로 돌아가라고 권했죠. 때때로 그런 거래는 입장이 뒤바뀔 수 있거든요. 그렇지만 기타는 자신이 두고 떠나온 모든 것, 포기한 모든 것을 경멸하면서 거부했어요. 그녀는 자신의 능력을 포기하느니 죽는 게 낫다고 했죠. 안타까운 일이었어요. 내 생각에 만약 그녀가 돌아갔다면…….”

“맞아요.” 다그마르가 말했다. “그게 그녀에게 무슨 짓을 하고 있었는지 내가 봤더라면…… 맞아요.”

“하지만 그녀는 거절했고 얼마 지나지 않아 세상을 떠났어요. 그리고 당신의 공기와 그녀의 공기 둘 다, 영혼은 갈 수 있지만 몸은 갈 수 없는 그런 곳으로 가버렸죠.”

다그마르는 입이 바짝 말랐다. 그녀가 기대했던 모든 소식 중에서도 기타가 죽었다는 소식을 듣는 것……. 그건 충격이었다.

“나는 내 어머니 같은 선지자가 아니에요. 이제 겨우 어린 시절을 벗어났을 뿐이죠. 하지만 그녀의 영혼과 그 안에 입은 상처를 엿볼 수 있었어요. 난 기타가 싫었어요. 고집스럽게 자기 파괴적인 그녀가 싫었죠. 물론 그게 전적으로 그녀의 책임이 아니라는 건 알았지만 그래도 어쩔 수 없었어요. 하지만 당신의 조각이 보였어요. 그녀 안에서……. 그래서 당신을 만나고 싶었어요. 당신도 분명히 고통받고 있으리라는 걸 알았기 때문에 도울 길이 있는지 알고 싶었어요.”

“난 그렇게 많이 고통받고 있지는 않아요.” 다그마르가 말했다. “내 말은…… 그래요, 내가 남편과 싸우기는 하지만 다들 그렇게 살지 않나요? 자다 깼을 때 마치 마을이 나를 천천히 질식시키는 장막처럼 느껴지는 밤도 있었어요. 하지만 그것 역시 그리 드문 일은 아니잖아요. 나는 네 아이를 키웠고 이웃에도 도움을 주었어요. 그건 끔찍한 삶이 아니에요.”

“다그마르.” 지메야가 불렀다. “난 당신에게 내 공기의 일부를 줄 수 있어요.”

"무슨 뜻이에요?"

"당신이 내어준 공기 일부를 내가 다시 찾아줄 수 있다는 말이에요. 그것도 당신이 가진 여분의 흙을 빼앗지 않고요. 기타는 죽었고 이제 더 이상 그녀는 흙이 필요하지 않으니까요. 나는 과도한 공기 그 자체예요."

"그렇다면 바로 그 존재의 일부를 희생하는 당신은 어떻게 되는데요? 난 당신이 그렇게 하도록 내버려 둘 수 없어요!"

"그렇게 하면 난 인간의 형상에 갇히게 될 거예요. 그렇지만 난 괜찮아요. 이미 몇 달 동안이나 그 상태로 있었잖아요. 하지만 가족이 있는 동굴로 돌아가면, 다시 회복될 거예요. 난 거기까지 걸어가야 할 테고, 꽤 먼 길이라 불편할 테고 피곤하기도 하겠죠. 그렇지만 내 형제자매 중 하나가 그리로 가는 길 어딘가에서 우리를 마중 나오도록 설득할 거예요."

"우리를 마중 나온다고요?"

"그래요, 당연히 우리죠. 내가 주는 이 선물의 조건이 바로 그거예요. 당신도 나와 함께 가야만 해요. 내가 사는 곳 인근 도시 중 한 곳에 의사를 양성하는 도제 과정이 있는데, 거긴 나이와 상관없이 제자를 받아들이거든요."

"지메야, 내 나이는 쉰이에요."

"내 말이 그 말이에요. 그러니까 나와 함께 가야만 해요. 거기 말고 쉰 살이나 먹은 여자를 받아줄 곳이 또 있는지 모르겠거든요. 하지만 이 프로그램은 드래건을 양성하는 과정이라서 나이 제한이 없어요. 드래건 나이로 쉰은 겨우 집 밖을 나설 정도밖에 안 되거든요."

"내가 할 수 있을 것 같지가 않아요."

"할 수 있다는 가능성에 '네'라고 답하는 상상을 해보겠어요?" 지메야는 간청했다. 그녀는 다그마르의 손을 잡았다. "당신이 내 다리를 치료해줬어요, 다그마르. 그런데 난 치료비를 낼 돈이 없어요. 대신 내가 당신을 치유함으로써 보답할 수 있게 해줘요."

"당신은 이미 내 딸이 무료 도제 과정에 들어가게 해줬잖아요." 다그마르가 중얼거리다가 말했다. "아, 알았어요. 그렇게 해요."

지메야는 다그마르가 마음을 바꾸기 전에 그녀의 다른 손도 잡았다. 왼손은 왼손으로 오른손은 오른손으로. 다그마르는 따라올 고통을 준비했지만, 그 대신 그동안 거의 알아차리지 못하고 있던 두통이 갑자기 사라져버린 것처럼 편안하게 이완되는 기분을 느꼈다. 그게 전부였다.

지메야는 양말 하나와 덧대는 천을 집어 들었다. "이거 수선하는 법을 가르쳐줘요." 그녀가 말했다. "어쨌든 아직 몇 달은 더 머물러 있어야 하니까요."

*

옛날 옛적에, 짐을 싸서 자신이 평생을 보낸 마을을 떠난 중년 여성이 있었다. 그녀에게는 할머니가 손주를 돌봐주기를 기대하고 있던 장성한 자식들과 남편, 지붕에 구멍이 뚫린 다 쓰러져가는 집이 있었다.

모두가 알다시피 공기는 변화의 요소다. 때로 사람들은 바람이 특정한 방향으로 불면 생전 어리석은 짓이라고는 해본 적 없는 사람들의 마음에도 과도한 공기를 불어넣을 수 있다고 말한다. 그러니 그런 날에는 바람이 들지 않도록 문을 닫아야 한다. 창문도 닫아야 한다. 산 중턱으로 나가지도 말고 바람을 들이마시지도 말고 하늘을 올려다보지도 말아야 한다.

언제 실수로 마음을 열게 될지 절대로 알 수 없을 테니까.

블레싱 계곡에서 일어난 일

도슨 목사의 마법이 우리를 보호할 수 있도록 우리는 밤에 마차 주위를 돌았다. 목사는 그것이 기도의 힘이라고 말했지만 아빠는 그 말을 비웃었다.

아빠가 말했다. “그는 마법사고 실력도 좋지. 아니면 애초에 데리고 오지 않았을 거야.”

동생 아델린은 아빠가 뭔가 충격적인 말을 한 것처럼 과장된 반응을 보였지만, 나는 아빠의 말이 옳다는 것을 알았다. 목사님에게서 마법의 냄새를 맡을 수 있었기 때문이다. 그가 밤마다 용, 늑대, 열병, 인디언 같은 곤경이 다가오는 것을 막아주는 축복의 마지막 단어들을 말할 때면 난 웅웅거리는 마법의 소리를 들을 수 있었다.

아델린과 나는 쌍둥이였지만 똑 닮은 그런 부류는 아니었다. 아델린은 통통하고 발그레한 뺨과 여름 버터 색 머리칼을 가진 예쁜 쪽에

속했다. 엄마는 내가 영리한 쪽이라고 말했지만 정말로 그렇게 믿는 것 같지는 않았다. 어쨌든 내가 예쁜 편은 아니었기에 사람들이 나를 영리하다고 여기는 게 위로가 될지도 모른다고 생각하는 모양이었다.

"아빠 말이 맞다는 거 너도 알잖아." 어느 날 밤 아델린에게 말했다. "난 심지어 지금도 마법의 냄새를 맡을 수 있어." 그건 불에 탄 빵 냄새가 났고 마차 너머에서 탁탁거리는 소리도 들렸다.

"네 투시력에 관해서라면 얘기하지 마, 해티." 아델린이 말했다. "숙녀답지 않아. 엄마가 뭐라고 하는지 너도 알잖아."

엄마의 말에 따르면 남자는 모두 자기 엄마가 마법사이길 바라지만 아무도 마법사를 아내로 맞고 싶어 하지 않는다고 했다. 가족 중에 마법사가 있으면 유용했다. 때로 그들은 아이가 열병으로 죽는 것을 막거나 곡물 가게에서 쥐를 없애줄 수도 있었다. 그러나 마법사와 결혼하고 싶어 한다는 의미는 아니었다.

"그럼 넌 왜 남편으로 마법사를 원해?" 나는 반쯤 나 자신에게 중얼거렸다.

"그는 마법사가 아니야. 복음을 전하는 목사라고."

"쉿, 얘들아." 엄마가 말했다. 어른들은 불 옆에서 몇 시간이고 이야기할 테지만 우리는 잠을 자야 했다. 우리는 몇 분 동안 잠자코 있었다.

"어쨌든 마법사와 결혼하길 원하는 남자가 없다고 했던 건 동부 쪽 사람들이야." 내가 이어 말했다. "우린 서부에 정착할 거잖아. 그곳은 상황이 다를 수 있지. 여긴 위험이 도사리고 있으니까."

"목사님과 가까이 있는 한 위험하지 않아." 아델린이 말했다.

"넌 서부로 오는 모든 사람이 마을에 정착해 살고 싶어 한다고 생각해? 어쩌면 난 독립하길 원하는 남자를 만나게 될지도 몰라."

"아내에게 보호받길 바라는 남자는 없어. 어쨌든, 넌 네가 정말로 훌륭한 축복을 내릴 수 있다고 생각해? 마법의 냄새를 맡을 수 있다고 네가 마법을 쓸 수 있는 건 아니야."

"얘들아. 엄마가 잔소리하게 하지 마."

이번에는 나도 잠자코 잠을 청했다. 몇 분 후에 아델린의 호흡이 조용해지는 것이 들렸다. 나는 그때까지도 깬 채로 별을 빤히 올려다봤다. 멀리 대초원의 어둠 속 어딘가에서, 길고 높은 울음소리가 들려왔고 곧이어 더 멀리서 그에 답하는 울음소리가 들려왔다. 나는 일어나 앉았다. 어머니는 불 옆에 있었다. "넌 완벽하게 안전해, 해티." 엄마가 말했다.

"무슨 소리였어요?" 내가 물었다. 우리는 며칠 전에도 늑대의 울음소리를 들었지만 이번 것은 달랐다.

"아마 드래건일 거야."

"우리가 드래건을 볼 수 있을까요?"

"이런, 부디 아니길 바라야지."

"인디언이 드래건을 타고 다닌다는 게 사실이에요?"

"아닐 거야. 드래건은 집채보다 크고 늑대보다 더 사나워."

"우리가 인디언을 만나게 될까요?"

"아, 그럴 수는 없을걸."

"하지만 여기는 인디언의 나라 아닌가요?"

"그들은 서부 깊숙이 이동해 갈 거야." 엄마가 대답했다. "그래야만 할 거야. 백인들이 오니까."

나는 잠시 그에 관해 생각하고 나서 물었다. "서부로 더 깊이 옮겨가야 하는 일에 대해 그들이 화내지 않을까요?"

"그래서 우리가 목사님을 모시고 온 거잖니."

"그들이 서쪽으로 끝까지 계속 가면 무슨 일이 일어나나요? 바다가 있으니까 영원히 갈 수는 없잖아요."

"어서 자야지, 해티." 엄마가 재촉했다. 이번에는 진심이 담긴 목소리였다.

*

우리는 캔자스로 향하고 있었다. 아빠는 이곳의 인디언들을 오세이지족이라고 불렀는데, 그들은 거인 종족이라서 가장 작은 사람도 아빠만큼이나 컸다. 우리와 함께 여행하는 남자 중에 조 프랭클린이라는 자는 그들이 인간의 살점을 먹는다고 말하면서 빠져버린 앞니를 드러내며 껄껄 웃었다. 그러면 엄마는 그에게 눈살을 찌푸렸고 그는 모자를 기울여 인사하고는 다른 마차 열의 끝으로 달려갔다.

우리는 매일 밤 야영했고 목사님이 우리를 축복하기 전에 물을 길어놓는 것이 내가 할 일이었다. 그날 저녁, 아델린이 했던 말을 곰곰이 생각해보고 나도 축복을 내릴 수 있는지 알아보기로 했다. 개울 바닥에 서서 나는 눈을 감고 팔을 뻗었다. "주여, 제가 서 있는 땅에 축복을 내려주십시오." 나는 목사님처럼 말하려고 노력했다. "주여, 우리가 주님의 진리를 먹고 살게 하소서. 당신의 신성한 피를 보내 우리를 정화하고 우리를 강하게 하시며 전쟁의 천사들을 보내어 불의 검으로 우리를 지키게 하시옵소서…….”

“참 잘했어요, 카트라이트 양.” 나는 눈을 번쩍 떴다. 조 프랭클린이었다. “구체적으로 누구에게서 자신을 보호하려는 건가요?” 그가 나를 보고 히죽 웃었다. “난 오늘 카트라이트 양을 그렇게 심하게 겁줄 생각은 없었는데.”

나는 귀가 달아오르는 것을 느끼며 그에게서 돌아섰다. 내 주위에서 마법이 윙윙거리는 것이 느껴졌다. 마법의 기운이 올라오고 있었지만 딱히 무언가를 하는 건 아니었다. “난 겁먹지 않았어요.”

“그래요?”

사실 조 프랭클린은 나를 긴장하게 했다. 그는 자신이 어떤 식으로 싸우다가 앞니를 날려 먹었는지 등에 관한 이야기를 적절치 않은 방식으로 떠들어대길 좋아했다. 나는 양동이를 들고 왔던 길을 되돌아가려 했다. “잠시 지나갈게요.” 길을 막고 있는 그에게 말했다.

그가 여전히 히죽이며 길을 비켜주었다. “내가 들어다 줄 수도 있는데.” 그가 제안했다.

“아니요, 괜찮아요. 얼마든지 혼자 들고 갈 수 있어요.”

“그럼 마음대로 해요.”

캠프로 돌아오니 아빠와 도슨 목사는 서류 몇 장을 앞에 놓고 머리를 맞대고 앉아 있었다. 그들은 저녁 내내 이야기를 나누었고(엄마는 아델린을 시켜 아빠의 저녁을 가져다드리게 했다), 나는 다음 날 아침이 되어도 우리가 아무 데도 가지 않는다는 사실에 놀라지 않았다. 남자들은 말을 타고 나갔고 엄마는 우리가 서쪽으로 충분히 멀리 왔으며, 마을을 형성하고 살기에 가장 적합한 장소를 찾는 중이라고 말해주었다. 우리는 남자들이 그 일을 생각하는 동안 그곳에서 이틀을 지냈고 사흘째 되는 날 마침내 그들은 우리를 강 상류로 800미터쯤 이동시켰다. 도슨 목사는 새로운 마을에 축복을 내렸다. 남자들이 구덩이 하나를 팠고 목사는 동쪽에서 가지고 온 가방 하나를 그곳에 넣었으며, 남자들이 모두 조금씩 구멍 메우는 것을 도왔다. 그런 다음 구멍 위에 '블레싱 마을(축복의 마을)'이라는 표지판을 세웠다.

그날 오후 아빠는 우리를 마차에 태워 데리고 나갔다. 개울은 그리 멀리 떨어지지 않은 강으로 이어졌고 주변에는 우리가 집 짓는 데 베어 쓸 만한 나무들이 있었다. 주위로 평원이 드넓게 펼쳐져 있어서 자칫하다가는 풀숲에서 길을 잃기 쉬울 것 같았다.

"참 흉측한 곳이야." 아델린이 말했다. "난 오하이오가 그리워."

"이 땅은 절대로 우리를 사랑하지 않을 거야." 아빠가 그녀의 팔을 다독이며 말했다. "인디언을 사랑하는 만큼은 아닐 거라는 거지. 하지만 우리가 개척해서 충분히 살기 좋은 곳으로 만들 수 있어. 우리에게는 씨앗과 가축이 있고, 이곳엔 좋은 사냥터도 있단다. 심지어 드래건도 있으니까! 용을 잡아먹고 싶은 건 아니지만 드래건 가죽 장화 한 켤레에 진짜 가죽이 얼마나 적게 들어가는지 생각해보면 그게 얼마나 값진 물건인지 알 수 있지 않니."

아델린이 코를 훌쩍였다. "맞아요, 하지만 그 돈이 여기서 우리에게 무슨 도움이 되겠어요? 돈을 쓸 곳이 없잖아요!"

"아, 지금은 물론 그렇지. 하지만 더 많은 마차 행렬이 이리로 오는 중이야. 그리고 일단 이 블레싱 마을이 세워져서 운영되기 시작하면 더 많은 사람이 몰려올 게다. 그러면 곧 진짜 마을이 될 테고, 더는 오하이오에서 겪었던 고생 같은 건 없을 거야." 아빠는 오하이오에서 사업을 했었다. 음, 실은 오하이오에서 여러 사업에 손을 댔었다. 하지만 그 중 어느 것도 오래가지 않았다. "여기서는 모든 게 잘될 거야." 아빠가 말했다. "두고 보렴."

아델린이 조금 더 입을 삐쭉거렸다. 나는 다시 대초원을 바라보았고, 블레싱 마을에서 서쪽으로 뻗어 있는 평원 위로 가느다랗게 피어오르는 연기를 손으로 가리켰다. "저게 뭐죠?"

*

마을에서 3킬로미터쯤 되는 거리에 오세이지 인디언의 야영지가 있었다. 아빠는 엄마에게 남자들이 마을을 세우기 위해 이 장소를 선택했을 때는 그 사실을 깨닫지 못했다고 말했다. 우리 마을 남자들이 정찰에 나섰을 때 오세이지족이 사냥을 떠났을지 모르고, 그 이유로 모닥불 연기를 발견하지 못했을 수 있다.

그러나 지금 마을을 옮기기에는 너무 늦었다. 그들은 유물도 묻고 표지판도 세웠다. 여분의 유물 가방은 없었다. 엄마는 몹시 격분했고, 아델린은 너무 무섭다면서 마차에 들어가 울었다.

아델린은 늘 나보다 마음이 여렸다. 우리가 어렸을 때 학교에서 한 소년이 아델린과 내가 같이 쓰는 책상에 뱀을 두고 간 적이 있었다. 아델린은 비명을 지르며 도망쳤지만 나는 뱀의 꼬리를 잡고 우리에게 가져다 놓은 소년의 셔츠 속에 집어넣었다. 그래도 아델린은 기절까지 할 만큼 히스테리에 빠진 적은 없었다. 우리가 더 오래 그곳에 머물수록 아델린은 심한 신경과민을 보였다.

"목사님의 마법에서는 무슨 냄새가 나, 해티?" 어느 날 밤 함께 잠자리에 들려고 할 때 아델린이 물었다.

"넌 그런 얘기 하는 거 안 좋아하는 줄 알았는데."

"예전과 다른 냄새가 나?" 아델린이 물었다.

그랬다, 사실이었다. "너도 냄새 맡을 수 있어?" 나는 놀라서 물었다.

"아니!" 그녀가 말했다. "당연히 아니지! 그냥……."

"너도 맡을 수 있구나."

"만약 그가 일부러 우리를 이곳으로 이끌어온 거라면?" 아델린이 말했다. "만약 그가 인디언과 한패고, 이게 함정이라면?"

"말도 안 되는 소리 하지 마." 나는 머리 위로 이불을 뒤집어쓰며 말했다. 아델린은 더는 아무 말도 하지 않았지만, 나는 그녀가 마치 마법의 냄새를 맡기라도 하려는 것처럼 길게 숨을 들이마시고 다시 한번 들이마시는 소리를 들었다.

일주일이 지났다. 나는 입을 꾹 다물고 남자들이 일하는 동안 물을 길어다 놓았다. 아델린도 도와주기로 되어 있었지만 개울까지 내려가는 것을 너무 무서워해서 모두 내 일이 되어버렸다. 다행히도 조 프랭클린이 나무를 베느라 바빠 개울에서 다시 그를 마주치는 일은 없었지만, 그에게 물을 가져다줄 때마다 국자 너머로 나를 보며 히죽거리는 모습을 참아 넘겨야만 했다.

양동이를 끌고 나가는 늦은 오후, 몹시 피곤한 탓에 풀밭에서 긴 그림자가 움직이는 것을 알아차리지 못했다. 이내 알아차린 후 그 그림자가 어쩌면 조 프랭클린일지도 모른다고 생각했다. 그런데 돌아보니 풀숲에서 내 쪽으로 기어 오는 드래건이 보였다.

나는 그것을 아주 잠깐 보았다. 하지만 어찌나 가깝게 있던지 손만 뻗으면 볏 깃털을 하나 훔칠 수도 있을 것만 같았다. 그것은 주홍빛과 금빛이 섞여 있었고, 뱀처럼 생긴 기다란 목과 배에는 비늘이 있었으며, 날개를 따라 잔물결이 부드럽게 내려가고 있었다. 날개 끝에 달린 발톱으로 기어갈 수 있도록 날개는 접혀 있었다. 벌린 입속에는 길고 날카로운 이빨이 열 지어 늘어서 있는 게 보였다.

나는 비명을 지르려고 숨을 들이쉬며 누구라도, 심지어 조 프랭클린이라도 볼 수 있기를 바라면서 야영지 쪽을 돌아봤지만, 입이 바짝 말라서 나오는 소리라고는 꺽꺽거림뿐이었다. 다시 돌아봤을 때 드래건은 사라지고 없었다. 대신 나는 드래건 가죽 망토를 입은 한 인디언을 보았다. 그가 망토를 어깨에서 내리며 발밑으로 떨어뜨렸다. 그는 한 걸음 앞으로 나섰지만, 무기가 없다는 것을 보여주고자 빈손을 들어 올렸다. "난 당신을 해치지 않아요." 그가 영어로 말했다.

그는 키가 컸지만 아빠 정도였고, 거인은 아니었다. 머리칼은 뒤통수에 약간만 남긴 채 삭발 되어 있었고 깃털(드래건의 깃털 중 하나) 하나를 머리에 꽂고 있었다. 그는 셔츠를 입지 않았고 얼굴과 몸에는 그림이 그려져 있었다. 나는 그가 드래건이 아니라 인디언일 뿐이라는 사실에 안도하며 물었다.

"원하는 게 뭐예요?" 나는 말했다.

"당신의 일행에게 건넬 전갈을 가지고 왔습니다." 그가 말했다. "그걸 전해주겠습니까?"

"네."

"우리는 이 땅에 속합니다. 당신들은 아닙니다. 당신들은 떠나야 합니다."

나는 크게 웃었다. "내가 그렇게 전한다고 해서 그들이 다른 곳으로 옮겨 가지는 않을걸요. 남자들이 이곳을 선택했어요. 그들이 짐을 싸서 다시 오하이오로 돌아갈 거라고 생각해요?"

"그게 내 전갈입니다." 그가 말했다. "그걸 전달해주시겠습니까?"

"네, 하지만……."

"그게 내가 요구하는 전부입니다." 그는 망토를 집어 들고 오세이지 진영으로 돌아갔다. 나는 양동이를 야영지로 가지고 갔다. 그들은 내가 야영지를 마을이라고 불러야 한다고 했지만 그곳은 여전히 캠프처럼 보였다. 아버지와 도슨 목사는 다시 서류를 들여다보고 있었다. "아빠?" 양동이를 손에 든 채로 조용히 불렀다.

"내가 지금은 좀 바쁘구나, 해티."

"개울에서 인디언을 만났는데, 아빠에게 전갈이 있다고 했어요."

아빠가 서류를 내려놓았다. "인디언이 네게 접근해왔다고?" 아빠는 도슨 목사 쪽으로 비난하는 듯한 시선을 쏘아 보냈다.

"네, 아빠. 인디언 남자였어요."

"그가 뭐라고 하든?"

"메시지를 전달해달라고 했어요."

"그래?"

"여기는 우리 땅이 아니라 그들의 땅이에요. 그러니 우리가 떠나야 한다고요."

아빠와 목사는 웃음을 터뜨렸고, 나는 말했다. "내가 아무도 떠나지 않을 거라고 했어요. 그렇게 말했어요. 하지만 그는…….”

“괜찮아, 해티.” 아빠가 내 어깨를 꽉 잡으며 말했다. “아빠에게 온 건 잘한 거야. 네가 두 번 다시 그를 만나리라고 생각지는 않지만, 만약 그렇게 된다면 그의 부족민에게 영리한 개미들은 물소가 올 때 길을 비켜주는 거라고 전해주려무나.”

*

나는 그 인디언을 다시 만나지 못했다. 적어도 당장은 아니었다. 하지만 우리가 아무 데도 가지 않으리라는 사실만은 분명했다. 목사는 매일 밤과 아침마다 축복을 새로이 했고 한동안 집짓기와 씨앗 뿌리는 일도 계속되었다.

그러다가 한 남자가 사냥을 나갔다가 돌아오지 않았다. 그의 말 역시 돌아오지 않았다. 그는 그냥 가버렸다. 대초원 속으로 사라져버렸다. 조 프랭클린은 그 사실에 분노했다. 심지어 그는 사라진 남자와 친구도 아니었지만 자꾸만 그건 우리 중 누구라도 될 수 있는 일이었다고 말했다. 그는 인디언에게 대가를 치르게 하길 원했다.

“마을 근처에 있는 한 여러분은 안전합니다.” 도슨 목사가 말했다. “그는 아마 드래건에게 잡아먹혔을 거예요.”

“드래건은 인디언이 먹으라고 하지 않는 한 아무도 먹지 않아.” 조 프랭클린이 말했다. “그건 모두가 아는 사실이야.”

“우리는 아직 인디언을 직접 상대할 만큼 강하지 않아요.” 도슨 목사가 말했다. “인내심을 가지세요.”

그는 남자들이 외출할 때면 짝을 지어 서로의 뒤를 봐주라고 말했다. 더는 아무도 사라지지 않았고 모두가 잠시 긴장을 풀었다.

그러고 나서 드래건이 왔다.

드래건을 가장 먼저 발견한 건 아델린이었다. 그것은 먼 곳, 저 멀리 하늘 높이 떠 있어서 거의 점처럼 보일 정도였다. 그러나 곧 우리를 향해 선회하며 내려왔다. 처음에는 새처럼, 그다음에는 정말 큰 새처럼 보이다가, 어느새 거대한 목 위의 비늘에 태양 빛이 반사되어 반짝이는 것을 볼 수 있을 만큼 낮게 날아와 있었다. 그때부터는 날개에 달린 폭신한 깃털도 비늘처럼 보였다. 나는 개울가에서 보았다고 생각했던 드래건을 생각하지 않으려고 애썼다. 이번에 본 드래건은 더 어두운 붉은색이었다. 목은 반짝이는 주황색이었고 날개 끝은 노란색이었다.

"저건 우리를 다치게 할 만큼 가까이 올 수 없어요." 도슨 목사가 말했다.

아무도 그의 말을 듣지 않았다. 딱히 목사의 말을 믿지 않아서가 아니었다. 그들은 바로 눈앞에서 드래건을 보고 있었다. 그것이 얼마나 거대한지, 발톱은 얼마나 크고 이빨은 얼마나 날카로운지, 확인할 수 있었다. 그리고 그들은 마법을 볼 수 없었다. 심지어 나조차도, 마법이 그곳에 있다는 걸 알면서도 볼 수 없었다.

드래건이 천천히 선회하며 점점 더 낮게 내려왔다. 아델린부터 공황 발작을 일으켰다. 물론 아델린은 겨우 우리 마차까지 달려가 담요 아래에 숨어든 게 전부였다. 그러나 다른 사람들은 달리기 시작하거나 단숨에 말에 올라타 전속력으로 질주하기 시작했다.

"난 당신들을 지켜줄 수 없어요!" 도슨 목사는 소리쳤다. "마을을 떠나면 신의 자비가 당신들을 보호하지 못할 겁니다!"

엄마는 얼어붙었지만 아빠는 절대 의심하지 않았다. 그는 아델린을 다시 데리고 나오려고 마차로 뛰어들었다. 억지로라도 아델린을 진정시킬 수 있다면 도망치는 다른 사람들이 다시 돌아올 거라고 어느 정도는 믿고 있는 모양이었다. 아빠가 아델린을 데리고 나오자 도슨 목사가 그녀의 허리를 잡고 소리 질렀다. "피를 정화하는 그리스도의 능력으로 두려움의 마귀를 추방하노라! 공황의 악마를 추방하노라! 불순종의 악마를 내쫓으리라……."

드래건이 급습했다. 말을 타고 마차 행렬에서 빠져나간 남자 하나가 마을의 축복, 그 보호를 벗어날 만큼 충분히 멀어졌던 게 틀림없었다. 용이 남자를 이빨로 물고 다시 날아올랐을 때 우리는 그를 보았다. 나는 남자의 다리가 방금 도살된 닭처럼 허공을 차는 것을 볼 수 있었다.

"그만해요." 아델린이 소리 질렀다. "날 놓아주라고 해요. 이 자가 우리 모두를 드래건에게 내어줄 거예요." 우리는 너무 늦게 아델린의 손에 칼이 들려 있는 것을 보았다.

*

우리는 도슨 목사의 시신을 블레싱 마을 표지판 앞에 내려놓았다. 엄마는 아델린에게 아편 팅크(아편이 들어 있어서 통증을 줄이거나 진정시키는 데 사용하는 약물이다_옮긴이)를 마시게 하고 마차에 들어가 자도록 내버려 두었다. 아빠는 아델린이 두려움 때문에 분노했던 거라고, 그 애의 잘

못이 아니라고 말했다. 어쩌면 인디언이 그녀를 홀렸을지도 모르니까, 그것 역시 아델린의 잘못은 아니라고 했다.

드래건이 왔을 때 마을 사람 여섯 명이 도망쳤고, 뒷걸음질 친 세 명은 아무 말도 못 하며 부끄러워했다.

"이젠 어떻게 해요?" 나는 아빠에게 물었다. 나는 여전히 마법이 윙윙거리는 소리를 들을 수 있었지만, 도슨 목사가 그것을 소생시키지 않으면 곧 사라질 게 분명했다. 다른 마차 행렬이 올지도 몰랐고 그들에게도 분명 나름의 마법사가 있을 테지만 우린 그렇게까지 오래 버티지 못할 것 같았다.

"우린 절대로 떠나지 않을 거야. 만약 그게 네가 생각하는 거라면." 아빠가 말하면서 내게 팔을 단단히 둘렀다. "우리는 절대로 돌아가지 않아. 이 땅은 이제 우리 것이야."

"하지만 도슨 목사님 없이는……."

"도슨 목사는 필요 없어. 우리에게는 네가 있잖아."

"아빠, 내가 축복을 베풀려고 혼자서 한 번 시도해본 적이 있기는 해요. 그런데 할 수 없었어요."

"괜찮아." 아빠가 말했다. "오늘 밤까지만 기다리렴. 오늘 밤 도슨 목사를 매장할 거야. 그러고 나면 너도 이해하게 될 거란다."

아빠는 나를 잠자리에 들게 했고 달이 뜨자 나를 깨웠다. 엄마는 아델린이 깨어나면 약을 한 번 더 먹일 준비를 하고 아델린 옆에서 잠을 청했다. 아빠는 아직 목사의 시신이 놓여 있는 블레싱 마을 표지판으로 나를 이끌었다. 가까이 다가가니 남자들이 원 모양으로 동그랗게 모여 있었다.

"저 애는 여기서 뭐 하는 거야?" 남자 하나가 물었다.

"아, 저 애는 여기 속해 있어." 조 프랭클린이 말하고는 씩 웃었다. "물론 자네가 돌아서서 오하이오로 돌아가고 싶지만 않다면 말이야."

"누가 칼을 가졌지?" 아빠가 물었다.

"나한테 있어요." 조 프랭클린이 아빠에게 칼을 건네주며 말했다. "앞으로 무슨 일이 벌어질지 딸에게 말해줬어요?"

아빠는 고개를 저었다. "조용히 자리에 앉아 있어, 해티. 그리고 정확히 내가 시키는 대로 해." 아빠가 목사 위로 칼을 치켜들더니 다시 한 번 나를 흘깃 쳐다봤다. "소리 지르면 안 돼." 아빠가 덧붙였다.

아빠가 목사의 가슴에 칼을 꽂아 넣고 손가락을 이용해 그의 갈비뼈를 열어 몸에서 심장을 도려내는 동안 나는 손으로 입을 틀어막고 있었다. 아빠는 그 심장을 나무판 위에 내려놓고 여러 조각으로 잘랐다.

그리고 첫 번째 조각을 집어 들고 먹었다. 그런 다음 칼로 또 한 조각을 찔러 들어서 조 프랭클린에게 주자 그도 그것을 입에 넣어 씹어 먹었다. 한 사람씩 모두 도슨 목사의 심장을 먹었다. 한 조각이 남았고 아빠는 손가락으로 그것을 집어 들었다. "입을 벌려, 해티." 아빠가 말했다.

"싫어요." 나는 떨리는 목소리로 말했다.

"도슨 목사처럼 제대로 된 마법사가 될래, 아니면 평생 별 볼 일 없는 마녀로 살아갈래? 심장을 먹어."

나는 눈을 꼭 감고 씹었다. 짠맛이 나고 질겼지만, 다행히 구역질 없이 삼켰다.

*

"마술사의 심장을 먹으면, 그의 힘 일부가 네게 전달되는 거야." 꿈에서 이 말을 해준 사람은 조 프랭클린이었다. 물론 실제로는 아빠가 나를 잠자리로 돌려보내기 전에 해준 말이었다. "당연히 이보다 더 나은 방법이 있기도 해. 예를 들어 네가 그 사람을 직접 죽인다든가 하는. 우리가 목사를 반드시 잃을 운명이었다면 그의 몸에 칼을 찔러 넣은 게 네가 아니라는 사실이 안타까울 뿐이구나."

"그렇다면 왜 아델린에게 먹이지 않으셨어요?" 내가 물었다.

"약하고, 징징대고, 아무짝에도 쓸모없는 네 쌍둥이에게?" 아빠가 말했다. "아니야, 해티. 누군가 마을을 축복하고 지켜야 한다면 그건 바로 너여야 해."

아빠는 새벽에 나를 흔들어 깨워서 마을 표지판이 있는 곳으로 데려갔다. 나는 손을 모으고 마법을 들었다. 도슨 목사는 언제나 큰 소리로 축복의 말을 해왔지만, 나는 지금 꼭 그럴 필요가 없다고 생각했다. 눈을 감고 축복이 우리 주위를 에워싸길, 드래건을 쫓고 인디언을 쫓고, 악의와 불행은 물론이고 도슨 목사가 그의 축복 속에서 언급했던 모든 것을 쫓아달라고 염원했다. 그 모든 것이 악보에 화음을 그리듯이 제자리를 찾아 들어가는 소리가 들렸다.

그렇게 다 됐다고 생각하고는 나를 빙 둘러 에워싼 기대에 부푼 남자들의 얼굴을 둘러봤다. 하지만 그들은 내 축복의 말을 들을 수 없었다. 그래서 나는 목청을 가다듬고 말했다. "주님, 우리를 축복하시고 우리를 영원히 안전하게 지켜주시기를 바라옵니다, 아멘."

"그게 정말 효과가 있었다고 생각해요?" 한 남자가 아빠에게 물었다.

"효과가 있었어요." 내가 대답했다.

아빠는 내 눈치를 살피는 듯한 시선을 보내고는 말했다. "나도 그것이 목사님의 축복처럼 우리를 안전하게 지켜줄 수 있다고 생각한다. 물론이야."

하루 만에 드래건이 돌아왔다.

그것은 도슨 목사의 축복을 뚫지 못했던 것처럼 내 축복도 뚫지 못했다. 이번에는 아무도 도망치지 않았지만 그건 아델린을 상당히 화나게 했다. 엄마는 그녀를 다시 잠들게 하려고 또 약을 먹여야 했다. 그 이후 나는 엄마가 병에 남은 약의 양을 측정하고 깊은 한숨을 내쉬는 것을 보았다. "이런 식이면 오래가지 않을 거예요." 엄마가 아빠에게 속삭였다.

아델린이 깨어났을 때 나는 옆에 앉아 있었다. "드래건은 갔어." 아델린이 몸을 뒤척일 때 내가 말했다.

"사람들이 비웃는 거 들었어." 동생이 투덜거렸다.

"아무도 널 비웃지 않아." 내가 말했다. "네가 단지 겁에 질려 있었다는 걸 다들 알고 있을 뿐이야. 하지만 다음번에 드래건이 오면 너 자신을 통제해야 해."

"자고 있을 때 드래건 소리를 들었어." 아델린이 말했다.

그녀가 내 마법을 듣고 있었다고 생각했다. 비록 인정하고 싶지는 않았을 테지만. "네가 마법의 냄새를 맡을 수 있다고 인정한다면 내가 널 도울 수도 있어."

그러자 아델린은 완전히 잠에서 깨어나 나를 거만한 시선으로 노려봤다. 다시 본래의 아델린으로 돌아온 것이다. "그런 것들에 관해 얘기하는 건 숙녀답지 않은 일이라는 거 너도 알고 있잖아.".

나는 한숨을 쉬며 일어섰다. "이제 몸이 좀 괜찮아진 것 같으니까, 엄마에게 들어와서 네 곁에 앉아 계시라고 할게."

나는 말을 끝내고 밖으로 나가 그늘에 자리 잡고 앉았고, 곧 아빠가 다가와서 옆에 앉았다. "네가 본 그 인디언에 대해 다시 얘기해보렴." 아빠가 말했다.

"아주 늙어 보이지는 않았어요." 내가 말했다. "키가 크고 삭발한 머리에 깃털을 꽂고 있었는데 그가 말하길…."

"뭐라고 했는지는 나도 기억난다. 그가 네게 곧장 걸어왔니?"

"네, 개울가에서요. 내가 돌아보니 그가 거기 서 있었어요." 나는 드래건에 관해서는 언급하지 않기로 했다. 아빠는 내가 아델린만큼이나 미쳤다고 생각할 것이다.

"그가 그들의 마법사인 게 틀림없어." 아빠가 말했다. "축복을 그렇게 뚫고 들어온 걸 보면."

"저도 그렇게 생각해요." 내가 말했다. "아니면 목사님이 그날 개울을 축복하지 않았는지도 모르죠."

"그가 뭘 입고 있던?"

"상의는 드래건 가죽 망토요." 내가 말했다. "하의는 사슴 가죽 같았어요. 샅바와 다리 덮개였어요. 머리에는 드래건의 볏 깃털을 꽂고 있었고요."

아빠가 고개를 끄덕였다. "남자들 몇 명도 멀리서 그를 봤다고 하는구나. 이제 그를 다시 한번 불러들여야 할 때가 된 것 같다."

*

내가 아침 축복을 시작한 후부터 아빠는 내게 물 길어오던 일을 그만두게 했다. 사실 모두 내가 가능한 한 축복의 중심에 가까이 머물러 있길 원했기에, 나는 도슨 목사가 그랬던 것처럼 그늘에 앉아 다른 사람들이 일하는 것을 지켜보았다. 심지어 조 프랭클린조차도 이제는 나를 보고 웃지 않았다. 어쩌다 한 번 나를 바라볼 때도 조심스럽게 경의를 표할 뿐이었다.

나는 다른 마차 행렬이 도착하면 무슨 일이 벌어질지 궁금했다. 그들의 마법사가 지금 내 일을 맡게 된다면 나는 다시 물을 긷게 될까? 여자애들도 자라서 마법사가 될 수는 있지만 나는 여자가 제대로 자격을 갖춘 목사가 될 수 있으리라고는 생각해본 적이 없었다. 하지만 이런 변경 지역에서는 상황이 달랐다.

적어도 지금 난 잘 보호받고 있었다. 심지어 아빠는 내가 더 이상 아델린 옆에서 자면 안 된다고 결정했다. 그 애가 한밤중에 공포에 질려 깨어나서 또 무슨 짓을 벌일지 모르기 때문이었다. 게다가 오세이지는 지난번에 그 경고를 내게 전달하고도 그들의 마술사를 마치 정찰병처럼 우리에게 보냈다. 확실히 그들은 무슨 일이 일어날지 알고 있었다.

우리는 그들이 알고 있다고 의심했어야만 했다.

조 프랭클린도 그를 잡아서 데리고 오는 원정대에 속해 있었다. 나는 그들이 경계 지역을 가로질러 블레싱 마을로 넘어오면서 승리의 환호성을 지르는 것을 들었다. 너무도 당연하게 조 프랭클린과 그의 친구들은 나와 아빠에게로 곧장 달려왔다. 조 프랭클린이 그 인디언을 말에서 밀어 우리 발치에 내려서게 했다. 몸이 묶인 인디언이 바닥에 세게 떨어졌지만, 그는 아무 소리도 내지 않았다. 아빠가 그를 굴려 등이 바닥에 닿도록 하고는 조 프랭클린에게 미소 지었다. "잘했네, 프랭클린." 아빠가 말했다. "이 자가 네가 만났던 인디언이니, 해티?"

나는 그를 내려다보았다. 누군가 그를 구타했는지 그의 얼굴이 부어올라 있었고, 드래건 가죽 망토는 사라지고 없었다. "맞아요." 나는 대꾸했다. "그런 것 같아요."

인디언은 계속 눈을 감고 있었지만 내 목소리를 들었을 때 그의 눈이 실룩이는 것을 보았다.

"달빛 속에서 해야만 해요." 조 프랭클린이 아빠를 보며 히죽 웃고는 말했다.

"물론이지. 내가 그때까지 이자를 계속 지켜보지."

아빠는 블레싱 마을 표지판에 그를 묶어 두고는 달아나지 않는지 확인하기 위해 그늘에서 그를 지켜보았다.

"조 프랭클린이 뭘 한다는 거예요?" 나는 물었다.

"프랭클린은 아무것도 하지 않아, 해티. 그건 네가 해야 하는 거야. 내가 힘에 관해서 했던 얘기 기억하니? 그의 심장을 먹으면 넌 그와 마찬가지로 드래건을 네 마음대로 다룰 수 있게 될 거야. 드래건은 거친 동물이란다. 늑대보다 더 거칠지. 그들의 마법이 드래건을 다룰 수 있게 하는 게 분명해. 우리가 그의 심장을 먹고 시체를 태워버리면 그의 마법에서 훔칠 수 있는 것은 훔치고 나머지는 파괴해버리는 거지."

이제 그는 눈을 뜨고 있었다. 나는 그 사실을 깨달았다. 그는 우리를 보고 있었다. 사람들이 그의 심장을 어떻게 먹어 치울지 이야기하는 것을 듣고 있는 사람치고는 매우 침착해 보였다. "내가 저 남자를 죽이고 심장을 뜯어내야 한다는 말씀이신가요?"

"네가 저자를 죽여야만 해." 아빠가 말했다. "내가 너를 대신해서 심장을 꺼낼 수는 있지만, 죽이는 건 반드시 네가 해야만 한다. 그 후에 심장을 먹는 건 그렇게 어렵지 않을 거야. 이미 한 번 해봤잖아."

그런 이야기를 하면서도 아빠는 흠잡을 데 없이 침착했다. 나는 산책을 해야겠다고 마음먹었고 아빠는 나를 보내주었다.

엄마는 반쯤 지어진 집에 앉아서 튀긴 빵과 잭래빗 스튜를 만들고 있었다.

"그들이 인디언을 데려왔어요." 내가 말했다.

"그거 다행이구나." 엄마가 말했다. "정말 잘됐네, 안 그래? 해결해야 할 문제가 많잖아."

"아빠가 내게 뭘 바라는지 아세요?"

엄마가 깊이 한숨을 내쉬었다. "아빠가 네게 목사님을 대신하도록 했을 때, 난 기쁘지 않았어. 마법은 숙녀가 할 만한 일이 아니거든. 내가 다시 얘기하마. 하지만 우리에게 선택의 여지가 별로 없었다는 것도 알아. 우리는 일종의 보호를 받아야만 하잖니."

"하지만 이제 아빠는 내가……."

"쉿." 엄마가 내 말을 가로막았다. "아델린이 들으면 안 돼. 기분 나빠 할 거야." 아델린은 집 뒤의 그늘에 앉아 양말을 수선하고 있었다. "이제 약물도 거의 다 떨어졌어. 그게 다 떨어지면 그때는 어떻게 해야 할지 모르겠구나. 드래건에게 잡힐 곳으로 아델린이 도망치려 해도 내가 그 애를 통제할 수 없을지도 몰라. 만약 드래건이 더는 오지 않는다면, 그렇게 된다면 훨씬 나을 것 같지 않니?"

"물론이에요." 내가 말했다. "당연히 나도 드래건은 오지 않았으면 좋겠어요."

"음, 그렇다면 그걸 통제하는 법을 배워야겠지, 안 그래? 여기 있는 다른 사람이 그걸 할 수 있을 것 같지는 않구나."

다시 표지판이 세워진 곳으로 갔다. 이번에는 조 프랭클린이 인디언을 감시하고 있었지만 내가 다가가는 것을 보고는 발을 질질 끌며 가버렸다. 나는 그늘에 다시 앉았다. 인디언이 나를 보고 말했다. "안녕, 해티."

"내 이름을 어떻게 알아요?" 나는 물었다. "여기 사람들이 너에 관해 이야기하더구나. 그들은 널 두려워해."

"조 프랭클린이 겁을 집어먹고 있다면 그건 괜찮아요."

"날 풀어줘." 인디언이 말했다. "내가 널 우리 부족이 있는 마을로 데리고 갈 수 있어. 네 동생도 함께. 우리 족장의 집으로 가서 보호를 청하면 네가 원하는 대로 해줄 거야. 오세이지는 너처럼 재능이 있는 사람을 경외하거든. 남자든 여자든 상관없이."

"백인이라도요?"

"난 네 재능이 새의 깃털처럼 너를 에워싸고 있는 걸 볼 수 있어." 그가 말했다. "너는 이미 목사였던 존재보다 더 위대하단다. 네가 우리 부족의 리틀 올드 맨과 함께 공부해서 성숙해진다면, 너는 하늘에 명령해서 비를 내릴 수도, 물소와 거위를 불러올 수도 있으며, 불에게 땅으로 돌아가라고 할 수도 있을 거야."

"아니면 내가 당신에게서 그 힘을 빼앗을 수도 있죠." 내가 말했다.

"그럼 후회하게 될 거야."

"어떻게 그렇게 영어를 잘해요?" 내가 그에게 물었다. "백인 마법사들을 먹어서 배운 거예요?"

"아니. 한동안 백인 육군 장군의 정찰병이었어."

"그럼 한때는 백인을 위해 일했고 이제는 우리에게서 등을 돌렸다는 건가요?"

"너희는 이곳에 속하지 않아." 그가 말했다. "우리가 속하지. 들어보렴, 해티. 네가 우리 부족과 함께 살고 싶지 않다면 돌아가라고 이 사람들을 설득하렴. 떠나기만 하면 너희는 안전할 거야."

"내가 사람들을 설득해야 한다고요? 저들이 왜 내 말을 듣겠어요?"

"그들은 네 말을 들어야만 해. 네가 그들을 보호하길 거부하면 그들은 모든 걸 잃게 될 테니까."

나는 화가 나서 마을 경계선 부근으로 성큼성큼 걸어갔다. 드래건은 오늘 어디에서도 보이지 않았지만, 우리 경계선 너머 흔들리는 풀숲 속에서 나는 다른 누군가의 마법 냄새를 맡은 것 같다고 생각했다. 인디언에게 가라고? 하지만 그는 백인 마술사도 그들의 마술사처럼 경외하느냐고 물었을 때 대답하지 않았다. 이 인디언은 백인의 정찰병이었다. 모르긴 해도 영어를 꽤 잘하는 걸 보면, 아마 몇 년간은 그랬을 것이다. 그러나 그가 진실로 우리의 일원이었던 적은 없었으리라는 건 분명했다. 나 또한 그들 중 한 명이 될 수 없었다. 내가 보호를 요청하면 그들은 나를 죽이지는 않을 수도 있겠지만, 난 그의 제안을 조금도 신뢰하지 않았다.

그럼 어쩌지? 돌아가? 아델린 입장에서 오하이오로 돌아가는 것보다 더 바라는 일은 없을 것이다. 그곳에서라면 그녀는 드래건과 인디언, 그리고 어머니가 벅벅 문질러 빨았지만 전혀 깨끗해지지 않은 피로 얼룩진 드레스에 관한 모든 것을 잊을 수 있을지도 몰랐다. 아델린이야말로 예쁜 쪽이었다. 그녀는 자신에게 필요한 조용한 삶을 가져다줄 견실한 남자와 결혼할 수도 있을 것이다. 물론 아빠가 내게 불같이 화를 내리라는 건 너무도 뻔했다. 하지만 그것에 관해서는 너무 많이 생각하고 싶지 않았다.

내가 오하이오에 가서 뭘 하겠는가? 난 영리하지도 예쁘지도 않은 마법사이자 소녀였다. 어쩌면 특별하고 강력한 힘을 가진 마법사라고 광고하며 내 가게를 차릴 수 있을지도 모르겠다. 내가 하늘에 명령하는 법을 배울 능력이 있다면, 수맥을 찾거나 산파 능력을 배울 수도 있지 않겠는가. 클리블랜드에는 한 노부인이 정말 좋은 집에서 살고 있었는데, 그렇게 마을 외곽에 나가 사는 것도 괜찮을 것 같았다. 나는 아델린의 아이들이 가장 좋아하는 이모가 될 수도 있을 것이다.

아니, 나는 국경에서의 자유를 원했다. 내가 그대로의 나일 수 있는 곳은 블레싱 마을 외에는 아무 데도 없었다.

*

나와 남자들은 달빛 아래 다시 모였다. 아빠는 먼저 나를 옆으로 데리고 가서 권총을 보여주었다. "이 방법이 네게 가장 쉬울지도 모른다고 생각했다. 그냥 머리에 대고 방아쇠를 당기면 돼. 나머지는 내가 처리하마."

남자들이 근처에 모닥불을 피웠다. 도슨 목사의 유골은 블레싱 마을 표지판 옆에 묻혔다. 그의 마법 일부는 마을을 지키기 위해 남아 있을지도 모르기 때문이었다. 그리고 인디언의 유골은 불태워질 예정이었다.

손이 땀으로 미끈거려서 나는 연달아 치마에 손을 문질러 닦아야 했다.

조 프랭클린이 인디언에게 눈가리개를 씌웠다. "네가 운이 좋다고 생각해." 그는 내게도 들릴 정도의 큰소리로 인디언에게 말했다. "빨리 끝내주려고 우리가 해티에게 총을 줬거든. 만약 나더러 하라 그랬으면 천천히 시간을 들여 칼로 처리했을 거야."

나는 모닥불이 만들어내는 둥근 불빛 가장자리에서 인디언을 응시했다. 손이 떨려왔다. 아빠가 내 어깨에 손을 얹고 앞으로 걸어가게 하더니 내 손에 권총을 쥐여주고는 손가락으로 감아 잡게 했다. 총은 차고 매끄러웠으며 손에서 계속 땀이 나고 떨렸다. 권총을 들어 올리려고 하자 총이 손에서 미끄러져 떨어졌다. 발사되지 않은 채 그냥 쿵 소리를 내며 내 발 옆을 때렸다. 인디언의 몰아쉬는 숨소리가 들렸다. "네겐 아직 선택의 여지가 있어." 그가 매우 조용하게 말했다.

나는 총을 집어 올리려 몸을 웅크리고 앉았다. "아무래도 직접 하셔야 할 것 같네요." 조 프랭클린이 아빠에게 말했다. "아무래도 해티는 못 할……."

"저 애가 할 거야." 아빠가 말했다.

이번에는 양손으로 총을 쥐고 인디언을 바라봤다. 그는 가만히 서 있었고, 나는 눈가리개 밑에 있는 그의 눈이 크게 뜬 채 나를 바라보고 있다고 생각했다. 나는 깊이 심호흡을 하고 머리에 총구를 들이댔다.

방아쇠를 당겼을 때도 총은 미끄러지지 않았다.

소음에 귀가 멀 것 같았고 나는 헐떡이며 뒤로 물러섰다. 총의 반동으로 손에 멍이 드는 느낌이었고, 인디언의 머리는 거의 날아가서 피범벅이 된 덩어리로 남았다. 조 프랭클린에게 피가 온통 흩뿌려졌지만, 그는 침착하게 얼굴에 묻은 피를 닦아냈다. 인디언의 몸이 축 늘어지자, 아빠는 그를 풀어서 바닥에 눕히기 위해 나를 옆으로 밀어냈다. 아빠가 칼을 꺼냈다. "여자들을 깨우게." 아빠가 할 일을 하며 남자에게 말했다. "이번에는 모두가 먹을 거야."

"아델린도요?"

"아니. 아델린은 아니야. 하지만 나머지 사람은 전부."

아빠가 심장을 자르는 동안 여자들이 둘러선 원에 합류했고 나는 엄마와 다른 여자들이 한 조각씩 받아먹는 것을 지켜보았다. 아빠는 나를 위해 마지막 조각을 남겨두었다. 목사의 심장은 짜고 질겼지만 인디언의 심장은 입안에서 불처럼 타올라 겨우 삼킬 수 있었다. 눈시울이 뜨거워졌지만 아무도 내가 두려움이나 슬픔에 울고 있다고 생각하지 않도록 시선을 돌렸다.

"가서 자거라, 해티." 아빠가 말했다. "나머지는 우리가 처리하마."

자는 동안 나는 천 마리의 드래건이 울부짖는 소리를 들었고 고개를 들어 올려다보니 엄청난 드래건 무리가 하늘을 검게 물들인 것이 보였다. "그만해." 그들에게 소리 질렀다. "가버려. 난 하늘에 명령할 수 있어!" 그들은 내 말을 듣지 않았다. 대신 먹이를 찾는 독수리처럼 급강하해서 우리 모두를 붙잡았다.

나는 꿈에서 달아나려고 했지만 발이 땅에 붙어 움직이지 않았다.

소리를 질러 도움을 청하려 했지만 말이 목에 걸려 나오지 않았다. 그러다가 드래건의 발톱이 몸을 찢고 들어왔지만 내가 할 수 있는 일은 아무것도 없었다. 나는 그동안 수없이 많은 악몽을 꾸어왔기에 그게 악몽이라는 것을 충분히 알아차렸다. 따라서 곧 꿈에서 깨어나리라고 생각했지만, 대신 다시 초원으로 돌아가 하늘을 시커멓게 뒤덮은 드래건을 올려다보고 있었다…….

*

그리고 이제 인디언이 전쟁에서 지르는 함성을 들었다. 그들이 말을 타고 우리를 향해 달려오는 것을 보았다. "그만!" 소리쳤지만, 발굽소리가 지축을 뒤흔들었다.

나는 달아나려 했지만 그럴 수 없었고, 소리 질러 도움을 청하고 싶었지만 목소리가 나오지 않았으며, 말들은 나를 풀밭처럼 짓밟았고, 나는 내가 깨어나리라고 생각했다…….

*

불길이 다가오고 있었다. 대초원을 휩쓴 불길은 마른 잔디를 태우며 장벽처럼 다가오고 있었다.

나는 누구도 도저히 넘어설 수 없는 그 괴물의 열기를 온전히 느낄 수 있었다…….

아델린은 어디에 있지? 아델린은 어디에 있지?

*

"일어나! 정신 차려!"

아델린이 신경질적으로 흐느끼면서 내 어깨를 흔들어대고 있었다.

"해티, 일어나. 아, 왜 아무도 깨어나지 않는 거야? 정신 좀 차려봐." 그녀는 울부짖었다.

"나 일어났어." 내가 중얼거렸지만 사실은 아니었다. 정말 깨어난 게 아니었다. 억지로 눈을 뜨자 아델린의 얼굴을 볼 수 있었지만, 눈을 감자마자 또다시 주위로 불길이 휘몰아쳤다. 눈을 떴을 때 태양이 내 눈을 그을렸다. 새로운 하루가 밝았고 나는 축복을 갱신해야 했다. 마법이 주위에서 휘몰아치는 소리를 들을 수 있었지만 내가 그것을 향해 손을 뻗었을 때 그것은 나를 불길처럼 태워버렸다………

*

아델린은 어디 있지? 어디? 어디?

"나 여기 있어, 해티." 아델린의 목소리가 흐릿하게 들렸다. "나 내내 여기 있었어."

나는 눈을 뜨고 일어나 앉았다. 꿈은 사라졌다. 나는 흠뻑 젖어 있었고 입안은 모래를 씹은 듯 뻑뻑하고 끈적거렸다. 어두웠고 불길은 없었다. 달빛 속에서 마을 주변을 알아볼 수 있었지만 딱 그 정도였다.

"나는 괜찮아." 일어나 앉으며 아델린에게 말했다. "정신 차렸어. 그런데 무슨 일이야?"

"나는 나흘 전에 일어났어." 아델린이 말했다. "그런데 다른 사람은 모두 잠들어 있었어. 너, 아빠, 엄마…… 나 이외의 모든 사람이. 깨우려고 하니까 아빠는 꿈결에 드래건을 마구 때리면서 고함을 질러댔어. 엄마도 마찬가지였고. 그리고 너마저. 다른 사람도 모두 다. 나는 인디언이 와서 우리를 끝장내주기를 기다리고 또 기다렸지만, 그들은 오지 않았어……."

"마실 것 좀 줄래?" 내가 꺽꺽거리며 말하자 아델린은 눈물을 터뜨리며 국자를 건네주었다. 나는 깊이 들이마셨다.

"나는 네 옆에 앉아 있었어." 아델린이 말했다. "내가 물을 먹일 수 있었던 유일한 사람이 너였으니까. 가끔 네가 살짝 깨어나면 물을 좀 삼키게 할 수 있었어. 엄마…… 아빠는……."

"두 분도 지금쯤은 깨어났을지 몰라." 나는 유쾌하게 말하면서 일어서려 애썼다. 다리가 말을 듣지 않았다. "나 좀 도와줄래?"

아델린은 고개를 저었다. "두 분은 돌아가셨어." 그녀가 말했다. "도저히 물을 마시게 할 수 없었어. 그리고 햇볕 속에서…… 모두 다 죽었어, 해티. 엄마, 아빠, 조 프랭클린, 모두 다. 너와 나를 제외한 모두가."

*

인디언 마법사는 새벽에 왔다. 그녀는 할머니라고 해도 될 만큼 나이 많은 여자였다. 그녀의 마법 냄새를 맡았을 때, 나는 그녀가 하늘, 바람, 물소 떼, 그리고 드래건에게 명령할 수 있으리라고 생각했다.

"너는 경고를 받았어." 그녀가 말했다.

"맞아요." 내가 대꾸했다.

"네가 선택한 거야." 논쟁의 여지가 없는 지적이었다.

"아델린은 아니에요."

"그건 사실이지." 그녀가 대꾸했다. "네 동생은 우리와 함께 머물 수 있어. 그녀는 이곳에서 안전할 테고, 쉬면서 회복하게 될 거야. 1, 2년쯤 후에 그녀가 너희 사람들에게 돌아가기로 선택한다면 우리는 그녀를 데려다줄 거야."

"나는요?" 내가 물었다.

"우린 네게 메시지를 건넸어." 그녀가 말했다. "네가 살해한 사람, 시스-파Sees Far(멀리 보는 사람)가 네게 메시지를 전달했지. 우리는 이곳에 속해 있어. 너희는 이곳에 속하지 않았어. 우리는 그 메시지와 함께 너를 다시 돌려보냈어. 나머지 사람들에게 전달하라고."

"그들이 듣지 않으면요?"

"그러면 그들은 네 독이 든 심장을 먹고 네 운명을 겪게 되겠지."

*

나는 여전히 꿈속에서 드래건의 소리를 듣는다. 때때로 그들은 시스-파의 목소리로 내게 말한다. 또 때로는 아델린의 목소리로 말한다. 그리고 가끔은 이해할 수 없는 말을 한다. 이제 그들은 밤마다 나를 잡아먹지 않는다. 가끔씩 잡아먹을 뿐이다.

그런 꿈속에서 내가 시스-파에게서 찢어낸 힘은 마치 대초원의 불길처럼 내 주위에서 일어난다. 야성적이고 강력하며 전적으로 내 통제를 벗어난 힘이다. 가끔 내가 시스-파를 풀어주고 그의 부족민에게 보호를 청했다면, 이 힘이 과연 어떤 기분일지 궁금해질 때가 있다. 만약 내가 그를 집어삼키는 대신 배우려고 했다면.

아, 나는 용서를 구했다. 나는 위안을 구했고, 석방을 청했다. 그러나 지금까지는 전부 거부당했다.

어쩌면, 내 친구여. 그대는 내게서 이 짐을 가져가고 싶을지도 모르겠다. 나를 묶고, 어두워지길 기다려서 내 심장을 집어삼키는 것으로 내가 사용할 수도 감당할 수도 없는 힘을 가질 수 있을지도 모른다. 어쩌면 블레싱 계곡에서 일어난 일로 나를 이끌어간 것은 오세이지의 위대한 힘이 아니라, 나 자신의 약점이었을지도 모른다. 그대는 강하다. 그대는 영리하다. 그대는 자신감 넘친다. 어쩌면 내 심장과 힘을 먹어서 시스-파가 스스로를 희생하면서까지 보호하고자 했던 사람들에게 해를 입힐 수 있을지도 모르겠다.

혹시라도, 어쩌면, 나는 그의 말을 듣지 않았으나 그대는 듣게 될지도 모르겠다.

그대가 현명하다면, 친구여. 이곳으로 돌아오게 될 것이다.

저자의 노트

어른이 되어 『초원의 집』 시리즈를 다시 읽었을 때, 나는 어린 시절 내가 얼마나 많은 내용을 놓치고 읽었는지 깨닫고는 충격을 받았습니다. 특히 『초원 위의 작은 집』이 그렇더군요. 책 속에서 파(아빠)는 불법인 줄 알면서도 의도적으로 인디언의 영토로 이주합니다. 그는 그곳이 다른 이들의 땅이라는 사실을 알면서도 그 땅에 정착하죠.

책 초반에 로라는 이에 관해 몇 가지 질문을 하지만 조용히 하라는 주의를 듣습니다. 나는 인디언이 그 가족의 집으로 찾아오는 장면을 기억하고 있었지만, 어른이 되어서 그 장면을 다시 읽자 어린 시절 놓친 세세한 지점을 알아볼 수 있었습니다. 로라는 그 인디언들의 갈비뼈가 피부 위로 툭툭 불거져 있다고 묘사합니다. 죽을 정도로 굶주린 남자들을 묘사하고 있는 것이죠. 그렇다면 그들은 왜 굶주렸을까요? 불청객 이웃이 그들의 땅을 강제로 빼앗기 위해 그들의 밭을 불태우고 있었기 때문입니다.

미국의 백인 작가들은 아메리카 원주민과 서부 개척지에 관한 책을 계속 써오고 있지만, 우리가 이야기해온(그리고 계속해서 이야기하는) 그 많은 내용이 대단히 정직하다고 말할 수는 없습니다. 흔히 아메리카 원주민 영토의 강탈이나 그들의 이주는 누군가에 의해 저질러진 어떤 끔찍한 일이라기보다는 저절로 일어난 자연재해처럼 취급됩니다. (실은 백인이 저지른 짓이죠.) 많은 이야기가 그들에게 다가가서 자신의 운명을 라코타족(혹은 나비족)과 함께하는 외로운 백인에게 초점을 맞춥니다. 이러한 이야기는 백인 독자와 관객에게 그들이 '좋은 사람 중 하나'가 되리라고 스스로를 안심시키는 데 이용할 수 있는 견고한 틀과 함께 과거를 편안하게 바라볼 수 있는 창을 제공하죠.

나는 그와는 다른 창을 제공하는 이야기를 쓰고 싶었습니다. 「블레싱 계곡에서 일어난 일」은 전혀 미화하지 않은 백인 관점으로, 심지어 사실적으로 쓰는 것이 가능하기는 한지 곰곰이 생각해본 결과 나온 작품입니다. 나는 이 이야기가 내 목적에 부합하는지, 그렇지 않은지는 아직도 확신하지 못합니다.

대청소

1. 현관 입구

마그다와 나는 3년 동안이나 서로 연락 한 번 없이 지내던 참이었지만, 엄마의 집에서 만날 수밖에 없었다. 그녀와 노라, 그리고 나는 엄마의 집을 팔기 위해 그 집을 치우고 정리해야 했다.

마그다와 노라는 서로 대화를 나누었고 나와 노라도 대화를 했지만, 노라가 이제 더는 단 1분도 우리의 중재자 역할 같은 건 하지 않을 거라고 말했다. 5분 동안 인상을 찌푸리고 겨우겨우 참아낸 끝에 한 말이었다. 만약 우리가 비뚤어진 어린애들처럼 구는 걸 그만두지 않으면, 자신은 바로 집을 나가서 둘이 엄마의 모든 잡동사니를 정리하든 말든 신경 쓰지 않겠다고 선언한 것이다.

그 일을 예상하는 것만으로도 너무 끔찍해진 우리는 겁을 집어먹고 어쩔 수 없이 태도를 고쳐야 했다. 해야 할 일이 너무 많았기 때문이었다. 부모님은 산이 많은 구소련 공화국 출신의 이민자였다. 입고 있던 옷 외에는 아무것도 없이 빈손으로 미국으로 건너왔지만, 그 뒤로 아무것도 버리지 않은 게 분명했다.

우리는 각자 내키는 장소부터 시작했다. 마그다는 어디가 됐든 주방용품을 받아주는 지역 자선 단체에 기부할 거라며 부엌에서 뒤틀린 쿠키 시트와 코팅이 다 벗겨지고 이도 나간 프라이팬 등을 포장했다. 노라는 지하실을 맡았다. 그곳에 보관해둔 많은 것이 습기에 망가지고 곰팡이가 피어 있었기 때문에, 전부 다 끌어내서 빌려온 대형 쓰레기통에 곧장 집어넣었다.

나는 사람들이 부츠를 벗어두고 코트를 걸어두는 작은 공간이 있는 현관 입구에서 시작했다. 일단 좁은 공간이라 그럭저럭 할 만하다는 느낌이 들었기 때문이었다. 코트 걸이 위쪽에는 선반이 하나 있었는데, 보통 가정이라면 우산이나 모자를 보관했을 법한 위치였다. 그러나 아빠는 깃발을 수집하고 보관하는 데 사용했다. 7월 4일 독립기념일 거리 행사에 참석하면 사람들에게 흔들라고 나눠주는 작은 깃발을 모두 알고 있을 것이다. 아빠는 행사가 끝나면 사람들이 그런 것을 아무렇지도 않게 버린다는 사실을 못마땅해했다. '여기 사람들은 자유를 감사히 여길 줄 몰라. 전혀 몰라. 모든 걸 너무 당연하게 여기지.' 아빠는 깃발을 주워 올리며 투덜대곤 했다. 우리의 깃발뿐 아니라, 축제 후 땅에 떨어진 것들 모두 주워 챙겼다. 하지만 그걸 가지고 뭔가를 한 건 아니었다. 그저 끊임없이 주워서 현관에 있는 신발 상자에 모두 보관했을 뿐이다.

아빠는 10년 전에 세상을 떠났다. 엄마는 버려진 깃발을 주워오는 것에 그리 강박적이지는 않았지만, 역시 아무것도 버리지 않았기 때문에 깃발도 여전히 남아 있었다. 나는 식탁에 앉아 하나하나 훑어보기 위해 상자들을 내려서 부엌으로 가지고 갔다. (신발 상자에 깃발이 가득 차 있으리라고 확신하기는 했지만, 그래도 뭔가 우리가 원하는 다른 게 들어 있을지 모른다는 기대가 없지는 않았다.)

"그건 다 어떻게 할 거야?" 마그다가 물었다.

"쓰레기통." 내가 대꾸했다.

"뭐라고? 그건 안 돼! 아빠가 솔기를 뜯어내려고 모아둔 거잖아."

"아빠는 이제 없어." 내가 지적했다. 깃발들은 너무 오래되어서 염료가 침출되고 색도 바랬다. 막대에 남아 있는 건 바스러지기 쉬운 회색 누더기였다.

"국기는 예의를 갖춰서 처분해야 하는 거야. 여기서 태어난 애들에 대해 아빠가 늘 지적하던 말이 사실이라는 걸 증명해 보이고 싶은 거야? '어떻게 존중이라는 걸 몰라! 너희들은 자유를 너무 당연하게 생각해!'" 마그다는 아빠가 평생 고칠 수 없었던 억양을 흉내 냈다.

"네가 영원히 보관하고 싶다면, 얼마든지 그렇게 해. 내가 대신 차에 실어줄게."

"내 생각에는 미국재향군인회에 가져다주면 받을 것 같은데." 노라가 곰팡이 핀 크리스마스 장식물 상자를 하나 들고 지하실에서 올라오며 말했다.

나는 그것들을 차에 싣고 재향군인회에 가져다주고 싶지 않았다. 실제로 한 무더기의 오래되고 빛바랜 장난감 깃발이 미국재향군인회의 깃발 캠프파이어 대신 쓰레기통 바닥으로 들어가는 신세가 된다고 해서 누구 하나 신경 쓰는 사람이 있기는 할까? 게다가 재향군인회는 대부분 실물 크기의 진짜 깃발을 태우지 않나? 하지만 어찌 됐든, 나는 마그다와 평화를 유지하려 애쓰고 있었다. 그것들을 내 미니밴에 싣고 가장 가까운 미국재향군인회까지 운반해 가서 의심스러운 표정의 총무에게 던져주고 나와버렸다.

현관 출입구에는 망가진 우산으로 꽉 찬 우산꽂이도 있었고, 엄청나게 수집해놓은 한 짝만 남은 장갑과, 고양이가 오줌이라도 쌌는지 냄새가 코를 찌르는 모자 하나, 한때는 화초가 있었을지도 모를 플라스틱 화분들 그리고 비닐봉지로 가득 찬 스물여섯 개의 비닐봉지도 있었다. 모두 유형별로 정리돼 있기까지 했다.

그것들은 모두 쓰레기통으로 들어갔기 때문에 다루기 쉬운 편에 속했다. 그보다 어려운 것은 마그다가 초등학교 3학년 때 오븐용 굽기 키트로 만들었던 10여 개의 선캐처(아메리카 원주민들이 창문으로 햇빛의 좋은 기운을 들여올 용도로 만들었던 색유리 장식품이다_옮긴이)였다.

"하나쯤은 남겨둬." 노라가 다른 상자 하나를 들고 지나가며 말했다. "엄마가 좀 회복돼서 요양원으로 옮겨가면 엄마 방에 걸어둘 수 있을 테니까."

"엄마는 회복되지 않을 거야." 내가 말했다. "절대로 회복되지 않을 거야. 손상이 너무 컸어."

노라가 내 손에서 선캐처를 낚아챘다. "그럼 엄마를 포기해. 어쨌든 난 엄마 방에 선캐처를 걸어둘 거야."

*

II. 옛날이야기

몇 가지 명백한 이유로 부모님은 물건을 버리지 않고 쌓아두는 것을 좋아했다. 거실은 책장과 큰 캐비닛으로 가득 차 있었는데, 캐비닛은 아래 찬장이 있고 위로 선반이 있는 형태였다. 일부 선반에는 우리가 어렸을 때 선물로 샀던 작은 장신구들과 학교에서 만든 물건들, 행사에서 추첨으로 따낸 거대한 놋쇠 코끼리 같은 장식용 물건이 잔뜩 진열되어 있었다. 놋쇠 코끼리는 다리 사이에 이런저런 물건을 끼워 넣을 정도로 컸는데, 그중에는 일종의 장식용 돌로 조각한 또 다른 코끼리도 하나 포함되어 있었다. 그뿐만 아니라 홀더에 끼워진 인형 여섯 개 크기의 유리 음료수병과 열쇠고리에 끼워 다닐 수 있는 손전등도 있었다.

우리 셋은 거실에 다시 모였다. 첫 번째 도전 과제는 캐비닛에서 찾아낸 잡동사니들이 어떤 식으로든 가치가 있을지 여부를 결정하는 일이었다. 누군가 차고 세일에서 흉측하게 생긴 놋쇠 코끼리를 하나 사서 들고 왔는데, 알고 보니 그게 엄청나게 유명한 누군가가 만든 것이더라 하는 식의 이야기를 들어보지 못한 사람이 있을까? 하지만 황동 코끼리 배에는 '메이드 인 차이나'라고 적혀 있었고 그건 나쁜 징조였다. 조각된 코끼리는 마그다가 가져가고 싶어 했다. 물론 난 아무래도 상관없었다. 그때 난 또 다른 캐비닛을 열었는데, 음정이 맞지 않는 끙끙대는 듯한 전자음 소리가 한 무더기의 장난감과 함께 쏟아져 나왔다.

그걸 거기 넣어둔 사람이 나라는 건 너무도 명백했지만 그 모든 것을 까맣게 잊고 있었다. 마그다가 바로 옆에 서 있다는 것을 알았기에 그것들을 바라보는 가슴이 철렁 내려앉는 것 같았다.

너무도 당연하게 마그다는 뺨이라도 한 대 맞은 듯이 숨을 헉 들이마시고는 말했다. "나 잠시만 쉬었다 올게." 그러고는 성큼성큼 걸어서 빠르게 방을 나가버렸다.

노라가 나를 쏘아봤다. 나는 한숨을 쉬고는 장난감을 집어 올리기 시작했다. "이게 여기 들어 있다는 걸 잊고 있었어." 내가 말했다. "어쨌든…… 마그다도 이제는 애가 있잖아. 어쩌면 몇 개는 가져가고 싶을지도 몰라." 아마도 아닐 것이다. 내 딸들이 이 끔찍한 전자 기기들을 항상 기쁘게 열어젖히던 것과 달리 나는 늘 장난감을 이 집에 남겨두고는 "됐어, 다음에 여기 와서 또 가지고 놀면 되잖아!"라고 말했던 것을 기억해냈다.

우리 세 자매는 누구도 임신이 되지 않았다. 음, 솔직히 노라에 대해서는 확신이 없다. 내가 임신하기 위해 고군분투하는 것을, 그다음에는 마그다가 애쓰는 것을 지켜보던 노라는 고양이를 잔뜩 입양했기 때문이다. 하지만 나는 남편 댄과 함께 몇 년 동안이나 노력했다. 내 경우에는 확실히 배란은 정상적이었지만 난자에 심각한 문제가 있었다. 수정이 되지 않았다. 우리가 처음 체외수정을 시도했을 때 배란을 통해 열여섯 개의 난자를 얻을 수 있었다. 하지만 그중 단 하나에서도 감수분열이 일어나지 않았다. 두 번째 시도에서 우리는 열아홉 개의 난자를 얻었지만 결과는 같았다. 그 후 우리는 친자식을 얻는 데 포기했다.

그리고 두 번 입양을 했다. 딸들은 내 인생의 빛이고 엄마도 손녀들을 귀여워했다. 둘째 아이는 마그다가 자신의 불임 사실에 너무도 크게 좌절해 있을 때 우리에게 왔다. 마그다는 아이들의 사진을 보는 것만으로도 너무 고통스러워했기 때문에, 내가 페이스북에 사진 올리는 것을 그만두거나 적어도 필터 기능을 이용해서 자신에게는 보이지 않게 해 주기를 바랐다.

내가 2차 체외수정을 시도할 때 그녀가 내 고통에 눈을 데굴데굴 굴리면서 "그냥 입양하지 그래?"라고 물었다는 사실은 그냥 눈감아주기로 했다고 치자. 사실 그때 마그다는 자신도 불임이라는 사실을 몰랐으니까. 그때 난 맨손으로 마그다를 죽여버리고 싶다는 감정을 가까스로 참아내야 했다. 나는 필터 기능을 쓰지 않았고 불임인 자매의 입양된 아이들 사진을 보는 게 그 정도로 고통스럽다면 내 페이스북을 보는 걸 그만두라고 말했다. 그리고 결국 우리는 노라가 악수를 하고 서로 예의 바르게 행동하라고 요구하기 전까지 서로 연락을 끊은 채 지냈다.

마그다는 한 번의 체외수정을 시도하고는 포기했다. 그리고 오랜 기다림 후 마그다 부부도 아이를 키우게 되었다. (그들은 정말 정말 신생아를 원했고, 댄과 나는 네 살 정도까지는 마음을 열어두고 있었다. 굳이 비난하자는 건 아니지만 덕분에 우리는 훨씬 빠르게 아이를 키울 수 있었다. 내 말은, 사람은 아무리 누가 뭐라 해도 결국 자기가 원하는 것만을 원하게 된다는 것이다. 음, 솔직히 나는 마그다가 마약에 노출된 아이는 입양 고려 대상에서 제외했다는 사실에 약간 비판적이기는 하다. 과학에 따르면 '크랙 베이비〈마약 중독자 부모에게서 태어난 아이에게는 장애가 있다고 믿는 편견을 반영하는 표현이다_옮긴이〉'는 잘못된 믿음에 불과하기 때문이다. 아기에게 최악의 피해를 주는 것은 술과 가난이다.)

그렇지만 내가 말했듯이, 마그다도 이제 자신의 아이를 가졌다. 하지만 내 아이들은 그 장난감을 가지고 놀기 위해 할머니의 집을 찾아왔고, 그렇게 할머니와 관계를 맺어왔다. 그러나 마그다의 아이들은 절대

그러지 못할 터였다.

엄마는 아이들을 좋아한다. 그게 바로 엄마가 내 딸들에게 조부모만이 멋지다고 생각할 수 있는 시끄러운 플라스틱 잡동사니 같은 것들을 선물해주던 이유였다. 선물을 멈추지도 않았다. 하지만 이제는 멈출 수밖에 없을 것이다. 내 아이들은 이제 일곱 살과 열 살이고 할머니에게 마지막으로 선물을 받은 건 크리스마스 때였다. 린지와 일레인은 둘 다 휴대용 비디오 게임기기를 원했고, 내가 안 된다고 하자 할머니를 떠보았다. 물론 나는 "아, 엄마. 제발, 안 돼요……"라고 말했다. 하지만 차라리 벽을 보고 언쟁하는 게 나았을 것이다. 린지는 분홍색, 일레인은 노란색 게임기를 얻었다.

마그다는 '잠시만 쉬었다' 온다고 했지만 여태 돌아오지 않았다. 나는 쓰레기통에 가져다 넣기 위해 그 불쾌한 전자 장난감들을 가방에 집어넣기 시작했다. 그러다가 유해할 수 있다는 이론상 배터리를 빼내야 하는 도덕적인 의무가 있는 건 아닌지 궁금했다. 물론 배터리를 빼내려면 모두 소형 드라이버가 필요했다. 나는 지갑에서 다용도 연장을 꺼내 장난감을 분해했다.

"우리는 왜 다 불임일까 생각해본 적 있어?" 노라가 물었다.

"그냥 불운?"

"아빠가 내게 경고한 적이 있었어."

"불임에 대해서?" 나는 다용도 연장을 내려놓고 흥미롭게 노라를 쳐다봤다.

"그래, 아빠는 그게 본 출신의 여성들에게 있는 일반적인 문제라고 했었어."

"아, 본." 나는 다용도 연장을 다시 집어 들었다. "그거 다 헛소리야. 조상 대대로 살아온 마을에서 모두가 불임이라면, 그 마을은 이미 자취를 감춰버렸을 테니까."

"그렇지." 노라가 침울하게 대꾸했다. "나도 그다지 말이 되지 않는다고 생각하기는 했어."

우리가 부모님에게 어디서 이민을 왔는지 물어보면, 부모님은 항상 본에서 왔다고 대답해주었다. 하지만 지도에서 그 누구도 본을 찾을 수 없을 것이다. 적어도 나는 지도에서 본을 찾아낼 수 없었다. 어쨌든 내가 봤던 지도는 어떤 것도 구소련 공화국의 지도는 아니었다. 부모님은 당신들이 키르기스스탄에서 왔는지 타지키스탄에서 왔는지, 아니면 완전히 다른 곳에서 왔는지 확신하지 못했다. 단지 그곳이 산악지대였고 확실히 소련이었다는 사실만 기억했다. 그건 본을 찾는 데 아무런 도움도 되지 않았다. 어쨌든 부모님은 우리가 미국에서 태어났다는 건 대단히 운이 좋고, 좋고, 또 좋은 거라고 말했다.

내가 어렸을 때 아빠는 본에 있는 재미있는 옛날이야기들을 들려주었다. 날아다니는 물고기와 산속에 사는 괴물(그것은 작지만 독을 뚝뚝 떨어뜨리는 송곳니와 전갈의 꼬리를 가지고 있었다)의 이야기와, 아빠가 형제들이 있는 집으로 돌아가기 위해 속여야 했던 소원을 들어주는 상자를 든 사악한 마법사 등의 이야기였다. 나는 지금도 여전히 그 이야기들을 좋아한다. 허풍과 전래동화 사이에는 엄연한 차이가 있기 때문이다.

그러나 본에 관해 알아낼 수 있었던 건 허풍과 전래동화가 전부였다. 마그다는 몇 년 전에 뿌리를 찾아가는 일명 유산 여행을 하고 싶어서 부모님이 태어난 곳을 찾아가보려 애를 썼지만, 부모님은 그 여행에 아무런 도움을 주지 못했다. 심지어 당신들이 어떤 언어를 썼는지조차도 알려줄 수 없었다! 마그다가 언어학자에게 들려주고 그들이 언어의 종류 범위를 좁혀줄 수 있을지 알아보기 위해 부모님에게 녹음기에 대고 그 언어로 말을 좀 해달라고 요청했을 때, 그 언어를 완전히 잊어버렸다고 했다. 마그다와 내게 1980년대에 두 분이 이따금 그 언어로 말하는 것을 확실히 들었던 기억이 있었음에도 말이다.

두 분은 사진 한 장, 기념품 한 점조차 가지고 있지 않았다. 아빠는 두 분이 등에 옷 몇 점과 자유의 꿈만을 짊어지고 왔다고 했다. (실제로 그렇게 말했다. 가슴에 한 손을 올린 채 "자유의 꿈"이라고. 그건 진심이었다.) 나는 두 분이 그렇게 물건을 쌓아두는 이유가 이곳으로 오느라 모든 것을 잃어야 했기 때문이라고 이해했다.

"두 분이 어느 시점에서는 고향으로 편지를 쓰고 싶었을 거야, 안 그래?" 나는 장난감을 재활용 쓰레기통에 넣기 위해 마지막 배터리를 꺼내 따로 가방에 담으면서 말했다. "가족들이 어떻게 지내는지 알고 싶으셨겠지."

"아마 다들 돌아가셨을 거야." 노라가 말했다.

"그들은 나치나 북한이 아니라 소련에서 도망쳐 나온 거야!"

"그래, 이상하지." 노라가 말했다.

"인정하고 싶지 않지만…… 이게 정말 놀라운 사실이고, 이런 사실을 언니에게 털어놔야 한다는 게 나도 정말 싫지만, 우리 부모님은 정말 이상했어."

*

III. 조상의 대지

그날 오후 나는 병원으로 엄마를 찾아갔다. 우리는 돌아가면서 매일 엄마를 문병하고 있었다. 변한 게 없다는 건 확실했다. 조금이라도 차도나 변화가 있었다면, 우리에게 전화가 걸려왔을 것이다. 엄마는 침대에 누워 호흡하고 있었다. 죽은 것도, 그렇다고 의식이 있는 것도 아니었다. 주변에 오가는 의사와 간호사들을 보면서 나는 병원이 조금은 참을성 없게 엄마를 대한다고 느꼈다. 사실 엄마가 침대를 차지하고 있기는 했지만 딱히 병원 치료가 필요한 시점은 아니었다. 단지 옮겨갈 만한 다른 요양 시설을 찾을 때까지 그곳에 머물러 있을 뿐이었다. 이전에도 두 번이나 옮길 뻔했었지만, 갑자기 상태가 불안정해지면서 열이 오르기 시작해 어쩔 수 없이 취소하고 말았다. 그때마다 우리는 엄마가 진짜 죽을지도 모른다고 생각했지만 아니었다.

나는 한동안 뜨개질감을 가지고 엄마 옆에 앉아서 레이스 숄을 떴다. 뜨개질은 병원에 가지고 오기에 좋은 일감이었다. 환자가 갑자기 깨어나도 그 순간을 놓치지 않을 것 같은 기분이 들게 했다. 옆에 자리해 있으면서도 할 일이 있지 않은가.

아빠도 바로 이 병원에서 떠났다. 어쩌면 심지어 이 방에서였을지도 모르겠다. 아빠도 엄마와 같은 길을 갔다. 출혈성 뇌졸중에 따른 혼수상태. 그 일이 일어났을 때 엄마는 우리 모두에게 전화해서 최대한 빨리 오라고 말했다. 또한 모두가 도착할 때까지 아빠가 기다려줄 거라고 장담하기도 했다.

그리고 아빠는 정말 그랬다. 우리를 기다려주었다. 우리 모두 병실에 모였고 엄마는 아빠 손에 벨벳 가방을 쥐여주었다. 엄마는 그것이 본에서 가져온 거라고 했고, 그게 아빠가 돌아가는 길을 찾도록 도울 거라고 했다. 그리고 나는 그게 효과가 있었다고 생각한다. 아빠가 죽음에 이르렀기 때문이다. 엄마가 혼수상태 속에서 겪는, 죽음의 고비를 넘겼다가 다시 회복되는 과정을 아빠는 겪지 않았다. 그저 우리가 모여서 작별 인사를 하자 아빠는 마치 편도 비행기를 타는 사람처럼 죽음을 타고 떠났다.

"엄마." 내가 말했다. "우리 모두 모여서 엄마에게 작별 인사를 했어. 알잖아. 그러니 계속 기다릴 필요 없어요."

나는 그 벨벳 가방이 어디 있는지 궁금했다. 어쩌면 엄마에게 필요한 물건일지도 몰랐다.

하지만 본은 정말 말도 안 되는 얘기였다. 나는 어느 시점이 돼서는 두 분이 실제로 어디 출신인지 내게 이야기해 주었으면 좋았으리라고 생각한다. 이제는 절대로 그러지 못할 것 아닌가.

내가 뜨고 있던 조각을 끝마쳤을 때, 그것을 가방에 조심스럽게 집어넣고 엄마의 뺨에 키스한 후 밖으로 나갔다. 내가 엘리베이터에 탔을 때, 당황스럽게도 안에는 이미 누군가가 작은 개 한 마리와 타고 있었다. 환자들을 격려하기 위해 데리고 다니는 치료견 중 하나였다. 개가 입고 있는, 몸에 꼭 맞는 크기의 치료견 조끼가 그 사실을 말해주었다. 나는 개와 시선이 마주치는 것을 피했지만 개는 긴장해서 나를 보고 낮게 그르렁거렸다.

"이지!" 자원봉사자가 꾸짖는 목소리로 말했다. "정말 죄송해요. 얘가 갑자기 왜 이러나 모르겠네요. 아무래도 집에 데려가야 할까 봐요."

"개들이 늘 저만 보면 그러더라고요." 나는 안심시키려 애쓰면서도 지나치게 사과하는 듯 들리지 않도록 말했다. 때때로 사람들은 자신이 키우는 개가 누군가를 좋아하지 않는 상황에서 정말로 이상하게 행동한다.

이번 경우도 분명히 그런 상황 중 하나였다. 그녀는 내가 마치 재미삼아 연쇄살인이라도 저지르는 사람일지도 모른다고 생각하는 듯한 표정으로 나를 쏘아보고는 다음 층에서 내려버렸다.

*

IV. 감정을 받아보자

내가 왜 그 작은 벨벳 가방을 찾고 있는지 자매들에게 설명하고 싶지 않아서 대신 엄마 아빠의 침실 청소를 맡기로 했다.

아빠의 서랍장 위에는 면도기와 탈취제 그리고 잔돈 그릇이 있었지만, 시간이 지나면서 점점 더 많은 엄마의 물건이 아빠의 물건 옆으로 옮겨졌다. 서랍에는 여전히 아빠의 옷이 가득했다. 나는 소맷부리가 해져 너덜너덜한, 색이 바랜 아빠의 격자무늬 셔츠 중 하나를 툭툭 털다가 가슴을 쥐어짜는 듯한 쓰라림이 느껴진다는 걸 깨닫고는 깜짝 놀랐다. 하나쯤 유품으로 간직한다면 한심한 짓일까? 어리석게 느껴질 거야. 나는 과감하게 셔츠와 다른 옷가지들을 상자 하나에 담아 포장했다가, 결국 유혹을 못 이기고 셔츠 하나를 꺼내놓았다.

침실 벽장은 정말 우스꽝스러웠다. 벽까지 옷으로 꽉 채워져 있었는데, 그것들은 한 번 정리해서 집어넣어 두었다가 다시 한번 유행이 돌아왔다가 또 유행이 지나게 됐을 만큼 오래된 옷이었다. 우리가 1984년 아버지의 날 선물로 사 주었던 가필드 넥타이도 커피로 얼룩진 채 안에 있었고, 우리가 손수 만들어 엄마에게 선물했던 반짝이를 뿌린 마카로니 목걸이 같은 장신구를 넣어둔 구두 상자도 거기 들어 있었다.

노라는 모직 스웨터를 가지고 펠트 지갑을 만들 수 있었기 때문에 모직 스웨터는 모두 자기가 가져가겠다고 했다. 나는 양팔 가득 스웨터를 껴안고 가서 노라의 차에 실었다. 내가 옷으로 가득 찬 가방을 싣고 있을 때, 마그다가 나를 찾아 나왔다. "저기, 내가 잠깐만 좀 볼게."

나는 동생이 가방을 열어볼 수 있도록 뒤로 물러났다. 마그다는 조금 민망한 표정으로 아빠의 셔츠 하나를 꺼내더니 말했다. "고마워. 이제 됐어."

내가 위층으로 돌아왔을 때 노라는 침실에 있었다. 시트를 벗겨낸 침대에 앉아 손에 뭔가를 들고 빤히 쳐다보는 중이었다. "이게 엄마 보석함에 있었어." 그녀가 말했다.

나는 자세히 보려고 침대에 걸터앉았다. 우유 같은 은빛 금속으로 만든 원반이었는데, 바이킹의 무덤에서 발굴해내기라도 한 것처럼 정말 정말 오래된 물건 같았다. 하지만 앞쪽에는 소용돌이치는 나선형의 문양이 새겨져 있었고 한쪽 구석에는 작은 씨앗 크기의 원석이 박혀 있었다. 상단에는 작은 고리가 있어서 체인에 걸 수는 있었지만, 체인은 없었다. 나는 엄마가 그것을 착용한 것을 본 적이 없었다.

"전에 이거 본 적 있어?" 내가 물었다.

"아니, 혹시 본에서 가져온 걸까?"

나는 잠자코 걸어가서 보석함을 들여다봤다. 내가 열두 살 때 돈을 모아서 어머니 날 선물로 준 석류석 펜던트, 어느 해 엄마의 생일에 아빠가 선물했던 진주 목걸이, 머리를 잡아 뜯는다고 싫어했던 옥구슬 목걸이 그리고 여러 해에 걸쳐 사거나 선물받은 이런저런 장신구가 들어 있었다. 나는 보석함 속에 든 거의 모든 게 기억났다. 심지어 엄마가 자주 착용하지 않았던 것까지도. 여섯 살 때 나는 엄마에게 감탄할 만한 장신구 모두를 꺼내놓으라고 졸랐다. 그 당시 엄마가 그 유백색 골동품 펜던트를 가지고 있었다면 내게 안 보여주고 어딘가 숨겨두었던 게 분명했다.

알고 보니 옥구슬 목걸이 밑에는 반지 하나와 거의 새 모양처럼 보이는 에나멜 핀도 하나 놓여 있었다. 둘 다 내가 전에 한 번도 본 적 없는 것이었다. 나는 그것들을 노라 옆 매트리스에 놓았다. “이것 좀 봐.” 내가 말했다.

그녀가 반지를 집어 들고 살펴봤다. “아무래도 이거 포이즌 링 같은데.” 그녀가 말했다. “뭘 그렇게 충격받은 표정을 짓고 그래. 우리 부모님이 누군가를 독살했다고 말하는 게 아니잖아! 포이즌 링은 뚜껑 안에 수납공간이 있는 반지를 이르는 명칭일 뿐이라고. 예전에는 링 로켓이라고 불렀었는데, 대부분은 실제 독이 아니라 죽은 사람의 기념품을 넣어서 다녔어. 단, 메디치 가문 사람이 아니라면 그랬다는 건데, 내 생각에 메디치 가문은 본에 살지 않았을걸. 어쨌든…….” 그녀는 내게 반지를 건네주었다. “대체 이걸 어떻게 열어야 할지 모르겠네.”

나는 그녀의 말이 무슨 뜻인지 알 수 있었고 엄지손톱을 반지의 보관함 가장자리로 밀어 넣어봤다. 그러나 뚜껑을 열 만한 고리 같은 건 찾을 수가 없었다.

"마그다에게 보여주자." 내가 말했다. "그리고 또, 잘은 모르겠지만 어디 가져가서 감정이라도 받아봤으면 좋겠어."

노라는 고개를 끄덕였다. 우리 둘 다 그 말을 소리 내 하고 싶지는 않았지만, 어쨌든 만에 하나라도 이 보석들이 본에서 가져온 거라면, 이 보석들이 부모님이 절대로 털어놓지 않았던 어떤 비밀을 우리에게 들려줄지도 모르는 일이었다.

*

V. 팔라듐

나는 엄마의 펜던트가 골동품일지도 모른다는 인상을 받았지만, 보석상과 골동품 전문가는 전혀 오래된 물건이 아니라고 빠르게 결론 내렸다. 1939년 이전에는 보석에 사용되지 않았던 팔라듐이라는 물질로 만든 것이었다. 사실 1803년까지는 원소로도 발견되지 않았던 것이었다. 백금보다는 가치가 낮았지만 금속으로서는 일정 가치가 있었다. 나선형 문양 위에 놓인 돌은 탄자나이트였다.

우리가 들은 바에 따르면, 팔라듐은 시베리아에서 가장 자주 발견되는 물질이었다. 시베리아, 나는 마그다와 당황한 시선을 교환하며 생각했다. 심지어 두 분은 시베리아 출신이라는 사실을 암시조차도 한 적이 없었다. 탄자나이트는 실험실에서 만들 수 있지만 유일한 자연 퇴적물은 탄자니아에 있었다. 탄자나이트는 조이사이트의 일종으로 조이사이트는 다른 여러 장소에서도 발견되었지만, 그중 어떤 것도 중앙아시아의 옛 소련 공화국이나 러시아, 심지어 시베리아 근처 어디에서도 발견되지 않았다.

"저기요." 내가 말했다. "이게 골동품이 아니라는 건 확실히 알겠어요. 하지만 혹시 이게 40년 이상 되었는지 알 수 있을까요? 우리가 정말 신경 쓰는 건 그거 하나거든요."

그러자 그는 마지못해 말했다. "핀에 사용된 에나멜은 17세기 이후에는 거의 만들어지지 않은 종류예요."

"그게 무슨 뜻이에요?"

"제 생각에는 이것들이 오래된 기법을 시도해보기 위해 현대의 작가들이 만든 것 같습니다. 혹시 부모님이 예술품을 수집하셨나요? 아니면 예술가 친구를 두셨나요?"

예술품 수집가라, 하. 두 분은 세상 모든 것을 수집하는 듯했지만, 예술품 수집을 즐기지는 않았다. 적어도 바닥에 떨어져 구조가 필요하던 작은 깃발들과 비교하자면 말이다. 우리는 세 가지 장신구를 모두 사진으로 찍은 후 누가 가져갈지 정하기 위해 제비뽑기를 했다. 노라는 나선형의 펜던트를 뽑았고 마그다는 새를 뽑았다. 나는 가장 짧은 제비를 뽑아서 반지에 당첨되었다. 적어도 반지는 내게 잘 맞았다.

나는 저녁에 집에 가서 남편 댄과 딸아이들에게 반지와 사진을 보여주었다. "엄마가 날치를 뽑았으면 좋았을 텐데." 린지가 말했다. "그게 제일 예쁜 것 같아요."

"날치?" 나는 핸드폰에 저장된 사진을 다시 한번 보았다. 아이가 옳았다. 그건 새가 아니라 날개가 달린 물고기였다. 아빠가 본에 관해서 해주었던 옛날이야기 속에 나왔던 그 물고기였다. "음, 마그다 이모가 그걸 갖고 싶어 했어."

일레인은 사진들을 유심히 들여다봤다. "그럼 노라 이모가 펜던트를 가지고 갔어요?"

"그래." 나는 아이의 어깨 너머로 사진을 들여다봤다. "사진으로는 좀 분간하기 어렵지만, 아로새겨진 디자인이 있고, 구석에 있는 저 점은 보라색 원석이야. 넌 그게 가장 마음에 드니?"

"네." 일레인이 말했다. 아이가 고개를 옆으로 기울였다. "꼭 은하수처럼 보여요."

"음, 반지에는 아마 비밀 보관함이 있을 거야." 이렇게 말하자마자, 반지는 순식간에 가장 근사한 보석의 자리를 차지했다. 내가 그것을 여는 방법을 모른다는 사실이 오히려 반지의 매력을 더욱 높여주었을 뿐이었다. 나는 혹시라도 일레인이 스크루드라이버 세트를 찾아와서 어떻게든 뚜껑을 열어보려 할까 봐 겁이 났다. 아이들에게 반지를 열어보게끔 허락하고는 약간 긴장했지만, 아이는 돋보기를 찾아 밝은 곳으로 반지를 가지고 갔다.

"이것들이 본에서 가져온 걸까?" 댄이 물었다.

"잘 모르겠어." 내가 말했다. "금속은 시베리아에서, 돌은 아프리카에서, 에나멜 제작 기술은 17세기에서 왔대. 내 생각은 말이지, 만약 이것들 모두가 옛 고향에서 아무것도 챙겨오지 못하고 모국어도 잊은 사람들이 어느 실재하지 않는 파미르 산맥의 마을에서 가져온 거라면……. 음, 당연히 다 본에서 가져온 거겠지, 안 그래?

"부모님의 고향에 관해 아무것도 모른다는 게 속상해요?" 일레인이 부엌의 스툴에 앉은 채로 의자를 빙그르르 돌려 나를 마주 보며 물었다.

나는 망설였다. 물론 일레인은 입양되었다. 린지도 마찬가지였다. 우리는 일레인이 세 살 때 집으로 데려왔고, 이제 아이는 열 살이 되었다. 린지는 네 살 때 와서 이제 일곱 살이 되었다. 우리는 아이들의 친부모를 어느 정도는 알고 있었고, 그 사실을 아이들 나이에 맞춰 편견 없이 공유했다. 일레인의 생모는 마약 중독자였으며 아이를 너무 심하게 방치해서 세 살이 되었음에도 체중은 8킬로그램밖에 되지 않았었다. 우리는 일레인에게 생모가 병이 있어서 널 제대로 돌보기가 너무 힘들었다고 이야기해주었고, 일레인은 그 병이라는 게 마약 중독이며, 마약에 중독되면 사람들은 아무것도 생각하기 힘들 정도로 마약만 갈망하게 된다는 사실을 알고 있었다("네가 지금까지 느껴본 최악의 배고픔처럼." 나는 언젠가 우연히 일레인이 린지에게 이렇게 설명하는 것을 들은 적이 있다). 그것은 사실 벽에 내던져지는 바람에 다리가 부러진 적이 있는 린지의 사연보다는 설명하기가 훨씬 쉬운 편이었다. 아이들에게 친부모에 관해 이야기할 때는 항상 존경심을 보여야 한다. 물론 늘 그렇게 해왔지만 일레인보다는 린지의 부모에 관해 이야기할 때는 그러기가 좀 어려웠다.

"아니, 속상하거나 그런 건 아니야." 내가 말했다. "그냥 궁금해서. 너도 낳아준 부모님이 궁금하니?"

"아뇨." 일레인이 말했다. "하지만 본에 관해서는 궁금해요." 아이가 다시 의자를 돌렸다. "핀과 펜던트도 보고 싶어요. 내가 그걸 보고 싶어 하면 노라 이모와 마그다 이모가 보여줄까요?"

"난 할머니한테 가고 싶어요." 린지가 말했다. "왜 할머니 보러 갈 때 우린 안 데려가요? 우리 반에 있는 루크는 할머니가 병원에 입원했을 때 문병 갔었대요."

나는 댄과 시선을 교환하고 말했다. "아마 이번 주말에는 갈 수 있을 거야."

"우리 그 반지를 엑스레이로 찍어볼 수 있어요?" 일레인이 물었다. "반지를 엑스레이로 찍어보면 그 안에 뭐가 있는지 볼 수 있을지도 모르잖아요."

일주일 동안 고민한 끝에, 나는 한 친구에게 반지를 들고 갔다. 나를 위해 기꺼이 자신의 작업용 엑스레이에 반지를 끼워 넣어줄 친구였다. "안에 뼛조각이 있어." 내게 반지를 돌려주면서 친구가 놀란 목소리로 말했다. "아주 작은 조각이야. 어쩌면 성물함 같은 걸지도 모르겠네. 그렇지만 여는 방법은 못 찾겠어."

*

VI. 진짜 가족

부모님의 집은 거의 정리가 되었고, 이제 우린 터널 끝에서 들어오는 빛을 볼 수 있었고 부엌은 말끔히 정리되었다. 지하실도 텅 비었다. 그리고 마그다와 나는 이제 거의 아무 일 없었다는 듯이 대화를 나누었다. 거의 그랬다.

마지막에 거실을 정리하며 가장 힘들었던 건 수집해놓은 아이들 장난감이 아니라, 1980년대 인스터매틱 카메라(1963년에 처음 시중에 나온 아마추어용의 저렴한 소형 카메라다_옮긴이)로 찍은 즉석 사진과 스냅사진으로 가득 찬 사진첩이었다. (사실 스냅사진은 무조건 흐릿할 것이라고 예상할 수 있었기에 아예 초점을 맞출 필요도 없다.) 우리 셋은 사진을 나누었고, 나중에 살펴보고 서로 교환하거나 특별히 소중하다고 생각되는 사진은 복사본을 만들기로 약속했다.

남아 있는 가장 큰 일은 아래층 옷장이었는데, 그곳에는 자질구레한 잡동사니와 뭐가 들었는지 모를 상자가 가득했다. 정말이지 한가득이었다. 마침내 옷장 문을 열었을 때, 나는 떨어지는 쿠키 깡통에 머리를 맞았다(다행히도 깡통은 비어 있었다).

옷장 안에 든 것을 모두 꺼냈다. 앞서 보석을 발견한 탓인지 우리는 이 과정이 좀 더 흥미롭기도 하고 동시에 더 힘들기도 했다. 뭔가가 여기에 묻혀 있을지도 모른다는 느낌이 엄습했기 때문이었다. 뭔가 중요한 것, 우리의 과거를 알려줄 만한 무언가. 수십 년은 됐을 법한 빈 쿠키 깡통, 뚜껑이 없는 유리병, 낡은 빗자루, 더러운 작업용 앞치마, 망가진 토스터, 전등갓이 없는 싸구려 램프 아래 묻힌 어떤 것. 이런저런 것들.

우리는 한동안 거실에서 묵묵히 물건을 정리했다. 거의 대부분이 기부용 더미에 포함되었다.

나는 본에 관한 이론을 생각해냈다. 글쎄, 어쩌면 이론이 아닐 수도 있었다. 이론이라기보다는 이야기에 가까웠다. 날치와 산속의 괴물 같은. 나는 그 이야기를 자매들과 나누고 싶었다. 그들이 고개를 끄덕이며 내 말에 동의해주길 바랐다. 그렇게 우리 모두 함께, 비록 그것이 진실은 아닐지라도 무언가를 설명한다는 걸 인정할 수 있기를 바랐다.

내 이론은 왜 우리가 본을 어떤 지도에서도 찾을 수가 없었는지, 왜 부모님은 당신들이 어디 출신인지를 그렇게 터무니없을 정도로 비밀에 부쳤는지, 그리고 분명 내가 두 분이 당신들의 언어로 얘기하는 걸 들은 기억이 있고, 그건 지금까지 들어본 어떤 언어와도 전혀 비슷하게 들리지 않았었는데도 왜 부모님은 당신들의 언어를 잊었다고 주장했는지 설명해줄지 몰랐다. 그것은 우리가 왜 임신을 할 수 없으며, 왜 우리의 난자는 어떤 정자와도 수정하길 그토록 완강히 거부했는지 그리고 왜 아빠는 그것을 우리에게 경고하려고 했는지 말해줄 것이다. 또한 고양이는 우리를 전혀 신경 쓰지 않는데, 개는 왜 우리를 좋아하지 않는지, 심지어 모든 사람을 좋아하는 엄청나게 성격이 좋은 개조차도 왜 우리에게는 적대적인지도 설명해줄 터였다.

만약 본이 단지 다른 나라가 아니라, 완전히 다른 세상이라면?

만약 우리가 인간이 아니라면?

물론 나는 그들의 반응을 쉽게 상상할 수 있었다. 내 생각은 완전히 터무니없었다. 어떤 의사도 우리가 인간이 아니라는 사실을 알아차리지 못했던 건가. 마그다와 나는 둘 다 불임 전문가들에게서 철저한 검진을 받았다. 우리에게 이상한 점이 있었다면 그들이 알아챘을 것이다. 따라서 우리가 외계인이 되려면, 우리는 어쩌다 보니 인간과 근본적으로 전혀 구분할 수 없는(비록 교차 수정이 되는 것은 아니지만) 종류의 외계인이 되어야 할 것이다. 그렇지 않으면 우리 부모님은 환상적인 외계인 기술이 있어서 지구로 이주했을 때, 당신들은 물론이고 우리의 모습을 시각적으로 인간과 구분할 수 없는 존재로 변화시켰을 것이다. 그것도 말이 되지 않았다.

만약 우리가 인간이 아니라면?

사실 그건 별로 중요하지 않았다. 안 그런가? 부모님이 어디서 왔는지는 중요하지 않았다. 정말 중요하지 않았다. 두 분은 이곳으로 와서 미국을 받아들였고, 우리를 미국인으로 키웠으며 미국인 학교에 보내고 미국 음식을 먹이고 우리에게 영어로 이야기했다. 일레인은 친부모가 궁금하지 않다고 했다. 아이는 가끔 우리가 자신의 진짜 가족이라고 말했다. 물론 나는 아이가 그런 방식으로 나를 안심시킬 의무감 같은 건 느끼지 않게 하려고 노력했다. 우리는 그 아이의 진짜 부모였다. 미국이 나의 진짜 국가이듯이.

사실 그건 별로 중요하지 않았다.

"있잖아." 노라가 말했다. "이게 언니가 찾던 가방이야?"

그것은 벨벳 가방이었다. 우리는 모두 그 안에 무엇이 들어 있는지 보았다. 흙이었다. 흙과 먼지. 그 흙은 우리 모두 말하지 않아도 알고 있었다. 본의 토양이라는 것을.

*

VII. 명멸하는 빛

일레인과 린지는 병실 문 앞에서 위축된 표정이었다. 단지 사랑하는 할머니가 상상했던 것보다 위독하기 때문만은 아니었다. 병실은 이미 노라와 그녀의 남편 그리고 마그다와 제부와 그들의 어린 아들로 혼잡했기 때문이었다. 그러나 나는 일레인과 린지도 작별 인사를 할 자격이 있다는 것을 알았다. 그들은 할머니의 뺨에 키스했고 할머니의 손과 머리카락을 쓰다듬었다.

린지는 자기 사랑의 마법이 할머니를 깨울지도 모른다고 믿는 것 같았다. 아니, 내 말은 정말로 그렇게 믿었다는 것이다. 감성적인 영화를 너무 많이 본 탓이다.

아이들이 피곤해서 축 늘어졌을 때, 결국 두 아이가 포기했을 때, 나는 댄에게 아이들을 집으로 데려가게끔 했다. 마그다의 남편도 아기와 함께 돌아갔고, 노라의 남편은 고양이 밥을 주기 위해 갔다. 늦은 시각이었고 병실에는 엄마와 우리만 있었다. 노라는 엄마가 미리 써둔 심폐소생술 금지 서약을 다시 한번 확인했고, 나는 살며시 엄마의 손바닥이 위로 가게 돌려놓았다. 우리는 반지를 엄마의 왼손에, 핀은 오른손에 놓고 은하수 펜던트가 달린 목걸이는 가슴에 놓은 후, 그 목걸이 위에 조상의 흙이 들어 있는 가방을 올려놓았다.

"안녕, 엄마." 나는 말했다.

30초 정도 아무런 일도 일어나지 않았다. 나는 기억하려고 애썼다. 아빠 때는 이게 얼마나 오래 걸렸더라? 우리가 함께 모여서 엄마가 아빠의 가슴에 가방을 올려놓았었지…….

……그리고 바로 그때 엄마가 호흡을 멈췄다.

우리는 보석을 거둬들였다. 그리고 나는 가방을 챙겼다. 간호사를 불러 장례식장에 전화하게 하고 장례 절차와 나머지 해야 할 일들을 시작했다. 안녕, 엄마.

"가방은 안전 금고에 보관해둬." 마그다가 말했다. "안전 금고 있지? 언니가 하나 있다고 했던 거 기억해. 어디에 있는 건지 우리에게도 알려줘. 그럼 필요할 때 우리도 가져올 수 있잖아. 만약 필요해진다면."

나는 그것을 내 핸드백에 집어넣고 마그다의 눈을 바라보며 고개를 끄덕였다.

*

VIII. 미지의 땅

가방 속의 토양은 미세하고 건조하고 부서지기 쉬운 종류였고 날카로운 자갈 조각이 섞여 있다. 나는 감히 그것을 만져볼 엄두는 내지 못했다. 하지만 딸의 돋보기로 밝은 빛 아래서 보면 마치 부서진 준보석 종류가 첨가된 것처럼 보라색과 파란색과 녹색과 호박색의 반짝임을 볼 수 있었다.

그리고 열린 가방에 얼굴을 대고 숨을 들이쉬면, 지구상에서는 맡아본 적 없는 냄새가 난다.

할머니 동지

"……영광스러운 소련…… 곧 히틀러에게…… 완전한 패배. 대규모 사상자…… 드네프르강……."

라디오의 목소리는 귀가 멍할 정도로 치직대는 잡음과 함께 희미해져 갔다. 나데즈다는 무릎을 꿇고 앉아 다시 다이얼을 조정했지만 방송은 완전히 끊어졌다. 그녀는 좌절감을 느끼면서 라디오를 한 대 후려쳤지만, 이내 치밀어 오르는 화를 억누르고 다시 다이얼에 주의를 돌렸다. "제발." 그녀는 중얼거렸다. "우린 이걸 들어야 해."

제철소의 다른 노동자들은 돌덩이처럼 굳은 표정으로 조용히 기다렸다. 나데즈다는 다시 1, 2분 정도 연설이 들리게끔 조정했다. 이번에는 다른 목소리가 애국심, 희생, 조국 러시아에 관해 이야기했다. 감독관 아나스타샤가 손을 뻗어 라디오를 껐다. "자, 그만." 그녀가 말했다. "다시 일들 해."

그들이 오고 있고, 우리는 그들을 막을 수 없을 거야.

아무도 감히 그 말을 하지 못했다. 나데즈다는 말을 하지 않기 위해 혀를 깨물어야 했다. 문제를 일으키지 않는 편이 나았다. 눈에 땀이 흘러 들어가지 않고 기계에 머리카락이 끼지 않게 하려고 둘렀던 스카프를 다시 꽉 묶었다. 지금껏 며칠 동안 진짜 뉴스는 없었다. 공식 보도에 따르면 소련이 대승리를 거두고 있다고 했지만, 이러한 승리는 어떻게 된 일인지 매일 모스크바 인근에서 일어났다.

나데즈다는 밤늦게 여러 사람과 함께 생활하는 아파트로 돌아와서는, 다른 사람을 깨우지 않으려고 차가운 계단에서 신발을 벗었다. 잠자는 여자들을 넘어 그녀는 스타킹 발로 부엌 쪽으로 향했다. 될 수 있는 한 조용히 차 마실 물을 끓인 다음 창가에 앉아 어둠을 응시했다.

드네프르강은 모스크바 앞에 있는 마지막 자연 장벽이었다. 그리고 만약 모스크바가 무너진다면…… 눈을 감은 나데즈다는 민병대와 함께 떠나기 직전의 연인 바실리의 얼굴을 볼 수 있었다. "우리는 끝까지 그들과 싸울 거야." 그는 다른 사람들이 엿듣지 못하도록 조용히 말했다. "우린 러시아 땅 구석구석을 독일인의 피로 물들이게 할 거야. 하지만모스크바가 함락되면, 우리는 패배한 전쟁을 치르는 게 되겠지." 바실리의 푸른 눈은 두려움으로 딱딱하게 굳어 있었다. 그를 전방으로 데리고 갈 열차에 올라타기 전 그는 마지막으로 나데즈다의 머리칼을 쓸어내려 주려고 그녀의 스카프를 느슨하게 풀었다. 바실리는 실제 군사 훈련을 받은 적이 없었다. 그가 전쟁에 파견되었다는 것은 천 개의 라디오 방송보다 훨씬 더 큰 소리로 붉은 군대의 절박함을 이야기해주는 것과 같았다.

나데즈다는 다시 스카프를 풀고 손가락으로 천천히 머리칼을 쓸어 내렸다. 그녀는 찻잔을 치우고 숨겨놓은 보드카 한 병을 꺼내서 길게 한 모금 들이켰다. 그런 다음 다시 계단으로 나가 신발을 신고 공업 도시를 벗어나 숲 너머로 향했다.

나데즈다는 젊었다. 그녀는 제철소와 라디오, 그리고 암시장 담배의 세계 속에 살았다. 하지만 그녀의 할머니는 훨씬 옛날 사람이었다. 나데즈다가 열 살이 되던 해에 할머니는 들려주던 이야기를 그만두었다. 나데즈다는 모든 러시아 숲의 한가운데 살았던 어느 고대의 여인과 어둠에 굴복하는 것을 두려워하지 않던 사람들이 어떻게 그 여인을 찾아냈는지 알려주었던 할머니 이야기를 결코 잊어본 적이 없었다. 밤이 그녀 뒤로 도시와 공장의 소음을 집어삼키는 동안, 나데즈다는 주머니에서 스카프를 꺼내 눈 위로 단단히 동여맸다. 두 손을 앞으로 내밀어 맹목적으로 더듬으며 그녀는 오솔길을 따라 계속 내려갔다.

그녀 주변으로 바람 소리가 들렸고 머리 위의 나뭇가지가 어둠 속에서 흔들리고 있었다. 근처에서 부엉이의 울음소리와 날갯짓 소리가 들렸다. 그런 다음 고요가 찾아왔다. 나데즈다는 눈에 묶어놓은 스카프를 잡아당겨 빼냈고, 그녀 앞의 숲속에는 닭 다리 위에 세워진 작은 오두막(러시아의 전설에 등장하는 신비한 능력의 마녀가 사는 집으로 닭의 두 다리 위에 세워져 있다_옮긴이)이 마치 불안정한 장치처럼 앞뒤로 흔들리며 빙글빙글 돌아가고 있었다.

나데즈다는 말했다. "돌아라, 동지. 회전하라, 동지. 서라, 동지. 서라. 숲을 등지고 문은 나를 향하도록."

집은 나데즈다를 마주 보게끔 돌아섰고, 닭 다리가 숲 바닥의 부드러운 흙 위에 무릎을 꿇었다. 경첩 달린 문이 휙 열렸다. 처음에는 습기 찬 어둠 외에는 아무것도 없었다. 그 후 어둠이 짙어지고 깊어지더니, 안에서 불어오는 따뜻한 바람이 나데즈다를 감쌌다. 나데즈다는 요리된 카샤와 갓 구운 빵 냄새를 맡았다. 이른 아침 바실리의 숨결처럼 시큼한 보드카 냄새와 막 뒤집은 축축한 흙냄새도 났다. 바람이 그녀 주위를 휘감아 돌고 마지막 빛이 희미해질 때, 나데즈다는 바바야가의 목소리를 들었다.

"러시아인의 피와 러시아인의 눈물, 러시아인의 숨결과 러시아인의 뼈, 그대는 왜 이곳에 왔는가?"

나데즈다는 치직거리는 라디오의 잡음을 통해 들리는 목소리처럼 갈라지고 거친 노파의 목소리를 기대했지만 바바야가의 목소리는 젊고 또렷했다. 또한 꿀처럼 달콤하고 달걀 껍데기처럼 부드러웠지만 마치 동굴 속 깊은 곳에서 말하는 것처럼 메아리쳤다.

"도움을 청하러 왔어요, 바바야가 동지." 나데즈다는 말했다. "내 조국 러시아를 구해달라고 청하러 왔어요."

바바야가가 웃었고 이제 목소리는 노인 같았다. 균형을 잡기 위해 쪼글쪼글한 두 손으로 문간 가장자리를 움켜잡은 채 바바야가가 땅바닥으로 내려와 섰다. 숱이 적은 백발에 구부정하게 등이 굽은 노파였다. 주름진 얼굴에 깊숙이 들어앉아 있는 두 눈은 타는 듯한 담청색이었고 치아는 다 남아 있었다. "모든 일에는 치러야 할 대가가 있네, 딸 동지." 바바야가가 말했다. "모든 것에는 비용이 따르는 법이지. 이곳에서 우리는 사회주의자가 아니야. 내게 그 대가를 치를 준비가 됐나?"

"돈은 가져오지 못했어요." 나데즈다는 말했다.

"난 루블로 거래하지 않아." 바바야가가 말했다. "그대는 내게 독일군을 파괴해달라고 부탁하러 왔어, 그렇지?"

"네."

"내가 그 대가로 목숨을 바치라고 한다면 바칠 각오가 되어 있나?"

"네." 나데즈다는 그렇다고 대답했지만 목소리는 떨리며 나왔다.

"그대의 목숨이 대가가 아니야." 바바야가가 말했다. "그 대가는 바실리의 목숨이야."

나데즈다는 잠시 망연자실해서 아무 말도 하지 못했다. 그러고 나서 간청했다. "다른 대가를 드릴게요."

"그게 네 구원에 대한 대가야." 바바야가가 말했다. "그 대가를 치를 수 없다면 다른 부탁을 하게."

나데즈다는 눈을 감았다. 그녀는 사회주의 이전 시절을 기억하기에는 너무 어렸고 스탈린 동지 이전의 삶도 거의 기억하지 못했다. 그러나 자라면서 할머니의 이야기와 아버지의 농담을 잠재워버린 것이 스탈린에 대한 두려움이라는 것을 알게 되었다. 바실리가 나데즈다에게 처음으로 키스했던 날, 그들은 숲에서 한적한 장소를 발견했다. 바실리는 그녀의 머리를 만지기 위해 스카프를 느슨하게 풀었다. 그러고 나서 짓궂은 미소를 지으며 눈을 마주쳤다. 목소리를 낮추지도 않은 채 그가 물었다. "스탈린 동지, 레닌 동지, 돼지 농부 이반 얘기 들어봤어?" 바실리의 키스 실력은 평범했지만 그건 문제되지 않았다. 나데즈다의 심장은 그날부터 그의 것이었다.

바실리의 목숨?

나데즈다는 눈을 뜨고 바바야가를 바라봤다. 바바야가는 바다처럼 깊고 차가운 눈으로 그녀를 바라봤다. 나데즈다는 그 시선을 피하면서 말했다. "준비할 시간이 좀 더 있었더라면, 어쩌면 우리가 그들을 이길 수도 있었을 거예요. 독일군을 모스크바에서 쫓아주세요."

"그건 어렵지 않지." 바바야가가 말했다. "그 부탁의 대가는 네 머리카락이면 돼."

나데즈다는 가져온 칼을 꺼내서 자신의 머리를 잘랐다. 가위를 가지고 올 걸 그랬다는 후회가 밀려들었다. 숱 많은 머리채를 칼로 자르려니 머리칼이 뜯기는 것 같았다. 머리를 다 잘랐을 때, 그녀의 눈시울은 젖어 있었다. 나데즈다는 손에 쥔 자신의 머리채를 바라보면서 바실리가 그랬듯이 한 번 더 쓰다듬어 보고 바바야가에게 건네주었다.

"대체 머리에 무슨 짓을 한 거야?" 아나스타샤가 다음 날 아침 제철소에서 물었다. "단발머리 부르주아처럼 보이잖아."

"머리에 이가 있어서요." 나데즈다는 말했다. "서캐 뽑으려면 몇 시간은 걸릴 것 같아서 그냥 잘라버린 거예요. 우리 군대가 조국 러시아를 방어하는 데 도움된다면 이 정도야 희생도 아니죠.

*

바바야가는 모든 동물 중에서 가장 교활해 황제와 소작농을 똑같이 속여온 여우를 소환했다. "서쪽에 있는 독일로 달려가거라." 그녀는 여우에게 말했다. "그리고 베를린으로 가서 콧수염을 기른 작은 독일 남자를 찾거라."

"내가 그를 잡아먹기를 바라시나요?" 여우가 물었다.

"그의 뼈는 내 것이야." 바바야가가 말했다. "가서 그의 귀에 대고 이번 여름에는 우리의 모스크바를 차지할 시간이 아직 충분하다고 속삭이거라. 그에게 모스크바로 향하는 부대를 둘로 나누어서 일부는 북쪽의 레닌그라드로, 나머지는 남쪽의 우크라이나로 보내는 것이 가장 현명한 길이라고 전하거라. 그가 네 말을 믿는다는 확신이 서기 전까지는 돌아오지 말아라."

"말씀하신 대로 하겠습니다, 바바야가." 여우가 말했다. 여우는 서쪽으로 달려가 베를린에서 콧수염 기른 남자를 찾았고 귀에 대고 속삭였다. 그러자 콧수염 남자는 장군들을 불러 군대를 둘로 나누어 일부는 북쪽으로, 나머지는 남쪽으로 보내고 여름에 다시 불러와 모스크바를 끝내버리라고 명령했다. 시간은 많았다. 모스크바를 점령할 수 있는 몇 주간의 영광스러운 여름이 남아 있었다. 세상의 모든 시간이 있었다.

*

가을이 다가오자 독일 군대는 레닌그라드와 우크라이나에서 돌아와 모스크바로 다시 이동했다. 소문을 퍼뜨리면 처형될 수도 있었지만, 그래도 여전히 소문은 퍼졌다. 수백만의 러시아 군인이 죽고 포로로 잡혀갔다는 소문이 공장에 떠돌았지만, 나데즈다는 듣지 않으려고 노력했다. 레닌그라드에서의 포위와 굶주림에 관한 소곤거림을 들었을 때는 다른 생각을 하려 노력했다. 그녀는 붉은 군대 제복을 입은 독일군 병사가 러시아 군대에 침투해서 모스크바 쪽으로 이동했다는 소문을 듣고 역겨움에 코웃음을 쳤지만 그 소문은 진짜였다. 상황은 충분히 안 좋은 방향으로 흐르고 있었다.

나데즈다는 일하는 동안 자주 바실리를 생각했다. 그들도 여느 연인과 마찬가지로 가끔 다투기도 했지만, 심각하게 싸운 것은 단 한 번뿐이었다. 바실리는 민병대에 가입했고 나데즈다도 그러고 싶었다. 처음에 바실리는 우스갯소리를 하며 그녀를 만류하려 했지만, 그게 통하지 않자 화를 냈다. "러시아 조국의 아들이 이 전쟁에 참여해 죽으러 가는 것만으로는 충분하지 않은 거야? 조국의 딸들까지 다 죽어야만 하는 거야?"

"당신도 여자는 오직 애를 낳는 데만 필요하다고 생각하는 독일인이야?" 나데즈다는 반발했다. "나도 당신만큼이나 싸움을 잘 알아."

그러나 바실리는 포기하지 않았다. 제철소가 그녀를 필요로 했다. ("제철소는 당신 역시 절실히 필요로 해." 나데즈다도 말했다.) 민병대는 끔찍한 고난을 견뎌내야 할 터였다. 나데즈다가 포로로 잡힐 경우에는 강간과 고문까지 당하고 죽게 될 게 분명했다. 독일인은 여군을 존중하지 않았다. 마침내 바실리는 무릎을 꿇고 흐느끼며 민병대에 들어가지 말라고 간청했다. 나데즈다는 도저히 그의 눈물을 참고 볼 수 없었고 포기하고 말았다.

공기가 차가워지자 나데즈다는 다시 숲으로 들어가 닭 다리 위의 오두막에 사는 노파를 찾아갔다.

"독일군이 돌아왔어요." 나데즈다가 말했다.

"그래." 바바야가가 말했다. "나는 그들을 영원히 쫓아버리겠다고 약속하지는 않았어. 넌 그 대가를 알고 있잖아."

“다른 대가를 제시해주세요.” 나데즈다는 간청했지만 바바야가는 거절했다. 마침내 나데즈다는 다른 청을 했다. “최소한 봄까지라도 독일군의 진격을 중단시켜 주세요.”

“그건 어렵지 않지.” 바바야가가 말했다. “그 대가는 네 젊음이야.”

“그거라면 기꺼이 드릴게요.” 나데즈다는 자신이 더 피곤해지고, 얼굴의 주름이 점점 더 깊어지는 것을 느꼈다. 그녀는 새벽녘에 공장으로 돌아왔다.

“나이 들어 보이네.” 다음 날 아침 아나스타샤가 나데즈다에게 말했다. “어제보다 늙어 보여.”

“피곤해서 그래요.” 나데즈다가 말했다. “잠은 내가 일할 수 있는 시간을 빼앗잖아요. 우리 군대가 나치를 물리치는 데 도움이 된다면 잠을 줄이는 것 정도야 희생도 아니죠.”

*

바바야가는 파더 윈터(겨울의 아버지)를 소환했다. “모스크바로 이어지는 길로 가거라.” 그녀는 말했다. “비를 불러 길을 진창으로 만들고, 눈과 얼음과 함께 살을 에는 바람을 불러오거라. 그 길에는 형편없이 옷을 입은 아이들이 있을 것이다. 그들은 그곳에 있으면 안 돼.”

파더 윈터는 차갑고 사나운 미소를 지으며 바바야가에게 천천히 고개를 숙였다. 그리고 말했다. “내가 해야 할 일을 마치면, 그들은 내 숨결에서 달아나기 위해 가로질러야 할 러시아의 모든 영토를 구석구석 저주하게 될 것입니다.” 그리고 파더 윈터는 얇은 옷을 입은 젊은이들이 처음에는 물에, 그다음에는 진흙에 빠져 죽을지도 모른다고 생각할 정도로 엄청난 비를 불러왔다. 그들의 탱크와 트럭은 두껍게 깔린 검은 진흙 깊숙이 빠져 움직이지 못했다.

그러고 나서 파더 윈터는 러시아 전역으로 자신의 차가운 입김을 불었다. 형편없는 옷차림의 아이들은 러시아인의 펠트 부츠와 모피 모자도 없이 얇은 군복에 가벼운 코트 차림이었다. 그들 중 일부는 얼어붙은 탱크와 트럭을 얼음과 눈더미에서 끌어내서는 비틀거리며 왔던 길을 되돌아갔다. 기계와 엔진은 파더 윈터의 살을 에는 숨결 속에서 움직이지 않는 덩어리로 차게 얼어붙었고, 말을 탄 러시아인이 그들에게 덤벼들어 수천의 목숨을 빼앗았다. 형편없는 옷을 입은 아이들은 러시아의 겨울과 러시아 군인, 그리고 러시아 영토를 저주했다.

*

떠나기 전 바실리는 나데즈다에게 사각형 모양의 붉은 천을 주었다. "머리에 쓰는 스카프야." 그는 말했다. 그녀는 쓰고 있던 오래된 스카프를 풀고 뺨으로 흘러내린 머리칼을 손가락으로 쓸어 넘겼다.

나데즈다는 바실리의 손에 뭔가 차고 부드러운 것을 쥐여주었다. 그는 손바닥을 열어 소총 탄환을 보았다. "우리 아버지도 혁명 전 전쟁에서 러시아를 위해 싸웠어. 그때 행운을 위해 주머니 속에 실탄 하나를 가지고 계셨대. 아버지는 전쟁에서 살아남았어. 어쩌면 이게 당신에게도 행운을 가져다줄지 몰라." 바실리는 탄환을 꽉 움켜쥐고 그녀의 어깨에 얼굴을 묻으며 양팔로 그녀를 감싸 안았다. "내게 돌아와야 해."

나데즈다는 그의 머리에 대고 속삭였다.

봄이 다시 찾아왔고 독일군이 집결하기 시작했다. 여름이 시작되자 그들은 다시 움직였다. 이번에는 모스크바로 움직이지 않고 볼가강을 따라 코카서스로 들어가고 있었다. 끔찍한 전력 손실에 관한 소문이 다시 흘러나왔다.

7월에 나데즈다는 숲으로, 닭 다리 위의 오두막에 사는 노파를 찾아갔다.

"독일이 공격을 재개했어요." 나데즈다가 말했다. "우리가 다시 지고 있어요."

"그래." 바바야가가 말했다. "그들은 볼가강을 따라 움직이고 있고 붉은 군대는 그들보다 먼저 후퇴하고 있지."

"제발, 독일군을 격파해주세요. 그들을 영원히 멈춰주세요." 나데즈다가 말했다.

"너도 그 대가는 알고 있잖니." 바바야가가 말했다. "내게 줄 각오가 되어 있나?"

"대가를 치르는 대신 한 가지 조건이 있어요." 나데즈다가 말했다. "바실리가 죽기 전에, 한 번만 그를 만나게 해주세요."

"전투가 일어날 도시로 널 보내줄 수 있어." 바바야가는 말했다. "하지만 거기 가면 네 연인과 함께 죽을 수도 있어."

"보내주세요."

바바야가가 나팔을 집어 들더니 세 번 불었다. 하늘에서 독수리가 날아왔고 바바야가가 말했다. "독수리의 등에 타거라. 너를 그곳으로 데려갈 거야."

독수리는 나데즈다를 등에 업고 하늘로 솟구쳐서 그녀와 함께 볼가강가에 있는 거대한 도시 스탈린그라드로 날아갔다. 바바야가는 베를린에 있는 콧수염 남자와 모스크바에 있는 요세프라는 남자에게 속삭이기 위해 이번에는 자신이 직접 갔다. "퇴각은 안 돼." 그녀는 요세프에게 속삭였다. "어떤 어려움이 있더라도 지금 우리의 위치를 고수해야 해."

*

7월 말에 스탈린은 새로운 명령을 내렸다. "한 발짝도 물러서지 말아라!" 허락 없이 퇴각하는 자는 총에 맞을 것이었다. 히틀러가 스탈린의 이름을 품은 그 도시에 집착하게 된 까닭에 독일군은 점점 더 앞으로 밀고 나갔다. 나데즈다는 독일군이 멸망하리라는 바바야가의 말을 믿고 참을성 있게 기다렸다.

독일군이 접근해오자 민간인은 스탈린그라드에서 대피했다. 나데즈다는 제철소의 다른 노동자들과 함께 남아 있었다. "나는 군인이 아닙니다." 그녀가 동지들에게 말했다. "하지만 난 독일군을 죽일 수 있습니다."

다른 여성이 더 웅변적으로 말했다. "우리는 여기서 죽을 겁니다." 그녀가 말했다. "그러나 우리는 독일인에게 러시아인의 뼈와 러시아인의 피, 그리고 러시아인의 힘과 의지에 관해 한수 가르칠 것입니다. 그러면 더 이상 누구도 독일군이 우리에게 한 것처럼 우리 아이들에게 하지는 못할 겁니다."

나데즈다는 다른 노동자들과 손을 잡았다. 무기는 없었다. 그들이 할 수 있는 일은 거의 없었다. 그러나 그들은 물러나지 않았다. 단 한 발짝도 물러서지 않았다.

*

스탈린그라드 전투는 포격으로 시작되었고, 나데즈다는 처음 몇 시간을 다른 노동자들과 함께 폭탄 대피소에서 웅크리고 있었다. 포성이 점점 커지는 동안 나데즈다는 폭탄 대피소를 떠났다. 바바야가는 그녀가 바실리를 다시 만나게 되리라고 이야기한 후 나데즈다는 무슨 일이 일어나는지에는 전혀 신경 쓰지 않았다. 다른 이들도 그녀를 따라 대피소를 나갔다. 거리에 있는 시체에서 무기를 집어들 수 있었다. 나데즈다는 총을 사용해본 적이 없었지만 배우기 어렵지도 않았다.

나데즈다는 한 아파트 건물로 숨어 들어가 독일군이 거리를 행진하는 동안 창밖으로 총을 쏘았다. 독일이 도시를 점령하기 위해서는 스탈린그라드의 모든 건물을 확보하거나 파괴해야 한다는 사실이 금세 분명해졌다. 그들은 그렇게 하려고 굳은 표정으로 길을 나섰지만, 스탈린그라드는 볼가강 가장자리를 따라 거의 50킬로미터 가까이 구불구불하게 뻗어 있는 거대한 도시였다. 그리고 스탈린그라드의 흙길에 늘어선 새로 지은 콘크리트 건물은 파괴하기 쉽지 않았다.

나데즈다는 수개월에 걸친 호별 전투를 겪어왔던 까닭에 전혀 두렵지 않았다. 그녀는 바실리를 만날 것이다. 바바야가가 그것을 약속했다. 그러니 무엇이 두렵겠는가?

나데즈다는 겨울의 가장 추운 어느 날, 밝은 오후에 바실리를 발견했다. 그는 낮게 무너져 내린 벽 뒤에 홀로 쓰러져 누워 있었다. 나데즈다는 그에게 달려가 무릎을 꿇고 그의 손을 양손으로 잡은 뒤 이름을 불렀다. "바실리!"

바실리는 아직 살아 있었지만 목숨이 길게 붙어 있을 것 같지는 않았다. 상처에서 흐르는 피가 나데즈다의 무릎 아래로 젖어 들었다. 그녀는 이런 상황을 위해 마음의 준비를 하려고 애써왔지만 결국 아무런 도움이 되지 않았다.

"나데즈다?" 바실리가 불렀다. "그럴 리가 없어."

"나 여기 있어, 내 사랑." 나데즈다가 말했다. "당신과 함께 있으려고 왔어."

바실리는 그녀 쪽으로 얼굴을 돌렸다. "정말 미안해." 그가 말했다. "당신이 내게 주었던 그 탄환, 행운을 위해 주었던 거. 내가 그걸 써버렸어." 희미한 미소가 그의 입술에 번져갔다. "내가 그걸로 독일군을 죽였어."

나데즈다는 바실리 손을 자신의 얼굴에 대고 눌렀다. "우리의 희생은 헛된 것이 아니야. 독일군은 여기서 궤멸할 거야."

바실리는 고개를 끄덕였지만 눈을 뜨지는 않았다. 잠시 나데즈다는 그가 죽었다고 생각했다. 하지만 그때 그가 다시 숨을 들이쉬더니 차가운 손을 그녀의 뺨에서 떼고 목덜미 뒤에 있는 매듭 쪽으로 움직였다. 나데즈다는 고개를 숙였고 그는 스카프를 풀고 마지막으로 그녀의 짧게 자른 머리카락 사이로 손가락을 넣어 어루만졌다. 그리고 나서 그의 손이 툭 떨어졌다. 나데즈다는 손을 다시 잡아 좀 더 오래 쥐고 있었다.

그때 포탄이 바실리가 누워 있는 땅을 뒤흔들었다.

나데즈다는 자신에게 시간이 얼마 남지 않았다는 것을 알았다. 그녀는 바실리가 그랬던 것처럼 애도가 아닌 전투를 하다 죽고 싶었다. 바실리는 소총을 가지고 있었다. 나데즈다는 그의 몸에서 소총을 빼내 어깨에 둘러맸다. 자리에서 일어나 뒤로 돌았을 때, 나데즈다는 닭 다리 위에 있는 집을 보았다.

"돌아라, 동지. 회전하라, 동지. 서라, 동지. 서라." 나데즈다가 말했다. "숲을 등지고 문은 나를 향하도록."

바바야가가 오두막에서 나왔다. 늘 고대의 노파 모습이었던 그녀가 오늘은 나데즈다보다 더 젊은 모습으로 나타났다. 하지만 눈만은 여전히 흑해만큼이나 나이 들고, 동굴 속의 불빛처럼 활활 타올랐다.

"여긴 왜 오셨나요?" 나데즈다는 물었다. "나는 당신이 숲에 머물러 있다고 생각했어요."

"때로는 내가 직접 문제를 해결해야 할 때가 있어." 바바야가가 말했다. "이번 경우도 그중 하나였지."

"바실리는 죽었어요."

"일주일 후면 붉은 군대가 독일군을 격파하고, 그들의 지휘관은 항복할 거야. 더 많은 공세가 있을 테지만 독일은 결코 이번 패배에서 회복하지 못할 거야. 난 네 소원을 들어주었어." 바바야가가 말했다.

"하나만 물어봐도 될까요?" 나데즈다가 말했다.

"신중하게 골라 질문하도록 해." 바바야가가 말했다. "나는 지나친 호기심을 먹고 살거든."

"러시아는 이 패배에서 회복할까요?"

"앞으로 러시아에서의 삶은 절대 쉽지 않을 거란다." 바바야가가 말했다. "하지만 러시아는 항상 살아남을 거야. 러시아인의 피와 러시아인의 눈물, 러시아인의 숨결과 러시아인의 뼈, 이것들은 코카서스 산맥과 볼가강처럼 지속될 거야. 어떤 정복자도 러시아의 들판을 먹어 치우지 못할 거야. 어떤 황제도 러시아인의 마음을 길들이지 못할 거야. 요세프 동지는 아직 10년을 더 살겠지만, 그가 죽으면 그의 동상도 쓰러지고 그의 도시는 새로운 이름을 얻게 될 거야. 이게 네가 알고 싶었던 거지, 그렇지?"

"네."

근처에서 또 다른 포탄이 터지자 땅이 흔들렸고, 집은 닭 다리 위에서 약간 비틀거렸다. 뿌연 먼지가 눈이나 거미줄처럼 바바야가와 나데즈다 위로 천천히 내려앉았다.

"말해보게, 딸 동지." 바바야가가 말했다. "그 총 속에 탄환은 들어 있는가?"

나데즈다는 확인해봤다. "아니요."

"그렇다면 이걸 받아." 바바야가가 손을 내밀었다. 나데즈다는 그녀의 손바닥 위에서 반짝이는 탄환 하나를 보았다.

"이것의 대가는 뭔가요?"

"네게는 내 관심을 끄는 대가가 더 이상 남아 있지 않아." 바바야가가 말했다. "이건 선물이야."

나데즈다는 조심스럽게 그것을 받아 소총에 장전했다. 고개를 들어보니 바바야가와 닭 다리 위의 오두막은 사라지고 없었다.

나데즈다는 행진하는 발소리를 들었다. 그녀는 몸을 한쪽 벽의 잔

해에 바짝 붙이고 낮게 웅크려 숨었다. 주위를 유심히 살피니 독일군이 다가오는 것이 보였다.

나데즈다는 스탈린그라드의 먼지와 혼란 속에서라면, 이대로 잘 숨어 있기만 해도 군인들이 자신의 존재를 알아차리지 못하고 스쳐 지나가리라는 사실을 알았다. 어쩌면 그녀는 멀리 숲으로 빠져나가 전쟁에서 살아남은 후 러시아를 재건하고 스탈린의 무덤에서 보드카를 마시고 있을지도 몰랐다.

나데즈다는 마지막으로 바실리를 보기 위해 뒤로 돌아섰다. 그리고는 자신을 감춰주던 담을 단 한 번의 부드러운 움직임으로 뛰어넘어 독일군에 맞섰다.

러시아인의 피도 흐를 수 있고, 러시아인의 뼈도 부러질 수 있다. 그러나 우리는 절대 항복하지 않을 것이다. 그리고 항상 살아남을 것이다. "러시아를 위하여." 나데즈다는 이렇게 소리 지르며 소총을 들어 올렸다.

비츠

* 비츠Bits: 영국에서 남성의 성기를 이르는 속어

자, 여기 많은 사람이 깨닫지 못하는 사실이 하나 있다. 그건 바로 섹스-토이를 만드는 대부분 회사의 규모가 정말 작다는 것이다. 스퀴시즈 같은 성공한 섹스-토이 제조업체조차도 여전히 창고에 붙어 있는 사무실 하나로 운영되고 있다. 우리 회사 직원은 줄리아(소유주), 후안(창고 업무를 맡아 하는 사람), 그리고 나(나머지 모든 일을 처리하는 사람)만으로 구성돼 있다.

(그 나머지 모든 일이라는 것에 제품 테스트도 포함되는지 아마 다들 궁금할 것이다. 나는 낯선 사람과는 내 성생활에 관해 이야기하지 않는 성향이지만, 사장인 줄리아는 자신이 고용한 모든 사람에게 스퀴시〈Squishie: Squishy를 상품명으로 바꾼 것으로 '물컹물컹한'이라는 의미가 있다_옮긴이〉나 퍼미〈Firmie: Firmy의 변형으로 '단단한'이라는 의미다_옮긴이〉, 또는 그 외의 다른 인텔리플레시〈IntelliFlesh: Intellectual과 Flesh의 합성으로 '지능형 살점'이라는 의미다_옮긴이〉 제품 중 하나

를 집으로 가져가서 혼자, 또는 파트너와 함께 사용해보라고 요구한다. 나는 만약에 우리 회사가 외계인을 고용하게 된다면 —아, 미안해요. '외계 이주자'를 고용하게 된다면— 그들은 인간과 신경계가 일치하지 않아서 제품 테스트를 할 수 없다는 사실을 지적하면서 사장이 고용에 있어서만큼은 차별적이라는 사실을 인정해야 한다고 따졌다. 하지만 그다지 열심히 논쟁하지는 않았다. 왜냐고? 이봐요, 공짜 섹스-토이잖아요. 쓸데없이 왜 싸워요? 솔직히 말해서 나는 내 살도 아닌데 살과 같은 감각을 느낄 수 있는 덩어리를 몸에 지니는 게 너무 기이하게 느껴진다는 걸 깨달았다. 그래서 약간의 실험 후에는 서랍에 던져 넣어두고 아예 손도 대지 않았다.)

어쨌든 우리는 외주로 제조공정한 스퀴시와 퍼미 상자가 수축 포장된 채 팔레트로 배송오면, 후안이 상자를 분류한 뒤 재판매하는 회사에 더 관리하기 쉬운 수량으로 재선적한다.

우리 회사의 최초 제품은 스퀴시였다. 그리고 줄리아는 사람들이 자신의 성생활을 아는 데 전혀 부끄러워하지 않는 사람이다(우리 회사에는 사용 설명 비디오가 있는데, 거기에도 그녀가 직접 출연한다). 따라서 나는 그녀가 정말 큰 가슴에 페티시가 있는 남자 친구 때문에 그 제품을 생각해냈다는 사실을 아무 거리낌 없이 말할 수 있다. 우리는 지금 '자연적으로 타고 난' 또는 '실리콘으로 확대한' 가슴을 말하는 게 아니라, '호흡과 팔 사용 같은 실생활의 모든 목적에 진정 비실용적'인 크기의 가슴을 말하는 것이다. 당시 그녀는 신경 통합으로 최첨단 보철물을 만드는 회사에 다니고 있어 안성맞춤이었다. 그녀는 자신의 가슴을 정말 거대하게 확대했고, 엄청난 신경 통합 과정을 거친 후에야 비로소 가슴에 감각을 느끼게끔 할 수 있었다. 그러고 나서 남자 친구가 그녀를 차버렸기 때문에 사실 더 이상 그 가슴이 필요하지 않았다. 하지만 어느 날

이중 유방절제술을 받은 그녀의 친구가 "나한테 좀 작은 가슴 한 쌍을 만들어주면 어때?"라고 부탁해왔고, 줄리아는 이 제품을 판매용으로 만들면 어떨까 하고 생각하게 되었다. 그녀는 제조 시설과 사무실 공간을 찾고 나와 후안을 고용했으며, '완전한 감각을 느낄 수 있는 부착 가능한 살점 사업'에 뛰어들었다.

각자의 취향에 따라 다르겠지만, 당신은 왜 줄리아가 가슴으로 시작했는지 궁금해하고 있을지 모르겠다. 인텔리플레시는 적어도 어느 정도까지는 형태 재성형이 가능한데, 나는 고객서비스 부서에 근무하는 동안 그것을 좀 더 길고 단단하고 뾰족하게 모양을 바꿔줄 수는 없는지 문의하는 전화들을 받기 시작했다.

"줄리아." 어느 날 헤드셋을 벗으면서 말했다. "끈으로 묶어 고정할 수 있는 딕(남성의 성기를 의미한다_옮긴이)을 만들어야 할 것 같아요."

"그걸 스퀴시라고 부를 수는 없어." 그녀가 말도 안 된다는 듯 대꾸했다.

"그래요? 그냥 새로운 제품 라인으로 공개하면 되잖아요. 하디(Hardies), 디키(Dickies), 코키(Cockies: 이상 세 가지 모두 남성의 성기를 의미하는 표현이다_옮긴이). 코키로 정하게 되면 광고에서는 '쿠키(Cookie: 속어 표현으로 거친 남성이라는 의미가 있다_옮긴이)와 비슷하지만, 그보다 월등합니다'라고 하면 되겠네요." 아무래도 줄리아가 내게 허락하지 않는 몇 안 되는 것 중 하나가 광고 문구 쓰는 것이라는 걸 미리 말해야 할 것 같다.

퍼미는 스퀴시보다 훨씬 많이 팔렸다. 가슴과 남근 제품으로 우리는 대부분 사용자를 커버했지만, 나는 가끔 좀 더 개인적인 상황에 맞춘 제작을 문의하는 고객의 전화를 받곤 했다.

"안녕하십니까, 스퀴시와 퍼미의 본거지 애프턴 엔터프라이즈입니다. 어떻게 도와드릴까요?" (줄리아는 내가 "오늘은 제가 어떻게 고객님의 성생활을 향상하게 도와드릴까요?"라는 인사말로 전화를 받는 것도 하지 못하게 했는데, 이 사실로 보아 나는 광고 문구뿐 아니라 전화 받는 방식도 내가 결정할 수 없는 듯하다.)

"제가 스퀴시나 퍼미 중에 하나를 사려고 하는데…… 몇 가지 물어볼 게 좀 있어서요." 여자가 주저하는 목소리로 말했다. "둘 다 가격이 만만치가 않은데, 어떤 게 내 요구를 충족시킬지 확신할 수 없거든요."

"스퀴시는 말 그대로 굉장히 물컹물컹합니다. 유연해서 훨씬 가단성 있지만, 시작하기 전에 잠시 냉장고에 넣어두지 않으면 오랫동안 대체 형태를 유지하지 못하는 경향이 있습니다. 퍼미는 길고 좁지만 만약 고객님이 다른 모양을 원하신다면, 예를 들어 곡선이나 갈고리 형태 등을 원하시더라도 살짝 열을 가한 후 새로운 모양을 만들 수 있습니다.

"내가 원하는 건 인공 질이에요." 여자가 불쑥 말했다. "다른 부위에."

섹스-토이 가게의 고객에게는 "뭘 원한다고요?" 와 같은 말을 해서는 안 된다. 우리는 친-섹스, 친-변태, 반-수치심을 내세운다. 공식적으로 말해서 잘못된 성관계 방식이란 없다. 그래서 나는 물었다. "어느 부위에요?"

"글쎄요, 우린 아직 확신을 못 하겠어요. 당신네 회사 제품의 장점 중 하나는 우리가 그걸 몸에 부착하고 돌아다닐 수 있다는 거잖아요. 내가 퍼미 두 개를 사면 어떨까요? 그걸 질의 두 쪽이 되게끔 모양을 바꾸는 거죠. 하나는, 음, 질 통로의 윗부분이 될 수 있고 나머지는 아래쪽이 되게끔……. 그곳 제품은 윤활제와도 호환되나요?"

"저희가 판매하는 특별한 윤활제가 있습니다. 다만 다른 윤활제를 사용하셨다가 고장이 나면 보증을 받지 못할 수 있습니다."

"그렇게 되면 비용이 더 늘어나네요." 여자가 확실히 좌절한 목소리로 말했다. "내가 돈을 다 내기 전에 그게 나한테 효과가 있을지 알아볼 무슨 방법이 없을까요? 만약 REI(유명 아웃도어 쇼핑몰_옮긴이)에서 이것들을 팔았다면, 난 일단 사고 나서 필요에 따라 환불받겠지만, 섹스-토이는 반품을 받지 않잖아요."

"저희는 받습니다. 특정 상황에서는요." 내가 말했다. "우리 제품으로 무엇을 하시려는지 그 목적을 좀 더 자세히 설명해주시겠습니까?"

"남편과 섹스를 하고 싶어요." 그녀가 조바심내며 말했다. "진짜 섹스, 또는 가능한 한 진짜 같은 섹스요. 그는 K'스릴란 남성이에요. 그래서 신이 우리에게 주신 것으로는 도저히 섹스를 할 수가 없어요."

*

K'스릴란, 우리의 '외계 이주자들'은 약 10년 전에 무선 접촉을 해왔고, 1년 3개월 전에 지구에 도착했다. 후안은 그들이 뭐라고 하든 간에, 여전히 지구 침략을 계획하고 있다는 둥 어떻게 우리가 그들을 막을 수 있을지에 관해 주기적으로 중얼거린다. 그러나 그들은 우리에게 망명을 대가로 ('누구로부터의 망명?'이 후안의 즉각적인 질문이었지만, 우리는 그들이 위험한 외계인의 제2의 물결 같은 게 아닌, 그들의 태양이 죽어가고 있기에 도망왔다

고 확신했다) 활력 유에 기술을 제공했고, 10여 개의 미국 도시에 정착촌을 만들어 거주하게 되었다. (정착지는 사방에 널려 있다. 전 세계 다른 나라에도 수많은 외계 이주민이 살고 있다.) 지금까지 미국에서는 캔자스시티에서 일어났던 몇몇 반이주민 폭동을 제외하면 대부분 아무 문제가 없었다. 나는 K'스릴란을 실제로 만나본 적은 한 번도 없었다. 미니애폴리스에도 외계 이주민 정착지가 있었지만, 나는 세인트폴에 살고 강을 건너가는 일도 많지 않다. 하지만 내가 볼 때 그들은 모두 법을 준수하고 열심히 일하며, 일반적으로 모두가 자기들 도시에 와서 정착해 살기를 원하는 그런 부류의 존재들 같았다.

그들의 생김새는 차에 치여 죽은 거대한 오징어처럼 보인다. 얼굴 같은 것은 없다. 내 말은, 그들에게도 막대 같은 자루에 달린 일곱 개의 눈이 있고 말하고 먹는 데 사용하는 입도 있지만, 우리가 일반적으로 알고 있는 포유류는 물론이고 파충류, 물고기에 이르기까지 사실상 지구의 모든 종에게 기대하는 것처럼 서로 옆옆이 붙어 있지 않다는 의미다. 그러니까 내 말은…… 휴, 좋다. 우리에게도 오징어는 있다. 하지만 지구의 오징어는 쇼핑몰 주변을 걸어 다니지 않는다. 게다가 촉수 달린 다리로.

K'스릴란도 말은 하지만 신체적으로 우리와 같은 소리를 낼 수 없어서 의사소통을 위한 음성 합성기를 가지고 다닌다.

K'스릴란과 섹스, 또는 결혼을 한다는 생각이 나를 완전히 당황하게 했다.

심지어, 그리고 감히 말하건대, 징그럽기까지 했다.

*

그러나 우리는 친-섹스, 친-변태, 반-수치심을 내세우고 있었기에, 나는 가장 밝은 목소리를 끌어내 "좋습니다!"라고 말했다. 하지만 "남편이요? 어머, 상당히 급하셨나 봐요"라는 말을 덧붙이지는 않았다. (나는 타인의 성생활은 판단하지 않을지 몰라도, 주요 인생 결정을 판단할 권리는 있다.)

"사실 저는 K'스릴란의 성 해부학에 대해서는 잘 모릅니다. 혹시, 음. 그에게 성기가 있습니까?"

"네, 그를 위한 퍼미는 필요 없어요." 여자가 불쾌하다는 듯이 말했다. "어쨌든 당신 회사 제품은 K'스릴란의 신경과 연결되지 않잖아요. 그게 아니면 우린 퍼미를 사서 남편이 자기 성기 대신 사용하는 방법도 고려해봤을 거예요. 그에게도 음경이 있지만, 길이가 46센티미터나 되고 두 개로 분기돼 있어요."

"분기요?"

"기본적으로 두 개로 갈라져 있다는 거예요."

"그렇다면 최소한 네 개의 퍼미가 필요하시겠네요." 내가 퉁명스럽게 말했다. "46센티미터의 분기되는 음경에 맞는 질을 만들려면요."

"그건 돈이 너무 많이 들잖아요."

"그렇죠. 그 정도라면 사실상 맞춤 주문을 하는 게 낫죠."

"어머! 맞춤 주문도 받아요?"

"아니요, 우리는 아닙니다. 하지만 확실히 누군가는 하겠죠……."

"내가 여태 확인해보지 않았을 거라고 생각해요?" 여자가 분통을 터뜨리며 말했다. "전체 통합 커뮤니티에서 이에 대한 논의가 많이 있었어요. 나만 찾고 있는 게 아니에요."

"고객님 말고도 있다고요?"

"그래요!"

그렇다. 아마도 그게 상황을 바꿔놓았을 것이다. 맞춤 주문이 한 가지 문제라면, 시제품 제작은 잠재적으로 완전히 다른 문제였다.

"안 돼."

"안 돼요? 그걸로 끝이에요?"

"그러면 내가 '안 돼, 그거 정말 혐오스러운 생각 아니야?'라고 말하면 좋겠어?"

나는 줄리아를 빤히 쳐다봤다. "난 우리가 친-변태, 반-수치심인 줄 알았는데요?" 조금 더 타당하게 말하자면 나도 처음에는 비슷한 반응을 보였다. 하지만 갈수록 감정적인 반응에서 벗어나고 있었다. 그와 관련된 모든 이들은 법적으로 성관계에 동의할 수 있는 성인이었다. 물론 K'스릴란은 인간과는 다른 수명과 발달의 호弧를 가지고 있었고 그것은 여전히 의회에서 논의되고 있었지만, 내가 확인해본 바에 따르면, K'스릴란 남성들은 성적으로 성숙하고 나서야 성기를 발달시키기 때문에 확실히 우리가 이야기하고 있는 대상은 성인들이 분명했다. 어쨌든. "이미 포르노 산업에서는 인간 여성과 K'스릴란 남성들 사이의 섹스를 전담하는 분야가 있다는 걸 알고 있어요? 명백하게 46센티미터의 분기된……."

"그만. 그 얘기는 듣고 싶지 않아."

"내가 사장님 전 남자 친구의 엄청나게 큰 가슴에 대한 페티시 이야기를 할 때 그런 식으로 얘기한 적 있나요? 사장님의 변태 성향은 내 변태 성향이 아니고, 사장님에게 변태 성향이 있더라도 난 상관없어요. 그들의 변태 성향이 우리의 변태 성향이 아니고, 그게 우리가 그들에게 물건을 팔 수 없다는 의미는 아니라고요!"

줄리아는 검사하고 있던 실리콘 엉덩이 플러그를 아래로 내던졌다. (어쨌든 우리는 우리의 제품 라인을 새롭게 확장할 방법을 찾고 있었다. 다시 말해, 내 제안이 완전히 뜬금없이 튀어나온 건 아니라는 뜻이다.) "알았어. 좋아. 네가 무언가를 디자인하고 싶다면, 우린 시장을 시험해볼 거야. 하지만 네가 치수 측정을 하고 시제품도 만들어. 그리고 확실한 포커스 그룹(시장 조사나 여론 조사를 위해 각 계층의 대표로 뽑은 소수의 사람들이다_옮긴이)을 모아서 인터뷰도 해야 해. 왜냐하면 이건 혐오스러운 생각이니까."

"좋아요!" 내가 말했다. "좋다고요. 내가 처리……." 나는 거기까지 말하고 입을 다물었다. "내가 다 처리할게요. 그래야 이게 시장이 형성될 만큼 많은 사람이 제품화되길 바라는지 알게 되겠죠."

*

전화를 걸어왔던 여자의 이름은 리즈였고, 남편의 이름은 즈미블라였다. 알고 보니 즈미블라는 미니애폴리스에 정착한 일행의 일원으로 사무실에서 8킬로미터도 떨어지지 않은 곳에 살고 있었다. 지구에 새로 도착한 많은 이주민이 모여 있는 고층 아파트로 차를 몰고 가서 12층에 있는 그들의 집에 갔다.

"들어오세요." 리즈가 문을 열고 말했다. "제가 커피를 좀 내려놨어요.” 그녀가 초조한 표정으로 웃었다. “커피 드시죠?”

즈미블라는 팔걸이와 발걸이 위로 촉수를 늘어트린 채 안락의자에 편안히 늘어져 있었다. 내가 들어서자 눈자루 두 개가 나를 보기 위해 회전했고, 그의 음성 합성기가 말했다. “안녕하세요, 마셜 씨.”

“르네라고 부르세요.” 내가 말했다.

리즈가 나에게 커피 한 잔을 건넸다. 나는 그에게 그냥 줄자를 건네주고 그의 음경을 재달라고 단도직입적으로 말해야 할지, 아니면 좀 더 예의를 갖춰야 할지 고민하면서 즈미블라를 유심히 바라봤다. 줄리아가 퍼미를 만들기 시작했을 때, 나는 그녀가 실제로 음경을 측정했다기보다는 가장 잘 팔리는 딜도 모델 수십 개를 사다가 치수를 측정했다고 생각한다. 하지만 현재 시중에 출시된 K’스릴란 딜도 모델이 없었기에, 우리는 실제 음경의 치수를 몇 개 재봐야만 했다. 나는 깊이 심호흡했다. “우선 몇 가지 기본적인 질문부터 해야 할 것 같아요.”

“우리가 어떻게 만났는지 궁금하시죠?” 리즈가 밝게 물었다.

사실 나는 K’스릴란과 다른 K’스릴란 간의 섹스가 보통 어떤 식으로 이루어지는지 알고 싶었지만, 만약 그녀가 좀 덜 노골적인 것부터 시작하기를 원한다면 그건 합리적인 도입부가 될 수 있었다. 나는 그들이 ‘우리가 어떻게 만났는지’에 관해 이야기하는 동안 고개를 끄덕이며 커피를 마셨다. 그 이야기에 파우더혼 미술품 박람회에서 시작된 대화가 포함되었다고 생각하지만, 어쩌면 내가 잘못 기억하고 있는 것일 수도 있다. 실제로 나의 언니가 전남편을 만난 방식이기도 했다. 굳이 진실을 알고자 한다면, 솔직히 말해 난 “우리가 어떻게 만났느냐면”으로 시작하는 모든 닭살스러운 이야기는 듣는 순간 다 그게 그거 같아서 어떤

게 누구의 이야기였는지 기억하기가 힘들다. 만약에 당신 연인이 지역 지하 감옥에서 조직된 난교파티에서 서열 3위쯤 되는 남자였는데, 당신이 그의 거시기 모양이 정말 마음에 들어 둘이 사귀기 시작했다고 이야기했다면, 그런 정도의 이야기는 기억할 것이다. 만약 당신이 당신의 개가 도망치지 않도록 잡고 있는 동안 그가 자신의 촉수로 당신의 도자기 나르는 것을 도와주겠다고 제안해서 둘의 인연이 시작되었다면, 그런 얘기는 15분 이상 내 머릿속에 남아 있지 않을 것이다.

리즈는 지루한 사무직 일을 했고, 즈미블라도 그의 재능에 한참 못 미치는 지루한 일을 하고 있었다. 그리고 리즈의 취미가 정물화 그리는 것이라고 했을 때, 난 그들이 시간을 끌고 있는 게 확실하다고 짐작했다. 하지만 전적으로 그들을 탓할 수도 없었다. 내가 그곳에 간 이유는 즈미블라의 음경 크기를 재기 위해서였다.

"이게 우리 모두에게 다소 불편한 상황이라는 걸 저도 잘 알아요." 내가 말했다. "하지만 우린 정말 본론으로 들어가야 해요, 그렇죠?"

"난 그냥 당신이……." 리즈는 망설였다.

즈미블라가 촉수 끝으로 그녀의 손등을 섬세하게 어루만졌다. 그리고 반대편 촉수로는 그녀의 얼굴에 흘러내린 머리카락 한 가닥을 쓸어 넘겨 주며 말했다. "리즈와 나는 당신의 열린 마음에 감사드려요. 하지만 먼저 리즈에게는 당신이 우리를 같은 인간으로 바라봐주는 게 중요합니다. 우리가 가진 사랑을 나누기 위해 함께할 권리가 있는 부부로서 말이죠."

"제가 두 분을 평범하게 생각해주기를 바라는군요." 내가 말했다. 나는 빈정거림의 뉘앙스를 최대는 배제하려 노력했지만, 그다지 성공하지 못한 듯했다. "그저 또 하나의 미니애폴리스 가족으로요."

"우리가 다른 사람들과 같지 않다는 건 알아요." 리즈가 말했다. "하지만 우린 서로를 사랑하고 돌봐요. 그거야말로 중요한 거죠."

"그럼요." 내가 대꾸했다. "하지만 두 분의 관계를 확인해달라고 제게 전화를 걸어왔던 게 아니잖아요. 리즈, 당신은 성생활을 도와달라고 전화했었어요. 그러니 이제 그 얘기를 해보자고요."

*

실제로 K'스릴란 간의 관계에서는 여성이 남성의 몸을 감싸 안는다. 그리고 여성은 고정된 위치에 짧은 통로를 가지고 있었지만, 성관계 통로 대부분은 그때그때 상황에 따라 길이나 크기를 조정할 수 있었다. 나는 메모를 했다. 실제 섹스에는 마찰이 있었지만, 그중 일부는 확장된 질을 제자리로 접어 넣는 데 사용한 동일한 근육이었다. 따라서 나는 K'스릴란 남성도 인간 남성처럼 펌핑을 하는지 확신할 수 없었다.

내가 말했다. "두 분도 아시겠지만, 우리에게는 접이식 인텔리플레쉬 질을 만들 방법이 없어요. 주름 방식도 마찬가지예요. 어쩌면 진동기는 추가할 수 있을지 모르겠네요."

"나이 많은 K'스릴란 여성들은 일정량의 힘을 잃기도 합니다." 즈미블라가 말했다. "여성 K'스릴란이 자신의 통로를 제자리에 고정할 수 있게 하는 절차가 있는데, 그 절차를 시행한 여성과 관계할 때는 남성이 펌핑을 합니다. 그렇게 하면 될 것 같네요." 그의 촉수 끝이 분홍색으로 변했는데, 나는 그게 창피해서 그런 것인지 성적으로 흥분해서 그런지, 아니면 완전히 다른 무언가가 있는 것인지 알 수 없었다. "비록 아까 언급하신 진동기 옵션이……."

줄자를 챙겨온 건 나였지만 측정은 리즈가 하게 되었다. 나는 스케치를 하고 그녀가 불러주는 치수를 받아 적었다. 알고 보니 45센티미터는 대략적인 추산이었다. 한쪽 줄기는 46.35였고, 다른 한쪽은 45.2였다. 큰 줄기 부분의 둘레는 음료수 캔과 비슷했다. 가지 부분은 훨씬 가늘었고, 전체 모양은 굉장히 긴 당근 같았다. K'스릴란의 음경은 푸른색이라는 걸 알아차렸다. 적어도 그가 성적으로 흥분했을 때는 푸른색이었다. 다시 정확히 말하자면, 산소 부족 상황이나 얼어 죽을 정도가 되었을 때 인간에게서 볼 수 있는 보랏빛이 나는 어두운 파란색이었다. 그 측면에는 정맥이 도드라져 있었다.

"당신이 K'스릴란 중에서 얼마나 전형적인 편인지 혹시 아시나요? 그러니까 제 말은, K'스릴란 남성 중에서 본인의 음경이 큰 편인지 작은 편인지, 대칭인지 비대칭인지, 둘레는 큰 편인지……."

"잘 모르겠어요." 그가 말했다. "하지만 알아보는 건 그다지 어려울 것 같지 않아요. 이 아파트 단지에는 사실 천 명쯤 되는 K'스릴란이 살고 있고, 내가 알기로는 그중 스물네 명이 인간 아내와 살고 있거든요."

*

나는 K'스릴란의 음경을 측정하는 데 꼬박 이틀을 사용했다.

좋은 소식은 K'스릴란의 음경이 대체로 균일한 크기라고 판명되었다는 것이다. 내 말은, 길이는 최소 40센티미터에서 최대 51센티미터였고, 콜라 캔에서 커피 머그잔 두께였으며, 분기된 두 개의 음경 중 하나가 눈에 띄게 짧아서 거의 15센티미터나 차이가 나는 경우도 더러 있었다. 하지만 인간의 음경 또한 다 다르지 않은가. 내 말은 발기된 음경의 평균 길이는 대략 12.7센티미터지만, 기록 보유자의 것은 34센티미터나 된다. (지나친 공유를 하려는 건 아니지만, 그렇게 길면 고통스러울 것 같기는 하다.)

인간 음경이 아무리 다양하다 해도 인공 질, 또는 기술 산업 용어로 '자위용 관'의 성공적인 마케팅을 막지는 못했다. 내 말은, 딜도처럼 크기별로 여러 가지를 만들어 팔 수 있기 때문이다. 하지만 그렇다고 그게 모두 개인별 맞춤 제품은 아니다. 게다가 인텔리플레쉬가 실리콘보다 훨씬 더 적응력이 뛰어나다는 점을 고려해보면, 나는 우리가 뭔가 쓸 만한 것을 만들어낼 수 있으리라고 확신했다.

어쨌든 그건 좋은 소식이었고 나쁜 소식은 내가 이틀 내내 K'스릴란의 음경 크기를 측정해야 한다는 것이었다.

다행히도 K'스릴란 남자들은 그들의 남성성에 있어서 꽤 안전해 보였다. 그러니까 내 말은, 당신이 일반적인 인간 남성에게 줄자를 들이댄다면, 그들이 어떤 반응을 보일지 상상해보라는 것이다. 나의 전 형부는 언젠가 실제로 자신의 음경 길이를 쟀었는데, 크기가 11.5센티미터로 평균보다 1센티미터 이상이 작았다. 당연히 언니는 이혼 후에 사방팔방 그 사실을 떠들고 다녔다. 사실 문제는 살짝 왜소한 그의 음경 크기가 아니라 그의 보상 방식이었고 침대에서 얼마나 한심한 인간이었나 하는 점이었다. 그는 자신의 성기가 마법이라도 된다고 여겼는지, 자신이 그것을 꽂아 넣은 후 언니가 2분 이내에 절정에 이르지 않으면 언니가 그것을 부러뜨리게 될지도 모른다고 생각하는 그런 부류의 인간이었다. 평균보다 1센티미터 남짓 짧은 길이는 아무 문제가 없지만, 침대 위에서 여자를 완전히 권태롭게 만드는 남자는 절대적으로 문제가 있다.

(미안하지만 내 인생에서 극소수의 사람에게만 나의 지나친 공유 금지 정책을 공유하는 것 같다.)

어쨌든. 줄자를 보고 크기가 줄어든 K'스릴란이 하나 있기는 했지만, 그는 곧 웃음을 터뜨리고는 (사실 K'스릴란은 유머에 대한 신체적인 반응 가지고 있었지만, 목소리 합성기는 그것을 '하하하' 소리로 번역하게끔 프로그래밍 되어 있었다) 말했다. "잠깐만 기다려주세요." 그러고는 몇 초도 되지 않아 다시 최대 크기로 부풀렸다. K'스릴란은 모두 인간의 성별 고정관념과는 완전히 다른 그들만의 성 역할과 기대를 품은 K'스릴란 사회에서 성장했으며, 그러고 나서 인간 사회에 뛰어들어 적응할 수밖에 없었다. 남자 중 하나는 내가 줄자를 맨 아래 트렁크 부분에 둘렀을 때, K'스릴란 사회에서는 남녀 관계를 시작할 때 여자 쪽이 먼저 행동을 취한다고 언급했다. 여자에게 먼저 다가서는 남자는 뻔뻔하고 저돌적이라고 간주하는데, 그가 생각하기에는 인간 여자들도 그런 것 같다고 했다. 일단 우리가 그 생각에 익숙해지게 되면 말이다.

"아마도요." 내가 말하면서 왼편에서 그의 길이를 측정했다. 45.35센티미터. "그건 그렇고 부인과는 어떻게 만나셨어요?"

"얘기 들으신 줄 알았는데, 아닌가요?" 그가 조금은 애처롭게 말했다. "나는 아직 그렇게 운이 좋지 않았어요. 하지만 어쩌면 이게 우리 종족에 관한 관심을 높일 수도 있겠다는 생각에 이 흥미로운 프로젝트에 지원한 겁니다."

"솔직히 말해서 같은 종과의 결혼을 선호하지 않나요?" 내가 다시 물었다.

"우리 종족 중에서 나는 그리 매력적이지 않은 축에 들어요."

나는 한발 뒤로 물러나서 그를 바라봤다. 이틀쯤을 K'스릴란과 함께 보내고 나니, 이제는 내 눈에도 그들이 차에 치여 죽은 오징어처럼 보이지는 않았다. 하지만 그래도 어떤 K'스릴란도 매력적으로 보이지는 않았다. 마지막 측정을 마치고 치수를 기록한 후 나는 장갑을 벗어 부엌 쓰레기통에 던져 넣고 인사했다. "도와주셔서 감사합니다."

*

내가 사무실로 돌아와서 시제품 디자인을 마무리하려고 작업하고 있을 때, 전화기가 울렸다.

"당신은 우리에게 불의를 행하고 있어요." 합성된 목소리가 수화기 저편에서 말했다.

"미안하지만, 누구시죠?"

"며칠 동안이나 당신은 우리 정착지에 와서 남성들의 기관을 측정했어요." 괴로워하는 목소리가 말했다. "그리고 이제야 난 당신이 인간 여성들을 위한 가짜 여성 기관을 만들려 하고 있다는 걸 알게 됐어요."

나는 내가 어쩌다가 이런 일에 말려들게 되었을까 생각하며 머리를 긁적였다. "이것 보세요. 우리는 모든 인간, 즉 남녀 상관없이 모든 인간을 위한 인공 기관 제작에 특화돼 있다는 걸 당신도 아실 거라고 생각합니다."

"알아요!" 분노한 목소리가 말했다. "그리고 나는 인간 남성과 결혼한 K'스릴란 여성이에요. 왜 당신들은 인공 K'스릴란 여성 기관은 만들지 않는 건가요? 내 남편은 날 기쁘게 하려면 대체 뭘 어떻게 해야 하는데요?"

*

이 말을 들으면 당신이 충격을 받으리라고 확신하는데, 그렇게 결국 우리는 둘 다 만들고 말았다. 우리는 K'스릴란 질을 만들었다. 내가 리즈에게 경고했듯이 그것은 K'스릴란의 성교 전 질 접기 동작은 할 수 없지만, 조절 가능한 진동기를 추가하여 근육의 움직임을 시뮬레이션한다. 우리는 또한 K'스릴란 음경도 만들었다. 비록 이 시점에서는 시장 침투가 제한되어 있어서 크기와 모양은 한 가지(맨 밑 둘레는 음료수 캔 두께이고, 왼쪽 음경은 45.3센티미터, 오른쪽은 46센티미터)뿐이다.

요즘 내가 가장 이상하게 생각하는 것은 인간과 K'스릴란 커플이 아니다. 인간과 인간 커플이다. 각 K'스릴란 세트 중 하나를 사서, 이미 가지고 있는 신경 통합이 가능한 세트 대신 탈부착용 성기로 섹스를 하는 커플. K'스릴란 인공 성기로 섹스를 하는 인간들의 포르노도 이상하기는 마찬가지다. 그리고 K'스릴란 인공 성기로 섹스를 하는 게이 포르노도 그렇다. 그중에서 아마도 가장 이상한 것은 인간 인공 생식기로 섹스를 하는 K'스릴란 포르노일지도 모르겠다. 그들은 인텔리플레쉬를 이용할 수는 없다. 그들의 신경학 연구는 아직 몇 년쯤 더 연구되어야 하기 때문이다. 하지만 여전히 좋은 구식 옵션이 남아 있지 않은가. 한쪽은 부착식 성기를 착용하고 상대는 인공 질을 착용하는.

정말이지 이 모든 것은 두 가지 불변의 자연법칙이 있기에 가능하다. 첫째, 사랑은 길을 찾는다는 것. 둘째, 어떠한 성적 행위든 그걸 상상해낼 수만 있다면 누군가는 그것에 돈을 지불하리라는 것이다.

나는 근래 들어 그 첫 번째 규칙에 관해 많이 생각한다. 왜냐하면 내가 언니에게 그 "매력적이지 않은" K'스릴란 남성에 관해 이야기하면서 농담조로 (맹세컨대 정말 농담이었다!) 적어도 그와 사귀면 침대에서 지루할 일은 절대로 없을 거라고 말했다. 그러자 언니도 내게 농담조로 (언니는 정말 농담이었다고 주장한다) 그의 전화번호를 물어봤다. 나는 언니에게 그들의 성생활에 관해서 내게 절대로 자세히 이야기하지 않겠다고 약속한다면 전화번호를 주겠다고 했고, 언니는 내가 이미 그의 음경 크기를 밀리미터 단위까지 알고 있다는 사실을 지적했다…….

그렇다. 그들은 사귀고 있다. 그리고 전혀 서두르지 않기 때문에, 이 이야기는 "그리고 결혼식은 다음 주예요!"라는 식으로 끝나지는 않는다. 하지만 이 말만은 해야겠다. 당신은 저녁 식사 후 술을 한잔하면서 당신을 바라보는 일곱 개의 눈에 익숙해질 것이다. 그리고 나는 목소리 합성기가 "하하하"라고 말하기 전에 그 웃음의 물리적 신호를 감지하는 법을 배웠다. 그리고 긴티카(이게 그의 이름이다)는 확실히 내가 그를 더 이상 차에 치여 죽은 오징어로 생각하지 않게 해주었다. 또한 우리가 때로는 생각보다 훨씬 많은 공통점을 가지고 있다고 생각하게끔 한다. 즉, 그는 내가 관계를 형성하는 모든 방법을 생각하게 한다. 언니가 그에 관해 이야기할 때 얼굴에 나타나는 표정을 생각하게 한다.

그리고 내가 '사랑은 길을 찾고, 가끔은 길을 찾으면 사랑을 찾을 수 있다'고 생각하게 한다.

저자의 노트

온라인 잡지 《스트레인지 호라이즌스》(나는 이 잡지에 「할머니 동지」를 포함해서 몇 가지 이야기를 기고했다) 편집팀은 몇 년 전에 너무 자주 봐서 식상하다는 주제 목록을 정리했습니다. 일부는 내가 1980년대에 처음으로 이야기를 투고하기 시작했을 때 경고받은 기억이 있는, 아주 고전적인 클리셰라 할 만큼의 진부한 내용입니다. 예를 들어, "결국 모든 것은 꿈으로 밝혀졌다" 식의 내용으로 그 외에 훨씬 더 이상한 것도 있습니다.

내 페이스북 친구 중 하나가 어느 날 링크를 따라가다가 어떤 목록을 발견하게 되었습니다. 그 글 타래는 이 선호하지 않는 이야기들을 '잠자리에서'(포춘쿠키에서 나오는 내용 뒤에 '잠자리에서'라는 말을 붙여 재미있는 농담거리로 만드는 것을 의미한다. 예를 들어, '당신에게는 무한한 잠재력과 그것을 실천에 옮길 힘이 있습니다'라는 포춘쿠키 글귀 마지막에 '잠자리에서'라고 붙이는 식이다_옮긴이), 또는 '우주에서'(실제로 그것은 "우우우우우우주에서"였을 지도 모른다)와 짝을 지어 가벼운 농담거리로 만들었습니다. 나는 그 목록을 훑어 내리다가 불현듯 '누군가 기술 지원을 요청한다: 엉뚱한 사건이 뒤따른다'라는 줄거리를 떠올렸고, 누군가 섹스 보조기 제작을 위해 기술 지원을 요청하는 이야기로 바꾸는 것을 농담처럼 말했습니다.

그리고 채 5분도 되지 않아서 이 이야기를 쓰고 싶다는 사실을 깨달았습니다.

착한 아들

나는 단지 당신 곁에 있기만을 바라는 게 아니야. 당신과 함께 살고 싶어. 언덕 아래 왕국에서, 우리는 영원히 함께할 수도 있었어. 나는 그걸 원하지 않았어. 난 당신을 원했어. 당신의 모든 것을. 하지만 그건 내가 그 말의 의미를 이해하기 전이었지.

*

내가 그녀를 처음 보았을 때 매기는 미국인 관광객이었고, 다른 대학생들과 함께 아일랜드 언덕을 가로질러 하이킹을 하고 있었다. 비 오는 날이었고 매기는 우산이 없었다. 이슬비가 폭우로 바뀌자 빗물이 그녀의 머리카락을 검은색 곱슬머리로 만들어 뺨에 들러붙게 했다. 다른 학생들은 버스로 달려갔지만, 매기는 카메라를 엉덩이에 매단 채 계속 남아 있었다. 주변에 아무도 남지 않았을 때 그녀는 주머니에서 주석 피리를 꺼내 한 10분쯤 불었고 이내 돌아서서 도로를 따라 터벅터벅 걷기 시작했다.

나는 언덕을 빠져나와 그녀를 따라갈 수 있도록 문을 만들었다. 형이 내 손을 잡고 말했다. "하지 마, 가이디언. 그녀를 반드시 가져야 한다면, 여기로 데려와." 내가 대답하지 않자 형은 고개를 저었다. "인간을 따라가면 슬픔 말고는 얻을 게 아무것도 없어."

"그냥 그녀가 어디로 가는지 보고 싶어." 나는 그대로 빗속으로 나갔다.

나는 더블린에서 그녀를 따라잡았다. 나는 젊은 얼굴을 하고 주변에서 보았던 젊은이들과 어울리는 옷을 입었다.그녀에게 나도 같은 또래의 아일랜드 학생이라고 말하려 했지만, 그녀가 2주 이내에 시카고로 돌아가야 한다는 사실을 알게 되었을 때 미국 학생이 되기로 했다. 비록 각자 다른 도시로 가겠지만 함께 미국으로 돌아가는 것이다.

술집에는 바이올린 연주자들이 있었고, 매기는 나와 함께 춤을 추었다. 그녀의 검은 곱슬머리는 습한 공기 탓에 몹시도 구불거렸다. "넌 어디서 왔다고 했지?" 영업이 끝난 술집을 뒤로한 채 내가 버스 정류장까지 바래다주는 동안 그녀가 물었다.

나는 그날 저녁 다른 학생 중 한 명이 말했던 도시 이름을 댔다. "미니애폴리스."

"그럼 별로 멀지도 않네! 어쩌면 다시 볼 수 있겠다." 그녀가 말하고는 내게 길게 키스했다. "내 주소를 알려줄게."

소유가 내가 원하는 전부였다면, 난 언덕 아래서 당신을 유혹할 수도 있었어. 그러나 나는 당신의 인간적인 사랑을 원했고 당신이 나를 선택해주길 바랐어. 물론, 당신에게 진실을 말해야 한다는 생각 같은 건 전혀 떠오르지도 않았지. 그랬다면 당신은 내가 미쳤다고 생각했을 거야. 그래서 난 인간의 이름이 필요했어. 숫자와 증빙 서류와 주소가 필요했어. 면허증도 필요했고.

처음 이걸 시작했을 때는 내가 포용하게 될 다른 모든 삶에 대해서는 생각지도 못했어.

*

미니애폴리스로 가는 문을 만드는 것은 상당히 쉬웠다. 나는 전에도 인간 세상으로 외출을 나간 적이 있어서, 금을 돈으로 바꾸는 법을 알았고, 위조 서류 만드는 사람을 찾는 법도 알고 있었다. 나는 평범한 이름을 원했기에 전화번호부를 뒤져서 존슨을 선택했다. 매기에게는 내 별명이 핀치라고 말했었다. 방금 만난 인간에게 내 진짜 이름을 줄 생각은 없었다. 운전 같은 걸 할 생각은 없었지만, 어쨌든 운전면허증도 만들어 달라고 했고, 숫자가 들어가는 카드도 하나 만들었다. 며칠 이상 사용할 수 있는 정체성을 만들어내는 건 상당히 큰일이었다. 나는 마침내 대학 근처의 아파트에 정착했고 매기와 연락이 닿았다.

내가 주소를 보낸 지 채 하루도 안 되어 그녀는 내 집 문 앞에 나타났다.

알고 보니 그녀는 시카고에서 학교에 다녔지만, 미니애폴리스 출신이었다. 그리고 내가 그녀의 주소를 받아들고도 내 주소를 알려주지 않았을 때, 그녀는 내가 자기에게 별 관심이 없다고 생각했다. 우리는 매우 즐거운 저녁, 아침, 오후, 그리고 저녁 시간을 보냈다. 그런 다음 그녀는 일어나서 우리 둘이 먹을 팬케이크를 만들어놓고는 말했다. "너 여기 이제 막 이사 왔지, 그렇지?"

"왜 그렇게 생각해?" 나는 내 거짓말이 들통날까 봐 조금 긴장한 채 물었다.

매기는 웃었다. "주방이 너무 잘 갖춰져 있잖아. 어머니가 대신 정리해주신 게 분명해. 그런데 아무것도 열려 있지 않아. 밀가루도 달걀도 심지어 우유조차도. 게다가 우유와 달걀은 신선하기까지 해. 내가 팬케이크 만들기 전에 확인해봤거든. 넌 음식을 전혀 해 먹지 않는 거야. 요리해?"

"물론 해 먹지." 나는 그녀가 만들어준 팬케이크 접시를 들고 부엌 식탁에 가서 앉았다. "저녁은 내가 할게."

매기도 팬케이크를 들고 내 맞은편에 앉았다. 나는 그녀가 내가 미처 답을 생각해놓지 않은 질문들을 해올까 봐 겁이 나서, 그녀에 관해 좀 더 얘기해달라고 졸랐다. 매기는 훌륭한 이야기꾼이었다. 주석 피리 연주 실력보다 이야기 실력이 훨씬 좋았다.

그러나 매기는 내 이야기도 들려달라고 했다. "네 가족 얘기도 해줘." 그녀가 네 명의 자매(매기는 막내였다)와 스물일곱 명의 사촌에 관해 이야기하고 난 뒤였다.

"난 외아들이야." 내가 말했다.

"어디서 자랐어?"

나는 어디를 가든 항상 주변 이야기에 주의를 기울였다. 미니애폴리스에 온 이후로는 나의 새로운 고향에 관한 이야기에 열심히 귀 기울였고, 이제 나 자신에게 만들어준 과거 이야기를 풀어놓기 시작했다.

"브레이너드."

"정말? 나도 방학이면 거기서 지냈었는데. 정말 아름답잖아. 이런 얘기 너무 많이 들었겠다."

"맞아. 그렇지만 상관없어." 난 목청을 가다듬었다. "우리 부모님은…… 음, 너도 아마 들어봤을 거야, 어느 스칸디나비아 남자가 아내를 너무 사랑해서 아내에게 거의 말할 뻔했다는 그 오래된 우스갯소리? 그게 바로 우리 아버지야."

"아, 그래, 나도 그분 만나본 거 같아. 아니면 서른여섯 명이나 되는 그의 일란성 쌍둥이 형제 중 한 명일 수도 있겠고." 그녀가 고개를 흔들어 얼굴에서 머리카락을 털어냈다. "우리 가족은 아일랜드 출신이야. 완전히 극과 극이라고 보면 돼."

"그래서 네가 아일랜드에 갔던 거야?"

"아니, 사실은 그 프로그램이 내가 졸업하는 데 필요한 요건 중 하나였어. 가격도 그리 비싸지 않아서 갔던 거야." 그녀는 웃었다. "난 내가 아일랜드에 가게 되리라고는 생각도 못 해봤어. 그러니까 내 말은, 왜 그런 거 있잖아. 자신의 뿌리를 찾고 싶어 하는 아일랜드계 미국인 같은 거. 난 그런 쪽은 전혀 아니라는 거야. 대신에 난 다른 미국 얼간이들처럼 내 유명한 조상의 동상 옆에서 사진을 찍었어. 그것도 너무 창피해."

"그래? 네 조상이 누군데?"

"크랭크 온 더 뱅크(아일랜드의 수도 더블린의 대운하에 세워져 있는 20세기 시인이자 소설가인 패트릭 카바나 동상의 별명이다_옮긴이). 패트릭 카바나."

"아, 그렇네. 그 정도는 미리 짐작했어야 했는데." 그녀의 이름은 마거릿 카바나였다.

*

매기, 당신은 내가 인간 여성에 관해 꿈꿔왔던 모든 것이었어. 우리가 변치 않는 돌이라면, 당신은 불이야. 모든 인간이 그렇지만, 당신은 특히 더. 난 당신을 따라온 게 옳은 일이라는 걸 알게 됐어.

하지만 당신을 붙잡아 두려면 난 내 이야기를 뒷받침해야 했지.

당신이 시카고에 있는 대학으로 돌아갔을 때, 나는 가족을 찾으러 갔어.

"엄마, 잘 지내셨죠?" 내가 말했다. 백발의 여인이 오른손에 끼고 있는 묵직한 금반지를 돌리며 잠시 눈을 크게 뜨고 가만히 서 있었다. 그녀가 내 앞에서 문을 쾅 닫아버리기 전에, 나는 그녀의 뺨에 키스해서 마법을 봉인했다. 기억은 참으로 쉽게 변한다. 내 동족의 마법 절반쯤은 무엇보다도 암시와 관련 있다. "보고 싶었어요."

그녀의 눈은 파란색이었고 하얀 머리카락은 심하게 곱슬거렸다. 내 또래의 아들이 있기에는 나이가 많았지만, 그녀와 그녀의 남편은 내 요구 조건에 부합했다. 일단 아이가 없었고 그들 삶 속에 들어와 있는 사람이 별로 없어서 많은 이의 기억을 바꿔야 할 필요도 없었다.

"하지만 난 아들이……." 그녀가 내 눈을 바라봤다. 그때 나는 눈동자를 그림자처럼 스쳐 지나는 깊은 그리움의 빛을 보았다. 그녀가 눈을 깜박였다. "그러니까, 네가 올 거라고는 생각을 못 했어."

"알아요. 근처에 볼일이 있어서 왔다가 잠깐 들렀다 가야겠다고 생각했어요. 더는 이쪽 근처에 자주 오지 않잖아요. 아빠는 어떻게 지내세요?"

"밥?" 그녀가 문에서 물러났다. "로버트가 왔어요."

로버트? 음, 상관없다. 로버트도 괜찮다. "아빠, 잘 지내셨죠?" 나는 그와 악수했다. 그 나이대 남자들은 아들에게 키스하지는 않지만, 그의 손을 잡았을 때 내 마법이 영향을 미치고 있다는 게 느껴졌다. "사업은 어떠세요?"

"어. 늘 그렇듯 안 좋아. 맥주 마실래?" 나는 고개를 끄덕였다. "도린, 당신이 그쪽에 있으니까……."

우리는 모두 거실로 가서 앉았다. 거실은 퀴퀴한 냄새가 나고 작은 장식품으로 가득 찬 전형적인 노인들의 공간이었다. 도린은 자수를 놓는 게 분명했다. 벽난로 위에는 반 고흐의 「별이 빛나는 밤」의 복제물이, 벽에는 액자에 끼운 노르웨이 지도가 걸려 있었다. 나는 벽난로 근처의 의자에 앉았고 먼지 때문에 재채기를 했다. 그들은 방문객이 많지 않았다. 완벽했다. 매기가 그들을 만나고는 반대 방향으로 비명을 지르며 달아나지 않는 한은 그렇다는 것이다.

하지만 그들은 매우 친절했다. 밥은 완벽할 정도로 말수가 적은 미네소타 시골 사람이었고, 도린은 상냥하고 꽤 조용했다. 그녀는 긴장하면 오른손에 끼고 있는 반지를 돌렸다. 저녁이 끝나갈 무렵 나는 그들에게 예전에 창고가 물에 잠겼을 때 내 어린 시절 사진을 모두 잃어버렸으니, 이제 새롭게 모아야 할 것 같아서 가져왔다며 전날 찍은 내 사진을 건네주었다. 액자에 끼워왔기에 바로 걸기만 하면 되었다. 도린이 그것을 받아들더니 고맙다고 했다. 그녀의 손이 사진을 꽉 움켜쥐었다. 밥이 점잖게 그녀에게서 사진을 가져가더니 자수 작품 한 점을 내려놓고 그 자리에 사진을 올려놓았다.

"그건 그렇고요." 나는 떠날 준비를 하면서 말했다. "저 새 여자 친구가 생겼어요. 매기라고, 정말 멋진 여자예요. 다음에 그녀가 휴가차 집에 오면 이리로 데려와서 소개해드릴까 생각 중이었어요. 지금 시카고에서 대학에 다니거든요."

"그러면 정말 좋겠다, 얘야." 도린이 말했다. "곧 다시 볼 수 있으면 좋겠네. 우린 늘 네가 보고 싶거든." 그녀는 발끝으로 서서 내 뺨에 키스하고 내 머리를 헝클어뜨렸다. "운전 조심하거라."

*

당신이 처음 그들을 만나러 가기로 했을 때, 나는 며칠 동안이나 안절부절못했지만 사실 그 만남은 괜찮았어. 부모님은 나를 기억했고 당신을 만나서 기뻐했을 뿐 아니라, 당신도 두 분에게 매료되었지. 나는 우리의 첫 추수감사절 전에도 걱정했고, 첫 크리스마스 전에는 그보다 더 걱정했지만, 모두 잘 흘러갔어. 마법은 잘 유지되었지. 내 사진은 항상 벽에 걸려 있었어. 어머니는 심지어 사진의 먼지도 털어냈지.

당신은 공부를 마치고 미니애폴리스에서 일자리를 잡았어. 우리는 아파트를 구해 함께 이사했어. 모든 게 완벽했지. 내가 당신을 따라왔을 때 꿈꿨던 바로 그런 삶이었어.

물론 한계도 있었어. 나는 당신과 결혼할 수 없었으니까. 왜냐하면 결혼식에는 다른 친척들도 있어야 하잖아. 그것도 한번에 너무 많은 인원이. 나는 그들 모두에게 마법을 걸어야 한다는 생각에 몸서리쳤어. 우리가 사랑의 도피를 한다고 해도, 나는 로버트로 결혼 서약을 할 수는 없을 거야. 심지어 핀치로도. 내 본명을 쓰지 않고 결혼 서약을 하다니, 당신에게 그런 짓을 할 수는 없었어. 그리고 설명해야 할 것이 너무 많았어. 난 여전히 당신이 날 미쳤다고 생각하리라 확신했지만, 설혹 당신이 그렇게 생각지 않았다고 해도 글쎄, 난 당신에게 거짓말을 했잖아. 난 정말 당신을 사랑했고 당신을 사랑한 그건 진짜 나였어. 하지만 거짓말한 게 너무 많았어. 이미 너무 늦어 버린 거야.

그리고 그때 어머니가 몸져누우셨어.

*

"엄마가 병원에 입원했어." 밥이 말했다. 매기가 샤워를 마치고 밖으로 나왔을 때 전화벨이 울렸고, 그녀는 머리카락을 얼굴에 축축하게 달라붙인 채로 내 얼굴을 바라보고 있었다. "우린 지금 세인트폴이란다. 네게 전화를 해야겠다고 생각했어."

"어디가 안 좋으신데요?" 내가 물었다.

"계속 어지러워했거든. 그래서 내가 병원에 가자고 고집을 부렸고 어제 마침내 병원에 갔지. CT 스캔도 하고 이리저리로 보내서 몇 가지 검사도 하게 하더구나."

"그래서 의사는 뭐래요?"

순간적인 정적. "CT 스캔 상에서 뭔가를 찾았다는구나." 밥은 천천히 말했다. "아직은 뭐라고 명확하게 말해주지 않으려고 해. 그게 뭔지 말해주지 않으려 한다는 건 분명 뭔가 굉장히 안 좋다는 의미일 거야. 와줄 수 있겠니?"

"그럼요." 내가 대꾸했다. "당연히 가야죠."

전화를 끊고 내 상사에게 전화를 걸었다. 그때 나는 서점에서 일하고 있었다. "어머니가 병원에 입원하셨어요." 내가 말했다. "지금 여기 시내에 와 계세요. 아무래도 찾아가 봐야 할 것 같아요."

"내가 같이 갈까?" 매기가 물었다.

나는 망설였다. 매기가 부모님과 함께 있는 장면은 늘 나를 긴장하게 했다. "일단 내가 먼저 가서 무슨 일인지 알게 되면 전화할게. 별거 아닐 수도 있어. 알았지?"

"알았어." 그녀는 나에게 키스했다. "내가 사랑한다고 전해드려. 지난주에 어머니 드리려고 사놓은 털실이 있는데, 자기가 병원 갈 때 가지고 가."

세인트폴 시내로 가는 버스 안에서 나는 털실 가방 속을 들여다보았다. 그것은 깊은 적갈색에 실크 뭉치처럼 부드러웠다. 도린은 작년에 뜨개질을 시작했지만, 매기가 그녀를 설득해서 사게 하려고 했던 질 좋은 털실을 낭비하게 되는 게 겁이 났는지 대부분 값싼 아크릴 사를 사용하는 것 같았다. 나는 매기를 생각하고 잠시 그것을 어루만지며 병원에 들어갈 마음의 준비를 했다.

인간은 반드시 죽어야만 하는 존재이고, 그 사실이 두려워서 자신이 병원을 싫어한다고 생각하는 사람들이 있다. 그러나 나는 필멸의 존재가 아니다. 따라서 단지 병원이 끔찍한 곳이기에 병원이 싫다고 확실히 말할 수 있다. 매기가 아플 때마다 나는 그녀가 잠을 충분히 자고, 건강에 좋고 구미도 당기는 음식을 먹게 하려고 노력했다. 병원은 수면을 방해하고 음식도 형편없다. 그런데도 병원에서 몸이 나아지길 기대하는 사람이 있다는 사실은 내게 여전히 미스터리였다.

병원 침대 위에 누워 있는 도린은 쇠약하고 움츠러든 모습이었다. 병원에서 MRI를 찍느라고 반지를 빼놓게 했던 탓에 손은 맨손이었다. "집에 가고 싶어." 내가 안으로 들어가자 도린이 말했다. "의사가 날 집으로 돌려보내 줄까?"

"아무래도 검사를 몇 가지 더 해야 하나 봐요." 내가 몸을 숙여 키스하면서 말했다.

"검사라면 이미 수도 없이 했어. 대체 집에는 언제쯤 보내주겠다는 거야?"

"제가 나가서 뭔가 먹을 만한 걸 사다 드릴까요?" 내가 말했다.

밥이 고개를 저었다. "의사가 몇 분 안에 올 거야. 그때까지만 기다리렴."

의사는 한 시간이 넘도록 오지 않았고, 그러고 나서도 우리 병실 문 밖에서 간호사와 10분 동안이나 대화를 나눈 후에야 안으로 들어왔다. "도린." 그가 어머니의 차트를 보면서 말했다. "안 좋은 소식이 있습니다. 뇌종양이에요. 그리고 양성일지도 모릅니다……." 그는 다양한 종류의 뇌종양과 치료 방법, 예후를 이야기했다. 나는 우리 중 누구도 "뇌종양"이라는 말을 넘어서는 내용을 거의 듣지 못했다고 생각한다.

"집에 가도 되나요?" 의사가 말을 마쳤을 때 도린이 물었다. "계속 병원에 입원해 있어야 하는 건가요?"

"여기서 수술을 받고 조직 검사를 하게 될 겁니다. 나머지 치료는 원하신다면 브레이드너에서 받으실 수 있고, 아마 대부분은 집에 계실 수 있을 거예요."

도린이 울음을 터뜨리며 말했다. "요즘 뿌리 식물을 심을 시기거든요."

*

대기실에 있는 전화로 나는 매기의 직장에 전화를 걸었다.

"아, 핀치." 내 이야기를 듣고 그녀가 탄식했다. "어떡하면 좋아. 내가 지금 갈게."

"엄마 주무셔." 내가 말했다. "나중에 와도 돼. 그리고 있잖아, 그렇게 나쁘지 않을 수도 있어. 의사 말로는 양성이면 생각만큼 무섭지는 않을 거래."

매기가 약간 떨리는 목소리로 웃었다. "난 무섭지 않은 뇌종양이 있다는 얘기 같은 건 안 믿어."

"그래, 나도야."

우리는 조금 더 대화를 나누고 전화를 끊었다. 한 여성이 전화를 사용하려고 기다리고 있었기 때문에 나는 다른 의자로 옮겨 앉았다. "제니?" 여자가 전화번호를 누르고 나서 말하는 소리가 들렸다. 그러고 나서 목소리가 들리지 않았다. 여자는 수화기를 잡지 않은 다른 손으로 얼굴을 가리고 있었고 어깨가 흔들렸다. 너무 심하게 울어서 말을 잇지 못하고 있었다.

나는 남의 말을 엿듣는 대신 내 문제를 생각하려고 애쓰면서 눈을 감았다. 그러다가 도린의 운명이 이미 다했는지 내가 알아볼 수 있다는 사실이 떠올랐다. 밴시(구슬픈 울음소리를 내며 가족 중 누군가가 곧 죽게 될 것임을 알려준다는 아일랜드 민화에 나오는 도깨비다_옮긴이)는 알 터였다. 아니, 다시 생각했다. 내 태도가 이상하다고 의심받지 않으려면 다른 인간들처럼 아무것도 모르는 게 상책이었다.

전화 통화를 하는 여자는 여전히 말하기가 힘들 정도로 심하게 울고 있었다. 나는 그녀의 손을 잡고 약간의 위로를 건네고 싶은 마음이 굴뚝같았지만, 그 대신 엘리베이터를 타고 아래층으로 향했다.

비 내리는 바깥으로 나가는 동안, 나는 나를 비웃는 형의 목소리를 들었다고 생각했다. "그래 형이 옳았어." 나는 이미 반쯤은 꿈속인듯 말했다. "나는 알고 싶지 않아. 차라리 그녀가 이겨낼 거라고 믿고 싶어."

*

종양은 악성이었다.

병원에서는 수술이 끝날 때까지도 상태가 얼마나 안 좋은지 확신하지 못했다. 도린은 여전히 의식이 없었고, 머리에는 붕대가 감겨 있었다. 의사는 그가 가능한 한 많은 종양을 잘라냈다고 말해주었다. 그는 방사선 치료와 화학요법을 이야기했고 치유 가능성을 백분율로 말해주었지만, 숫자를 너무 빨리 말하는 바람에 우리 중 누구도 알아듣지 못했다. 의사는 억지로 미소를 지으며 뭔가 용기를 주는 말을 하려 노력했지만 아무 도움도 되지 못하고 그냥 자리를 떴다.

밥이 나를 돌아보고 말했다. "엄마가 죽어가고 있는 거지, 그렇지?"

"저도 모르겠어요." 내가 대답했다.

깨어나고 난 후에도 도린은 몇 분 정도 우리를 알아보지 못했다. 그녀가 나를 알아보지 못하는 건 놀라운 일이 아니었다. 트라우마가 마법의 힘을 얼마든지 없애버릴 수 있기 때문이었다. 그러나 밥은 충격을 받았다. 그는 의사에게서 들은 예후보다도 도린이 자신을 알아보지 못한다는 사실에 더 겁을 집어먹었다. 잠시 후 무언가가 제자리로 미끄러져 들어간듯 도린은 자기 자신으로 돌아왔다. 하지만 그날 내가 떠날 때, 밥은 나를 돌아보며 말했다. "이제 앞으로 그렇게 된다는 거잖아, 그렇지? 도린이 날 잊게 될 거야. 그리고 너도. 우리 둘 다."

"잘 모르겠어요." 내가 말했다.

"내 친구 중 하나가 알츠하이머에 걸렸는데, 얼마 후에 우리를 전혀 몰라보더라. 난 그렇게 사느니 차라리 죽는 게 낫겠다고 생각했었어."

"엄마는 잠시 혼란스러웠던 거예요." 내가 말했다.

밥은 고개를 저으며 아무 말도 하지 않았다.

*

도린은 며칠 후에 퇴원했고, 매기가 우리 모두를 브레이너드까지 태워주었다. 우리는 아침에 출발할 수 있을 것이라 예상했지만, 의사는 오후 3시가 되어서야 그녀를 퇴원시키러 왔다. 도린은 매기와 함께 앞

자리에 앉았고, 나는 뒷자리에 밥과 함께 앉아 갔다. 조용한 여행이었다. 도린은 가는 동안 내내 졸았다. 밥은 창밖을 응시했다. 우리가 브레이너드에 가까워졌을 때 도린이 몸을 뒤척였고, 밥은 앉은 자리에서 그녀를 바라봤다. 나는 그의 눈 속에서 벌거벗은 공포를 보았다. 그는 마치 차창 밖에서 곡물 창고나 옥수수밭이 아닌 그녀의 죽음을 목격한 듯한 표정이었다.

"엄마는 괜찮을 거예요, 아빠." 내가 속삭였다. "다 잘될 거예요."

밥은 한참 동안 황량한 시선으로 나를 바라보다가 다시 창밖으로 시선을 돌렸다.

우리가 차를 세웠을 때 집은 어두웠다. 밥이 자물쇠를 열고 불을 켰고, 매기가 조심스럽게 도린을 깨웠다. 매기는 내일 출근을 해야 했기에, 오늘 밤에 차를 몰고 돌아가야 했다. 나는 하루나 이틀 뒤에 브레이너드에서 집으로 가는 버스를 탈 것이다. 매기는 도린을 의자에 앉히고 저녁 식사로 수프를 데웠다. 그동안 나는 손님용 침대에 깔 시트를 찾았다. 우리는 TV 앞에서 저녁을 먹었고, 그 후 매기는 도린에게 키스하고 미니애폴리스로 돌아갔다.

내가 거실로 돌아왔을 때 도린은 나를 빤히 쳐다보며 물었다. "누구세요?"

"로버트예요. 엄마 아들." 내가 대답하고는 다시 마법에 걸리게 하려고 벽에 걸린 내 사진을 두드렸다.

그녀는 완전히 멍한 표정으로 나를 바라봤다. "우린 아이가 없어요."

"여보." 밥이 불렀다. 그리고 그녀 옆에 앉았다.

도린은 그의 목에 얼굴을 파묻으며 울음을 터뜨렸다. "밥, 왜 없겠어? 왜 없겠어?"

밥은 그녀의 머리를 쓰다듬었다. 머리는 땀으로 축축했다. "의사가 열나는 것에 대해서는 뭐라고 하던?" 그가 떨리는 목소리로 내게 물었다.

"열이 나면 응급 상황이라고 했어요. 만약 열이 나면 바로 응급실로 데려가야 한다고요." 나는 다가가서 그녀의 이마를 만졌다. "집에 체온계가 있나요?" 하지만 도린의 머리는 불덩이는 아니었다.

"모르겠구나. 그런 건 항상 네 엄마가 챙겼거든."

도린이 나를 올려다보았다. "아, 로버트." 그녀가 말했다. "하느님 감사합니다. 난 네가 갔다고 생각했어. 내 말은, 미니애폴리스로."

"체온계는 내가 찾아볼게요." 화장실로 들어가 약장에서 디지털 온도계를 하나 찾아냈지만, 사용설명서는 접힌 채 그대로 있었다. 도린의 체온은 38.9도였다.

"내가 차를 가져오마." 밥이 말했다.

성 요셉 의료 센터는 집에서 약 1.6킬로미터 거리에 있었다. 거기 도착하는 데 오래 걸리지 않았다. 밥이 주차하는 동안 나는 도린을 응급실로 안내했다. 그녀는 곧장 입원했다. 의사는 감염을 의심했다. 이 병실은 불가사의하게도 도린의 지난번 병실과 칸막이 커튼 색깔까지 똑같았다. 밥은 침대 옆 의자에 풀썩 주저앉았다. 나는 문밖으로 나가는 길에 주머니에 넣어 두었던 체온계를 만지작거렸다.

"우리 아직 세인트폴에 있는 건가?" 도린이 물었다.

밥은 고개를 들고 절망과 두려움이 뒤섞인 표정으로 바라봤다. "집에 돌아갔던 거 기억 안 나?"

"우리 지금 브레이너드예요." 내가 말했다. "오늘 오후에 집으로 모셨는데, 그 후 열이 나기 시작했어요."

도린은 나를 무력하게 바라봤다. "난 집에 갔던 거 기억 안 나."

"가는 동안 내내 주무셔서 그래요."

그녀의 손이 얇은 병원 담요를 움켜잡았다. "열 때문이면, 그냥 아스피린만 먹고 집에 가면 안 될까?"

"의사는 감염 때문이라고 생각해요."

"그렇지만 난 여기 있고 싶지 않아."

"병원에서 오래 붙잡아 두지는 않을 것 같아요." 내가 말했다. "잠깐 눈 좀 붙이세요."

도린은 고개를 끄덕였다. "아버지는 집에 모셔다드리렴. 나보다 더 힘든 하루를 보내고 있는 것 같구나."

*

아침에 일어나 보니 밥은 사라지고 없었다.

나는 부엌 식탁에서 그의 메모를 찾았다. 내용은 매우 짧았다. 단지 미안하다는 말뿐이었다. 차는 사라졌지만, 돈은 전혀 가져가지 않았다. 메모와 함께 자신의 결혼반지와 도린이 평소 끼고 있던 두 개의 반지, 즉 그녀의 결혼반지와 오른손에 끼고 있던 무거운 반지를 남기고 갔다. 나는 그것들을 챙겨 주머니에 넣었다.

적어도 당장은 도린에게 그 사실을 알리고 싶지 않았다. 하지만 내가 안으로 들어갔을 때, 그녀는 나를 지나쳐 보며 물었다. "밥은?"

"오늘은 올 수가 없었어요." 나는 말했다.

도린은 그 말에 코웃음을 쳤다. "그는 은퇴한 사람이야. 그런 사람이 무슨 급한 용무라도 있다는 거야?" 그녀는 내 얼굴을 유심히 바라봤다. "무슨 일이니, 로버트? 집에 문제가 있는 거야? 불이라도 났어?"

"아, 아니요!" 나 자신에 대해서는 그렇게 잘 속였으면서 왜 이 일에 대해서는 거짓말을 못 하겠는지 궁금했지만 쾌활함을 가장해 말을 이었다. "집은 괜찮아요, 걱정하지 마세요."

"그가 날 떠난 거지, 그렇지?"

나는 주머니 속의 반지를 손으로 꼭 움켜잡았다. "예." 내가 드디어 말했다. "엄마 반지를 남겨두고 갔어요."

도린은 울지 않았다. 단지 고개만 한 번 끄덕이더니 말했다. "그건 내게 돌려줬으면 좋겠구나. 설사 그가 떠났더라도 결혼반지는 내가 36년 동안이나 끼고 있었으니까. 그래서 손에 없으면 이상해." 그녀는 반지를 다시 손에 끼웠다. "자, 그리고 이건." 그녀가 오른손에 끼고 있는 반지를 가리키며 말했다. "이건 내 증조할머니 것이었어. 내 어머니는 이 반지가 바이킹이 갈리아에서 약탈했고 그렇게 해서 우리 집안으로 들어왔다고 하셨단다. 하지만 한 보석상 말로는 그렇게 오래된 물건일 리는 없다고 하더구나. 이 반지는 딸에게 물려줄 생각이었지만, 난 딸이 없잖니. 나는 조카들과도 사이가 좋지 않아. 그러니 이건 네게 가야 할 것 같구나. 나중에 결혼할 때 매기에게 주려무나."

"제 결혼은 급하지 않아요." 난 그녀를 안심시켰다.

"흥. 너희 둘이 서둘러 결혼한다면 내가 지금 매기에게 반지를 줄 수 있을 텐데. 내가 영원히 살지는 않을 거야. 너도 알잖니."

*

밥의 소식을 알게 되었을 때 병원 직원들은 안타까워했지만, 내가 예상했던 만큼 놀라지는 않았다. 대신 효율적으로 대응했다. 도린은 새로운 서류 작업이 필요했다. 수년 전 그녀는 자신을 대신해 건강 관련 결정을 내릴 수 있는 권한을 밥에게 위임하는 서류를 작성했었다. 이제 모든 것이 바뀌어야 했고 간호사들은 내가 그 권한을 위임받아야 한다고 생각했다.

"물론입니다." 의사가 말했다. "환자분의 아드님이시니까요. 최근친이죠."

하지만 난 사기꾼이다. 내가 어떻게 그녀를 위해 결정을 내릴 수 있겠는가? 나는 그녀를 거의 알지도 못한다. 이제 겨우 내가 이 사람들에 대해 얼마나 아는 게 없는지 깨닫기 시작했을 뿐이다. 난 할 수 없었다.

"바보같이 굴지 마, 로버트." 엄마가 말했다. "내가 너 말고 누가 있다고."

"하지만 난 엄마가 뭘 원하시는지 몰라요."

"그냥 상식대로 하면 돼. 네가 원하지 않는 건 나도 원하지 않을 거라고 가정하면 돼."

"나는 모든 걸 원해요, 엄마. 내가 가질 수 있는 인생의 모든 순간을 원해요. 만약 의사가 내 몸을 숨 쉬게 할 수 있다면, 내 피가 돌아가게만 할 수 있다면, 나는 그렇게라도 살고 싶을 거예요."

"아니, 그렇지 않을 거야." 그녀가 말했다. "오직 회복의 희망이 있는 경우에만."

"희망이야 언제나 있는 거죠. 삶이 있는 곳엔 희망도 있어요. 나는 뇌사자였다가 병원 밖으로 멀쩡히 걸어 나간 사람들의 이야기를 열두 가지는 찾아낼 수 있을 거라고 장담해요."

"내가 만약 더 이상 내 안에 없다면, 로버트. 날 보내주렴."

"그걸 내가 어떻게 알겠어요?"

"알게 될 거야."

항상 밴시가 남아 있었다. 나는 서류에 서명했다. 낯선 사람보다는 그나마 내가 나을 테니까.

*

감염으로 도린은 몇 주 동안 병원에 입원해 있었다. 심지어 그녀가 회복된 것처럼 보였음에도, 의사는 도린을 퇴원시키길 망설였다. 혈구 수치가 너무 낮기 때문이라고 했다. 그녀는 항암치료를 잘 견뎌내지 못했다. 설상가상으로 치료 자체도 효과가 없는 것 같았다. 예상대로 종양은 화학요법과 방사선에 반응하지 않았다.

매기와 나는 일상으로 돌아갔다. 나는 수요일부터 토요일까지 일했고, 토요일 밤이면 매기와 함께 브레이너드까지 차를 몰았다. 매기는 일요일까지는 나와 함께 있다가, 월요일 출근을 위해 일요일 밤에 다시 차를 몰아 돌아갔다. 나는 화요일 저녁까지 머물다가 버스를 타고 미니애폴리스로 돌아갔다.

버스 안에서는 생각할 시간이 많았는데 그건 좋지 않았다. 내가 가장 많이 생각한 것은 형이 매기를 따라간 것을 후회할 거라고 했던 말이었다. 나는 매기를 따라온 것을 후회하지 않아. 나는 매기를 따라온 것을 절대로 후회하지 않을 거야. 단지 내가 더 건강한 엄마를 선택했으면 좋았으리라고 생각할 뿐이야. 아니면 매기에게 고아라고 말했다면 좋았을지도 모르지.

어느 날 밤 버스가 연착돼 나는 미니애폴리스로 가는 문을 만들까 하고 생각했다. 인간들처럼 버스를 타고 이리저리 돌아다니다니, 내가 대체 뭘 하는 거지? 나는 페이(마법을 쓰는 초현실적인 존재를 의미한다_옮긴이)다. 이럴 필요가 없었다. 그때 그 생각보다 더 어두운 메아리가 들려왔다. 나는 페이다. 나는 이 모든 게 필요 없다.

나는 고향으로 돌아갈 수도 있었다. 그게 결국은 우리가 해야 할 일이었다. 인간 처녀에게 구애를 하고 그녀를 두고 떠나는 것. 아니면 우리의 연회장으로 그녀를 유혹해 데려가는 것. 나는 그녀를 그리워하겠지만, 그래도 결국에는 잊게 될 것이다. 아니면 그렇게 될 거라고 형이 나를 확신시킬 것이다. 그곳에서는 시간이 다르게 흘러갔다. 나는 그 연회장에 다시 정착하게 될 테고, 어느새 돌아가기에는 너무 늦어버릴 것이다. 그녀는 자신의 삶을 살아가게 될 테고, 치과의사와 결혼해 세 아이를 낳고 살게 되겠지…….

비가 오기 시작했다.

나는 매기를 떠나고 싶지 않았다. 도린도 떠나고 싶지 않았다. 내게 너 말고 누가 있다고, 그녀는 말했었다.

그녀는 네 엄마가 아니야. 더 어두운 메아리가 속삭였다.

아닐지도 모르지만, 나는 그녀의 아들이야.

버스가 마침내 도착했고, 나는 어깨에 피로가 무겁게 내려앉는 것을 느끼며 올라탔다. 아마도 다음 주말에는 매기와 함께 돌아가서 좀 더 휴식을 취해야 할지도 몰랐다. 하지만 나는 그러지 않았다. 다음 주 토요일 우리가 병원에 도착했을 때, 도린은 우리에게 감사와 절박함을 드러내는 미소를 지어 주었고, 언제나처럼 화요일까지 머물러야 한다는 것을 깨달았다.

도린은 몇 주 동안 완강하게 낙관적인 태도를 유지했다. 그녀는 병을 견뎌내고 있었고, 매기가 코바늘 뜨개질로 만들어준 면 모자로 다 빠진 머리를 가렸다. 그녀가 가장 좋아했던 것은 무지개색 실로 꿰맨 카나리아 노란색 모자였다. 도린이 그것을 가장 자주 썼기에, 매기는 실을 더 사서 두 개를 더 만들었다.

어느 날 저녁 내가 우리가 먹을 샌드위치를 사러 나갔다가 돌아와 보니, 어머니가 매기에게 내 어린 시절에 관한 재미있는 이야기를 들려주고 있었다. 내가 책에다가 크레용으로 색칠을 해놓고는 강아지가 그랬다고 주장했다는 이야기였다. "어렸을 때 나도 그와 비슷한 짓을 저지르고는 언니가 그랬다고 고집을 부렸었는데, 로버트는 형제자매가 없으니 개가 그랬다고 했던 거지. 나는 크레용을 잡을 수 있는 개는 만나본 적이 없지만, 보아하니 한번은 시도해볼 만한 가치가 있을 거라고 생각한 모양이지."

나는 그녀가 묘사한 모든 것을 볼 수 있었다. 부엌 한가운데 크레용으로 엉망이 된 채 열려 있는 책. 엎질러진 크레용, 죄책감에 어쩔 줄 모르는 아이. 어머니는 문간에 내가 들어서는 소리를 듣고는 힐끗 시선을 올려 바라보더니 애틋한 미소를 지어 보였다

"무슨 책에 색칠을 하고 있었어요?" 매기가 물었다.

"글쎄, 그건 기억이 안 나는구나."

"『누구를 위하여 종은 울리나』" 나는 다른 방문객 의자에 자리 잡고 앉아 매기에게 샌드위치를 건네며 말했다. "난 그 책에도 삽화가 필요하다고 생각했던 것 같아."

"그 후 내가 몇 주 동안이나 크레용을 압수했었지." 엄마가 약간 향수 어린 표정으로 말했다. "하지만 넌 대부분 착한 아이였어. 거의 항상." 그녀는 매기를 보았다.

"어머님이 잘 키우셔서 그래요." 매기가 자신의 샌드위치로 경례를 붙이며 말했다.

*

의사가 호스피스에 연락을 하는 게 좋겠다고 제안한 다음 날 밤, 나는 도린과 함께 자정이 훨씬 지나도록 앉아 있었다. 그녀가 잠들었다고 생각이 들자, 나는 최대한 조용히 외투를 챙겨 들고 병실을 나서려고 했다.

"난 늘 알았어." 내가 문에 손을 댔을 때 그녀가 말했다.

나는 돌아섰다. 병실의 어둠 속에서, 인간이라면 그녀의 얼굴을 볼 수 없었을 테지만, 나는 그녀의 눈을 똑바로 바라봤고, 그녀도 내 눈을 바라봤다.

"뭘 알아요?" 내가 물었다.

"나는 알았어. 그날 네가 우리 집 문을 두드리고 내게 엄마라고 부르며 인사했을 때, 넌 낯선 사람이었지. 너의 마법, 또는 그게 무엇이었든 간에, 그게 밥에게는 효과가 있었어. 하지만 난 알고 있었어." 그녀의 눈은 눈물로 빛났다. "우리는 아이를 원했단다. 몇 년 동안이나 시도했었지. 한 번 임신이 되었지만, 몇 주 만에 아이를 잃고 말았어……. 요즘에는 신문에서 효과 좋은 약이나, 화려한 시술 같은 걸 찾아볼 수 있지만, 그때는 아무것도 없었거든. 친정엄마가 내게 마음을 편안히 갖고 휴가를 보내라고 했는데 아무런 효과가 없더구나. 난 거의 죽을 것만 같았어." 그녀는 거친 한숨을 내쉬었다. "입양을 할 수도 있었지만, 아마 밥은 싫다고 했을 거야. 그리고 솔직히 말하면, 나도 입양이 두렵기는 마찬가지였어. 그 아기를 내 아이처럼 사랑하지 않을까 봐 두려웠고, 내가 확신할 수 없다면 아마도 하지 않는 편이 더 나을 것 같았어. 밥도 아이를 원하기는 했지만, 나처럼 상실감을 느끼지는 않았으리라는 걸 알아. 혹은 느꼈다고 하더라도 그걸 드러내지는 않았지."

나는 말을 하려고 입을 열었지만 아무 말도 나오지 않았다.

"그러다가 네가 왔어. 그리고 우리를 부모님으로 받아들였지. 아, 로버트." 눈물이 그녀의 뺨을 타고 흘러내렸다. "내가 미안해. 이게 어떤 결과로 이어질지 알았더라면, 내가 네게 어떤 짐이 될지 미리 알았더라면, 그때 문을 닫아버렸을 거야."

나는 코트를 무릎 위에 올려놓고 다시 앉았다. "엄마, 내가 떠날 수도 있었다는 거 아시잖아요. 그런데 난 남는 걸 선택했어요. 엄마 곁에요." 나는 그녀의 손을 꼭 쥐었다.

"넌 착한 아들이야." 그녀가 속삭였다.

그녀가 잠든 줄 알았지만, 몇 분 후 그녀는 다시 몸을 뒤척이더니 말을 걸었다. "너한테 주고 싶은 게 있어. 내가 유언장을 바꿀 수는 없어.

지금 유언장을 바꾼다면, 누구라도 그 결정에 이의를 제기할 수 있거든. 하지만 암이 내게 남은 걸 다 훔쳐 가기 전에 이걸 주고 싶구나." 그녀가 오른손에서 무거운 반지를 빼냈다. "이건 나의 외아들인 네 거야. 결혼할 준비가 되면 매기에게 주렴."

"그럴 수 없……."

"넌 할 수 있어." 그녀가 반지 위로 내 손을 감았고, 나는 그 안의 힘이 내 손바닥에서 타오르는 것을 느꼈다. 바이킹이 훔친 반지. 아, 확실히 아일랜드에서 온 거야. "난 늘 알고 있었어." 그녀가 다시 말했다. "이건 네 거라는 걸."

*

그날은 아마도 도린의 상태가 그나마 좋았던 마지막 날이었을 것이다.

나는 호스피스에 연락했다. 도린은 집에서 죽고 싶어 했기에 우리는 집으로 돌아갔다. 나는 밥이 떠난 것 때문에 그녀가 우울해할까 봐 걱정했지만, 도린은 밥이 없는 집에서도 위안을 얻었다. 호스피스 간호사는 낮 동안 길게 머물렀다. 그 나머지 시간에는 내가 도린과 함께 있으려고 노력했고 종종 매기가 내게 쉴 틈을 만들어주었다.

나는 가죽끈에 반지를 끼워 셔츠 아래 걸고 있었다. 지금 당장은 누구와도 결혼을 생각할 수 없었다. 도린의 다음 모르핀 복용, 호스피스 간호사의 다음 방문, 매기의 다음번 브레이너드 여행 외에는 다른 어떤 것도 생각하기 힘들었다.

병원에서 밤을 보낸 지 2주가 지난 어느 날 밤, 매기와 나는 어머니 집 거실에 앉아 있었다. 매기는 독서 등 옆에 앉아 팔목과 발목에 붉은 술이 달리고 가슴에는 작은 하트 모양이 있는 머리가 두 개인 토끼 인형을 뜨개질했다. 벽난로 선반에 올려놓은 시계의 똑딱거리는 소리가 들렸다. 나는 도린이 자고 있다고 생각했지만, 그녀의 침실에서 신음이 들려왔다. 나는 일어서서 방 안을 들여다보았다. 도린은 다시 잠든 것 같았다. 다시 거실로 돌아가 앉았다.

빛과 그림자의 기묘한 장난 속에서 잠시 매기가 늙어 보였다. 그때 그녀가 자리를 옮겨 앉았고, 다시 스물세 살이 되었다. 그녀는 뜨개질을 비틀어서 이리저리 살펴보고 패턴을 넘겨보고, 바느질을 몇 땀 뜯어냈다. 나를 힐끗 올려다보더니 달콤하고 피곤한 미소를 지어 보이고는 다시 뜨개질로 눈을 돌렸다.

그녀는 언젠가 우리 엄마처럼 늙을 것이다. 나는 절대로 늙지 않을 것이다. 하지만 매기는 늙을 것이다.

*

요정의 언덕에는 시간이라는 게 없어. 인간들은 거기서 하룻밤을 보냈다고 생각하고 고향으로 돌아가지만 어느덧 100년이라는 세월이 흘러 있지. 우리에게 그곳은 절대로 끝나지 않는 파티와 같아. 걱정도 없고, 고통도 없고, 중요한 것도 전혀 없는.

난 당신을 원했어. 당신의 모든 것을. 언젠가는 죽어야 할 당신의 운명을 나누고 싶었어.

도린이 죽은 날 밤, 나는 그게 무슨 의미인지 알게 되었어.

*

도린이 죽었을 때, 나는 그녀와 함께 앉아 있었다. 그녀는 며칠 동안 정말 힘들어했다. 호흡은 느리고 갈수록 얕아졌으며, 말도 못 하고 눈도 뜨지 못했다. 꼬박 열두 시간 동안 나는 모든 호흡이 그녀의 마지막 숨결이 될지도 모른다고 생각하며 곁을 떠나지 않았다. 그녀는 죽을 때 혼자 있고 싶지 않다고 했다. 매기는 내게 샌드위치와 커피를 가져다주었고, 나는 도린의 침대 옆에 종일 앉아 있었다.

그녀가 떠났을 때, 집은 매우 고요했다.

인간들은 그들의 영혼을 거둬가기 위해 저승사자가 낫을 들고 찾아온다는 이야기를 한다. 천사들이 빛의 터널을 통과해서 그들을 고향으로 인도한다는 이야기도 한다. 도린이 죽었을 때, 나는 어수선한 침실 외에는 아무것도 보지 못했고, 그녀의 호흡이 멎은 뒤의 고요 외에는 아무 소리도 듣지 못했다.

나는 일어서서 기지개를 켰다. 새벽 4시였다. 나는 그녀의 침실에서 나왔다. 매기는 뜨개질을 무릎에 올려놓은 채 거실 의자에 웅크리고 자고 있었다. 나는 그녀를 깨우기 위해 손을 내밀다가 그러지 않는 게 낫겠다고 생각했다. 산책을 하고 싶었다.

찬바람을 맞으며 강가를 따라 걸어가는 도린의 모습을 떠올리니 짙은 공허감이 느껴졌고, 침대 맡의 밤샘이 끝났다는 데서 오는 안도감이 죄책감과 함께 밀려왔다. 그녀의 고통이 끝났다는 데서 오는, 죄책감을 덜어주는 안도감이었다.

슬픔 말고는 얻을 게 아무것도 없을 거야, 매기에게서 돌아서라고 경고했을 때 형이 한 말이었다.

매기는 젊었다. 우리에게는 아직 시간이 남아 있을 것이다. 하지만 언젠가 그녀는 늙을 것이고, 나는 그렇지 않을 것이다. 그녀는 아플 것이고, 나는 그렇지 않을 것이다. 나는 병원, 불확실성, 고통, 상실감 등 이 모든 것을 다시 겪어야 할 것이다. 나는 그것을 매기와 함께 겪어야 할 것이다.

나는 도린의 반지를 꺼내 가로등 밑에서 그 노란 반짝임을 바라봤다. 만약 내가 매기와 결혼한다면 정말로 결혼한다면, 나는 여기 남아야 해. 그녀에게 영원히 곁에 있겠다고 맹세하고 나서 밥처럼 도망칠 수는 없어. 만에 하나라도 그럴 거라면, 차라리 지금 떠나는 게 나을 거야.

나는 매기의 죽음을 생각했다. 그녀도 역시 암에 걸릴까? 아니면 그녀의 마음을 훔쳐 가버릴 치매라는 사악한 도둑을 만나게 될까? 아니면 심장 마비처럼 고통도 없고 작별 인사를 건넬 시간도 주지 않는 뭔가 빠른 것이 찾아올까? 어쩌면 그녀는 스물다섯에 교통사고를 당할지도 모른다. 그게 뭐든 간에 나는 그것에 대비해 거기 있어야만 한다. 나는 그녀와 함께 앉아, 그녀가 아무것도 삼킬 수 없을 때 면봉으로 입술을 축여주면서 손을 잡고 있어야 한다. 시신을 묻어주어야 한다. 작별 인사를 해야만 한다.

그것은 내가 인간을 사랑함으로써 치러야 할 대가였다.

나는 가죽끈을 풀고 반지를 주머니에 슬쩍 집어넣었다. 그리고 다시 엄마의 집을 향해 돌아섰다.

*

난 당신을 택했어, 매기. 내 진짜 이름 가이디언으로서, 당신을 받아들이겠어. 깰 수 없는 맹세로 당신에게 약속하고, 이 반지에 대고 나 자신에게 다짐하리니. 당신이 나를 갖게 된다면, 나는 당신이 살아갈 필멸의 삶 내내 당신과 함께할 거야. 나는 당신을 사랑할 거야. 당신을 사랑하기에 당신과 함께 머물 거야. 그리고 때가 오면, 당신을 묻어줄 거야. 그리고 후회 없이 그 대가를 치를 거야.

베를린 장벽

1989년 2월이었고 나는 대학 신입생이었다. 그날 나는 학생회관에 앉아 미적분학 숙제를 하면서 커피를 마시는 중이었는데, 누군가 맞은편 자리에 앉는 바람에 숙제도 커피 마시는 것도 제대로 할 수가 없었다. “메건.”

그녀의 목소리를 듣고 나는 고개를 들었다. 그녀는 나이가 들었지만, 노인처럼, 또는 우리 엄마처럼 나이가 많은 것은 아니었다. 사실 그녀는 거의 우리 엄마처럼 보였고, 나는 본능적으로 짜증이 확 밀려왔다. “네, 매기예요. 누구세요?”

“매기 단계는 내가 깜빡 잊어먹었네.” 그녀가 말했다. 뭔가 곰곰이 생각하는 듯 보였다. “난 너야. 미래에서 온 너.”

나는 연필을 내려놓으며 말했다. “……네?” 나는 이 미친 사람이 어떻게 내 이름을 알아냈는지 궁금했다. 어쩌면 이 사람은 심리학 수업

실험을 하는 비전통적인 학생(고교 졸업 후 바로 입학하고 부모에게 학자금을 의존하는 등의 전통적인 방식으로 대학 생활을 하는 학생이 아니라, 풀타임으로 직장에 다니며 대학 생활을 하거나 늦은 나이에 대학에 다니는 학생 등을 의미한다_옮긴이)일지도 몰랐다. 무작위로 선발된 학생들이 믿기 어려운 주장에 어떻게 반응하는지 보는? "어. 무슨 일이세요?"

그녀가 앞으로 몸을 기울였다. "너 가을에는 유학 가야 해. 독일로. 서독. 베를린으로." 나는 그녀를 보며 눈을 끔뻑였다. "저 독일어 할 줄 몰라요."

"그러니까 더 가야지! 독일어는 배우면 돼."

"하지만 이미 외국어 필수 요건은 갖췄어요. 프랑스어요."

"그런 태도가 유럽인에게 미국인을 조롱할 빌미를 주는 거야. '난 이미 외국어 하나를 하잖아. 그건 사실상 미국인들보다 두 개나 더하는 거야!'"

그 말은 좀 따끔했다. 나는 그녀를 보며 인상을 찌푸렸다. "저기요. 우리 엄마가 작년에 내가 프랑스 간다니까 못 가게 했어요. 심지어 계약금까지 냈었거든요. 게다가 그건 인솔자를 동반하는 단 2주간의 여행이었다고요. 그런 내가 외국으로 유학 간다고 말하면 엄마가 기쁘게 보내주실 거라고 생각해요?"

"넌 지금 열여덟 살이야. 엄마가 어떻게 널 막을 수 있는데?"

"유학비 내주는 걸 거부하실 수도 있죠." 내가 믿을 수 없다는 듯이 말했다.

"아빠는 찬성하실 거야." 그녀가 말했다. "네가 프랑스 간다고 했을 때, 네 편에 서주지 못했던 것 때문에 죄책감을 느끼고 있거든."

나는 가슴 앞으로 팔짱을 끼고 앉아 엄마와 싸웠던 일을 떠올렸다. 우리가 다투고 있을 때 아빠는 집 안에 머물러 있지도 않으려 했다. 아빠가 그때의 일을 약간 후회하고 있다고 생각하니 나쁘지는 않았다. "흠. 내가 베를린에 가는 게 댁한테 왜 그렇게 중요해요?"

"베를린 장벽이 올해 11월에 무너질 거라서 그래. 9일에."

좋아. 이건 농담이 분명해. "베를린 장벽이 11월에 무너진다는 거죠, 올해. 게다가 당신은 그 날짜까지 알고 있고요. 대단해, 얼른 보고 싶네요. 그렇지만 어쨌든 그동안 나는 미적분 숙제를 좀 해야 할 것 같거든요."

그녀는 가려고 일어섰다가 뒤로 돌아섰는데, 거의 내가 거울에서 본 것 같은 방식으로 두 눈이 가늘어졌다. "미적분 수업은 지금 그냥 포기하는 게 나을걸. 어쨌거나 D를 받게 될 테니까."

*

그녀는 5월에 다시 나타났다.

첫 만남이 이상했던 만큼 그녀를 간단히 머릿속에서 밀어내버릴 수가 없었다. 그래, 그냥 미친 여자였을지도 모른다. 하지만 적어도 나는 베를린 유학을 알아보기 위해 유학원을 찾아가 볼까 생각했다. 문제는 부모님이었다. 그들에게 외국에 가서 공부하고 싶다고 말하는 장면을 상상해보면, 늘 엄마의 편두통과 죄책감을 불러일으키는 아빠의 말로 그 장면이 마무리되었다. 엄마에게 반항하는 것은 대개 남동생이었다. 나는 착한 딸이었다. 그리고 여전히 대학에 오기 위해 아이오와를 떠났다는 사실에 죄책감을 느끼는 중이었다. 부모님이 허락해주었음에도 그랬다.

마침내 유학원을 찾아갔다. 4월이었다. 가을은 유학 프로그램을 신청하기에는 너무 늦은 시기였지만, 나는 에펠탑, 콜로세움, 거대한 황금 불상, 타지마할 옆에서 장난치며 웃고 있는 학생들의 사진으로 가득 찬 책자를 훑어보았다. 나는 황금 불상 사진을 매만져봤다. 엄마가 오싹하게 반응하기만 한다면, 그거야말로 뭔가 볼거리가 될 것 같았다.

나는 미적분 수업에 더욱 적극적으로 사전 대책을 세웠다. 그날 그 미친 여자의 방해로 숙제를 끝마치지 못했을 때, 어쩌면 그게 내가 수학능력 센터에서 제공하는 무료 과외를 신청해야 한다는 어딘가에서 온 메시지일지도 모른다는 결론을 내렸다. 나는 그날 오후 학생회관에서 곧장 수학능력 센터로 향했다.

두 번째로 찾아왔을 때, 그녀는 도서관에서 나를 발견했다. "……매기?" 그녀가 이번에는 좀 주저하며 불렀다.

나는 고개를 들었다. "또 당신이에요? 내가 여기 있는 거 어떻게 알았어요?"

"내가 가장 좋아하던 도서관 자리를 기억하니까." 그녀는 못생긴 주황색 소파의 내 옆자리에 앉았다.

내가 앉은 구역으로는 거의 아무도 오지 않아서 보통 이 자리를 선호했지만, 미치광이에게 쫓기는 바람에 이 전략에 대해 다시 생각해보게 되었다. 하지만 보안 요원을 소리쳐 부르기에는 아직 좀 이른 듯했다. "원하는 게 뭐예요?"

"네가 독일에 갔으면 좋겠어. 아직 유학 프로그램 신청은 안 했지,

그렇지?" 나는 고개를 끄덕였다. "음, 그래도 괜찮아. 가을에 휴학하고 곧장 가면 되니까."

"그러면 엄마 아빠에게는 정확히 뭐라고 말해요?"

"여행하고 싶다고 해. 많은 학생이 여행을 떠나잖아. 넌 부모님 허락을 받을 필요가 없어. 사실 미국 대학생을 위한 취업비자 프로그램도 있어. 서독에서는 6개월 동안 취업비자를 받을 수 있으니까 부모님 돈은 필요 없을 거야."

"내가 서독에 가서 일자리에 지원한다고요?"

"그래, 바로 그거야."

"난 독일어도 못 해요. 정확히 어떤 직업을 얻게 되는데요?"

"영어를 가르칠 수 있잖아. 아니면…… 실은 잘 모르겠어. 어쨌든 뭔가 찾게 될 거야."

나는 그녀에게 믿을 수 없다는 표정을 지어 보였다. "엄마는 신경쇠약에 걸릴 거예요."

"언젠가는 너도 엄마의 불안 장애가 네 책임이 아니라는 걸 깨달아야 해."

이 말은 거의 내 고등학교 친한 친구가 했던 말의 메아리 같았다. 나는 그녀를 내 전매특허인 가늘게 뜬 눈으로 바라봤다. "그건 그렇고 대체 누구세요? 진짜로."

"다들 멕이라고 불러. 그리고 난 네게 진실을 말했어. 난 너야." 그녀가 주머니에서 무언가를 꺼냈다. 생긴 건 꼭 계산기처럼 보였다. "여기 너한테 보여주려고 가져왔어. 이건 내 포켓 컴퓨터야."

나는 그것을 받아들었다. 매끄럽고 검은 표면이었다. "딱히 쓸모 있어 보이지 않는데요." 내가 말했다.

"화면에 엄지손가락을 잠시 올려놔 봐. 내 지문을 인식하면 열리게 되어 있는데, 우연히도 내 지문이 네 지문과 똑같으니까."

나는 시키는 대로 했다. 갑자기 검은 표면이 살아나더니 작은 그림들이 줄지어 생겨났다. "이것도 마우스가 있어요?"

"네 손가락이 마우스야. 원하는 아이콘을 하나 두드려 봐."

나는 아무거나 하나 손가락으로 두드렸다. 음악이 흘러나오면서 질서 있게 서 있던 그림들이 사라지고 화면에는 일련의 이미지가 나타났다. 근접하게 보이는 흰올빼미의 날갯짓, 숲의 풍경, 돌담이 있는 방의 내부. 멕이 몸을 기울여 들여다봤다. "그건 게임이야." 그녀가 말했다. "유용한 것들도 있어. 미래에 있을 때면, 나는 그걸 이용해서 이메일이라는 걸 받을 수 있어. 미래에는 모두 가지고 있는 거야. 그걸 사용해서 인터넷에 접속할 수도 있어. 미래에는 거의 모든 정보가 온라인상에 있거든. 내 모든 음악, 사진, 책을 저장하지. 거기에 카메라, 비디오카메라, 신용카드, GPS, 그리고 전화기 기능이 들어 있어. 참 GPS는 일종의 말하는 지도라고 생각하면 돼."

나는 그것을 쳐다보았다. 그래픽은 놀랄 만했다. "당신이 그걸 꺼냈을 때 난 계산기라고 생각했어요."

"계산기 기능도 있지."

"이거 정말 끝내주는데요." 내가 말했다. "가져도 돼요?"

"아니. 일단 넌 배터리를 충전할 방법이 없잖아." 그녀는 그것을 다시 가져갔다. "자, 이제 독일에 가는 것에 대해 진지한 대화를 나눠볼 수 있을까?"

"그럼 미래에는 모든 사람이 타임머신을 가지고 있어요?"

"아니." 대답하는 그녀의 시선이 조금 흔들렸다. "내 건 특별한 거야."

나는 포켓 컴퓨터를 쳐다보면서 미래의 여성이 나에게 서독에 가라고 했고, 내가 그녀가 미래에서 왔다는 사실을 아는 까닭은 그녀가 놀라운 미래 기술을 가지고 있었기 때문이라고, 부모님에게 말하는 장면을 상상해봤다. 그러나 내가 심지어 그 장비를 가졌다 한들 엄마를 설득하지 못하리라는 걸 꽤 확신할 수 있었다.

"알았어요." 내가 대꾸했다. "그런데 문제는 이거예요. 나는 당신이 정말 미래에서 왔을지도 모른다는 걸 인정해요. 만약 내가 미쳐가는 거라면, 이건 엄청나게 세부적인 환각이어야 하니까요. 하지만."

"하지만?"

"난 지난 학기에 미적분학에서 B+를 받았어요. 당신은 내가 D를 받을 거라고 했잖아요!"

"B를 받았어?" 그녀는 믿을 수 없다는 듯이 말했다. "심지어 B+를? 어떻게?"

"음, 수학능력 센터에 도움을 청했죠. 그리고……."

"수학능력 센터." 그녀가 말했다. "나는 왜 그때 그 생각을 못 했을까? 왜 그런 걸 해볼 생각조차 안 했었는지 기억도 안 나."

"어쨌든." 내가 말했다. "이로써 당신의 신뢰도가 떨어졌다는 걸 아시겠죠. 그래서 내 생각에는 당신이 미래에서 온 게 맞기는 한 것 같지만, 우린 사실 서로 다른 시간의 흐름 선상에 있는 게 분명해요(각자의 과거나 미래가 서로의 과거나 미래에 영향을 미치지 않는 일종의 다중 우주나 다른 차원에 있음을 의미한다_옮긴이). 왜냐하면 나는 베를린 장벽이 6개월 안에 무너지리라는 말은 정말 믿을 수가 없거든요. 내 말은, 고르바초프는 꽤 괜찮은 사람 같고 그가 정말 놀라운 변화를 만들어내기는 했지만, 호네커가……."

"호네커는 10월에 사임할 거야."

나는 그녀를 회의적인 눈으로 쳐다봤다. 그녀의 첫 방문 이후부터 뉴스에 관심을 기울이기 시작했다. 비록 소련권에서 좋은 소식이 많이 들려오기는 했지만, 호네커는 정말 개자식이었다. 그리고 권력을 가진 개자식들은 웬만해서는 "아, 이봐, 내가 뭔가를 깨달았어. 난 정말 개자식이었어. 아무래도 사임해야 할 것 같아!"라는 말은 하지 않는 것 같았다.

"그는 병에 걸릴 거야." 멕이 말했다. "그리고 고르바초프는 그를 참을 수가 없어. 결국 호네커는 사임하게 돼. 베를린 장벽이 무너질 거라고. 그리고 넌 거기서 그걸 직접 볼 수 있어!"

"문제는 또 있어요. 난 돈이 없다는 거예요. 당신은 마치 내가 거길 차라도 얻어 타고 갈 수 있는 것처럼 쉽게 '독일로 가'라고 말하지만, 나는 비행기표를 사야 한다고요."

"신용카드는 그럴 때 쓰라고 있는 거야."

"그리고 결국에는 내가 그 돈을 갚아야 하는 거죠. 그런데 정확히 뭘 해서?"

"공부도 하면서 일도 하는 수입으로. 일단 거기 있을 수만 있다면 당분간은 빚을 지고 살 만한 가치가 있을 거야."

"난 5년이 아니라, 4년 안에 졸업하고 싶어요. 특히 졸업 후 가을에 교생 실습을 나갈 예정이기 때문에 더욱더 그렇다고요. 그게 내 계획이에요. 일정을 미루면 그다음 해 가을까지 기다려야 한다고요."

"아, 맙소사." 그녀가 말했다. "교직. 물론 네가 교생 실습 계획을 세우고 있는 거 알아. 그렇지만 내 말 들어. 그건 그냥 잊어버려. 넌 가르치는 일을 싫어하게 될 거야. 그러니까 내 말은, 넌 그걸 학생들을 가르치는 기간 동안 깨닫게 될 거야. 그러다 네가 정신을 차리고 직업을 바꾸게 되기 전까지 3, 4년 동안이나 그 일을 하게 될 거라는 이야기지. 정말이지 네가 미적분학에서 B+를 받았다면, 지금 당장 경제학으로 전공을 바꾸기만 해도 나중에 훨씬 더 유용하게 쓸 수 있을 거야."

"무엇에 유용해요?" 내가 물었다. "내가 무슨 투자 은행가나 뭐 그런 비슷한 거라도 될 운명인가요?"

"아니, 넌 공중보건에 중점을 둔 비영리 단체를 관리하게 될 거야. 그래도 경제학이 훨씬 유용하지. 아니면 최소한 통계학 수업이라도 들어. 영어를 전공하더라도 교육학 관련 수업은 그만 포기하고 경제학과 통계학 수업을 가능한 한 많이 들으면 돼."

"내가 영어를 전공해도 엄마가 겁먹지 않는 유일한 이유가 교수법에 집중하고 있기 때문이라고요!"

"매기, 엄마가 원하는 것에는 신경 꺼. 넌 합법적인 성인이야. 네가 스스로 선택해야 한다고!"

"그래요? 학비를 대주고 있는 엄마가 날 내쳐버리면 어떡해요?"

"그럴 리 없어. 내치지 않아. 대신 우리 남동생을 내쳐버리지. 나중에 연극을 전공하게 되거든."

"로비가 나중에 뭘 전공한다고요?"

"그리고 엄마가 그 사실에 엄청나게 화를 내지만, 결국에는 적응하게 돼. 모든 것에." 그녀는 크게 한숨을 내쉬며 말했다. "적어도 그것에 대해서 생각이라도 해 봐."

"베를린, 아니면 내 전공?"

"베를린." 그녀가 말했다. "그리고 네 전공도. 하지만 대부분은 베를린에 관해서."

"알았어요." 이렇게 대답하는 게 그녀를 사라지게 하는 유일한 방법이라고 확신했다. "생각해볼게요."

*

그녀는 미쳤다.

아니면 내가 미쳤다.

나는 떠나기 위해 휴학을 준비하지 않았고, 비행기표를 사지도 않았다. 그리고 확실한 건 나는 이 모든 것을 부모님께 말씀드리지 않았다. 그러나 1989년 8월, 방학이 끝나갈 무렵 학교로 다시 돌아가기 위해 짐을 꾸리던 때였다. 나는 어느 날 늦은 밤 아래층으로 살금살금 내려가 서류 캐비닛에 들어 있는 모든 서류를 샅샅이 뒤져서 마침내 여권을 찾아냈다.

*

9월에 멕이 내 기숙사 방문을 두드렸다. 룸메이트가 외출 중이어서 사실 좀 실망스럽기는 했다. 반복되는 "나는 미래에서 왔어! 내가 가져온 미래 기술력을 좀 봐!" 상황에 관해서 일종의 외부 검증을 받아볼 수 있으면 좋겠다는 생각이 들었기 때문이었다.

내가 들어오라고 청하지 않았음에도, 어쨌든 그녀는 안으로 들어왔다. 나는 한숨을 쉬며 문을 닫았다.

"일단 가." 그녀가 말했다. "비행기표를 사서 가라고. 모든 수업에 낙제하더라도, 그럴 만한 가치가 있을 거야."

"사실 난 지금 통계학 수업을 듣고 있어요." 내가 냉랭하게 말했다. "그러니까 내가 통계학을 들어야만 한다는 거잖아요! 그게 너무 유용할 테니까! 내가 어른이 되면! 하지만 또 한편으로는 그런 건 신경 쓰지 말라는 거잖아요. 그냥 모든 수업을 포기하고……."

"베를린으로 가야 해, 맞아." 그녀가 입술을 깨물었다. "한 학기 휴학할 수도 있잖아. 내가 그것도 제안했었잖니."

"맞아요, 물론이죠. 그런데 사실 알고 보니 난 가을이 돼서 다시 학교로 돌아오는 걸 학수고대하고 있었지 뭐예요."

그녀는 나를 멍하니 바라보다가 뭔가 깨달음이 찾아온 듯했다. "피터. 피터구나, 그렇지?"

"아시는지 모르겠지만, 미래에서 온 나라고 주장하는 사람치고는 당신 자신의 삶에 관해 잘 기억하지 못하는 것처럼 보이네요."

그녀는 앞뒤로 오가기 시작했다. "왜냐하면, 그건 내가 피터와 사귄 적이 있다는 사실을 어떻게든 잊으려고 애썼기 때문이야. 아, 맙소사. 매기, 그 사람은 내가 살면서 저지른 최대의 실수였어."

"글쎄요. 당신은 그를 실수로 볼 수도 있겠지만, 어쩌다 보니 난 그를 좋아하게 됐다고요!"

"그는 우리를 속였어. 그가 우리에게 성병을 옮겼어, 매기. 아, 아니. 그거 말고." 내 얼굴이 창백해지는 것을 보고 그녀가 말했다. "맙소사. 만약 그가 우리에게 에이즈를 옮겼다면, 난 지금 여기 있지도 않을 거야. 더 나은 치료법이 나오기도 전에 우린 이미 죽었을 테니까. 어쨌든 그건 아니야. 그가 옮긴 건 항균제로도 치료할 수 있는 종류였어. 아, 하느님, 우리가 그 빌어먹을 인간과 결혼하지 않게 해주셔서 감사합니다. 지금 그는 아내에게 양육비를 안 주려고 현금 아르바이트를 하고 있어. 물론 미래에 그렇다는 거야. 내 말은, 그가 괜찮아 보이기는 해. 물론이야. 하지만 실제로는 얼간이야."

나는 침대에 걸터앉았다. "있잖아요. 당신이 나였을 때도 미래에서 돌아와 조언해주는 여자가 있었어요?"

"아니." 그녀가 대꾸했다. "있었다면, 그 빌어먹을 자식과 데이트 안 했겠지."

"바로 그거예요." 내가 대꾸했다. "사람은 미래에서 온 어떤 낯선 사람이 끼어드는 것 없이 자기 몫의 빌어먹을 실수를 저질러야만 하는 거예요. 그거 알아요? 만약 당신에게도 누군가 '아, 그 사람하고 사귀지 마! 그 인간이 네게 성병을 옮길 거야!'라고 고함을 질러준 사람이 있었다면, 결국에는 비밀리에 게이인 사람하고 사귀었을 수도 있어요."

"그래, 로저하고도 데이트하지 마."

"그 정도는 나 혼자서도 알아냈어요. 고마워 몸 둘 바를 모르겠네요." 나는 그녀를 노려봤다.

"맞아. 그걸 기억했어야 하는데. 미안해."

"저기요." 나는 마음을 가라앉히려고 애썼다. "내가 보기에 1989년

베를린에는 당신이 정말 가고 싶어 하는 것 같아요. 타임머신도 있는데, 그냥 가지 그래요?"

"그건." 그녀가 이를 악물고 말했다. "난 네가 있는 곳에서 400미터 이상 떨어진 곳은 못 가게 되어 있어. 다시 말해서, 1989년의 미네소타 노스필드가 네가 있는 곳이지."

"왜 그렇게 나와 가까이 있어야 하는데요?"

"그냥 그게 작동하는 방식이니까. 내 말은, 시간 여행이 말이야."

"아." 내가 말했다. 몇 분 정도 기분이 좋지 않았다. 그러다가 말했다. "어쨌든 내 요점은 여전히 유효해요. 이건 내 인생이에요. 따라서 내 실수도 내가 저지를 거예요. 그러니 당신이 내 실수에 이러쿵저러쿵하지 않았으면 좋겠어요."

그녀는 일어나서 문으로 걸어갔다. 그리고 떠나기 직전에 돌아섰다. 눈물을 참으려고 애쓰는 듯한 표정이었지만, 나를 보고 미소 지으며 말했다. "너 자신을 위해 잘 해내고 있구나. 언젠가는 자기주장을 내세우는 기술을 엄마에게도 사용해보렴. 두 사람 모두에게 좋을 거야."

*

에리히 호네커는 10월 18일 중앙정치국에 의해 총리직에서 축출되었다.

그 시점에서 나는 미친 여자 멕이 옳았을지도 모른다고 생각하기 시작했다.

지금 미래에서 이 글을 읽고 있는 당신들도 생각할 것이다. 어쩌면 그녀가 옳지 않았을까? 어쩌면? 하지만 당신이 깨달아야만 할 것은, 1989년 10월에 무슨 일이 일어날지는 정말 확실하지 않았다는 것이다. 나는 충동적으로 독일어1 수업에 등록했고(멕이 방문했을 때는 그녀가 내 남자 친구에 대해 했던 말에 너무 화가 나서 독일어 수업에 관해서는 언급하지 않았다), 우리는 수업 시간에 종종 시사 문제를 토론하며 시간을 보냈다. 10월 19일에 수업을 같이 듣는 친구 중 하나가 말했다. "나는 사실 베를린 장벽이 내 생전에 무너질 것 같은 기분이 들어."

내 생전에? 아니, 실은 말이야, 다음 달 초야.

*

에리히 호네커의 사임도 내가 즉시 달려가서 비행기표를 끊게끔 설득하지는 못했다. 나는 베를린행 비행기표 가격이 얼마인지 알아봤지만, 그건 내 통장에 들어 있는 금액보다 훨씬 비쌌고, 독일에 도착하면 대체 잠은 어디서 잔다는 말인가? 실제로 여행사 사무실에 앉아 있는 동안 나는 모든 것이 정신 나간 짓처럼 느껴졌다. 여행사 직원에게 시간을 빼앗아서 미안하다고 사과하고는 그곳을 나와버렸다.

그리고는 집으로 가서 피터를 차버렸다. 멕이 호네커에 관해서 했던 말이 맞았다면, 보나 마나 성병도 분명했을 것이기 때문이었다.

*

11월 1일, 나는 멕을 기다리기 시작했지만 그녀는 오지 않았다.

2일에도 역시 오지 않았다. 나는 학생회관에 몇 시간이고 앉아 있었다. 그러면 그녀가 나를 쉽게 찾을 수 있으리라 생각했다. 나는 도서관에도 가봤다. 혹시 시간 여행 마법이 같은 장소에 두 번 갈 수 없을지도 몰라 컴퓨터 센터에도 가보았다.

멕은 장벽이 9일 몇 시에 무너지는지는 나에게 말해주지 않았다(그리고 정말, 그녀가 무너진다라고 했던 건 무슨 의미였을까? 그건 거대하고 견고하게 세워졌으며, 철저하게 보강된 벽이었다. 지진이 일어나도 패인 자국 하나 남지 않을 것 같았다). 하지만 만약 7일에 비행기를 탄다면, 비록 연착된다고 하더라도 제시간에 베를린에 도착해 그 장면을 볼 수 있을 터였다. 9일은 목요일이다. 그러니 나는 12일 일요일까지만 있다가 다시 비행기를 타고 돌아오면 되겠다고 판단했다.

내 말은, 만약에 간다면, 그게 가능하다는 말이다.

부모님은 매주 일요일 내 전화를 기대했다. 나는 4일에 전화해서 12일은 내가 정말 바쁠 것 같으니 늦게나 심지어는 월요일까지도 전화를 못 할지 모른다고 말할 수 있다. 그러면 부모님은 내가 돌아올 때까지 내가 서독에 갔었다는 사실조차 알 수 없을 것이다.

베를린으로 가는 가장 저렴한 방법을 알아보니 엄청나게 돌아가는 비행 일정이었다. 나는 미니애폴리스에서 뉴어크까지, 뉴어크에서 로마까지, 그리고 로마에서 베를린까지 비행기를 타야 했다. "그건 생각을 좀 해볼게요."

여행사 직원은 실망한 표정으로 나를 바라봤다. "이게 정말 좋은 운임이라서 오래 남아 있지는 않을 거라는 걸 아셔야 해요. 한두 시간 뒤에는 표가 없을지도 몰라요. 국제선 운임이 원래 그렇거든요."

"아." 나는 겁을 집어먹고 말했다.

"KLM을 이용하는 경우 요금은 두 배 이상이에요."

세금과 수수료 등을 더하면 557.35달러였다. 내게는 결코 저렴한 금액으로 보이지 않았지만, 최선이라는 건 알 수 있었다. "서베를린에서 가장 저렴하게 묵을 만한 곳을 알려주실 수 있어요?"

"하룻밤에 6달러 정도 받는 유스호스텔이 있어요. 물론 독일 마르크화로요. 해외여행해본 적 있으세요?"

"아니요."

"혹시 실례가 안 된다면 여쭤봐도 될까요? 왜 지금 그렇게 서베를린에 가고 싶어 하시는 거예요? 훨씬 더 아름다운 서독 도시가 많은데."

"다음 주에 베를린 장벽이 무너질 것 같은 예감이 들거든요." 입 밖으로 소리 내 말하면 내 말이 얼마나 미친 소리로 들릴지 궁금했지만 내뱉고 말았다.

"다음 주요?" 여행사 직원이 눈썹을 치켜올리고 입술을 쑥 내밀었다. "글쎄요. 그 말이 맞다면 정말 흥미롭겠는데요. 만약 그렇지 않더라도…… 저는 해외여행에 쓰는 돈은 결코 헛된 낭비가 아니라고 생각해요." 그녀가 웃었다. "표를 끊어드릴까요?"

557달러, 35센트. 나는 침을 꿀꺽 삼켰다. 하지만 나를 막아서고 있던 것은 내 신용카드로 그 돈을 결제해야 한다는 사실이 아니라, 나중에 부모님께 그 사실을 설명해야 한다는 것이었다. 난 르네상스 축제에서 충동구매를 한 탓에 500달러의 카드 빚을 지고 있는 사람을 알고 있었다. 카드로 컴퓨터를 결제한 사람도 알고 있었다. 아무 소득도 없이 여행사에 처음 다녀온 후에 여기저기 물어보고 다녔기 때문에 알고 있는 것들이었다.

이건 내 인생이야. 엄마의 인생이 아니야.

멕에게 다시 한번 격려의 말을 들을 수 있었다면 기분이 더 좋아졌을 것이다. 그러나 나는 여행사 문밖에 몰래 숨어 있는 그녀의 모습 같은 건 발견할 수 없었다. 나 혼자 이 일을 해야만 했다.

나는 심호흡을 하고 여행사 책상 위에 신용카드를 올려놓았다. "네. 해주세요."

*

멕은 5일에 나타났다.

"내가 돈을 가져왔어." 그녀가 말했다. "1980년대에 인쇄된 수백 달러의 지폐 뭉치를 구하는 게 얼마나 골치 아픈 일이었는지까지는 네가 알고 싶지 않겠지만, 어쨌든 내가 해냈어."

"잘됐네요. 이걸 통장에 입금하고 신용카드 대금이 나오면 그걸 갚는 데 쓰면 되겠어요."

그녀는 말을 잘못 들은 것처럼 잠시 가만히 서 있었다. "가겠다고?"

"나 표 끊었어요." 나는 비행기표를 몸에 지니고 다녔기에(혹시라도 어디다 잃어버리기라도 할까 봐 겁이 나서였다) 꺼내서 탁자 위에 내려놓았다. "7일에 떠나요. 충분할까요?"

멕은 믿을 수 없다는 표정으로 비행기표를 빤히 내려다봤다. "너 정말 끝내준다, 매기!"

"그렇게 말해도 되는 거예요? 내가 실제로는 당신이라면서요?"

그녀가 고개를 저었다. "넌 과거의 나보다 훨씬 훌륭해."

"이거 얼마예요?"

"정확히 1,000달러."

"그럼 유스호스텔보다 더 좋은 곳에 묵을 수 있겠다!"

"일단 베를린에 도착하면 내가 염두에 두고 있는 동네가 있어. 거기서 만나기로 하자." 그녀는 웃었다. "내가 돈은 그럭저럭 마련했지만, 현재 사진과 허용되는 만료 날짜가 있는 여권을 만드는 건 훨씬 골치 아플 것 같거든. 엄마에게는 뭐라고 할지 생각해놨어?"

"돌아올 때까지 엄마에게는 말하지 않을 거예요. 그리고 모든 교수님에게는 베를린 장벽이 무너질 것 같은 예감이 들어서 그걸 내 눈으로 직접 보고 싶다고 말했어요. 만약 내 말이 맞으면 그분들 모두 내가 수업을 놓친 걸 만회할 수 있게 해주겠죠."

그녀는 나를 보고 환하게 웃으며 돈을 건네주었다. "그럼 베를린에서 보자."

내가 우반이라는 서베를린 지하철을 기다리고 있을 때, 멕이 나를 찾아냈다. "무슨 계획이라도 있어?" 그녀가 물었다.

"여행안내 책자가 있어요." 내가 그것을 보여주면서 말했다. "뭐 추천하고픈 거라도 있어요?"

"지금으로부터 40년 후라면 어디로 가야 할지 알 거야. 그렇지만 1989년에는 크로이츠베르크(학생, 예술가, 터키인 등이 모여 살며, 종종 '리틀 이스탄불'이라고도 불리는 독일 베를린의 한 구역이다_옮긴이), 체크포인트 찰리(베를린 장벽의 가장 유명한 검문소로 서방 연합군이 붙여 준 이름이다_옮긴이) 근처 동네야."

크로이츠베르크 거리는 내가 상상했던 서독의 모습과 달랐다. 이주민 인구가 많은 가난한 동네였다. "40년 후 이곳은 베를린에서 최신 유행을 선도하는 지역이 돼." 그녀가 말했다.

나는 주위를 둘러보았다. "지금 나한테 부동산에 투자해야 한다고 말하는 거예요?"

그녀가 웃었다. "미래로부터 투자 조언을 구하는 게 윤리적일까?"

"나도 몰라요. 그건 아마 내가 당신이 사는 미래로 향해 가고 있다는 사실을 당신이 얼마나 확신하는가에 달려 있겠죠."

"그거 말 되네. 애플 주식, 1990년대 초반에 매수할 것. 그때쯤은 아주 싸서 모두 네가 미쳤다고 말할 거야. 그리고 계속 가지고 있어야 해. 그게 2000년대 초반에 가서야 다시 오르기 시작할 테니까. 또한, 구글에 투자할 기회가 생긴다면 해."

"구골Googol은 1 다음에 0이 100개 있는 걸 의미하지 않나요?"

"1989년에는 그렇지." 우리는 신호등에서 멈춰 섰고 나는 배낭을 고쳐 멨다. "물론, 내가 여기 있는 동안 나비를 밟았는지도 모르고(『천둥소리』라는 영화에서 등장한 내용으로 시간 여행자들의 아주 사소한 행동조차도 미래를 예측할 수 없을 만큼 크게 바꿀 수 있음을 암시하는 표현이다_옮긴이), 그렇다면 네가 미래에 도달하면 모두가 아미가 컴퓨터를 사용하고 있을지도 모르지. 하지만 난 그렇게 믿지는 않을래."

우리는 깨끗하고 저렴한 호텔을 찾아 체크인했다. "원한다면 낮잠을 좀 자도 돼." 멕이 말했다. "9일에는 밤을 새우게 될 테니까 독일 시각에 적응하지 않는 게 오히려 나을지도 몰라."

"지금 농담이죠?" 내가 물었다. "난 지금 서독에 와 있어요. 그런데 지금 나더러 낮잠을 자라고요? 같이 있었으면 내가 로마에서 경유 시간 보냈을 때도 보나 마나 낮잠을 자라고 했겠네요?"

"너 로마를 경유했어?" 그녀는 놀라서 말했다.

"네, 그래서 콜로세움을 보고 왔어요." 나는 옷장 서랍을 열고 배낭에 들어 있는 것을 대부분 서랍에 넣었다. 그리고 깨끗한 셔츠로 갈아입고 훨씬 가벼워진 배낭을 다시 멨다. 이제 두려움에 움츠러드는 대신, 모험에 뛰어들기로 작정했다. 예상대로 엄청난 흥분을 느끼고 있었다. "서베를린에는 명소들이 있어요. 같이 갈래요?"

"갈 수밖에 없어." 그녀가 말했다. "네가 나에게서 400미터 이상 벗어나면 난 다시 미래로 돌아가게 되니까."

*

난 그날 내가 돌아다녔던 장소를 조목조목 늘어놓지는 않을 생각이다. 단 한 곳, 장벽만 제외하고. 멕이 지적한 바로는 그날이 우리가 장벽을 그 모습 그대로 볼 수 있는 마지막 기회였다. 우리는 벽 너머를 볼 수 있는 전망대가 설치된 곳에서 국경 너머를 응시했다.

장벽은 보기만 해도 충격적이었다. 서쪽 면은 그라피티로 덮여 있었다. 동쪽으로는 장벽 근처에 자리한 고층 건물의 서쪽 면에 있는 창문이 모두 벽돌로 막혀 있었다. 아무도 자유를 향해 뛰어내리지 못하게 확실히 해놓은 것이었다. 동베를린에서는 며칠 동안 대규모 시위가 있었지만, 우리가 서 있는 곳에서는 아무것도 볼 수 없었다. 우리가 체크포인트 찰리를 통과했을 때, 멕은 나에게 '당신은 지금 미국 지역을 떠나고 있습니다(종전 후 독일과 베를린은 각각 미국, 영국, 프랑스, 소련이 나누어 관리했다_옮긴이)'라고 적힌 표지판을 사진으로 찍어두라고 재촉했다. 나는 동베를린으로 넘어가 볼 수도 있었다. 단기 여행용 비자를 어렵지 않게 발급받을 수 있기 때문이었다. 하지만 멕은 여권이 없었고 결국 우리는 가지 않았다.

9일 저녁, 멕은 안절부절못했다. 마치 잠시라도 주의를 돌리면 그사이에 장벽이 무너져버릴지도 모른다는 듯이 계속 시계를 들여다봤다. "사실 장벽은 한두 주 정도 무너뜨리지 않고 그대로 둘 거야." 그녀가 말했다. "오늘 밤은 국경이 열리는 날이야."

멕은 우리가 저녁을 먹는 동안에도 시계를 확인했다. "지금쯤 기자 회견이 열리고 있을 거야." 그녀가 말했다.

"우리도 볼 수 있는 거예요?"

"아니. 좀 있으면 서독 TV에 방영될 거야. 정치국 대변인인 귄터 샤보브스키가 기자 회견을 하고 있어. 그는 오늘 일찍이 건네받은 메모를 읽게 될 텐데, 내용은 새로 개정한 여행법이야. 그런데 그는 사실 개정한 내용을 잘 이해하지 못해서 그게 모든 시민은 원한다면 어느 국경이든 횡단해 다닐 수 있도록 개정되었다고 말해버리지. 그러면 기자 중 한 명이 그 법이 언제부터 발효되는 거냐고 물어볼 테고, 그럼 그는 지금 당장이라고 말하게 될 거야." 그녀는 다시 시계를 확인했다. "놀라지 마. 지금부터 약 한 시간 뒤에 베를린 장벽이 열렸다는 전보 기사가 나올 거야."

"벌써 열린 거예요?"

"아니. 자정이 되기 전에 일어날 일이야."

나는 창밖으로 고요하고 쌀쌀한 밤을 내다봤다. 만약 그녀가 틀렸다면 지금까지 내가 한 일이 얼마나 멍청하고 무모하게 느껴질까를 생각해봤다.

호텔 방으로 돌아와서 우리는 축구 경기를 봤다. 중계방송이 끝나자 저녁 뉴스가 나왔다. 나는 무슨 말인지 알아들을 수 없어 멕이 통역해주었다. 주요 뉴스는 기자 회견에 관한 것이었다. 그들은 회색 양복을 입은 남자가 안경 쓴 눈으로 쪽지를 들여다보는 장면을 보여주다가 여전히 쓸쓸해 보이는 장벽의 이미지로 넘어갔다. "이게 동베를린 사람들이 그 소식을 듣는 방식이야." 멕이 말했다. "그들은 서독 뉴스를 보면 안 되지만, 어쨌든 모두가 시청해."

우리는 코트를 다시 입고 체크포인트 찰리로 걸어갔다. 서베를린 사람들이 모여 있었지만, 아직 많지는 않았다. 동쪽에서 확성기를 통해 내보내는 안내 방송을 들을 수 있었다. 인파가 불어나자 반대편에서 들려오는 소음이 커졌다. 외치는 소리가 들렸다. 문을 열라, 문을 열라. 아직 총성은 없었다.

서독인들 사이에는 숨이 멎을 듯한 기대감이 일었고, 반대편의 군중이 늘어남에 따라 두려움도 점차 커져만 갔다. 동베를린 사람들이 문을 향해 몰려들었고, 만약 경비병이 발포한다면 피바다로 변할 게 분명했다. 첫 번째 사상자는 총탄에 맞아 나올 테지만, 다음 사상자는 군중에 떠밀려 밟힌 사람들일지도 몰랐다.

문을 열라. 문을 열라.

멕이 옆에서 내 손을 꽉 잡았다.

*

10시 45분, 보른홀머 스트라세 검문소의 동독 국경 수비대가 마침내 포기했다. 그들은 문을 열고 동베를린 주민들이 쏟아져 들어오게 했다. 다른 검문소들도 몇 분 내에 뒤따랐다.

당신이 있는 미래에는 이건 놀라운 일이 아니다. 사실 1989년 11월 9일 밤이야말로 성벽이 무너지는 날이었다. 만약 당신이 내 또래라면 TV로 그 장면을 보았을 것이다. 혹시 나보다 어리다면, 그래도 여전히 TV 방영 영상을 보았을 테지만, 보관된 기록을 통해서 보았을 수도 있고, 포켓 컴퓨터를 이용해 보았을 수도 있으며, 어쩌면 역사 수업을 통해 접했을 수도 있을 것이다.

나는 거기 있었다.

최초로 벽을 통과해 들어온 사람들은 믿기지 않아서 완전히 망연자실한 표정이었다. 그들은 국경을 횡단한 최초의 사람이었다. 만약 경비병이 당황해서 총격을 가했더라면, 그들은 뒤로 밀려드는 군중 때문에 물러설 수도 없는 상태로 탄환의 우박 속에 죽음을 맞이했을 것이다. 그들은 무슨 일이 일어날지 전혀 알지 못하는 채로 몇 시간을 보냈고 이제는 기쁨에 겨워 우는 서독 사람들의 포옹과 악수를 받고 있었다. 그들은 샴페인 잔과 맥주잔과 꽃다발을 건네받았고, 그들이 직접 맥주와 샴페인과 꽃다발을 살 수 있게 해줄 서독 돈을 받기도 했다.

사람들은 울고 노래하고 (당연히 술도 마시고) 사진을 찍고 환호했다.

어느 시점에서 내 또래의 서독인 무리가 장벽 꼭대기로 올라갔다. 그것은 좋은 생각처럼 보였고 멕과 나도 그들과 함께 장벽 위로 기어올랐다. 동독인 무리도 우리와 함께하기 위해 올라왔다. 누군가 음악을 틀었고 우리는 모두 기쁨과 자유를 발산하는 근사한 댄스파티에서 함께 춤을 추었다. 비록 내가 모든 수업에서 낙제하고 부모님이 나와의 관계를 끊는다고 할지라도, 이 순간은 그만한 가치가 있었다.

나는 그때 멕이 목을 길게 빼고 누군가를 찾고 있다는 사실을 알아차렸다. 그녀의 얼굴은 걱정으로 어두웠다. 그러다가 곧 그녀는 몇 걸음 떨어진 곳에서 춤추고 있던 청년을 붙잡았고, 이내 얼굴에 드리워진 구름이 걷혔다. "이리로 와." 그녀가 나도 이해할 수 있을 만큼 분명한 독일어로 그에게 말했다. "우리 서베를린 어딘가로 가자. 밤새워 먹을 수 있는 카페가 있을 거야. 내가 야식 사줄게."

*

그의 이름은 그레고르였고, 동베를린 사람이었으며, 더듬거리고 억양도 강했지만, 영어도 구사했다. 그는 나처럼 열아홉 살이었고 미국에 관해서, 그리고 내가 독일에서 무엇을 하는지에 관해 질문하고 싶어 했다. 하지만 그건 언어 장벽이 없다 해도 설명하기 어려웠을 것이다.

멕은 별로 말이 없었다. 그녀는 그레고르를 응시했다. 나는 그녀의 표정을 완전히 이해할 수는 없었지만, 그가 식사하는 동안 멕은 자신의 양손을 매우 단단히 맞잡고 있었다. (그는 사실 엄청나게 배가 고팠다고 했다. 늦은 저녁을 먹으려던 참에 그 뉴스가 흘러나오는 것을 듣고는 빈속으로 국경을 넘기 위해 달려 나왔다고 했다. 그리고 몇 시간 동안 군중 속에 갇혀 있었다.)

"그레고르." 그가 샌드위치를 다 먹었을 때, 멕이 불쑥 입을 열었다.

"나에게 약속 하나만 해줘."

"네?"

"절대로 담배 피우지 않겠다고 약속해줘."

너무 뜬금없는 부탁이어서 나는 웃기 시작했고, 그레고르는 나를 보며 영어로 물었다. "이 사람은 누구야? 네 어머니?"

"멕은 미래에서 온 나야." 내가 말했다. "그래서 미래를 예언해."

그레고르는 그 사실을 완전히 이해한 것 같지는 않았지만, 어리둥절한 표정을 지으며 말했다. "미래를 예언할 수 있어요?"

"그래." 그녀가 날카롭게 말했다. "동독과 서독은 1990년 10월 3일에 통일해. 그리고 담배를 피우기 시작하면 넌 45세 이전에 죽을 거야." 그녀는 갑자기 일어섰다. "화장실 좀 다녀올게." 그리고 화장실 쪽으로 걸어갔다.

그레고르는 눈을 크게 뜨고 정말 재미있다는 표정을 지었다. "식사 대접해줘서 정말 고마워." 그가 말했다. "국경이 계속 열려 있어서 이쪽에 다시 올 수 있다면 널 다시 만나고 싶지만, 네 친구는 글쎄…… 잘 모르겠어!"

"네 탓이라고 말 못 하겠네." 내가 말했다.

그는 냅킨에 동베를린에 있는 자신의 주소를 쓰더니 물었다. "여기 이 식당에서 널 다시 만날 수 있을까? 내일 밤? 독일에 얼마나 머물러 있을 거야?"

"일요일에 집에 가는 표를 끊어놨어. 내일 밤 여기 다시 올게." 나는 그를 보며 약속했다. "와서 기다리고 있을게."

"그래." 그가 눈부시게 환한 미소를 지어 보이며 말했다. "내가 올 때까지 기다려. 네 친구는 어디 관광이라도 하러 가라고 설득할 수 있을지 시도해보고!"

"그거 정말 좋은 생각이야." 내가 씩 웃으며 말했다.

멕은 몇 분 후 빨갛게 충혈된 눈으로 돌아와서 묵묵히 밥값을 계산했다. 우리는 조용히 호텔로 돌아갔다.

방에서 내가 말했다. "아는 사람이죠?"

"맞아."

"여기 온 진짜 이유가 그 사람이었군요."

그녀는 무표정한 얼굴로 호텔 방의 벽을 가만히 응시했다. "그래."

"이 모든 게, 내가 이곳으로 오게끔 설득하고 내 푯값을 냈던 게, 정말 다 그레고르 때문이었어요."

"맞아."

"왜죠?"

"그를 보고 싶었어. 마지막으로 한 번만 더."

*

미래에 멕과 그레고르는 마흔 살이 되어 만났다. 아이를 갖기에는 너무 늦은 나이였다고, 그녀는 말했다. 내가 인상을 찌푸리자, 그녀는 부드럽게 웃더니 그 이야기는 더 하지 않았다. 그들은 직장에서 만났다. 일전에 그녀가 언급했던 공공의료 비영리 단체에서. 그녀는 정책을 담당했고, 그는 일종의 연구를 하고 있었다. 정말 거칠고 강렬한 로맨스였고 그들은 만난 지 4개월 만에 결혼했다. "물론 엄마는 발작적인 분노를 발산했지." 그녀는 말했다. "하지만 어느 시점이 되자 나는 그걸 그냥 무시하는 법을 배웠어."

하지만 그레고르는 마흔네 살의 나이에 폐암으로 사망했다. 멕은 그게 담배 때문이라고 확신했다.

"그렇다면 지금 우리를 소개하는 게 실수가 아닐까요?" 내가 물었다. "만약, 지금, 오늘, 여기서 우리가 만나게끔 해놓았다가 우리가 서로를 짜증 나게 만들고 마흔이 되어 다시 만났을 때 서로를 전혀 원하지 않게 된다면, 만약 그렇게 된다고 해도 상관없어요?"

"나도 그 상황을 생각해봤어." 멕이 말했다. "하지만 그를 만나서 담배를 피우지 말라고 설득해서 그가 오래 살 수만 있다면…… 그만한 가치가 있다고 생각했어. 그가 다른 누군가와 그 삶을 살게 되더라도."

나는 그레고르에 대해서, 그리고 우리가 서로에 관해 엿볼 수 있었던 그 짧은 시간에 대해서 생각해봤다. 나는 확실히 그와 자는 것도 상상해볼 수 있었다. 누군가와 결혼을 하는 상상은 쉽지 않았지만, 멕처럼 나이 든 나 자신을 상상하는 것보다 더 어려운 일은 없었다.

"우리는…… 여기서 만나는 걸 상상해보곤 했어." 그녀가 창문 밖으로 서베를린을 향해 손을 저으며 말했다. "내 말은, 난 정말로 장벽이 무너질 것 같다는 예감이 들었었어. 다른 사람들은 늘 '아마도 언젠가는!'이라고 말했지만, 나는 '곧 무너질 거야. 그건 조만간 일어날 일이야'라고 생각했었어. 난 이곳에 올 생각이었어. 하지만 그러지 않았어. 돈 때문에. 엄마 때문에……. 어쨌든 그는 여기에 있었어. 내게 그 이야기를 들려준 적 있었거든. 문 앞에서 보낸 그 어두운 시간들, 벽 위에서 추던 춤, 그리고 그날 얼마나 배가 고팠었는지! 내가 그를 찾을 수만 있다면, 그에게 밥을 사겠다고 말하기만 하면, 그는 어디든 날 따라오리라는 걸 알고 있었어. 난 정말이지, 그 생각을 극복할 수 없었어."

"그래서 생각대로 한 거군요."

"상상하던 것과는 달랐어." 그녀가 공허한 목소리로 말했다. "그건 그였지만, 그가 아니기도 해. 그리고 그를 이렇게 만나는 건……."

"특히 그가 당신을 보면서 그의 어머니뻘 되는 누군가를 보는 듯 대하기 때문에 더 그럴 거예요."

"음, 그렇기도 하고 아니기도 해. 그가 널 바라볼 때, 그의 눈에 보이는 게……."

"그만해요." 내가 말했다. "이미 충분히 했으니까, 더는 내 머릿속을 뒤죽박죽으로 만들지 말아요."

그녀는 침묵했다.

"타임머신은 어디서 구했어요?" 내가 물었다. "과거와 얽히는 건 결코 합법적이지 않을 것 같은데요."

"뭐, 우리에 관한 건 아무것도 바뀌지 않을 거야. 내 미적분 성적도 변함없이 D일 테고."

"그리고 당신의 그레고르는 계속 죽어 있는 상태고요?"

"그래. 내 세상에서 그는 죽은 사람이야."

"당신이 여기까지 왔잖아요."

그녀는 어깨를 으쓱했다. "타임머신을 만든 사람이 그레고르였어. 그의 마지막 프로젝트. 그래서…… 그에게 오기 위해 그걸 사용하는 게 맞는 것 같았어." 그녀는 나에게 일그러진 미소를 지어 보였다. "이게 내 마지막 방문이야. 다신 날 볼 수 없을 거야. 어느 날 거울 속에서 날

볼 수 있을 때까지는.”

“그거 으스스한 생각이네요.”

그녀는 문쪽으로 걸어가다가 손잡이에 손을 얹은 채 뒤로 돌아섰다. “네 미래는 네 것이야, 잊지 마. 네가 어떻게 일구어가든, 누구와 함께하기를 선택하든.” 그녀는 내가 그레고르를 선택해서 더 오래 함께하기를 바랐다. 그녀의 눈에서 그 바람을 읽을 수 있었지만, 멕은 그 말을 소리 내 하는 것을 간신히 참아내는 것 같았다. 그저 환한 미소로 마지막 인사를 대신했다. 그녀가 등 뒤로 문을 닫았다.

나는 몇 분을 기다렸다. 그녀가 내게서 400미터 떨어진 곳까지 갈 시간을 주고 싶었다. 그런 다음 코트를 입고 장벽 앞에서 벌어지는 파티를 향해 걸어갔다.

저자의 노트

몇 년 전에 내 어머니는 당신이 젊었을 때 우드스톡 음악 페스티벌의 광고를 보았고, 그 장소가 당신이 사는 곳에서 차로 여행하기에 그리 멀지 않은 곳이라서 한번 가볼까 잠시 생각해본 적이 있다고 말씀하셨습니다. 하지만 참가하는 밴드 중 몇 개만 좋아하기 때문에 굳이 여행할 가치가 없겠다고 결론 내렸다고 하셨죠.

“아니, 밴드 몇 개를 좋아하지 않는다고 엄마 세대의 결정적인 사건을 놓쳤다는 거예요?” 나는 깜짝 놀라서 말했습니다.

“음, 아무도 그게 우리 세대의 결정적인 사건이 될 거라는 말을 해주지 않았거든.” 어머니가 말씀하셨습니다. “그런 사실을 알았다면, 당연히 갔겠지!”

나는 아이들에게 이 이야기를 들려주었고, 어느 시점에서 나의 큰 딸이 내 세대의 결정적인 사건은 무엇이었냐고 물었습니다. 내가 말했죠. "베를린 장벽이 무너진 거."

"엄마는 갈 수 있었다면, 보러 갔었을 거 같아요?" 아이가 물어왔습니다.

사실 베를린 장벽이 무너졌을 때 난 고등학생이었습니다. 하지만 남편과 내 친구 상당수는 나보다 나이가 조금 많았죠. 하지만 그들 중 누구도 그 일이 다가온다는 것을 알지 못했고, 사실 그건 전혀 놀라운 일도 아니었습니다. 그런 일을 예측하려면 시간 여행자가 정보를 주어야만 할 테니까요. 그것도 매우 설득력 있는 시간 여행자가. "나는 사실 베를린 장벽이 내 생전에 무너질 것 같은 기분이 들어." 내 남편은 실제로 그 일이 일어나기 2주 전쯤에 자신이 이런 생각을 했었다고 기억합니다.

| 감사의 말 |

과거에도 현재에도 위드스미스(1994년에 창립된 미니애폴리스 작가 단체이다_옮긴이) 동료들에게 감사드립니다.

엘리너 아르나손Eleanor Arnason
켈리 반힐Kelly Barnhill
레이첼 골드Rachel Gold
빌 헨리Bill Henry
더그 훌릭Doug Hulick
랠프 크란츠Ralph Krantz
해리 르블랑Harry LeBlanc
케이트 리스Kate Leith
테오 로렌츠Theo Lorenz
켈리 매컬러프Kelly McCullough
리다 모어하우스Lyda Morehouse
션 마이클 머피Sean Michael Murphy
로잘린드 넬슨Rosalind Nelson
애덤 스템플Adam Stemple

내가 위드스미스 글쓰기 모임에 가입한 때는 1997년입니다. 20년 동안 2주마다 커피숍에서 사람들을 만나 이야기 비평과 업계 가십, 격려의 말, 그리고 우정을 나누었습니다. 이 단편집의 모든 이야기는 어딘가에 제출하기 전에 위드스미스 회원들이 먼저 읽었으며, 그들의 피드백을 바탕으로 다시 쓰였습니다. 이 친구들 없이는 지금의 내가 되지도 않았을 것입니다.

내가 내 글쓰기 경력과 출판된 내 작품을 다시 볼 기회가 있을지를 생각하며 심각하게 낙담하고 있을 때, 리다는 내 단편소설을 보여달라고 했습니다. 내 작품에 대한 그녀의 믿음은 계속해서 글을 쓰게 만들어주었습니다.

나의 인내심 강한 편집자인 패트릭 스웬슨Patrick Swenson, 내 훌륭한 문인대리인 마사 밀라드Martha Millard, 그리고 이 이야기를 잡지에 게재해준 많은 편집자에게 감사의 마음을 전합니다. 마지막으로 남편 에드 버크Ed Burke와 딸 몰리와 키에라 버크의 사랑과 지원에도 감사 인사를 남깁니다.

옮긴이 전행선

연세대학교 영문학과를 졸업하고 2007년 초반까지 영상 번역가로 활동하며 케이블 TV 디스커버리 채널과 디즈니 채널, 그 외 요리 채널 및 여행전문 채널 등에서 240여 편의 영상물을 번역했다. 현재 바른번역 회원으로 활동하는 출판전문 번역가이다. 옮긴 책으로는 『와인의 세계』, 『이웃집 소녀』, 『템플기사단의 검』, 『살인을 부르는 수학공식』, 『무조건 행복할 것』, 『지하에 부는 서늘한 바람』, 『3~7세 아이를 위한 사회성 발달 보고서』, 『허풍선이의 죽음』, 『마지막 별』, 『아도니스의 죽음』, 『미라클라이프』, 『예쁜 여자들』, 『전쟁마술사』 등이 있다.

고양이 사진 좀 부탁해요

초판 1쇄 인쇄 2020년 12월 07일
초판 1쇄 발행 2020년 12월 14일

지은이 나오미 크리처
옮긴이 전행선
펴낸이 김선준

책임편집 임나리
디자인 김세민
마케팅 권두리, 조아란, 오창록, 유채원
경영관리 송현주

펴낸곳 포레스트북스 **출판등록** 2017년 9월 15일 제 2017-000326호
주소 서울시 강서구 양천로 551-17 한화비즈메트로1차 1306호
전화 02) 332-5855 **팩스** 02) 332-5856
홈페이지 www.forestbooks.co.kr **이메일** forest@forestbooks.co.kr
종이 ㈜월드페이퍼 **출력·인쇄·후가공·제본** ㈜현문

ISBN 979-11-89584-93-1 (03840)

• 이 도서의 국립중앙도서관 출판예정도서목록(CIP)은 서지정보유통지원시스템 홈페이지(http://seoji.nl.go.kr)와 국가자료종합목록 구축시스템(http://kolis-net.nl.go.kr)에서 이용하실 수 있습니다. (CIP제어번호: CIP2020048721)